樂府

·

心里满了，就从口中溢出

# 803

胡凌云 著

贵州大学出版社
Guizhou University Press

# 目 录

# 1

# 山海

乃夜梦见大海中有苏迷卢山，四宝所成，极为严丽。意欲登山，而洪涛汹涌，又无船筏，不以为惧，乃决意而入。忽见石莲华涌乎波外，应足而生，却而观之，随足而灭。须臾至山下，又峻峭不可上。试踊身自腾，有抟飙飒至，扶而上升。到山顶，四望廓然，无复拥碍，喜而寤焉，遂即行矣。

——《大慈恩寺三藏法师传》

## 101

旱冰鞋被抢的那一幕，船长是唯一的目击者。他在那个时刻首次确认了基地的边界。

当时，湉湉正专心给表妹穿一只冰鞋，另一只停靠在她身边。倚在旱冰场护栏上看热闹的农村孩子们突然一拥而上，以迅雷不及掩耳之势把那只鞋抢了就跑，没有拉扯，甚至没有一声惊叫。等湉湉回过神来起身追赶，衣着褴褛但身手矫健的孩子们已如羚羊般飞越护栏，奔过冬雨浸泡的湿滑荒地，向技校旁边的平顶山上逃散。来自省城没见过乡下世面的表妹彻底吓傻，僵坐在空荡的看台台阶上。

这群农村孩子确实没有发出往常路遇时挑衅式的叫嚷。二月寒风中，他们是一队沉稳的刺客，取了首级之后迅速离去。不，不是刺客，因为刺客总是独来独往。也不是敢死队，因为两个小姑娘对他们不构成威胁。虽然望远镜不是狙击手的瞄准镜，但站在五楼楼顶的船长依然用它追踪着这帮孩子，直至他们以胜利者姿态重聚山顶，才扭头俯视旱冰场。放弃了追赶的湉湉已经走回旱冰场，在水泥台阶上刮掉白色旅游鞋底的烂泥，然后帮表妹把幸存的那只冰鞋从脚上摘下来。他此刻才注意到一个事实：抢劫者只抢走了一只冰鞋。他们或许打算将湉湉诱离现场，然后抢走另一只。他迅速扫视她们周边可能的藏身之处。旱冰场被基建科早已平整但一直未能开工盖新楼的开阔地环绕，离它最近的躲藏之处是那台陷在地里的废弃推土机，但两扇门都已被偷拆的驾驶室里空空如也。最近的建筑是五十米外的十七和十八号楼。躲在楼道里会被大人们当作小偷赶跑。但很多职工全家回上海过春节了，留守的已经开始上班，而放寒假的孩子们都躲在屋里取暖，所以这是一年中居民区最冷清的时段。山这边通向厂区和镇上的道路上只有一两个老太太提着菜篮子路过。旱冰场另一侧被平顶山遮蔽了半边的技校大门紧闭，显然也在放寒假，否则，在大批将要成为青工的职工子弟眼皮底下抢劫职工子弟是狗胆包天的事。抢劫者挑准了时机。

在安静了一个春节之后，河对岸厂区的金工车间和电镀车间格外喧闹。昨天晚饭时，母亲说这个月底又要加班了，虽然只是为完成月度计划。船长此刻分明感到一片沉寂笼罩犯罪现场。为何只抢了一只鞋？他举起望远镜，重新对焦再看山顶，发现敌人已经撤退。或许他们也想滑旱冰，需要一只鞋去仿造。中国的战斗机基本上都是仿造苏联的，仿造并不丢人。几个月后，旱冰场上出现一群面孔肮脏衣着破烂的孩子，他们飞速盘旋，推撞挑衅时扮出鬼脸。他没见过农村孩子滑旱冰，但他们用四个滚珠轴承插两根木棍钉上平板做成的小车和冰鞋的效果相去不远。它的主要功能是运送拾来的柴火和破烂，用麻绳拖曳，但偶尔也能趴在上面冲个坡，是他们唯一令职工子弟侧目的玩具。这侧目里也带着不屑，因为在这穷乡僻壤，滚珠轴承显然是从基地车间里偷出来的。但若是要仿造旱冰鞋，相当于从双翼机升级为喷气机，需要车床和钣金冲压，只能去车间请人做。很多同学的旱冰鞋都是在基地车间里诞生的。也许这些农村孩子有亲戚的亲戚在基地上班。基地确实也招收本地人，比如王军他爸，所以王军虽然还住在山上的土坯茅草房里，但可以到职工子弟学校上学，和大家成为同学，并为大家走出基地边界进山探险担任向导。

但即便他们有了旱冰鞋，也不可能去冰场上滑。冰场是基地在为人父母的职工们再三要求之后才修建的，不是给农村孩子享受的福利。这座山谷中的所有水泥地面都属于基地，农村孩子可以像驾驶马车和手扶拖拉机的父辈一样无偿使用基地耗费二十年时间建设的道路系统，但冰场绝对是基地孩子的势力范围，旁边的楼里住着他们的兄弟、同学和父母，假如发生争执，任何路过的工人和干部都会上前呵斥，因为眼前被欺负的是工友和同事的孩子。若是有打斗和抢夺，保卫科会迅速赶到，在基地的势力范围之内，他们拥有和镇上派出所同等的权力。

也许那些孩子根本不喜欢滑旱冰，就像他们不会喜欢麦丽素和霹雳舞一样。但他们真的不喜欢麦丽素和霹雳舞？那可能是因为他们不曾拥有。也许他们会喜欢，但他们不可能拿一袋麦丽素在路上边走边吃，到路口跳起霹雳舞。那些东西注定不可能属于他们。想必只是看见我们有自己的娱乐，眼红了，就要捣乱，展示力量。他们展示力量的机会太少了，至多只是在路边用威力巨大的弹弓打柳树上的鸟。我们也自制弹弓，但尺寸小得多，使用的是橡皮筋而不是车胎内胆，发射的子弹是裹紧的纸卷而不是石块，与他们的弹弓相比是双翼机和喷气机的区别。虽然毫无杀伤力，但还是会被老师和家长收缴，一种注定不属于我们的玩具。

冰鞋滑动的声音在楼下缓缓流过，将船长唤回现实。听得出是新款塑料轮，它们与水泥路面的摩擦比金属轮的柔和得多。应该是湉湉姐妹俩，因为那是一只冰鞋被拖曳发出的长音。另一只被似有似无的啜泣代替——这声音或许只是船长的想象，但确实在居民区这一侧的寂静中敲打着他的胸膛。他想腾空而起去追击逃跑的敌人。只需一架滑翔机，从五楼楼顶助跑起飞，纵身一跃，借助来自河谷的上升气流，瞬间就能爬升五十米。模仿明代的万户，在家中最轻的藤椅下方绑一百支魔术弹，点火之后冲天而起。像费尔久逊博士一样从热气球的吊篮中俯视非洲土著，将他们吓得全体跪拜或是尖叫逃散。凡尔纳每本著作的前言里都说要提防作者流露的种族意识，但既然他的角色们总是旅行在文明的边界，必然要面对未知和无知，面对无法沟通导致的误解和危险，面对枪上膛箭上弦的对峙。问题是，眼前的边界已经存在了二十年，基地并不是一艘昨天才在这座陌生星球抛锚的飞船，它当年运来的一船移民如今已经养育了第二代。

寒风将几丝冷雨刺进脸颊。凛冽的不安从拖鞋中裸露的双脚直蹿心头。或许是激动。寒假生活如同一潭死水，直到方才发生的这起犯罪。一双旱冰鞋是普通工人大半个月的工资，还得托人去外地大城市买。涉案金额不小的抢劫。而自己是唯一的目击者。家里没电话，无法立即报告保卫科。岚岚家有，而她此刻肯定在家，虽然属于她的那扇窗在望远镜中紧闭着。假如他的报废光学零件收藏中有大口径凹面反射镜，他会像阿基米德站在城楼上烧毁敌舰那样将敌人的头发点燃。假如他能借到父亲实验室里的激光器，他会像操纵珊瑚岛上的死光那样将山顶炸得碎石迸散。但它们都只能在晴天使用，而在这又一个阴雨的冬日里，他只能驰骋复仇的想象，目送湉湉扶着表妹消失在居民区深处。那只幸存的冰鞋被她牵着系带跟在身后，像是一条丧家犬。

船长转身将望远镜指向厂区，对准远处的新装配大楼，检视每扇窗户，看是否有人朝这边张望。这幢灰色钢筋混凝土建筑负责产品总装，楼内走廊上空安装着悬挂式吊车，和近处红色砖混结构的金工车间一样算是厂区占地最大的建筑。但与为了利用自然采光而布满大窗像座教堂的金工车间不同，它追求的是无尘和恒温，配备中央空调，窗洞开得很小。803 大楼是山谷中最高的硐堡，新装配大楼则是停泊在山脚的一艘铁甲舰。

没有母亲的身影。事实上，在潮湿的南方寒冬，不推开蒙着雾气的双层窗户，她不可能望见他，他也不可能望见她。除了中心花园里三棵高大的雪松，厂区树木早已落尽了叶，露出一座小城般的网状道路。走动的人们都身穿厂服，面目更加模糊。春节没过几天，所有车间都恢复了全速运转，围墙和堡坎反射的噪音异常响亮，锅炉房的定时排气更是声震群山。建筑间隐现的除了嗡嗡作响的电瓶车，还有在钢架上游走的大小管道。这台每个细节都显示着力量的庞大机器是我们赖以生存的基地。

但基地的职能只是生产。虽然它拥有保卫科、武装部、枪械库、军用吉普和三轮摩托，农村孩子依旧逍遥法外。

基地依山面水，山顶筑有围墙和铁丝网，山坡荆棘密布巨石裸露，水在数米深的河道中奔流，两岸是石砌的厚重堡坎，俨然是一座易守难攻的堡垒。但居民区被放置在了这座堡垒的外面。想象一座古城，百姓都住在城外，白天进城谋生，晚上出城安歇。这样的古城并不存在，因为它的城墙、弓弩和火炮无法保护居民和他们的家园。所以，这片山谷中隐藏的不是城市，而是一座堡垒附带周边的营房，驻守着一群戍边的将士和家属，生活在文明边缘，随时可能被异族侵扰。

两种文明的边界是模糊的。所以会有那一方突袭旱冰场抢走这一方的旱冰鞋，潜入居民区偷走自行车和高压锅，而这一方当然也偷过那一方的萝卜和竹竿。不分先后，没有因果。一座巨大机器从天而降，炸掉小山，重塑小河，用日夜不息的噪音打破山区沉寂，总会遭致一些不满。万山中这片齐整的人工建筑，和这一群口音陌生的外星人，真是一支从天而降的超自然力量。这种力量令船长敬畏，让他安心。有了保卫科、武装部、枪械库、军用吉普和三轮摩托，湉湉和表妹在厂区滑旱冰肯定是安全的，而方才出事的旱冰场位于基地势力边界的模糊地带。居民楼和技校的陪伴固然可以壮胆，但已经靠近田野和山林。虽没有围墙和铁丝网，一条令人不安的心理边界早已在沉默中划定。

雨丝已经填满了山谷，田野和树林渐渐迷蒙。船长将望远镜藏进外套，在口袋里摸索着镜头盖，突然想到了什么，又举起它搜索平顶山下的河畔道路。

果然，母亲正匆匆走来。

船长感到一阵心紧。他来不及寻找镜头盖，迅速将望远镜推到腋下，跳下楼梯间的平顶，反身顺着外墙上镶嵌的镂空花砖向下攀援了几孔，抓住厨房钢窗跃上自家窗台。当初从厨房里看哥哥做这一系列动作时捏了把汗，如今自己也轻车熟路了。父母从未想过住在顶楼会释放儿子们登高的欲望。不过，去年夏天哥哥攀爬时碰巧被基地办公楼里的人望见，立刻打电话给车间里的母亲说家里进了小偷。母亲急急赶回家中，哥哥遭到痛斥，他也因为没有阻止哥哥而被连累。这是生死问题。但这次母亲急急赶回来显然不是因为望见小儿子也上了楼顶，否则她早在路口向他急急招手了。他刚找到镜头盖，便听见母亲的呼唤。他推窗伸头朝楼下望去，见她正在招手：快下来收煤！

船长反应过来，缩头关窗，确认镜头未被淋湿之后给它们盖好盖子，将望远镜扔到自己的小床上，走进厨房，从门后摘下父亲的灰色厂服，开门到走廊里拎起一只空煤桶，向楼下冲去。

## 102

第一次穿厂服的岚岚令人侧目。她上学时一身上海带回的新款服装，不仅是船长对时尚的最早感受，恐怕也是她上初中后再没能当上干部的原因之一。只有两步路，还飘着雨，岚岚自然不会用心穿扮，而是和他一样随手从门后摘一件父母的厂服披上。

不过，她穿的是基地去年秋天才发的防寒服。外罩可以拆洗，而且能由职工自己挑选颜色，不像船长穿的这件，虽是春夏季的厂服，但男女都是一身灰，上下班时把柳荫路染成一条灰色长河。很多职工把这批防寒服给上了中学的子女，所以当初登记订货时，父亲那件的颜色是哥哥挑的，喜欢穿军装的他自然选了墨绿，虽然父亲一直不喜欢儿子穿军装。母亲问船长喜欢什么颜色的，他建议她来件紫色的，因为她几乎没有女性颜色的服装，这样母亲能多一件冬装，也免得她又让给儿子。岚岚身上这件也是紫色的。假如自己的灵魂此刻能从五楼窗户探出脑袋，会以为是父亲在收煤球，而母亲在他身旁陪伴。这只是想象。母亲已经赶回车间上班，而父亲在几千里外的北京访学。

岚岚说她能看出哪些煤球是船长的手艺。谁都能看出。母亲的作品是完美的球体，排得整齐，像等待检阅的军阵。毕竟是精密仪器装配工人，三八红旗手，在日常生活中也致力于消除公差。

母亲说船长的作品是一群大大小小的老鼠东张西望。大大小小的老鼠依然可以烧，而且大小配合，封炉子更方便。他振振有辞地说。春节包饺子时也是如此。作为南方人的母亲对饺子的造型要求严格，而籍贯北方的他捏出的每一个都像是来自蛮夷之地。吃进嘴里的味道是一样的。他振振有辞地说。船长继承了母亲的心灵手巧，小学起就陪她在老装配车间加班帮忙打杂，装配车间的师傅们都知道。他捏出一群老鼠，只是想给重复劳动添些趣味，让她不觉得太累。那时，新装配大楼还未建成。

岚岚琢磨了大半个寒假，得出一个结论：天上下的是冬雨。这个想法应该在去年冬天就开始酝酿了。齐秦很忧伤，费翔很阳光，这是她当时日记里的话，因为很押韵，船长一直记得。岚岚认为冬雨这种东西只在南方有，因为雨在北方肯定变成雪，所以，一个南方人写出《冬雨》这样的歌很正常。如今写歌的人好像都是北方人？所以他们关于冬天的歌里都在下雪，你听听春节联欢晚会上的那些歌。船长说齐秦是北方人。岚岚说费翔的籍贯也是北方，你觉得他是北方人吗？船长说他是美国人，所以既不是北方人也不是南方人。她说你的籍贯是北方吧，你觉得你是北方人吗？船长想了想，说自己应该是北方人，因为他的普通话比她好。

这便是船长和岚岚对话的典型风格。前小学大队长的口才不可小瞧，但这种犀利可能是她上初中后再没能当上干部的另一个原因。在家中憋了大半个寒假才和父母之外的人说上话，所以她的话有点多。她没有撑伞，站在冬雨里，穿着和母亲那件一模一样的防寒服，所以他发现她在身后时吃了一惊，以为母亲又回来了。

母亲唤他下楼后就急急回车间上班了，也没有撑伞。上次哥哥攀爬楼顶的事在基地传开了，毕竟当时随她回来的还有准备抓小偷的保卫科干部，所以她被车间党支部书记批评了。上班时间无正当理由离厂要扣工资，更何况是在赶指标的日子。

有岚岚在身旁说话，冒着冬雨收煤不算累活。船长问起那种制造煤饼的模具，说他很想拥有一套。他曾在五楼用望远镜观察住一楼的老头使用它。父亲说这种模具连省城都没卖的，都是上海人从上海背回来的。母亲说它不见得比手快，而且笨重得很。船长建议父母仿制一个给他使用。仿制它比仿制米格战斗机要容易得多，但父亲是设计机器的，母亲是装配机器的，他们都会操作机床，但都不在金工车间上班。他很想操作机床。操作机床可以到技校去学，但父母不会让他上技校。他和哥哥都必须上大学。这意味着他可能永远都不会操作机床。但他可以去设计机器，推广制造老鼠形状煤饼的模具。

煤饼这个词是岚岚教他的，也是个上海词。她说上海人烧的都是煤饼，买来就能烧，不需要自己做。但大城市才具有批量加工生产煤饼的需求和能力。山谷中的职工家庭烧块煤，每半年买一次，由基地派卡车去拉，运到各家煤棚外，由各家自己从新寨坡雇来的农民卸车搬进煤棚，自己慢慢敲碎使用。卡车运来的自然不都是大煤块，总会搭上小半车煤渣，在搬运和敲碎过程中会产生更多煤渣，被掺上黄泥做成煤球。和做煤球相比，船长更喜欢敲块煤，使用铁锤和凿子，有开山的架势，而煤块都保持着亿万年前树木的纹路，敲开后露出闪亮的断面。黑色原来可以这样美丽。船长还从自家煤堆里搜集过很多颜色怪异的石块，有些可能是金银，有些更像是硫磺，都陈列在煤球棚中属于他的角落。但他从未发现过任何远古动物的化石。唯一的解释是当大树倒下时，动物们早已逃跑了，或者树林里根本就没有动物。同学们说原煤里可能有未爆的雷管，但他从没发现过。孩子最爱编造这类谣言。

在多雨的南方，制作煤球的最大困难是它们总也晾不干。船长将它们往煤桶里码放时必须多加小心，像饲养员捧起一只只刚孵化的小鸡仔。它们已在不时飘着冬雨的天空下晾了一个礼拜，而他寒假期间的职责之一便是时刻观察天气，一旦下雨就要赶紧下楼为它们盖上塑料布。如今煤球终于可以完整地捧起来了，哪怕内芯依然潮湿，也要赶紧装桶入住煤棚。他问起上海有没有煤棚，岚岚说哪有啊，煤饼都堆在灶披间，油盐酱醋下面。煤棚是特种建筑，说明此地既非大城市也非村庄。从住杨梅山筒子楼老房子开始，每家拥有的空间除了住房便是煤棚。杨梅山那边的煤棚很简陋，用各式各样的木条和油毛毡搭起来，像是非洲的难民营，歪扭着占据了被几座楼环绕着的小空场，互相依靠着竟然也没有坍倒。小时候蕾蕾姐妹俩曾经玩火点着了煤棚，差点导致火灾。几年前搬进干打垒居民区的新房子，新煤棚也连成一串，砖砌的墙，石棉瓦作顶，像样多了。船长盘算过是不是晚上可以睡在里头，但那一方小空间很快便堆了煤，屋瓦下的空间也全被利用，挂着各种比自己年纪还大的杂物。煤不多的时候，可以把自行车停进去，就不用把车扛上五楼了。居民区自行车被偷是常事，大家都说是农民干的。

但农民为什么不偷这些晾晒的煤球？船长每天醒来开窗观测天气之后，都会低头检阅煤球军阵。虽然他的士兵们有时会被散养的猪和鸡骚扰，但一个也不会少。农民没处去买煤。工人买煤都必须在基地排队登记。煤属于国家统配物资，和猪肉食油自行车电视机一样需要凭票限量。云南乡下的四姨妈家就从来不烧煤，大灶烧的是松毛和木柴，冬天堂屋火盆烧的是木炭。不过，四姨妈家这两年似乎刚转成城镇户口，田也被收走了，但也并未改烧煤。在那个身为县城的昆阳镇，他从没见过卡车卸煤，也没见谁家有煤棚，但居民们不需要像母亲年少时那样去拾柴，因为赶街时有小半条街都摆着砍得齐整捆扎妥当的柴火，引火的松毛编成大麻花，各家买了码在灶台后的墙边，总有一人多高，能满足大半年的一切日常需要。合理的解释是贵州号称江南煤海，所以大家都烧煤。更合理的解释是贵州冬天阴冷，除了做饭的炉子，还要多烧一个取暖的铁炉，家家如此，否则屋里寒湿，钻被窝如钻冰窖。即便生了炉子，晚上睡觉依然要盖两床被子再压上棉衣和大衣，还经常用汤壶子，一种连《红楼梦》里都提到过的古老物件。贵阳是什么第二春城，冷成这样，全家都得风湿关节炎。昆明才是春城。母亲不止一次这样抱怨黔中的冬天，顺便怀念她四季如春的故土。

此地的农民是希望有煤的，邻居们用不完的煤都卖给了农民，用背篓或马车运走。他们要煤干什么？那些村舍进深太大屋顶太高，烧煤取暖不经济，若是茅草顶的木板房，屋里烧煤恐怕有火险。但农民想必也是渴望现代文明的。烧煤比烧柴进步，他们需要探索，就像第一个吃西红柿的人。烧煤饼比烧煤球进步。烧煤气比烧煤饼进步。烧电比烧煤气进步。哥哥已经进城上高中，很快就要去上大学。自己再过两年也要走那条路。父亲依旧出差访学。母亲渐渐多病，已经拎不动煤桶。每个人都渴望生活现代化的那一天。

但做煤球依然是一项有趣的活动。岚岚在日记里也提过和父亲一起做煤球的快乐。父亲不准她上山玩，但愿意带她上山挖黄泥。她当然也和同学们一起上过山，但陪父亲去的感觉不一样，更何况是给家里干活。船长能猜出他们去的是平顶山，山上已被基地职工挖黄泥挖出很多大洞，所以大家都径直去那些洞里接着挖。最初探明黄泥的职工应该是位地质学家，因为山上只有那几处能挖出真正的黄色黏土，质感能和母亲车间里使用的橡皮泥媲美。船长还记得岚岚和她父亲做煤球的场面。做煤球需要占用楼下一小片水泥路面，居民们都能看到。那是小学时的事了。天蓝色雨鞋踩在黄泥和煤粉混合的泥浆里，红色塑料小水桶和塑料铲子。留在水泥路面上的黑色印迹下两场雨就消失了，但那些亮色一直留在了记忆中。上海货在山区相当于进口货。就像此刻站在自己眼前的蓝色牛仔裤，不抬头就知道是谁，因为班上穿这种牛仔裤的女同学只有岚岚一个人。贵阳城里也有卖牛仔裤的，包括著名的苹果牌，但还没有这种石磨蓝的蓝色。这面料带些弹力，穿在已经开始发育的姑娘身上真好看。岚岚在这个年纪当然不太会继续帮父母做煤球了。当初也更像是玩过家家而不是干活。毕竟是独生女，而且已经早早开始准备中考了。岚岚说过，父母亲就指望她把他们带出山沟了。船长听着这话，想象岚岚化成一架直升飞机，在某一天载着父母从平顶山腾空而起，飞向上海。飞回上海。

不做啦。我问他们，是要我做作业还是做煤球。岚岚的回答证实了船长的猜想。

春节没回上海？船长发现这个问题近乎寒暄。回上海一次不容易，必然要把全部假期都用上，开学前一天才会回来。

是啊，没意思，连日记都写不出来。

假如回了上海，就有写不完的乐趣。岚岚去年关于上海的日记，他读得很细。与城市景象相比，他对旅行更感兴趣。岚岚自己似乎也是如此——令人激动的并不是上海本身，而是来往的旅程。比如，她不止一次提到某座桥洞。桥洞标志着上海站马上就要到了，大家都兴奋地起身收拾行装。从上海回来发车是晚上，他们带着过年上海家里做的熟菜。她说这些东西在贵阳根本吃不到。还有红肠和方肉，这些都是她最喜欢吃的东西。喝可口可乐。车厢里的乘客大多是和他们一样回乡探亲的上海人，内迁三线的职工，一片乡音很亲切。岚岚和亚男坐在折叠凳上，母亲们坐在卧铺上。纵有那么多上海亲戚，将一种真实的连续感赋予生活的还是身边的同学们，即便是像亚男这样到了初中才从上海转来的同学，各自体验了上海的辉煌，接下来还要一起面对山谷中的寂静。在船长眼中，他们分享着一种共同的命运。

按日记的描述，火车于第二晚进入湘西山区，华东壮观的万家灯火早已消失。到第三天，隧道一个接一个，只能看见车窗上自己的影子。抵达贵阳是下午，城市景象寒酸得多，还不如天黑后再到。她父亲托人找了基地的车来接，既然给很多同事都带了东西，这件事不难办。光各种尺码的皮鞋就有好多双。岚岚说。能带的都想带，小时候连牙膏这样的日用品都是从上海带来的。衣服自然也都是上海货，包括自己最喜欢的那件灯芯绒外套，在贵阳绝无可能买到。还有最好吃的明珠牌鱼片，粮店隔壁的小卖部里当然没有，自己回去能多带几包，回来分，也是很有面子的事。这些都是岚岚如数家珍的回忆。

鱼片还有吗？船长问。

早吃光了。我爸春节前已经请同事带了。一直都盼着呢。

肯定会带的，这东西不占地方。船长安慰道。其实海边人吃吃新鲜鱼就挺好。鱼片应该就是给咱们山里人发明的。方便运输储藏。

这个想法有意思。可以写篇日记。

船长继续收煤，听岚岚说春节的事。很多事是不能写进日记的，只能说说，比如喝酒。岚岚对自己会喝酒不以为意，甚至有点骄傲。春节在家，没有亲戚，就是一家三口烧点菜。老爸喝啤酒，老妈不会喝，但都不介意让孩子喝点，岚岚就是这样学会喝酒的。酒自然也是她跑腿去小卖部买。瀑布啤酒，贵阳唯一的啤酒牌子，她不知道算是好还是坏，因为从未喝过其他牌子。在上海探亲的饭桌边她自然不敢喝酒，连父亲也不怎么喝，只喝一点带回去孝敬老人的贵州白酒。但在自家三口人的饭桌边就喝得不少。

山里没有娱乐，进城交通不便，天又冷，所以大家的春节都在家饮酒度过。小卖部的啤酒论捆卖，全家老少都会喝一点，白酒更是琳琅满目——母亲了解各种白酒，每次回云南探亲也会给公公孝敬两瓶贵州酒，直到他去世。是啊，贵州啥都没有，但是出好酒。岚岚说。小卖部里还卖着一捆捆小香槟，是从江浙运来的东西，像汽水，应该是上海人喜欢喝的。要喝它还不如喝可口可乐，岚岚说。可口可乐是个时髦东西，以前只在中央电视台直播奥运会前后的广告里见过，如今在城里的几家大商场也能买到了，虽然比啤酒和白酒都贵。一种叫宝特瓶的巨大塑料瓶，充了碳酸气的咖啡色液体，味道和两毛钱一瓶的汽水完全不同。按母亲的说法，一股药味。

打牌是春节假期的重要娱乐。岚岚家三个人只能打争上游。船长家四个人可以打升级。岚岚说这也不能写进日记里，陈老师看了肯定会有麻烦。岚岚在陈老师眼中已然是一个问题少女，在学校打架已经天下皆知，在家还要喝酒打牌，成何体统。

其实不怎么打了，都改看电视了。船长说。哥哥已经对和家人打牌失去兴趣，更喜欢摆弄家里给他新买的吉他。父亲好不容易回家一趟，还想着加班画几张图纸。母亲惦记着要把没吃完的食物放到阳台上保鲜，然后筹划着趁放假做点糟辣椒腌萝卜。只有船长希望继续打下去，虽然他是最不喜欢打牌的人。

你没回云南？云南还在打仗吗？

可能还在打？船长不太确定。没回去。我妈没法请假。我哥节后每天都要进城补课。

身后传来一声清脆的爆响，岚岚失声惊叫。船长站起身和她一同扭头望去，居民区路口的垃圾堆边有几个背着箩筐的农村孩子在笑。他们应该是捡到了一个鞭炮。

西开点！

船长暗笑。上海话，他们即便能听见也不懂。岚岚冬天不爱出门的原因之一就是不想遇上这些游手好闲的农村孩子。他们喜欢一路走一路扔鞭炮玩，望着远远躲开的基地孩子，毫不掩饰恶作剧的笑容。他们玩不起电光炮，只玩最便宜的红纸炮。电光炮填满银色火药，用印花纸裹得瓷实，声音响亮。红纸炮只用粗糙松软的红纸包一点普通的黑红火药，一折就断，受潮就软，炸起来也没有那么猛烈。他们的鞭炮其实大多是捡来的。春节过后遍地鞭炮屑的居民区自然是他们的重点搜寻区域，即便是那些导火索烧得短短的也敢拿起来点，还要插到牛粪上，扔进酒瓶子和罐头盒里。岚岚本来就不喜欢放鞭炮。船长记得她在一篇作文里说她讨厌鞭炮。家里放鞭炮只是仪式，就像看升旗。年夜饭前父亲在阳台上放，自己躲在玻璃窗后面还要捂上耳朵。她喜欢烟花，亲自发射魔术弹，虽然依旧要父亲点燃导火索，然后还须扶住她的手。住五楼真好，大片的天空能让冬天的家里稍微明亮些，晚上看不到夏夜的星星，但魔术弹升空后能照亮不远的平顶山。

这帮孩子应该不是刚才那帮。他们的破烂穿着都一样毫无特色，但这几个背了箩筐。他们出门总是背着箩筐，可以顺道拾柴捡破烂。那帮没背箩筐的孩子应该是预谋好了要抢冰鞋。这件事就先不告诉岚岚了，否则只会加深她对他们的反感。

春节都过了还没习惯？船长问着，蹲下继续收捡最后几个煤球。春节是山谷中最热闹的时候。鞭炮声一连几周不绝，对周边地形烂熟于心的他能够从群山回响的延迟中辨出它们是来自哪片居民区或是哪座村寨。工人和农民追求着不同的生活，但依然保留了这一共同的传统。不过，那些平时只有鸡鸣狗吠的村寨在声势上完全盖过了居民区。他们大清早就放炮，而且从小年夜一直放到正月十五，放得兴高采烈，连狗也叫得更欢。而工人们也就是春节前后外加十五放个几天，只是一种例行仪式。

这些小孩太淘气了。放放烟花好不好？鞭炮有啥可玩的？

小男孩的乐趣你不理解。再说，烟花是给城里小孩玩的东西。给人家一点欢乐吧。你看人家大冬天还得捡柴。船长说着，最后一次站起身来，活动着腰。

他们冬天要捡多少柴才够烧啊。他们不烧煤吧？不过我看他们一个个都挺能抗冻的。

一声尖利的猪叫传来。显然是翻垃圾的孩子和翻垃圾的猪发生了争执。老母猪想必是被踹了一脚。船长扭头，正好望见几只小猪四散开来又围拢回去。垃圾堆里升起一炷烟。

你看，冬天大家都喜欢玩火。船长提着一桶煤球走进自家的煤棚。

老猫他们去山上玩火了。你怎么没去？岚岚跟在他身后说。她看见他们一帮人午饭后就出来集合上山去了。

船长愣了一下。下午发生抢劫事件时，一伙男同学正在山上。玩火的山，不用说，就是平顶山，也就是那帮小孩消失的地方。两群人是否遭遇？他们没看见他们手中的冰鞋？

垃圾堆那边传来几声耳熟的闷响，伴着欢笑。船长回头，见一个小孩举着一根还在冒烟的棍子，像是半截魔术弹。船长在阳台上拆解研究过这种古老的发明，里面是一粒粒的火药丸。十六发，三十二发，每次发射时母亲都要在旁边和他一起数数。有时候少几发，母亲便会淡淡抱怨一句，说以后不买这个牌子的了，然后招呼他赶紧进屋以免着凉。

那么刚才应该是几粒弹丸升空。但阴郁的天空依然是一潭死水。在想象中，即便是白天，火药在空中爆燃洒落的光亮也应该持续几秒钟，就像信号弹。

白天放能看见什么呀。岚岚说。

你看，他们也喜欢放烟花。船长说着，给煤棚挂上了锁。虽然他在晚上从未见过魔术弹从村寨射入夜空，照亮茅屋、树林和梯田。那会是一幕比白天放烟花更魔幻的场景。应该就像《气球上的五星期》中的一幕：费尔久逊博士在半空中用高能电池点亮炭条，强烈的弧光照亮了蛮荒闭塞的非洲腹地、土著皇帝和他的臣民们，照亮了大象和斑马，照亮了他们要救走的传教士，一个孤身到此传播文明却被折磨得奄奄一息的人。

## 103

船长一直以为基地是中国最安全的角落。这个信念始于四姨妈的那句话：赶紧躲回你家贵州山沟沟去啦。那年在她家过春节，街上走了两天的军车，其他交通彻底停滞，连过马路都难。军车身披伪装网，有的还拖着用迷彩帆布蒙住的大家伙，应该是榴弹炮，也有可能是火箭炮、扫雷机器人、地对地导弹、单人作战坦克、无人驾驶飞机或者小男孩想象中拥有其他神秘力量的机器。白天，他独自站在街口像将军一样检阅队列，二表哥在坡上喊吃饭他也不应，大表姐只好给他端来一碗盖了菜的饭，让他边吃边看。当晚，他在人生中首次失眠，看一夜的车灯推动窗影在墙上跑了无数次。因为开得慢，走走停停，反而难以估算到底是多大一支队伍，但假如能腾空而起俯瞰大地，看到的应该是绵延数十里的一条长蛇向边界蠕动。

云南小县城的冬夜，全家人照例在大宅子的堂屋里围着火盆聊天，谈论南边发生的事。船长年纪最小，对战争和敌人一无所知，插不上话，只能坐在猫和狗之间把大表哥的小收音机贴到耳边聆听。四姨妈家没有电视也不订报纸，接通镇外世界的只有那台小收音机，而它能收到敌人的对华广播。在自己家中，广播的记忆只是下午四点的孙敬修爷爷讲故事，他和广播里的其他声音都来自首都北京长安街上的某座大楼，但此时听到的声音来自南方群山后面的钢筋混凝土工事。船长在家中没有任何发言权，但已经当上了专职监听敌人的报话员。不准收听敌台！四姨爹放下水烟筒严厉呵斥，表姐们释出银铃般的笑，而船长已经进入激动人心的战备状态。女播音员普通话说得不错，虽然南方人的婉转口音影响了义正辞严，但电影里的女特务都是这个腔调。

船长说：我要到楼上的大衣柜里躲起来，莫和我抢。整个家族最小成员的唯一发言，后来几年中一直是亲戚们逗乐的经典。就在此时，四姨妈说出了那句话：赶紧躲回你家贵州山沟沟去啦。你家贵州山沟沟是她的惯常用语。每次假期将尽，母亲说要走了，众人都说再住几天嘛，莫急着回去。母亲说调休用完了娃娃也快要开学了，四姨妈便会对船长说：是啦，拎着那罐水腌菜回你家贵州山沟沟去啦。水腌菜是她亲自做的，船长经常去她那间遍地陶罐的耳房偷吃。行李中还有她亲自做的油卤腐、芥菜结、茄子鲊、银鱼干和四姨爹从晋城买来的牛干巴。寒假结束和母亲拎着瓶瓶罐罐乘火车回家的路上，船长望着窗外重峦叠嶂绵延数百里，隧道连着桥梁，确认贵州山沟沟是个适合躲藏的地方。

开学后，船长告诉同学们自己在云南目睹大部队全副武装日夜行军，他们有的惊恐，有的神往，其余的说他在吹牛。直到有大炮齐射、坦克冲锋和手动排雷画面的电影相继上映，大家才彻底相信。接着，基地迎来了英模报告团，职工和学生挤满了大礼堂，上台为身穿绿军装的英雄们献花的代表每班只限一人。同学们纷纷向船长打探来自云南的小道消息时，他却沉默了。看来这场战争还要继续打下去，而他与他们的不同之处是他在云南有亲戚。按照影视作品的描述，一打仗，青年们就会被抓丁或是应征入伍报效祖国。两个表哥会在无名高地的战壕中面对蚂蚁般涌上来的敌人。两个表姐会在猫耳洞里包扎伤员。四姨妈家坐落在小镇南门大路边的显要地带，假如敌人长驱直入，猪和鸡被抢走，猫和狗被射杀，梁柱雕花的大宅子也会被付之一炬。赶紧躲到我家贵州山沟沟里来吧。船长等待着时机说出这句话。

贵州肯定是中国最安全的地方。上一次世界大战中，日本人横扫大半个中国和亚洲太平洋，但是打到贵州就打不进来了，因为这是一片密集的乱山。而基地就在山中央。日本人可以在北部湾登陆占领广西，可以沿长江溯流而上深入四川，可以绕道缅甸偷袭云南，但想要占领贵州会很困难。假如当年美国袖手旁观任日本横扫亚太，政府会从重庆迁到贵阳，大学会从昆明迁到贵阳，最后几卡车代表中华文明的文物也会分存于城郊的隐秘山洞，因为贵州会是中国人能够坚守的最后一方领土。

但这一优势显然改变了船长和周围这群人的命运。备战，备荒，为人民。几个一人高的方正大字漆在工具车间的大墙上。船长从懂事起就经常在厂区玩耍，它们可能是母亲教他认识的最早几个汉字。相形之下，803 大楼上镶嵌的凸体“为人民服务”虽然精致得像是奶油蛋糕上的题字，但歪扭潦草，据说还是繁体，他在好几年里只能认出“人民”二字。人民也包括自己，假如没有内迁进山，打起仗来，可能已经死掉了。在父母刚开始工作的年代，中国与美苏的关系都不好，基地就从上海搬到山沟沟里来了。留在上海确实很危险，东北方有小日本，东南方有国民党，眼前的公海上游弋着美国第七舰队，冲绳和关岛空军基地携带核弹的 B-52 轰炸机可以随时起飞。北京更不用说，离边境太近，苏军不用飞机大炮，直接放纵坦克部队越过大草原前来碾压。

船长希望家乡能够成为被亲戚乃至国家重视的地方，他愿意为此贡献力量。养兵千日，用兵一时。祖国是你的，可也是我的。假如越南人真的打进山来，他很乐意到基地武装部领取枪支弹药去阻击他们。他长期和同学们在亚热带的群山中分拨开战，像兰博一样擅长山地游击，对周边地形很熟悉。小学时在职工医院拔牙，医生对母亲说这孩子真勇敢，可以直接去打越南了。母亲听了很开心。有一部电影叫做《自豪吧，母亲》，是他和母亲在城里看的，说的应该就是母亲的心情，虽然船长认为她听见征兵的敲门肯定会把儿子们藏起来。他会从衣橱里钻出来说服她，自己有足够的智慧和经验去保卫家园。

那几年的很多个深夜，船长躺在床上，仰望着被对岸车间灯火映亮的天花板，考虑越南人打进来的可能性。他曾在四姨妈家遍地陶罐的耳房里翻出几本蒙满灰尘的小人书，说的都是英勇的越南人民如何把美军打得屁滚尿流。根据看过的纪录片，越南确实把美国赶跑了，最后几个美国人是从驻西贡大使馆乘直升飞机撤离的。美国把地毯式轰炸和化学武器都用上之后依然失败，说明越南非常厉害。到底越南能不能打过来？据说它背后有苏联人支持。越南当年能和美国干，则是背后有中国支持，小人书上就是这么说的，母亲也说越南人拿中国支援的袋装大米在云南边境搭工事。这种变化令船长感到迷惑。后来四姨妈家门口再也没有那么多的军车路过，战争变成了拖泥带水的小规模冲突，从头版头条变成夹在其他新闻中的小方块。大表哥和二表哥都当了司机，大表姐进了建筑队，二表姐进了兽医站，看起来没有人会上前线。

但来自大国的威胁依旧存在。新闻联播三天两头报道美国的星球大战防御计划，那才是未来的战争。隐藏在西伯利亚和北达科他荒原的发射井无声开启，洲际弹道导弹在太空中划出一道弧线，多弹头分导再入大气层，末端速度超过二十马赫，完全无法拦截。当年把关键制造业从没有战略纵深的东北和沿海挪到西南靠山分散进洞，但敌人在二十年中发展了新技术，核弹头雨点般从天而降指哪儿打哪儿。大城市依然是首要目标，但坐落着导弹发射井或是关键工业设施的偏远山区也无法幸免。基地藏在离省城十公里的山中，但毕竟生产过关键军品，肯定被标注在了敌人的军用地图上。

船长是多么希望能看到那张军用地图，了解自己的家乡是如何被标注的，然后将标注抹去。但他能做的只是最早学会的那四个汉字：备战，备荒。家中最神奇的那本书，早已背得滚瓜烂熟的《民兵训练手册》，第一章的第一句话是这样的：未来战争的样式，将是按电钮式的，这就是说，敌人在发动战争的时候，不是先将部队运出来作战，而是首先在他早已准备好的各种军事基地上，按电钮，发射导弹，射击他预先瞄准好的目标。因此，战争的突然性是很大的。帝国主义历来惯于背信弃义，使用突然袭击的手法。在导弹、原子武器、氢武器和化学武器时代，这种突然性就更大。假如真是这样，后面的章节都可以略过？比如射击和拼刺刀训练。核爆后即便还有幸存者，也只剩下半口气，没有力气舞刀弄枪。所以，只看关于核武器的第一章就足够了。

在船长研究核武器的时期，同学们争论的是宇文成都和李元霸谁更厉害，向往的是少林功夫和迷踪拳。陈真遇到警察齐射也得逃跑，而洲际弹道导弹让齐射没有意义。船长看着他们比划拳脚，感到自己责任重大。中国是有核武器的，虽然不会首先使用。但如果这样的山沟沟都挨炸了，应该就会使用了。一旦使用，核冬天便会来临。有了这个可能，要考虑的最大问题就不再是打仗或是如何迅速背向爆心卧倒，而是接下来的生存。核冬天又是什么样子？这个世界还没有人经历过。据说和中生代小行星撞击地球导致恐龙灭绝的情况差不多。贵州的冬天应该和核冬天相去不远：厚重的云，阴冷的风，阳光和蓝天稀缺。本省山多人少，灾民总量应该不多，也基本不会有来自平原的灾民流入，这一点在发生饥荒后尤为重要。在这条偏僻山谷中幸存下来的也许会是地球上的最后几小撮人类之一。越现代的文明越可能被摧毁得一干二净，因为它们树敌太多，因为它们是最好的抢夺对象，因为它们人口太过密集，对技术太过依赖，沉迷于舒适生活，从未考虑过备战备荒。那些被遗忘的古老文明是否会重新崛起？美索不达米亚和埃及离油田和运河太近，会被弹坑覆盖，玛雅和阿兹台克离美国不远，会被核尘埃笼罩。贵州人和藏在南美安第斯山深处的印加人会是最后两批幸存的人类，成为下一个人类文明的东西两极。

但是，核弹还未投下，藏在贵州的最后一批人类中就已经爆发了冲突。在这个夜晚的漫长思考中，船长彻底失眠了。中国历史课上讲述的每一次改朝换代都始于内乱。即便在这座僻静的山谷中，二十年前，基地的两派职工之间也发生过激战。平顶山上的平顶和工事遗址、老房子对面山洞里的标语，都是当年留下的遗迹。没有人怀疑过那些激战的存在。母亲经常说起当年打起来的时候父亲哪一派都没参加，独自躲在空荡荡的办公楼厕所里喝酒读书，属于逍遥派。母亲提起这件事是想批判父亲在没结婚前就已经是个酒鬼，但船长因此了解到职工有不参加的自由。不过，母亲也曾提到，她有一年回家探亲，曾经差点搭乘一辆基地的军用吉普去火车站，那辆车后来在火车站前遭到对立派系的伏击，车上乘客无一生还。母亲提起这件事是想描述她当年回故乡的艰险，但船长因此明白，即便生活在山沟沟，即便不参加，命运也不是自己能决定的。这几年，他已经研究了很多关于这类冲突的资料。家中角落里捆扎着准备卖废纸的油印小报和内参资料都被他翻了个遍，类似的故事不光发生在基地，也发生在贵阳、安顺、遵义，甚至四川和广西，而且更加惨烈。他不知道这种冲突未来是否还会发生。他需要做好准备。

从这几年的春节联欢晚会来看，祖国城乡都欣欣向荣。虽然春节期间照旧有农民在居民区捡垃圾，但村子那边的鞭炮比居民区的更多更响。如今细想，抢冰鞋和放鞭炮一样，是某种表述。也许我们其实追求着相同的生活？春节联欢晚会可能不会帮助我们了解彼此的生活，因为其中主角是平原上的农民和大城市居民，前者拥有可以机械化耕作的千里沃土和被大江大河支持的全套灌溉系统，后者坐享宽阔的街道和快捷的公交，而我们需要使用锄镐或炸药建设我们的世界，在同一片石山间寻找或创造一片安身立命之地。在这一片狭窄空间中，两种生活总会有些摩擦。就在前几天，哥哥骑车路过垃圾堆时被一头横冲出来的老母猪撞倒，人和车都蹭掉了好几块皮。一头老母猪有几百斤重，四姨妈家杀猪都需要好几个壮健男子帮忙，当猪像鱼雷一样从垃圾堆里发射出来，撞倒一辆自行车毫无问题。母亲不认为猪会对人突然发动攻击。虽然这些猪整日都在居民区的垃圾堆里拱食，但并不是野猪。后来哥哥说起因似乎是他先撞上了在路边乱窜的几只小猪，所以被老母猪攻击。母亲站在一位母亲的角度上认为这解释了一切，再次批评了哥哥走路骑车不看道，问他是不是眼镜度数不够了，然后盘算着周日再去买点猪肝给他补补。但她的思索并未就此停止。她认为农民把猪扔在垃圾堆里的做法是不负责任的。云南老家的农民们，比如四姨妈，家里的猪都是圈养，给它们干净的稻草当床，喂的是糠。应该喂正经的粮食，怎么能喂垃圾呢？这样的猪肉能吃吗？四姨妈家的猪肉确实很好吃，猪油也特别香，船长在她家最爱吃的一种主食就是猪油拌饭，加点盐，味道绝佳，什么菜都不需要，每次想起来都要流口水。船长当时没有告诉母亲，自己在云南乘表哥们的卡车探险，途经的任何村镇都有满街乱窜的猪，曾有一次，他们的车还因为一只被轧死的小猪而被村民堵截。但不同之处在于，那些猪是在自家村里乱跑，而如今窗外是农民的猪在工人的居民区里乱跑。这是否算是一种“侵略”？

可能不算。既然农民们可以从居民区路过，他们的猪自然也可以和他们的孩子一样在此闲逛，顺便翻翻路边的垃圾堆。在基地建立之前，这座山谷中就应该有了农民们用双脚和牛马踏出来的路，而且想必也在山脚河畔蜿蜒。自从这条路被铺上水泥路面之后，双方共用这条路的问题暴露出来了。虽然基地清洁工每天清早都会打扫，牛马总是边走边排泄，再经鸭群踩踏和车辆碾轧，路面在中午开始便会变得狼藉不堪，而孩子们放学后把马粪蛋当球踢，用石块把蛋糕般松软还冒着热气的牛粪砸得四处飞溅。牛马也并不是毫无忌惮，它们随时可能会被汽车喇叭、锅炉泄压或是单杠手扶拖拉机爬坡时发出的爆响惊吓，以万夫不当之勇一路冲杀，几分钟就能从居民区跑到学校门外的桥头，往往要逃离人群和文明地带之后才会安定下来，或是感到四面受敌慌不择路跌进深深的河谷。

在这片以地无三里平知名的山区，各走各的路是不可能的。农民比工人来得早，但他们也是外地人，因为他们也是汉人，而云贵在古代都是蛮夷之地。母亲说他们祖上是从南京迁到云南的。她说小时候老师对四姨妈说他们的祖上是从南京一个叫做“三蹬小石坎”的地方迁来的。中学老师也对她说过她祖上应该是南京人，因为她说话有南京口音。即便是有户口限制的今天，人们也依然在迁徙。记得二表姐在一篇关于为何要进行第三次人口普查的日记上说，云南每年有二万七千人迁往外省，同时有二万五千人迁入。那么，备战备荒为人民开始后，贵州人口想必发生过一次猛增，而父母这批内迁的年轻人结婚生子的年月发生过第二次猛增。明朝平定云南，清军入关，日军侵华，想必都导致人口迁入此地。不过，气象山上最老的墓碑也只是光绪年间的。那么，此地在光绪之前是少数民族的天下？母亲刚到此处时去农场劳动，曾有一次独自在夜里迷路，直到一位少数民族妇女提着灯笼来领路。这是个传奇故事。少数民族是基地领导和当地村干部派来寻找她的？还是偶遇？船长喜欢想象少数民族在黑暗中提着灯笼走来的样子。按母亲的描述，她身穿青色和黑色搭配的百褶裙，打绑腿，穿草鞋。这样衣着的妇女，船长在买菜时也曾见过，不同之处是解放鞋替代了草鞋，算是现代给她们的唯一文明。她们总是沉默地站在菜市场那条街的街尾。街口黄金地段是一批有固定摊位的小商户，中段是从农民处倒卖蔬菜的贩子，然后是本地农民，街尾是她们，她们连本地方言都说不好。她们不讲价，但开价也便宜。在看了一本父亲给兄弟俩买的美国中学历史课本之后，船长认为她们相当于印第安人，是最早在这片新大陆生活的原住民，拥有自己的语言和奇特服饰，而农民和工人相当于先后前来定居的欧洲移民，带来了以种子、牲畜和机器代表的先进生产力。所以，印第安人后来也拥有了骏马和枪支，在西部片中扮演了重要角色。但在银幕背后，他们也还是要种地，并且早已拥有手扶拖拉机?

过去二十年间，基地一直处在农村的包围中。农村包围城市的战略，不光是考试的必背内容，也是放学后的课题。最近，基地给每家住户都安装了防盗门，但这聊胜于无的举措在船长眼中其实是一个形势恶化的信号。无论是独自从楼顶用望远镜巡视还是和同学们一起爬山，他都在考虑基地的防御。这些年里，他已绘制过很多版周边地图，包括所有溪流、峡谷、山洞、建筑、道路、围墙、铁丝网、垃圾堆、化粪池和下水道，有标高和比例尺，一版比一版精细。每天下午上课前的那一个小时，他一次次在这些地图上绘制人员、车辆、武器和路线，推演各种攻防战斗，添加射击弹道和爆炸烟云。在这个夜晚，仰躺在小床上的他不需要挂着望远镜爬上楼顶。他只需将地图从大脑中的抽屉里取出，贴到思想的天花板上，借着对岸车间的光亮开始又一次备战备荒。

基地背山面水。山是比 803 大楼高得多的水塔山，山脊上如长城般蜿蜒着一道大墙，山顶有一座水塔和只容一人通过的小门。水是小河，两岸是两层楼高的堡坎，厂区一侧还加筑了顶部扎满碎玻璃的围墙。山与水交接之处分别是前门和后门，它们和水塔山小门一样拥有长明灯和二十四小时值班的警卫室，还能通行汽车，门外各有一座桥，前门桥通向生活桥居民区、学校、招待所和新食堂，后门桥通向杨梅山居民区、基地附属的农场和农场人开始渐渐迁入的梅兰山居民区。船长家所在的干打垒居民区最大，与基地隔河相望，职工们走两座桥都能抵达，他们的选择取决于他们在这座庞大基地的哪栋建筑里上班。

将居民区安排在这座堡垒式的厂区之外，而且还隔了一条河，确实是基地规划者们的严重失误。所有职工每晚在居民区安歇，一旦被偷袭围歼，厂区再固若金汤也只是一座无用的空城。但既然地处地无三里平的贵州，山谷中自然没有足够平地安排数千人的居住，而河流切过谷地中央也是自然的安排，所以只能将两个区隔河安置。事实上，厂区还是当年炸掉一座山后才平整出来的，父亲说那座山曾经开满桃花，被大家命名为桃花山，其位置大概位于现在的平顶山和金工车间之间。因为缺地，基地众多附属设施都位于厂区之外，比如新建的大礼堂、食堂和招待所。所以，在船长的地图上，基地的范畴早已扩展为属于基地的道路所连通的一切建筑和设施，连每一根电线杆都标注了。

从古代直到二十世纪初，城市在夜晚都要关闭城门，全体居民应该早已养成及时回城的习惯。位于水塔山城墙西侧托儿所大楼楼顶的碉堡式小间里有一台防空警报器，不仅提醒着船长战争的威胁，也是基地作为一方独立文明的标志，同学们曾经去玩过，蛐蛐还被它的旋转部件夹伤过手。防空警报器响起来声震远山，分散在杨梅山、干打垒和生活桥三个居民区的职工和家属们进厂避难只需走几分钟的路。厂区临时安置几千人不成问题，成家的分配到办公室和实验室，单身的在车间和仓库分男女入住。水塔里的水应该够坚持一段时间，用完了还可以抽河水煮沸。靠近后门的旧食堂将会重新启用，而与之配套的冷库似乎一直都在运转，因为船长经常看见它厚重的大门被打开，一扇扇冒着寒气的冰冻猪肉被小车推出来，而基地夏天自产自销的冰棍和分发到车间的冰果露也是在冷库楼上制造的。粮店虽在河对岸，但离前门桥只有一百米，依靠隔河小礼堂楼顶的火力掩护，派小分队用卡车去把粮食都抢回来应该不成问题，甚至可以直接用绳索和滑轮吊运过河。围墙外所有的人员物资都撤到厂区后，就可以炸桥了。船长早就从桥上桥下各个角度观察过前后门两座桥的结构，计划好了放炸药的位置。他为此专门读过《民兵训练手册》中的爆破章节，潜心研究了各种炸桥和保桥的二战故事片，对这项任务胸有成竹。他感到遗憾的是它们没有设计成可以拉起的吊桥，否则，背山环水的基地就是一座完美的古代山寨。

和其他大型厂矿企业一样，基地拥有保卫科和武装部，前者这些年的主要工作是抓捕进厂偷盗铜铁的小偷，后者则拥有真的枪支弹药。同学们津津乐道的说法是金工车间和小礼堂之间那幢没有窗的神秘建筑其实是座武器库，船长还不能确认，无法在地图上正式标注，但前几年他放学后进厂找母亲时确实遇上过民兵实弹演习，803 大楼前的广场都被封闭了。船长离得太远，没看清民兵的模样，但应该都是基地的青年工人，因为同学们手中随即就流通着从哥哥姐姐们那儿要来的步枪弹壳。但船长想象着一些自力更生的创造：一种由压缩气体或强力弹簧驱动的新型枪弩，使用高级合金，还带瞄准镜，由操作着计算机的父亲设计，由已被青年徒弟称为老师傅的母亲使用高级机床生产。母亲这些年已经不怎么用机床了，不知她是否还能胜任？自从在父亲的实验室里看见激光器之后，他有了一个新想法，虽然后来明白那种氦氖激光的功率很低。但近来从同学那里听说基地办公楼后半山腰那间窗户永远被黑天鹅绒窗帘遮蔽的平房里有类似设备之后，又激动起来。

船长回想那些激动，随即意识到自己的跑题。厂区防御最大的漏洞是水塔山上数百米绵亘林间的围墙。托儿所大楼后面那段墙已被进厂偷铜的小偷在墙基下面掏了个洞，堵上又被挖开。同学们经常在墙外的菜地偷了萝卜塞进书包，从那个洞钻过围墙再掏出来擦土剥皮大嚼，就像动物总要把猎物拖到安全地带再吃一样。那种红皮小白萝卜从地里拔出来时都很小，常常辣得人跳脚，站在山上边吃边俯瞰基地全景，却有一种冒险后品尝胜利果实的刺激和满足。不过大家后来渐渐都不吃了，或许是因为小猪故意倒大家胃口说这些萝卜都被大粪浇过，或许是同学们都长大了觉得这不够刺激。而今夜船长要考虑的是如何加强围墙的防守。最理想的方式是把围墙修得像长城般高大厚重，农民无法打洞攀越，墙顶的道路还能用于守望、反击和人员调动。山体坡度过大，无法向上运送石料，可以从水塔山小门内侧沿山脊铺设车道，然后在其外侧加筑城墙，一切都可以用基建科自备的卡车、吊车、挖掘机、推土机和压路机实现自动化，不再招募当地民工，以免他们暗中破坏，或是意识到基地开始备战而先下手为强。然后，以水塔山顶的水塔为基础架设岗楼。从那个制高点可以俯瞰大半个新添寨镇。墙外，是一条崎岖小径曲折下山，接通镇北头的十字路口，路边是区医院、电信局、银行、新百货商店和菜市场。墙内，是基地最长的坡道，两侧排列着厂房和仓库，在中心花园边和连接前后门的厂区主干道相交。以前放学到厂里找母亲，假如是月初活儿不多的时候，她会提早下班，带他从坡道爬上水塔山，穿过那个小门下山去菜市场买菜。那是一条通向小镇的捷径，而且不会在前门被领导撞见。在水塔上安置重机枪，火力可以覆盖镇北咽喉路口和那些关键设施。敌人举着镰刀爬上来，必然会像《火烧圆明园》中冲锋的清军一样被成排撂倒。

断电是另一个难题。基地创建时最艰难的任务之一就是从城里往这座山谷拉电线，年轻职工们自己去翻山越岭架线，奋战了好几个月。至于为什么要从城里拉，船长的想象是当年的新添寨是座只有一条街的名副其实的新添的寨子，其电网无法满足基地需要。如今一旦开战，这十几公里输电线必然会被首先破坏。基地某处肯定藏着强大的柴油发电机组，因为每次停电后关键车间都会迅速恢复照明发出噪音。但这又涉及柴油储备的问题。还有粮食储备，也就是备荒。农民的优越性体现出来了：只要不进入核冬天，土地有阳光雨露便能生产食物，顺便养活后院的鸡和猪。基地可以派武装小分队去周边村庄抢粮，但那就构成了真的侵略。看来，除非基地的城墙能够圈下足够的农田，否则固守只会是暂时的。也许可以在梅兰山背后的基地农场建一座卫星城？农场最初的功能确实是为基地供应粮食，但船长从未去过，不知道它有多大，是否能够独立支持几千人的生存。即便能，也需要派一批武装人员去耕作和看守，到了收获时节，还需要押运，就像生辰纲，翻山越岭，穿过松林。

母亲屋里的三五牌座钟敲了两点钟。从记事起就熟悉的声音。房间另一侧传来哥哥轻微的鼾声，他明天还要早起赶班车去补课。而船长自己也终于快要沉入睡眠了。他知道自己可能会梦见交河故城。自从在纪录片《丝绸之路》中看到它的模样之后，他的梦中经常浮现那段俯拍的全景。那片孤立台地四围是数十米高的峭壁，两侧被河流环绕，像一艘巨舰在西北的旷野中行驶了两千年。巨舰上的建筑分为行政区、居住区、寺庙区、佛塔区和墓葬区。基地则分为厂区、后勤区、居民区、学校区，将来也需要墓葬区。船长在意识中最后一幅依稀的画面上随手勾勒出一幅新地图，好在即将来临的梦中飞掠一座完美的堡垒式城市，并认出沉睡着自己的家。

## 104

对于同学们来说，开学的意义是面对未来。未来是什么样的，他们还看不清，但都明白，未来不在这儿。教语文并兼任班主任的陈老师是一位精干的牧羊人，会将他们赶向更好的未来。她的主张是，只要离开这儿，就有了未来。目标很明确：进省城念高中，到外地念大学，一步步离开这儿。家长们也都是这样想的。

开学第一件事是交作业。除了从小就要做的各科假期作业，便是陈老师的各种高强度训练了：记叙文、议论文、说明文各两篇，另加三百六十五天不间断的长线内容——记日记，记周记，记新闻。

陈老师，这周记和作文有啥区别啊？张弟曾在课堂上举手问过。作为四人团之首，他爱出风头，喜欢找茬。他哥是初中部颇受同事们喜欢的年轻物理老师，所以老师们都不便管他，而他也微妙地调整言行，不去激怒她们。

问得好。简单地说，作文的目的是锻炼文字描述和表达的能力，而周记是用来记录一周学习生活的，同学们可以用这个机会总结一周的重要收获，检讨不足之处。

那日记和周记有啥区别啊？张弟继续接上。

日记不一定是拿来总结的嘛。写日记的目的是鼓励自己在日常生活中的细微观察能力。你们每天看到的有趣事情都可以记下来呀。

那这个日记不应该交啊。她们有的女同学写日记连父母都不让看。您见过那种带锁的日记本吧。她们，都是有隐私的。四人团成员之一肖峰也开始加入帮腔了，而且照例喜欢逗乐，他逗乐的方式是在口语中使用逗号。

要交。这也算是老师了解你们生活和思想情况的一个窗口嘛。有什么私下里想对老师说的悄悄话，可以写下来。陈老师也开始使用逗号。

船长知道陈老师这句话是有漏洞的。因为她越来越频繁地把检查日记的工作秘密下放给语文课代表，自己只是抽查，偶尔写个批语，让同学们感受到老师的存在，保持紧张。但她是否真的每本都看了，或是忙起来的时候一本都不看，他无法预知。四人团和同学们一样不知道这个情况，所以没有继续挑战。

记新闻这项作业本身就是新闻，在别班同学和家长听来闻所未闻：每晚七点坐在电视机前聚精会神看足三十分钟新闻联播，把每条新闻用一句话记下来。与日记或其他作业不同，这项作业无法突击完成。若是当天没看新闻联播，必须在新闻本上注明理由。陈老师认可的理由只有几个：生病？那么前提是该学生当天没上课并有家长假条；回老家探亲？这种情况自然只能发生在假期，但只限在火车上耽误的时间，限来回各三天；停电或是基地闭路电视信号故障？那么会有大批同学写下相同理由，否则要请家长证实。

要是家里没电视机咋办啊？当初陈老师布置这个作业时张弟是这么问的。

哪位同学家里没电视机的，请举手。陈老师照例从容不迫。同学们纷纷四顾但无人举手。船长当时暗想，即便是家里真没电视的同学，可能也不好意思举手。他后来在王军家的茅草房看见了一台电视机，终于相信同学们家中确实普及了这种设备。

你们他妈的干吗不举手啊，牺牲你一个，幸福全班人。下课后，四人团成员郭超拍着桌子说。

干脆咱们哪天去郭超家把他家电视机砸了吧。四人团成员蛐蛐说。

后来郭超家的电视果真坏了，他立即报告了陈老师，希望暂时豁免这项作业，结果被邀请每天到她家里去看新闻联播，还管饭。没过几天郭超家的电视机就修好了，据说是他催促家里赶快修的。还据说，故障是几个落进机箱的硬币导致的。无论如何，郭超那几天的新闻记录非常认真。你们看看，世上无难事，只要肯登攀。只要用心，都是记得好的嘛！陈老师在课堂上举着郭超的新闻本说。

你们陈老师真是鬼点子多，记这个东西整哪样？母亲在晚饭时说。

关心一下时事挺好的，你没看见他哥中考已经加了时事吗？父亲边喝酒边说。他对这项被四人团称为奇葩的作业很赞赏，因为他可以不被打断地喝着酒看完新闻联播，而不是被母亲催促赶紧吃饭。

这个解释简单有力，母亲不说话了。

作为班主任，陈老师确实考虑着同学们升学的方方面面。除了熟悉时事，她作为语文老师的理论是，记新闻这件事可以增强同学们使用文字概括事件的速度和精确度。一班二班的同学们没有这项作业，每天晚饭后都可以出门玩，但是看不见任何三班的同学，因为他们都在看新闻联播并忙着记录。一班的语文课也是陈老师教，但就没有这一项，因为陈老师是以实验态度来对待三班语文教学的。大家都知道三班是市级语文实验班，基地电视台唯一的主持人带领唯一的摄像师来班里拍过上课的镜头，然后在闭路电视周六播放录像片之前的新闻节目中播出了。同学们激动了一阵，毕竟是首次上电视，但兴奋过后依旧对作业的古怪和繁重怨气重重。

其实承担最繁重工作的是被指派为语文课代表的船长。同学们适应这些作业后，陈老师渐渐把检查任务都下放给了他。课代表检查新闻记录本这项工作大家都是知道的，大家记下的内容应该都一样，快速翻阅即可，无需逐行批改。与记新闻相比，日记算是语文老师们布置的常见作业，每个班的同学都必须写。但它涉及个人隐私，让课代表检查不合理。陈老师显然也明白这一点，她的秘密解决方式是把三班的日记给一班语文课代表检查，把一班的日记给船长检查。这种方式并未得到严格执行，特别是当陈老师日理万机或是课代表病假的时候。课代表去教研室帮助老师批作业誊资料刻蜡纸，大家都习以为常，而陈老师有时会把办公室钥匙给船长，让他在全校没课的周三下午去签阅。假如时间紧迫，会索性把几十个日记本装进她的一只黑色尼龙袋，让船长放学后拎回家去签阅。船长拎着这个颇有分量的袋子走在回家路上，满怀作为小官的责任心。

日记本五花八门，但大致分为几种风格：一种是家长们从基地领用的免费文具，封皮上写着工作手册工作日志之类的；一种是印着毛主席语录的红皮古董，里面还有宣传画插页，想必来自家中抽屉深处。这两种日记本船长自己也都用过。其他的日记本显然都是买的，但也能分出两种：一种新鲜时髦，显然来自上海；一种透着土气，应该来自镇上的百货店。这些买来的日记本都很袖珍，不光是女同学的。船长明白大家的想法：本子小，日记就可以写得短些而不像只有两行字。

日记风格也大致能分出几种。一部分同学不知是真心想写好日记还是想讨好老师，态度极其认真。另一部分同学则只写流水账，看起来确实是他们的日常。此外还有一小撮同学虽然貌似常有些故事和感想，但考虑到会被老师阅读，所以也写成语焉不详的流水账，船长自己也属于这一小撮。

签阅用的是陈老师的小红花图章，看不出是谁阅的。按她的指示，根据日记的认真程度，可以给一至三个小红花。真是把我们当成小孩子管理了。船长想。但这个认真程度究竟如何把握，他一直没数，只好根据字数，写得越长字迹越工整的就给三个小红花，虽然这类日记一般都比较无聊。好在陈老师偶尔还是会抽查一些日记并且手书评语，船长感到自己隐蔽得很好，由此心安。

相比之下，记新闻这项作业因为无需编造个人故事，应该更容易完成，但船长不止一次发现有同学编造新闻。某某领导在某地调研或是会见非洲某国领导人这类新闻，即便是假的也足以乱真，只有用心比较其他同学当天的记录后才会发现。另一些隐匿得更深的编造则常常发生在人大政协开会期间，因为大会每天都是同样的内容：继续召开，工作报告，分组讨论，分组审议。开会期间不光新闻内容可以复制，其他新闻也都被压缩殆尽，成了同学们的假日。但总有个别同学在会议闭幕后自作主张让委员们继续分组讨论，马脚就露了出来。船长和父亲一样不喜欢看开会。他们都更乐意看最后几分钟的国际新闻。同学们应该也是如此。四人团在课间经常会讨论昨天记下的国际新闻，并以咬牙切齿大声嚷嚷出各种外国人名的中文发音为乐。

德克勒克！

葛罗米柯！

温伯格！

阿明·杰玛依勒！

谢瓦尔德纳泽！

佩雷斯·德奎利亚尔！

诺罗敦·西哈努克！

差猜·春哈旺！

以岚岚为代表的女生们都皱起了眉。这几个人的疯癫已经无以复加。船长嘴角的微笑是宽容的，因为这是陈老师残酷训练留下的后遗症。他也常为忙于记下这些复杂的外国人名而错过播音员的下一句话感到哭笑不得。很显然，三班的同学更快地走向了世界。

子弟学校的教师大多是半路出家的基地职工或家属，对学生自然很上心，这也是子校教育质量远胜镇上中小学的原因之一。陈老师的丈夫是基地职工，女儿在子校上小学，家住岚岚那栋楼，是货真价实的基地家庭。但她是贵阳人，接受过省城的专业师范教育，而且年轻敢干，把三班变成了市级语文教学实验班。她常从市里搞来各种参考资料和试题，甚至带船长和几个成绩较好的同学去市里参加公开课。这类全市实验班尖子学生云集充满竞争气息的公开课会被全程录像，虽然不知会在何处播放，但想必比登上厂里的闭路电视新闻更有意义。

陈老师给同学们带来的究竟是激动还是紧张，船长并不确定。升初中之后，他很难区分这两种情绪。他把它们都归类于即将走向世界的心情。子校虽是基地产业，但也归市教委管辖。这片群山环抱的隐秘土地在行政区划中其实是城市体系的边缘分支，童年感受的与世隔绝只是心灵太小导致的错觉。被陈老师领着和几个同学行走在省城的街道上时，他内心涌起冒险的快感。在此之前，这些街道都是由母亲牵着他的手走过。他知道自己不久便能像哥哥一样独自探索。

船长语文成绩很好，但和实验教学的关系可能不大，因为他从不积极发言和参与讨论，陈老师屡次批评无效只能摇头叹息。他喜欢语文课，是因为可以读到很多在另一个时间和地点发生的故事。连背诵对他来说都很有趣，因为这需要在脑中编织一组完整的画面。当然，这和母亲的参与有关。她看着课本帮他检查背诵的过程也是她阅读这些故事的过程，尤其是那些古文，她需要他逐字讲解。自然，从《阿房宫赋》到《桃花源记》，船长都背得滚瓜烂熟，也相信自己和母亲一同去拜访了那些已经毁灭或是遥不可及的胜境。他因此成了班上背功最强的学生。每逢上课点名抽查背诵大家都背得磕磕巴巴难以为继时，他便会被叫起来终结尴尬的场面。当陈老师要求他向同学们介绍背诵窍门的时候，他说：死记硬背。看着陈老师失望的神色，他赶紧描述母亲是如何逐字帮助自己背诵的。家长的参与，对孩子的教育很重要。陈老师在后来的家长会上强调。

船长的语文成绩在刚进初中时并不出色，陈老师和母亲在基地门口或是镇上买菜相遇，都会聊这件事。母亲很焦虑，因为在此之前从来没有老师和她谈论船长的学习问题。成绩主要是被作文分数影响了。船长的作文在陈老师看来都匪夷所思。比如在一篇写人的作文中，船长讲述假期和表哥一起开卡车为矿山运炸药的事，意在赞扬表哥的勇敢和敬业，但陈老师只给了四十分，批语是写作文要实事求是，不能胡编乱造。母亲看到作文和评语的第一个反应并不是埋怨他私自参加如此危险的活动，而是决心下次见到陈老师时一定要澄清儿子的诚实。他不知道她们后来有没有对话，但自己的语文成绩慢慢提高，最终成了全班第一。他肯定在无意识中做出了一些适应陈老师的努力，但只是因为不想让母亲焦虑。在整个小学岁月中，母亲从未担心过他的成绩。也许她变得焦虑是自然的，因为儿子离中考不远了，那是通向未来的第一个十字路口。

当船长听见陈老师在课堂上朗读他的科幻作文时，明白他们之间终于达成了互谅。按她以前的标准评判，这类文字是胡编乱造的极致。当陈老师要求他向同学们介绍写作经验时，他说，多看小说。注意到陈老师拉长的脸，他赶紧描述母亲是如何带自己去基地图书馆借阅世界经典文学名著的，每周都要去一次，能借到的凡尔纳和雨果都读完了。家长的参与，对孩子的教育很重要。陈老师在后来的家长会上又强调了一次。

接下来，船长顺理成章地变成了语文课代表。陈老师虽然认为他极不适合担任班干部，但她已经指派了太多同学承担各种名目的工作，缺乏人手。船长的语文成绩一直保持第一，而且是没有职衔的闲云野鹤，正适合承担作业批改。更重要的是，船长从不参加任何帮派，尽职尽责，守口如瓶，这让她觉得很省心。船长也认为自己确实是有职业素养的。他在小学当过小组长，也就是小队长，当时的班主任沈老师说，每个小组都是一只小船，而小组长就是船长，要起好带头作用，让小组在班里力争上游。这可能是船长外号的来历。船长确实很带头，每周轮值卫生都是最后一个回家，第二天又最早到校开门。而他那时也确实团结同学，不拉帮结伙——每个期末老师的评语里几乎都有这句。

这句话有问题。不拉帮结伙怎么能团结同学呢？岚岚和他讨论过这个问题。她当年收到的评语里也有这句。岚岚在小学能当上大队长，不拉帮结伙可能是原因之一。她当年挂着三道杠，统领全校同学，包括所有两道杠的班长和一道杠的船长。

升初中之后，船长不再担任任何管理工作，因为新班主任陈老师认为他不够团结同学，用她的原话，是缺乏和同学打成一片的能力。四人团就有和同学打成一片的能力，他们整天在楼道里打来打去。还好，当课代表不需要人事技巧，早自习带读，收发和协助批改作业，去城里参加市级实验班活动，和在语文课上大家都回答不出问题或是背不出书的时候起身救场。因为最后这个职能，船长总觉得陈老师派给他这个工作是故意整他，因为他从不主动举手答题太不给她面子，而每次被提问时又答得无懈可击。总之，船长认为自己渐渐进入了和父母一样靠技术吃饭的成人世界。语文学得好，就能负责相关工作，还能进城和上电视。

岚岚在初中没有任何职务的原因就比较复杂了。在陈老师眼中，她不再是当年的大队长，而是需要特别关注的问题少女。她没能和同学们打成一片，但已经敢和高年级同学打架，开始认识外校学生，被人在校门口堵截，引起了校领导的关切。相比之下，有些同学的变化很小，比如班长杜十娘。她的外号是大礼堂周日放映了一部古装片之后诞生的。她的性格也和电影中的杜十娘很像，敢于和男生吵架。想必是因为这个优点，她当了班长。那部古装片的情节船长并没有兴趣，印象深刻的唯一细节是女主角在和男生吵架之后，把一箱子金银珠宝撒进大江，船长当时对此非常痛心，因为她在扔珠宝之前，还从百宝箱里取出几件宝石，确实非常精美，立刻让昏昏欲睡的他精神起来。他自己的小盒子里有各种透镜、棱镜和镀了五彩薄膜的滤光片，但没有这种宝石。看完电影从大礼堂出来沿河岸回家的路上，他一直在想象珠宝的下落和打捞它们的可能性。那些小东西一旦落水，在没有潜水服的古代，即便浪里白条张顺和阮家兄弟出动也不太可能找到。如今有了潜水服和潜水艇，但它们想必已经被水流冲出很远，掩埋在沉积千百年的淤泥之下，除非将大江截流，动用数万人清理下游河道，用淘金的方式筛洗挖出的所有淤泥。同学们周一课间的话题也是昨晚见到的这箱珠宝，讨论夜明珠、祖母绿和猫儿眼究竟哪个最贵。接着，他们开始管姓杜的班长叫做杜十娘。杜十娘上了中学依然是班长，她的性格也没有变化。船长想过，是她的职务导致了性格的延续，还是性格的延续保住了职务？结合岚岚和自己的变化，反而想不明白。

论性格，小学同桌白皮算是班上最外向的，但按她的说法，自己成绩不好当不了官。升学分班时她被分到一班他被分到三班，突然变得生疏了。那次分班或许是人生中第一次让人难以忘怀的分离，因为同学们已经到了会感伤的年纪。小学经历过的只是被调换座位而已。小朋友们之间的结交和反目纯属自愿，而换座位这种强行拆散和组合的方式似乎是命运最早的发力，导致很多悲欢离合。调皮捣蛋的男同学因为被安排去和文静无趣的女同学同桌而颓丧，而坐在他前后方的男同学却感到振奋。但大家好歹还在同一间教室里朝夕相处。如今老同学们虽然还会在楼道和操场上碰见，还能交谈打闹，但已经不是一个小世界里的人了，更何况每个人都在剧变，比如小学时讨厌女生的老猫，竟然开始谈恋爱了。当我们向未来走去，它反而变得不可预知了。或许，未来其实一直都在那儿等着，只是我们自己变得不可预知了。

## 105

开学，意味着回到那条从记事起就走的老路上，每天四次。这令船长感到踏实。无论未来如何，这座山谷都是藏身之处。读了《神秘岛》之后，他感觉最孤立的小世界也能有一段奇遇般的生活。

当船长还是婴儿时，家便是全部的世界。母亲说他那时很乖，所以迟迟没送他去托儿所。他每日在大床上安睡，睡到她回来才醒。若是早醒了，便独自仰望天花板，露出笑容。记忆中最早的知觉是每天母亲下班回家之后凑近的脸。冰凉、光滑、红润，透出自然的芬芳，就像挂在秋夜树梢的红苹果。冰凉来自外部世界，随即便会在家的温暖中消散，但对于幼年多病经常发烧的他，沁人心脾的清爽有着起死回生般的力量。孩子喜欢吃冷饮各有原因，但对于船长来说，那种冰凉和甜香的混合体是人生最初的美感。

渐渐地，躺在床上的幼儿生出更多知觉。记忆中添了窗影在天花板上的推移。五斗橱上三五牌座钟的报时。楼后游逛的孩童笑语。远近村庄的鸡鸣狗吠。山路上婚丧嫁娶的敲敲打打。谷底藏着的小河在暴雨后会发出轰鸣。那时还只能仰望天花板的船长自然不知小河的存在，更不知何为婚丧嫁娶。终有一天必须出门去托儿所时，宇宙在瞬间的大爆炸中诞生了。船长头一次见识了路的漫长。他被母亲背着上坡，下坡，土石路，水泥路，跨过一座又一座小桥，天空中掠过或高或低的树梢、屋檐和山头。因为视野的有限和颠簸，这一切在记忆中是无序的，就像宇宙初创时的混沌。但最后两分钟的记忆几乎是独立的：攀上一列幼小的自己根本无法跨上的巨大台阶，穿过两座居民楼内黑暗的甬道，仿佛是传说中的濒死体验，而楼道尽头的光亮中便是令他恐慌的托儿所，一片不属于家的天花板和一群陌生的面孔。

直到上了小学，万物才在独自摸索中变得有序起来。低年级时，阴天上学依然会感到压抑，暴雨时则像是世界末日。数千上班的大人和数百上学的孩子在阴郁得需要开灯的清晨醒来，梳洗，早点，锁上家门，撑起雨伞，匆忙走向河畔的大路，汇入沉默的大军。这是一幅令人恐慌的画面，尤其是当他明白这支在雨中沉默的队伍被无穷无尽的群山包围之后。不过，只要还走在这条路上，便是安全的，周围不算陌生的大人们会驱走下山的猛兽，救起落水的学童。母亲说他小学一年级时曾在雨后的生活桥桥头狠狠地滑过一跤，浑身沾满泥水大哭，被曾虎的妈妈扶起来帮忙擦拭。那样一个清晨，他是多么想藏在家中，但山谷中所有的居民都必须出门，在同一个无声的号令下匆匆继续他们又一天的人生。803 楼顶四角的八个大喇叭向整座山谷播放着昂扬的进行曲，但只能催人心焦。

这段路在成长的双腿下慢慢缩短。船长渐渐习惯了出门带伞，踮着轻盈的脚步在路边水洼中骚扰青蛙而不再担心滑倒，这时他抬起头来环顾世界，发现它真的很小。在他绘制的最早一批地图上，山谷没有出路，周围是波涛般的群山，所以母亲说他画的是座小岛。学校和家位于这座狭长小岛的两端，厂区在中央，三者由两条道路联通。老路贯穿厂区，在后门和前门跨越小河，新路则在绕厂的小河左岸绕行，在前门汇入老路重回小河右岸。小河环绕学校操场，从横跨两岸的大礼堂下和他曾摔倒的生活桥下穿过，上游和下游都被群山挤压着消失在地图边框之外。

船长喜欢用脚步丈量从家到学校的距离，在地图上标注。从幼年居住的杨梅山筒子楼出发，走老路，两千八百步；十岁搬到与厂区隔河相望的干打垒单元楼，走新路，两千步。随着身高的增长，步长也会变大，所以后来的地图比例尺都用他从《民兵训练手册》中学到的军用测距法修正了，但他还是喜欢走路时低头数步子。路就像书写了史记的简牍，他年复一年用双脚去读，熟知每个坑洼和裂缝。迄今为止的人生都被消耗在这条路上，所以它不光是小岛扭曲的中轴，也是一切回忆的时间轴。如今船长走在这条路上，回忆的是两侧地貌景观的变迁。既然不能在空间中旅行，那就在时间中旅行。

居民楼的兴建是山谷地貌最激动人心的变化。二十年前父母来时盖的第一批住宅条件很差，每家人都挤在一间黑暗的长屋，船长家在一楼角落，多了一扇窗，外面还能接个厨房围个小院，已经算是特殊。不过一楼也有自己的问题：厨房门后发现过蛇，院墙上爬着一米长的大蜈蚣。母亲反复抱怨的是潮湿：全家住在这样阴暗潮湿的地方，都要得风湿关节炎。如今这些建筑已和父母一起衰老，而子女们正在进入青春期，全家不能再挤在一间屋里。新房子是基地必须创造的福利。

所以，船长上学路过的依次是老居民楼，新居民楼，正在修建的居民楼和正被爆破挖掘的山体。只有把山运走才能创造建房的平地。船长如今的家位于和厂区隔河相望的一片被称为干打垒的高地。基地不是正式城镇，道路都没有名字，直到初中有了学生手册需要填写家庭住址，船长才知道这三个字怎么写。它其实是一种简易房的建筑方式，高地上最初的几幢房子就是这样建起来的，所以这片居民区便以此命名，透着粗糙，但比杨梅山脚下的杨梅山居民区更能展示人的力量。高地上的山都是石头山，爆破时碎石飞溅，声震山谷，远在教室里都能听见。挖掘机用巨爪将土石铲进翻斗车运走，推土机推出平地，顽石还需再次使用炸药拔掉，这是小时候放学回家路上最激动人心的场面。W4-60 液压挖掘机是贵州矿山机械厂生产的，省电视台节目中最早的广告之一，暗示着贵州的群山正被这种产品蚕食。翻斗车和推土机靠边之后，竖起的大吊车投放一人多高的水泥夯锤。它曾砸死过民工，但没有吓跑孩子们，反而招来更多激动的幼小目光在工地边围观。新楼随后开始在毛竹脚手架的包围中生长，消耗堆积如山的建材。某一天，脚手架悄然拆除，孩子们立刻偷偷钻进新楼。他们中的几个人会拥有其中的某个房间，但在分房之前，所有房间都是他们的。虽然每个单元都一样，但他们还是会好奇地走个遍，在还没通自来水的卫生间里留下排泄物，就像动物宣告自己的势力范围。船长醉心于观察单元的布局，在脑海中绘制平面图，想象在未来对家的安排，谁睡哪间，家具如何摆放。最吸引人的是阳台。正是体验了每层阳台的高度和视野，他在父母终于轮到分房时提出搬上五楼的希望。嗅着水泥、石灰和油漆的气息，他也知道这些楼终有一天会像杨梅山和生活桥的那些老楼一样褪色，覆上青苔，而自己终于也会像父母一样衰老。那时是否还会住在这片楼群中的某个房间？父母会在何方？妻子将会是谁？孩子在子校是否依然接受即将退休的陈老师们的教育？未来似乎会一直在这片天空下盘旋，因为群山的遮挡，因为家已安在此地。

河边的新路是干打垒这片新楼修了大半之后才铺设的，之前只是一条土路，路边有一片荒坡，所以基地在平顶山脚下竖了两根杆子，周日拉起银幕放露天电影。船长刚搬到五楼时在自家阳台上就能看见各家在黄昏时分拿小板凳去坡上占座，还能看见大半个银幕。没过多久，基地前门外建起了大礼堂，这条土路也修成了进厂的新路，但水泥并不能改变地貌，路旁依然是深深的河谷，刚学会滑旱冰的孩子们在此都减速慢行。暴雨过后，路上常散落着平顶山塌方滚落的石块。随着居民大批迁入干打垒新居，这条新路成了职工和子女上班上学的主要路线，平顶山脚被挖掉一块，嵌入了粮店和小卖部。再往前一百米，过桥便是基地前门和通向镇上的老路。数千职工每天通过的桥头是自然形成的菜市场，也许是因为处于基地势力范围，没有工商来收管理费，而母亲说摆摊的都是当地农民而不是贩子。菜摊后方有本地人搭了几个简陋的棚子专卖米粉肠旺面，吸引单身职工和岚岚这样早早适应了本地饮食的同学。

桥头上游几十米处是山谷中的建筑奇迹：一座横跨在河面上空的大礼堂。采用这样的设计，是因为山谷中实在找不到平地来摆放容纳两千人的巨大建筑。船长对大礼堂最初的印象是严打公审大会，犯错的年轻人站在舞台上耷拉着被剃光的脑袋，接受大家的批判。然后来了英模报告团，英雄们坐在摆着茶杯的桌子后面描述战斗场面，接受大家的敬仰。然后来了《西游记》剧组，据说是到黄果树瀑布拍戏之后顺便来慰问厂矿职工，活的孙猴子和猪八戒让大家开了眼。然后来了陈美龄，是大家亲眼见到的第一位香港歌星，虽然她说她母亲的故乡在贵州，自己也算是贵州人，所以特意回来看看。对于船长来说，比较特殊的活动是基地管弦乐队的演出，父亲会坐在乐队最边上拉大提琴。那支乐队占据整座大礼堂演出的机会不多，但父亲会经常出现在大礼堂门厅三楼的舞厅。定期举办的职工舞会由一支小型轻音乐队伴奏，父亲在其中吹长笛。船长从未上过三楼，但他经常和母亲去位于二楼的图书馆。

在山谷居民的日常生活中，大礼堂的功能是放电影。它比镇上乃至城里的电影院都要宽敞，结束了被夜雨和蚊虫侵扰的露天电影时代。基地经常能从城里搞到新片，虽然偶尔有《追捕》和《人证》、《第一滴血》和《哈里之战》、《未来世界》和《西部世界》、《星球大战》和《摩羯星一号》这类激动人心的故事，但多数剧情依然令人昏昏欲睡，哪怕是那些载歌载舞的印度片。在走神的时段，船长想的是脚下隔着一层钢筋水泥的黑暗空间，和在其中默默流淌的小河。他不止一次在放学后和同学们攀下堡坎，沿杂草丛生的狭窄河岸走进礼堂下方的这条巨大隧道。被两端光线依稀照亮的景象和外面的河段并没多大差别，也有浅滩和急流，只是头顶多了宏伟的混凝土穹顶，悬着蜘蛛网，就像一座废弃已久的大礼堂，开会的只有鸟儿和蝙蝠，它们振翅的声音和水声一起被自然放大，无需话筒和喇叭。

大礼堂建成后，其他服务性建筑也簇拥着它建了起来，完满了一座功能齐备独立自主的基地。大路一侧的半山挖出一片空地，建起一座大楼以容纳托儿所和医务室，另一侧的山脚排出一串新楼，分别是招待所、食堂和单身宿舍，顺便开通了一条新路直通学校。老路和新路沿河岸并行百十米，直到生活桥桥头再次交汇。这条新路的原址是河边低矮狭窄的田埂小径，路人相遇时需要侧身避让，不小心便会滑落到身旁的水田中。水田往上一级是菜地，菜地往上一级是一户农民，看起来并不富裕但院落不小，还养了狗。很多同学不愿走那条路，一是它小雨泥泞暴雨被淹，二是怕被狗咬。但总有男同学和船长一样喜欢走田埂，还偶尔到农户后院去偷他家编篱笆和架瓜藤用的细竹竿。主人发现了会骂着追出来或是放狗，但同学们有恃无恐，因为农家位于基地势力范围之内。后来，农户、细竹竿和狗在某一天无声无息地搬走了，河畔竖起堡坎，田地被土石方掩埋，饱经沧桑的祖传农舍被夷为平地，挖掘机、推土机、翻斗车、压路机和水泥车来来往往，造出一条和对岸同样高的新路，供孩子们上学和生活桥居民区的职工上班使用。船长的上学之路终于全线变成了水泥路面。他发现计算步数其实再无必要，只需计算走过的水泥路面的块数即可，因为路面都是基地基建科铺设的，遵循同样的标准。遗憾的是，田埂路抬升为水泥路之后，再也无法直接走下河边，反倒是老路依然贴近自然：路边各色大树林立，船长熟悉每一棵树身上的伤痕和可供攀爬的落脚点，每年都期待飘柳絮和开槐花的日子。蝌蚪和青蛙在树下草丛中的水洼中居住，虽然似乎只能活一个雨季。

比起拥有围墙的厂区，保卫这些开放的设施和道路确实是个难题，每天上学放学的路上，船长都在思考方案。周围并不是平原和大海，而是易守难攻的山头，来自四方的敌人都可以占据它们，方便地监视、开火和冲锋。基地毫无战略纵深，众多关键设施直接暴露，仅有的几条道路很容易封锁，最可怕的是学校在远端，一旦子女们变成人质，后果不堪设想。

若能将设想中的长城从水塔山上延伸出来，爬过周边所有山头，把从学校到居民区的所有建筑都揽入怀中保护，那是最理想的。孩子们每天上学放学都可以走城墙，顺便充当哨兵。小河虽然只能在山谷中央穿过而无法改造为护城河，在城墙上开两座带铁栏的拱门供它流入流出，想必会有梁山水寨的感觉。但这座长城只会停留在想象中。即便基地有财力，上级也不会批准，因为有占山为王的嫌疑。这是和平年代，不能因为抢旱冰鞋和偷铜之类的小事就建一圈城墙。但假如到了农民直接进攻基地设施和人员的地步，想必已经天下大乱，即便不再需要上级批准，开工也为时已晚，而且找不到民工。

上次基地民兵在厂区打靶已经是好几年前的事情。如今连父母都不了解周围的同事中谁是民兵。国泰民安的年代不需要这种编制，哪怕是兼职，更何况基地身处隐藏得最好的内地。母亲的旧相册里有她二十年前当民兵时与全班女战士的合影，还有持枪的单人照，在上海的某个公园里，背景是很多洋气的大楼。她胸前挂着一排弹夹，肩上背的步枪显然是真家伙，还上了刺刀。在一张摆弄机枪的合影中，卧倒在母亲身边负责送弹的是小石头的妈妈，她的同乡和同学，她们从云南三百号信箱中专毕业一起被分配到上海。那时上海处在台湾和美国的威胁中，幸亏基地搬到山里，否则她们可能已经在保卫外滩的战斗中牺牲了，也就不可能有船长和小石头了。照片中的面容们虽有点孩子气，但还是英姿飒爽的。包括曾虎的妈妈在内的所有面容他都能认出来，虽然她们如今都老了，都生活在远离上海的这座山谷。每个年轻人都应该当一阵民兵。上次在厂区打靶的那批民兵应该都已经成家了。哥哥这批人也进城念高中去了。民兵应该由初中生来当，并且一代代轮换下去。世界上哪儿最和平？应该是全民皆兵的瑞士。《世界之窗》杂志上说瑞士多山，居民自古以来吃苦耐劳，素质优秀，过去几百年间，保卫教皇的都是瑞士卫队。在现代，瑞士所有男性公民都经过军事训练，武器存在家中，能随时应召参战。一个小国虽然身处大国包围之中，却能躲过两次世界大战。备战备荒为人民，瑞士人就是这么干的，他们是我们的榜样。

虽然我们没有枪。但我们有火。在又一个失眠的深夜，船长思考很久之后悟出来了。孩子们到基地周围山上收集和点燃枯枝败叶并不是家长和老师们所谴责的玩火，而是他们宣示主权和力量的行动。

船长想过这种行动应该是叫做上山还是进山。进山这个词似乎属于那种一去很多天的旅行。基地周围的山无穷无尽，但没有孩子夜不归宿。他们只是巡视边关，演习烽火，无意开辟新殖民地。包围基地的几座山虽然远不及正南的黑山和西北的奶头山那么高大，但登顶便可俯瞰厂区和居民区，足以称之为上山了。山上松林密布，地上积着厚厚的松针，用脚尖划拉两下便是一丛，一根火柴就能造出一丛烈焰。若是多日无雨，松针干燥，再来一阵小风，火苗窜得飞快。假如前几天刚下雨，松针潮湿，则会腾起浓厚的烽烟。孩子们选择烧火之处都是山的另一侧，远离基地的办公楼、车间和道路，是为了远离大人们的视野。他们面对的是山那边的田野、农舍和更多的山，用火和烟威慑在世界外围出没的敌人和虎豹豺狼。

不过，火像是化学武器，风向一变就会殃及自己。他们下山前都会仔细将火踩熄，再用几泡尿扫射以保证不留任何火星。只有一次例外是在树少风大的气象山顶，失控的火势直接威胁到气象台，众人只好派同学跑步下山到学校喊来还在踢球的两队同学才将火扑灭。那次火势之大，连山下路边都有大人驻足观看。第二天基地来人，大家课间认出停在校党委办公室前那辆军用吉普属于保卫科，都很紧张。但保卫科干事是特意来感谢子校学生为了保卫国家财产勇斗山火的壮举。周一升旗时，教导主任罗老师对参加扑火的同学进行了通报表扬。罗老师是退伍军人，兼任音乐老师，擅长带领大合唱，发自丹田之气的赞扬用大喇叭播放，声震校区和生活桥居民区，住在河对岸镇上的居民都推开窗子听，同学们止不住偷笑。显然，他们的力量得到了大人的认同，无论那是毁灭世界或拯救世界的力量。

那次扑火船长也参加了，他发现牛仔裤不仅耐磨而且耐火，从此就只爱牛仔裤。几个同学的化纤裤子被荆棘挂破，还被火星溅出小洞，回家都被吃了生活，后来把罗老师的表彰汇报了一遍也未能得到谅解。毕竟是亲爹妈，完全不信自家儿子做了好事。小猪说他告诉父母上山烧火是因为天冷，想烤火取暖，这在船长听来完全不合理。冬天每家都会多生一只铁炉子，很温暖，但需要照看，孩子们放学应该赶紧回家。船长就是这样，所以他冬天反而很少上山。而且，同学们在夏天也上山烧火，顺便烤烤偷来的萝卜，在难得的丽日晴空之下，火焰也是近乎透明的蓝。基地子弟们一年四季山上烧火已成传统，比如江毅在山上常能遇见他弟，但他们并不加入彼此的队伍，只是保持静默，交换眼神，两个小分队继续各自巡逻，在不同的山头演习烽火。

对火的本能追求并不限于男孩。住杨梅山老房子的时候，邻居姐妹莉莉和蕾蕾偷了火柴在对门的煤棚区玩火失控，邻居们赶来扑救才没有酿成大祸。姐妹俩都是很乖的姑娘，蕾蕾和船长同班，她姐和他哥同班，小时候经常来家里看电视。那时家里有电视机的人还不多，所以晚饭后孩子们经常去邻家看电视。父亲去广西柳州出差时花四百块背回一台十二寸日立黑白电视机，从此家里就有动画片看了。当然还有各种连续剧，比如《大西洋底来的人》，蕾蕾每集都要看。蕾蕾说她和姐姐很想玩火柴，但父母从来不给。父母越不给的，孩子越想要。蕾蕾自己都悟出了这个道理，因为她有很多被责罚的类似事迹，比如偷口红和上课画高跟鞋。船长如今也悟出了这个道理。父母都知道火柴相当于枪支弹药。不能把枪支弹药发给孩子。

在家里找一个空火柴盒并不困难。蕾蕾有一天趁父母不注意从厨房偷了几根火柴。她说她很兴奋地拿给姐姐看，姐俩就一起出门玩火。其实没跑多远，就在王正金王正银兄弟家对面的煤棚。姐妹俩捡了些树枝和废纸，玩得正高兴的时候，意想不到的事发生啦。火越烧越大，火苗到我们的膝盖高度。我们就吓得逃回家里躲起来了。没过多久屋外就有人叫喊着火啦！父母也冲出去救火了。我和姐姐一直藏着没出门。还好这场火及时扑灭，要不然就闯大祸了。蕾蕾认真地说。王正银爸爸说着火前看到蕾蕾和莉莉在那里玩。姐妹俩齐声说她们没玩火。蕾蕾妈妈马上说：不可能是她俩，我们从来不给孩子火柴的。于是这件事就过去了。蕾蕾后来想起这件事，还是觉得很惊险，因为煤棚都是用油毛毡和木条钉起来的，存着干柴，而且连着一大片，一旦起火，基地只有一辆消防车，后果不堪设想。就是因为发生了这件事，船长哥俩上小学每年冬天被父母要求写的寒假守则第一条就是不准玩火。但是，火有什么好玩的？还是蕾蕾说得对，父母越是不给的，孩子们就越想要。

平顶山下粮店隔壁的小卖部里就有卖火柴的，但柜台后面坐着的售货员常常是小猪的妈妈，所以违禁品只能去厂门口附近的小店里买。那是个粗笨的巨型铁皮柜子，小窗里坐着一位住在镇上的本地女人，绝不会把孩子买火柴和男人买烟的事向他们的母亲和妻子告密。铁皮屋坐落在医务室堡坎下方的树荫里，像是个被遗弃的巨大垃圾箱，没有电，天阴时需要点支蜡烛，本地女人不苟言笑的脸在烛光下十分诡异，货架上的内容在摇曳的微光中也更加神秘。基地的女职工不会到这种火车站售票口式的小店选购商品，只有那些很清楚自己想要什么的男职工才会去，店里的商品因此都是本地烟酒。除此之外，还有母亲们认为不卫生不健康或者过于孩子气的儿童零食，比如小卖部里没有的酸梅粉和各种捆绑了廉价塑料小玩具的糖果，吸引着孩子们掏出零花钱，虽然他们需要踮起脚尖才能看到它们。

在路上寻找硬币，三分钱就能买一包火柴，但船长很少冒这个险。他的方法和蕾蕾相似，不时从家里现用的那盒里偷几根，积少成多。火柴盒不用偷，家里的都是他的，因为父母都知道他在收集盒标，已经攒了一套《西游记》。后来，打火机成了最时髦的选择，船长从四姨妈家开始抽烟的表哥们那儿要了不少打火机回来，但都因为汽油耗尽而退休了。表哥们都是司机，司机是世界上最不缺汽油的职业，但他们都在云南。家里倒是有父母拿回来生火的纯酒精，但对打火石反应迟钝，火焰很弱，风大了完全没法用。而且打火机是老师们如临大敌的物件，一旦发现，肯定要请家长，请那个不管好自己东西的父亲。但船长的父亲并不用打火机。这一点他想了很久才想明白：家里生火已经有了火柴和酒精，再添一个打火机，等于承认自己偷偷抽烟。船长虽然识破了父亲的诡计，并且知道烟盒藏在台灯底座下面，但并没有向母亲告密。抽烟早已是父母吵架的导火索之一，他不想添乱。

船长书包夹层里曾经藏着一个黑色胶卷盒，里面是用黑丝绒裹着的一块透镜。作为光学仪器制造基地的职工子弟，拥有几块透镜作玩具并不奇怪，但没人会随身携带。读完第一遍《神秘岛》，船长便将它放进书包，一直带了好几年。他早已在阳台上纯熟演练如何用透镜和黑纸取火，准备在世界末日来临之后点燃孤岛上的第一束火焰。

透镜需要阳光，而山谷的天空是多雨的。了解核冬天的概念之后，船长明白透镜在核战之后的几年里可能完全无法使用，便将它从书包中取出藏在家中属于自己的桌柜里。透镜不怕潮湿，即便居民区炸成废墟也能刨出来用，而火柴还是最简单易用的救命之物，必须随身携带。口袋里揣着火柴，家里藏着一整盒透镜，遭遇任何灾难都能重燃人类的火种，这才是真正的备战备荒。玩具枪和弹弓都是小孩子的玩意儿，而火柴和打火机不是，所以大人们从孩子身上搜出这些东西会感到加倍的恐慌。火烧赤壁，火烧博望坡，火烧新野，都是火胜刀枪的杰作。日本鬼子占领村庄的方式是烧房子。越战中最令人生畏的武器是凝固汽油弹。朝代崩溃的标志是皇宫被焚。古希腊和两河流域，阿房宫和圆明园，多少恢宏的宫殿和古老的庙宇，乃至整座古城，如今都只剩石柱和石阶，或者彻底灰飞烟灭。火光吞没强大的军事和财富中心，就像古代的蘑菇云，让残敌放弃抵抗，早早逃亡或是归降。

母亲从不搜查船长的书包。她知道书包里有他的奇怪装备，也听他认真讲述过它们备战备荒的功能。在上街买菜或是晚上加班回家的路上，她都在听他描述关于防御或求生的计划。她知道他不打算淘气，也不会玩火。他是家中照看火的人。双职工家庭的子女们，人生中负起的最初责任就是在父母上班时照看灶台的炉火，在冬天还需要照顾那个用来取暖的脾气敏感的铁炉子。假如疏忽导致炉火熄灭，直接后果便是家中冷如冰窖，晚饭推迟，间接后果则是父母吵架。所以船长从小练就了生火的本领，让熄灭的炉子在父母下班前重燃起来。火不光是家庭的象征，而且创造了人类文明。人类的智力是在吃了熟食之后突飞猛进的。船长央求母亲买来的英语课外资料《希腊和罗马神话》，第一篇便是普罗米修斯盗天火。

生炉子需要草稿纸，上个学期的作业本，父亲的废图纸，木柴和煤炭。童年绘制的旧版地图和如今看起来很幼稚的战争推演，也都被这样销毁了。如何往炉膛中添加纸张，如何在纸张上方架设木柴和煤炭，用最少的柴最快地点燃煤，都是技术活。船长对此经验丰富，并且能熟练运用碗柜下层红棕色分析纯瓶子里的酒精。永远棘手的是木柴的来源。厂里不缺装运原料试剂的板条箱，但父母需要托关系才能搞到，自己动手拆开扎成捆带回家，不容易。记得有次家里缺柴已久，父母晚饭时彼此询问，都说找不到熟人，船长和哥哥饭后就出发去找柴了，也没说去哪儿，母亲只当他俩是出去玩了。住着农民和狗的杨梅山和新寨坡自然是不敢去的，进平顶山的松林里转了转，都是常青的松树，松针是没用的，要树枝必须带着锯子来，不知是否犯法，而且兄弟俩都明白新鲜松枝烟大，肯定要把家里熏黑。于是转进厂区，到各个车间后门角落里去寻找不要的板条箱。找了很久，直到天光暗淡，才在水塔山上一座库房外的空场中找到几个大木架，显然是某台巨型设备的包装箱被拆走了所有板材之后剩下的骨架。哥俩拖着一个巨大的十字架从坡上走下来，木头上残留的铁钉和铁皮在水泥路面上划出刺耳的噪音，在两侧厂房巨大的围墙间回响。走到后门警卫室旁的冷库拐角处，哥俩停了片刻，直到警卫室背后的锅炉房发出巨响——它大约每十分钟会往河谷里喷一次高压蒸汽，声震山河，日夜无休。穿过大门时哥俩昂首挺胸，船长用余光向警卫室里偷瞧，办公桌后方看报的脑袋一直耷拉着，显然没听见排气声掩盖的秘密。他们大步超过从后门外公共浴室洗完澡出来侧目观瞧的人们，在路过居民区时接受小孩停止了玩耍的注视。他怀着一种奇特的心情——既不愿意让人看见自己在玩耍时段给家里干活，又很乐意让人看见自己和哥哥一起专注地做着属于大人的事。他感觉自己本质上和背着背篓拾荒的农村孩子并没有区别，但走在修建山中第一座教堂的路上。下最后一个坡时没了水泥路面，十字架上的铁钉和铁皮突然暗哑，默默犁出的草根和石子在最后的暮光中跳跃。隔了几日，母亲说有同事向她提起那天看见兄弟俩拽着块大木头回家，很有干劲的样子。很显然，她得到的满足感比收获了够生十次火的木柴还多。如今，哥哥已经进城念书，而船长依然是照看火的那个人。

## 106

这片土地是否曾拥有伟大的文明，后来毁于战火或是连绵阴雨？在世界的山河间自由奔跑的孩子中，船长最羡慕的是阿布辛贝。一百多年前埃及南方的牧羊少年，不时在流沙间看见一座神庙隐现，最终引导探险者去到尼罗河畔的偏远角落，令其重见天日。人们以他而不是拉美西斯大帝命名了那座宏伟建筑。因为受阿斯旺大坝蓄水威胁，它被搬迁到了高地。起重机吊运被切开的巨像是《世界知识画报》中最令人难忘的照片之一，但船长最乐意冥想的依然是孩子第一次在风沙中望见它的画面。在那个年代，它的大半身都像狮身人面像一样被埋在地下，他无需仰望。他和阿布辛贝一起攀上沙坡，平视着法老平静的面容，想象三千年前的帝王来到远离国都的南方边地向河对岸的大漠宣示威仪，意识到偏僻的家乡也应有难以磨灭的历史足迹。

船长曾听说黑山顶上有一座古庙，但在最晴朗的正午从阳台上一次次用望远镜观察和四处打听之后确认那只是美好的谣言。童年战云压境时，他曾经考虑躲进寺庙，因为母亲说过寺庙是最安全的地方，她还提到家乡大寺里一个无知的小和尚将手榴弹当作榔头用，把自己炸死了，政府才发现寺里藏着多年前遗留的军火而无人知晓。但他研究过家中所有的本地文史资料，都没能找到任何关于寺庙的叙述。父亲当上区政协委员后不时会带回属于内参的《乌当区文史资料》，它们是船长了解本地的高级渠道。这片荒蛮之地即便曾经拥有一两个小庙，想必也早被红卫兵捣毁，不便再提。方圆十几里内唯一的知名古迹只有东风乡始建于明代的来仙阁，光绪年间曾毁于大火，后来由乡人集资重修。它也坐落在一条小河边，陈老师曾带全班去游玩和写作，但它不对外开放，同学们只能在作文中描述那些挑檐和铜铃。蛐蛐曾经恶作剧地去敲门，被老尼姑怒斥。

船长希望寻找的是被彻底遗忘的文明，而不是重建的和有人照看的文明。走进深山，拨开树枝，发现一个他在《世界之谜》中读到的马楚皮楚式的宏伟遗迹。二十世纪有了飞机和卫星，地表的大型遗迹都已被发现，但贵州的这片喀斯特地貌自有它们看不见的幽深去处，那就是山洞。洞穴是人类起源的地方。历史课本第一章第一节说的就是在洞里发现的人类头盖骨。能够遮风避雨，防御野兽，储藏食品，自然是人类生存的首选地点。老房子后窗对着的梅兰山上就有一座山洞，虽然很多同学不知道。他还特意问过蕾蕾，因为她们姐妹俩小时候经常被外婆带着和邻居家的陆红陆榕姐妹俩还有王正银一起去老房子后面的山上采蘑菇。蕾蕾说雨后的树根边很容易找到野蘑菇。野蘑菇很鲜的。要采褐色的没花纹的蘑菇，很漂亮有花纹的蘑菇可是有毒的。我和姐姐采的蘑菇外婆都还要看一遍。蕾蕾很小就戴上了眼镜，说话时镜片后方闪着认真，应该是外婆的遗传。母亲也曾在晚饭后带船长到同一片山边去摘三叶草的花儿编成花环，采金银花回来泡水喝，但是他们从未过河。要过河的话，必须沿着迷宫般的土埂穿越菜地和稻田，拨开毒虫出没的河畔灌木，从河面散布的巨石间摸索一条跳跃的路径。这段河面有持续落差，密布怪石、瀑布和水潭，但有几条孩子们代代相传的秘密路线可以蹦跳过河而不湿鞋，母亲出身农家，不怕这些，但他从未提出过河的建议。

蕾蕾还说陆榕有一次拿了块圆圆的带花纹的石头给她看，蕾蕾问她是在河里捡的吗，她说是在山上。蕾蕾不信，还和她一起上山找。不多，是埋在土里的。蕾蕾说后来在地理课上明白了现在的高原以前是海洋，就联想到那块石头。而当哥哥在某天把一朵只能是产自溶洞的雪白石花带回家时，船长明白自己去探洞只是时间问题。那是基地孩子成长的里程碑。终于等到那个没课的周三下午，同学们跨过小河，握着手电筒和自制火把爬上了半山腰。洞口被灌木遮蔽，无怪乎小时候在河对面的家中用望远镜无法发现。进洞是个大堂，地上是一片明显不属于此处的砖石和树枝，穹顶已被熏黑。洞壁上并没有想象中的古老岩画，倒是依稀着标语的遗迹，还有笔迹幼稚的到此一游，应该都是老一代职工子弟留下的。农村孩子没有这个习惯。洞内路径崎岖，需要跨过很多裂隙，浅则三五尺，深的不见底，脚尖必须精确踏在一些凹坑和凸起上才不至于跌下去。带头的王军和痰盂罐已经来过，能精确指点踩踏之处，大家都谨小慎微，向后传授每一步的走法。话多的同学想说点笑话活跃气氛，但大家都忙着低头看路，笑不起来，任由笑话化为诡异的回声。油毛毡捆制的火把在寂静中烧得滋滋作响，火苗常被黑暗裂缝中看不见的魔怪伸手撕扯，呼呼直喘。

走得越深，洞壁越湿滑，似乎开天辟地以来不曾被染指，更无人留名。看来叶公好龙的大部分探洞者并没敢走多远。或者，当他们在这条险路上前进时根本无心涂抹。此时一阵阴风从洞底吹来，火把灭了大半。不知是谁发出一声怪叫掉头就跑，队伍如多米诺骨牌般迅速崩溃，推搡踩踏，有人尖叫着滑进裂隙，大乱的现场重演洪太尉误走妖魔。船长躲在洞壁凹处，直到一切恢复平静。最后一缕沥青味的烟是最后一根文明的救命稻草，在漆黑中迅速散尽。他蹲下来，依靠来时在脑中绘制的地图，用双手摸索着地面和洞壁返回。远近偶尔传来同学呻吟和呼救对辨识方位有所帮助，又须小心躲开，但没有光的话，很难找到那些踏脚处。前方还要转几个弯才可能看见洞口漏进的光。他蹲在黑暗中，想起父母和哥哥。假如他回不去，他们会找来吗？若有同学成功逃出，自然会去基地保卫科求救。但他们可能都被困住了。来时在山下倒是遇见几个赶牛的农民，但只有等到十几个男学生同时失踪的消息传遍周边村寨，他们才会联想起来，向村干部提供线索，村干部报告区党委或镇派出所，由他们联系基地党委或保卫科。这可能需要几天时间。会饿死在洞里吗？午饭是米粉，母亲中午下班带回来的，做成了小锅米线。米粉是贵州的，而米线是云南的。进洞时本应从洞口拉根绳子进来，顺便测距。但即便有了绳子也无法在黑暗中找到那些跨越死亡的踏脚之处。船长沉浸在想象中，没留神队伍停住了脚步，把走在他前面的小猪撞出一声怪叫，好在前方开阔起来，大家已经能够散开，不至于像骨牌一般跌进洞底。洞底其实并不是洞底，只是通路变为垂直向下，众人对面是一道岩壁和脚前的一条黑暗。据说这是一座悬崖，需要绳子才能下去。同学们像一排老妇战战兢兢互相拉扯着探身俯瞰。有人喝令大家安静，一起倾听洞底哗哗的水响。据说那是一条地下河，河里的鱼是透明的，没有眼睛。有人投下即将燃尽的火把，看火光在崖壁上撞出火星，闪动几下便被黑暗的深渊吞噬。船长想按照从《神秘岛》中学到的办法，靠记录火把入水时间来估算洞底深度，却听不见最后一声响动。地下河应该在地下，所以这悬崖至少有半座山高。归途中，也许是湿度太大或是用得太久，几把电筒光都变得昏黄，走在后面的不免有些慌张，仿佛尾随的黑暗中会突然伸出一只魔爪将他们抓进深渊。还好，走在最后的几个人就是带领众人进洞的人，更勇敢些，不会乱了阵脚。当攀过一个弯看见洞口的光亮时，队伍传递起欢呼，把憋了一路的紧张混合着胜利的喜悦喊出了胸腔。来到洞外，阴霾天也显得灿烂起来。

船长很想改天独自带着工具再来探洞。当年看完电视连续剧《铜鼓》之后，他认为群山中应该藏着这类南方少数民族的宝物，找到一面，一辈子不愁吃穿，但他明白，发现了铜鼓也没处卖，只能交到学校，在周一升旗时获得表扬，至多会和省博物馆领导合影留念。这样的洞早被一队又一队的孩子探查过了，若是还有遗存也埋在几米深处，需要挖掘。贵州的山洞里有很多文化堆积层，这是他从文史资料里看来的。这座山谷中有山洞，有纯净稳定的水源，为何没有古人类聚居，用平顶山上的黄泥造几个陶罐？洞厅那堆杂乱的土石下就可能埋着南方古文明的遗迹，年代早于半坡和仰韶的碎陶片，比北京猿人脑容量更大的南方山顶洞人的牙齿。

东方阿布辛贝震惊世界，新添寨文化从此写入中国历史课第一页。

船长当然希望能找到古老文明的踪迹，让四姨妈和全世界重新审视这片被遗忘的土地，但他确实也希望顺便发大财。最初的想法是挖出铜鼓之后先埋进被橱深处，下次随母亲探亲时装进那个印着上海外滩风光的旅行袋亲自拎到云南——寒假期间火车站开始查危险品，暑假偷运更安全。然后，搭乘表哥们的卡车前往中缅边境和港商交易。是否能遇见港商？一面铜鼓能换多少钱？是否够买一辆车，供全家在假期驶向云南？他当然更向往发现印加帝国太阳神庙那样的遗迹，墙壁和地板都被黄金覆盖，撬下来之后陪母亲加班时找机床加工成金条，到银行换钱时说是祖上遗产，从此母亲不用再加班，连班都不用再上，虽然因为户口、儿子们的入学问题和父亲继续以厂为家的信念而无法举家迁往云南，但她至少可以自由来往于两个家之间，带去上好白酒，带回芒果和水腌菜。但贵州并没有那样灿烂的文明，更没有大金矿支持一个黄金帝国存在的可能性，它拥有的只是造飞机的铝、有毒的汞和平凡的煤。那么，在过去几千年中，躲避北方战祸的皇帝们是否将传国玉玺藏在这片深山之中？在荆棘丛下是否有着被炸塌的洞口，通向停放着一列军用卡车的巨大洞厅，卡车上的油布覆盖着与国民政府一起撤退的故宫宝藏？被世人轻看的角落总是最安全的。

但即便没有宫殿神庙和金银财宝，只要有人的地方就有战争。老猫说他曾在洞中捡到过弹片，而他哥一帮人曾经捡到一支生锈的枪。这让船长想起水浒传中的歌谣：九里山前做战场，牧童拾得旧刀枪。老猫说这个洞曾是个土匪洞。船长并不觉得耸人听闻。

剿匪电视剧的情节大多发生在西南，文史资料中最常见的主题也是剿匪。解放前后贵州确实有很多土匪，大都是躲在山洞里被扔进手榴弹消灭的，也有出洞晒太阳抓虱子被伪装成砍柴农民的战士抓住的。还有传奇般的例外，比如被毛主席亲自免死的少数民族女匪首陈大嫂，便是本地学者在文史资料中津津乐道的。有的寨子，二十八户人家，除富裕的一户之外，其余二十七户都参加过土匪。寨里的老贫农说，都是生活所迫，地主和乡长要求参加就只能参加。所以，贫穷的贵州肯定是土匪的天堂。文史资料还多次提到，当年大部队解放贵州后转战云南，有投诚的国民党起义部队背信弃义叛变，勾结土匪向人民政府扑来。这些土匪包括各县起义的常备队、自卫队和地方武装，他们四处活动，拦击军车，打劫商旅，杀害军代表，捕捉征粮队员和农协领导人员，袭击区乡人民政府，气焰嚣张。这时，苗民自卫队这类正义力量也选择退守山洞，坚守到解放军大部队回来围剿。洞中储存了大量粮食，水源充足，敌人使用六零炮、重机枪、手榴弹进行长达数个月的围攻，甚至投掷毒气弹和烧着的干辣椒，都未能攻破山洞。探洞归来的船长对这类文字有了更真实的想象。这个洞在基地职工互相开战时肯定也用上了，只是文史资料不会提到。他在那些已经被生火烧掉的文革油印小报上肯定见过某派职工躲进厂区附近山洞负隅顽抗的字句，只是山洞没有名字所以无法确认。山洞是任何军事家都会利用的天险。在船长反复收看的纪念反法西斯战争四十周年的大型纪录片里，太平洋小岛上的日军在二战末期也躲到洞里等待着手榴弹和火焰喷射器。那些应该都是些小洞，而贵州的山洞经常会长达数公里，有多个出口，洞里大得能盖房，在全球都名列前茅。父母说有的内迁厂直接建在了山洞里。备战备荒为人民，贵州是最好的选择。

不过，当同学间传说这些山洞中暗藏国民党留下的军火和国宝时，船长的视线已经转向他处。每次战争中都会被据守和攻陷的弹丸之地，应该早被翻了个遍。在他迷恋的《丝绸之路》中，第一个出场的人物是一位身着褪色蓝布衣站在田里的老农。中国的老阿布辛贝在文革年代西安郊外的田里挖井，一锄头下去，发现了兵马俑。平凡的大地之下依然是古代文明的必然归宿。深埋入土，便能避免风雨和战火的侵袭。但这片贫瘠山区没有可建造宫殿和排列兵马俑的旷野，山坡上石头间的方寸土地几百年来被勤劳的乡民用锄头翻了个遍。唯一可能埋藏古物而不被挖掘的地点只有坟墓，异族和汉族对逝者的共同敬意保佑了一方安宁的归宿。有人生活的地方便有人死去，所以即便是在缺乏文字历史的这样一片偏远之地，山上也不缺坟墓。而对祖先的敬意会驱动标记坟墓的愿望，再偏远的村寨也会有识字的老者指挥石匠刻写墓碑，标记时间和人物，然后运到山上标记地点。这种时间、人物和地点的简单组合，成就了山中唯一可读的历史。

船长童年踮起脚尖从后窗窗台望见的最早文明标记，便是梅兰山上的民居和坟墓，它们是人类生前和死后的住所。搬家到干打垒之后，前窗是大片的厂房，后窗是居民区楼群，它们是人类白天和夜晚的住所。每天上学路上都会见到气象山上的坟墓，它们显赫地排列在半山腰，走在河对面都能依稀望见墓碑上的竖排文字。气象山北端是生活桥居民区、老托儿所和学校，一群宿舍楼依山而建，最高处的楼已经离气象台不远，放学不愿走大路回家的同学都喜欢顺山而行，穿过气象台，沿着平行于小河的山梁疯跑，俯瞰大礼堂、食堂和招待所，最后在基地门口俯冲下山回到大路，或是索性继续翻越平顶山到技校门外再下山，顺便再钻一次那台废弃的推土机。平顶山上一座坟也没有，但气象山上的某些区域似乎是风水宝地，坟头密集得像个小村落，仿佛人们死后还希望群居来往，坟头之间分布着活人看不见的街道和广场。同学们在奔跑中为了躲避荆棘，不可避免地会踏上一些没有墓碑的、已被风雨侵蚀的圆丘。它们是松软的，似乎会像沼泽般吞噬鞋子，或是伸出一双枯槁的手抓住脚踝拽进坟去，所以船长从不敢慢下脚步。这也许是爬惯了坚硬石山之后的错觉。坟头纵然被草覆盖，毕竟是纯土堆就的人造物体。这片山中有限的土地，不是被开垦就是埋了人，无论是哪种，都不该践踏，不小心踏上，就要环顾四野是否有扛着锄头的老农怒目而视。

有的坟是近几年的新坟，碑文内嵌的鲜红油漆似乎刚刚凝固。宣统、光绪年间的墓碑也不少，它们和那些消沉中的无碑坟一起证明此处并非蛮荒之地，百年以来都生活着富人和穷人。母亲童年家中养了一条牛，多了些农具和粮食，文革时便被划入富农，这件事母亲一直耿耿于怀。但此地比起滇池西南岸的古镇还是落后得多，十多年前父母的结婚证竟然是到几公里外的茶店公社办理的。富人和穷人的区别只是有无墓碑以及碑的精致程度而已。是否曾有苦读后进京赶考的书生，做了状元县官知府或者成为游历名山大川的诗人，有一天终老葬回故乡？即便没有寺庙和书院，碑文上的年号和尊称依然将山沟沟纳入了中华文明体系之中。

船长对坟墓印象的改变，始于某天课间听说气象山上有墓被盗。最后一堂课是体育，他和同学们提早溜走去看。山腰的一座墓被挖了不大的口子，能看见棺材板的残破断面，深处一片漆黑。翻开的新土上散乱着枯黄的碎布片。下午到校才听说，小猪他哥当天中午拿着一块骨头在路上吓人。女生们最初不知那是什么，只是看着一路放学的孩子们都纷纷躲闪，也凭着本能尖叫避让。无非是某种可怕或肮脏的东西。下午到校后听说那是人类的大腿骨，她们才真正地颤抖了。

小猪他哥挥舞着大腿骨，像李逵挥舞着大斧杀进万军如入无人之境。这个场面让船长想起去年和母亲在镇上菜市场遇见有人背着一个刚在一场争执中被捅了一刀的人向区医院赶去的场景。他背负已经昏迷的躯体，大声喊叫着，竟然在拥挤的小街中立刻分出一条道来，地上是两只鞋尖在烂菜叶间划出的两道新鲜血迹，慢慢在尘土中扩散凝结。但小猪他哥手中只是一块死人骨头。那批放学后跟他一起上山的同学们看见了他是如何将手伸进那个黑洞掏出骨头，他们只是在他身后不远处跟随，带着孩童的敬畏和幸灾乐祸观察马戏团里冲出的老虎。他们希望路上的大人也能注意，注意到孩子创造的奇迹。但大人们至多只是不解地看一眼孩子们的混乱，便继续赶路。大多数孩子想必也并不明白他拿的是什么，但同龄人的激动和惊恐能在他们身上产生共振。大人们或许能看清那是一根骨头，但它已被岁月腐朽，沾满尘土，也就是说，即便和人类的死亡有关，也已是无可奈何的历史。而假如它依然新鲜甚至滴着血，大人们自然会紧张起来，因为这意味着此时附近某处有危难，需要躲避或救助。

那几日，船长路过时都会往山坡上望望，想象那个黑洞变成了什么样。肯定已有一批又一批的孩子去看过了现场。他们伸出树枝去挑拨好奇，投掷石块以消灭恐惧。有一天，他在放学路上望见半山腰搭了个布篷子，爬上去看，坟已被彻底挖开，几个大人将遗骸收殓到一块白布上。家族成员想必住得不远，但也不是每天路过，需要他人报信，所以耽搁了几天。报信的是基地保卫科、镇上派出所还是乡邻，就无从知晓了。船长从大人们的腰腿和孩子们的脑袋之间隐约看见一段被勉强拼凑的人体，附着朽坏的织物。这是他在电视里看到楼兰干尸和法老木乃伊之后第一次目睹真的遗体。令他真正感到恐惧的是一丛没有光泽的枯发。这并非是因为人发提醒他哪块是头骨，而是因为，与腐败散落的其他部位相比，头发保存得完好如初。牙齿应该是最耐久的，但假如面部组织还没有脱落，并不那么容易露出。头发则无法藏匿，一眼就能辨别，而且保持着轻柔，似乎只是被睡眠搞乱了，山风吹过还能像草木一样颤动。与牙齿相比，头发更像是灵魂最后的安身之处，假如遭遇盗墓，它会含着怨愤开始复仇，连旁观者都不放过。他无声地从人群中退出，匆匆逃下山来。

第二天，船长从河对岸仰望，发现这座墓又恢复了一座小山的曲线。逝者被重新装殓埋了回去。过了几周，他放学时特意走山路经过，发现土是新的，而墓碑是旧的，甚至未曾挪动。显然，孙子或曾孙们只是尽了晚辈的责，而不打算将自己的名字添到立碑者的后面，更不打算更改立碑的日子。那不仅会误导后代，而且会记录下这场浩劫。他们一定希望花草尽快覆盖新土。童年拿着单筒望远镜观察梅兰山时，船长总以为那些墓碑是门，后方是通向另一个世界的入口。如今他明白，墓碑后方只是腐朽，墓碑是通向另一个世界的永远关闭的入口，能够在时间中逆流而上的只有追忆和想象。

丢失的大腿骨对于孙子和曾孙们来说会是怎样的遗憾？大腿骨很可能是被扔进小河里了。小猪他哥不可能把它带回家。往山上树林里扔，会被巡山的同学们捡到，继续拿它吓人，破坏他的独创。唯一的可能是往河里扔。骨头也许会浮起来，但不久便会漂入黑暗的地下，永远不能寻回。盗墓者究竟盗走了什么？那些枯黄的绸片看起来像是清朝官服，或是地主的马褂。陪葬应该是不会腐朽的物品。猫儿眼，祖母绿，金银元宝，最可能的是玉器。这些东西也继续会在世间某处漂流，永远不能寻回。但墓还在此处。后代决意要把长辈埋在祖先们选定的地方。他们是这片土地的真正主人。而基地的居民们还没有任何坟地。他们大多数都还是中青年。即便到了老年，也未必会愿意被埋在这个山沟沟。母亲便不止一次说过希望和双亲埋在一起。那是她家的祖坟，在遥远的云南红土地上。但这不妨碍船长私下幻想过自己会被埋在基地周边的哪座山头，以什么样的视角来凝望这片自己在其中出生长大衰老的山谷。目击盗墓之后，他开始计划自己的墓中会有什么样的陪葬。用黑丝绒包裹的透镜和棱镜。千百年后，当盗墓贼拨开自己的枯骨，将它们掏出，抹去尘土在月光下观瞧，光学玻璃依然如新，钻石般折射出五彩光华。那时已是核冬天、冰川纪、大洪水和流星撞地之后的另一个新生文明，这些陪葬会变成新夜郎国的镇国之宝。只有那时，他才会以在地下度过的漫长岁月为代价，被后世承认为这片土地曾经的主人，虽然他当初为何来此地定居，以及这些珍奇陪葬品的由来，会继续是一个谜。直至又一个阿布辛贝注意到 803 大楼的一角在流沙中隐现，人们才发现，曾有一座研发尖端科技的基地在这条远离任何文明中心的山谷中潜伏。

## 107

每次期中和期末考完，三班都要按总分排名，不仅写进学生手册发给开家长会的父母们，还用毛笔小楷誊出排行榜贴在教室正后方。陈老师的意图是激励同学们力争上游，为自己追求更好的未来，但船长每次走进教室望见这张巨大的榜单时，思索的都是基地的未来。无论是否有足够的武器和理想中的长城，巡逻小分队都将由这些人组成。

教室里第一次贴出榜单后，船长仰望它，想起的是上小学时家中贴的水浒一百单八将人物图。他缠着母亲从镇上那家低矮阴暗的新华书店把图买回家，随即按座次将每个人名和绰号背得滚瓜烂熟，还能背给亲戚们听，带着长诗的气势，让母亲觉得物有所值。当同学们还在传阅小人书时，他已把人民文学出版社的竖体版水浒传读了几遍。不认识的生字都自己查字典，感觉每个字形都像人物的穿戴打扮一样华贵飘逸。他每天放学路上按章节给小猪讲水浒，讲了足有一年多。

船长最先敬佩的是武松。父母说刚来时还能听见山上有狼叫，所以读了武松的故事之后，他爬山时总想象着目击老虎，然后想象着喝点酒然后上山去找老虎，成为名震全寨的英雄。对群山了如指掌之后，他明白野兽早被锅炉房泄压、喷砂处理、武斗交火和民兵实弹射击吓跑了。好在还有鲁智深的故事。河岸的一路杨柳让船长经常想象拔树的力气。走在田间的粪池边，确实需要提防被农村孩子推进去，并考虑如何将蜂拥而上的他们摔进去。因为每次排队买肉都要排好久，经常见到屠户让熟人加塞，给他们留好肉，然后混搭不好的槽头肉给母亲，船长总希望长大了要屠户的好看。但没过多久肉票作废，肉类敞开供应，新开张的个体户们友善经营，门可罗雀的屠户也被迫学会笑脸相迎，船长也就放过了他们。有一身武艺至少可以保证自己和家人不受欺负，但不能当饭吃，在这个时代也抵不过枪。特殊技艺也许会更有用些。公孙胜呼风唤雨的能力非常神奇，但在日常生活中并不需要，而山谷中已经有了太多风雨。浪里白条张顺和阮家兄弟的水性是船长乐意拥有的，可以捉鱼，将强人引入水中制服，轻易逃脱箭雨和追捕，但只有搬家到大江大海边才有用。最终，船长发现自己最羡慕的是神行太保戴宗，把四个甲马拴在腿上即可日行八百里。他不会武艺，但神行功夫在一百零八好汉中却是独门招术，虽然和公孙胜的妖法有点相似，但实用得多，比如下午没课时跑去城里转一圈，放假时可以不用等母亲有假，无需火车票就能经常来往于云南和贵州，帮她送白酒给老人，去找表哥表姐们玩。日行八百里本身就是一种奇妙的体验。双腿是否已经离地，可以飞越荆棘、峭壁和水面？书中并没有说，但似乎还是在道路上跑，毕竟这一技巧是用来传信而不是探险。那么，路人们目击的只是一个如火车头般飞速前进的人形，卷起一阵风尘？无论如何，地图还是必需的，过十字路口时也要提防车辆，因此还得减速，每日实际无法行八百里。但即便日行四百里，他也满足了。

船长占山为王的念头便是和这些幻想同时萌生的。即便身怀技艺，也需要组织才能实现价值。既然生在天高皇帝远的大山中，不妨做一番大事。将基地作大寨，周边几个山头建小寨，每个山口设哨卡，大路南北几里外开两个酒肆打听风声。这便是基地战略防御计划的最早雏形。除了镇上的职员和店员，方圆十里内只有穿草鞋、解放鞋甚至赤脚的农民，没有富人和权贵，只能定期进城劫富回来济贫。从基地到市区隔着十几座山头，有无数路线可进退。假若天下大乱，基地正好能升起替天行道的大旗，凭借隐蔽的地理优势，利用先进技术和制造能力，变为兵工厂，团结周围能提供粮食的农民，保护他们的牲畜、田地和子女，在大城市被洗劫焚毁时崛起。真正的备战备荒为人民。

冰鞋事件把壮志又提回了议事日程。劫富济贫是不可能了，进城劫富只会被捕，而周边依然没有什么富，只有像要来劫我们的贫。占山为王还是吸引人的，假如对社会无害，政府也许不会来抓，就像水浒时代的庄子寨子都有喽啰家丁这样的武装力量。

全班同学按比例分配排座次，前十名是天罡星，后面跟着二十多地煞星。天罡星都技艺超群或是当过官，名声在外，有管理经验。地煞星多是江湖人士和下层劳动者，有更多样的特长，在某些场合是同学瞩目的焦点。水浒座次是天定的，全班排名每学期都会变，好在幅度不大，而且船长更关心的是个人特长，这一点由各科分数来体现。体育好而其他科目差的必然是武将，反之则当文官。跳高、举重和长跑当然不是同一类特长，时迁、鲁智深和戴宗就各司其职。数学好的学吴用神机妙算，化学好的学公孙胜的五雷天罡正法，生理卫生好的则有望赶超神医安道全，假如政治好，还能出好看的黑板报，可以当宋江。

岚岚是唯一知道船长设想的人。她当过大队长，最有组织工作经验。她认为此计划完全不可行。同学们不分成几帮打起来就不错了。她早早便做出预言。她没读过水浒，对精神凝聚力认识不足。但船长不久便明白，她当大队长不是没有道理的。这是他将工作重心从绘制地图转到人员部署之后的感触。

在地图上部署人员，自然是按家的位置划分。比如，803 厂区，633 厂区，木工车间，农场。各人保卫自家家园会更有责任心，而且熟悉地形。小分队成员结伴上学放学，对彼此也更了解。这样划分的另一个特点是和同学们的籍贯吻合。比如，农场多是苏北人，木工车间多是本地人，633 厂区多是上海人，803 厂区是核心，人最多，又进一步按籍贯分出小队：上海人，苏北人，北方人，本地人。这样的分法有技术问题。比如，上海人在同学中占了大多数，虽然大家上课都讲普通话，但上海话是课后广泛使用的第二语言。老师们对这种现象并不反感，因为他们之中也有不少上海人，比如沈老师，训话时偶尔会在火气十足或是语重心长的时候冒出几句上海话，无意中直接模拟了学生父母的腔调，更有震慑效果。另一些同学则一贯说普通话，比如农场的同学们，虽然他们大多来自苏北。小猪兄弟不住农场，但也来自苏北，偶尔会当着船长的面说他完全不懂的苏北话。

按岚岚的观点，同学中存在比住地和籍贯更复杂的帮派结构。她小学住在 633 厂区，633 属于 803 的配套单位，使用同一个信箱代号，但厂区被建在小河上游奶头山脚下能找到的另一片平地，岚岚上学放学不和 803 厂区的孩子一起走，所以虽然都是上海人，却作为外来人受到排挤，有隔阂。船长认为岚岚是个特殊案例，同住 633 的黄静就比她更有人缘。但他明白游离于帮派之外的她看待帮派问题比大多数同学更清晰，这可能是担任高层领导的必备素质，或者也是身居高位者的观察优势。我有啥优势啊？岚岚有一次说。我是帮派的受害者。她虽然能够拥有在教学楼最高层校长室窗口使用话筒对操场上全体同学讲话的权力，平日在教室里却是被孤立的，这与她桀骜不驯的性格有关。也许正是这种孤立让她当上了大队长。受到同学的排挤，反而导致她独立上进，受到众多老师的青睐。教数学的周老师对我挺好的。体育课的邢老师对我也不错，还让我参加田径队呢。咱们的班主任小罗老师对我也不错的。六年级那场汇报演出，我是唯一一个跳独舞的，我的中国心。岚岚乐于回忆丰功伟绩，像一位离休老干部。

跳独舞，后果很严重。船长说。大家参加的都是合唱。

上初中后，情况更复杂了。基地不再有军品项目，633 并入

803，厂房闲置，职工都搬到了干打垒。农场解散，职工都编入新成立的胶木电器厂，搬到离杨梅山不远的梅兰山，这意味着农场、633和803的孩子们走同一条路上学了。镇上的新添寨小学转来不少学生，其中包括了位于633旁边一座小山上的基地职工医院的职工子女。他们当初上新添寨小学是因为离家近，但把孩子转到教学质量最好，高中升学率全区最高的职工子弟学校是必然选择，哪怕为此要走远路，穿越小镇和小河。与此同时，不断有同学从上海转来，其中包括几个小学转到上海的同学，算是重聚。白皮和湉湉都对船长解释过：上海的政策是无户口的孩子可以上小学和初中，但无法升高中，所以转学回到户口所在地是他们的命运。

更多人聚集而来，帮派雏形却渐渐显现。渐显老态的父母压力增大，肩负全家心愿的上海籍同学确认回上海是一生目标，其他籍贯的同学也被希望将来帮助父母叶落归根，而本地同学还未打算背井离乡。假如一个孩子明白什么样的友谊能继续，哪些同学注定不是同路人，那他也许会早早做出选择。小小的年纪，在每次换座位和换班中已经体味了分离的悲伤，更不要提有一天相隔千里。

所以，船长后来每次看到教室里的排行榜，想到的都是基地分崩离析的未来，这导致他最终放弃了同学们排座次替天行道的计划。大部分人都是要走的，并且要把父母带走。岚岚当然也是如此。她的情况特殊：父母是七〇年四月和八月进山的，比第一批六六年来的船长父母要晚。她出生在上海红房子医院，而不是大部分同学出生的贵阳医学院附属医院。当然是上海医院条件好啦。这是她的解释。她在上海一直长到三岁才回到父母身边，进的是 633 的托儿所，这和大家也都不同。早上送进去，不好还要关小黑屋，没什么教育，只是看管而已。岚岚的记忆比船长的要清晰得多，他只记得每天清早母亲背负自己攀登黑暗陡峭的台阶和下午终于出现在托儿所门口接他的画面。上完托儿所，岚岚进了新添寨小学，这和都进了子弟学校的大家也不同。父母认为上海教育质量好，一年级读完便送她回了上海，但因为爱玩，外婆外公管不了，她在二年级下学期又被送回到山里，终于进了子弟学校，来到大家中间。为了未来，多走几里路也值得，而父亲从此经常骑自行车送她上学。她说他俩和黄静父女俩都是骑车来，双方比谁骑得快。船长从未见过这个场面，但羡慕她们的欢乐和速度。

船长对岚岚在新添寨小学的经历很感兴趣。两种虽为邻但过着不同生活的孩子一起上学，是不是都能坐得住。虽然还生活在山中，但他明白自己不会有这个机会了。他们个个都脏得很，太乱了，不爱学习，就爱玩。我们 633 的孩子算是最好的。生活条件好。岚岚说。父母说不要跟他们多接触。

这样的告诫是周围大多数家庭通用的。但野蛮这个词还是让船长愣了一下。平时在路上遇见的农村孩子，习惯恶作剧的少数固然可以用野蛮形容，多数都只是含着戒备和敌意，暗示一种更理性的并由此更难以调和的力量冲突。不过，岚岚如今似乎并不讨厌农村孩子。据说她认识乌当中学和社会上的人。乌当中学是乌当区唯一的中学，位于新添寨镇，学生自然是她当初在新添寨小学的同学。也许他们长大后就不脏不乱了？社会上的人则是陈老师的用语，特指那些没工作也不上学的游手好闲的小青年，他们时常出入镇上新开张的录像厅和游戏室。他们和这些场所的出现暗示着某种非农业文明已在新添寨萌芽。船长与那个文明缺乏联系，也没见过岚岚和那些人交往，对于一个放学立刻回家照看炉火和协助母亲做饭的人来说，学校内外发生的事他并不了解，只听说陈老师在家长会上批评岚岚穿得太时髦。也许是那些引领潮流的上海时装招来了社会上的人。

岚岚可能是在吃米粉时被社会上的人盯上的。她喜欢课余出去吃米粉。她说基地前门桥头的两家米粉铺子都不错，一家素粉，一家鸡丝粉。校门外生活桥边那家也不错，课间操时常偷跑去吃，但只要半碗。连镇上的米粉铺子也被她吃遍了。路边油腻肮脏的方桌边，穿着做工考究的蓝色紧身牛仔裤和白镶边淡紫色夹克的姑娘坐在榫头松动吱吱摇晃的油腻长凳上品尝一碗米粉。女摊主在汽油桶改装的炉灶后方轻摇自己背上睡着的孩子，双眼却盯着她新潮的烫发，要饭的则在不远处默默等待她放下筷子。手扶拖拉机砰砰驶过，卷起一阵柴油味的尘烟，掀动她头顶的塑料布棚子。船长从未在街上吃过米粉，因为母亲说外面的东西不干净。而岚岚从小就有这个习惯，她说住在633的时候，每天放学路过镇上都会吃丝娃娃。一分钱一个，一角钱可以吃十个。还有豆腐果。吃辣的习惯便是这样培养起来的。她从外到内都是上海出品，但更喜欢吃本地食物而不是奶油巧克力，虽然最爱的依然是明珠牌鱼片。

爱吃街边小摊，不介意和社会上的人认识，但目标依然是考回上海。这是岚岚上学第一天就启动的人生主题。如此一想，她的这些作为突然合情合理了。外地旅游者明白自己即将离开，必然会抓紧时间体验本地风土人情。另一种解释是她在校内受排挤，就到校外寻找有趣的活动和友谊。岚岚初一和男生打架，船长并没有看见。据说她是为了争乒乓球台和两个男生打架，然后被陈老师叫到办公室训话。是我被人打了。那个不知道是初二还是初三的男生给了我一巴掌。岚岚私下对船长说。我知道上初中以后看不惯我的人更多了，觉得我张扬。四人团不就整天和我对着干吗？船长理解岚岚的心情，有几次下午到校看到自己的座位上遍布脚印，估计就是四人团踩的。当时学校有乒乓球比赛，小学文体就很出色的岚岚想练习参赛。乒乓球台就在教学楼墙根，正对着陈老师的办公室，所以她才能及时干预。至于陈老师在班会上所说的岚岚把社会上的人都招来了，船长完全不了解。他怀疑岚岚是不是有早恋的可能。但有一次岚岚说那些人指责她太冲，让船长觉得那些人还是来打架的。母亲身体渐渐不好之后，他每天放学总是第一个快步走出教室，不在学校多待一分钟，对校门口的冲突缺乏了解。

但这一切总会结束。以岚岚的脾气和能力，肯定会离开的。这应该是她作为局外人所希望的，更是父母所希望的。

白皮本应是另一个局外人。她五年级才从上海转来。船长当时已经明白上海同学都希望回上海，对她从上海转来感到诧异。这种事本不该问，但既然白皮不久便成了船长的同桌，她的健谈需要听众，他不爱发言却是很好的听众，而二人坐在最后一排，他也就听到了她更完整的故事。白皮其实和大家一样出生在贵州，但两岁时从床上摔下来一次，差点没了小命，至今头上还缺一块骨头。父母觉得上海条件好，便将她送到上海由老人照顾。但老人年纪大了再也照顾不动，她只能回山里和父母团聚了。

白皮说，团聚二字并没有字面上这么美好。因为她要学习和父母相处。两岁前在此地生活的记忆早已消失，所以应该说和他们并没有真正一起生活过，况且如今还多了一个小两岁的妹妹。我唯一觉得难适应的是该如何和妈妈相处。她后来补充说。你明白吗，两个孩子，妈妈会比较的，而且我还是个读书不好的孩子。

除此之外，白皮对山里的生活没有任何不适，在班上也没被排挤。这要归功于她的坦率和外向，课间在教室里心直口快地与每个同学说笑，虽然夹着上海话，但大家都感到可亲。她一转来就成了显眼人物。皮肤特别白。在上海吃着奶油长大的孩子都这么白？脸上有几点小雀斑，更衬出白的真切。穿着时尚，头发烫了大波浪。外出春游时，同学们都背着父母传下来的绿色军用水壶，而白皮拎个颜色鲜艳的塑料水壶，它有流线型的折叠提手，盖子拧开可以当杯子。在船长眼中，那是一艘驶向马里亚纳海沟的探险潜艇。白皮另一个能与大家亲近的原因是她成绩不好，也不担任职务。这只是船长的理论。假如岚岚成绩不好，也不当大队长，想必会更有人缘。假如自己成绩不好，当四人团在课间讲各种笑话时能够同笑而不是面无表情，座位上也不会被踩脚印。但这是无法改变的。母亲希望自己成绩好，每学期都给课本包书皮写名字，每天看着母亲写的名字，成绩不能不好。

人际关系最好的同学应该算是湉湉了。船长的理论是，她除了从母亲那儿学来聪明伶俐，还继承了父亲的上海血统和母亲的本地血统，擅长两种语言，这在同学中非常罕见。更何况这两种血统分别是山谷中的强龙和地头蛇，而船长的父母是北京人和云南人，都属于孤独的少数民族。湉湉也认为帮派是存在的。就看上学放学谁和谁一起走了。这是她的观点。但她认为这些都是孩子的游戏，早晚都会解决的，她说。我爸我妈不就结婚了吗？

湉湉曾经提过，父母除了籍贯不同，在基地的动乱年代分别属于 811 和 414，自称司令部和指挥部。船长父母说当时两派直接开战了，所以这个故事在他眼中是个传奇。他从未问过她未来的打算。母女俩是否会追随父亲去上海，或者父亲追随母女俩留在本地？基地里这样的情况还有很多，比如媛媛。他本以为她是个纯正的本地人，陪母亲去职工医院时也见过她当医生的母亲，是个地道的贵阳人。媛媛的口音是典型的南方口音。直到陈老师在课上读了她的一篇作文，他才知道她的家乡是福建。那是个比上海还要遥远的地方，但在常去厦门出差的父亲口中更像一个天堂。有海的地方似乎都很美。升初中后湉湉分到了二班，成绩他并不了解，但媛媛学习非常好，是数学课代表，有和上海同学一样考出去的希望。那么，她会选择回福建？

未来能有选择真不错。船长对自己的未来也满怀激动，不过他还是需要考虑基地的防守问题，直到全家安全撤离。假如能够撤离的话。

如今看来，农场的孩子应该是最有希望成为一支力量的帮派。农场是基地下属单位，藏在梅兰山后一座更加僻远的山谷中，基地负责接送他们上下学。但所派的并不是大客车。小学和初中的同学们挤一辆军绿色的解放牌卡车，没有顶篷，雨中行车无法打伞，他们就都穿雨衣——父母的绿色军用雨衣。在船长的印象中，农场的孩子俨然是一支小小的军队。

父母说农场确实与军队有关。基地最初的建设者除了他们这些来自上海的第一批职工和当地招的民工，还有从南京军区转业的一批退伍军人。不久，基地从当地公社借来一块地供被打倒的右派劳动改造，便有了农场，而退伍军人们在外地农村的家属被陆续接来，也安置在农场。农场没有托儿所，父亲们在基地上班，母亲们每天下地务农，孩子们小时候只能锁在家里，长大了锁不住就只能放任他们玩。上山、爬树和钻洞是他们的强项，上小学前才由父母教会自己名字的写法，学习自然就成了他们的弱项。在同学中总显得老成，不光是因为留级而大几岁，更因为有自然的磨砺。

那样的生活，船长是羡慕的，因为他们每天都能乘车，虽然雨天和冬天很艰苦。船长喜欢走路，但乘车驶过没有柏油路面的十里山路是另一个境界。他从小就坐表哥们的卡车，对卡车也有莫名的亲切。按阿狗在日记中的描述，下午没课时，农场的孩子会结伴走路回家，夏天可以边走边玩，经过镇上可以花两分钱买杯瓜子边走边磕，奢侈的还可以花五分钱买根冰棒或者一块豆腐果。一路上风景很好，周围都是成片的马尾松林，到了季节还可以摘酸甜可口的野山楂。想到这些，船长总觉得学校离家太近，路边的建筑太多。

但船长总觉得他们是一群来自更偏远孤岛的居民，一个被孤立的群体。军人家庭的遗传和生活环境的艰苦养成了他们强悍的性格，斗鸡大战前挑人的时候，阿狗和痰盂罐都是首选。即便女孩子如夏娟，和船长同桌时也曾把他手上的肉掐掉一块。记忆中最早的冲突，在校门外约架，都和农场孩子有关。小河对岸的桥头是他们等待卡车的地点，放学之后，农场生都群聚此处，从还流着鼻涕的小孩到长成小伙子的初三生都有，令约架的另一方望而生畏。不知这个群体是因为被孤立而抱团，还是因为抱团而被孤立，但这个疑惑随着前两年农场解散而成为了历史。母亲们终于有了城镇户口，离开农田成为基地新组建的胶木电器厂的正式职工，全家搬到梅兰山宿舍，阿狗和痰盂罐们再不需要在桥头等卡车。他们也希望离开此地回到原籍？军人应该来自不同地区，普通话确实是标准语言。他们自己人之间对话都是如此。想回原籍，意味着需要考出去，但他们的成绩不好。即便能回原籍也只能务农，反而不如留在基地。因为这类话题太敏感，船长从未问过他们的打算。

除了农场的孩子，另一些在学校里坚持不露乡音的是苏北人。小猪就是其中之一，直到小猪他哥从家乡转学到班上，兄弟俩偶尔当着船长的面争执时会说苏北话，他们压低了声音说得很急，似乎并不希望被人听见，还好他们不把船长当外人。放学一同回家的路上遇见小猪家父母，或是去他家以和他一起做作业的名义给他抄作业，他们都当着他的面说苏北话。这是船长认为最难懂的方言。苏北是哪儿？应该是江苏北部。那为何不说自己是江苏人？父母的解释是说苏北人就是苏北人，说的是到上海谋生的江苏人。小猪说自己老家是江苏东台，船长还在分省地图册上查过，确实是在江苏北部。那么，江苏南部的人到上海谋生，应该会被称为苏南人，但父母都笑，说苏北人穷，所以才会到上海谋生，江苏南部的人不穷，不需要到上海谋生。

船长曾有的另一个困惑是，虽然江苏与上海紧邻，苏北话却比上海话难懂得多。他如今已经领悟，并不是话难懂，而是自己听得太少。假如孩子们课后说的都是苏北话，到车间听母亲同事们说的也是苏北话，那自己想必连骂人的苏北话都已经烂熟。按父母的说法，在上海人眼中，苏北人是被看不起的一群人。船长推断这应该是苏北话很少被公开使用的原因。所以，除了不见外的小猪兄弟，他不确定同学们中是否还有苏北人。但是，苏北人应该是不会打算再回苏北了。那儿可能比贵州强不了多少？他们也许还想回上海。但回到上海依然会被瞧不起。或许此地是他们最好的归宿？

因为同学中没有云南人，所以船长完全无法在学校讲母语。放学路上有时会听见一个女声用云南话远远呼唤自己的名字，那自然是母亲。装配车间每月初总是零件缺件，她上班不算忙，偶尔会趁领导不在溜出来去镇上买菜，假如正好将近放学，便会在对岸桥头的大树下望着校门渐渐吐出小孩，等待小儿子的露面，挥手呼唤；若是出厂稍晚，也会在大路上边走边往河对岸的小路张望，要是认出了小儿子，也会挥手呼唤。船长听见，便会取消上山下河的计划，扔下手中的石子或树枝，撇下小伙伴们向最近的一座桥奔去。云南方言与贵州方言相似，但没有后者那么低沉，透着嘹亮和欢快。也许是气候的原因。同学们并不了解这种方言。云南是个地理上很近但心理上很远的地方，大家的故乡都在东边，而云南在西边，没有人去过。甚至有同学问船长是不是少数民族。船长会一本正经地表示肯定，因为他确实觉得自己是班上的少数民族。

但少数民族并不等于土著。在上学的这些年中，来自当地农家的孩子偶尔会插班，但不知是因为成绩还是家庭，总是一两个学期后便消失了。唯一从小学一直撑到初中的土著孩子是王军。撑那么多年确实不容易。王军的成绩一直不好，让船长不得不相信确实有天资这么一说。他每天清早总是第一个到校，陈老师干脆发他一把教室钥匙，让他负责开门。王军从不生病，也从不迟到，所以同学们从不需要在门外等待。他的头发总是理得很短，衣服洗得发白，帆布军用书包上有很多补丁。他没有皮鞋和旅游鞋，永远都穿着一双球鞋。小时候他常穿解放鞋，后来因为体育课的要求，终于有了一双球鞋，穿了很多年，也洗得发白，让船长觉得他的脚完全没长。这是有可能的，因为他的身高似乎一直没有多大变化。小学时排座位以身高为标准，所以王军总是坐在前两排，而船长坐在后两排。初一时，他发现王军和自己坐在最后一排，不禁有点惊讶。后来才渐渐明白排座位如今有了相当的复杂度，比如，很多同学都开始近视，需要特殊照顾，而王军和自己的视力一直很好，坐最后一排没关系。不过，初二时船长被直接调到第一排，这一点他很惊讶，但考虑到陈老师男生女生捆绑好生差生配对的方针，他不奇怪自己在成绩飞跃之后和音乐成绩优秀而其他科目需要进步的珊珊坐在一起。珊珊是教导主任罗老师的千金，个子不矮但是视力不好，需要坐在第一排。

王军虽然沉默寡言，但偶尔会受到大家的注目。自制弹弓这件事男生都试过，但像他那样能把钢丝掰出对称的柔美曲线，是罕见的心灵手巧。同学们用的都是橡皮筋，他用的是车胎内胆，拴着一块翻毛皮革，强大而耐用。他的另一个绝技是制作竹枪。枪身是一节笔直的竹管，内插一根尺寸完美匹配的竹棍，形成一个细长的活塞，利用气压发射浸湿的纸粒，非常有力，能发出乒的一声脆响，但又不至于伤人——子弹打在物体表面上会散成一滩纸浆。这件武器的材料很难找。同学们见过的竹子只是家里的晾衣竹竿和农家后院风干了的细竹条，连何处长竹子都不知道。王军能找到笔直而且粗细配对的两种新鲜竹材，每个断口都切得齐整，外表依然是新鲜的翠绿。在上山探险的黄金时代，王军是公认的权威。在他的带领下，同学们不用担心摔下悬崖深洞，遇见农民、农民孩子或是他们的狗时都能相安无事。王军并不反对同学们偷萝卜，但只要他在，自然会指点他们寻找更好吃的野味，比如浆果和刺梨。有一次，同学们还在他的带领下采了不少新鲜蕨菜回家。这是农民拿到基地门口卖的商品，所以母亲觉得船长还挺能干，说什么时候和他一起上山找找。

这些大小乐趣在上初中后便被遗忘了。大家长了几岁，知道了学习的重要性。被同时遗忘的王军依旧是最早到校的学生，船长则总是第二个到。他不知道王军和他一样早起是否也是要帮助家务，然后出门享受一段宁静的路，但走过空无一人的操场时，都会看到王军站在三楼教室外的走廊里，一只手臂垂着，另一只手放在水泥栏杆上，望着山后燃烧的朝霞，就像伫立在一艘即将起锚的轮船上，在独自远行前告别故土。

但王军肯定是班上最终留在故土的那个人。船长曾希望能教他点什么，但发现那是徒劳的。王军的命运和高中无关。他的成绩几乎没有升高中的可能。在船长想象中，王军会变成一个闰土式的角色，永远留在山中。王军有个弟弟，穿着他的旧衣服，剃了同样的平头，是个小一号的王军。看得出，他们的父母希望孩子都能受到教育，有一天不再务农，但弟弟的存在或许决定了哥哥不久就要离开学校支撑家庭的命运。这些都是船长对农村家庭的想象。但他还是每天早早到校，因为要把自己的作业给王军抄。抄作业能帮他减轻一些焦虑。作业、考试、排名和排在最后几名的现实，是他不需要的负担。

船长曾和同学们去过王军家一次，梅兰山后山坡上的茅草房。那是船长第一次确认王军与众不同的身份。令他欣慰的是，房里有一台电视。基地闭路电视的电缆无论如何也不可能拉到山上，这意味着他们家中播放的是和基地职工家中不同的画面，这应该是同学们兴高采烈讨论前一晚的录像片时他总是沉默的原因。那台电视依旧顽强地靠自带天线捕捉着漏进山谷的现代生活，哪怕只有抖动的、扭曲的、带着噪点的新闻联播。王军也许注定和更广大的世界没有关系，就像他不拥有贴纸也没玩过电子游戏一样。他的灵魂属于这片山野。

不过，奶头山顶架起了电视转播塔，山野也慢慢起着变化，王军在农家子弟中已经算是幸运。他应该在镇上的政府机构找个工作。一旦基地和当地农民发生冲突，他会是最好的调停人。但为什么基地不给他们分房而兄弟俩却能在子校念书？这是一个谜，船长不便问起。但住在远山上的茅草房而不是居民楼或村寨，可以避开冲突和战争。假如需要，他还能带领全家人迅速撤进深山的某个洞中，以采集野果和块茎为生。但王军给了船长另一种启发。假如子校扩大一倍，合并新添寨小学，方圆几十里内的农家子弟都来和工人子弟当同学，那应该是一个走向最终和解的方案。至少能把在校外酝酿的过激事件转化为校内可以监控的日常摩擦。同样的学习环境会鼓励平等，消耗过剩精力，帮助文化沟通。上初中后，随着同学背景的日益复杂，大家都更多地学习和使用非母语了。珊珊的父亲是四川人，母亲是本地人，但她的普通话已经达到了新闻联播播音员的水平。瑛瑛的父亲是镇江人，母亲是上海人，但常在走廊上用本地方言和同学聊天。她们都是擅长唱歌跳舞的外向的人，所以有学习语言的天才。流利地切换各种语言让她们显得成熟。她们确实不属于任何帮派，人缘是最好的。

船长觉得这个从娃娃抓起的基地战略融合计划比基地战略防御计划要合理得多，但实现它可能还需要几十年，自己是等不到成果了。但由此细想，突然感到一阵空虚，假如大家都是要走的，那么几十年后上学的孩子们来自什么家庭？那时基地的职工又是些什么人？显然，很多职工家庭一直都希望返回故乡。所以，假如基地战略融合计划不能被提到政策高度，就不可能实现。父母们和陈老师们正在全力将基地第二代人送出山外。没有必要考虑籍贯问题，把人分为会留下的和要走的就可以了。这就已经彻底区分了一生的方向。

这个结论让船长又失眠了一晚上。有出山的选择总是好事。与之相配合的是出山的能力。他对后者还是自信的，是这种自信帮助他在凌晨进入了梦乡。

## 108

船长外号的来由有很多说法，但都脱不开他喜欢用望远镜的事实。

船长拥有的第一架望远镜只是个可以伸缩的金属筒，两端安装了目镜和物镜，是某种光学测量仪器的部件，碰巧可以用来望远。直到上学多识了几个字，在厂区橱窗里见过图片介绍，随父母加班见识了各种仪器，才能猜测它大概属于工具显微镜或是万能测长仪。这样一件做工精良成本不菲的器具能拿回家给孩子玩，应该是报废了的。在这座研制精密光学仪器的基地，任何零部件只要稍有瑕疵便会报废，而这些微米级的瑕疵只有仪器才能测到，不影响孩子们为废品开发新功能，将它们起死回生。虽然报废零件回收是规定，但基地的孩子们大多拥有几件新奇的宝贝。在以物易物的活动中，透镜和棱镜这类光学器件自然比滚珠轴承和异形小电珠高级得多，属于猫儿眼和夜明珠一级的商品。在船长眼中，它们做工精致，象征了父母的学识和技艺，而且是他们冒着被扣工资的危险偷回来的，自然更要珍惜。这架单筒望远镜更加特殊，因为它是船长财产中最实用的日常工具，而不仅仅是用白绸、黑天鹅绒和埃及棉花裹住藏在小纸盒中的秘密。

船长从电影和小人书中知道，大航海时代的船长屹立在桅顶瞭望台上观察远方，用的都是这种单筒望远镜。杨梅山的老房子没有瞭望台，只有后窗，而唯一的远方就是后窗外的景象。老房子依山而建，船长家在一楼一角，另外两扇窗外都是近在咫尺的巨石堡坎，后窗为家提供了唯一的风景，是他正在编辑的世界画册的第一页。凝固的一道青山遮住大半个东方，晴天里太阳要八九点后才从山脊露出头来。山上葱茏的林间有几座传统的民房，像是大森林深处的那种茅草房，从民房到船长的窗台依次是梯田，土路，躲在谷底的小河，河畔的乱石荆棘，低处的几阶稻田和高处的几阶菜地，最后是窗下一小片点缀着白花的三叶草地。虽然幼年的船长耗费大量时光来观察这幅简单的风景，很多内容还是慢慢才看明白的。在最早的记忆里，窗外是一片绿，至多随天光变化显出浓淡。儿童似乎需要等待视觉发育才能看清世界。或者，是他们需要培养注意力。

学会使用望远镜之后，世界的细节立刻显现出来。此前他一直好奇半山那道林间空地上散布的白点是什么，总希望走近看看，如今在望远镜中真相大白：它们是墓碑。人生中的第一次独立发现，结果就是震撼的。然后他开始关注对面的民居，看看这些坟是不是属于这些人家。看久了，会觉得自己也住在这样一间茅草房里，而对面也会有个孩子朝这边张望。也许他和自己一样矮，窗台上露出的只有头发和一对眼睛，所以不易发现。但他肯定没有望远镜。

偶尔会有一小队人吹吹打打走在山脚那条土路上。响彻山谷的音乐不同于他在广播和电视里听到的任何民乐，每件乐器的腔调都有些滑稽，但配合起来声势强大。这种声音远在船长还是只能整天躺着的婴儿时代便已熟悉，如今他用望远镜望过去，发现了声源。乐队走在最前面，接着是举仪仗的，披麻戴孝的，抬棺的，后面还跟着一队人。但半山的那些坟地并不是他们的去处，他们只是路过。那条土路的终点应该是更偏僻的村寨，因为从来没有汽车驶过，但偶尔有赶鸭少年或放牛老汉慢悠悠走过，或是一辆简陋的马车，铃声混着蹄声在山谷间回响。很多时候，船长就站在后窗前欣赏着这个画面，想象远山中的居民和他们延续着的文明。

搬家时全家讨论过是住一楼还是五楼。三楼是热门楼层，四楼二楼次之，一楼和五楼最不抢手。父母都不会搞人际关系，只能选择一楼和五楼。船长不假思索地建议五楼。一楼前窗对着的是一排煤球棚。狭小的后院对着的是另一排煤球棚的后墙。母亲也倾向于住五楼。一楼太潮，全家人都患上风湿关节炎，她已经受够了。

这座楼是一排新楼的第一幢。五楼前窗可以瞭望整个厂区和环绕厂区的群山、学校边上的气象山和横亘在天边的奶头山。阳台虽然面朝第二幢的五楼，但是左侧能总览居民区的众多楼群、背后的杨梅山和梅兰山，右侧能监控平顶山上的工事遗址，稍微抬高一点视线便是浩瀚的天空，背景是高耸的黑山，拥有珠峰的气势。爬上楼顶享受桅杆瞭望台的三百六十度视野是后来的事了。

迁入新居不久，基地内部处理一批望远镜，算是职工福利，还要抽签，但二十五元的内部价依然相当于大半个月的工资。母亲知道儿子很想要，便咬牙买了一个。那大概是船长小学三年级的事了。单筒望远镜换成双筒望远镜，他从古代船长进化为现代船长。这批望远镜是为日本厂商装配的，镜身上印着的日本制造是他认识的最早的英文。既然是母亲装配的，为什么还是日本制造？父母的解释是，零件是日本进口的，基地只负责组装，装完了还要运回日本。拥有这样一架昂贵的专业望远镜，让他确认自己成了船长。后来云南大姨妈家所在的另一个军工单位，中国最早的望远镜生产厂三百号信箱也开始内部处理熊猫牌望远镜，船长见过，比母亲装配的这一台小得多，更适合球场和剧院，而不是导航和探险。

大概就是那一年，他获得了船长这个外号。阳台一侧对着路口，大家常常见他在阳台上用望远镜四处巡视。除了观察远山，望远镜的另一个功能是等候母亲的出现。每天下午五点，803 大楼最后一次播放进行曲，望远镜反射着正要落下平顶山的夕阳，熠熠生辉，电影院散场般的下班人流总能注意到有个小孩一动不动站在五楼阳台上用望远镜监视他们。母亲转过最后一道弯出现在船长视野里时会向他挥手。她下班后常会在桥头买菜带回家，假如双手都提着菜，就无法挥手，但船长会立刻认出她，回屋将望远镜盖好镜头盖往自己床上一扔，飞奔下楼去接应。哥哥上高中后每天快要入夜才能乘基地班车回来，船长的责任是用望远镜等候他的出现，并通知母亲准备开饭，假如他回来晚了，母亲也能多有几分钟迅速热菜，好让大儿子进家就能坐下开饭。因为望远镜有这类功能，母亲从未认为它是个不切实际的昂贵玩具。

当然，母亲从来没见到儿子攀上楼顶用望远镜四处张望。他俯瞰着前方厂区和后方居民区方正的建筑群，感觉是指挥一艘十万吨级战列舰在浪谷中行驶。周围滚动的群山是古书中说的鲸波，连山风都夹着海的气息。应该有一种咸味？他还没闻过真的海风。

看了太多凡尔纳之后，船长认为自己指挥的也可能是一艘潜艇，特别是当他远望视野中最高的建筑803大楼时。大楼内部竖着装配潜望镜的巨大支架，高度接近周边的小山。803是工程代号，正是因为它，父母才会和用火车装运的设备一起从上海搬进山里，造出祖国的第一台潜望镜。装备803潜望镜的潜艇后来还担任了潜射洲际弹道导弹发射的任务，导弹出水升空的画面发行了八分邮票，家喻户晓。从船长懂事时起，基地就已经不总装潜望镜了。这项工作据说转移到了一家靠海的工厂，显然更合理。但大楼依然矗立，像一座纪念碑，让群山铭记基地传奇的过去。他曾经多次随母亲进入大楼，换上工作服和工作鞋，走过锃亮的打蜡水磨石地板，站在巨大的装配台下，仰望复杂的金属架。它像是美国佛罗里达州卡纳维拉尔角肯尼迪航天中心的火箭发射架，他每次仰望时都感到眩晕。长久以来，他都把大楼当作一座供奉着神的古庙。古庙正面为人民服务的巨大题字堪比泰山摩崖，楼顶四角的八只高音喇叭比大教堂的钟声更加洪亮。虽然走进楼里会发现神早已离去，但它毕竟将数千人召唤进山并从此围绕着它劳作生息。神如今在几艘潜艇上，巡行于遥远的海域，注视着辽阔的水体和天空。潜艇在二战时便已成为最令人畏惧的力量，而在陆基发射井都已被对方瞄准的今天，还有什么比一艘携带洲际弹道导弹的潜艇更能震慑全球？核冬天是否来临，取决于在全球海洋中游弋的这类潜艇。若是某位船长发了疯，把手指放到发射按钮上，世界就完蛋了。船长曾在买菜路上对母亲表达自己的焦虑。他们不叫船长，叫艇长。她平和地纠正他，但他提醒她，在《海底两万里》中率领鹦鹉螺号的角色就叫尼摩船长而不是艇长。他还告诉她，艇都是小船，而台风级潜艇的排水量和密苏里号战列舰相似。母亲并不了解这些技术细节，对世界是否即将完蛋也不以为然，但还是耐心听他诉说焦虑。船长和舰长都是站在舰桥上观察世界并指挥一种强大力量远航的人。而他眼前这艘潜艇浮在群山环抱的湖中，像一艘军舰，但危险来临时是否能随时下潜？沿湖底的地下河进入《地心游记》记述的地下海，最终在地球另一面某个还能见到阳光的角落浮出水面。千万不要像鹦鹉螺号一样，周游世界，所向无敌，最终却被岩石困在神秘岛的地下湖中，成为尼摩船长最终安息的墓地。

船长的外号，同学间传说的出处是《丁丁历险记》。他们都知道这套书是船长最喜欢的，苦苦哀求才能借到。他其实打心底里愿意将它推荐给同学们，只是不好主动说。因为是宝书，只允许同学们课间传看，不准带回家，所以最终传回手里时，竟然奇迹般地没有污损，包括小猪拿去上课偷看被老师没收的两本——这两本，船长写了保证书并请母亲签字才被发回来。同学们更喜欢谈论和模仿的角色是船长而不是丁丁，显然并非因为他是一位游历世界各地的勇敢而正义的船长，而是因为他是个大大咧咧的酒鬼，喜欢闹事和闹笑话。你爹才是船长呢，真正的酒鬼。这是母亲对船长外号的评论。她要是周日下午有空歇息片刻，也会由儿子陪着翻翻《丁丁历险记》，对角色有些了解。你咋个不当丁丁呢。母亲当然希望儿子是聪明有为的主角。

船长当然想成为丁丁，去北美、南美、西欧、东欧、非洲、中东、东南亚、上海、西藏和月球。他曾在地理课本附带的世界地图上标出丁丁去过的所有地方，顺便统计自己一共有多少套丁丁的小人书。他思考过为什么同学们会选择叫他船长而不是丁丁。作为一位有把年纪的大胡子船长，他应该比丁丁去过更多地方，他几百年来的祖辈似乎都是船长，都喜欢摆弄望远镜。船长的粗鲁也许只是酒精浸泡过的勇敢，而除了勇敢，这个职业还需要精通航海、地理、天文、海洋生物、各国风土人情和在险恶环境中的生存技能。凡尔纳的小说中有很多船长，他们都知识渊博，性格坚强，心怀道义，理想远大，特别是全能的尼摩船长，虽然他率领的是一艘潜水艇而不是船。这是船长向母亲指出的，虽然她也看过《海底两万里》。

作为船长，自然需要有船。不幸的是船长一生至此只乘过一次船，那是还没上小学的时候，跟随母亲在滇池乘船，吐了一程，不像是一位有天赋的船长。这件事是母亲告诉他的，而他自己完全没有印象，或是在潜意识中拒绝了这段记忆。滇池只是内陆湖泊，而他对船的原始幻想都以海为背景。小学放学后，他常在老装配车间门外的中心花园里或 803 大楼前的广场上玩耍，等母亲下班。在不多的好天气里，他总是喜欢看天上的云，而直插蓝天的 803 大楼就像一艘巨舰在云海中航行。那个年纪有无尽的时光可以拿来望天。因为常年阴雨，开阔的蓝天流云成了这条狭窄山谷中最美丽的景象。傍晚时半透明的硕大月亮从点缀着坟墓的梅兰山后露面，看完电影回家的路上它已经升到中天。我们生活的这个世界显然在航行。它将去往何方？若是这艘船有桅杆，他很乐意爬得更高，用望远镜观察。

搬上五楼之后，船长感觉像是爬到了桅杆顶端。他发现自己身处的港湾四面环山，没有出海通道。航船即便能从某条山坳中挤过去，还要继续面对千万重山。《神秘岛》帮他找到了另一种感觉：他确认自己是在一座岛上，周围的群山化为了海洋。也就是说，他从指挥破浪的船长变成了落难孤岛的船长。落难的人们要自力更生活下去，而父辈已在此建成了完善的生活体系：道路，桥梁，水管，电杆，食堂，澡堂，农场，居民区，单身宿舍，招待所，职工医院，子弟学校。《神秘岛》中也是如此，一群从空中坠落的遇难者，赤手空拳建起坚固的家，还有田地、水渠、畜栏、电报线和港口。这座岛与神秘岛的不同之处是拥有原住民，他们卖给我们蔬菜，帮我们卸煤，偶尔也盗走我们的自行车，抢劫我们的旱冰鞋。这座岛是否拥有像神秘岛那样的地下湖？那样的话，我们可以精心建造一艘潜艇，假如地表上的农民起义如火山爆发熔岩流淌，我们也能从容撤离。潜艇可以藏在山洞深处的地下河中，我们炸塌洞口，关闭舱盖，驶入浩瀚的地下海洋，最终在一个没有阶级斗争的世界浮出海面。

并不是每个孩子都曾希望成为船长。但每个孩子都造过船。

孩子们厌倦冬雨，但喜欢夏天的暴雨。雷电之夜过后船长睁眼醒来，总能立刻注意到窗外洪水的轰鸣淹没了车间的噪音。小河是这片山中唯一的河流，方圆数里的山洪都汇入其中。据父母说，当年他们来时厂房还未建好，工人们睡在河畔工地的帐篷中，半夜山洪暴发，卷走好几条生命。基地痛下决心彻底改造这条河，移除桃花山，重修河道，在岸边建起悬崖般的堡坎，展示人定胜天的力量。如今，也许是上游有了更多工厂、农田和居民，修了更多水利，暴雨后的河水已经没了洪荒时代的猛烈，但水线依然会上涨数米，像是来自黄河壶口的浊浪摧枯拉朽，拔起河滩上的花草灌木，掀去堡坎表面的青苔。孩子们上学时都兴奋地边走边看这条咆哮的巨龙，因为他们知道放学后可以在桥上放船了。一些同学早就准备好了纸船放在书包里，另一些则趁上课偷偷赶制。偷撕作业本的纸最方便，但只能折很小的船。包裹工具的上蜡牛皮纸最好，但很难找。最终，这条以工厂为邻的小河里航行的大部分船只都是用图纸做的。或者说，工厂里的大部分图纸最终都变成了这条小河里的船只。同学间流传的船只设计大致有两类：军舰和货船。前者凸出一个类似舰桥的尖角，船身结实，稳定性好，即便被击中进水也能坚持片刻。后者是平底，前后有两个挡水的顶棚，更像是舢板，优点是容易建造，而且有多大的纸就能造出多大的船，从父母那儿讨来巨幅图纸的同学特别乐意尝试，缺点是经不起风浪，而且目标太大容易被击中，而一旦进水便会迅速沉没。大船从高空投放时不稳定，必须用小石子配重，也有同学想出子母船的概念，一艘大船装载十多只小船一起投放，前者沉没后者随即出航。

放学后，校门外坡道尽头的生活桥上是舰船们的投放处。一拨拨孩子倚在桥栏上为船只举行下水仪式，在岸边跟随它们一路往家行驶。洪水流速极快，需要小跑着才能赶上。船只们一路上除了和浪涛搏斗，还要经受来自两岸男生们的石块夹攻。路两旁都是山，总能找到无数石块作炮弹。低年级同学要避免误击高年级同学的财产，以免挨揍，但假如下水船只数量众多，两岸上百学生火力混乱的话，规矩就无法执行，而且还可能发生其他事故，比如江毅就曾错误估计了弹道，不慎击中站在前方忘情投掷的林秀峰。林秀峰后脑勺上因此一连几周都贴着一块白纱布，坐在后排的同学称之为放电影。

最后一道反舰阵地位于基地前门的桥上。此处有大批孩子严阵以待，誓用密集的火网歼灭任何来犯之敌。他们直接将弹药堆放在宽大的水泥桥栏上，其中包括从旁边山脚搬来的被称为深水炸弹的巨石，只等大群敌舰来临之时计算好提前量推下去，即便在急流中也能爆出蘑菇云般的巨型浪花，扑通一声巨响引得卖菜的农民们扭头观望，以为有人坠河，路过的职工则直接呵斥小赤佬无法无天。孩子们不予理会，继续醉心于释放他们的破坏力。即便是高年级同学，此时也乐于看到他们的船终于在密集火网和核爆中牺牲，甚至亲自动手。这样的阻击战年复一年，洪水退去河水变清时，总能看见河底铺了一层新鲜石块。虽然它们会慢慢被水草覆盖，被下一次洪水冲散，但在船长想象中，经过一代又一代少年的努力，旁边的山脚不断被蚕食，河床会慢慢升高，就像黄河中下游，终有一天会变成地上河。

当大大小小的孩子据守上游桥栏击毁所有来犯敌舰时，船长独自在另一侧桥栏投放自己的船。一般来说，能在大桥密集狙击火网中突围的船只极少，接下来这段河道的对岸被厂区围墙封闭，地对舰阵地减少一半，河这边排着粮店和小卖部，可捡的石块不多，河畔还有一排大柳树阻挡射击，所以玩得尽兴的孩子们到此都会收兵。所以船长喜欢在此处启航。

船长选择在洪水中放船，因为这是它突破下游若干险关的唯一机会。在金工车间围墙外那道冲走过建设者而被彻底挖深用水泥铺就的河床上，有几道拦水坝形成的小瀑布，所有纸船到此处都会瞬间倾覆，而杨梅山和梅兰山之间的河段则密布礁石浅滩，几乎无法通航。但在滔天洪水中，它们都无迹可寻。可以想见，任何纸船只要躲过孩子们的弹雨并且有能力在浊浪中稳住，几天后就会逃离山区到达平原，最终入海。当然，这是船长最初的想象。没到平原，船身就会泡烂。而且后来听大家说这条来自地下的河不久便会流回黑暗的地下。但流水总会向低地前进，终有一天会在高原尽头的某座山谷重见天日，汇入大江，直奔海洋。总之，等在家吃完午饭，放学路上启航的船只或其残骸早已到达了他作为一个孩子没有能力也不被许可去到的某个远方。远方，只是一个相对的模糊概念。

除了纸船，船长还往河中投放过其他更坚固的航行设备。比如水密的塑料瓶，里面装着麻雀的尸体。家住五楼，夏天偶尔会有麻雀飞进屋里无法逃脱。父亲用旧灯罩和窗纱做了一个鸟笼，还给了水和米粒，但麻雀第二天就死了。同样的事发生了两次之后，船长就把在屋里逮着的麻雀投向窗外了。两只麻雀的尸体都被装进了双层塑料瓶，用蜡和胶带封好投进河里。它们和鹦鹉螺号潜艇一样坚固，能耐受常年的浸泡和碰撞，即便偶尔在礁石间卡住，也会在下一次洪水中获得自由，即便要在地下航行，最终也会从某个宽广的河口驶入海洋。

这些都是童年的工程了。上初中后，船长的兴趣从这条河的运载功能转移到它本身。它和这个小世界里的所有山头一样值得探索。而且，与它们不同的是，它是活的。电视里热播的各种纪录片讨论着孕育了中华文明的母亲河，那些正在导致牺牲的惊险漂流其实也是对母亲河的探索和致敬。眼前的这条小河，显然就是船长心中孤岛文明的母亲河。它目击了被母亲背着攀登大台阶的船长，在泥泞的上学路上摔倒的船长，在桥上从容投放纸船和水葬麻雀的船长，在大礼堂下方黑暗水道中摸索的船长。

初中的体育课给了船长充足的时间来观察这条河。天晴的时候，女生会在中学部打乒乓球或是溜回教室赶作业，男同学会分两队到小学部大操场踢足球，只有船长不参加，他就在操场边静坐一节课观察小河。白云奉献给操场，江河奉献给海洋。这两句歌词显然是写给他的。船长不参加踢球，男生人数正好平分为两队，所以大家都没意见。而且他还能帮忙捡球。操场三面环水，球门只是草地上的两堆外套，后面几米远处是堡坎，堡坎下方是河滩和水面。两位守门员压力都很大，因为无论是否射偏都必须逮住球，否则，下河捞球，最快也要五分钟，不顺利的话整节体育课都会搭进去，连女生们都会来围观。船长选择不踢球，但会坐在某个球门后方的堡坎上，若能帮助拦球，他会尽力而为，这是参与群体活动的一种方式。自己才是真正的守门员，身后的河是无边的球门。

虽有自然环境限制，大家射门从不脚下留情，更没人会对把球踢下河表示歉意。船长猜想大家心里都觉得下河捞球也挺有意思。最理想的情况是恰好有赶鸭人路过。他和上百只鸭子在河滩上慢慢行走，直到两岸全被堡坎和围墙封住的厂区河段前才会爬上大路前进，留下一地掌印和粪便。对鸭群来说，无所谓河面和地面，它们下了河面就开始划水，上了地面就开始走路。船长羡慕这种自由。鸭子们知方向，守规矩，所以赶鸭人清闲得很，拿他的长竹竿帮同学们挑一下球易如反掌，而且能罕见地获得另一个阶级的少年们使用蹩脚方言的齐声感谢。他当然也明白，假如不帮忙，河岸上站立的这排少年就要开始扔石块，吓着他的鸭子。不过，赶鸭人在小河日渐污染水量减小后成了稀客，而气象山下那家农户被推平之后，同学们再也没处偷竹竿，捞球的主要方式就只剩扔石块，堡坎下方的河岸上遍布大小石块。学校规定不准学生跳下堡坎，但为了抢救公家财产，同学们义无反顾地跳了下去。子校学生不多，上体育课的班往往能独霸操场，所以同学们悉数跳下一人多高的堡坎之后，偌大的操场只剩船长一人。

石块必须扔在球和对岸之间的水面，让激起的水波把球一点点往这边推。要是谁弹道太低不慎击中了球，嘭的一声将它向对岸推远几尺，便会遭到责骂和起哄。同学们对操场周边的水文状况了如指掌，知道哪条河段是死角，哪条河段有希望，在哪条河段可以踩着哪块石头接近哪片水域。实在不行，总会有同学在足球彻底漂离学校之前脱鞋下水去捡。假如再不捡，它便会被奉献给海洋。

当水边复归寂静，操场再起喧嚷，船长在堡坎上坐定，重续对小河的冥想。画过很多荒岛地图之后，他对图上唯一河流的每一尺都了然于心。它环绕大半个学校，伴随他每天要走四趟的路，途经生活桥，气象山，大礼堂，食堂，招待所，医务室，托儿所，铁皮屋，基地前门，菜摊，小礼堂、粮店，小卖部，干打垒新居的前窗，金工车间、大仓库、锅炉房，基地后门，梅兰山，杨梅山故居的后窗，消失在山谷深处传说的黑洞中。时而在左，时而在右，流过他的全世界，陪伴了他迄今为止的一生。家中的磁带里有斯美塔纳的《我的祖国》，船长最熟悉的部分是《沃尔塔瓦河》，一条东欧的河流，应该是一条伟大的河流。大礼堂二楼图书馆书架的显要位置摆着整套《静静的顿河》，应该也是一条伟大的河流。伟大的文明，诸如埃及和美索不达米亚，都依靠着伟大的河流。第一堂地理课之后，他就把小河连上了长江，所以听说小河来自地下流回地下之后非常失望。它本可成为伟大的一部分，特别是看了电视里反复热播的关于长江的纪录片和漂流长江的新闻之后。他知道失望的原因：小河原本可以成为这座荒岛连通外部世界的唯一渠道。

《神秘岛》给船长带来了启示。即便是荒岛，也会有小河，而它的使命并非奔向远方，而是孕育本地文明。任何伟大文明在起源时都是孤立的荒岛文明。人类选择住在河边是为了靠近水源，方便运输，还能将它作为抵挡野兽和异族的天然屏障。此后千百年间，军队都选择在近水之处安营扎寨。当初基地选址也是这个考虑？这个想法过于浪漫了。家里的生活用水显然来自水塔山上的水塔。小河枯水时也就一两尺深，不可能支持几千人的工厂。不过，洪荒时代的小河是能淹死人的。父母在荒岛文明最初的夜晚能听见山上的狼嚎。船长的想象力怎么也无法穿透它的历史。而如今，小河正被文明侵蚀。老房子的生活污水和基地的工业废水都排入河中，两岸堡坎上有很多排水洞。镇上居民在学校对岸制造了几个垃圾堆，所以同学们早就不爱在那一带下河了。那片区域水下都是软软的淤泥和垃圾，船长脚底曾被玻璃瓶划开一个大口，还是同学们轮流背着他去医务室的。厂区沿河的围墙下还有一些伸到水中的管道，是抽水管还是排水管，船长已经没了研究的兴趣。从河中取水，向河中排水，似乎都是自古的传统，印度人在恒河里洗澡洗菜撒骨灰，依然不影响它的伟大。河流最终只拥有地理上的意义，就像《神秘岛》中探索周边的人们能通过寻找河流而找到归家的路。倘若自己童年在山中迷了路，只要撞见一条河，溯流而上或是顺流而下，总能找到基地和家。

这便是船长领悟的新现实：从独自上学的第一天起，他走的并不是路，他只是在岸边跟着河走。在这两年画得越发精细的地图中，道路和建筑在两岸增殖，但河流作为弯扭的文明中轴线，是一个永恒的地标。地标的功能当然适合全体同学。即便是那些来自小镇方向走学校后门的职工医院和633厂区的同学，也需要沿河岸走很远，跨过至少两座桥。他们途经的不是基地的势力范围，而是一个更陌生的世界。就在前几周，上游又一次漂来死婴，卡在学校后门过河的石墩边，胆小的女同学们只好走大路隔河绕操场一圈从大门进校。男同学们听说了，下课十分钟里兴冲冲去查看，胆大的还拿树枝去挑。从三楼教室窗后远远俯看的女同学们既厌恶这种举动，又希望男同学解脱死婴，让它赶紧漂走。那是船长第一次思考环境和命运问题，因为传说这些死婴是当地农民生下了养不活只好扔掉的。也有传说是女婴所以不要了。这些传说都是岚岚告诉她的。父亲渐渐不骑自行车走大路送她上学后，她独自走了好几年小路。她说那段路穿过一座坟地，遍地的大鼓包，穿过之后便是小河，过了小河便是学校后门。

死婴。坟地。生命的开始和终结。小河源自地下流回地下，偏偏选择在这座山谷中冒出地面几公里，孕育了一小片文明。小河源自地下，船长最早也是从岚岚那儿得知的。她说她上托儿所时就去过那个叫滴水岩的源头，还留过影。船长得知这个地名之后问过父母，父亲说他和母亲谈恋爱的时候去过那儿。

初一时全班同学野炊，船长终于到达了滴水岩。全班从学校大门出发，排队沿河畔大路走到镇上，横穿唯一的那条大街，上坡，经过电影院和区政府，下坡，过桥。岚岚说的那片坟地应该是被消防队新建的小楼和篮球场覆盖了。队伍路过奶头山下633宏大而破旧的厂房，在山野中走了一段后，一直在路左右陪伴的小河消失于山谷中杂草丛生的一堆乱石间。

大家都忙着在附近的山坡上寻找合适地点埋锅造饭，无人对探查小河的源头感兴趣。在小组里，船长负责带锅。这是个苦活儿，不同于燃料和食物，锅用完了还得背回来，而且会被柴草熏黑，无论是自己还是家长都不乐意，小组讨论分工时没人愿承担，于是大家一致承诺，带锅的人什么也不用干，等着吃闲饭。船长站了出来。他对吃闲饭没兴趣，只是想结束讨论。而且，和一群男生女生挤在一起做饭对他来说毫无吸引力。他只习惯协助母亲做饭，或是母亲身体不好时代替母亲做饭。做饭应该是在家中发生的事。船长端着锅收集了同学们自带的米和水，等他们凑到一处开始搭灶生火，便起身四处转转，在散落山坡的各小组间随便串个门，然后悄无声息地消失在河谷边缘。大家都跪在地上撅着屁股忙碌，带队的老师们更是小跑着四处指导，无人注意到他的秘密行踪。

走近乱石堆细看，小河缩成一条溪流，上游消失在一座山洞中，洞口密布着一人多高的灌木，洞中一片黑暗，令人生畏。当船长跳下滑溜溜的石壁时才意识到要爬上去比较困难。但既然下来了，便索性往洞里走。它令人恐惧但也有强大的吸引力，就像一个黑洞。船长走了不久便意识到人类无法通行。两侧石壁渐渐合拢，伸出的密集灌木上挂着大蜘蛛。唯一可走的通道就是涉水。河流，无论在地球表面还是内部的任何地方流淌，都永远是一条通道。在没有路的古代，在凿不出路的绝境中，它都是天赋的路。船长下意识地踏进靠近岩壁的流水中。水很急，但并不深，它缓慢浸透鞋面，脚渐渐被清凉包围。水清得像液态空气，这也是船长毫不犹豫下脚的原因。没有垃圾，没有淤泥，没有死婴，甚至没有水草。水底是坚实光洁的石灰岩，沉积着些许沙砾。千万年来应该都是这样。暴雨后的浊浪只属于下游。

你在里面干什么？快出来！

船长扭头，光亮处的石壁上有两个脑袋，随即浮出两个半身。是陈老师和杜十娘。黑暗的穹顶将她们的声音扩得很清晰，但站在外面的她们似乎以为他听不见，急急冲他招手。

在那一刻，船长以为石壁上会接着出现全班人的脑袋和一排惊讶的表情。他取下挎在后背的水壶，弯腰将它没进水中。壶嘴弹出一串巨大的水泡，在愉悦中发出汩汩的震颤。方才在米下锅之后，各人都只愿从自己的水壶里分一点水，船长为了再次结束拖沓的局面，将自己的水壶倒空了。

长满青苔的石壁很是滑溜，他意识到要爬上去很困难。但并不想让俯视的两位监视者担心，更不想让她们的围观引来更多人而让他感觉到自己身处罗马斗兽场，他盖好水壶，踩水走向下游。十几米外，河岸显著降低，他终于能够爬上去。

没水了，我来打点干净水。这个解释还算合理，陈老师没有敞开嗓门教育他一番，只是将他押解回来就放了。她应该只是不想声张而已，否则会引发更多男同学探洞的好奇心。

饭后，船长拎起锅往水边走，边走边用手指在黑得敦厚的锅壁上划出条纹。柴火的烟很大，小猪还往火里添加枯枝败叶烧着玩。

我告诉你，在这里洗不干净的，回家用钢丝刷刷刷就亮了，都不用打肥皂。陈老师远远在身后指点。

当船长蹲在河边将锅没入水中时，再次感受了水的冰凉。无论是操场边的水，大礼堂下的水，还是杨梅山后男帮和女帮的水，都要温一些。应该是因为吸取了大地表面的热量。而这种冰凉是一种纯净而充满生机的冰凉。他仿佛回到了安睡在家中床上的幼年，感受到母亲下班进门后贴过来的脸。

残余的饭粒漂进水中，船长才注意到，这儿没有鱼。水至清则无鱼，似乎是陈老师最近油印的某篇古文参考资料里的语句。浸泡确实无法除去炭黑。

不想背黑锅的话，扔进河里，到家那边再捞起来不就完了？回家路上，小猪说。背黑锅三个字被他咬牙切齿地迸出来，全班人都笑。

卡在石头上怎么办？船长不假思索地问。其实他觉得小猪的建议不错。

我们帮你砸啊！小猪嘴角带着坏笑。

船长脑中浮现出这样的画面：自家的锅像是一艘在中途岛海战中被一群俯冲轰炸机投弹攻击的航空母舰，四周水花飞溅。它不时被石子击中，发出清脆响声，留下累累弹痕。他扭身把背上的锅向小猪蹭过去。小猪慌忙抬手阻挡，随即张开沾满炭黑的十指向他扑来。当心炭黑不要弄在身上，很难洗干净的。这是母亲的告诫。他拔腿就跑。同学们纷纷躲闪，女同学发出尖叫。

闹什么闹！不准疯打！陈老师不知道从何处冒了出来，小猪在她面前愣愣地站住，夹起尾巴归队。陈老师回头斜了船长一眼，以示警告。

我怕蹭在别人身上，我走最后吧。船长说。在他前方，扭曲了的队伍伸展开来向前行进，与河道平行，像另一条彩色的溪流。

那次野炊可能是同学们除了捞球之外集体接近小河的唯一时刻，全体女生都在场。男生们在夏天会邀约一起去杨梅山后的河段游泳。那儿有两个适合游泳的水潭，一深一浅，分别叫男帮和女帮。男生经常去男帮，还经常在课间撺掇女生去女帮。偶尔确实会有小群的女生在那个河段的岸边出没，但似乎并不下水，在路边远远向水里的男生们打打招呼，然后打闹欢笑，制造一些喧哗，让他们意识到她们的存在，掩饰自己的紧张。据她们说只是在此游玩碰巧相遇，但船长的猜想是男女生已经到了互相好奇的年纪，另外，个别男女生之间恐怕已经存在相互欣赏的关系，所以会有这个场面，就像民间故事里少数民族青年互相暗恋，就差远远地对歌了。

男帮和女帮，这两个词应该是从当地人那儿听来的。据说少数民族就有供男女洗澡的固定河段，而且女的地点是隐蔽的。据湉湉说，她哥常去一个叫哑巴落河的地方游泳，这个名字显然也是当地人取的，位置只有高年级学生才知道，那儿很深，有危险，所以同学们都没想过要去找。从男帮往下游看，河水离占据半个天空的黑山脚下已经不远，所以哑巴落河应该离传说中河水重新流回地下的位置不远了。也许是一眼硕大的深潭，水直接从潭底消失。哑巴落河，本身就是个令人窒息的名字。

小河是条友善的河流。即便洪水泛滥，也会有一批又一批学生聚在桥头放船和砸船，让汹涌的浊浪变成童话的一部分。除了传说中的哑巴落河，另一个能夺人性命的河段大概就是船长家楼前路边了。这片居民区是炸山开辟的，但依然坐落在高地上，路边临河的堡坎是个七八层楼高的断崖，而且没有护栏，所以父母都告诫孩子不要去那儿玩。去年冬天，船长在楼顶用望远镜看见江毅和豆豆在路上跌跌撞撞地走，摔进路另一侧的排水沟里，好在沟里积了些垃圾，所以二人只是擦破了手和脸而已。后来江毅说，父母和弟弟都去南京过年了，家里只有他和外婆，他就和豆豆去小卖部买了瓶小香槟，二人躲进小卖部后面山上的松林里喝，结果就喝多了。

幸好他们摔在了排水沟而不是另一侧的河谷里。河谷需要站在路边探出身去才能见底。而且那段河床都用水泥重新铺底，水很浅，摔下去不死也是重伤。船长又一次想起小学六年级放学回家路上的那次牛惊。那次的与众不同在于牛跳下了这段河谷，摔成重伤。估计是把它抬上来养伤的难度太大，追赶的农民们攀下河道把它宰了。江毅说他也记得那场景。中午放学时他看见几个人下去了，带着绳索和背篓。午饭后上学时又去看了一眼，几个人站在没过脚面的浅水里忙碌，下游的水流拖出长长的一缕红，衬在河床附着的绿色水草上，十分惹眼。下午放学后再去看，人已经走了，牛只剩下几块残骸，看不清是什么部位，血也早被冲干净了。那段日子，船长每天放学路过小河拐弯处都忍不住遥望一下那堆残骸。不久，一场洪水把残骸冲走，但站在悬崖上伸头还是能看到撞击的痕迹。过了很久，那些痕迹终于消失在水草中，就像林秀峰后脑勺上的伤一样最终愈合，剪掉的头发也重新长了回来。

假如水足够深，牛就不会受伤。像高台跳水运动员一样扎进水里，几秒钟后就浮出来。此地的牛都是水牛。水牛都应该会水。但即便是最大的洪水，造出的水深能托住喝多了失足的江毅和豆豆，也难以承受一头自由落体的牛。只有长江和黄河能够。还有大海。或者滇池。

船长另一次看到动物在水中的非正常死亡是在滇池西岸的海口镇，那儿有大姨妈全家工作和生活的三百号信箱，也是当年母亲去上海工作之前学习装配光学仪器的地方。他那时还小，跟着大姨妈家的表姐们去他所认为的海中游泳，看见不远处的沙滩上躺着一只死猪。现在回想起来，这只猪的死因是一个谜。那段滇池沿岸并没有任何悬崖能摔死它。滇池没有海啸和巨浪，所以也不可能是被卷进海里淹死的。船长发现自己这么多年还是习惯把滇池叫做海。被恶作剧的小孩推进海里淹死？小孩恐怕没有那样的力气，而且猪肯定会尖叫着乱拱。海滩离农家很远，不太可能会有猪长途跋涉去找吃的。那儿什么也没有，连可以拱的菜地都没有，只有沙滩和水面。现场的风光让人想起那些慢慢走进大海自尽的人，但猪怎么也不像具有自杀倾向的动物。从尺寸和皮肤的皱褶来看，应该是一只非常成熟的老猪了。船长对此的最终解释是：这只猪一生都在猪圈度过，某天预感阳寿将尽，想到一辈子没看过海，便逃出猪圈，顺着沟渠向天空开阔涛声起伏的方向走去，直到望见了浩瀚的大海，磨破的猪蹄踏过软软的沙滩，没入清凉的波浪中。它像人类一样躺在沙滩上晒日光浴，再也没有醒来。

那头狂奔过船长家楼前的牛显然也不是被人推下河去的。跳河是它自己的选择。路那头出现大批农民堵截是不可能的，他们不可能得到牛惊的消息。应该是对面驶来了到居民区卸煤的卡车，或是突突作响的手扶拖拉机，前有堵截后有追兵，而作为一头水牛，它本能地认为跳河是逃奔自由的最佳方式，但万万没想到那段河道的水深勉强过蹄，河底的水草下方铺了坚硬的水泥。

看来，水是地球上的生物都向往的。即便是怒涛，也刺激着孩子们，将冒险的狂想寄托在投放的纸船上。假如小河足够宽广，基地和远近农家的居民们肯定会考虑每天划船出行。洪水来临时孩子们会更激动，直接驾船两分钟到家，而家长并不担心，因为人人都从小练就了浪里白条的水性。其实船长不会游泳并不能怪河太小，因为哥哥就会游泳。他偶尔也去杨梅山后的男帮，但脚很少离开过河底的卵石。去滇池游泳看见死猪那一次，他只敢在浅水里泡泡，看看还在上幼儿园的侄女们玩泡沫塑料的玩具救生圈，直到哥哥过来拽着他的胳膊就往深水里游。侄女们成了岸边的小花点，水色变成深蓝，水温陡降，感觉脚下是无底深渊，哥哥一松手自己便会跌进去，或是突然浮出一只巨大的海怪把哥俩吞下去。那次他被吓得不轻。他对自己不会游泳的解释是课余时间都用来回家照看炉火和做饭了。哥哥经常出门玩耍，他只能当看家的那个孩子。即便是没课的下午，也被用于测绘山路。哑巴落河那样的地方太远，要骑自行车才能到。

如四姨妈所言，贵州是个山沟沟，和水的关系不大。贵州著名的河流似乎只有乌江和赤水河，都在北边靠近长江的地方，知名度恐怕是沾了红军长征的光。贵阳城里有一条南明河，船长路过几次，感觉还不如山洪暴发时的小河。黔灵公园里的黔灵湖与滇池相比只是一滴小水珠。当同学们问起彼此的家乡，船长总会说是云南昆阳，虽然户口簿上他的籍贯栏里填着北京。无人知道这个小镇，船长便会接着说，就在滇池岸边。但同学们对这个大湖的名字并不熟悉，船长便会接着说，那是郑和的故乡。从小学开始，郑和就被历史课和地理课反复提及，大家都知道。与上海相比，昆阳是个小地方，郑和能提醒人们注意，小地方也可能走出大人物。

大家都认为船长崇拜郑和，因为他是中国最伟大的船长。

他不是船长，他是舰队司令。船长想纠正，但感觉船长这个名字真的比舰队司令更浪漫。郑和并不是军人，他也不是去打仗。他是去探险和外交。中国人似乎不爱出国，除了几个取经的和尚。和尚们花费半生的时间孤身跋涉沙漠和雪山，而郑和率领当时世界上最大的船队，一次次浩浩荡荡飘洋过海，接受各国献礼，最远还到达过非洲。此前也许从未有中国人到达过非洲。那个时候还没有凡尔纳。他还从孟加拉带回了东非国家向中国进贡的两只长颈鹿。能运两只长颈鹿的船该有多大？总不能让长颈鹿低着头在大海上颠簸几十天。

但同学们对出海远航缺乏兴趣。郑和在他们的世界里远不如《三国》和《说唐》中的武将们出名。船长曾把母亲在郑和纪念馆给他买的三桅宝船模型带到学校，他们觉得太小了。那是纪念馆小卖部的模型船中最小的一款。放在小卖部货架顶层的特大号模型标价几百块，即便他能向四姨妈和众位表哥表姐发起募捐，买下之后也难以运回山沟沟。不过他没有对同学们解释。他也没有解释郑和的宝船比晚他两百年的哥伦布等人的船要大好几倍。郑和率领船队经过上海时，它可能只是一片渔村。

在停止将郑和作为家乡的标志之后，船长才开始真正想象他的人生。走在昆阳那条被脚步磨得光亮的条石小街上，路过井沿被井绳磨得光亮的水井，他好奇一个在内陆高原出生的孩子怎么会成为伟大的航海家。爬上小街边的月山，他望见地平线上的滇池，豁然开朗。他在假期作文中的解释是，郑和自幼每天目睹滇池的壮阔，萌生了航海的心愿。这很可能是一厢情愿的想法。那个明朝的孩子也许和自己一样，首次泛舟滇池便晕船呕吐。

滇池及其沿岸怎么也不像探险的去处。因为它代表了家乡。根据家乡的习惯，船长管外公外婆叫公公婆婆。他们住在小街上的一扇木门后面，那也是母亲出生的地方。四姨妈住在南门外，五姨妈住在北门外，表姨妈住在往北十里的池畔小镇古城，大姨妈住在往北二十里的池畔小镇海口，二姨妈住在滇池北端的大城昆明，只有三姨妈随三姨爹去建设东北，很多年中才见过一次。除此之外，这一带还有更多的远房亲戚和母亲小时候的老同学们。一旦有假期，母亲必然要回家乡看望常年不能侍奉的父母和只能写信联系的姐妹们，在条石小街或与其并行的柏油大街上与老同学们相遇。她管这叫回家，虽然回去后只是住在南门外最宽敞的四姨妈家里。公公婆婆那扇木门后的老楼太小太暗，而且堆满古旧杂物。她每日和四姨妈一起上街买菜，摘菜剥豆，没事时就坐在堂屋里陪伴每天来晒太阳的公公婆婆，也许是因为终于和亲人团聚，外加高原明朗阳光的映照，她每次回家时总显得年轻许多。

母亲也常随大家一起去郑和公园去转转。郑和公园在四姨妈家后的山上。此山叫月山，所以四姨妈家所在的村落叫月山南村，公园原名月山公园，七十年代末改名为郑和公园，铺筑了漫长的石阶和雄伟的大门。大表姐说这座大门是当建筑队长的四姨爹领导修建的。很显然，郑和的意义正在被家乡人民发现。公园里最重要的古迹是马哈只墓。马哈只是郑和的父亲。这个名字令船长迷惑，直到大人告诉他回族人大多姓马，而郑和的姓是皇上赐的。这个名字不同寻常，像外国人，所以船长记得很清楚。母亲说她小时候每天上学走山路都要经过这座墓，偶尔还坐在石头上歇会儿。这让船长想起岚岚上学经过的墓地。但月山是滇池边一座独立的山，阳光明媚，桉树挺拔，墓石雕刻得庄重堂皇，两旁站着小石狮子，周围还有近代大小官员文人雅士扫墓的石碑，母亲肯定不会觉得害怕。而抄近路的岚岚在贵州的冷雨中经过的是一群被杂草覆盖的小土包，连墓碑都没有，确实有要遭遇孤魂野鬼的恐惧。

如今，马哈只的墓碑已被玻璃罩住，整个山头也被圈成需要买票入内的公园，但不影响船长想象母亲当年上学的路线。公公婆婆家在东边山脚下，而学校在西南山脚下。母亲本可以顺着繁华的小街绕山脚走到南门出城，沿着昔日的护城河走到学校。但年少的她也选择了抄近路直接翻山。那年在山顶玉皇阁里的纪念品商店买船模时，母亲曾说她小学最初就是在那座当年的道观里上的。这意味着在更早的童年时光里，她无需翻山路过古墓，但要爬到山顶。面朝滇池的这一侧山坡最陡，需要走一条很多之字形组成的小路爬上来，所以虽离镇上最近，至今也不通大路。船长还记得自己幼年爱在那一带的陡坡上乱跑，婆婆在身后气喘吁吁追不上，最后远远喊着说带他到镇上食堂吃包子，他才回身下山。不知道婆婆是不是也曾经爬坡送母亲上学。婆婆前几年刚去世，所以船长不想问她这样的问题。

站在玉皇阁门外的参天古树下，船长想象远方的水面在母亲童年的样子。那时还没有围湖造田，眼前想必更加波澜壮阔。但滇池对母亲而言似乎并没有小河对船长那么多的精神意义。她甚至不会游泳。所以船长也不会游泳。应该是因为她从小就忙着去山上拾柴，没有机会去水边。他还记得小时候陪表姐们骑自行车去稻田尽头的水面游泳的画面。午后的阳光穿透几米深的水照亮水底的卵石。坐在岸边，看水波和年轻的身体们在卵石上投下变幻的纹影，是水给他留下的最美记忆。相比之下，小河的记忆显得幽暗浑浊。滇池与小河的另一个不同是它奉献了各色水产。赶街的日子，整条街有三分之一是活蹦乱跳的鱼虾。四姨妈家的饭桌上每天都有鱼，房梁上挂着盐渍的鲫壳鱼，簸箕里晒着半透明的银鱼，那只叫咪咪的猫吃的也是在火上烤脆的无名小干鱼拌饭。因为这个原因，船长对于明珠牌鱼片没有崇拜。偏远内陆的居民也能吃到鲜鱼，甚至能诞生航海家。

由此又回到了老问题上：郑和当初为何要航海。生长在内陆，所以对海洋充满好奇。这是船长那篇作文中童话般的想象。在了解郑和的更多身世之后，船长认为比较可能的原因是郑和自小就想从水路去麦加朝觐。他的穆斯林祖先都去过麦加朝觐。他几下西洋的路线都指向中东，最终似乎也到达了麦加。假如他选择往东进发，无疑会占领夏威夷或阿拉斯加，没准能到达北美大陆，让哥伦布变得不值一提。他也可以向西南进发早达伽马一百年绕过好望角进入大西洋，或者像麦哲伦那样环游地球。以他的能力和明朝的国力，完成这些伟业并不困难，而且能真正名垂人类历史，得到同学们的更多敬仰。但他偏偏就向着中东去了。苏伊士运河是直到上个世纪才修通的，石油是二十世纪才发现的，郑和朝那个方向航行只有麦加和沙漠。他的远航甚至对中国历史没有影响。他就像一个从东方出发的马可·波罗，他的经历只是一群中国人的一次简短奇遇。

但他临终时一定感到人生的富足，因为他的船队到达了麦加。他的祖父和父亲去麦加朝觐，走的应该都是陆路。问题是，唐僧有三个神通广大的徒弟保护也只走到了印度，而到麦加的路途要远一倍。元朝比唐朝的旅行技术可能会先进些，马可·波罗就是那时从意大利来的。但他们在路上也花了好几年，也要翻雪山过沙漠。在内燃机发明之前的几千年里，人类的旅行速度没有飞越。那么，郑和的先辈去一次麦加可能需要十年八载？根据郑和公园里一篇碑文的说法，哈只这个称呼就是专门给那些去过麦加的穆斯林的尊称，因为那是需要信念的艰巨旅程。郑和肯定是深知祖先跋涉西域和中亚的艰难，才立志航海。他的船队从东非来回，一路停靠，总共也就两年时间。纵横七海比翻越雪山和沙丘快得多。

假如母亲信某种宗教的话，船长或许有理由出发去印度、麦加、耶路撒冷或是梵蒂冈。但她没有这类信仰。她年复一年想去的地方只是家乡，就像同学们年复一年只想回上海一样。和她们无法讨论航海。假如小河可以行船并且通向长江，那么船长这个词就会炙手可热。但现实是，他离海太远，甚至不会游泳。

## 109

冰鞋被抢的事，湉湉对家里瞒了很久，这是船长陪母亲加班时才知道的。二人上初中之后不同班，但母亲们同厂而且都喜欢带孩子加班，所以反倒是在厂里说话的机会更多。五厂是装配车间，负责最后也是最关键的环节，关系到每月的生产指标，月底通宵加班是家常便饭。湉湉母亲在工具房工作，随时保证工具供给。若是船长母亲加班，湉湉母亲自然也会加班。

跑腿去领工具是船长帮母亲完成的各种工作中最简单的一种。他把她填好的工具单从工具房的小窗塞进去时，瞥见湉湉在小窗对面做作业，雪亮的万向工作台灯直指一堆书本，映亮了她的脸。听船长叫“阿姨好”，立刻转过头来，恶作剧地抢在母亲应答前接上嘴：

你也好哇。

这问候照例混合着兴高采烈和无聊透顶两种情绪。或者说，船长是她烦闷的救星。工具房在二楼走廊最深处，湉湉母亲一人当班，十分安静。湉湉说这是她喜欢来加班的理由之一，虽然她并不是个喜欢安静的人。无论是新装配大楼还是老装配车间都一尘不染，灯光明亮，四季恒温，加班时食堂还会专门送点心来，油酥饼，肉包子，排骨饭。相比之下，她父亲工作的八厂太远，生产的是齿轮和滚花刀之类的无聊器件，都是机油，脏兮兮的，她从来没想要去。

湉湉母亲见到船长照例笑眯眯，把工具给了他，却隔着小窗口说个没完，问最近有没有又得个英语全年级第一名，要多辅导湉湉，又说出门玩要注意安全什么的，看来是知道了冰鞋事件。她和船长母亲的关系不错。装配车间的职工都认识船长，知道他从小喜欢跟母亲来加班，而且不是来瞌睡、打闹或是做作业，是真的帮母亲做生活。没有人会因此怀疑母亲的工作能力，当过三八红旗手的她属于老师傅级别，经常带徒弟。儿子罩上白大褂，和徒弟没区别。

妈，我可以去滑旱冰吗？湉湉在远处打断母亲的唠叨。她乐于充当受困船长的救星。被问到作业做完没有，她支吾着说差不多了，然后接受了一小阵例行训话。湉湉母亲说船长从来就不把作业带来做，说人家都是下课就回家把作业做完然后晚上来帮妈妈干活，从小就懂事什么的。母女性格很相似。船长心怀被戴上小红花的羞愧，说句我妈还等着工具，趁机脱身了。

船长从懂事起就干的最简单的活儿之一是准备用来擦拭光学元件的棉签。棉花塞在工作台上一个不大但却厚重的金属瓶中，瓶壁有个小口，用一头扁平刻着纹路尖端分叉的银色金属签伸进去，把棉纤维挑出来裹成纺锤形的棉棒。棉花瓶口戴着内嵌橡筋的雪白棉布帽子，筒壁那个小口的形状是个桃心，在精密设备和元件包围之中显得非常不科技，像是现代城市大楼和汽车间站着童话里的林中小屋。母亲解释过，桃心的尖角用来卡住棉花纤维方便撕扯，而两个圆弧则提供了裹棉签需要的光洁表面。父亲说全世界只有埃及出产这种纤维极长的高级棉花，需要专门进口。纤维长，才能避免残留在光学元件表面。这一点船长是知道的，透过仪器的高倍目镜观瞧，再细小的纤维都像条大蛇。这类细节令他对自己的工作永远兴致勃勃。这些棉花就生长在金字塔脚下的尼罗河畔，或是阿布辛贝神庙后方的高地上。船长手中忙着，照例走神，直到湉湉推开车间大门露出半边脸。他知道她会出现，因为大楼里今晚只有他们这两个孩子。湉湉很高兴能找到借口溜出来，而她母亲也知道船长是不爱胡闹的好孩子。

二人走在宽敞明亮的走廊里，印着母亲们工号的白色帆布工作鞋已经比童年时合脚多了，但他们依然喜欢防静电塑料底拍打地面的脆响。可以通行各种重型运输工具的水磨石地面镶嵌着金属条，每天由电瓶车打蜡，一尘不染。墙边停靠着他们曾经喜欢玩的液压升降小拖车，走廊尽头的玻璃门清晰地映出两个披白大褂的影子。他们都长高了，指尖已经能触到头顶轨道吊车垂悬下来的控制器，胸前印着母亲们工号的白大褂已经不再过膝，但影子依然像是外国动画中的精灵。装配车间是全基地最洁净的车间，跟着来加班的小孩都必须穿上家长的全套制服鞋帽，否则不准入内。二人各自推门拐入男女更衣室。每个职工在更衣室里都有小柜子，用来储存工作服、工作鞋和个人物品，母亲的柜子里摆着茶叶、日记本、病历卡和没织完的毛衣。

肯定是瞒不过去的，不过我妈又给我买了旱冰鞋，鞋一直被她锁在这儿，因为她只准我在厂区滑。男女更衣室之间没有墙，只被两排高大的衣柜隔开，后方传来湉湉的话语，夹杂着她换上旱冰鞋的磕碰声。几分钟后，他扶她走下大楼门外的台阶。他没鞋让她有点失望，但他说愿意陪她走走。

在厂里滑旱冰挺好，清净。船长说。厂区在名义上是禁止滑旱冰的，偶尔有领导和外宾访问时，连一个孩子也不会放进来，平时也取决于是谁看门。这也是领导们拨款在居民区和技校之间的灯光球场边修建旱冰场的原因。在此之前，孩子们只能在居民区边的路上滑。那些路经常来往着周边农民的马车、牛群、鸭群和手扶拖拉机，散布着牲畜粪便，而且有几个大坡，坡边是十几米深的河道。一批孩子喜欢去干净平整的灯光球场，但常有青工或技校生打篮球；另一批孩子则依然选择在厂区集结，即便是晚上，也影响了生产秩序，但因为都是职工甚至领导子女，至多只能呵斥几句。因此，才诞生了作为职工家属福利的旱冰场。

此刻旱冰场上肯定有不少小孩。在这个缺乏娱乐的山区，旱冰是孩子们唯一与城市生活接轨的玩耍方式。一双旱冰鞋要花去大半个月工资，算是父母对子女们的重大关怀，毕竟，他们进山的命运被后代没有选择地继承了。东家有了旱冰鞋，西家也会跟进，即便是拮据的父母，也会设法自制一双。偌大的基地拥有上千技艺精湛的老师傅，数百台全能的机床和用于各种精密仪器的高级原材料，打造一双冰鞋纯属杀鸡用牛刀。这类自制旱冰鞋没有亮丽的塑胶配件和饰物，常常只是一块鞋形金属板边缘切出几条槽沟，内穿绿色军用打包带，绑在脚上，勒脚，穿脱麻烦，但非常耐用，滚珠轴承磨损了还能迅速更换。家里有两双旱冰鞋的情况非常罕见，白皮家是例外，不过白皮说那是因为父母希望她时刻照看妹妹所以干脆再买一双。更多的家庭和江毅家一样，家里只有一双鞋，哥儿俩抢着玩。不过假如哥哥姐姐已经上了初中，忙于升学，自然会让给弟弟妹妹，一旦哥哥姐姐离家进城，弟弟妹妹就彻底继承了这一重要家产，船长和湉湉就是这样的。

厂区绿化得很好，高大的柏树遮住了本来就昏黄的路灯光。塑料轮子的声音确实比金属轮子柔和得多。船长还记得小学时大批不同年纪的孩子在厂区滑旱冰的盛况。他们晚饭后经常来集结冲坡。依山而建的厂区颇有几个陡坡，比如金工车间和 803 大楼之间的那个坡，足有四十五度，大家最初都只敢蹲着滑下去而且肯定还会摔个屁墩儿，练习多次才敢站起身来，但最终大多能像奥运会上的速降滑雪运动员那样矫健地冲下去，而且不需要滑雪杆。最长的坡道路线是从水塔山顶上直接冲下来，直达种着高大雪松的中心花园，坡度大约二十度，那条路大家不会每次都去，毕竟穿着冰鞋爬四百米的坡并不容易，不过人多势众冒险精神陡增时也会去。十多双冰鞋浩浩荡荡爬坡发出杂乱的声响在沉默的厂房之间反射，显得格外响亮。那个时刻，孩子们感觉到整个世界都在聆听自己的强大。而下坡则是对这种强大的考验。直冲下来必然会达到可怕的速度，所以只能尽力滑弧线。此路途经加班的车间和库房，假如一辆叉车突然出现在路中央，笨点的孩子就只能冲进路边草地拥抱大树或电杆，水平高的则可以急转一百八十度刹车，旱冰鞋和路面摩擦出刺耳的噪音。当心点，小赤佬！司机应该骂得很痛快，因为在离上海几千里外可以冲着一帮小孩用上海话嚷嚷，而他们全都听得懂。

船长想着，发现已经走到基地门口。他本想带湉湉去旱冰场，但她说旱冰场太没意思，想上街转转。男孩子们大都穿着旱冰鞋去过镇上。她无论独自还是和表妹一起都是不敢去的，特别是上次被抢之后。但今夜有船长陪着，是个好机会。

出了厂门，过桥左拐，道路沿河下游通向居民区和旱冰场。不过桥右拐，道路沿河上游通向新添寨镇。天色暗淡，通往镇上的路上早已没了行人。还好没有人。一男一女黄昏散步，有谈恋爱的嫌疑。

我一直不明白，为什么他们只抢一只鞋，搞得谁都玩不了。你说呢？湉湉提起上次的事。

船长沉默良久，但还是无法回答。

大礼堂和新托儿所的高墙已经没入黑暗。依山的托儿所大楼是上小学之后才建的，门两侧的墙上画着些手法幼稚主题不明的儿童画，在暗淡的街灯下更显得难以理解。或许是因为已经长大，丧失了对童趣的欣赏。一阵马蹄声打破寂静之后，一辆马车在黑暗中浮现。湉湉停下脚步，等马车不紧不慢从身边驶过，留下一阵马粪和草料的气息。她说母亲得知旱冰鞋被抢之后的第一个反应是埋怨她不及时报告。她说她没准能把鞋要回来。漂亮而又能干的母亲是她的偶像，肯定能把鞋要回来。她虽然不知道会用什么手段。船长相信她说的。湉湉母亲家有不少亲戚在贵阳城里。

她自己也说一口非常正宗的贵阳话。起码和农民们没有交流障碍。使用不同方言，开口就透着敌意。

湉湉说她对农民印象本来就差，如今看见农村小孩就怕。他们穿着农服和解放鞋，身上还有虱子，经常背着箩筐在居民区里转，翻垃圾。其实厂区门卫主要针对的就是这类人，而不是传说中的破坏分子。她说他们在居民区偷得更多，除了自行车和煤渣，连阳台上挂的衣服和腊肉香肠之类的都偷。

可以假装没看见，但咱们的童年就是这么过来的。湉湉说。

这些说法和岚岚的一模一样。确实可以用“咱们”来概括。路过生活桥时，船长往桥对面望了望。几部电视机在住户的窗里闪烁，挽救着整片居民楼的苍老。他能依稀听见熟悉的广告音乐。山坡上的子校初中部一片漆黑。隐藏在山坡下的小学部也应该是一片漆黑。唯一亮着灯的是值班室。那也是看门老头的住所，他和老伴都是上海人，但一年四季住在值班室后面，养了很多花。同学们曾在傍晚到初中部的水泥操场去滑旱冰，或许是想在老师都下班之后宣布对学校的占领，但立刻被老头撵了出来，还被用上海话骂得狗血喷头，居民楼的住户都伸出头来看。

再往前走，路边围墙后方是基地的建材仓库，与学校操场隔河相望。过了建材仓库就出了基地的势力范围。旁边陡峭的山坡散布着几户农家。他们都养着大狗，站在高坡上的家门口很神气的样子，像是检阅部队的希特勒。然后路边开始出现小店，再走一百米就到大路口。路灯和厂区的一样昏暗。湉湉说她累了，要歇会儿。船长陪她走下几个台阶，坐到拐角的商店窗台上。

不会又有人来抢鞋吧？湉湉说。

这儿是文明社会。你看，岗亭。船长说。对面街角确实有座漆着崭新红白道道的圆形交通岗亭，控制着悬在路口上空的小镇唯一的红绿灯，虽然它从未亮过。眼前这条小镇唯一的大街延伸到远处坡顶还有一个十字路口，更繁华的菜市场、肉市场和百货商店都在那边，但全镇的重要行政单位，区政府、派出所、消防队、邮局和银行都分布在这个路口周围。所以，这座岗亭和红绿灯的功能是提醒路过车辆此处是个镇子。它们也许还提醒人们，从红绿灯这边走进去，转过很多弯之后，会出现一片巨大的厂区和居民区，工作和生息着数千人，规模比镇子大得多，不时还有领导视察和外宾参观。

船长以前每次和母亲上街买菜时都仔细观察这个路口。虽然红绿灯不亮，但从未发生交通事故。公共汽车、载重卡车、手扶拖拉机、马车、板车、自行车和行人都以某种惊险但精确的秩序互相穿行。自发的和谐代替了没有交警的交通岗亭和不亮的红绿灯，成为文明的另一种象征。

不过，到了这个路口，也就彻底离开了基地的势力范围。街对面有个游戏厅，厚重的遮光棉帘长久没有动静，不知是不是还开着。郊区车候车亭后方的录像厅还亮着灯，但貌似只是一盏长明灯，照着小黑板上用彩色粉笔书写的新到港片。它们都算是镇上最新的时尚，也是父母和老师们告诫同学们要远离的地方，似乎再偏远的小镇也会滋生不三不四的小流氓。

抢鞋事件发生后，船长一直在想，当时冲下楼去的话又会如何。小孩打架的可能性不太大，毕竟旱冰场一带还属于厂里的势力范围。新寨坡的农民虽然偶尔偷点东西，但肯定不想让自己的孩子惹祸。不过若是追进了村子，他们很可能会放狗来咬他。珊珊去杨梅山上偷杨梅时就被狗咬过。他们对女生都不留情，更不要说男生。总之，那儿发生的事都是可以预料的，正如湉湉母亲有把握可以把冰鞋找回来一样。但是来到镇上，一切就变得未知了。

我的新鞋好看吗?湉湉抬起脚，即便是在昏黄的街灯下，鞋子依然闪亮。从颜色鲜艳的塑料轮子来看，应该是托人从外地带回来的，贵阳城里绝对没有，因为百货大楼里卖的唯一款式就是父亲买的那种，金属轮子，黑色皮革带子上面套着亮黄色的塑料套，红色橡胶头，售价和望远镜一样，二十五块，相当于父亲大半个月的工资。那是母亲带船长回云南过年的时候，父亲给哥哥买的，假如母亲在，花这么多钱买个玩具是不会被批准的。哥哥在厂区滑旱冰摔骨折之后，那双鞋的实际使用者就变成了船长。长得更魁梧的哥哥显然不适合速度型项目，他更适合在哑巴落河的深潭中大力划水。

湉湉说这双鞋是父亲托人在深圳买的，因为最近父母不打算回上海。深圳是一座只在新闻里听说过的新城市，没有任何同学去过。湉湉坐在小镇小店的橱窗前，叨念的自然还是上海。她和同学们一样出生在贵阳的医院里，但二年级在上海上了一年学。毕竟奶奶家在上海，上海的教育质量好，总想把小孩送到好的地方吧。她说。她自己在乎的当然并不是教育质量而是生活情趣。上海真是繁华，街景五光十色，还有电车。很洋气，到处都很神奇。记得在百货商场里，自动转盘上的可可，还有冰砖，纸杯，真好吃。湉湉知道船长从没去过上海而且没有上海亲戚，是描述上海的最佳对象，虽然每次描述唤起的都是自己的甜蜜向往。

那干吗不在上海待着?

读书的时候婶婶说我从乡下来之类的话，我觉得很受伤害哦。说我们教育质量差啦，让老师好好辅导一下什么的。反正我心里就很不爽。那时就很反感学校。另外，离不开父母啊，所以一年就转回来了。离开父母的那种孤单，吃再多零食也没用。那时感觉自己就像一个孤儿。只上了一年，因为想父母，死活吵着要回贵阳。那时我可是全家人都讨厌的人。任性，娇气，死活不讲理。回来有点遗憾，没东西吃。连基本的大白兔和巧克力都没有。小卖部卖的巧克力跟石头似的，要用东西一块块砸下来吃。还好家里有吃不完的零食，每次吃得慢，哥哥吃得快，都骗我的吃呢。

贵阳比这儿好些吗?

当然是城里好。我其实一直觉得自己是贵阳人。我妈就是贵阳人呀，虽然户口簿上我的籍贯随我爸填成了上海。嗯，印象中自己就是贵阳人。其实挺喜欢贵阳的。城里有亲戚，所以经常进城，吃的东西很多，车多，人多，房子多，卖东西的人多，路好。不过上海还是比贵阳繁华多了。商场好大，东西很多，人很洋气，我喜欢到商场喝旋转机上转过的可可饮料，喜欢吃冰砖、纸杯、奶油蛋糕，这些在贵阳都没有哦。我婶原来在机场工作，每次带我们去机场玩，都有数不清的吃的。尤其大白兔糖、巧克力啥的。

最近进城了吗？船长问，顺便结束湉湉在自我陶醉中已经开始重复的描述。

当然啦，过年都要进城。两个表妹也会来看我。哎，旱冰鞋丢了还是我小表妹告的密。两个表妹觉得农村小孩好凶啊，但她们觉得这儿很好玩，一放假就会来我家里，把假期过完才肯回去。

城里小孩肯定觉得这儿很好玩。船长说。但湉湉似乎不认为自己和城里小孩乃至上海小孩有什么不同。她经常进城，感觉不到路途遥远。不像他，小时候视进城为冒险，要经历晕车呕吐，还要抓着母亲的手以防被人贩子拐走。即便是现在，进城依然是需要提前计划的远征。

你婶婶肯定不把你当城里人。

嗯，城里人觉得咱们是乡下人，乡下人觉得咱们是城里人。真的可以往那边滑吗？她看着进城方向的公路说。

我们以前下午滑过。船长说。妄想直接滑旱冰进城的同学当然不止他一个。他们早就尝试过这一雄心勃勃的远征。当时在这个十字路口出现的场景还是很浩荡的。一群穿着尼龙运动衣和牛仔裤的孩子快速前进，脚底下噼啪作响，售货员从路边灰头土脸的小店里探头张望，背着箩筐的农村孩子更是停下脚步目不转睛。船长并不希望遭遇这些眼神。还好，转眼就出了镇，偶尔会有手扶拖拉机手或是赶马车的回头打量，但随即就在一阵气缸爆响或是马蹄声中被带走。孩子们和他们一样，发着带劲的噪音向城里进军。

不过，同学们总是过了顺海林场门口就打退堂鼓。路前方升起一个长达两公里的大坡。每次乘汽车到此都要换几次档，发动机变调好几次，吼叫着才能爬上坡去抵达那个叫做冒沙井的小村子。没爬多久，同学们就泄了气。因为即便爬上了坡，离城还有好多里路。

没遇见捣乱的？湉湉问。很显然，她最关心的是安全问题，而前方已经远远超出了基地的势力范围。

路上没人。船长说。进城的路太远，连农民们都会选择马车或拖拉机，找不到交通工具的农民也会选择去挤公共汽车，这也是为什么郊区车的车顶货架和车厢地板上总是摆满菜担和鸡笼，即便农民们要为此额外购票，遭遇售票员的呵斥和驱逐。

那为什么不继续滑呢？就因为坡爬不上去？

去干什么呢？不用进城卖菜，城里也没亲戚。要和你一样在城里有亲戚，我就滑了，晚上有饭吃有地方睡，父母也不担心。船长觉得这样的理由很充分，但他知道自己在掩盖真实想法。大坡并不是地理障碍，而是心理障碍。孩子们和远方的城市永远都有一种隔阂。比如说，那儿想必也有很多滑旱冰的孩子，假如相遇的话，会表达会师的喜悦，还是会打架？打架的可能性更大。因为一张口就会发现语言不通。说陌生的上海话可能会被他们认为是刚刚迫降的外星人，而他们的贵阳话在我们听来照例含着敌意，这种错觉在与农村孩子年复一年的冲突中已经铸就。

要不你带我们滑进城？和你表妹在大营坡或者贵州日报社门外碰头？船长觉得这是个不错的主意，虽然他觉得没有必要向湉湉解释他的真实想法。

她们啊，要是敢上街滑旱冰恐怕会被骂死。湉湉说。

街道空寂无人。郊区车天黑后就没了。此时城里应该还很热闹，小吃摊炭火旺盛，油烟熏着裸露的白炽灯泡，外文书店和友谊商店都亮起了霓虹灯招牌，新建的金筑大酒店带着闪烁的镶边直插橙色夜空。船长和母亲进城总在天黑前就回来，不过因为驶往昆明的火车总在晚上出发，他已经有好几次在去火车站的路上观察过城市夜景。

往那边走是什么样的呢？湉湉扭头往远郊那个方向张望。从来没去过啊。

那个方向的大街是一条上升的长坡，看不见坡后的景物，所以永远刺激着孩子们的想象力。在船长眼中，这条长坡是勃列日涅夫号航空母舰的滑跳式甲板，雄奇而优美的曲线不需要蒸汽弹射器就能将重型战斗机送入空中，飞向大洋和想象力的远方。上了坡顶出镇往北是被远山环绕的一马平川，但同学们对那个方向远征似乎毫无兴趣。他们只对城市有兴趣。而湉湉对城市已经很熟悉，对另一个方向好奇很合理。出了镇北再走几里路是肉联厂，在肉要凭票购买的童年，母亲因为不愿在肉店排队受气，经常周日早起带他步行去买肉，过了肉联厂就再也没有任何现代文明了。哥哥在中考之后的那个夏天用自行车带他去过，在一个陌生世界中骑了很远。那时他还不会骑车，感觉就像在滇池中被哥哥拽到深蓝的冷水中一样，但不同之处是没有任何恐惧。曲线优美的喀斯特峰峦在周围慢慢滚动，但离大路很远，方圆几里内都是开阔的田地，大片的油菜花。是油菜花吗？那时已经是夏天了，油菜花似乎是在春天开放。记不清了。可能只是记忆中无意识添加的明亮幻觉。

那边好像叫下坝。船长说。按陈老师在作文课上的说法，坝子是当地对山间大片平地的称呼。船长曾经以为门前这条公路通往四川，会跨过长江，但他慢慢就了解到，往那边走只有几个公社，然后就什么都没有了。这也是为什么郊区车的终点站一般都在新添寨或是前方的肉联厂。

为什么不把基地建在那边？湉湉问。听起来风景不错嘛。

靠山，分散，进洞。船长说。建在那边会直接被炸平啊。另外那边好像没有河。

那天丽日流云，原野上吹来柔和的风，在漫长暑假中的兄弟俩都很高兴。哥哥超速，然后被路上的小石子崩了一下摇摆起来，把持不住翻了车。还好，哥俩只是蹭破了几块皮。视线所及的路上没有任何行人车辆，摔倒之后反而获得了一种畅快的感觉，想就那样躺在公路上。四野静寂无声，只有还在转动的自行车轮嘶嘶作响。

那边真是一辆车都没有，好像到了世界尽头。船长说。当然，他并没有把摔跤的事告诉湉湉。那次向北探险之后，哥哥就进城上高中了。

你哥愿意带着你玩，真好。湉湉说。我哥很少带我去玩。夏天的时候，我妈老是怕我哥不听话去游泳，每次下班回来就在他胳膊上抓条印子，很容易分辨出有没有下过水。我从没和他去游过泳。我哥才不愿意我像个跟屁虫似的跟着他。

骑车挺好的。我哥有几次是骑车进城上学去的。我妈病得厉害的时候，我爸骑车去城里挂号。我现在上街买菜都是骑车来买了。

好乖啊。但为什么不骑车进城呢?

进城去干什么呢?船长这才发现这是今晚第二次问这个问题了。虽然骑车进城比旱冰进城要容易,但他确实从没想过。

自行车是交通工具,不是玩具。他补充道,但随即觉得自己过于严肃了,因为湉湉站起身来。回家喽。她说。不能玩了。他的说法似乎触发了她的心事,但具体是什么心事,他无法猜测。

在那天晚上入睡前,船长回想他俩的对话,觉得自己的童年时代已经结束了,应该准备出发了。

## 110

船长需要的是速度。速度能改变空间的尺度。进城的十公里路,步行需要两小时,骑车需要一小时,乘车只需半小时。

旱冰比步行快,是他喜欢旱冰的最初原因。但旱冰的速度还是不够快,而且它确实是玩具,是不属于乡间路的不明飞行物,在基地之外每到一处都会被围观。而自行车是交通工具和运输工具。在多次骑车上街买菜之后,他开始在没课的周三下午骑到路口,四下张望确认没有熟人之后,左拐骑上进城的路。没有行人和司机注意他。

上大坡依然是艰难的,他一边想象着哥哥或父亲是如何骑上去的,一边咬紧牙关用力蹬,绝不打算下车推着走。他也曾尝试抓着手扶拖拉机的车斗上坡。手扶拖拉机的好处是比汽车要慢,而且没有后视镜,驾驶员不会发现他。满载农副产品进城的拖拉机不少，上坡时行驶缓慢，很容易抓住。车斗满载如小山的情况下，驾驶员即便回头也看不见车尾挂了个人，柴油机鞭炮般的爆响也彻底掩盖了自行车链条和轴承微弱的声响，虽然它超负荷工作时喷出的浓烟分外呛人。车上的农副产品若是刚洒过水的新鲜蔬菜，车斗会漏出水来随风飞溅，若是家禽牲畜，则会飞扬羽毛和臭气，但与自动前进的快感相比，可以完全忽略。

真正的阻力还是心理障碍。随着城市的接近，车辆和岔道越来越多。到了第一个拥有真正亮着的红绿灯的路口，船长彻底惶惑了。城市的交通规则是他不了解的。比如，他不知道何时可以左转。有一次，他甚至导致了一次小小的交通阻塞，直到他在四起的喇叭声中仓皇跳下车把车推上人行道。正如湉湉婶婶所言，我们都是乡下人。那次之后他就再没骑车进过城。假如能花点时间在人行道上观察，很快就会明白规则，但他没有时间。他要在四点多钟赶回家中打开炉子淘米做饭。他依旧喜欢借助拖拉机把自己带上大坡，但到坡顶后便回头冲坡。不需要任何机器的拖拽，飞速下行，耳边风声呼啸，两旁的林场在视野边缘模糊为两道绿墙，让他找到了乘火车的感觉。

船长童年羡慕的第一种职业是火车司机。他们可以高速飞驰，拥有独享的轨道、桥梁和隧道，山脉、河流和沙漠都无法阻挡。最早的旅行记忆是在火车上喝面汤的故事。它发生在船长还不懂事的年纪，所以和滇池晕船的故事一样在自己的记忆中难以寻觅，只是母亲经常在乘火车旅行时提起，成了传奇。它说的是某一年母亲带他回云南，大雪压断的大树横在铁道上，火车堵了很久，船长喊肚子饿，母亲就带他去餐车，厨师说已经断粮，但还有面汤。母亲就要了一碗面汤给他喝，据说他喝得很高兴。

船长完全记不得面汤的味道，但每次听母亲讲这个故事，脑中都会浮现出两侧车窗外白茫茫的雪坡。这个画面是被唤醒的记忆还是纯粹的想象就不得而知了。后来他每次乘火车时都想象大雪压倒大树阻断铁道的现场在何处。根据他的判断，应该是在云贵交界水城以西那段山势最陡的铁道上。为何会有那么大的大雪？船长最近几年回云南都是暑假，难以想象冬天的雪情。云南下雪是罕见事件。阴冷的家这边每年冬天都要下雪，但不至于压倒树木。停留在云贵交界的昆明准静止锋到了冬天由降雨变成降雪，而高海拔山区雪更大。这个解释比较合理。大雪压倒大树挡住火车的画面一直是船长渴望从记忆中唤醒的。遇见这种事故，他不会去嚷嚷肚子饿，而是会想法下车或者至少打开车窗往车头方向张望，看看是怎样的一棵巨树能够阻断铁道，需要多少乘客下车就能合力将它从铁轨上推开。

不准出去！外面有狼！车突然开了咋办？在他想象中，母亲也许会这么说。

狼是很可能有的，大雪封山的季节里想必更加凶残。但车怎么会突然开了？前方不是横着一棵大树吗？母亲总有这种“车要开走了”的恐惧。虽然车票都是有座位的，但每次检票进站时总是拉着他和背着大包小包的人群在站台上慌慌张张一路小跑，完全是电影里旧社会兵荒马乱的场面。可能女人就是这样的。但自己又能如何？只是一个被母亲拉着跑的小孩，饿了就喊饿，被母亲拉着去餐车找吃的，感觉就像是个小要饭的。

不准下车，那我开窗往车头那边看看总可以吧？

窗子都冻上了，咋个打得开？再说开窗肯定要冻病。母亲肯定会这么说。

火车车窗巨大沉重，把手笨拙，小时候乘火车都需要他和母亲一人提一边才能提起来，这一点常常提醒他，自己毕竟还是个孩子。有时候，母子合力都没法打开的车窗，只能由母亲去求其他成年男性旅客帮忙，这一点常常提醒他，母亲毕竟还是个女人。冻上之后，开窗自然更不可能。但可以去厕所。厕所窗子小而轻，而且总被列车员留了条缝通风，可以尝试自己打开，虽然总是罩着铁栅栏，伸出一面小镜子就能看到前方的景象。当然，前提是从旅行袋里把小镜子偷出来。其实也不用偷，若是夏天窗子都开着，他张口要，母亲肯定会给他找，没准还会夸他聪明。母亲知道他对这些事很好奇。对她来说，保平安远远胜过满足好奇心。大雪堵车绝对令她焦虑，因为怕家乡的亲人们担心，同时对宝贵的假期被消耗在蛮荒之地感到失望。

对于这条铁路及沿途情况，船长比母亲要了解得多。全长639公里的贵昆线，每个小站的站名他都背得出，就像当年背得出水浒一百单八将一样。半夜从昏睡中醒来，只要看到窗外闪过站牌就能准确报出当前时间，或者看看表就能判断当前位置，完成时间和空间的互相转换。在白天，连站牌和表都不用看，直接根据路边闪过的里程碑，甚至仅凭远近的山川形状，隧道和桥梁的搭配，村落和梯田的分布，便能判断当前位置。毕竟，童年的每次旅行，只要醒着，都在观察窗外景观，而兜里的小本上写着从列车时刻表上细心抄写的站名、里程数、到发时刻，每两站间还用符号标记了河流、隧道和桥梁。为了满足他对风景的痴迷，母亲总会求售票员给一个靠窗的座位，假如没有，上车后也会求其他乘客换位置。看见带着儿童的妇女，对方一般都会同意。成年人似乎都对坐在窗边没兴趣。他们更乐意坐在通道边，方便走动，能和更多的人闲聊，细看服务员手推车上盒饭的内容，翻阅小贩兜售的杂志。而母亲自然坐在身边，将儿子和生人隔开。船长半夜醒来伸长脖子环顾车厢，连最后那几个牌友都在他们制造的香烟雾气中睡得东倒西歪，母亲也放松了警惕，趴在小桌边沿打盹儿，他便会谨遵母亲关于一定要看好行李别被顺手牵羊的教诲，保持清醒。鼻子凑到窗玻璃前没关系，因为车内的一切动向依然映在窗上，而只要用双手支在眉前遮挡反光，眼前便是最纯的夜色。天好的时候能看见月光洒满群山，山谷中偶尔散落着茅草房，但没有灯光。中国最贫困的偏远山区自然没有电。在白天，会看见山坡上每块小小的土地都被开垦为田，小路上走着赶牛的农民，铁道边站着熟悉的农村孩子仰望列车，他们衣衫褴褛，背篓大得能装下自己。走铁道应该比走翻山小路要快捷得多，虽然他们必须学会摸过黑暗的隧道。

坐在火车驾驶室里应该拥有最好的视野，但客车车厢和机车似乎不通。在战争片中，游击队员抢占车头都要从车顶爬过去。但那些都是蒸汽机车，司机的工作就是不停地往锅炉里铲煤和拉汽笛，而且车头是一台大机器，朝前的窗户视野很差。不过那种蒸汽机车已经退休了，船长在旅途中目睹的都是内燃机车，车头高大，全封闭的驾驶室位于最前方，有两个大窗，上方还嵌着一盏大灯，船长很多次在夜晚会车时目睹它射出的巨大光柱推开黑暗。机车除了驾驶室外没有其他窗户，体内肯定也是一台大机器，即便停在站上时也发出震人心魄的低沉轰鸣。在船长幼小的心灵中，这是人类造出的最强大机器。与此相比，基地那些能够削铁如泥的机床不过是些小工具。

机车体内有没有一条可以通向后面的通道？这样司机就能到餐车吃饭，而船长也能乘机溜进驾驶室。既然母亲有能力在餐车要到面汤，没准也能把他带到驾驶室。只要他像喊肚子饿一样喊要去驾驶室，母亲也许会想办法。虽然驾驶室门上肯定写着机房重地闲人免进之类的。如今船长想起来，庆幸小时候没有那么过分。母亲是个脸皮很薄的人。另外，内燃机车驾驶室的样子他后来也在电视里看到了，比想象中要简单得多，没有密集的按钮和操纵杆。司机的工作似乎很轻松，只需观察前方，注意信号灯。这可能是他放弃火车司机梦想的开始。在背熟了沿线的车站、河流、隧道、桥梁乃至每一座山的形状之后，他对这些景色有些厌倦了。火车不可能越轨钻进两边的大山深处。火车司机当然没有方向盘，他们能选择的只是走和停，速度和路线由调度员和扳道工来决定，等绿灯亮了，才慢悠悠嘎吱嘎吱换到另外一条线上。因为一条铁道只能走一列火车，所以经常会在小站等候，母亲为晚点而焦虑，担心到昆明太晚了来不及转车去昆阳。而此时，火车司机在驾驶室里干什么？肯定不是像船长一样竖起耳朵倾听大家等待的那列火车是否已经近了。因为等来了一列还可能要等下一列。一切都要听从安排而不是靠自己观察。作为一位火车司机，根据观察做出决定的时刻只是看见前方路上横着大树的罕见瞬间。在其他时刻，他不过是一个照管机器的人。

当火车司机的幻想消亡之后，船长发现自己真正感兴趣的其实是铁路。征服千山万水的不是火车和火车司机，而是铁路本身。这也解释了他喜欢反复阅读铁路地图集和火车时刻表的原因。这类书上的任何一张路线图都无需绘出山脉、河流和沙漠，因为只要有一条直线连通了任意两个地名，它们之间的一切险阻便已被征服。甚至包括国界。只要上了铁路，就可以去河内、仰光、乌兰巴托、平壤和莫斯科。欧亚大陆的任何角落，只要有钢轨连通，都能抵达。

在一个没课的下午，巡山的同学们爬过好几道山梁，进入从未踏足的荒山。在最后一丝人迹消失很久之后，他们探险的心得到满足，决意掉头回家，只有船长独自前行，翻过下一道山梁，俯瞰谷底，发现林木间隐现着一段铁道。这个发现令他震惊，以至于没敢下去查看，自然也没告诉父母。后来问过很多同学，有人神秘地说，听说那边有一条军线。他第一次听说的这个词，听起来很专业，像是三线地区的特产。还有人说它通向一个地下军火库，这就像是孩子们流传的臆想，虽然贵州确实有大溶洞被用来建兵工厂。还有一种说法是这条铁道通往上海。也就是说，同学们曾经乘火车从那儿经过。那么，从上海回来时可以在那儿跳车，这样就不需要到城里的火车站绕路了？这个想象令人激动，但自己不是上海人，无法从车上观察确认。而且，去上海走湘黔线，出贵阳站之后应该向东而不是绕到城北十公里的山中。是川黔线的可能性更大些。他查阅了全国分省地图册和火车时刻表上的地图，无奈地图比例尺都太小，而新添寨这样的小镇完全没有标出。而且当时根据太阳的方位，那条铁道应该是东西向而不是南北向。也许只是为了绕过黑山而走了一段曲线。

在又一个没课的晴朗午后，船长独自出发了，包里揣着指南针和望远镜。半个小时后，他几乎是躺在厚厚的落叶和腐殖质上从陡峭的坡顶一个屁墩滑下来，直到双脚直接踩上路基，才确认自己俯瞰的不是幻觉。碎石路基和水泥枕木都非常干净，没有任何铁道常见的垃圾，似乎没有客车通过。

船长爬起来，按计划往顺海林场那边走。根据他一路上按方位和距离在脑中规划的地图，通往城里的公路必然要和这条铁道相交。果然，转过两个弯，一座隧道出现在山谷尽头的石壁上。前方的大山上，应该就悬挂着那个让旱冰探险小分队打道回府的大坡。他转身朝另一个方向大步走去。假若真有什么军火库或是秘密设施，应该是在这个方向，因为刚才在山梁上的一块开阔地眺望了片刻，这个方向直通黑山山脚，更荒凉，更能包容神秘。

走过几个弯道，另一座巨大的隧道赫然出现。黑山如此伟岸，一条在山脚打通它的隧道应该长达好几公里。若是没有打通，洞内确实很可能是军火库。或是秘密导弹基地。铁路机动的洲际弹道导弹，藏在中国最不为人所知的深山，几分钟内就能被机车头推出隧道，向蓝天竖起，喷射烈焰，直奔莫斯科或洛杉矶。船长停下了脚步。山谷中一片死寂，偶尔有阵风抚慰林海的沙沙声。四方的山上没有小路和梯田，铁道边没有电杆和里程碑，枕木和碎石上甚至没有一星油污，钢轨也没有锈迹，在斜阳中像两柄宝剑般刺目。

船长在铁道上坐下来。也许等一阵就会有列车驶过，真相大白。客车应该有标牌，货车也应该能看出载的是什么。煤炭，木材，燃油，坦克，大炮，绿色迷彩和伪装网包裹的神秘武器。他学习电影中的游击队员将耳朵贴在钢轨上，什么也听不见，只感到彻骨冰凉。正在迅速偏西的太阳照亮了隧道纵深的一片洞壁，反而使它显得更加神秘。这些感觉让他想起了滴水岩，小河发源的山洞。眼前的这条铁道和小河一样，来自地下，回到地下，只留出数百米露天路段用来发射导弹。他站起身来，走进洞口。脚下碎石的摩擦声从穹顶反射进黑暗深处，异常响亮。深处确实是一片黑暗，望远镜也无法穿透。也许那儿有红外热成像仪和激光器的监视。但为什么洞口没有警告牌？也许这是一条越南人挖过来的秘密铁道。也许是美国人挖的，只是伪装成中国铁道的样子。那么，如果走进去，他就会像凡尔纳的探险者从冰岛火山进入地下然后从地中海火山出来一样，在内华达或是亚利桑那的某个神秘军事禁区重新回到地面。

几只鸟儿在洞顶振翅飞出，将船长从宏大的想象中惊醒。其实最可能的还是川黔线。从贵阳出发的铁路一共只有四条，呈十字形排列，在贵阳城北看见的铁路，假如不是军线或是美国人的秘密工程，那就只能是川黔线。要验证这一点，需要记住路边景物的样子，能挪动几块大石头或是拔掉一片灌木做记号更好，然后去乘坐川黔线的列车找寻这片景观。独自进城去火车站买一张票去往一个陌生的方向，这件事还从没干过。母亲偶尔会提起他从小如何懂事，五岁便能独自坐火车从贵阳到昆明。如今他长大了，应该更不成问题。但母亲眼中五岁的他是听从她叮嘱乖乖坐着一动不动绝不和陌生人说话的小孩子，由她们送站接站，衣袋里揣着亲戚的名字和地址，如今他是一个冒险的少年，跃跃欲试要进行这类在大人看来意义不明的尝试，而且没有人送站接站。长大本身便是一件危险的事。船长艰难地拽着灌木向坡上攀爬，想着这件事。自己甚至还从未独自进过城。告诉母亲自己的发现和推测，她也许会允许他继续探索，但前提是买两张车票，亲自陪他来验证这条铁道。

想到此处，这个念头反而被终止了。一想到母亲的宽容，他总是变得懂事起来。至于这条铁道，终有一天会真相大白的。他飞快翻山赶回家做饭去了。

哥哥进城上学后买了份贵阳市地图，正面是市区图，反面是郊区图。船长展开它之后的第一个举动就是寻找那条铁道。从火车站开始，川黔线出城西向北，黔桂和湘黔线出城东南向东，都不可能是船长发现的那条铁道。不过这张地图太简单，郊区除了村镇和道路就是大片空白，甚至没有标出山峰和林地，连小河也找不到。船长希望拥有那种等高线地形图，能从山水而不是村镇和道路来判断位置。比起人工建筑，山水是永恒的地标。无论是乘火车还是汽车，他都喜欢观察地形。他还甚至画过进城的路线图，有山有水，看起来不像是地图而像是古代山水画的幼儿版本，总是遭到哥哥的嘲笑，不过他绘制的基地厂区图倒是得到了母亲的夸奖。这不难，因为日复一日从五楼窗户望见的就是群山环抱中这片方正的建筑群。

也许那确实是一条军线。那么民用地图自然不会标记它。也就是说，船长知晓了一个国家秘密。这和阿布辛贝在沙漠中看到神庙的一角有着同样的意义。但他并不觉得神秘，因为他对那些武器了如指掌。他会觉得不安。神庙里只有古老的雕像，法老只是借巨石让后世记住自己，而军线运送的是能顷刻改变人类命运的力量。

船长最后一次思索铁路的意义是贵昆线的火车事故之后。那次客车倾覆是大新闻，连铁道部长都辞了职。事故一个月后，全家春节去云南，船长在所有人都入睡了的车厢里继续独自凝视窗外，举着手表，捕捉到了出事地点一闪而过的里程碑。在云贵交界的偏远山区，里程碑们本应隐藏在午夜最深的黑暗中，但事故发生的路段被冰冷的大灯照得雪亮，路边排列着各种铁路抢险设备和建设物资，不用手表和里程碑都能辨认。且午和邓家村是童年以来路过无数次的两座小站，如今以奇怪的方式出了名。电视上有限的几个镜头让他想起电影《卡桑德拉大桥》。火车就是一堆活动的棺材，在懵懂中驶向死亡。不知道这两个村子离出事地点有多近，但住在这个山坳里未曾见过世面的村民肯定在夜晚听见了巨响，然后目睹各种各样的车辆和人员，甚至包括从首都远道而来的领导和记者。但船长对于铁路的迷恋到此也就寿终正寝。铁路是国家机器的一部分，巨大的机车只有公家才能拥有，而且必须服从调度员和扳道工，遵守时刻表。人们只能在指定的时间购买车票去指定地点。没有车票，即便住得离它再近，也只能站在路基下仰望。

## 111

每次去云南，都是组合了火车与汽车的旅行。乘公共汽车进城到贵阳站，坐一夜火车到昆明站，换乘到中谊村的火车，在中谊村换乘公共汽车，十几分钟后到昆阳，或从昆明站到塘子巷或螺蛳湾乘长途汽车，两小时后到昆阳。

到了昆阳，旅行才刚刚开始。表哥们都是卡车司机，表姐们都在和卡车司机谈恋爱或是即将嫁给他们，所以船长经常被拉着出去耍。他的大半个假期都是在卡车驾驶室里度过的。晚饭时大表哥二表哥经常会预告明天要出车，问船长去不去，想去的话要早起。次日清晨他总会穿戴齐备在堂屋里等着，母亲自然也起来一同等着。四姨妈踩着吱呀作响的木楼梯下来，打着哈欠说看来果真是要去，我给你们几个烧饵块，随即就扇起烧炭的小炉子。船长吃两块抹了酱的饵块，喝半瓢冰凉的井水，就跟着表哥上路了。母亲送走儿子后，会和四姨妈一起出门转转，然后去小街把公公扶上来晒太阳，所以儿子觉得不需要陪她。

昆阳位于滇池西南岸，把住通向滇南的大门，滇池东西两侧的公路在此交汇后直通南方。这也是小时候大部队开拔前线会经过此处的原因。东边和北边都有世界级的巨型磷矿，拉矿是卡车司机的主要营生。基建需要石头，采石场也是常去的地方。从镇上往这些地点拉炸药再正常不过，写进作文，却被陈老师批评为胡编乱造。记得那次假期回来，对同学们说起拉炸药的事。大家都问他炸药长什么样，他说炸药都装箱放在车斗里，有人随车照管搬运，他坐在驾驶室里没看清。大家都很失望。他们都认为他应该偷些炸药回来给他们每人掰一块玩玩。他和表哥某次开车进深山，路边上摆着大筐大筐的水果，但前后十几里山道没有一个人，那些水果像是摆在那儿好几天了。你没拿几个？同学们问。他们都认为他应该偷些水果回来给他们每人吃一个。

对船长来说，更激动人心的经历是难以描述的。比如有一次，卡车在一条幽深的山谷中行驶了很久，转过一个弯，深绿色的原始森林之间赫然矗立一座高大的山峰，峰顶是皑皑白雪，以蓝天为背景，在正午的阳光下耀眼夺目。还有一次是在深山中转过一百个弯道，黄昏时分突然来到一个红色的大湖边。湖里没有水，而是一种红色泥浆，湖畔的一圈草木都被染成红色。但同学们对这类景观的兴趣就不太大，除非他带回了一块白雪或是一瓶红泥浆。这样也好，否则他们问起那是什么地方，他完全回答不上。他和表哥们的目的地在地图上都没有标记，很多进山的路也都是为了拉矿而建，崎岖蜿蜒和滇缅公路有一拼，路边虽不是万丈深渊，车翻下去也会打几个滚。

小时候，父亲出差前问船长要什么玩具，他会说，要车。车不是玩具，而是让他桌上的玩具世界活动起来的工具。假如他搭建的是一座城市，街道上必须有车辆川流不息，假如他组织的是一次探险，更需要功能齐备的车队，假如他在导演一场战争，第一幕总是童年四姨妈家门前公路上的景象。车辆意味着机动性和运力，这些都是胜利的必要因素，汉武帝远征匈奴靠的就是骑兵冲锋和畜力运输。在上学和放学路上，他喜欢看的就是汽车。基地门口和招待所楼下偶尔会停着好看的汽车，比如丰田面包车和皇冠牌轿车，车身工艺精细，仪表盘设计先进，车门开关的声音厚重柔和，就像是飞船的舱门，通向另一个只属于领导和外宾的世界。表哥们驾驶的解放、东风乃至东德产的IFA，相比之下都过于粗犷，但它们毕竟也带着自己去了另一个世界。不，还是这个世界。探索这个世界的边缘，是车的正确用法，在那些偏远的山中，它像孤独的旅行者一号那样坚定地驶向陌生的宇宙深处。

随着年纪增长，船长已经开始反思自己积累的记忆，比如目睹雪山的事。他有时会怀疑是自己太想看到雪山而产生了幻觉。但这幻觉是如此真实。船长从未和表哥在外住宿过，最早清晨六点出车，最晚午夜归家。这一点他记得很清楚，因为每次外出夜深未归，母亲总是焦虑地一直等待，四姨妈也只好在堂屋里陪着，直到表兄弟俩归来。我说肯定会平安回来的。四姨妈开始嚷嚷。该睡的赶紧去睡啦！你们两个还要吃点哪样？不要？那我烧点水给你们洗脸洗脚。船长觉得母亲这么等着毫无必要而且还显得不相信表哥的车技，这不是让四姨妈不高兴吗？当然，这只是小插曲，关键是这样的记忆表明雪山应该在半天左右的车程之内。船长回家研究地图后证实，从昆阳出发，半天车程半径内到达雪山的希望不大。雪山非常壮丽，不像是落了点雪的高山，而是永久积雪的那种。但即便是横断山脉最靠东的雪山，也至少需要一天的路。他不得不相信自己遭遇了某种超自然现象，海市蜃楼式的空气折射，将远在百里之外的雪山显示在自己眼前。云南是一片神奇的土地。母亲说她小时候拾柴路上遭遇大雨，曾被一团漂浮的闪电追逐，跑了很久才逃脱。他对母亲说那是球形闪电。他相信她的描述，而她相信他的解释。

红色大湖肯定是真实的，他和表哥被工人们拉进湖畔窝棚吃了晚饭。低矮的饭桌中央摆着一碗蘸水，用来吃白水煮菜，这是云南本地的典型吃法，但和四姨妈家乃至他去过的任何云南人家都不同的是，一桌子全是白水煮菜，都得沾一下蘸水，所以那蘸水是巨大的一海碗。这样的细节绝对不会记错。但目击雪山和吃饭不同，是一个无声无味的纯视觉感受。那个时刻他真应该在驾驶室里人喝一声：雪山！这样表哥就会有所反应。比如，哎，就是雪山嘛，咋个那么激动？呵呵呵，然后改天大家吃饭时在饭桌边学他的腔调让大家乐呵一下。也许表哥会说，哪个是雪山？哦，那个啊，是云彩！你莫颠。这样船长就知道自己看错了。

每次跟着出车都是激动人心的。表哥们在最颠簸的山路上行驶时也开得很快，所以屁股真的会不时被颠离座椅，船长也就顺势做出夸张的蹦跳或者摇摆。表哥们回家都会在饭桌边说来取笑，也让母亲知道他有多乐意和他们一起去出车。但随着年纪增长，他再也不蹦跳了，倒不是因为已经长高要是还那么蹦就会撞到脑壳，而是因为他觉得自己的角色再也不是被表哥带出来玩的山沟沟里没见过世面的小表弟，而是地理学家。和乘火车需要完成的工作一样，他阅读着每一个路牌和里程碑，借光线判断山脉与河流的走向，记住村庄、田野和田野里种植的作物。不过他并没有画下地图。无论是四姨妈家中还是表哥们的车里都没有地图。用脑子记住一切，是司机的基本素质。

对于农村出身的男青年们来说，司机或许是他们在一座县城能找到的最佳职业。不需要像表姐们那样去熬高中，每到一处都会有人打招呼递烟。拉矿路上那些偏僻的小村寨比新添寨更落后，没有水泥路，更没有可以翻出魔术弹的垃圾堆，孩子也不像新添寨的孩子一样会找茬，只是以羡慕的眼光仰望着高高坐在驾驶室里的船长。他乘车的到来似乎就像是费尔久逊博士乘气球飘临某个与世隔绝的非洲部落。不过，在已被公路和汽车接通文明世界的村庄，摩擦还是会萌芽。他们曾被村民拦截，说村里的一只小猪被压死了。这类村寨里经常乱窜着各种家畜家禽和小孩，但船长肯定事故与一贯安全行车的表哥无关，更何况四姨妈家也是养猪养鸡爱护动物的人家。一群人堵住了车，但表哥也不示弱，一边解释着不是自己压的，一边松开刹车缓缓前进，村民们只好不情愿地让道。他们毕竟无法阻挡一台几吨重的机器，而自己也确实缺乏证据。每天从村里穿过的拉矿卡车不止一辆，每辆都长得很像，连车牌号都被泥污覆盖。

当伟大的航海家肯定是不可能了，这么大了连海还都没见过。但这些汽车之旅和航海很像。循着翻山越岭的颠簸小路前进就像是在波峰浪谷中航行。路过的村寨或民风淳朴或暗含敌意，都是路过的小岛。拉回来的一车货物，是本国稀缺的宝藏。汽车司机不仅是受欢迎的职业，而且有趣。大表哥不止一次问他想不想开车，并且偶尔会在平坦的大道上行驶时双手放开方向盘，示意他接管。为了不撞上两侧成行的高大桉树，他自然会赶紧去抢。这类危险的小动作，母亲和四姨妈当然不知道。母亲肯定不会同意他当司机。她希望儿子们都考大学。大学毕业似乎通向了无数种职业可能。那么，大学毕业再当司机又如何？

## 112

在船长的观念中，旅行是一项最简单的活动，只要有钱吃饭住店买车票船票即可。像武松和鲁智深、郭靖和黄蓉那样行走江湖，天色晚了就走进路边客栈，让店家上二斤牛肉三碗酒，吃了便睡，醒了便结账登程。这是船长向往的人生。福克先生的经历也证实了这种人生的可行性。如今飞机已经能不着陆环游地球，福克先生八十天环游地球已是老掉牙的速度。不过，假如船长有选择，还是会以慢动作完成环游，更仔细地端详世界，而不是完成任务，在赌博中分个胜负。

积攒路费是一件漫长的事，但十年二十年也该够了。那时机票应该会便宜得多，因为人类已经有了月球旅游项目。火车已被淘汰，人人都乘飞机，也许每个家庭都拥有了私人飞机。但出国必须经过审批。据说需要海外关系，否则就只能等公派。据父亲说，基地能公派出国的只有经理总师那个级别的人。自己应该当不上经理，也许还可以试试当总师。父亲卖力工作这么多年也没当上总师，应该和他因为家庭出身问题没能念大学有关。所以自己要念大学。父亲即便没当上总师，但作为工程师出差已经跑遍了国内，按母亲的说法是游山玩水都玩遍了。母亲作为工人就不可能被派出差。总之，这是努力的大方向。

每当803楼顶八个大喇叭播出的小说连续广播《神秘岛》响彻午休一小时的山谷，船长都确认工程师是自己的未来。没有史密斯工程师的领导，神秘岛上的遇难者只能住石窟，吃贝壳，不可能拥有炸药、玻璃和电报。飞越非洲的气球、在太平洋底巡航的潜艇和向月球发射飞船的大炮，首先都是伟大的工程奇迹。但母亲对父亲的才智并不那么欣赏。比如哥哥的眼镜架坏了，父亲修理之后没把胶清理干净，母亲对此提出了严厉批评。怎么能比得上装配车间老师傅呢？父亲回答。他不从事装配这样的重复性劳动。他属于科研人员，研究方法，设计仪器。他当年来贵阳的时候负责押运贵重仪器。从上海出发，每到大站，他负责看管的货车车厢都要被重新编组。当时湘黔线还未通车，火车只能绕道广西北上贵阳，使用蒸汽机车爬坡，走走停停花了一周。但那趟旅程绝不悠闲，因为担心突然发车，连去火车站食堂打点饭也要慌慌张张一路小跑。按母亲的说法，父亲应该就是在那时和机器朝夕相处导致魔鬼附体。母亲奚落父亲时总是不择言辞。她的意思是，从那时起，父亲就变成了工作狂。

父亲对儿子们的影响和机器关系很大。比如哥俩很小就学会了使用万用表，哥哥还烧过一次表。烧掉的线圈被父亲拆了带回家，与其说是警示，不如说是又一个玩具。父亲还不时把更复杂的机器带回来。最早是电子计算器。虽然后来有职工从沿海地区带回据说是走私货的夏普微型计算器，在同学中开始流行，哥俩拆卸后发现它结构简单用料廉价工艺粗糙，而父亲的卡西欧FX科学计算器外观精巧手感舒适功能强大，船长对函数的了解和对编程的好奇便是由它开始的。但计算器不久便在计算机驾临的光华中消失了。父亲下班时提回一台惠普公司的HP-85计算机以便晚上继续在家工作。这是船长第一次看见个人计算机。它肯定很复杂，因为使用指南就有几大本活页夹。HP-85每天上班会被带走，船长没有机会去触摸，只能边吃晚饭边往父亲绘图的大桌上张望。此刻，屋里烧着煤球炉子，桌上只有白菜汤，漂着凭票供应的肥肉熬出的猪油，而电视节目十一点便结束了。他依然身处发展中国家的贫困山区，但用老房子厨房门板改装的大桌上陈列着一台来自美国硅谷的智慧机器，只要插上电就能进行无限创意，不像窗外河对岸的车间，永远都在对金属进行喷砂处理。桌边墙上的柴可夫斯基黑白大头像就是父亲用计算机控制绘图仪打印出来的，虽然母亲偶尔揶揄说你爹整天也是这张阴沉的脸，但船长还是喜欢踮起脚尖把鼻子凑近玻璃，仔细辨认高级绘图仪绘制的精美线条。又过不久，父亲在某天晚饭后破天荒把哥俩带去加班了，他将他俩安置在一间船长以前从没去过的实验室，面对一台IBM PC XT。它启动时发出欢快的声光，屏幕上闪现国际商用机器公司的蓝色图标，吐出一行行文字时，船长感到一阵激动的眩晕，因为经常翻阅各种进口技术期刊的他知道这台机器代表了人类文明的前沿。虽然哥俩当晚的活动内容只是玩磁盘上存储的各种游戏，吃豆豆、偷金块和送啤酒，但船长在屏幕深处望见了一条广阔的地平线。

我国开始进入了能够制造重大、精密和尖端机器设备的阶段。《机械原理及机械零件》的引言中是这样说的。这是父亲当年的课本，船长预感自己将来也要学它，所以早早开始预习，虽然五十年代书籍上那些介于繁体和简体之间的文字让他看起来有些吃力。现在已经制造了轧辊直径为七百五十毫米的初轧机，二千五百吨自由锻造水轧机，容积为一千五百十三立方米的大高炉，五万千瓦的汽轮发电机组，七万二千五百千瓦的水轮发电机组和高级精密的坐标镗床，等等。同时，具有现代水平的喷气式飞机、各式汽车、电气机车、内燃机车、载重量五千吨的沿海货轮、各种拖拉机、新型的无线电电子设备以及现代的国防装备等等，也都已经试制成功和投入生产。但是，未来的一切都是通过键盘和屏幕控制的，就像外文期刊上的那些数控车床，不再需要任何摇把和刻度。假如未来的机器都是这样的，他不介意去当一个操作机器的工人。这个想法对母亲的工作是一种歧视吗？母亲当然不是操作机器的工人。她是一个靠眼睛和手指去创造机器的工人。万能工具显微镜，立式光学计，分光光度计，二米测长机，三米测长机。这些神秘的机器如今都添加了投影屏，不需要凑在镜头上观察了。但几千元一块的标尺还需要人工擦拭。所以船长依旧在很多夜晚专心裹好每一丝埃及棉花。老检查员经过，夸奖齿轮做得好，没有垃圾和毛边。装配好的手轮转起来手感非常舒服。玻璃镜头没有污迹。清洁剂是三分之一酒精和三分之二乙醚。酒精擦掉垃圾，乙醚消除水迹。负责产品最后总装的装配车间汇集了各种各样的部件，光学的、电子的和机械的。与计算机屏幕上魔幻的光点群相比，它们有一种厚重而标致的实体美。刻着精美字符和线条的度盘，镀上彩膜的镜头，特种变压器驱动的雪亮电珠，压了精细花纹的合金旋钮。和计算机存储着的想象力相比，这些是工厂生涯中培养的实体美感。

在那些等待零件或质检的加班之夜，母亲也不会偷闲。她会继续织毛衣。船长则会研究她的那本《绒线编结新颖花式摘选》。封面的外滩风光让船长相信其中的花式确实新颖。前言说：学习编结并不是一件难事，从简单到复杂，中间并不困难，裁错了一件衣服，无法可想，结错了几针绒线可以拆了再结，所以编结绒线是人人能学会的，唯一的秘诀就是熟能生巧。随着工农业生产发展，人民的物质与文化生活水平均在迅速提高，工农兵群众对编结物品也更喜爱乐用，因此，对编结技法的要求是普遍的，而又迫切学习的，本册为编结爱好者作一介绍以供学习参考。麦浪花、新式水浪花、交叉菱形花、麦穗花、燕尾纹花、菱形凹凸花、兔子花、双叶花、孔雀花、春秋条纹花、小麻姑花、胖球花、简结小蝙蝠。

第1、2行全下针

第3、4行，3下，挑1，3下

第5、6行，1下，挑1，3下，挑1，1下

第7、8行，全下针

第9、10行，全第5、6行

第 11、12 行，全第 3、4 行

第 13、14 行，全下针，以此类推

船长认为自己永远也不可能像母亲一样控制那几根针，但编结应该能用计算机控制完成。计算机已经能控制绘图仪打印出柴可夫斯基头像，对付这类重复性工作应该更加得心应手，将患了腱鞘炎的母亲从劳动中解放出来。未来应该是由计算机主宰的。船长写了一篇科幻作文描述人类的未来，其中提到车辆都装有由计算机指挥的电磁铁，会根据来车的磁极改变自己的极性，从而避免直接碰撞。陈老师喜欢这篇作文，在课堂上念给同学们听，虽然四人团认为它并不科学。计算机显然是更有智能的发明，船长只体验过它们指挥屏幕和打印机，但背板上的各种接口和扩展槽显然能够指挥更多机器，人们已经开始称之为电脑。机器人便是二者的结合。未来的家庭拥有机器人管家，连开关灯和拉窗帘都不用伸手。那时的家想必会更幸福？至少，有一两个使用IBM玩游戏的夜晚，全家四口人坐在那间没有窗户的恒温工作室里。母亲是被船长拖来的，因为他希望她也能玩玩，而母亲的出现，也算是对父亲终于负起责任关心一下儿子们的举动表示赞许。在这春节渐渐不再打牌之后全家集体活动的唯一时刻，船长能感到一种幸福，它有一部分来自于眼前这台先进的电子设备。技术给人们带来了欢乐。可以想见，人类的未来会是更幸福的，因为拥有机器人管家，再也不用把大量时间耗费在洗衣服和做煤球上，更不会为谁该负责家务而争吵。那些夜晚，在回家的路上，他一言不发，一部分思绪还沉迷于那些游戏，另一部分则飞到了世界另一面的美国，那边正是朝阳当空，大人们在恒温无尘的玻璃大楼中面对着同样的屏幕，孩子们在城郊别墅的阳台上指挥机器人浇花。黑暗的群山无法阻挡自己接触通向未来的技术。

船长当然想过使用基地来完成自己远大的目标。他在父亲经常出入的一间没有窗户的实验室里见过激光器，和各种光学元件一起被夹具固定在金属实验台上。据同学们说，基地办公楼后半山腰那间窗户永远被黑天鹅绒窗帘遮蔽的平房里也有激光器。电影《珊瑚岛上的死光》让大家知道了激光的毁灭力。基地是否在研制什么秘密武器？船长童年常有这种想法。在美国的星球大战防御计划中，激光被部署在卫星上，用任何反导技术都望尘莫及的每秒钟三十万公里的速度，将高速袭来的洲际弹道导弹直接摧毁在太空中。作为设计制造尖端光学仪器的单位，基地自然是制造高能激光武器当仁不让的先驱，哪怕因此成为对方分导式弹头的目标。阿基米德用镜子烧毁敌方战舰，父母们应该能创造出更伟大的光学武器。

不过基地似乎确实已和军品彻底脱钩。最后一次在厂区看见身穿蓝色海军制服梳着毛主席发型的军代表是小学低年级的事了。取代他的是外商们。他们来参观时，基地大门总被鲜花和盆景装点，门楼上拉起大红横幅，上书美国某公司或是日本某株式会社某某先生一行来参观。一排进口车辆停在门边。丰田面包车的乳黄色油漆真漂亮。皇冠牌轿车车头上真的有个皇冠标志。只是当天小孩子不准进基地，所以船长见不到外国人，无法和他们攀谈为星球大战准备的激光武器和昨夜使用 IBM 玩的游戏。在那些场合，连桥头另一侧卖菜的农民也都被驱散了。

外商们到来的成果之一便是船长那台印着日本制造的望远镜。但除此之外并没有什么激动人心的项目。每个月底，母亲依旧经常通宵加班。她说其实并没有那么多订单，但即便设备出厂就立刻变成库存，也要保证产量。她认为这不合理但无能为力。她毕竟只是一台巨大机器的一部分。加班能换来调休，调休多了就能带孩子回云南探亲住几周，对她来说这才是人生大事。每个月最后一天的通宵加班，母亲是不会带船长去的，因为他第二天还要上课。她总是天快亮时才回家，带回好吃的点心给哥俩当早点，这都是基地食堂给战斗在第一线的通宵职工准备的。等他中午回家，母亲已经在准备比平日更丰盛的午饭了，说明她并没有睡多久。此前的几个夜晚，船长都在晚饭后和她一起出门，不过不是去图书馆而是进厂，穿上印着她工号的白大褂和工作鞋，帮她干活。

不要老是带儿子来。书记说。

我不带他来，把他一个人扔在家里啊。母亲的回答含着对制度的不满，和对每晚都在加班的父亲的不满。

车间主任就比书记亲切得多，经常夸船长聪明。

在不出差的日子里，父亲每晚都自愿加班，有很多朋友的哥哥每晚都出去玩，船长不想独自在家。最早是因为害怕在天黑之后面对家中那些四脚被雕成兽脚形状因而令人生畏的家具，懂事之后则是希望帮母亲完成任务早些回家，顺便开始策划自己的制造业。这一计划在小学开设手工课之前就已开始实施，而到达顶峰和走向崩溃发生在母亲车间出现成排的小型电动机之后。父母从城里给哥俩买的玩具电动机只能驱动船长设计的其实更像是竹蜻蜓的玩具直升飞机。这些小型电动机的功率大得多，应该可以驱动旱冰鞋，或一艘不畏洪水的微型快艇，一架从楼顶或平顶山顶滑翔升空的固定翼飞机。在此之前，他已经用父亲出差买回的木质套件制作了橡筋弹射的小飞机，从地面放飞，在比平顶山还高的空中长时间留空盘旋，在夕阳下明亮得像一颗星，山脚阴影中滑旱冰和跳皮筋的少男少女们都停止玩耍，目光随它盘旋，直到它挂在了河畔高高的柳梢。船长在孩子们的帮助下花了好长时间才用石子把它打下来，然后匆忙攀下河岸赶到金工车间围墙外的小瀑布堵截才把它捞回来。从那时起，他就梦想着拥有更强大的动力和更精确的控制。父亲的实验室里有一些巨大的特种电池可以利用，但要支持这类载荷，飞机翼展可能超过一米，需要极好的木材乃至轻合金，最理想的条件是机床加工。也许这是一个学习金工手艺的契机。《航空知识》杂志提供邮购的航模遥控器过于昂贵，家里买不起，但可以考虑线控，电池留在地面，放进书包，由他背着跟随飞机奔跑。线控飞机无法自由飞向远方，但已经能够带来灵魂升至五十米高度俯瞰山谷芸芸众生的感觉。但船长发现母亲桌边堆放的这些电动机必须使用三相交流电，一种只属于室内的能源。使用它，意味着他除了用一根线连着五十米高度盘旋的灵魂，还需要另一根线连着某个变压器，使用臃肿的大插头咬住墙上的插座，成为国家电网的一部分。

这一事件的结果是船长又回到了幻想世界，但借助的不再是凡尔纳，而是进口期刊和产品样本。前者是外国科技杂志在香港出的中文版，被父亲拿回家给他看。后者最早是在开学的日子里被父亲拿回家由母亲给他包课本，随着船长对英文和高科技设备图片的喜闻乐见，渐渐取代了母亲使用的传统图纸成为主流包书纸。这类纸材质优良图文精美，而一个学期过去，船长会自学认识纸上的每一个英文单词。它们的缺点是母亲需要寻找留白给他写书名人名和班级名。在哥哥开始拒绝母亲帮他包完课本写上书名和名字之后，船长认为自己保留这一习惯会让她高兴些。

不久，船长便进入自主索要这类信息的阶段。他先是填写杂志里的回执卡寄往香港，果真陆续收到世界各地寄来的产品样本。在这些杂志中，他最喜欢的是《航空周刊》中文版，最喜欢的当然也是各大飞机制造商、航空电子公司和宇航设备承包商寄来的产品样本，其图片的精美程度和印刷质量令船长感觉《航空知识》杂志像是来自朝鲜。然后，船长便不满足于回执卡提供的随机收获了，他开始直接按广告上的地址给最感兴趣的公司写信。周日和母亲上街买菜都要去邮局寄国际信函，一块六的邮费有点贵，但母亲觉得船长很认真地做这件事必有意义，虽然是什么意义她并不清楚。至少在练习英语。已经不止一次在菜市场遇见同事，说哎呀听说你儿子英语考全年级第一啊。

随着母亲陆续收到贴有各国邮票盖了各国邮戳的印刷品包裹，同事说哎呀你儿子这是要联系出国了？这是母亲在晚饭时的转述，至于她是如何回答的，船长并不知道。也许只是笑笑就过去了。这确实是一项意义不明的活动。霍尼韦尔公司寄来的只是一个薄薄的航空信函，里面是一个头衔像干部的人用打字机工整打出的短笺，手写签名。他对收到船长的来信表示惊讶，并希望了解这封回信花了多长时间才到达船长手中。贵州应该是一个他从未听说过的地方，类似香格里拉，需要去图书馆查中国地图才知道，他或许甚至从未收到中国的来信，因为中国还没有先进航空电子的市场。而亚利桑那的凤凰城对于船长来说又是多么的神秘。美国西南沙漠中的城市是否像是贵州贵阳？苗族侗族和布依族居民换成了印第安人，而他们身后是霍尼韦尔的蓝色玻璃大楼，倒映着巨大的仙人掌和烈日。

## 113

船长认为同学们还缺乏明确的理想。即便是岚岚这样看起来很有主意的人，说希望当老师的理由竟然是当老师很神气，船长认为这是当大队长留下的后遗症。但她说自己希望当语文老师，理由是语文老师们对她是最好的。这个理由也很幼稚。但假如说理想可以包括选择未来生活地点的愿望，那么他们的理想比他的要明确得多：离开此地，回到原籍。他至今不确定自己的祖籍应该在云南还是北京，父母也还未提出过要他将来去这两处念书。他们只希望两个儿子都能考上大学。而对于岚岚这样的同学来说，回到原籍一直是推动学习的恒久力量。据说信鸽能够辨识方向是因为脑子里有块小磁铁，用来判断地球磁场的方向并指导飞行路线，同学们的脑子里早已被植入了这样的磁铁。

老猫是个例外。作为上海人的后代，他显然是要回上海的，但成绩并不好，这条路看起来会比较曲折。在未来还很不确定的情况下，谈恋爱是件危险的事，但他竟然开始尝试了。船长第一次从老猫的日记里发现这个情况时感到很震惊。谈恋爱是班主任们严打的行为。它同时影响两个学生的学习，影响班级在年级中的地位乃至升学率。但老猫竟然直接自白，而且不止一次。船长猜测老师们还不知情。一班的语文也由陈老师教，她自然也给同学们布置了日记作业，作为她写作日常化生活文字化教学战略的一部分，但她不是班主任，无权过问一班学生的思想品德，所以一班的日记内容非常随意，老猫等人更是有恃无恐地说些怪话，船长每次帮她检查时都像是赶了一次集。不知负责检查三班同学日记的一班语文课代表是否觉得三班活在另一个世界里？他们从未交流过，因为这是秘密工作。

也许陈老师和一班班主任刘老师早就私下通过气了，她们只是不想公开责罚，以免早恋由此成为一种时髦星火燎原。老猫桀骜不驯的性格一直在同学中受到欢迎。陈老师处理严重问题的一贯方式是把同学叫到办公室去私下教育。在班会上她更喜欢讲学习，比成绩，利用公开场合激发同学们的竞争意识。唯一的例外是用了一节班会课来批评岚岚，因为她把社会上的人都招到校门口来了，真不是一件小事。但为什么会招来，她并没有说，船长的猜想是这涉及不一样的友谊不便公布，但岚岚说那些人是来找她打架的。

后来，船长发现老猫偶尔也会把日记给周围玩得好的同学看，作为奖励和交换。他显然不在乎甚至是希望他们知道他正喜欢着某个她。根据日记泄露的信息判断，这个她应该就在三班。那么，这也许是陈老师迟迟没有动作的原因。也许她一直也在侦察，只是不想打草惊蛇，直到能正确研判出这个她是自己的哪个学生，然后协同刘老师一抓一双。

不过，船长在读了几百篇日记之后依然无法判断这个她是谁。老猫的日记粗看是一堆无聊的流水账，细看会发现其中充满细节，但即便来回翻阅，联系上下文，这些细节还是无法拼出故事。

和张杰，姜正，黄猴子下围棋。

骑车最远骑到冒沙井。

考试翻书偷看，最终还是看莉莉和罗兴的。

数学卷子发下来了，58 分。真是差劲，考的这样差，难到不能再努力一下，拿取 2 分吗？差劲。

今天我运气十佳，凡是没有做操都被罚做，唯独我没罚做，这样引起了事端，莉莉叫我老狐狸。

我受伤的时候她曾叫人在我铅笔盒里放去痛片，当时，使我又重新喜欢她。

上课画围棋格子，这是为了教莉莉下围棋，我一定要想方设法，教会她，说话至少算数，并让她超过姜正的水平，但这样至少要一个月时间，直至更多。

我决定暂不教走棋方法，教她叫吃，做眼，如何防止假眼的方法。

弹弓打蜘蛛。

没事和姑娘们去跳橡皮筋，连我自己也想不通。

曹锅巴。

老鹰捉小鸡。跳江山。

一气之下在家里玩电，把许多电线结在一起，一拉开关啪的一声火星乱飞。我知道这样可以弄短路。

没有勇气叫她来家里。

而她学自行车却更显得她无耐心，或许怕摔跤，才蹬了两下，就不骑车，坐在车后面兜风。看她的样子，我似乎越感到她的可爱。她是一个可爱的女孩，她是一个漂亮的女孩，她是一个……女孩。

政治卷子没有签字，而我不愿让母亲签字，于是我自己签了字。

总之，谁都想知道我的事。

现在我应该考虑二点，一是初中毕业后怎么办，考什么学校，二是我对她应该怎样。第一点有办法解决。用功读书，逐步地搞成绩。而对于她我找不到一个办法。

中午和张文琪，周亚男，范丽媛一起回家，路上谈天说地。

我总是忘记氧气的制取的化学方程式。

一班和三班的卷子换着由学生们批。有知道我心情的同学把她的卷子换给了我。批上了漂亮的飞语，还偷偷多给了几分。

上课偷看《红楼梦》。

下午去学校偷灯管。

写明信片写了三十五张。

今天又叫莉莉妹妹，我也不知怎么会喊的。

下午去洗澡，爬围墙进浴室。

作为一个上海人，老猫理应喜欢上海人，但对方很可能会回上海。他的成绩并不好，意味着他不是很确定能考上大学。假如考不上大学而家里又没有门路，回上海是困难的。也许对方的成绩和他一样不好，两个人又都愿意留在本地，而双方父母都不反对，那么这是可能的，虽然这样多重条件皆能满足的可能性极小。他也可以喜欢贵阳人，但对方会喜欢一个上海人吗？毕竟这个上海人有可能会离开，即便自己不希望离开也会被家长逼着离开。

无论如何，成绩是人生的重要砝码，而老猫还没能驾驭它。不确定性让他的恋爱变得有点扑朔迷离。他显然是个很有心思的人，虽然表面上装得不在乎。成绩不好确实是因为不喜欢学。小学不喜欢学没关系，只要初中赶上，能考上市里的重点高中，读大学还是很有希望。但老猫到了初二依然没打算努力学习。难道他喜欢的是某个本地女孩？这个猜想似乎变得更加合理。但他是属于上海帮的。

近来，老猫日记中的恋爱幻想越来越多了。难道他写恋爱是向老师挑战？这样也就解释了他连抄作业考试作弊都写进去的原因。他最近经常带着一帮人在学校里骑车。自行车和旱冰鞋不一样，属于交通工具，可以骑进学校，党委书记和物理老师也骑自行车。他们骑车在操场上来回游荡，搞得女生没法跳马。而在日记中，他继续教女生骑车和下围棋，帮她们搞坐标纸，依然每天早到学校飞快抄作业，考试满足于及格，旷课，让母亲写假条，在家里和哥哥一起修录音机。假如基地不是从天而降，所有职工都是土生土长，老猫的欢乐时光应该会一直继续，同学们也会幸福地生活在一起。

## 114

和几个同学一起被陈老师带领进城去参加实验班大课，让船长觉得总有一天会独自进城。在此之前，没有母亲带领或陪伴的进城活动只有全班春游了。

春游应该去乡下看自然景观，这是城里人的观念。乡下孩子的春游是由基地派遣大客车运到贵阳，去看城里的自然景观——河滨公园或黔灵公园。

河滨公园坐落在城中一座平缓的小山上，正门外有个小广场，对面是电影院，后坡下是南明河，船长在邮电大楼和甲秀楼附近也见过它的身影。公园面积不大，孩子们不易走散，而且有个游乐场，是同学们小学春游常来的地方，也是小时候全家逛过的唯一公园，有相册里哥俩的照片为证——应该是父亲拍的，而哥俩笑得灿烂，说明母亲肯定站在摄影师身旁。船长对游乐场里那些载着儿童转圈的小飞机毫无兴趣，他最想去的是公园正门外台阶下方的防空洞。起初洞门总是紧锁，刺激着他的好奇，尤其是读了《民兵训练手册》和关于大规模杀伤武器的各种文章之后。同学们玩耍时，船长在园内寻找它隐秘的第二出口和通风口，想象脚下五十米深处密布隧道和洞库，囤积着枪支弹药和成箱的罐头，就像基地给职工发过的印着多国文字的清蒸猪肉罐头，外壳有点锈，但肉非常好吃，汤里还有漂亮的叶子，据母亲说是香料。长大些再去，防空洞被改成了旅社。贵阳城在二战中被日本人轰炸过，但随着祖国的强盛，领导们认为无人再能飞进大陆纵深来轰炸了。他们没听说过洲际弹道导弹，或者认为敌人宝贵的弹头不会射向这个偏远的内地省会。想到这儿，船长庆幸自己居住在更偏远的郊区，而不是这座擅自撤销了防空洞的城市。

黔灵公园在城西北，因苍翠的黔灵山得名。山上的景点包括弘福寺、动物园和国民党关押张杨二位爱国将领的麒麟洞。去寺院只是看热闹，动物园有点臭，和关在笼中的动物对视令人心情压抑。曾经关在洞里的杨将军早已遇害，张将军被押去台湾，据说一直被软禁。小学高年级后春游常去这个公园，主要原因是园内靠山面湖的最佳位置矗立着一座烈士纪念碑，适合列队宣誓入队入团合唱爱国歌曲，给同学们的春游增添教育意义，也给他们回来要写的作文提供思路。船长不止一次以关押将军的山洞为引子，借动物园隐喻不自由的悲哀，最后在纪念碑下歌颂解放，都得到老师好评，唯一的遗憾是无法往这个思路中添加寺院。

和同学们站在纪念碑前的台阶上合唱并留影时，船长喜欢凝望台阶尽头的黔灵湖。生活在以地无三里平著称的贵州山区，大面积的水体赏心悦目，但与阳光下的五百里滇池相比，它在贵州特有的阴霾和绿色群山包围中显得幽暗抑郁。湖对岸山腰的林中有一条铁道和一条很短的隧道，常有火车出没，这是船长爱看的画面。小时候他希望那列火车驶往云南，但明白那只是一厢情愿，因为自己乘车时并未路过这片湖水。黔灵湖位于市区西北，根据哥哥书包里的地图，途经此地的是川黔线。

黔灵公园里真正激动人心的去处是后来开通的穿山步行隧道。有隧道之前，从公园大门到纪念碑需要翻山，船长对乘车进城来爬山没有兴趣。翻山途经弘福寺、动物园和麒麟洞，要穿过猴群出没的林子，它们以刁蛮伤人出名，部分女同学表示害怕，所以全班经常穿过隧道直达纪念碑。船长对于猴子们没有意见，还有一次把它们写进作文，和动物园笼中的猴子比较，论述绝对自由和相对自由的关系，深得陈老师的赞赏，但他更想描写隧道。漫长隧道中的灯泡看来总被恶作剧地毁坏，常常只有距离遥远的几盏散出昏黄的光，有几次更是彻底断电，进洞数十米后便是一片漆黑，同学们摸索潮湿的洞壁前行，以叫喊呼应壮胆。对船长来说，走进这片黑暗像是鱼儿回到了海洋，连周围弥漫的被同学们斥骂的排泄物气息都暗示着最绝对的自由。班主任和春游带队老师知道洞内情况，他们和其他大人、老人和带幼儿的游人一起去翻山，将摸黑穿越隧道的自由作为特别的娱乐项目送给少年们。船长从不摸着洞壁行走，而是在虚空中前行，直至撞上别人或是碰到墙壁。他是如此喜欢这种摸索，以至于总咧开嘴笑，若是此时在胸前划亮一根火柴，表情定会把同学们吓坏。他大睁的双眼在黑暗中似乎提高了感光度，能隐约看见孩子们晃动的书包、水壶和蝴蝶结。其实都是幻觉？他依靠聆听来自前后远近运动着的人声来辨别方向。这杂乱的人声汇成了一条路，除了同学们的声音，还有大量本地口音，因为在春游高峰期，每天都有很多学校的少年摸过这条隧道。这些口音不仅指明了隧道的走向，还帮助他确定了自己的位置——远离基地的黑暗，陌生文明的地下。虽然穿越过不止一次，他对自己所在的位置依旧无法做出估计。已经走了一半还是三分之一？或许前方转过弯就能看见出口的光亮？与同学们不同，他并不期待着那一线光亮并且欢呼着跑起来。他希望这个隧道能够延伸下去。和在老房子后山探洞相比，不需要偷偷摸摸也没有生命危险。和在云贵高原上乘火车穿过的那些隧道相比，他在此能够停下脚步享受头顶看不见的千万吨巨岩带来的压迫感和安定感。北美防空司令部就是建在夏延山下深挖的洞穴之中，核大战之后人类能够幸存的几个地点之一。但他最终还是要走起来，被身边闪烁着激动、欢欣、不安和畏惧的声音溪流夹裹着直奔出口。这溪流一旦涌出隧道就像入了海，突然没了速度。大批孩子在洞外等待着自己的同学，奔跑之后的红润脸色叠加了历险之后的骄傲。基地孩子散布在城里孩子之中，外表的区别远不如口音的区别那么大，除了购自上海的外套、水壶和书包。新添寨小学的农村孩子们是不会来这儿春游的。他们没有专车接送，而且对城里这种没有深渊和暗河的人工黑暗毫无兴趣。他们从未乘过火车，没有体验过隧道的意义，否则应该会向往这种迅速穿过大山的捷径。但是穿过了一座山，周围依然是山，幽暗的黔灵湖和松柏环绕的烈士纪念碑在山的合围中散发着静谧和死亡的气息。这也是为什么当湖对岸半山腰有火车鸣笛驶过，同学们即便是在合影时也忍不住扭头观望发出惊叹。集中注意力！看镜头！陈老师厉声吆喝。船长站在与基地没有区别的群山包围之中，假如曾经有过爬上其中一座的希望，自然是为了俯瞰贵阳城。它应该会像是一座放大了一百倍的基地，但依然会被群山包围。公园大门右侧那座朝南的山崖应该是最佳的眺望之处，但崖顶似乎没有游人，也没有上去的路。船长曾经想过脱队独自去山顶，但全班纪念碑下列队时必然会被发现。弘福寺、动物园和麒麟洞都在半山腰。半山腰也许是中国人最喜欢的位置。这是一座给城里人体验山野情趣的公园，他们来此不是为了回望城市风光。

贵阳城在很长时间里一直都是《全国交通图册》中那一小页地图，它只绘出了干道，标记了火车站、长途汽车站、展览馆和邮电大楼这样的重要地点，以至于船长跟随陈老师穿小巷时还能继续感到迷失的兴奋。他也曾在母亲带领下穿街过巷，但目的地都局限在城北几家医院附近的菜市场和批发市场。因为家里没有比例尺更大的地图，他只能凭据这些记忆去构筑这座城市。小街上的菜市场污水横流，和新添寨的菜市场差不多，但无论往哪个方向走，不久便能回到大街，看到果皮箱和红绿灯。果皮箱很脏但说明有人使用，还有会亮的红绿灯和会在斑马线后方停下的车辆，都帮他确认自己身处一座城市，与新添寨相比，它拥有多于一条的大街和更多的居民，所以需要秩序。公交车的站牌和路线，街道的走向，高楼的方位和太阳划过它们的轨迹，构成了船长用以定位的体系。

大街拐角的报刊亭总挂着大幅的城市地图。要地图干什么，我们又不是外地人。这是母亲拒绝船长希望买份贵阳市地图时的表达。她很少拒绝船长的要求。看来地图没有梁山一百单八将图重要。这也是她第一次承认自己是本地人。哥哥被城里的高中录取之后买了地图，母亲并没有批评他。也就是说，城市太大，即便本地人也要看地图。船长很羡慕，想象着哥哥如何在午休时怀揣地图去探险。当有一天哥哥终于把地图从塞满课本和饭盒的书包中抽出来插进书架之后，船长明白他已经熟悉了这座城市，而自己也终于能够在家中俯瞰它的全貌。

那些最繁华的大街有着易记的名字，比如延安东路，延安中路，延安西路。中华北路，中华中路，中华南路。瑞金北路，瑞金中路，瑞金南路。它们在船长的记忆里形成了城市的骨架。外围的北京路和遵义路也曾偶尔去过。很显然，这座城市喜欢保留一些遥远的地理或历史记忆，容易令人时空错乱。船长更喜欢另一些更有生活气息的名字，比如油榨街，盐务街，箭道街，文昌路，浣纱路，观水巷，紫林庵，马王庙，八角岩，花果园和湘雅村。这些没有被解放的名字记录着城市曾经的面貌。就像电视里台湾歌星走在忠孝东路的演唱，和昆阳镇仁义礼智两个办事处的名字一样亲切，让船长觉得自己途经了一些古老的故事。

船长从小就爱地图。他反复翻阅世界地图册、中国地图册、中国交通地图册和全国列车时刻表，是为了看清山川、海洋、国家、公路和铁路，了解地形、距离和边界。船长小学时，父亲频繁出差，几乎每次都会带回一张城市地图，最终都成了他的收藏，但他并没有兴趣去看，因为那些遥远的城市对一个在想象中旅行的人来说只是漫漫长路上一个个大小不同的圆点、小圈和五角星，只会途经而不会进入。仔细研究贵阳地图之后，他想了解其他城市与贵阳的区别，好奇城市是否确实就是基地的放大版本，展望基地在未来变为城市的可能性，随即开始重访其他城市地图。

城市确实喜欢依靠着水，比如长沙旁边便是湘江，从地图上看，江的宽度大致等于半座城市。江中还有一条巨大的橘子洲。想象在城市的一头放些纸船然后跟着它们跑，跑过整个城市。江流很急的话就需要滑旱冰或是骑自行车才能跟得上船。但问题是有红绿灯，遇上一个，就要和纸船们告别了。仔细研究一下地图，江边那条叫沿江大道的路从湘江大桥下穿过，似乎没有什么红绿灯。城市另一侧也有很多水，浏阳河，跃进湖，红色渔场。这些名字充满了令人紧张的历史感，不如南边的烂泥冲、石人冲、豹子岭和猴子石更让人自在。这两种地名的混合让长沙显得像是贵阳的姊妹城。船长认为，这种混合展示了城市记录自身历史的方式。

家中有好几张成都地图，这让船长得以确认自己的这个理论。但他最初的注意力依然是那些流经城市的水。有的地图上完全不存在河流，有的地图上则现出纤细的水道，这两条叫做府河或锦江的小河规模与湘江不能相提并论，但围成了护城河的形状。它们也许曾经非常壮观，所以才会有望江楼这样令人神往的地名。骡马市，盐市口，提督街，青羊宫，武侯祠，这些名字也诉说了古老的历史，但在查看新版成都地图之后，船长发现一个现象：这些古老的地名一直幸存，反倒是更现代的地名被替换了。在最旧的那张已经裂成几片的地图上有市区照片，道路宽阔，人车稀少，单位电话号码只有四位数。简介的第一句话说，成都位于四川盆地西部，是省革命委员会所在地。后面又说，1949 年底成都解放了！在党和毛主席的英明领导下，进行了一系列社会主义革命和大规模的建设，成都由一个消费城市变成一个新兴的工业基地，特别是无产阶级文化大革命以来，城市面貌发生了深刻变化。看得出，在这份地图流通的年代，成都人骄傲的应该是毛主席曾经视察过的郫县红光大队，进行阶级教育的大邑阶级教育展览馆和文化大革命中修建的黑龙滩水库。从特意插入的小地图判断，红光大队幸福亭甚至是和都江堰青城山一样的热门景点，但在后一版地图里就消失了。城里的工农兵商场、东方红礼堂和东方红宾馆变成了红旗商场、锦江大礼堂和锦江宾馆，远郊的大邑阶级教育展览馆变成了大邑地主庄园陈列馆。

东部和南部江河入海之处，都有大城市据守。杭州拥有一条大江从城南穿过。火车站在城东，贴沙河像是大运河的终点，缓慢变窄，消失在街巷之间。还有两条类似沟渠的小河，中河和东河，中河直通钱塘江。最著名的水面自然是城西的西湖，景点的名字都很有文化。花港观鱼，苏堤春晓，平湖秋月，断桥残雪，柳浪闻莺，三潭印月，旁边还有岳坟，灵隐寺和虎跑。西湖游览图绘制精细，大小岛屿和各种小桥尽收眼底，让船长想象着自己住在岳庙旁边的杭州饭店或是西泠宾馆，按照某条路线游玩全部景点，就像下棋。这些地名是否自古如此，还是曾被更改过？没有更老的杭州地图，船长无法判断，只听说岳坟里已经没有岳飞。

广州也有一条巨大的珠江流过市区。可以沿着江边的沿江西路和沿江中路追赶纸船，从人民大桥和海珠桥下穿过，直到广州港客运站。这座城市显然非常重视交通，除了汽车公司的众多车队，还有白云小汽车出租公司，广州市小客车公司，机动三轮车车队，菲亚特小汽车车队，人力三轮车车队，有的是二十四小时昼夜服务。广州人似乎很喜欢吃，地图反面有一块食在广州栏目列出很多餐馆，举例的菜名，如凤爪炖海狗，猪脑鱼云羹，锦绣果狸丝，百花酿葵鼠，还有蛇猫鸡做出来的龙虎凤大会，都成了船长和母亲上街买菜时的话题。

与这些城市相比，深圳很年轻，但船长曾经认为它也分为老城和新城，因为市区西部的街道横平竖直，偶尔还有三角形和菱形。而东部的街道则歪扭着。但他后来认为自己找到了答案：东部有一座叫做大头岭的山，虽然标高只有一百五十三米，但也会影响那一边的地形，导致街道依山势而建。这便是城市地图只标街道而没有地形的缺点。城里最令船长好奇的地点是罗湖和沙头角，因为他读过很多关于偷渡和走私的惊险故事。前者在市区南边，有火车站和汽车站，是进入香港的关口，后者则有那条叫做中英街的著名街道，大陆和香港就在街两边。那么，街中线上应该有墙？那还能称为街道？更合理的应该是铁丝网，或是盗宝电影中的那种激光探测器，一旦企图跨越某条看不见的界线就会触发警报，甚至直接点燃裤子。

虽然母亲留影中的冰雕十分神奇，但地图上的长春看起来是一座无趣的城市。地图背面都被用来展示它的几个公园，但公园名字本身就缺乏吸引力，比如劳动公园，朝阳公园，儿童公园，胜利公园——最后一个是动物园，但拥有一座体育场，还有一个叫做“宇宙飞船”的东西，应该是儿童游戏设施。船长发现这些公园都有湖。为什么有那么多湖？思索很久之后的结论是，它们是为了给市民提供溜冰场所而挖的。母亲说过她作为南方人在长春冬天的街道上如何摔了又摔，还好有棉袄棉裤护着。她年少时在那儿住了好一阵，因为三姨妈跟随三姨爹去了东北，在光学仪器厂上班。想到这一点，船长细看地图，找出了几个名字。一光学厂，四光学仪器厂，东北光学仪器厂，长春光机学院。这所学院也是父亲经常出差的去处。他去那儿还能顺便路过著名的长春电影制片厂和第一汽车制造厂。这些想象带来了对长春的好感。汽车制造厂的那个路口每天都会开出很多汽车驶向全国？应该不会，新车应该是从厂门口那个叫孟家屯的火车站运走的。军绿色的解放牌卡车斜趴在平车上，像一列倒伏的多米诺骨牌，船长乘火车时见过这样的运输方式。长春拥有规模庞大的工业：一机床厂，二机床厂，一面粉厂，二面粉厂，客车厂，车轮厂，钢管厂，石棉厂，家具厂，皮革厂，仪表厂，柴油机厂，拖拉机厂，淀粉厂，玻璃厂，无线电厂，半导体厂，灯泡厂，印染厂，纺织厂，啤酒厂，船网厂，氧气厂，汽油机厂，耐火材料厂，水箱厂，自行车厂，电炉厂，扑克厂。细看地图，长春的地名大部分都是厂。但它肯定也曾经荒凉过，因为有獾子洞，西獾子台，东獾子台。什么是獾子？刺猬？广州人肯定有其他叫法。但广州就没有这么多厂。

哈尔滨也是一座充满厂的城市：第二机床厂，第四机床厂，润滑油厂，印刷机械厂，钢厂，钢管厂，制氧机厂，第三机床厂，电影机械厂，拖拉机配件厂，电表仪器厂，印刷厂，锅炉厂，汽轮机厂，热电厂，亚麻厂，父亲特意用圆珠笔标注出来的量具刃具厂，电机厂，林业机械厂，电碳厂，自行车厂，轴承厂，轧钢厂，重型机械厂，发电厂，标准件厂，化工四厂，化肥厂，有机玻璃厂，玻璃纤维厂，柴油机厂，炼油厂，枕木防腐厂，油漆颜料总厂，罐头厂，皮毛厂，水泵厂，电池厂，造纸厂，毛织厂，船舶修造厂，车辆厂，拖拉机厂。这些厂应该都不重要，不然早就撤到了西南。哈尔滨有一条不小的松花江从城北流过，但可能是地图比例尺太小，流行歌曲中描述过的太阳岛其实不是想象中的江心岛而更像是江边公园，旁边坐落着肛肠医院，工人疗养院和省干部疗养院。传说中的珍宝岛假如也像它一样靠近我方江岸，那当然是我国领土。儿童公园里有可以乘小飞机旋转的“飞向蓝天”，大象形状的滑梯和环绕全园的小火车。第一次在地图上发现这条铁道时船长有点迷惑，因为起点处写着哈尔滨站。火车站为何会建在一个儿童公园里？他随即发现铁道另外一头赫然写着北京站，图标的建筑样式确实也像是父母结婚照上的北京站。也就是说，小朋友们来乘火车，只要几分钟就能从哈尔滨到达祖国首都，并因此得到满足。船长不得不承认，假如有一天突然到达北京站可能也会激动。哈尔滨动物园里除了千篇一律的熊猫和孔雀，还住着北方才有的动物，比如狍和东北虎。船长明白，之所以对北方城市的公园如此关注，是因为三姨妈每次来信都邀请母亲带儿子们去东北玩。太远了。母亲叹道。她每次回信都期盼三姨妈回父母姐妹居住的云南探亲，在老家相会。

那些可能会打仗的城市是船长最早关心的。以前看全国地图时一直以为厦门是在福建东南岸上与台湾对峙。看了父亲带回的厦门地图才知它原来建在岛上，是城市地图令船长恍然大悟的最早时刻。遗憾的是城区放大之后，金门岛便被挤出了边框，只能在缩略的市郊交通小图上看见小金门岛的一部分。这座应该备战备荒的城市也有几个公园，比如南普陀和万山植物公园，都细心画了无数个大大小小水滴般的小池塘，叹为观止。和昆明一样领导一个大军区的福州是一座南北走向的狭长城市，火车站位于城市最北，宽阔的闽江从城市南端入海，海岸线上有很多海湾，都是驻扎海军的好地方。福州动物园在地图上的标识是一只巨大的熊猫，大小相当于闽江饭店或西禅寺。一个叫西游乐园的地方有金猴出世，大闹龙宫，小猴练兵，井底蛇精，力降牛魔，白骨还形，灵霄宝殿，等等。那儿的气候应该非常炎热，温泉公园和江心公园的标识都是太阳伞下的泳装女士。南边还有鸭姆洲，鳌峰洲。地图简介说，汉代闽越王就在此建城。想必是独霸一方了，虽然那时还没有海军。

南宁离凭祥很近，凭祥边上就是友谊关，虽然它的本名镇南关更响亮也更合时宜。关城上是否有越南人留下的弹孔？因为是南方城市，出产听名字就令人垂涎三尺的芒果、菠萝蜜和扁桃，也有一条大江叫邕江，有一片长条的水域叫南湖。人民公园和西郊公园也都有湖泊。湘桂铁路通过此城，火车站在城中央。从街道的密度来看，南边是老城，北边是新城。老城街道照例有些歪扭而新城街道都是横平竖直。南宁郊外有一个叫伊岭岩的地方，好像是座巨大的山洞，内有各种景观，和母亲带自己去过的贵阳南郊白龙洞估计差不多，进门有双狮迎宾，三代人喜看丰收景，万紫千红，东郭先生和狼，孙悟空龙宫借宝，仙女思凡，坚守海防，刘三姐哥戏莫怀仁，灵芝仙草，山乡夜景，瓜果丰收，江山多娇，母鸡孵蛋，红军过雪山，出门有芦笙送客，全长一千一百米。几年前父亲揣着家里和同事们的钱去南宁买电视机没买着，归途路过柳州，商店里好多日立电视机，就扛了四台回来。因为这件事，船长对不那么闭塞的广西颇有好感。父亲押运四台电视沿黔桂铁路回家时，是否怀念过当年押运一车皮精密仪器沿同一条路北上首次进入贵州山区时的心情？第一次，他是去建设一座关键基地，第二次，他是为四口之家添置电器。

即便是那些缺乏特点的城市，船长也能在其中找到乐趣。济南市的各种寺庙和泉眼对现代生活似乎缺乏意义，但金牛公园的详细平面图能让船长浮想联翩，他揣测安置动物的指导原则，每只动物的叫声和气味是否对邻居会造成惊扰。它们也过着城市生活。亲戚们应该住得近些，还是应该隔离，比如该省特产小灵猫和狮子猫？船长的一个常见幻想，是假如独自来到这些城市，应该如何游览。熟悉火车站的位置自然是最重要的。济南火车站靠近城中心偏西，斜对面貌似有很多影剧院，火车站有一座类似灯塔或钟楼的建筑。接站者可以上去用望远镜眺望载着亲人驶来的列车吗？然后像他离开阳台奔下楼迎接母亲一样奔向站台。长沙火车站在城东，铁道和城西的湘江一起将市区合围，火车进站前应该能看到跃进湖对面的烈士纪念塔和动物园。成都火车站好像也叫北站，在城市北端。火车南站只是一个方块，而火车北站是一个典型火车站建筑的图案，楼顶竖着成都二个大字，应该是总站。南站附近有一个不凡的去处：美国驻成都总领事馆。为何不建在火车总站附近？因为外国人不喜欢日夜喧闹。而且进出领事馆的人想必都是乘飞机旅行的。广州火车站和长沙火车站类似，与珠江一起把城市夹在其间，火车路线经过越秀公园的五羊雕塑，还应该能看见黄花岗烈士墓和动物园。

父亲出差带回的除了城市地图，也有景区游览图。这想必也是母亲谴责他游山玩水的证据之一。阳朔这个地方看起来和贵州很像，都是喀斯特地貌，但阳朔显然已是高级旅游点，介绍都是中英文对照的，可以想象那儿有很多外国人。外国人为何不来贵州？因为这儿被群山包围进不来。假如贵州有一条横穿全省的大河，懒惰的游客们可以像游三峡一样乘船进来，贵州也会需要中英文对照。

照片中的千岛湖确实值得一游，细看介绍，发现是水库蓄水形成的景色，和贵阳西郊的红枫湖差不多。船长小学时母亲车间组织职工去过，她回来说天气不好，风吹着冷死了。她从来都没喜欢过游山玩水。那天她很晚才到家，船长非常担心，所以一直记得。新安江也有溶洞。那是个偏僻的去处，电话号码只有四位，方腊点将台倒是让人想起水浒。

庐山地图完全没有比例尺，山峰间的距离不得而知，也没有标高，让人完全感觉不到山的存在。那儿有很多疗养院，还有图书馆。谁会在旅游区借书？可能是疗养院里的老干部。山上还有动物园，就在仙人洞的对面，这一点和黔灵公园倒是有些像，只是仙人洞不会拿来关押爱国将领，毕竟伟大领袖曾经赋诗赞美过。

在山川旅游图中，船长最喜欢的是普陀山地图。《南海普陀山胜境全图》是古代山水画的笔法，浓淡不一的青色山峰用细墨勾过，树影里隐现着黄色的寺庙。佛顶山上下来的那条路笔直陡峭，角落中还有沈家门和洛迦山，貌似是另外两座岛屿。船长喜欢想象假如世界毁灭，家人和同学退到这样的孤岛上应该如何生活。普济寺和法雨寺背山面水，绿林环绕，但参考《神秘岛》故事中遇险者们的经验，还是地势稍高更加隐秘的杨枝庵更理想，虽然看起来较为简陋，但假如海面上涨或是海啸来临，不至于像石窟一样被淹；假如世界真被大洪水毁灭，还能方便地退到最高的佛顶山上，那条登山路看起来极其险峻，但因此易守难攻。船长不理解的是为何电视塔不架在最高峰而是在山脚下，和一个叫“不肯去观音院”的神秘地名。

石林在云南，所以是船长最早听说的名胜，但小时候看电影《阿诗玛》被结尾姑娘变成石头的画面惊吓，又听亲戚们说里面很乱，有抢钱的，就没了兴趣。看着地图上无数曲折小径，他能想象在一片迷宫般的大石头中间行走确实容易迷路，中埋伏。石林的规定在所有旅游图里是最多的，游览须知上啰嗦地写着爱护国家财产人人有责，严禁在风景区砍伐竹木、开采石料、采摘花果、狩猎捕鱼，鸣枪放鞭炮，严禁刻石、刻竹、刻木以及写字留念，要讲究卫生、保持院内清洁、自觉遵守和维护公共秩序等，而导游图的英文部分就完全没说这些。看来作为一个外国人去游览会轻松自在些。母亲虽是云南人，却没去过石林。她也没去过大理和西双版纳。小时候去过的最远之处应该是南门外祖上传下来的农田，后来突然就去了遥远的长春看三姨妈，帮她照顾孩子，出远门对她的心灵冲击可想而知。中专毕业后被分配到遥远的上海，从此彻底背井离乡。结婚时去过一次北京，这个细节她并未主动提起，船长通过照片了解的。她的相册里还有武汉和南京的长江大桥，虽然身后是照相馆里的大桥布景，但她说她确实去过桥头。作为普通工人，母亲从未有过出差的机会，不过她并没有四处游历的愿望。远离家和远离故土一样，对她来说是最不情愿的事，当然这也是船长的猜测，而她肯定会说：你爹整天出差还不够吗？这个家哪个来管？

比起上海，贵阳离母亲的故乡近得多，乘火车一晚就到，但她对安家之处并不满意，觉得这儿是山沟。她其实对大城市并不感兴趣。虽然觉得昆明什么都比贵阳好，但从未有时间逛逛，总是匆忙转车直奔故乡，那座昆明城南五十多公里的小城，家中自然也就没有昆明地图。船长和母亲一样，只熟悉火车站、长途汽车站和偶尔去的亲戚家。二姨妈家住在一处叫胜利堂的神秘街道，阴暗的老宅里有狭小的天井，空气中弥漫着一股奇怪的气息，母亲说那是烧蜂窝煤的烟，船长将其定义为城市的气息。另一个去过几次的地方是大姨妈家二表姐的家，滇池电影院后面一所小学的楼房里，偶尔赶不上车的时候会在她家打地铺。城市人的生活空间很狭窄。

想到此处，船长发现家里没有上海地图。想必是因为父母都在那座城市工作和生活过，对它了如指掌。他们只在上海住过两年，但因为都是年轻人，也许下班之后和周末的时间都用于探索它了？他们的探索比他的高级得多，总有人带着相机，所以相册里有很多照片。船长年幼时曾好奇父母为何没有合影，后来明白，那时他们虽然分配到了同一个单位，但相识和结婚是进山几年之后的事了。那是个很大的单位，从照片中宏伟的厂房来看，比基地还要大。除了与厂房和同事的合影外，他们都有在外滩和上海站的留念，直接导致船长生出了他们认识的错觉。印在旅行袋上的外滩是想象中的伦敦或是罗马，而上海站则朴素得多，连钟楼都没有。最吸引船长的是父亲相册中一幢神秘的西式建筑。它像是一座位于纽约的大厦。母亲没有在此留念，而它似乎也不属于外滩，而是孤立在城里另一个位置。船长年幼时曾因此以为父亲出过国。其实，假如细看，便能发现楼身上悬挂着向领袖致敬的巨幅标语，只因为不是彩照，没有一眼就认出来。但即便如此，它依然代表了上海在船长想象中的神秘。如今父亲每年几乎都要去上海出差，但可能是因为和它太熟，从不拍照，所以船长对上海的印象依旧停留在这些古老的黑白照片，父亲带回家的大白兔奶糖，还有同学们带到学校分食的鱼片、太妃糖和麦丽素上。

家中没有北京地图，应该也是因为父亲对故乡了如指掌。每次复习母亲相册中在北京的新婚之旅，船长都能感受到母亲出远门时罕见的安心——有一个北京人同行，绝无可能迷路，更不需要购买和查阅地图。而父亲这几年作为访问学者去清华进修带回的物品中，关于城市的部分只有大学的介绍，照片上都是意气风发的大学生们在校园内外的活动。北大的小册子里是计算机－激光汉字编辑排版系统研制成功和艺术体操队。在湖边晨读的同学们，背景是一座塔。穿中山装的老师们。图书馆里有很多外文书。假日里，中外同学愉快地游览长城。清华的小册子里是实验核反应堆和大游泳池。有五十多年历史的学生军乐队。校内建筑有方头方脑的水泥大楼，也有红楼梦式的古典庭院。但这些照片和北京城完全无关。按小册子的介绍，这些校园在很远的郊区，要转几次车才能到。所以，船长只能继续依靠家中的《侯宝林自传》这类回忆录和《北京的传说》这类歌曲磁带，用想象构建前门和天桥，西单和东单，大钟寺和德胜门。

父亲进修时似乎也出游过，至少去过颐和园和圆明园。他说离学校非常近，走路就能到。这让船长意识到父亲没有提过进城可能是为了不让母亲说他不管家里老婆孩子拿着自己工资到处逍遥。父亲还寄回来他在圆明园的照片，穿着冬装站在坍塌得差不多的石头废墟上。这是他进入中年后唯一一次在景点留念。看看，大冬天的脸冻得乌青还要去看一堆破石头。母亲说。这是船长看完《火烧圆明园》之后第一次看到更真实的圆明园。那部电影中清军对着洋枪洋炮发起冲锋被成排撂倒的镜头让他捏紧了拳头。颐和园应该没有被火烧，但父亲没有在园内留影，船长得到的只是一枚精致的纪念徽章，蓝底金字镶着花边的牌匾。

船长猜想父亲带回这些东西的意思是希望儿子们能去北京读大学。北大和清华是中国最好的大学，船长对于哥俩是否能考上有点怀疑。但有一点他是清楚的，那就是以后哥俩都要考大学，这是母亲的希望。换句话说，他们今后都要去大城市生活一段时间。也许就在自己收藏的这些地图上画着的某个城市，某条河边的某条街道。

## 115

在新闻联播中，令船长心跳加速的画面是航天飞机发射升空。这是货真价实的国际新闻，因为它代表了全人类。如今，核冬天的可能似乎已经远去，航天飞机显然比战略防御计划对未来更有意义。

相形之下，苏联的联盟号宇宙飞船也一直在发射，但逊色得多。闷在一次性使用的金属罐中进行太空探险已是凡尔纳时代的古旧技术。美国人已经驾驶可以反复使用的飞船出航，就像从古代都城驶向未知大洋的探险船，名字也充满探险精神：进取号，哥伦比亚号，发现号，挑战者号，亚特兰蒂斯号。他们返航时并不是从天上一头栽下来溅落在遥远的大洋中，像海难幸存者一样等待搜救直升飞机放下绳子将自己吊起来，而是手握驾驶杆脚踩方向舵滑翔进入大气层，飞向预定的机场，从三面舷窗中望着模糊的海岸线渐渐清晰，群山在两翼缓缓升起，最终降落在跑道上，以胜利者的姿态走下舷梯，与前来迎接的同事和家人们握手拥抱，接过送上的鲜花。

船长并未在买菜路上向母亲详细讲解航天飞机与宇宙飞船相比是一个怎样的工程奇迹。但她至少明白了一点：航天飞机比宇宙飞船大得多，可以运载大量货物。有儿子同行，就可以更从容地购买大西瓜和甘蔗。不过，在船长每天下午上学前绘制的想象图中，航天飞机并不是用来运货的。它们的机身上和客机一样有成排的舷窗，每个舷窗后面都坐着一位童年梦想过进入太空的老年人。

他们的梦想在人生结束前实现了。医疗科技的进展还不足以在自己这一生中实现长生不老，但看到航天飞机一次次升空，他知道自己绘制的这个画面还是可能在余生亲眼目睹的。从莱特兄弟的双翼机离地飞行数十米到阿姆斯特朗踏足月球，只隔了几十年时间。

航天飞机有翅膀，有驾驶舱。这可能是船长喜欢它的神秘原因。有翅膀表示它能够飞翔，有驾驶舱表示它可以被人操纵。虽然它出发时需要燃料箱和助推火箭，但尺寸更大的它们只是它的外挂附件；相形之下，被固定在运载火箭头部的宇宙飞船和洲际弹道导弹的弹头一样只是乘客而已。航天飞机再入大气层时是滑翔降落，这意味着它只有一次着陆机会，但宇航员们都是经验丰富的飞行员，试飞过战斗机乃至火箭飞机，而加利福尼亚州的爱德华兹空军基地位于一片巨大的干湖床，即便冲出跑道也没有太大危险，就像一个滑旱冰的孩子独霸一座旱冰场。经历过穿越大气层的高危时段之后，最后这段航程完全是观景之旅，窗外掠过的一切想必都非常亲切。宇航员应该是有史以来最想家的人类，因为他们完全可能回不了家。他们也最了解家的意义。阿波罗宇航员们在绕月轨道或是月面上远望地球，知道三十八万公里外的那个蓝色球体便是家。而宇航员们在航天飞机舱外自由活动时，他们的身体以每小时三万公里的速度绕地球飞转，大洲和大洋在脚下迅速掠过。人类好奇和争论了数千年的地球形状问题在这个时代彻底寿终正寝，童话般的古代地图成了展示岁月趣味的收藏品。曾经艰难的航海如今变得易如反掌，借航海称霸世界的大国们已经默默无闻，郑和只在历史课本中被简短提及。当宇航员们俯瞰那些山脉和森林，湖泊和沙漠，想必会忘记自己是苏联人还是美国人，假如他们能注意到南美高山和非洲雨林中不知道现代世界但却望见了自己的土著，想必也会挥手致意。

在假期中，船长依然起得和父母一样早。等他们出门上班，803楼顶八个大喇叭播放的进行曲结束，五斗橱上的三五牌座钟敲了八声，书架上收录机中的新闻播完，音乐欣赏节目便开始了。船长喜欢在这些音乐中去外国游历。驾驶一架图-95在柴可夫斯基的《第一钢琴协奏曲》中从容跨过中亚的山脉和平原，驾驶一架安-225在里姆斯基·科萨科夫的《谢赫拉查德》中满载古老神话在阿拉伯海怒涛上方的暴风雨夜中艰难挺进，驾驶一架旋风IDS在奥尔夫的《博伊伦之歌》中飞掠威严的大教堂和神秘的黑森林，驾驶一架JAS-39在格里格的《培尔·金特》中从北欧峡湾上空的雾霭中浮现，驾驶一架鹞Ⅱ在霍尔斯特的《行星》中从巨石阵徐徐升空，驾驶一架协和号在德彪西的《大海》中以超音速模糊了大西洋千万道波涛，驾驶一架贝尔-206在格什温的《蓝色狂想曲》中悬停在曼哈顿川流不息的十字路口上方，在四周的蓝色玻璃幕墙上望见自己的倒影。这些音乐向他展开了山外的世界，给了他跨越国界的速度，而家中每天晚饭前后播放的《水上音乐》《皇家焰火音乐》和《勃兰登堡协奏曲》过于家庭了，连约翰·丹佛都在唱《乘喷气式飞机离去》。为什么不唱《乘涡桨式飞机离去》？喷气机显然离去得更快。

全家只有父亲出差偶尔乘坐飞机。中国民航会给乘客发放小纪念品，比如插在蓝色塑套里的白色飞机形塑料梳子，银光闪闪的飞机形圆珠笔，这些都是船长小时候的宝贝，代表了最高的梦想。在操场上玩耍时，假如高空有一道长长的尾迹，同学们都会停下打闹，张嘴仰望，直到它消失，或者直到望得头晕目眩倒在草地上。那是孩子们见到飞机的唯一机会。它提醒船长，这座被遗忘的山谷确实位于现代世界的版图之中。云南边境打仗的年代，同学们对坦克的兴趣高涨，但没有谈论飞机，毕竟战争中似乎没有使用飞机。基地闭路电视开始播放越战片之后，他们才开始了解越南在更早时遭受的地毯式轰炸和直升飞机突袭。当父亲从区政协委员升任市政协委员之后，船长在《贵阳市文史资料》中读到了日军当年对贵阳的轰炸。虽然陆军无力翻越贵州的万山屏障，但飞机却能轻易抵达贵阳上空。在纪念第二次世界大战结束五十周年的各种报道中，他发现昆明是中国当时最重要的空军基地，因为飞虎队和驼峰航线。美国人在滇池上空和日本人缠斗时，中国老百姓在湖畔仰望观战。其中很可能包括了公公婆婆和姨妈们，那么他们在多年前就曾见到过头部绘制着血盆大口的P-40，机腹在滇池倒映的高原艳阳中银光闪亮。

在所有这些引发无限幻想的场景中，他都是在空中的那一方，飞掠熟悉或陌生的大地。他最早被凡尔纳吸引，就是因为读到了《气球上的五星期》。能尽览美景而无须盘算如何跨越群山和国界，更不用担心被攻击，因为能上升到地平线渐渐弯曲的高度。在陆地上徒步跋涉的故事，比如《格兰特船长的女儿》，则要乏味些。凡尔纳笔下的英雄，不一定是船长，也可以是艇长，气球长，车长，机长，船则可以是飞船。《从地球到月球》是激动人心的巅峰，遗憾的是一直找不到传说中描述太空飞行和登月的那本续集，但仅仅是设计和建造一门大炮就已经有足够悬念了。大炮所在的佛罗里达如今确实是登月火箭和航天飞机发射场，这难道不是一个巧合？

这也是为什么挑战者号凌空炸成碎片的电视画面会给他另一种震撼。新闻联播破例将这条新闻排在第一播出，因为它不再属于国外新闻，而是人类文明进程中的重大事件。与波音 747 相比，航天飞机还不算成熟的运输工具，每次发射依旧是一次冒险。家里那本世界科技史中提到的万户，依然是船长童年心目中最神秘却也最杰出的古代中国人。他坐在火箭助推的座椅上起飞了。在冰鞋事件之后，船长确实认真考虑过使用数百只魔术弹和家中最轻的藤椅在楼下煤球棚外的空场上模拟这一壮举。那儿常年被居民用来晾晒煤球，地面发黑，很像是发射场。他甚至不止一次拆解魔术弹，琢磨着如何重新组织那些火药球。书中并未提及万户的命运。也许烧死或摔死了，也许直冲云霄，再也没有回来。但无论如何，他的传说证实了飞行是人类自古以来的梦想。

## 116

流感在各大城市刚开始爆发时，船长不以为然，毕竟他也曾遭遇流行性腮腺炎，并因此被强制病休以免传染给同学们。人群聚集之处总有这类隐患，同学们从小每年都要被打疫苗或是分到药片。欧洲众多城市曾在黑死病泛滥的时代瘫痪。前些年上海也曾爆发过甲肝，甚至出了人命，但上海同学们似乎没有特别恐慌，他也不以为然。但这一次，首先显出特别关切的竟然是父亲，他破天荒地每天五点准时下班，回家第一件事就是打开电视看新闻。新闻播报自然以首都疫情为主，电视画面是偶尔有架着大喇叭的卫生宣传车驶过空旷的街道，或是救护车驶入人满为患的医院，与上海那次完全不同。上海甲肝爆发之后，领导发表讲话，教育市民不要乱吃毛蚶。但这次流感在各大城市爆发之后，领导们纷纷发表讲话，教育市民不要上街，即便出门也要戴口罩，避免在公共场所聚集逗留。不吃毛蚶并不难，但假如呼吸一口空气都会导致传染，自然会引发巨大的恐慌。连首都的厂矿院校企事业单位都开始停工停课，这更是闻所未闻，所以父亲想必也跟着紧张。北京虽然没有什么亲戚，毕竟是他的故乡。不过这个原因只是船长自己的猜想。

在全国各大城市纷纷停课之后，据说贵阳的学校也停课了，因为外地回来的学生把流感带了回来，而城里的各大交通枢纽都开始给旅客量体温，要求他们填健康表。这是同学们在课间传的小道消息。

真爽啊。张弟说。

也该轮到咱了。郭超说。

同学们，你们看，城里同学都被迫停课了，咱们还能继续上课，这是多大的幸福啊。陈老师在班会上说。大家借天时地利努把力，肯定会在中考时超过很多城里同学的！

船长觉得陈老师总是喜欢抓住一切浑水摸鱼的时机给同学们

打气。根据哥哥的消息，城里的高三和初三并没有停课，毕竟都要升学。父母很着急，因为停课必然影响高考中考。不停课的话，大儿子的健康又令人担心。还好，不用担心还没进城的小儿子。子弟学校乃至整座基地此时突然体现出了地处山区的优势：不用担心传染病，可以独立运行。

占山为王或者建立根据地的想法又从船长思维深处蹦了出来。只要基地班车停止进城就不会带回病毒。在通往镇上的大路设置路障，彻底封闭后门和水塔山上的小门通向镇上菜市场的两条小路，基本就万无一失了。粮食和农副产品依旧可以从基地粮店和基地门口桥头的小菜市处购买。在此摆摊的农民和镇上菜市场的贩子不同，他们都是附近的农民，没有进城卖菜的能力，甚至连进镇卖菜都不愿意，基地门口应该是他们所到的最热闹的公共场所了。

但这个想法在父母的忧虑面前显得幼稚。国家层面的大事，无论是甲肝还是流感，在他们眼中都属于变故。任何变故都是不好的变故。他们只是希望儿子们升学这一年中的一切能像往年一样有条理。他们和领导们一样不希望看到动荡。作为普通老百姓，他们惧怕有任何自己不能预知、无法准备和无力扭转的突发情况，比如当年他们突然就从上海来到这儿了，比如当年把大批城市青年都发配到偏远地区去当知青了。他们怕因为传染病导致这届学生的升学考试和录取被暂停，耽误了儿子们的未来。

把他们这批应届生都送去当知青怎么办？父亲喝酒时说。

知青是大城市的人啊。我们这些人已经到了山沟，我倒想看看，他们还会把儿子往哪儿发配？还有哪儿比贵州更偏的？

不是山沟不山沟的问题，人家是要把孩子送到远离家乡的地方接受锻炼。父亲放下酒杯说。上海孩子送新疆，北京孩子送西双版纳，贵州孩子可以送到北大荒。听得出，父亲确实想了很多。

四妹在西双版纳，连菜都吃不上，后来是花了多大力气才回家的呀。母亲再次发表了对西双版纳的感叹。

大姨妈家四表姐的事，船长从小就听母亲讲过。她对背井离乡的生活总是感同身受。相册里有四妹身穿少数民族服装的照片，非常漂亮。在船长的想象中，西双版纳是天堂般的地界，雨水丰足，草木繁盛，树上挂满菠萝香蕉和芒果，怎么会没有菜吃？这曾经令船长非常不解。母亲的说法是那里整天下雨长不出菜，父亲的说法是土地都被用去种橡胶了，不种菜。船长明白的是，即便去瓜果遍地的新疆也不可能整天吃葡萄哈密瓜，去粮仓北大荒也可能会饿死，这与在何处无关，只取决于时代的安排。

船长最初觉得父母是杞人忧天，但后来发现有这类想法的大人很多。蕾蕾说他爸爸也很着急。蕾蕾的父亲是医务室的医生，这说明事态确实很严重。随后，整个国家机器似乎都停止了运转，所有病人都被隔离，曾经繁华的街道和广场空无一人。

还是考昆明的学校好了。母亲说。你看看北京，那么多人送医院，而且人不在了家里人都不能去看啊。直接就火化了。

母亲的这个逻辑只属于她自己。但哥哥确实在第一志愿上填报了云南大学。第二志愿是哈尔滨工业大学，遭到她的强烈反对。去那么冷那么远的地方整哪样？你看三姨妈结婚跟三姨爹去了东北，这么多年了，都退休了，还是回不来。去东北念书和去北大荒插队有哪样区别？

但是得预防万一啊。父亲说。东北院校确实常被用于预防万一，因为贵州很少有愿意远去东北的学生，它们每年都招不满，要是报了十有八九能被录取。

怎么会有万一？好好复习，好好考。母亲说。这便是她的逻辑。她似乎是意识到背井离乡的说法对孩子来说太抽象，又补充道：当初我第一次去东北，每次上街都摔啊，一跤接着一跤，最后都爬不起来了。

但是我们会滑旱冰啊。船长想说但没有出口，因为这个逻辑也不成立。相册里有很多母亲当年在东北的照片。她穿戴整洁发型优美，没有摔倒过的迹象，背后的冰雕也明净漂亮。而且，她脸上洋溢着祥和的笑，看不出对周边环境有一丝不满。应该是因为身边围绕着三姨妈一家人，而她只要和亲人在一起就高兴，所以加班换来的调休都用于回家看望父母。她肯定不希望儿子未来住得离父母那样遥远。她作为父母也盼着能被看望，而且明白远途奔波回乡是多么的艰难。

去东北还要在北京转车。太难了。母亲想起了一个更有说服力的事实。你说到北京转车咋个办？自己去排队买票？买不着咋个办？在火车站睡几个晚上？你们家北京亲戚能帮得上忙吗？

哪儿有北京亲戚啊？提起这个话题，父亲就打算撤退了。作为一个出身不好父母双亡的北京人，他喜欢谈论故乡，但不想谈论那儿是否还有亲戚。

母亲指出的确实是个问题。西南和东北之间没有直达列车，都需要在北京转车。但这激起了船长的幻想。也许可以借机在北京待几天，哪怕街头有传染病。母亲当年去看三姨妈，在北京转车时就待了几天。她说当初在北京买不着票内心焦急，在火车站遇见了好心人帮她去买票，还陪她在北京转了转。那时出门在外好人真多，不像如今这么乱。母亲每次都会感叹。父母结婚时又去过北京，那次父亲带着相机，拍了些照片，船长就在这些照片中认识了天安门和天坛。

其实，即便去当知青也没什么可怕的，可以借机到广阔的世界转一转。船长没和任何人透露这个想法。周围的人似乎都有理想中的去处。大部分基地职工都希望能回到故乡。上海人，苏北人，母亲，都是如此，就连被母亲斥责为借出差游山玩水的父亲，从北京出差回来时都会显得格外愉快。儿女自然会听从父母的吩咐，而且发自内心想离开这个最不发达的地方。哥哥是不是也这么想，他并不知道。哥哥至少留恋山谷中的人。考完试之后，他整天和老同学们出去骑车、游泳、合影，班级合影上印的标题是再见，再见，等待重逢的那一天，但他们都明白重逢的可能不太大。船长的同学们想必也有这种预感，所以今年春节交换的明信片是三年来最多的。

这个夏天热得出奇，船长一直窝在家里，每天听小河对岸车间的噪音从纱窗的每一个孔隙放射进来。去年买的《熵：一种新的世界观》也终于看完了，说的是世界最终会形成热寂，这个理论比第三次浪潮难懂。流感随着热浪的袭来迅速消散了，整个世界又按它既有的规律运转了。随着哥俩的录取通知先后到来，父母算是彻底安了心，因为两个儿子分别考上了重点中学和重点大学。船长能想象母亲在桥头小菜场接受同事们夸赞时的喜悦神色。没有人还记得一整批家长在春夏之交的焦虑。父母在饭桌边继续交流着其他孩子们的去向，这些消息来自他们同样喜悦或是依然焦急的同事们。蕾蕾家姐妹俩也是同时升学。莉莉在高三每晚都要花一小时教蕾蕾几何、代数、物理和化学。蕾蕾成绩一直不好，家里对她的要求是只要考上技校就可以。家里对莉莉则抱有很大希望，买蜂皇浆给她吃。莉莉在高三因为压力很大而发胖，高考前一天都没睡，考砸了，哭了三天。莉莉准备重考上补习班，补习班的老师说她底子不错，但她随即就收到了中专录取通知单。莉莉爸爸要求莉莉去读中专。蕾蕾进了技校。蕾蕾从小似乎就不算好学生。她上课时总是发呆，或是在画皮鞋。她说她常常在看老师的衣服头发，同学的鞋。或者想象自己是电视剧或琼瑶书中的人物，要不就是什么都没想，听鸟叫和操场上同学的说话声。进技校的还有老猫和白皮等人，他们都是聪明人，只不过不是学习和考试的料。他们的未来是制造和操作机器，而自己希望去学习设计机器。

哥哥终于在八月离开了家。因为去的是亲戚云集的、阳光明媚的、没有风湿关节炎的故乡云南，母亲并不担心，但还是亲自送他去了昆明。家中从此少了一个人。船长虽然从此独占一间屋子，还是有些伤感。全家人去花溪公园玩了一次。穿城而过时，他的伤感被即将探索这座城市所带来的兴奋冲散了。花溪公园位于贵阳南郊，船长小时候在相册里见过年轻的父亲卷起裤管拎着鞋子站在小瀑布上。这次虽说是玩，但其实都在忙着合影。全家已经很多年没有出门拍照了。更有人生经验的父母想必对儿子们先后离家感到心情复杂，需要一些照片来记住这个夏天。花开得极盛，每个人也都很高兴，似乎都完成了一项里程碑式的事业。回家路上，船长回忆着相册里在这个公园拍摄的老照片，想象着父亲二十年前如何在交通不便的情况下抵达此地。也许也是在某个夏日，基地派一辆卡车送风华正茂却被从大上海送进深山的年轻职工们出来玩，车上插着科研攻关突击队的红旗，风吹动他们的白衬衣领，像扑扇着的小翅膀。很多电影在开始或结尾都有这类镜头。他们已经知道了自己的未来并且勇往直前？他们是否预感到自己的后半生会属于这片山水？多年之后，公园中的那些小瀑布依然青春焕发。

> I am standing up at the water's edge in my dream
> I cannot make a single sound as you scream
> it can't be that cold, the ground is still warm to touch
> this place is so quiet, sensing that storm
>
> — Peter Gabriel, *Red Rain*

# 2

# 城垣

雪山冬夏积雪。山北阴中遇寒风暴起，人皆噤战。慧景一人不堪复进，口出白沫，语法显云：“我亦不复活，便可时去，勿得俱死。”于是遂终。法显抚之悲号：“本图不果，命也奈何！”复自力前，得过岭。

——法显《佛国记》

## 201

在这个秋天之前，船长从未关注过路灯。想必是因为在黑暗中行走时总有母亲陪伴。从图书馆借书归来的傍晚，或是加完班回家的深夜。他并不惧怕黑暗，因为拉着她的手。整个地区偶尔会停电，虽然关键车间不久便会用发电机恢复生产，但河对岸的居民区是一片黑暗。有一次母亲发现家中蜡烛用完，便带船长去镇上买。他不记得那是个什么天了，但只要夜空中有几颗星星，就能看得见路，即便是阴天，小河的流水声也能成为路标。到了路口，全镇悄无声息，一家还没上门板的小店柜台上燃着一缕小火苗，母子二人仿佛是在童话中的大森林里走了许久突然来到了林中小屋。长大些后，他变换了角色，成为母亲的保护者，扫视着路边黑黝黝的山林，随时准备与蹿出来的坏人和猛兽搏斗。

如今独自走在这条路上，船长才开始端详这些路灯。过去的那些夏夜中，大批向往光明的昆虫从亚热带河沟茂盛的草丛中扑向路灯然后死去，灯光被它们的尸体蒙蔽。另一些尸体散落在地，清洁工会在黎明前清扫干净，只有早起赶车的学生们能注意到夜晚发生的群聚事件。入秋后夜长昼短，灯光更加暗淡。这暗淡不会引发恐惧，但令人莫名焦虑。

每个在黑暗中匆匆行走的学生都分享着这种情绪，将它带到基地门口的广场堆积。广场周围没有安装路灯，想必是为了不影响门楼上那几盏华丽吊灯的风采，但吊灯到后半夜就熄灭了，只剩警卫室窗前一个长明的因此也被昆虫围攻的白炽灯泡。因为要迎接领导和外宾，四周的树木养护得最好，是整条路上最高大茂盛的，与大门两侧的建筑以及不远的大礼堂一起遮蔽了别处的灯光，造就了一个黑暗的小空间。百十个学生便在这片黑暗中默默等候。这群山谷中最聪明的人类都在迎着朝阳上路的年纪，但朝阳还没有起床，路也长得无法徒步。在船长眼中，现场的焦虑混合了对必须早起的不满、担心挤不上车的不安和面对未来的紧张。连最外向的同学也沉默不语，可能是还没睡醒，也可能是不好意思开口打破寂静。河道中最后的蛙鸣蝉声被秋风扫净后，这寂静在耳中膨胀，令人更加焦虑。

一群年轻学生沉默伫立的场面让世界都感到不安。天明前路过此地的只有用马车、载重自行车和扁担运送农副产品的农民，还有晨练的老人和下夜班的职工。他们早已熟悉这片每周上演六天的场景，依然要转头张望，但又不敢放慢脚步，神色像是怕卷入一场正在酝酿只待一声呐喊的群殴。

指令来自林间道路的尽头，同学们都翘首企盼的方向。最初是几缕跳动的微光，随即便被秋天的晨雾渲染得很清晰。几秒钟后，机器的哼响浮现在每个人的听觉阈之上。光确实走得比声音快。光束先从山后驱赶树影在礼堂墙上迅速奔逃，转过最后一个弯便直射而来，分成两束，伴随着引擎的轰鸣，像星球大战中的光剑扫过这群矗立在黑暗中的雕塑群像，劈开他们的灵魂，释放他们眼中的渴望。角落里坐着的人影纷纷站起来，挎好书包攥紧午餐袋，站着的则快步抢占最佳位置，或是迎向车奔去，追随着它，靠得近的直接抓住了门缝，场面像饥民终于盼到赈济的车辆，像夜晚的昆虫扑向路灯。他们在同一座山谷中长大，多年同上一个托儿所和子弟学校，甚至是同班同学，父母也是多年的同事，但如今可能会谩骂推搡，偶尔还会拳脚相向。既然有女生们旁观，冲突也就更加激烈，毕竟大家都已进入青春期，需要展示自己的力量，而座位有可能就是给某位心仪的女生抢的。船长最初也抢过座，亲身体验了少年们的不遗余力。他抢座是为了能靠窗看风景，若是窗边位置已被占尽，他就再没兴趣坐下，而是选择站在引擎罩后方的横栏边。当他发现自己更喜欢正前方的风景和观察司机开车之后，就再没占过座，而是选择和女生们一起最后上车。大家并不了解他占座和不占座的理由，只看见他当了一阵血气方刚的少年之后便回归为与世无争的旁观者。

但等车的出门人注定不能当旁观者。基地班车在平日的主要功能是接送家住城里的职工，车队倾巢出动，大家都能挤上去；基地休息日是周三，那天只需接送在城里上学的职工子弟，车次减少，但又添了想搭车进城办事的职工和家属，所以拥挤不堪，总有人挤不上去，只能步行去镇上等郊区车。所以，周三是场面最疯狂的日子，不争抢的船长也得看准时机挤上车去，背靠勉强关闭的车门，感觉像是西贡的逃难者终于把自己塞进了美国人派来的最后一架直升飞机。

这便是步入社会的第一课。穿透林间雾气射来的光是美好的未来，接着便是人们为了未来的厮杀。哥哥高考那阵子，父亲在晚饭时好几次一本正经地说高考就是千军万马过独木桥。哥哥已经成功过了独木桥，而自己还需要继续挤。船长挤的时候总有点羞愧——在周围那些摇头叹息的成年乘客眼中，这些凶悍的孩子都是子弟学校最好的学生。只有最好的学生才能考进市里的重点中学，而不是进镇上的高中或是基地的技校。假设子校初中每班有十人考上城里的重点高中，那么挤车的同学们里会有三十个高一学生。加上高二、高三和补习班，乘基地班车上学的学生总数可能过百。子校的高中升学率确实是全区最高的，这是令子校教师骄傲的事。此外，这几年也许是乘车人数最多的时候——按船长的理论，和父母一起在六十年代来此创业的第一批年轻人，都在七十年代初成家立业，导致了一个生育高峰，而他们的孩子是计划生育前最后一批拥有兄弟姐妹的孩子，差不多都在这几年上高中。一百个孩子足够坐满三辆大客车。在以前的记忆中，这么多孩子一齐乘车进城是去春游，基地班车运来早班职工之后直接开到学校门口等候，每个同学都有座位，无人争抢，大家都很快乐。

面对新的利益，新的帮派应运而生。争抢的同学往往是一人占多个座，这样效率更高。初中同班高中同校的，初中同班高中不同校的，初中不同班高中同班的，初中不同班高中同校的，初中不同班高中不同校但小学同班的，重新排列组合。在现实的挤压中，友情被生成、重塑和淡忘。不过，某些独特的组合因为天时地利继续保持着。比如住在633厂区和职工医院曾经需要步行很远到校的几个女同学，因为住得离车场不远而成为最早上车的乘客，在车窗后面安然俯视少年们的争抢，偶尔也帮一把，接过几个递进车窗的书包，扔到空座上。

班车调度方式催生的是另一类帮派。工作日的班车进城分三路，向城西北的六中路线，一般是1号车或4号车，向城东北的师大附中路线，一般是6号车或8号车，向城南的一中路线，一般是17号车。同学们争抢时都有具体目标，还没轮到自己时便站到远处看好戏。到了周日，则是从车场随机发来几辆车，都会绕行全城，基地门口便成了人人奋勇争先的战场。

17号车的司机住在白皮家那个楼里，他的车常常停在基地门口自行车棚外面的树荫下。这意味着乘客只要早早站到门边，就能有座。但即便如此，车门开启时众男生爆发的巨大推力还是能把不知底细站在前面的妇孺和老人挤得哭喊起来。驾驶室门边总会围上一小圈司机的熟人，司机要等他们都攀过司机座占了座位才会上车开门。在这一小撮人中，雷打不动的是基地销售科驻市区服务部的中年职员们，司机身边的几个座位是他们的专用座席。这几个人中，船长认识白皮她爸老范和小石头他爸石宝根。小石头是船长的小学同学，生病留了一级，后来又转回上海去了，但他妈妈是母亲的中专同学，是屈指可数的能用云南话和母亲交谈的基地职工之一，怎么也不可能生疏。而这些父辈级的推销员属于全基地能说会道的人物，很可能认识车上每个孩子的父母。

挤啥挤，小赤佬。老范几乎每天都要对疯狂的男同学们呵斥一番。也许是对享用专位表示谢意，他接管了拉开门栓的活儿。这项工作比较危险，相当于为一群愤怒的公牛打开牛圈围栏，一不小心就可能被撞翻踩踏。还好老范干瘦灵活，与年纪相仿的大胖子石宝根相比就是猿猴对大象。当人们互相拽着，被书包和彼此卡在车门谁也上不来的时候，他还会和同事们揶揄几句抢得最疯的少年，常常不记得名字，只说某某伊拉儿子，大家就知道了。老范和女儿白皮一样嗓门很大，也挺白，看得出家族的遗传。他烟瘾很重，还不断给司机和同事发烟，虽然司机忙于开车，经常拒绝他随后伸过去的火机，只是将烟随手夹在耳后。其他几位没那么大的烟瘾，但出于礼节，也只得轮流发烟。船长几乎每天都倚在引擎罩后方的横栏上，对他们的习惯了如指掌。据父亲讲，老范是老厂长的儿子，最早在锅炉房工作，桃花山发洪水时曾用绳子拴住腰跳进激流中去救人，得到了提拔。他确实是个勤快人，挡风玻璃在冬天经常蒙上雾水，他每过几分钟就会拿毛巾探身去擦。车被占道卖菜的小贩或是慢悠悠的马车堵住了，他会拉开车窗把脑袋乃至半个身子都探出去叫嚷，虽然方言不算地道而引路人侧目，但因为嗓门大，配合他伸手拍击车身的响动，放射着慑人的威力。

老范的吆喝和车门前的暴动一样，每天提醒着船长自己不是去春游而是去走独木桥，偶尔还会让他想起白皮。他不知道她情况如何，但当然不能直接去问老范。同学们的情况只能继续在晚饭时从父母的闲谈中听到。这是他们不多的共同话题之一，而父母们在上班时总是乐于谈论彼此的子女。瑛瑛和珊珊上了幼儿师范，可以继续唱歌跳舞。白皮、蕾蕾、刘蓓莉、老猫和刘晓杰都进了技校，女生进光学班，男生进金工班。他们此刻应该还没起床。他们不需要早晨六点不到就爬起来，晚上六点多才回家，每天花一两个小时在路上。他们也会有他们的未来，但每天依然顺着从小陪伴的小河走在熟悉的路上。因为作息不同，而基地有自己的轮休日，他们已经无法在这条路上相遇。

船长偶尔也会想起哥哥。他没有传授过任何挤车的经验，甚至从未提起过挤车的疯狂。此刻他应该在昆明的某个大学宿舍里安睡，今生再无须早起挤车了。他不是个早起的人，连闹钟都不管用，经常需要母亲叫醒。船长不用闹钟就能自然醒。母亲身体已经没有以前那么好了，他不想让她起来，甚至不希望上闹钟吵醒她，所以从不使用它。母亲希望起来给他做早点的心愿被他拒绝，但偶尔还是会忍不住披衣开门探出身来看看，直到被他劝走再躺一会儿。她要求他好好吃早点。折中方案就是方便面。广东东莞的上汤伊面包装袋很漂亮，虽然碗里并没有图案中的那些大虾。

船长决定不再占座之后，便常常带着随身听出门，在路上收听每天六点三十分的新闻和报纸摘要节目。过去三年中，哥哥起床后常常会听广播。他要赶的是发往城西北的车，发车时间晚，所以在家中就能听到新闻。船长要赶的是发往城南的车，它需要在城里穿个来回并在八点前满载职工赶回基地，发车最早，所以他在新闻开始时就必须出门了。这样的记忆混合着陈老师记新闻作业导致的条件反射，给他一种亲切的怀旧感。但新闻也是关于未来的。播音员沉着有力地播报着来自全国各地振奋人心的消息，让船长感到一个正被曙光照亮的广阔新世界正在迎接他的旅途。司机表哥们此时已经开车沿着排满桉树的大道向遥远的山中驶去了。四姨妈正在喂鸡，鸡们急不可耐地推撞着，胃口很好。他们不听新闻，但都属于这新世界的一部分。新闻掩盖了河畔柳荫路上的沉寂，也屏蔽了车门开启时少年们的叫嚷。眼前的混乱只是暂时的，少年们终有一天会成人，走上各条战线，融入节目描绘的新秩序中去。强大的祖国，无论越南人和传染病都不可能撼动。

## 202

你们都是寨子里来的人。张豫说。

你们都是河里来的人。依飞说。

这是同学们午休时的典型对话。这样的对话一般都用普通话进行。城里同学回家后，留守教室的是郊区同学。他们都是省城附近厂矿的学生，而这些厂矿几乎都是内迁的三线单位，所以这两小时里的教室官方语言是普通话。张豫和依飞的母语都是上海话，但他们并不用上海话交谈。依飞只和基地里来的同学说上海话，比如同班的李志健和齐瑛，因为他们是一起长大的孩子，习惯说母语。张豫会说上海话，船长早就猜到了，因为他的普通话里带有隐秘但确凿的上海口音，这一点也许只有外地人才能敏锐地感觉出来。直到有一天依飞和李志健在吃饭时用上海话密谈揶揄张豫时，张豫爆出流利的上海话，着实惊吓了二人，也终于验证了船长的猜测。从此，二人再也不敢在教室里用上海话密谈，以防还有别的同学隐藏着上海籍贯。

张豫来自小河。那是贵阳南郊一个镇或者区的名字，船长猜想那里也应该有条小河。与基地的同学们相比，小河的同学们每天来得要晚些，走得要早些，由此可以判断小河离一中要比基地离一中近。这个猜想应该很合理，因为一中在市区南部，而新添寨在城北，需要额外时间穿过大半座城市。家住小河方向中午留校的同学挺多，来自好几个单位，而来自城北的只有基地的同学，由此可以判断小河比新添寨更繁荣。全家在夏天去过的花溪公园也在贵阳南郊，是著名风景区，周围有好几所大学，一路都是建筑和商铺，完全没有出城的感觉。那个方向山不多，公路上没有大坡，所以安排了很多厂矿，而城北山太多，只勉强安排了一座基地，连盖几幢居民楼都要炸山。

还有什么地方能比寨子更偏僻？寨子属于只有少数民族的蛮夷山地。相比之下，伟大的古代文明确实都始于河边，而今最发达的城市也大多坐落在河边。所以依飞的回答并不高明。假如是船长接话，他会说，我们来自梁山，瓦岗山，井冈山，寨子的含义立刻就不同了。孤零零藏在城北山中的新添寨立刻摇身变为一处隐秘的战略要地，在贵阳城和小河工业区被核平之后依然幸存。古代的寨子总是吸引豪杰的地方，藏龙卧虎，先割据一方，再横扫天下，最终进京当官。但这些都还未发生。在城里孩子耳中，这些孩子口中的普通话只能说明他们是郊区乃至山里长大的，而父母都是外地人。虽然普通话代表着中央电视台级别的文明程度，但依然是外来语言。他们还没进京，只是来到了州府，被州府人当作了流窜的山贼。船长把这个解释留给了自己。他更想说的是，其实大家都是外地人。作为市政协委员的父亲继续被赠阅着《贵阳市文史资料》，他的课余研究也从区级历史转向市级历史。根据史料记载，贵阳城里的大部分汉人是明朝洪武年间从南京之类的内地迁来的。也就是说，和母亲的祖先来源差不多，只是被指派在此安营扎寨休养生息，没有翻过更多的山去远征云南。假如哪位同学的祖上不是这批汉人，那么就是货真价实的寨子里来的蛮夷。遗憾的是，历史课并没有本地历史的内容。城里孩子都太傲，不拿出白纸黑字无法对他们解释。

但其实没有同学真的关心籍贯和历史。大家都更向往未来。一中是全省最好的重点中学，聚集了省城和郊区最好的初中毕业生，北大清华这类名校每年在贵州有限的招生名额大部分都会被这些学生夺取。这个偏远省份自己的大学实在屈指可数而且默默无闻，所以同学们大多会远走高飞，到某座更发达的大城市当一个来自偏远州府的人，带着来自偏远州府的口音。还好，我没有口音。船长想。

因为学生太多，还不断有教工和关系户的子女被安插进来，高一开了七个班，每个班八十人。八人一排，中间只有两个过道。排了十排，第一排课桌顶住了讲台。上课的感觉是挤公共汽车的延伸。为了保证绝对公平，每周一换座位除了横向移动还要前后移动，所以早来的同学需要确定自己在这个做着二维滚动的矩阵中的新坐标，而晚来的同学基本都靠同桌定位。当换到最后两排时，船长会带着望远镜来上课。他的视力保持得不错，还不需要配眼镜，但既然寨子里来的人有这种设备上的优势，他也就恢复了古老的习惯，第一次享受在教室里使用望远镜的自由。拿望远镜越过脑袋丛林看黑板时，船长总会怀念子校三十个人一个班的景象。六乘五的矩阵，谁和谁离得都不远，说悄悄话递纸条都能被发觉，发作业本时只需站在教室中央，脱手甩出，便能准确飞到每个同学手中。

公平和秩序只在教室里维持。除了早晚乘车的混乱，午饭也是一场战争。操场边新建的巨大休育馆，规模据说在全国中学排名数一数二，经常接待领导视察，但位于厕所旁和这所百年老校一样老的阴暗平房里的食堂肯定没有领导视察，而且僧多粥少，想吃米饭和八毛钱的荤腥小炒就要靠抢，去晚了只有患了黄疸肝炎的馒头和四毛钱的泡椒炒土豆。上午第四节课刚下，需要打饭的同学立刻一跃而起冲下楼去，其他同学会主动避让并且呐喊助威。若是老师拖堂，这些同学会嘴里嘟囔着抱怨，把饭盆饭盒摆到桌上，与此同时，全校去抢饭的同学们在楼道和校园里边跑边晃动装着勺子的铝饭盒，拿搪瓷碗的也会用勺子敲打，群情激奋，像饥民揭竿而起，催得教室里人心惶惶，稍有眼力见儿的老师都会知趣放人。方圆百十里学习最好的这群少年并不都是书呆子，他们深谙竞争的意义，除了学习，还包括挤车和抢饭。食堂内外已经发生过不止一次打斗，有时还会发展为各厂矿单位子弟之间的群殴。这是船长听江毅说的，因为和抢座位一样，他体验了抢饭之后就再也没去抢过。

子女们回家汇报了学校食堂的状况，母亲们纷纷行动起来。每天等车的新生们手中随即多了一个尼龙包，里面是从大到小堆叠整齐的饭盒汤壶保温杯，看起来很丰盛。当然，抢座位前要先交人保管。船长不喜欢带这么多东西，看起来不像是上学而是野餐。他继承了哥哥留下来的铝饭盒，里面是母亲头天晚饭前装好的饭菜，套上塑料袋用皮筋捆好塞进父亲某次会议留念的提包。初中生的书包太小，容不下饭盒、水瓶、酒精炉和要用一天的书本。用酒精炉加热午饭是厂矿家庭的一致选择。无论是来自寨子里还是河里的孩子，家长都能搞到酒精。中午下课后等城里同学散尽，他们把酒精炉放在身边的座位上点燃，不久，各家饭菜的香味便混合起来在教室里弥漫。女同学们有很多瓶瓶罐罐，讲究秩序、混合和搅拌，俨然就是小厨房的样子，连何文斌那样粗犷的男同学，最终也走上了自带午饭的道路。他最初带来的是真空保温瓶，在某天用勺子把瓶子挖爆溅了一脸碎玻璃之后，也加入了使用酒精炉的队伍。最后几个不拘小节依旧选择去食堂的同学抢饭成功推门进来，都会被众人齐声喝令把门关好，以免穿堂风吹跑了火焰。

船长乘车时曾想过，每位乘客包里都有一小瓶酒精，假如被挤碎了，而车上一直有人吸烟，会是个危险场面。但在每天与酒精的相处中，他确认它是一种温和的燃料。工业纯，化学纯，分析纯，他小时候就在碗柜下层的瓶子标签上学习过酒精的分类。那是些结实的棕色玻璃瓶，标签上的内容包括了神秘的分子式。他还记得自己偷尝过分析纯，想搞清它为什么不能当酒喝。如今基地的一切都在走下坡路，从车间和实验室拿东西不那么容易了。自己烧的是车间里用过的工业酒精，还要掏钱买。此前，他只在家里生火时用过酒精，浇到柴上，效率比用作业本和废图纸引火高得多，又比汽油安全。关于酒精更久远的记忆是住老房子时关节痛，母亲将天麻酒倒进小碗点燃，用手指蘸着蓝色的火焰抹到他的膝盖上。虽然每次下课回家后发现炉子熄灭需要赶紧生火时都很着急，虽然每次母亲涂抹火焰时都会抱怨潮湿的屋子让孩子从小就得风湿关节炎，但这些记忆如今混合着饭盒加热后溢出的气息，给他带来的是温暖。后来家中就没有那种天麻酒了，他曾经试图点燃父亲常喝的散装白酒，但从未成功过。你爹买的那些酒都是掺水的，母亲轻蔑地说道。她每次回云南时带上的都是贵州出产的各种瓶装好酒。船长回忆着，故意将多余的酒精泼一点在座位上引燃，但看不到母亲手指上那种带着魔力的纯蓝。用过的工业酒精含有杂质，点燃后泛着淡黄色的光晕，偶尔还会迸出些闪亮的火星，像是童年放过的烟花。

每天中午船长在火焰上加热饭盒时，其他几个酒精炉也在远近纷纷燃起，像是长城的烽火，引得正要回家的城里孩子驻足观瞧。此刻，在遍布全城的高中教室里，酒精的火焰应该像真的烽火一样传递。唯一例外的可能是岚岚。她此刻想必在师大附中外的小吃摊上快乐地挑选豆腐果或是包裹丝娃娃。她再也不用担心上课铃的催赶，有一整个中午来享受慢慢品尝的乐趣，日复一日，从外环东路吃到延安东路，吃过喷水池和大十字，最终吃到人民广场这边来。她可能不会吃到火车站那边去，因为大家都说火车站的食物有传染病。和子弟学校一样，一中侧门外也有几个卖米粉的铺子。船长路过时都会想是不是早晚会有一天要来吃，随着母亲渐渐虚弱，没饭可带的日子很可能会有。但这样的日子一直都没来，偶尔有母亲病倒的时候，他会负责做饭。

每当饭盒缝隙里慢慢冒出水汽，船长仿佛已经回了家，准备吃真正的晚餐。基地午休只有一小时，职工们没有时间做米饭。父亲是北方人，吃面条。母亲和兄弟俩是南方人，冬天吃米粉，夏天吃凉粉和米豆腐，都是母亲下班带回来的。在更早的米面定量的年代，家里有大量的面粉，除了拿去压面条，还会做成包子，有肉的时候做肉包子，肉票用完就会做糖包子。母亲如今已经没有力气去做这些东西了，不然他可能会举着一个肉包子，母亲拌的肉馅散发出新鲜葱姜的香气。无论是什么，当他把第一勺食物送进嘴里时，城里同学想必刚从某条大街拐进小巷，或是在使用月票的市区公交车上摇晃。不过他们吃完饭后也许能看会儿电视，或是睡个午觉，而留守教室的男生至多只能把两条长凳接起来伸直腿躺下，用书包当枕头，女生不便如此，只能趴在桌子上打个盹儿。所以每天午饭后的教室给船长的感觉像是后半夜的硬座车厢。虽然窗外没有向后退去的景象，他还是确信这列教室组成的特快正载着年轻的乘客们驶向远方。

# 203

船长常在午休时上街转转。城市南部的这片区域，他和母亲很少踏足，因为他们都习惯步行，从城北的师大出发，常常走到小十字或是邮电大楼就折返了。

一中校园也是三面环水，像放大了两倍的子弟学校。不同之处在于它被围墙圈了起来，墙外沿河铺了条步行的小路，像是个散步的好去处。但这段南明河已被治理成了一条混凝土镶边的大型水渠。路旁虽然栽了些小树苗，但还要很多年才能提供阴凉。船长已不再对河流感兴趣。河流不可能带他到任何远方。河流只是城市体内罕见的自然遗迹，直线世界里唯一的曲线，生活污水的去处，即便暴雨后也没有小河里那种夹带泥土的黄色浊浪和被拔起的绿色植物。它要上溯很远才有可能与泥土、植物和卵石亲密接触。涨水后没有孩子放船，桥上的人们都行色匆匆，没有人注意这条河，任它如一条无人行走的灰色大街穿城而过。这条大街上唯一一次出现路人是上游漂来一具女尸，在学校附近的河段被截住打捞起来。那天课间，同学们都跑到正门外的桥上去围观，教室都空了。女尸确实是城市特产，就像死婴是寨子特产一样，她们代表了不同人群中所暗含的不同危险。围观的城里人想必都在思考生死问题，船长并没有去，但他又一次思考了环境和命运的关系。

船长虽然不看女尸，但他乐意每天路过南明河时望一眼河面。清晨在瑞金中路下车，转进都司路，走过一段古老的街巷，突然就抵达了南明河畔。桥对面便是学校正门，纪念碑般的门楼下铺着供毕业班合影的巨大台阶，汽车无法通行，所以带滚轮的雕花铁栅栏门是永远紧闭的摆设，开放的只有传达室边的小门。船长曾想过走得慢些，便能在桥上停下来看看水，但发现这个小小的心愿很难满足，因为站在离车门不远甚至背靠着门的他总是先下车，也就是说，他是带领着来自基地的少年精英们走向学校的那个人。他曾经考虑过是否转进一条小巷转两圈再出来以摆脱他们，但身后的奇怪压力让他没有这么做。他已经过了玩耍的年纪。老街两旁是低矮的杂货铺，古老的木板门面在清晨都还紧闭着，而小巷更是空无一人。他们这队人的命运就是从车站走到学校。在基地上学时，任何孩子都可以随时停下脚步往河里扔石头，走向某条通往两侧山上的小路，或者直接从路边扒开野草和荆棘向上攀登，而其他孩子都熟视无睹。但如今他们是在不属于自己的文明世界行走。在这里，所有空间都已经被规划和占据。他就这样被建筑挤压着，被街道输运着，被使命相同的人们推送着直奔学校而去。假如他执意突然停下脚步倚在桥栏上看河水，他们会以为他要想不开，因为学习压力太大。

相比之下，午饭后独自上街就轻松得多。到了当月的《国际航空》杂志快要上市的日子，他会走出学校侧门，途经营业高峰刚过正忙着洗碗的米粉铺子，在有毛主席巨像的人民广场对面转上遵义路，直奔邮电大楼脚下的报刊亭。最初他常常脚步急切神情堪比侦察员，但渐渐就放松下来。海关大楼下的树荫里排着卖丝娃娃的小吃摊，报刊亭边的几家小音像店永远播放着新潮音乐，但让他停下脚步的还是遵义路横跨南明河的大桥。桥面比子弟学校门口的生活桥高得多，他探出头去，只望见黑色流水倒映的一线栏杆上有自己一颗小小的脑袋。没有其他行人驻足张望，只有个别老者慢下已经很慢的脚步，转过身来看看他，又看看河，似乎真的以为他要想不开。他们不知道他只是在此对河流和桥梁表示敬仰。通往学校的路口拐角处坐落着工人文化宫，楼前总有一群人在买卖自行车，据同学们说都是偷来的黑车，但无人过问，只有对面的毛主席巨像向他们挥手，不知是劝诫还是勉励。工人文化宫不时会有展览，船长曾被黄涛和李健拉去看了一个干尸展览，展品让他想起气象山上的盗墓现场，不同之处是这些干尸陈列在大城市拥有柔和照明的大玻璃柜里公开展览，附带标牌和介绍，更像是《丝绸之路》中那些被归为文物代表文明的干尸。干尸和女尸被围观，说明城里人确实经常思考生死问题，但同学们见到干尸后讨论的第一个问题是：这是真的吗？船长没有言语。他已经熟悉那种被岁月消融得晦暗不清却又绝不常见的色泽。同学们都没有害怕。也许是因为已经来过很多观众，并没有发生灵异事件。也许是因为他们都封闭在玻璃柜中，还有人看管，不会蹦出来。也许是因为他们出土已经有年头，鬼魂早就飘散，去了想去的远方或是回归了故乡。从工人文化宫二楼展厅的大窗望出去，遵义路上车水马龙，对面高台上鲜花簇拥的毛主席巨像依然在向这边招手，鬼魂恐怕不敢出头。而当年小猪他哥举着的是货真价实的刚刚出土的骨头，带着最新鲜的诅咒。寨子里没有毛主席巨像，也没有庙宇和教堂，鬼魂一旦被释放，便会肆意游荡，骚扰山野里势单力薄的那一小片人类文明。

城市确实有很多隐藏的危险，比如传染病。船长从小就被母亲教育进城不能随便吃东西，即便需要填饱肚子也必须找个干净些的去处。在街边用大盆泡着脏碗的不能去，有苍蝇的不能去，周围有拿抓出没的不能去——船长幼时总把这个词和哪吒弄混，直到他进城后才明白本地人说的拿抓是那些在小吃摊边等待残汤剩饭的乞丐。京沪传染病爆发过后，城市在船长想象中应该是一片萧瑟，但如今依然遍地小吃摊。人们似乎没有那段记忆。基地的路只是连接工厂和居民区的山间通道，而城市所有的街道两侧都排列着消费二字，本身就是一条交叉延伸着的集市。城市似乎就是起源于集市。母亲周日带他来这些街道行走，是为了购买比镇上小店更好的布料、毛线和食品，而同学们想念上海也是因为它作为更大的城市提供了更好的消费，同时也就要面对更大规模的传染病爆发。

火车站是体验城市混乱的最好去处。它矗立在遵义路尽头，走几站路就到，天气好的时候，远在人民广场路口就能看到车站楼顶上的贵阳站三个大字。广场上有大片空地，想必是为了容纳人民集会而设计的，但广场上曾经发生的集会一定有组织有秩序，参加者都怀着同样的理想和期待，领袖巨像昭示了这一点，而火车站前的广场上只是来自不同地方和要去不同地方的个人汇成的混乱无序的布朗运动，没有石阶、浮雕和专人照看的花草，只有肮脏的小摊和丑陋的小广告，出没着骗子、小偷和拿抓。他每次由母亲带领抵达火车站后总是被这种气氛感染而主动紧张起来，不用等她告诫他看好行李不要乱跑。如今，在午后作为一个假冒的本地人闲逛着来到站前，船长想起了与此地相关的一切：当年母亲侥幸错过的那辆在站前被伏击无人生还的军用吉普，在站前和同学合影然后上车与人生前十八年的生活告别的哥哥，以及自己有一天也会被人群推撞着从这座繁忙的大楼后面离开这座城市的命运。

相比之下，离火车站一站路的民航售票处就清净得多。透过反射着林荫的玻璃大门望进去，小厅明亮简洁，不会有拿抓出没。一张机票是母亲几个月的工资，所以光顾此处的应该都是有钱或有身份的人。这些人远没有他了解和喜欢飞机，但却可以坐飞机。若不是玻璃大窗上贴着民航标志，这个门面更像一家银行，与飞机没有任何关系。

离民航售票处不远的是省展览馆。馆前有一片能与人民广场媲美的空地，但被围墙和大门封锁，常年空无一人。这是一幢拥有十多个大柱子的宏伟建筑，据说是仿照了人民大会堂。楼内似乎并没有展览，但在过年前会突然变成年货展销点，厂家直销，价廉物美，母亲带他来过不止一次。各个大厅里排开无数摊位，摆着各色香肠和腊肉，在水磨石地面、弧形拱顶和更多的柱子衬托下，不仅比起街边小摊更值得信赖，而且油然生出了神圣感。每个厂家都在柱子间拉起了写着厂名的红布条幅，在大厅里排列成行，层叠交错，感觉是代表各厂的香肠和腊肉正在这座神圣的殿堂中示威游行。

遵义路上离一中最近的路口是瑞金南路，往那条路上走不远，过了南明河上的另一座桥便是河滨公园。船长想过要带冰鞋上学，午后在公园里那个有围栏和波浪形滑道的旱冰场玩一会儿，学会城里孩子的各种花样技巧。但在这个过程中可能会和他们发生冲突。据说那儿是城里小流氓集中的地方，而他只身一人。关键是公园需要购票。旱冰场自带冰鞋不知是否还要单独购票，而这项额外开支无法和母亲交待，所以他经过公园时只在台阶下望望，回味一下大门后封存的记忆。然后，视线又自然转向了公园台阶下方的防空洞。作为离一中最近的防空洞，它当然是他作为一名暂时的城市居民应该熟悉的设施。虽被改成了旅社，但在紧要关头可能还会投入使用，而旅社经理的真实身份是市人防办干事，看管着一些重要的钥匙，在关键时刻能迅速开启一扇扇尘封的大门。台阶对面的电影院是离一中最近的电影院。中午有两个小时午休，若是不吃午饭，应该够看一部电影。可以在门口买点小吃带进去边吃边看。假如未来不离开此地，也许会和谈恋爱的女同学一起边吃边看，电影不好看的话就退场，进公园坐坐或是滑旱冰。电影中描述的城市生活就是这样的。电影院，公园。虽然那些电影里没有描述防空洞，但假若空袭警报在城市上空响起，二人无论在电影院或是公园，都能迅速进入防空洞，成为城市在核打击之后幸存的极少数人。但母亲怎么办？应该关系不大。假如核战爆发，贵阳这样的偏远城市能分到一颗核弹就不错了，敌人不会愚蠢到把宝贵的弹头用到偏僻山谷中一座早已不再生产军品的基地，那样毫无威慑力。所以母亲和家反倒是安全的。放射性尘埃即便没有被雨雾稀释，飘送十几公里之后再翻越高大的黑山进入基地山谷，应该成了强弩之末。母亲那时担心的肯定是在爆心附近的他，所以他要做的是先保护好自己和谈恋爱的女同学。爆心会在何处？要造成最大杀伤力，应该投在市中心的大十字。要破坏贵阳作为湘黔川黔黔桂贵昆四条铁路交汇之处的枢纽功能，应该投在火车站。而这两处离公园都只有几公里，假若核弹当量足够大，扔在哪儿都一样。如果防空洞未能开放，备份方案是跳进公园后面的南明河中，那样可以减少辐射损伤，避免被倒塌的建筑砸伤，还能抱着一块浮木慢慢驶出这片无路可走的巨大废墟。

船长午后对城市的游览和想象没能持续多久，午休便渐渐被作业占据了。对于每天早出晚归并在路上消耗额外两小时的郊区同学来说，午休和下午放学后成了赶作业的主要时段，所以，下午六点出发去一里地外的海关大楼对面等车时，已经在教室里熬过十小时的他能够嗅到广阔天空下的街道流动着的自由气息。

海关大楼对面是三中，教学楼外的路边空场是邮电大楼地区最大的班车停车处。每天下班后都守着大群学生和成人，翘首期盼各自单位的班车。每隔几分钟，便有一些人涌下人行道，聚成一团，而此时必有一辆大客车驶近，减速，靠边，引发一阵迅速的争抢，然后重新上路，消失在邮电大楼脚下的繁忙路口。这些前来拯救人类的诺亚方舟两舷上喷着各种各样的单位名称，大多是只有代号的厂名，也有的像基地一样自称几十几号信箱。每个代号和信箱都代表了一个隐姓埋名的单位和千百职工，很可能都是外地迁来的。船长对照这些车，希望能从乘客的穿着举止中总结出某种特征，但一直没能做到。所有人都沉默着，连辨认口音的机会都没有。

基地的学生也分散在人群中。高三的气定神闲在人行道最靠里的花圃边安坐聊天，可能是在讨论高考志愿，想必已经有了快要熬出头的感觉。高二的不愿浪费一点时间，把书包和午餐袋挂在路边栏杆上，翻看各种参考书，偶尔抬头望望路的尽头。高一新生经常走下自行车道，频繁眺望来路，面露焦急和期待，有的只想早点回家，有的跃跃欲试准备着抢座位。

人群中偶尔会爆发一阵惊呼，伸出几只手臂挥向路对面驶近减速的一辆大客车，随即会有一些身影分开人群，横穿机动车道，跨越护栏，引起一阵刹车、喇叭和叫嚷声。因为城内总有无法预料的堵车，各大单位的班车司机们在下班高峰临时改变路线是合理的，不过基地班车走的是从河滨公园经展览馆到火车站调头过来的路线，必须先下完职工才能来拉学生，所以极少会引发这样的混乱，于是大家都继续盯着火车站方向望眼欲穿。遵义路是笔直的，还没有近视的孩子在晴朗的黄昏能认出堵在好几个红绿灯后方的班车。

船长调出记忆中存储的所有城市地图，发现它们都有一条笔直的大道通向火车站。或者说，火车站都建在一条笔直大道的尽头，相当于古代城门的位置。在贵阳，这条大道的另一端是比火车站雄伟得多的据说是苏联风格的邮电大楼，离船长等车处只有两百米，像黑山遮蔽了小半个天空。小时候和母亲在城里的探索之旅，邮电大楼是折返点，他们常坐在楼下的花圃边歇息片刻，那时他曾经获母亲批准独自进楼转转，记得一楼是提供电信服务的营业大厅，其他楼层的功能就彻底未知了。也许每个窗户后面都忙碌着接线员和译电员，收发着各种语言甚至使用密码的电文，将这座闭塞的城市从群山包围中解放出来。

等车处对面的海关大楼似乎也承担着这种解放的功能，这座比邮电大楼现代得多的新建筑像是一台没有四肢的机器人，脑袋是四面钟，三天两头发生故障，导致它展示着四个完全不同的时间。船长第一次目击这个故障时还以为海关希望加强居民的全球意识而显示了四个外国城市的当地时间，比如东京、纽约、伦敦和莫斯科，但随即发现四根分针并未指着同一个数字，而且有个别指针完全不走。但这类小故障并不影响来自寨子的船长对大楼的仰望。上海外滩也有海关大楼，它也有四面钟。外滩面对大海，海关大楼的位置很合适。而如今海运正在被空运取代，贵阳虽然地处内陆，也需要海关大楼迎接来自天空的货物。天空也是一种海。

当天色渐暗，船长漫无边际的想象会被焦虑取代。等待一小时之后，不会再有聊天或看书的同学了。大家都会步下渐渐冷清的人行道，站到自行车道上张望，看到火车站楼顶的三个大字在遵义路尽头亮起红光。还好，城市并没有要打烊逐客的意思。一群群城里学生说笑着走向车站，看起来刚踢够了足球或者打够了篮球，回家正好开饭。对面海关大楼下的小摊挑起白炽灯泡，照亮了油烟、蒸汽和食物，而更多业主正从三轮车上卸下小桌、长凳和锅碗瓢盆。灯光雪亮的是邮电大楼路口的报刊亭，因为顾客总要先翻翻杂志才会掏钱。报刊亭隔壁音像店的音量巨大，要在夜晚将这座城市变成舞厅，一路的霓虹彩灯也配合着眨起眼睛。唯一的例外是路这边的这片黑暗。因为身后是中学教学楼，没有任何商铺和小摊带来的繁华。偶尔会有晚饭后出来散步的老者拄着拐杖走过，若有所思地扫视这群紧张遥望远方的年轻人。他们应该知道，这些是住在郊区大单位的人。在这样的时刻，船长明白，即便身处再开放的城市，自己依然是一个外地人。

当同学们被车流晃花了眼，忘记了班车车灯的形状和颜色之后，便开始有人放弃，抱怨着向不远的公共汽车站走去。一般是老生带头，他们经历过调度失误、车辆抛锚和司机弃站的事故，明白自己偶尔会成为被返回舱遗弃在这颗荒凉星球的弃儿。他们的判断对新生们的最后一线希望构成了毁灭性打击。随着这种希望如一团风中的肥皂泡依次破灭，大家纷纷离去，乘坐 4 路或 17 路车到师大去乘郊区车，然后从镇上走回家中。这个过程虽然会需要一个多钟头，但假如能及时赶上一班郊区车，八点钟还是可以到家的。而各家饭桌上在六点半就已经摆好筷子了。这是哥哥高中三年家中每天晚饭的规则。他会到阳台上举着望远镜监视路口，假如哥哥出现了就通知母亲，她会视耽误的时间做出反应，盛饭，或是将放凉了的菜回锅。

等待公交车的时候，船长总会想起当年那些自主进城的方案。旱冰进城在实地考察之后被证实只是童年幻想，进城后是走人行道、机动车道还是少数大街才有的非机动车道？被自行车包围着抵达路口时如何及时刹车而不撞到它们？在延安东路这样的大坡上控制速度是个更严重的问题。还有遭到交警呵斥和路人围观的可能。他从未见到有人在街道上滑旱冰。城里的孩子们并没有他想象的自由大胆，敢于开创新的交通方式。自行车就可行得多，每天下课就走，虽然要经历无数红绿灯，一个多小时也该到家了，而那时同学们才刚从教室出发来海关大楼等车。这个选择意味着每天骑车来回走二十公里山路和十公里繁忙的城市街道，消耗体力，车也会磨损得很快，但那种自由令人神往。假如当初和哥哥一样选择了城北的高中，骑车就合理得多。但即便如此，哥哥也只骑了几次车，因为母亲不同意，因为哥哥在家门口就能撞上小猪仔然后被老母猪撞倒。他比哥哥小心谨慎而且不近视，但对母亲是否同意并没有信心。如今她偶尔进城也只是为了看病。船长入学注册时要求家长陪同，来的是父亲，而母亲至今依然不知道一中在何处。他曾向她展开地图指点过位置，但她并不是一个习惯看地图的人。她脑海中的贵阳地图依然是用自己步行走过的路线搭建起来的。她只知道邮电大楼在城市更遥远的那一方，离火车站不远了。前者可以给亲人发去珍贵的几个字，告诉他们自己即将回乡，后者则是出发之处。

真的很远。小时候你走到邮电大楼就走不动了，只好给你买个蛋卷冰淇淋。她说。

当年确实有走不动的时候。邮电大楼这样堂皇的标志性建筑前总有一块空地，建了花圃摆些长椅，他们会在此歇息片刻，分享一个蛋卷冰淇淋或是一瓶汽水。船长总是喊口渴，节俭的母亲才会同意买这些。那时邮电大楼对面还没有什么建筑，在峡谷般的中华北路、中华中路和中华南路逛了几个小时后，繁华商业区在此戛然而止，店面突然消失，眼前是一条坦荡的遵义路。坐在邮电大楼前就像背靠悬崖面对大海。船长知道地平线上还有一个火车站，但总觉得突然就到了城市尽头。

如今船长每次从此处启程回家，都会想起童年走过的路。无论冬夏，他和母亲都不曾在晚上七点左右走过此处，因为她需要在天黑前归家做饭。在街灯下匆忙赶路时，人行道上无数的身影和他们背后五彩的店铺灯光变得模糊，就像是当年他们逛街的图像被明暗反转然后高速回放。这种感觉一直延续到基地浓荫遮蔽的暗淡路灯下，最后的那几百米归家路。这段路的起点永远在家中，终点永远在邮电大楼。对于登山者来说，连接营地和巅峰的是一个有着箭头的矢量。所谓出发，是去需要征服的制高点，而回头路总是很容易，闭着眼睛凭本能滚下山去就到了。但所谓的征服，只是到此一游，因为此处没有食物和床铺。他就像一颗入轨失败的卫星，去太空环游十多个小时之后便落回人间。

下午没课的日子是主动选择走这条路的日子。经过各种商铺时，船长会想是不是要给家里带点什么，书包里也有空，但却想不出来母亲需要什么。当年她必须进城购买的商品似乎只有布料和毛线，因为要给孩子裁衣服织毛衣，做窗帘被套。她也曾请同事从上海代购，但随着孩子们的长大和南方成衣的涌入，她会带他们到百货商店和服装市场，让他们自己挑选。

路过市府路三岔路口时，船长总会望望西南角。那个位置曾有一家米粉店。出于节省和卫生考虑，他们在城里的午饭经常是刚买的糕点，但偶尔也在还算干净的店面吃碗米粉。那时他还小，不能吃辣，母亲每次都叮嘱店家勿放辣椒。但这家店疏忽了。总之，那是他唯一一次见到母亲在外与人争吵。他不记得那碗米粉的命运，但早已成为全家最能吃辣的人，母亲做的油辣椒直接拌饭吃，像岚岚一样在饮食上彻底成为了本地人。

到了大十字，船长会去转转那家全省最大的新华书店。它是他随母亲进城时的首要目标，因为要到小人书柜台看看有没有新出的《丁丁历险记》。新华书店隔壁是家理发店，母亲曾在店里烫过一次发。他记得很清楚，因为那是她唯一一次进城为自己办事，而走到大十字依然犹豫不决，问他觉得自己是直发好看还是卷发好看。那次他在书店里等了好几个小时，但心情愉快，因为翻了很多书，也因为母亲总算肯花点时间满足自己作为女人的需求。母亲也曾在新添寨唯一的理发店烫过一次发，那次他也是到街对面的新华书店看书等待，但镇新华书店与省新华书店相比相当于柴房与殿堂，里面的书他每次和母亲上街买菜时都要过一遍，而且因为店小人少，翻了一阵，开票员和收款员就会盯住他看，他只好返回理发店，坐在油腻的椅子上与镜中脑袋上套个大帽子的母亲相视而笑。母亲烫发的次数在记忆中屈指可数。家里五斗橱最下面一个抽屉里有很多五颜六色的烫发用的塑料筒和金属筒，但记忆中母亲只用过一两次，都成了他童年的玩具。

新华书店和理发店斜对面是一条名叫正新街的巷子，巷内有个批发市场，当年开业之后便取代展览馆成为了母亲的年货采购第一站。此处不仅有腊肉香肠，各种烟酒糖果一应俱全，每个摊主都尽力利用摊位，将商品筑成三面围墙将自己包围起来。母亲过节或是要回云南时喜欢来买酒，平时也来给哥俩买点牛肉干。摊主们都说自己的牛肉干是惠水来的，所以船长知道惠水应该有很多牛。这些牛肉干的典型味道是麻辣和咖喱的，和花溪牛肉粉以及苗族的牛角头饰一起证实着牛对贵州的重要意义。

在大十字通往省医方向的路东曾经开过全省第一家超级市场。母亲从未带他进去过。她说一看就知道会很贵。后来父亲带他进城看病时来过一次，船长记得那个出口通道安装着几根可以旋转的闪亮钢管，每个进去参观的好奇者在通过时都会犹豫片刻，脸上露出不解的神色。父亲在那里给他买了一瓶果酱。他当时得的是流行性腮腺炎，需要一直敷着膏药，所以获得了一瓶果酱作为安慰，虽然当晚母亲谴责父亲乱花钱买洋玩意儿。那次看完病后，他在附近一家小书店里发现了基地图书馆没有的凡尔纳《环绕月球》，但不知为何没买。也许是母亲没有给父亲足够多的钱，也许是已经获得了果酱，不好意思再张口要。后来再没见过那本书，至今依然后悔。和父亲进城的记忆是非常有限的，另一次是母亲和父亲吵架后回了云南，父亲带哥俩进城吃了一次西餐，吃的是什么完全不记得了，但餐馆比米粉店高级得多，雪白的座位靠窗排列成行，像火车车厢。自然，它和果酱一样是父亲浪费钱的罪证，也暗示全家人一起逛街吃饭的可能性极小。

母亲早年进城的主要目标是百货商店，所以喷水池百货商店是她带哥俩下了郊区车之后步入的第一幢建筑。那时哥哥尚小，还未对跟家人逛街感到厌烦，所以母子三人常常一起出行。母亲说百货商店是公家开的，不会有假货，价格合理，而小店的问题就很多，特别是对外地口音的顾客。但正新街批发市场那样可以讲价的地方开业之后，她便直奔后者而去，虽然每个柜台卖的都是差不多的东西，她总要挨个还价并且做出要走的样子。她虽然尽力学习了贵州方言的语调和拖腔，但还是带着不可磨灭的云南口音。这个缺憾完全没有给她造成困扰，虽然她明白自己是外地人。而对于卖家来说，到批发市场购物并还价的外地人其实也算本地人而且是精明的本地人，所以对这类人同样热情。相比之下，母亲在百货商店总是要对售货员同志发出反复召唤才能得到回应，偶尔还要等待她们结束聊天喝口茶。

延安东路是童年和母亲上车回家之前的最后一段路，路边有两家船长喜欢的商店。外文书店是他最早认识外国的地方。他反复翻阅的美国历史课本和吉尼斯世界纪录大全都是父亲在此处买的。每次经过都要看一遍的是就在门边的磁带柜台。那些磁带都贵得吓人，每盘快赶上父母的半个月工资。但是看来看去就看出了门道。来自欧洲小国特别是东欧社会主义国家的磁带比美国的便宜，古典音乐比流行音乐便宜。店员为每盘磁带都用小纸条写了中文简介贴在带盒上，每次都要花些时间才能看完。虽然如今邮电大楼前面那几家音像店的盗版带更新更多更便宜，但这些玻璃柜中的商品是真正的国外出品，是用飞机、火车和轮船从地球另一面运来的。

斜对过的友谊商店则只销售真正的本地土特产，最终会去到地球另一面。蜡染之类的贵州特产工艺品，船长很多年中只在此处见过，提示着他所在的地理位置。家里不需要工艺品，而此处只收外汇券，但船长还是喜欢拉着母亲进店转一圈，把它当作了博物馆。后来友谊商店搬到了坡顶新建的金筑大酒店旁边的一幢五层高楼，改名为华侨友谊商店，持人民币也可购物，算是当时城里最豪华的商场，吸引着日益增多的港澳台游客。因为价格偏贵，母亲也只是被船长拉着转一圈便走，不过曾在店外的一位老者那儿给船长买过一支玉屏箫笛。老者坐在台阶下方，腿前的布袋里装着一簇箫笛，价廉物美，吸引了过往群众。从装扮和口音判断，老者显然是乡下来的，聚上前挑选的人不少，他显然有点受宠若惊，不时紧张地四下张望，生怕有干部来找麻烦。也许是群众的踊跃让母亲也动了心，也许是船长提醒她店里同类商品的标价要贵十倍，她买了一支。虽然因为没有笛膜吹不了，但笛身上雕刻细致并且染了五彩的龙凤让他觉得这也是个属于博物馆的器物。

上了师大公交车站的郊区车之后，船长常常扭头往金筑大酒店那边张望。天晴的时候，几十层的高楼在午后反射着阳光，是一只山沟里飞出的金凤凰。全城更高的只有北京路上号称西南第一高楼的贵州饭店，远离商业区，上次路过已经是几年前的事了。金筑大酒店更靠近商业区，想必住着更多游客和外商，但门前的台阶有一层楼高，所以他从未探索过。阶梯下的路边停着一排出租车，是城市特有的高级交通工具，他也从未坐过。他连中巴都很少坐。出租车后方不远处便是不久前才有的开往新添寨的私营中巴车站。中巴票价五毛，大公共两毛五，为了省两毛五，船长自然会乘大公共。中巴车空间狭小，但售票员还要把它塞成罐头。狭小的走道中摆的小木凳和引擎盖上被磨得油光发亮的草编坐垫可以多坐几个人，车门附近还可以站几个人，虽然必须弓身站着而且没有扶手，但还是有人愿意乘，毕竟中巴随时上下车的优点能让乘客少走几步路。售票员嘴里喊着马上就走，但还是继续吆喝，直至上满了人，或是乘客们集体表示不满并且打算换车，才会示意司机出发。这些问题都让船长觉得多花那两毛五毫无意义。每周省两毛五，每月从报刊亭买的那一期《国际航空》杂志就算免费了。

相对而言，大公共就宽松得多。中巴车抢走部分客源是部分原因，以前只在市区行驶的铰接式大客车在这两年成为郊区车主力则是关键。每班车等下一班车到站才关门离开，所以几乎没有抢座位的场面。事实上，认为自己必须有座的高级乘客都去乘中巴了，大公共上都是随遇而安的普通乘客。在没有上下班客流的午后，乘客中有相当一部分携带着扁担、箩筐和竹编的家禽笼子。箩筐和笼子当然都是空的，他们是进城将自家产品卖完或是批给贩子之后回家的农民。售票员会把他们的箩筐和笼子往角落里踢，并要求他们为它们买票。农民们嘟囔着，但明白不买票就会被赶下车，若是有争吵，司机会扭头甚至起身为售票员助阵。这种场面船长从懂事起就记得，那时郊区车还是那种圆头圆脑的古老客车，箩筐都被要求捆到车顶的货架上。如今公交车据说已被售票员和司机承包，在与中巴车的残酷竞争中为了多点收入，箩筐和笼子都可以上车，但假如售票员心情不好看人不顺眼，农民即便愿意为它们买票也无法上车。

船长在车上坐定之后会看看有没有来自基地的同学，但不记得曾经遇见过。不同学校不同班级下午没课的日子可能不同，即便是同班同学，也可能选择留校做作业然后下午照常乘班车回家，在校内踢球或是去找城里同学玩则是更好的选择。穿过城市回家只是船长独有的爱好。他偶尔会想起湉湉或者岚岚，她们就在离郊区车站不远的师大附中。他从未去找过她们。湉湉在城里有亲戚，中午不在校吃饭。但有次在车上遇见她，她说中午常常在校内打网球。好多大学生打得很棒，水平都是跟他们练的，没事的时候就跟他们蹭球打。她说观摩外语系的一位高手跟遵义地区第一名打球，感觉不比国家队水平差多少。她上高中后总和新同学一起玩，只是每天乘班车时跟老同学聊聊天。船长还曾在师大校门外的报刊亭边遇见过岚岚。他每个月下旬都在各个报刊亭寻找《国际航空》杂志。当时她刚在街边吃完米粉。她说她吃不惯学校食堂的东西。不过她也有一个酒精炉子，是他父亲设计，请车间的工人做的。她说设计得很用心。也许因为是给独生女儿用的。她说中午留校的同学都是女生们带饭，男生们不带。她大概介于女生和男生之间。中午没事，但也没有什么地方可去，特别是女同学，不能上街乱逛，只能学习。她说她很想找个人陪吃饭，因为到校外吃饭的同学貌似不是男女成对就是一群女孩拉帮结伙。她在班里依旧缺乏人缘。也没有男生陪她吃饭。至于为什么，她也不清楚。也许是同学们已经明白了命运。命运是最终要分开。命运就是要忙着考大学。而她的命运还多了更精确的要求，那就是考回上海。

船长坐在一堆沾着泥水和鸡粪的箩筐边想着这些对话，望望远处的大酒店，然后掏出刚买的《国际航空》，爬升到一个不属于现实的未来世界。大公共比中巴车稳健得多，是波音 747 和湾流商务机的区别，但从冒沙井冲下顺海林场那个大坡时周身零件还是会剧烈抖振，有突破音障时的撕裂感。狂风从车身的每个缝隙中迸进来，笼中的鸡毛获得了自由，随即被紊流挟持着满车飞扬，被看不见的涡流吞吐。它们让船长想起自己骑车追随拖拉机爬坡的时光。两毛五分钱节省了很多时间。或者说，那时还是一个可以偶尔游荡的自由人，时间是有盈余的，如今，时间已被一系列地点所瓜分。在它们之间的路上，时间是静止的。爱因斯坦说，运动物体的速度越快，其时间流逝就越慢。但时间慢下来并不代表他能做更多事。在旅途中，他什么也完成不了，只能观察和想象。

刚上高中的那个秋冬季，船长在下午没课的那天总是归心似箭，急急地去赶车，所以在转车顺利时创造过一些回家的速度奇迹，十二点下课，十二点五十分左右已经走在属于基地的路上，听着 803 楼顶喇叭播放的进行曲，逆着上班的人流向家走去，一路上听见有人议论这是谁的孩子。他不喜欢被人讨论，所以后来宁愿在路上稍微磨蹭些时间，错过一辆班车。下午一点之后，基地的道路立刻空敞，桥头卖菜的农民用麻袋片把菜遮起来，靠着大树瞌睡，米粉铺子里的女人开始洗碗，豆腐果摊子的烤盘上不再添豆腐，只有还未燃尽的锯末散出一缕青烟。他之所以希望中午赶回来，也是为了在白天走走这条熟悉的路，看看这些熟悉的场景。假如路上有耽搁，快两点才下车，在路上会遇见下午上学的学生们。很多脸孔他都是记得的，毕竟共享过同一条道路、同一所学校和同一片操场。也许他们也记得他。技校在居民区的另一个方向，所以他不可能遇见老猫、白皮和蕾蕾等人。他们去技校上课，出门走几步路就到，所以不到上课前几分钟他们可能是不会出门的。他们想必已经学会了很多技术，可以和他一起制造飞机。

## 204

因为母亲腿脚不便，家已经由五楼搬到了另一栋楼的二楼。搬家那天是基地的周日，国家的周三，船长没能帮上忙。他清晨出门时下了五楼，回家时便只需要爬二楼了。告别生活多年的那几个房间，他竟然没有多少伤感。应该是世界比例尺发生变化的结果。与每天来回的十几公里路相比，新家和老家几十米的距离几乎可以忽略。脑中张贴多年的基地地形图已换成贵阳市区和郊区图。在这张图上，基地缩成了一个点。每天黄昏乘车从镇上那个十字路口拐进来，望见学校和礼堂，这个点才会随之放大。更确切地说，车进镇时，他感觉已经到了家门口。从镇上到家的那条路，那条他牵着母亲的手去买菜的路，那条他踏着旱冰鞋或是骑着自行车巡游的路，恍然已是家的一部分。

因为位于二楼，而前后都有距离很近的居民楼遮挡，新家在白天比五楼暗得多。窗户对面是别家的阳台，阳台对面是别家的窗户，探头才望得见一道狭长的天空，两端点缀着两段青山。但船长并未因为不再有五楼的开阔视野而感到压抑。他已失去了对窗外的兴趣。望远镜放进盒子收进柜子。旱冰鞋更是早被捆绑起来塞进床下的箱子。这些变化都是成长的标志，而即便是代表成年人生活的自行车，他也没有兴趣再骑，虽然如今扛自行车上下二楼要比五楼容易得多。

在每个黎明到来之前穿过居民区时，船长感觉自己是在一座小城中行走。路灯照不到的楼层插进暗夜，显得格外高大。几扇亮着的窗如同稀疏的星，代表着其他早起进城的学生和他们的父母。城里也一定有很多这样的居民区，但在此地，每条路的尽头都是山。东方的梅兰山，西方的平顶山，北方的水塔山，南方的黑山，走过任何一个十字路口都能望见它们，在夏天以不同的明暗和质地反射着晨曦，在冬天将黑暗衬得更加深不可测。

黄昏时回到居民区，假如不下雨，都能在老路上遇见滑旱冰的孩子，提醒着船长这不再是省城的街道，但也不是农村。他熟悉他们的面容，毕竟是在这座山谷中一起成长的居民，一个大家庭的成员。如今，以自信的速度在大坡上滑行的他们成了这座小城的主宰，使用独特的方言发出呼唤和叫喊。船长离开省城来到此处，感觉像是从发达的旧世界抵达了落后的新世界，看到了土著，虽然此地其实是他的旧世界。相比之下，他确实更喜欢无人的清晨，喜欢那些黯淡宁静的光。他喜欢从家出发而不是回到家中。人人都为了离开而学习，归途说明这个过程还没有结束，不像哥哥，已经跨过隐形的边界。

周日在船长眼中是特别的，因为山谷中衰败的景象暴露在天光下。基地经济状况不佳，已经几年未能开工任何新楼了。开挖平顶山留下的崖面已被荒草覆盖。那台早早预示了基地命运的废弃的推土机已经没了驾驶室、发动机、履带和油箱，只剩下沉重的车身和推斗，渐渐陷入大地。所有建筑都在经年的风雨侵蚀中生出锈迹和水印，墙角滋长着苔藓。煤球棚外的煤粉被雨水冲刷到水泥路面上，染出一片片永久的黄斑。小时候在块煤中发现并以为是金子的黄色晶体其实只是硫化铁。路上似乎有更多的退休职工慢慢行走，而母亲正在变成他们中的一员。因为健康原因，她在漫长的申请之后终于调动了岗位，被安排在居委会做勤杂工。过去几年中，船长曾经天真地希望母亲能够调到图书馆工作，她说那个位置想去的人太多，肯定是先照顾有路子的。一个环境很好的清闲工作，人人都想去，虽然他们未必会去读书。居委会没有书，但订了很多报纸杂志，母亲每天的工作之一便是到基地收发室去取它们，送到居委会的阅报栏上。她知道儿子对什么都感兴趣，所以会先拿回家给他翻翻。属于老年人的内容很多，船长因此了解到了一个被称为夕阳红的精神世界。母亲的另一个任务是打扫居委会，所以船长在休息日会去帮她干活。她不太主张他帮忙，说居委会干部看见了会挑剔，虽然在那几间大屋子里下棋的老头老太太们会问这是你儿子吧？真懂事。为了耳根清净，船长去打扫厕所。他确实也不愿意母亲去给人打扫厕所。一双曾经装配过无数精密仪器的三八红旗手的手去打扫厕所，是这个旧世界走向衰败的明显征兆。

在周日，船长还会陪母亲去基地门口买菜。她已经没有心力带他去镇上了。遇见老同事，打招呼时都会说儿子都长这么大了，比当妈的还高了，是大儿子还是小儿子，让船长感觉自己确实出门旅行了很久。他们还会问今天不上学啊，母亲自然会答这是小儿子，在城里上高中，今天休息。然后就会问在哪个高中上学，接着是一番赞赏。顺带问起大儿子，得知在外地上大学，又是一番赞赏。更熟悉的同事们则会说这么大了还帮妈妈来提菜，真懂事。在这条路上，他从未遇见过留守基地的同学。应该是在技校的教室里，或是在某个实习车间里第一次穿上工作服。连平时一起挤车的那些同学也消失了，可能都在居民楼的某些窗帘后面补觉，毕竟每天五点多起床不是年轻人的习惯。整座山谷中所有更年轻的孩子们则被集结在子弟学校。他是唯一走在路上的比妈还高的少年。

在时间更充裕的假期，船长也没有外出的兴趣。母亲渐渐行动不便，也不再有加班换来的调休，所以他们很久没有回云南了。好在四姨妈不时会来信。表哥表姐们比年轻时更喜欢摄影，因为他们都有了孩子。合影的典型场景是孩子们抱着米老鼠、绒毛大象和玩具枪，环绕着怀抱婴儿的合不拢嘴的四姨妈。当了奶奶和外婆的她自然乐于分享这些画面。

船长已经很久没有和母亲去借书了，他早已把图书馆中感兴趣的书都看完了。父亲从总经理办公室借来《简明不列颠百科全书》，刚出的新书，图书馆没有也不可能会有。父亲每次只能借一册，所以船长无从想象一套十册硬封大书齐齐站在书架上的样子。想必会让办公室更像高级书房。他一个假期便把这套书看完了，并把其中关于航空航天的词条全都做了一遍笔记。他把凯利·约翰逊的《我如何设计飞机》又读了一遍，认为自己已具备总设计师的激情和天才。他还仔细研究和临摹了《国外战斗机座舱显示系统》每幅插图的每个细节，感觉自己假如能混入各国空军基地，应该可以驾驶一架新型战斗机起飞，飞回祖国。央求母亲汇款购回的《国际航空航天工业概览》比《辞海》还厚，是家中最昂贵的书，但被他充分利用，给上面列出的世界各大航空航天制造商都写了索要更多资料的英文信，用父亲借回家的打字机打在打印纸上，自己骑车到镇上邮局贴上一块六邮票寄出。镇上邮局没有国际航空信封，他假期前趁午休到邮电大楼买了二十个。

假期结束后，船长放学下车回家，经常能看到桌上摆着来自欧美的厚重邮件，装满了关于航天飞机、战略轰炸机、直升飞机、飞行模拟器、相控阵雷达、涡扇发动机和平板显示器的产品资料，诉说着制造商的创业史和未来展望。它们照例配有美轮美奂的彩图，但如今船长已经不是为了看图了，他对其中的每个名词和数据都了如指掌。当他急不可耐地拆开满是外文的大信封时，母亲总是把他还背在身上的书包摘下来，催促他先吃饭，然后在饭桌边转述收发室员工对这些邮件好奇的询问。

在挑战者号爆炸几年之后，航天飞机开始重新升空。它将一件巨型载荷送进了太空：一架巨大的望远镜。人类真的是喜欢东张西望的动物。船长最理解这一点。随着世界在眼前缓缓展开，他也需要一架巨大的望远镜。NASA 已在研究 X-30 空天飞机。《国际航空》上发过报道和概念图。他如今不光能看懂图，而且能看懂每一个字。冲压发动机。单级入轨。这是真正属于星球大战时代的飞行器，人类可以驾驶它从跑道滑跑起飞，从容爬升进入太空，再也无需攀上发射架，将自己绑在液体火药桶上，靠精确控制的爆炸在几分钟内熬过头晕目眩和幽闭恐惧，强行突破重力场和大气层。六十年代的X-15超音速火箭飞机已经飞上八万米高空，到达那个高度的飞行员已经可以被称为宇航员。

电视里播放着连续剧《今夜有暴风雪》，但知青们的故事应该不会重演，他会和哥哥一样走既定路线。有一天堵车回家挺晚，放下书包时正好听到国际新闻说柏林墙被推倒了。这标志着美苏争霸即将结束，再不用担心核冬天了。那么，星球大战防御计划可以用来防备外星人或流星对地球的威胁。不过，有一天中午，回家吃完午饭的城里同学们走进教室后都在热烈讨论，说看电视没有，打起来了。船长明白，对巴格达的空袭开始了。而此刻应该是那座古城的凌晨。当晚回家后，他边吃饭边观摩满天流星般的空袭画面。在接下来的几天中，同学们每天都在讨论这些画面，让他想起小时候同学们在周一讨论周日晚大礼堂放映的战争片。除了记者躲在大酒店窗后的直播，还有军方提供的录像，显示了各种导弹和激光制导炸弹对目标的锁定。这些只有飞行员和武器操作员能看到的画面完整呈现在世人面前，但船长自信比绝大多数人更了解其中的技术细节。不过，给他留下最深印象的还是暑假里伊拉克占领科威特时坦克在大街上高速行驶的照片。大街上早就没了行人，录像看起来都是记者用颤抖的手从高层酒店的阳台上拍摄的。履带是否会在街上留下印迹？这是他童年在平顶山脚下那辆废弃的推土机里玩耍时常想的问题。推土机的方向盘是两个拉杆。履带式车辆也许都是如此。他那时便想象《哈里之战》中的哈里把坦克开上街一样把那台推土机开上街，但又担心履带把路面硌坏家里赔不起。但伊拉克人应该不在乎破坏别国的路面。坦克上街的画面震惊世界，而被解放之后的科威特肯定会立即重修这些路段，抹去耻辱的痕迹。而那辆狂奔的坦克，应该已被一枚 GBU-12 炸成一堆废铁，比如今的那辆推土机更加面目模糊。掌握空中优势的力量会赢得战争。祖国的空中力量很弱，而改变这个现状的人应该是他，中国的凯利·约翰逊。窗外的现实变得不重要，因为属于自己的发动机还未点火。凯利·约翰逊的童年也是在美国内陆偏远小镇度过的，在家中农场帮父母铲稻草。在小地方出生并不会影响前途，虽然他最终也要去上大学，进入位于大城市郊区的大单位，将它变为中国的洛克希德。

当船长发现成绩单的班级排名旁边出现年级排名时，知道上路的时刻快到了。排座次依然是人生接近临界点的一个标志。接踵而来的全市模考和全省模考之后会公布全市排名和全省排名，毕竟最终的高考是全省学生争夺那些顶尖大学在本省招生的名额。这类排名提醒同学们不光要与自己的同桌竞争，也要与其他市属重点中学的学生竞争，比如六中、八中和师大附中；还要与省内其他重点中学的学生竞争，比如安顺一中和遵义一中。高考是最后的聚义厅排座次。天罡星上重点大学，地煞星上一般大学，小头目是专科生，考不上的就当小喽啰。船长明白了陈老师排座次的高瞻远瞩。排名靠前的被招安，或进京受封，或到大地方当官。假如有全国排名，就是梁山众豪杰、方腊、田虎、王庆、完颜阿骨打和耶律阿保机一起排座次。但这个排名并没有发生。皇上为了安定团结，避免地方发生动乱，给各省都安排了名额。

与此同时，新锐们正在参加进来，比如江毅他弟和白皮她妹，基地班车继续拥挤。小同学更加年轻气盛，占座时大打出手，下午等车时在小巷里约架，船长观察了三年之后的总结是，每次上车时的火爆场面都由刚上高一的小同学主演，年级越高就看得越开，冷眼旁观小弟弟们疯狂争抢，仿佛自己从未这样抢过。到了高三，精力都放在排座次上。高考就是另一辆要占座的公共汽车，假如不去挤，连背靠车门的位置都没有。

因为乘客太多，冬天车窗上的水汽很重，依旧坐在第一排的白皮她爸不断拿起毛巾去擦驾驶员面对的那一块。但车前方的大雾是擦不掉的，毕竟是行驶在冬日清晨的南方林区。大灯和雾灯的光柱像打在墙上一样弹射回来，映亮了司机和乘客们的脸。大人和孩子都很拼命。不用早起赶路的白皮、老猫和蕾蕾想必已经毕业，这辈子应该再也不用上学和考试了。造飞机的方式有两种，利用国家机器去造真的大飞机，或是利用基地的机器去造可以在平顶山上放飞的小飞机。自己选择了一条更漫长的路。而且，造飞机是危险的职业选择。父母的顾虑是儿子毕业之后很可能会被分配回贵州。船长说自己并不是定向生。他说自己能够好好学习，考研究生，留校，出国，都是路。他需要学到自己想学的技术，又要让父母放宽心。

这条路应该不太拥挤。各大航空院校已经在贵州招收了很多定向生，应该能够满足那些偏远基地的需求。剩下的一些名额，因为存在父母所说的危险，愿意尝试的人应该不多。但是，也不排除在另一座山谷中有另一些想成为中国的凯利·约翰逊的人。能够报名去学习这类技术的人，应该都是像自己这样心意已决的危险人物。

学习造飞机的地方有三个，北京、西安和南京，都是伟大的都城。排名很容易：北京排第一，因为从小就看见户口簿自己那一页上写着这个名字，有莫名的亲切与好奇；南京排第二，对它的想象仅限于母亲说过的三蹬小石坎；西安排第三，它和自己连最遥远的亲缘关系都没有，但是祖国最古老的都城，如今还留着城墙，而且是丝绸之路开始的地方。

与船长早早决定的命运相比，同学们似乎有着无穷的选择。他们在午饭后常会拿出招生报研究讨论。那几页纸像参考书一样每天都带着，被翻过很多次，作了无数记号。虽然他们几个月后就会出现在其中某所学校里，而报上的每个名额最终都会像班车座位一样被迅速填满，但此刻还留有足够的想象空间，令他们在面对这幅命运的画面时感到兴奋。他们互相询问某座城市在什么地方，猜测着某个专业的内容和毕业去向。同学们普遍倾向于去大城市。离得不远的广州、成都和重庆都受到了热烈欢迎，不那么发达的长沙和南宁受到的关注少了很多，昆明则因比贵阳更偏远而从未被提及。更远的大城市，诸如上海和北京，会被目标更明确的同学关注，但仅限于那些名震遐迩的大学和前途无量的专业。同学们基本不考虑北京以北的学校，它们如母亲所言实在太远，需要转车。其他众多中小城市的院校和专业只做第二或第三志愿以防万一。选择本地大学的部分同学应该是根本不愿离家。当然，他们也明白，选个好专业，一生就都稳妥了。他们的母亲应该很高兴，因为儿女可以继续每天回家吃饭，甚至包括午饭。

能回家吃午饭是美好的。船长继续在酒精火焰上热午饭，听同学们议论各种小道消息。在这个竞争的世界里，他们即便有了自己的选择，也不会公开谈论，但总有个别某学科竞赛稳拿第一的天才漫不经心但又踌躇满志地透露自己要去名校名系，而每个班都有几位这样志在必得的书呆子，所以大家都好奇有限的名额将会鹿死谁手。大多数同学的未来志向是慢慢浮现的。生物课代表选择牙科而不是生物系并不算违背爱好，而填报了工民建和给排水的志愿则应该是以就业为目标。船长已经提前在眼中给这些同学穿上了白大褂，戴上了安全帽，算是对他们的祝愿。而他自己，似乎正在航天飞机发射架的电梯中上升。

在每天黎明前的黑暗中等车时，船长都会凝望路边的那个他曾经踮起脚用拾到的三分钱买过一袋酸梅粉的铁皮售货亭。他不久便会和这一切告别，但如今早已感到童年记忆恍若隔世。车间的噪音和锅炉房的排气声被他归于寂静的一部分。他已经很久没有带随身听出门了。

江毅说他要考回祖籍南京。这是船长第一次知道他祖籍南京，因为他贵阳话说得很好。那么，他的祖上或许也是明朝西征云南时留在此地的？这个想法立刻就被推翻，因为假如是这样的话，他们家应该早就成了正宗的贵阳城里人，不会再急于回祖籍了。应该还是备战备荒为人民而背井离乡到此安家的第一代。总之，江毅说从来没想过自己会去哪儿，小时候也没有想到自己要离开。但在上高中之后，父母的心愿就慢慢浮现出来。他说这就像千年的种子见光发芽。而属于他自己的种子还不见踪影。

白皮在实习一年期间爱上了师兄。这只是船长听说的。在近来唯一一次偶遇中，她并未提起，他也没有问。她只是说知道自己早晚会回上海。我觉得原因，父母是占多数，其实在贵阳生活我想我也会适应的。她说得非常含糊。

假如基地所有老少都得了失忆症，是否就能在本地休养生息？但至少还有自己这样的人，一心想学到某种特殊技术，以及仅仅是因为户口簿籍贯栏中写了个北京就想到北京看看。珊珊从幼儿师范毕业之后当了一阵电视台主播，但随后就去了广州。作为一个歌唱得不错的人，那儿或许有着更好的前途，虽然他没有预料到她会离开故乡。而瑛瑛毕业之后却留了下来，进幼儿园当了老师，他也没有预料到她选择不返回故乡。他意识到祖籍的模糊和父母的开明让自己选择未来时有更巨大的自由度。自己的一生将会更加不确定，因此也更激动人心。雾气彻底散尽的初夏，他在领取大学录取通知书的路上意识到乘坐班车在林场浓雾中爬坡的经历这一生都不会再有了，而朝阳下的贵阳城虽然看起来比童年时繁华整洁了许多，但注定只是他路过之处。那时入北门乘火车出西门去云南，到了十八岁的某一天，他才能入北门乘火车出东门去北京。

## 205

在船长眼中，大学也是一座基地。它拥有教学楼、实验室、金工车间、仓库和若干神秘建筑，都被围墙圈住。与基地不同的是，大学围墙把学生宿舍、研究生宿舍、家属宿舍、游泳池、田径场、商业街、澡堂和多座食堂都圈住了。上万人在墙内工作、学习和生活着。墙上开着若干缺口，模样和职能各有不同：面对学院路的东门鲜花簇拥气宇轩昂，不通车，更像用于集体合影和接待贵宾的摆设；东南门是车辆人员出入的主要通道，门外的十字路口是两路公交车 331 和 375 相会之处，往东几步路便是北医三院；南门是家属区通往知春路的捷径，门外是菜地和平房区，经常有小贩卖菜，用混乱的热闹掩盖了它的简陋；因为门内就是大片学生宿舍，北门以风格多样的饭馆和色香味裸露的小吃摊吸引着不满食堂伙食的学生们，入夜后，绚丽的灯箱和爬着苍蝇的白炽灯泡照亮了升腾的烟雾和心满意足的年轻人；知道西门存在的人不多，因为那是个只容一人出入的小门，而且总是锁着，门外挡着一片种菜的塑料大棚。

同学们很少离开这片独立文明，因为学校内部和基地一样是个完整的小世界，商业街上有百货店、菜市场、邮电所、储蓄所、理发馆、报刊亭、修车铺、修鞋铺和修表铺。大学二年级时，宿管老头开始贩售啤酒和方便面，走廊里出现了招揽洗衣服生意的大妈。但假如想购买服装鞋帽箱包就需要出北门去五道口，路程大致相当于从基地走到新添寨镇上。夹在海淀镇和东升镇之间的五道口也许连镇都算不上，但这不影响它的繁华，去路上穿过的都是居民区，只剩零星的几块菜地提醒人们此地是城乡结合部。与刻板的校内商业街相比，洋溢着自由气息的五道口排列着更多来自南方的时髦商品，铺子间相互竞争，小贩们乐于还价。播放着摇滚的音像店肯定不可能开在校内，和当年镇上的录像厅游戏厅不可能在基地粮店隔壁出现是一个道理。五道口当然也拥有多座书店，甚至包括了新添寨没有的外文书店，但船长很少买书，毕竟学校拥有巨大的图书馆，他终于享受了开架借阅的乐趣。

西北方的五道口当然无法取代北京城。北京城在东南方。那边有西单前门王府井代表的真正繁华。同学们也管去那些地方叫“进城”，但他们很少进城，只在重要节假日沐浴更衣后带着游客心情开始远征，去城里的著名景点或大商场。刚入学时，他们曾在国庆前夜决定去天安门看升旗。船长对天安门和升旗毫无兴趣，因为那个场面已经无数次在每晚七点的新闻联播中和每周一的操场上看过了。他好奇城里的夜景，但想独自观看。所以他决定独自留在宿舍睡觉。入睡前，他突然想起来自己曾是擅长演唱《我爱北京天安门》的小歌手，在遥远南方的堂屋火盆边为亲戚们演唱。不过，在此之前中秋之夜的班级活动他参加了，因为去的是西北方的圆明园。那天，他真切感觉到北方的秋天黑得早，凉得快。他看了地图，希望在黑夜来临之前找到大水法，但全班人走得拖拖拉拉，住在不同宿舍楼的男生女生首次在课余时间相遇，都忙着结识，对园林艺术和帝国主义罪行缺乏兴趣。随着最后一丝余曦的燃尽，想象中的遗迹全数没入黑暗，但这次活动让他确认自己终于身处想象中的北京。会有足够的时间独自探索。

无论去何处，同学们都喜欢邀约结伙同行，而船长喜欢独自探索。随意在一片菜地前停下脚步，或者任性选择一条曲折小道穿过破败的平房区。更重要的是可以自由选择交通工具。他依旧乐于徒步探索，但在走遍大学周边几公里内的街道之后，他购买了一辆二手自行车。

西单是船长进城的最初目标。在他上学的头两年，基地还未到破产边缘，依然有职工进京出差，家里会托他们将包裹带到位于西单北大街的基地驻京服务部，同时写信让船长去取。他会在一个明媚的周末清晨骑车出发，循着 331 的路线南下，在积水潭穿过已经变得透明的城墙，进入真正的北京。城墙的位置是由西方的西直门和东方的德胜门确定的，北侧的小河很可能就是护城河，而街名在此处由新街口外大街变成新街口内大街。在还没有自行车的最初岁月中，他印象最深的便是 331 路售票员的报站：下一站，豁口！每次听到，他都会开始目不转睛地盯着窗外，仿佛那道城墙会随时闪现，夯土包砖的截面擦过他的鼻尖。城内的狭窄街巷都被称为胡同，在古朴的青色矮墙间伸向汽车发明之前的古代。灵境胡同和羊肉胡同可能通往完全不同的世界，而根据家中那些他在童年反复阅读的关于北京的书籍，辟才胡同以前很可能叫劈柴胡同。电视连续剧《四世同堂》的故事应该就发生在这样的空间里，它是船长对北京平民家庭的最初认识，虽然他认为其中的亲情并不是北京特产。穿过这些胡同时，他会恍然听见那首在少年时代很多个黄昏让家中气氛突然凝重的插曲。他曾以为仇恨燃九城指的是北京方言中所说的四九城，但后来因为和千里刀光影对不上而推翻了那个猜测，认为它指的是当时已被日军侵占的九座城市。这种观点和演唱者的洪亮嗓音进一步推动那部纪念反法西斯战争胜利的作品超越市井，成为了国家的一声叹息。第一次目睹这些低矮的院落时，他无法将那种宏大的情绪放归其中，但随着那些在地图上密集排列得无法注名的胡同在眼前鱼贯而来，被数字编号，他感受到了这座城市最沉稳的秩序，也明白每座院落都会分担这座城市遭受的劫难。被共同命运席卷，才会有仇恨燃九城的景象。不过，当他在胡同中越走越深，感觉到周围院落的彻底静默时，却开始自问什么是共同命运。当共同命运来临时，故事中分出了好人家和坏人家，他们随即开始了不同命运。一扇又一扇紧闭的门暗示着各家都是独门独院？院墙虽然不高，但彻底阻挡了游客和邻居的视线。在下一次劫难到来时，这些院墙会突然变为城墙，再次在故事中分出好人家和坏人家。

更宽大的街道通向地安门、阜成门、西安门、复兴门和宣武门，虽然都是已经变得透明的大门，但足以令来自西南山寨的马可·波罗仰望。取了包裹的他常常会继续南行，到长安街路口左右张望片刻再折返。童年对这条街的印象来自各种早已被父母卖了废纸的出版物：国家领导人的灵车庄严驶过，群众在街边肃立和哭泣，黑衣缀着白花。少年时对这条街的印象来自电视：一次次阅兵式上的各种大型武器车辆列队慢行，虽然他对洲际弹道导弹的巨型发射管更感兴趣，但也会想象坦克履带是否会在路面留下印痕。总之，这是一条流动着国家级力量的大街，他不敢擅自穿越。他不止一次到街对面的北京音乐厅看演出，顺便瞻仰久闻其声但未曾相见的管风琴，但那些访问都是夜晚乘地铁来的，假如骑车，熄灯前赶回宿舍是不可能的。在宣武门地铁站上下车，无需穿过这条大街。

王府井是比西单更热闹的去处，拥有豪华酒店和百货大楼，但船长的目标是位于楼顶层门可罗雀的音乐书店。他虽然不会买什么，但是喜欢去看看。和音乐厅一样，这样的专业书店是大城市独有的象征。到王府井有多条路线：可以先到西单然后沿长安街往东，或是到亚运村往南，或是到平安里往东。第三条线是船长常走的，因为从平安里乘111路电车到灯市西口是他去王府井的最早方式。假如骑车或步行，这座平原城市的棋盘式道路可以提供无数路线，这便是城市与乡村的区别。在新添寨，从家走到学校或是菜市场，都只有弯曲的大路和小路，而北京城的道路横平竖直。在船长脑中的城市地图集里，假如城中有山或是有河的话，街道自然会按山形河道弯曲。但北京城里只有故宫周围方正的护城河和北侧的景山，分别是人工修建的小河沟和大土堆。船长还未与它们相见，只恍惚记得来北京第一年的深秋黄昏，在电车上曾经瞥见紫禁城角楼的琉璃瓦反射灿烂的夕阳，一闪而过。

北京的中心地带是船长一直没有探索的区域。它包括了很多大小各异的孤岛，被围墙环绕，拥有岗哨和自动伸缩门，铁栏上镶着军事禁区的牌子，楼门上可能挂着斗大的国徽，显然属于国家机关，古代称为衙门的地方；另一些则是红门紧闭的深宅大院，应该是古代的王府，气派程度与胡同小院有天壤之别。这座城市因此拥有独一无二的威严。王府唤起了船长积攒的另一类记忆：讲述鼻烟壶内画高手为反抗王爷逼迫而断手废艺的小说和关于大钟寺的歌曲，后者唱的是老钟匠赶不上朝廷大限，女儿跳进熔炉才把钟铸出来。家里那本古老的《金属工艺学》上说大钟重四十二吨高七米直径三点七米，钟内外还铸出了三部佛经共计二十万字，所以不可能是老钟匠一人之力，但船长早已从这类民间故事中明白，京城聚集着全国最杰出的能工巧匠，来满足皇家需要的排场和奢华，顺带着也为居民奉献了民间艺术。回忆过这些传说之后，他继续路过王府时感到一种肃穆。威严所暗示的权力需要螳臂当车的挑战者才能充分展示，需要成为拥有情节可以流传的故事才能震慑市井。但船长只是一个外地人，在另一个年代走过这些紧闭的大门前，感受到的只是抗争早已结束之后的空寂和凝重。母亲曾对船长说过，他奶奶就是被迫自尽的，她说父亲亲情观念淡薄，母亲过世都没回去看看。父亲似乎完全不愿提及他的家世，所以北京在船长到来之前一直都是个神秘的传说。有一点是肯定的，那就是父亲在这座遥远城市的家早已消失。

如今，他作为那个家的后代又回来了，而且没有带来任何陌生口音，知道天桥八大怪，爱吃果脯和茯苓夹饼。但这座城市的繁华让他的想象显得老旧，就像那些青色矮墙，驶入眼帘之后便被停放在记忆深处。不过，此处至少是安全的，没有匈奴、契丹和女真的攻击，而北方大国崩溃之后，大片敌军坦克从草原奔袭而来的童年想象也不可能发生了。除了传染病，看不出有什么还能让居民们因为生活在城市而担忧。

阅尽繁华之后，船长将注意力转向那些开阔宏伟的城市景观。学校东北角的路口是北四环终点，据说这条路最终会向西延伸，直通中关村。他喜欢从路口出发向东，跃上宽阔得如同跑道的北四环，经过健翔桥和安慧桥，一路没有任何红绿灯打扰，直达四元桥。他喜欢观察这些巨大的立交桥。它们是城市特有的巨大机器，流水线般运送着无数车辆。这些机器无需能源，没有活动部件，免润滑，也不怕风吹雨打，看起来很多年都不用更换部件。安慧桥的臂弯中有大片草地，他偶尔会把车抬上草地，人车一起躺倒在这座城市著名的中轴线上，仰望周围亚运村崭新的建筑，想象它未来的模样。但在多数旅程中，他完全停不下来，因为公路机器自动将他推送前进。从中轴线向东不知多久之后公路开始向南弯曲，所以这段路的功能是让他感受这座城市的几何尺寸，但他随即便被四元桥吸引，它通向机场，是北京的出口，世界的入口，虽然还未完工，但看起来已是一座令人晕眩的空中迷宫。

## 206

虽然北京遍布作为首都拥有的繁华，纵横着通向未来的大道，船长发现自己最喜欢探访的是它被遗忘的古迹。渐渐意识到这一点，是多次独自前往圆明园之后。每次进园，船长总是快步绕过游客，直奔东北角。一路亭台楼阁都是复建，只有父亲当年留影的那个角落残存着货真价实的古迹。乘 331 和 375 多坐两站路便是颐和园，但他从未想过要去。在他想象中，颐和园和故宫一样雕梁画栋，是帝国幸存的最后奢华，所以虽比圆明园更偏远，却吸引着更多游客。颐和园让他想起的只是覆没的北洋水师。童年除了在纸上推演基地攻防，也常常绘制经典战争场面，重现并扭转历史，指挥北洋水师在黄海海战中大败日本海军便是其一。军舰的画法参考了电影《甲午风云》和小人书，没有现代战舰那令人生畏的锐角舰首，竖着浓烟滚滚的大烟囱。清朝的龙旗比日本太阳旗难画得多，在小尺寸下更像是蛇旗，但他坚持不用五星红旗代替，毕竟那是另一个朝代的战役，而笔下的舰船和飞机坦克导弹发射车一样，无论大小，都必须有旗帜和徽志，展示国家间的角力。致远舰弹尽之后全速前进并未被击沉，而是把吉野舰撞成了两截。扭转历史方向给他带来神秘的舒畅。在发现每次重看《火烧圆明园》都不忍心面对八里桥之战中清军面对洋人排枪齐射发起一次次冲锋的惨烈景象之后，他为他们配置了机关枪、火箭筒和装甲运兵车，其结果自然是洋人退至大沽口上船逃亡，在渤海湾被没有覆灭的北洋水师潜艇击沉。那一切都是幼稚的编造，只有东北角这片残破的石头才是真实的。圆明园就是一座被盗的大墓，遗体和棺椁已被灭迹，只剩一块碎裂成块的巨碑，当他触摸它时，大脑通过指尖接收了它所保存的那些记载掠劫和火焚的图像。它已在风雨中站立一百多年，终于等到了他从南方的来访，但碑上没有任何文字，也没有青苔和荒草能够帮助这个来自潮湿南方的年轻人评估年代，他总是感觉不到这是一片古迹。它在他眼中是一片昨日的废墟。

为这片废墟提供对比的是它的周边。庞大的校园和繁华的商业区已经占据了东侧和南侧。船长曾沿圆明园东墙外的路一直向北骑行，东北旺的荒凉郊野让他有了抵达文明边缘的错觉，但眼前随即浮现出一座人工岛，排列着高科技公司崭新的大楼，让他恍惚觉得自己抵达了日本或美国，而著名的中关村电子一条街相比之下只是一片小商品市场。圆明园占了北京的上水，最终还是化为废墟。这座大学生们趋之若鹜的人工岛占了北京的上地，肯定会辉煌下去，已经有同学憧憬着毕业后来此工作。作为一座越来越重要的基地，此地是否有一天也会成为侵略者的首要目标，被焚为一片废墟？他们不再需要从大沽口登陆长途奔袭，只要从几百公里外的军用机场派出满载凝固汽油弹的轰炸机，一小时内便能抵达。但它们在天边出现时想必已经拖着浓烟烈火旋转下坠，因为这座城市拥有祖国最完备的防空体系。所以西边颐和园中雕梁画栋的色彩会继续鲜亮，吸引着外国游客。他记忆中活着的古代楼阁是小河畔的那座来仙阁，始建年代比颐和园早几个世纪，但老尼姑把想进去看看的蛐蛐赶跑的呵斥依然在山间回荡。昆阳郑和公园里也新修了很多雕梁画栋，但最珍贵的依然是母亲童年上学路过的马哈只墓，墓碑的年纪肯定比圆明园要老几百年，但他记住它的原因是母亲上学时曾经路过它，附近那些已经风化的小石狮子因此也变得生动起来。比起那些位于祖国偏僻角落但在暖光中透出亲切的古迹，圆明园比父亲在大水法留影中严肃的面容更冷峻。它的建造和毁灭都体现了人类的强大意志。

在习惯去圆明园转转之后，船长迅速找到了自己在园中的位置：园西北的一片荒地。指引他发现这片荒地的，是从园子西侧进去可以逃票的传说。逃票并不是他的本意，毕竟它的门票和北京其他景点相比近乎免费。他绕圆明园一周之后发现 101 中学墙外向北的岔道上有大量行人和板车出入，似乎通向一个菜市场。他怀着探险家的心情拐进去，路过一家灰头土脸的宾馆，一片普通但却出没着时髦青年的小村子，发现了这片荒地。图书馆的开架阅览让船长知道它也曾属于皇家，但比起东边需要购票入内的整洁园区，眼前似乎是文明和自然鏖战多年后的遗迹。杂草丛生的大片旷野不像农田但也绝不是荒原，分布着沟壑、土堆和已经风化的残垣断壁，像是被战争夷平的村舍和退耕农田的混合体，间隔了一些看似有序但并不标定任何道路和建筑的树木。走过几片大小不一的水面，前方升起一堵奇怪的大墙。圆明园不需要这样的大墙，它毕竟不是一座城池。这个西北角不久便取代拥有宏大废墟的东北角，成为在很多个黄昏收留船长的地方。他喜欢坐在水边观赏夕阳中渐渐高大的大墙，直至它的阴影完全笼罩自己。它更像是用来执行枪决的刑场。凌迟可以在菜市口百姓围观下执行，但步枪和行刑队需要开阔地和能承受子弹撞击的墙体。此地可能是他生活中离繁华不远但又最荒僻的去处了。再往西北，必然还会有农户、村路和城镇，但已是城市最西北的角落。地平线以外，越过同一轮夕阳下被称为长城的最后一道残破大墙，便是蒙古和西伯利亚。前者曾纵横天下，在中亚收降郑和先祖并将其封官派往云南，但如今只是默默无闻的内陆小国，后者在他年少时还是中国最大的威胁，拥有千万辆坦克闪击北京的能力，但如今也已瓦解。而身后的中国依然屹立，它的心脏离他不远，331 和 375 路转地铁之后便能到达。在圆明园代其领受侵略者的毁灭之后，心脏中心那片宏大的宫城得以幸存，依然受到世界游客十倍流量的敬仰。但即便是当年的皇上也更喜欢以圆明园为家，只在寒冬时节回宫殿住几天。西北方是开阔的，无论晴天还是阴天都似乎蒙着一层雾气，但落日总是异常清晰。船长喜欢在此看日落，看那些残存的水面、说不清是不是废墟的土堆和年纪不明的树木慢慢没入黑暗。身后南边村落的灯火渐渐亮起来，机动小三轮的轰鸣引发着此起彼伏的狗吠。当这片废墟还是皇家禁苑时，中国特产宫廷狮子狗和番邦进贡的外国狗也会耐不住寂寞而远近呼应，在没有发动机噪声的静夜中更加响亮。

在连接西直门和宿舍的学院路边，船长结识了第一段确凿无疑的古城墙。从城墙南端能辨认它梯形的断面，被水泥封住，嵌了一块牌匾，上书元大都城垣遗址。假如没有这块牌匾，船长会以为那只是一条公园化的隔离带，深挖河道的泥土堆成的几人高的大土堆。在公交车上能看到草木间裸露着被踩踏形成的杂乱小径。显然，人们只是想迅速翻越这堵墙，所以没有规划路线。基地周边的山上有很多这样的路，都是孩子们踩出来的，虽然也很陡，但有裸露的石头和树根，雨天过后也依然可以攀爬。但眼前这座土堆中看起来没有一块砖石，和四姨妈家的大宅子一样是典型的纯夯土结构。那些小径雨天过后想必会很滑。好在身处北方，这垄已经严重走形的残垣被雨水侵蚀的日子并不多，倒是每年冬春季的大风会把浮土吹跑，让过路的人沐浴在几百年前工匠们从远方运来并精心夯实的历史微粒之中。固定着残存墙体的草木不算高，必然是元朝灭亡已久之后才渐渐长出来的。没有帝王会命令把树栽上城墙。那会是奇妙的景象，但树根慢慢会让墙体开裂，在帝王眼中不够吉祥。

西土城路的南北车道分列于城墙两侧，船长出城和进城时观察的分别是它的东侧和西侧。在他的坐标系中，它们分属城内和城外。城外一侧开阔些，因为墙角下有一条河。也就是说，护城河。此处是否曾发生过攻城的激战？西北方是元朝的后院，不会有军队从这个方向进攻大都。明军北伐时想必是从没有山的南边和东边打过来，而元朝末代皇帝应该是从这个方向翻山逃亡。平日里，一位守卫这段城墙的元军士兵向城外望去，想象的是故乡，而他被派驻南城时，面对的是广阔的陌生和蓄积的敌意。但假如他不是蒙古族，会有怎样的情绪？在众多朝代中，这座北方边城的居民想必大多祖籍南方。此地的南方不光是两广和云贵，也包括陕西、河南和山东。元朝的皇上也是出行走南门，发兵征讨走北门？清代帝王的祖先也在北方，但他们也尊崇这个传统。只有成为中国的一部分，才能统治中国。

在一个早已没了路人的深夜，船长步行来到此地，在一片寂静中坦然走下人行道，大步横穿北向的西土城路。城垣脚下的铁栅栏比他在公共汽车上估算的要高得多，攀爬时费了些气力，在翻越的时刻，他的侧影被疾驰而来的汽车大灯拉成巨人投射到土堆上，随即迅速缩短，转瞬没入黑暗。城墙顶部是城市繁华夜色中的一条黑色孤岛，两侧的路灯被灯罩遮蔽，万家灯火被树木过滤，只有远近高楼楼顶的霓虹灯箱展示着大城市的霸气，就像巨型机器人摆出阵列打算踏平这条微不足道的矮墙。西土城路已经快要入眠，但百米外的北三环却永远喧哗。它飞跨城墙，日夜输送车辆，散放噪音和尾气。古代士兵们完全无法想象他们驻守的城墙在几百年后会被这样一座混凝土巨构跨越。人类科技在这几百年间突飞猛进，而既然已经能够超视距作战，这垄元代土丘的湮没只是时间问题。但因为它还未堵塞交通，没有可以挪用的砖石，也不算影响市容，才能够在明代城墙被尽数拆除之后，伪装成附带小河的绿化带，顽强地活着。它作为墙的灵魂依然存在，因为船长发现自己能够俯视两侧的交通。身下半枯的草叶上附着了城市特有的沉积物。常年的车流显然抛下了额外的尘土，而两侧层叠的楼房则降低了风速。草叶下的墙体比他想象中的要坚硬得多。夯土理应非常致密，但更原始的夯土想必还要向下挖到数百年雨水都无法浸润的内部才会显露。他手指触及的硬壳应该只是暴雨、烈日和寒风轮流创作的雕塑。他此时想起童年在气象山上踩踏那些快要和周围草木融为一体的老坟时脚往下陷的感觉。那种令人心惊的柔软来自多雨南方的润泽，并不意味着他将会被鬼魂拽进大地。但从那时到此刻，他一直对荒草遍布的古迹怀有原始的敬畏，虽然城墙上的蒙古官兵和坟墓里的贵州先民和他都没有亲缘关系。无论是在夕阳下荒芜的圆明园深处还是黑暗中的元大都城垣，他都没有去刨开面目模糊的土堆看看里面是不是有真的夯土墙。

他点燃了一支红塔山。他第一次抽烟是在云南的四姨妈家。在自家偷烟抽是不可能的，父亲的烟总是藏得很好，而且肯定数目清楚，更重要的是，母亲发现他也开始抽烟必然要大发雷霆。而四姨妈家男子多，客人也多，堂屋里的大桌小桌上总散布着好几包开了的烟。但似乎只有红梅和大重九。他躲在后墙边品尝云南土产烟草时，耳朵紧张提防着前门铃铛响，而手常常无意识地抠挖土墙上的小石头。那些不是一般的小石头，而是好看的卵石。他还多次从墙上发掘出贝壳和螺蛳。土是建房时就地取材的，这些发现说明四姨妈家所在的山坡上古时曾被滇池淹没，或在史前曾被大海淹没。但无人对他的考古成果感兴趣。四姨妈叉着腰吆喝说你是不是要把我家的墙拆了，手指快要戳到他的脑门。而此刻，他想象那几堵也是夯土构筑的大墙在几百年后会是什么样子。其实，在几年前，它们的外壁就被抹上灰泥刷成更现代的白墙，但他更怀念它的本色和被风雨侵蚀出的条带，如同狮身人面像的身躯，和童年抠挖留下的小洞一起让他感受到不同比例尺下的岁月。

自从在这垄土堆上行走安坐之后，船长每个假期结束回京路过它时，心情和童年假期长途跋涉到云南后最终望见四姨妈家的大墙是一样的。一个虽不是家但令人感到亲切的地方。这种亲切源于一种踏实，而这种踏实是被久远的时光塑造的。火车入夜后才进北京站，转乘地铁到西直门再转375经过西土城路时车流已经稀疏，前方几百米内没有红绿灯，只有三环立交，大公共比在顺海林场外下坡的郊区车冲得更快，车内乘客寥寥，船长坐在靠左的单人座椅上，灵魂化为一位骠骑将军，亲自策马夜巡城防。虽然城墙上空无一人，但他还是很满足，因为终于回到了一个有着更宏大历史的世界。每个假期开始，他乘车从城墙另一侧赶往北京站时，都会从城外看看夕阳下的它，感觉自己依旧是一位不善攻城和守城的蛮夷先锋，又一次撤回僻远之地休整去了。回家的列车在傍晚出发，而下班时段的西直门附近总是遭遇交通堵塞，车上也挤得他双脚离地。攻入外城并不难，但北京有一座看不见的内城，他始终无法进入，更不会被它留住。

船长一直没有去故宫。他至今还不了解应该如何进故宫。天安门应该直通故宫，但记忆中天安门的那五个城洞并没有吞吐大批中外游客，附近也没有停车场和大巴。那些外国人总是乘着大巴来。他经常乘车或骑车经过东四西四平安里三条大街，但都望不见故宫的存在。他还是只记得来北京第一年的那个深秋黄昏曾在 111 路电车上见过的紫禁城角楼，夕阳照在琉璃瓦上的金辉像探照灯扫过视网膜，当他凝神细看，只瞥见几条金黄色的飞檐刺破灰蓝的天空，便被楼群挡住了。应该是因为碰巧树叶落尽，行车路线和日落方向的完美巧合制造了一次转瞬即逝的显灵，但也许和在云南抬头瞥见的雪山一样，只是一个壮美的幻象。船长并无强烈的意愿去寻找中华帝国的心脏，否则，他只要从那些大街中的一条朝故宫方向走进某条胡同，便一定能抵达护城河和宫墙。来自京郊的百姓不会有这样的闲暇逸致。虽然故宫没有高耸入云的城楼和宫殿，他们每日将货物从郊县运入米市菜市肉市果市时都会穿过宏伟的外城，明白自己进入了天下的中心地带，获得了某种看不见的庇护。来自四方的客商也许曾经运送花鸟古玩到宫殿的某扇侧门，在太监们点货时顺便偷眼观瞧红墙内的堂皇，收集回乡后的谈资。

不过，皇城总需要一个庄正的前门，供绫罗伞盖簇拥着的帝王在两列旌旗招展的护卫之间进出。天安门依然是故宫呈现给世界的那一面，但它有种神秘力量阻止着船长。他只去过一次，还是陪高中同学们去的。它与故宫是分离的，它们代表两种不同的历史，拥有互斥的力量。在基于小学教育的想象中，天安门是为新中国而建造的，门楼上飘扬的红旗、标语和领袖画像都强化着这一点。五个门洞是依照国旗上的五颗星星设计的。五个门洞是党员、工人、农民、小资产阶级和民族资产阶级进入的专用通道。而两翼的观礼台也是现代运动场式的设计，暗示盛大的景象发生在城楼前的广场而不是城楼后那些盘龙台基上的殿堂，那五个门洞通向的内部世界可以被忽略。它们确实不再通向任何外部世界，因为天安门前已经没有供古代帝王出巡的大道。一座比它高得多的纪念碑堵住了那个方向，碑后曾是中华门的位置是毛主席纪念堂。假如那条穿过正阳门指向中原和江南万里河山的大道还在，他会很乐意去走走，想象自己是远方云游的僧人或是进京赶考的书生。但当他站在这座世界最大的广场上时，感觉它比想象中的小得多，而且是一方被建筑和栅栏包围的封闭空间。排队的人群环绕毛主席纪念堂一周，同学们也就没考虑去瞻仰遗体，而是直奔天安门。经过这座方正建筑的时候，船长想起了胡夫金字塔。那儿也许不需要排队，因为金字塔内部早已被洗劫一空，它的价值只剩下外观的壮美。冷藏技术取代了防腐香料和麻布，只是它需要持续供电，所以这座建筑的下方想必有一个微型核反应堆，像核动力航母添加一次燃料可航行数十年一样，在北京被洲际弹道导弹毁灭之后依然能供电数十年，继续保存着写下 803 大楼正面那几个红字的手。控制室的红色电话机一旦收到远程预警，纪念堂的地板便会豁然开启，水晶棺被降至地下五十米深处由钢筋混凝土包裹的墓穴中，能承受一公里外十兆吨级热核武器爆炸的千吨钢门轰然锁闭。不再需要陷阱、暗弩和水银河流，因为即便还有幸存的人类，他们未来数百年的目标必然是刀耕火种的生存而不是挖开没有任何陪葬的巨墓。全城警报齐鸣之后，游人都会在高音喇叭指挥下向地铁和广场周围豁然开启的多个人防工事入口疏散。但在那个明媚的上午，船长站立在广场上等待同学帮同学拍照留念时环顾四周，发现人们都在阳光中微笑着，照片背景中站在城楼上的人想必也在微笑。记得室友老王说上城楼的票又涨价了，而且还要排大队。室友小高说，那你就赶紧好好混，混成人民代表就可以免费上去了，还有小车接送。在为亲戚们演唱《我爱北京天安门》的年纪，船长对北京最初的想象中，人民代表都是住在天安门里面的。他们和钞票背面的那些形象一模一样，身穿各种制服或是民族盛装，每天开会商讨国家大事，并期待着盛大节日的到来。在那一天，长安街的交通会被截断，沿街的栅栏也会被暂时拆除，天安门的五个门洞里会分别涌出党员、工人、农民、小资产阶级和民族资产阶级代表，奔向广场上欢乐的人群，就像小河汇入海洋。但他们需要适时分开一条路，好让接受阅兵的方阵和车队经过长安街。古代是否也有阅兵？那应该是在郊外的开阔地，皇帝站在高台上俯瞰十万士兵而不是人民。假如是检阅即将出征的军队，也应该是在皇城正北的德胜门。虽然它如今只剩箭楼和瓮城，但还是比天安门威严得多。每次当船长从各个方向接近两翼城墙已经变得透明的德胜门时，眼中都是一位断臂的巨人盘腿坐在一座已经不需要他保护的城市之中。船长在纸上绘制过无数城墙垛口之后，终于第一次仰望真的垛口。在碧空映衬之下，它们清晰的边沿属于一枚硕大无朋的齿轮，城市机器的重要部件，早已停转，但依然和永恒的时空啮合着，锁定了一座城市超越朝代的尊严。船长无法进入神秘的瓮城，但那里因此能够安放他心中缩小的旧北京。天安门作为更高级的帝王入口使用了象征喜庆吉祥的红色，但门楼上的红旗是人民的鲜血染红的，传统和教育就这样营造了一个混乱的颜色体系。而纯青色的、没有任何装饰的德胜门令他感到安宁。小时候玩抛砖，同学们都说青砖质量比红砖好。青砖确实有着更致密的外观和手感。更重要的是它的颜色。青衫，青山，青史，汗青，杨柳青，青花瓷，青云直上，万古长青，青天大老爷，都是中国的象征。红色的城墙锁闭红色的宫殿，青色的城墙保护青色的胡同。

曾有一次，音乐厅的演出结束得早，船长突发奇想要到长安街上走走。那是个初夏的夜晚，散漫的微风掠过空旷的大街，人行道上树荫浓密灯光暗淡。长安街一路都是大墙，没有商家和景致，直到他望见新华门。在童年的想象中，这是中国防守最严密的地方，在他绘制的保卫中南海战役的画面中，门两侧拥有升起的碉堡，高能激光武器可以轻松击毁长安街上一公里外的敌军坦克，即便门被攻破，敌人也会遭遇一道可以持续密集射出霰弹、贫铀穿甲弹和凝固汽油火焰的九龙影壁，它足以制造堆积如山的尸体和废铁，重新把门堵住。但今夜船长隔着大街望见的新华门只有两位士兵把守，灯光也异常暗淡，完全没有国家最高权力机关那种雪亮的威严。但此处依然是中国防守最严密的地方，在这座城市周围的黑暗中，有无数雷达和地空导弹如利剑丛林指向天空。祖国已经不是从大沽口和八里桥一路杀来的几千外国兵能够威吓的了。假如忽略国徽和卫兵，只留下灯笼、石狮子和雕梁画栋，这座周边没有任何现代符号的门楼更像是他想象中的翰林院或荣国府。在暗淡的灯光中，红色显得愈加浓烈。

走下地铁口时，船长在一个快要收工的烟摊前驻足，从架上取出一盒中南海端详。他以前只买红塔山，从未仔细打量过其他牌子。中南海的包装是红底上印着领袖题写的金字，上面绘着一座常见的中式门楼，只是太小，在昏暗中变成了一堆镶金的线条。他上一次看见类似的颜色和图案，是在贵阳卷烟厂的遵义香烟包装上。遵义会议旧址是一座独立的金色小楼，虽然高二时全班去参观时他才发现它其实并不是金色的。

这个二十五。听了摊主的话，船长不禁皱眉。他一直认为十五块的红塔山是烟摊上最贵的品种。他正要把烟塞回架子上的橡筋后面，听到了摊主的解释。烤烟型，日本进口烟丝。他想起了四姨妈家大堂桌上经常摆放的烟丝和烟叶。公公抽，四姨爹抽，长大了的表哥们抽，来串门的亲朋抽，使用烟斗和水烟筒。他小时候最喜欢玩水烟筒，模仿大人们抽它时发出的扑噜声，然后把烟筒水从烟嘴处吹出来，像撒尿。他偶尔会偷偷将烟丝含进口中，或是扯一片烟叶像马儿般咀嚼，感受云南最浓郁的味道。日本太遥远，太清淡。

现在都抽这个，而且便宜，四块五。看摊的中年人像是个知识分子，眼镜片后面透出严肃。机关干部。看摊也许只是下班后的副业。他显然一眼就看出船长不是经常买烟的人，把他当作一个夜晚徘徊街头终于决定开始学抽烟的苦闷青年。船长接过他递来的另一种中南海。白壳，黑体方块字。混合型的，味道很柔，和七星差不多。生产线也是七星引进的。摊主不紧不慢地说着。所以，刚学抽烟的小青年都是从柔和开始的，而不是直接含烟丝，嚼烟叶。

点儿八。据说现在文化圈都流行抽这个。不抽点儿八的一看就知道是外地人。摊主眼镜片反射着地铁通道放射的白光，看不清他的眼神。他觉得我是外地人还是本地人？自己还没开口说话，人家只能从其他方面判断。两手空空，深夜在远离居民区和高校的大街上晃悠的可能都是本地待业青年。

南方人都爱面子，出门都是中华。湖南人是芙蓉王。反正啥贵抽啥。

那北京人还抽啥？船长确认啥字应该是北京方言用法。至少算是北方人的用法。

还抽外烟，万宝路骆驼希尔顿。便宜的，都宝，金健。

船长眼睛一亮，抽出了一盒。

大前门。老名牌。现在没人重视老名牌啦。

青色纸盒上印着一座青色城楼。童年看过的影视作品里经常出现画着这图案的海报，贴在街头和城门口，旁边是人丹广告、安民榜或通缉令。他借地铁通道的光亮仔细地看，发现那座青色的城楼后面还有青天白云，而城楼本身染着淡淡的紫色，似乎反射着日出或日落的霞光。那个时代不识字的老百姓在这条街的烟摊上买烟时，眼中想必只在搜寻这个标志。中南海香烟是很久之后的事了。

两块一盒。也有老烟民买。在家里抽抽还行，就是不好意思往外掏。

船长最后什么也没买。他脑中闪过是否要去看看前门的念头。上次去陪同学逛天安门就是在前门下的地铁，出了站就忙着紧跟直奔天安门的他们，都没来得及回头看。天安门是游客们眼中的国家象征，走上地面时心跳想必都会加速。那是地铁环线车站，如今自己身处地铁一线车站。步行想必需要很久。还要在夜晚独自穿越那座广场。游客散尽的广场终于显出了巨大，四周的灯光无法照亮它，纪念碑和纪念馆的上部隐没在黑暗中，像是《世界之谜》中用底光衬托得更加神秘的金字塔和狮身人面像。他边想着边走下明亮的地铁通道，深夜忙着回家的最后一批乘客都步履匆匆面目模糊。北方人和南方人。北京人和外地人。文化圈。老烟民。小时候咀嚼的那些烟丝盛放在生锈的茶叶罐里，没有人提起它们来自何方。贵州也产烟，所以母亲曾在菜市场上买了农民担挑的烟叶带到云南去给公公尝尝。味道很可能真的有差异。但如今包围他的是另一个复杂得多的体系。地铁通道中排列的各色广告几乎要被雪亮的照明融化。此刻在头顶上方的城市表面，已经睡去的前门和中南海被街灯投上浓荫的影子，而元大都城垣和圆明园废墟已在黑暗中睡去。他将要穿过这座内心正急不可耐地现代化的古都，躺回自己现实的下铺。

## 207

船长感觉自己是在一座充斥着外来人口的岛屿下了船。它位于大发现时代主要航线的交汇处，提供淡水和补给，客商可以休整和交易，他们所做的第一件事是按彼此的口音猜测祖籍，寻找同乡。在整个年级中，东北、陕西、湖北和四川同学占了多数。按家乡所在纬度排列，船长是来自最南方的学生。但令同学们诧异的是，他的普通话说得极其标准。因为专业不在北京招生，他们自然不会猜他是北京人。本地学生没有那么多行李，周末会回家。而且，在北京生活了几个月之后，船长自己也确认了一点：自己并没有什么北京口音。他明白，在南方语言环境中孤立多年之后，连父亲自己的北京口音都可能退化了。但仍有很多年长教授说着他熟悉的江浙普通话，完全没有被京味侵蚀。教学区门口保安之间的对话和苏北话一样难懂。北门外卖肉夹馍的小贩应该是陕西口音，而餐馆服务员都是正宗的四川人，直接用四川话和厨子交谈。每晚在宿舍楼道拉长腔喊洗衣服喽的大妈应该属于东北之外的北方，也许是山西或山东，虽然这两地的方言应该有很大差异。东北口音反倒相对容易判断了，他似乎已经能从东北同学的口音中细分他们了，而据他们自己的描述，在东北，相隔百十里地的城市口音都会不同。总之，船长每天都恍然生活在一场春节联欢晚会中。

这也是船长希望离开岛屿探索大陆的原因之一。在抵达北京的第一个秋天，他喜欢走向五道口的原因之一，是必经的展春园居民区中常有坐在路边晒太阳的老年人说北京话，五道口新华书店和百货商店的售货员显然也是本地人，他们的口音中有一种神秘的亲切，消解着他的乡愁。后来，往另一个方向出发，穿过透明的城墙，踏足更坚实的大片陆地之后，他遇见了在青色胡同里开着小店的中年人，在街口互相寒暄的老人，他开始能从他们口中捕捉到一些父亲从未使用的表达方式。那些词语和发音，他只在家中那本绿皮封面印着天坛的《北京方言词典》中见过。作为商务印书馆的出版物，这本小书在书架上占据大辞典之间的显赫位置而不是躲在犄角旮旯。它帮助他确定了父亲话语中的方言成分。折腾。串味儿。它还帮他了解到李麻子是怕老婆的人，花大姐是瓢虫，《骆驼祥子》中的傻骆驼并不是老舍自创的外号而确实是北京方言。云南的人们说着他的母语，但那儿只是他偶尔玩耍的后院。贵州是他的家，但他从未打算完全掌握它的方言。而当他把人生前线推进到几千里外，此地的人们却说着他的父语，令他有宾至如归的感觉。

饮食习惯是另一个泄露家乡的特征。北方同学吃不惯米饭，南方同学吃不惯面食，生活委员老王每月发放每人定量的米票和面票之后，两个群体会私下交换，男生这边不够还要去找女生换，但船长却从不参与。他每天中午吃面食，晚上吃米饭，这是高中延续的习惯，上高中最初去食堂的日子里因为抢不着米饭而只能吃馒头。但某些细节是无法掩饰的。食堂提供的油辣椒，他每次都要添加令北方同学惊叹的很多勺但还是觉得淡而无味。他总觉得油里那些红色的碎片不是辣椒，而是香山红叶。贵州人吃辣椒果然是名不虚传。对面上铺的四川人赵名行由衷地说。母亲在信中读到关于红叶的玩笑，迅速托人带来亲手制作的油辣椒，在宿舍开瓶后满屋飘香，经常被同学们索要和偷吃。船长对饮食与地域的联系并不完全认同。即便是饺子这样的北方食品，食堂的也没有家里的好吃，快被泡烂的面皮里面塞着水淋淋的半包白菜渣子，确实只能靠添加家制油辣椒才能下咽。如今回想起来，母亲包饺子的技术不亚于任何北方人。而那些传说中的北京传统吃食，豆汁焦圈驴打滚，食堂里自然没有，继承母亲节俭的他进城时从不在外面吃饭，而城里的饭馆，看不出有哪家还在卖这些。

没有什么是船长适应不了的。体育课的冬季项目是溜冰。南方长大的他一跤都没摔，令同学们叹为观止。但他不会任何花样，这说明他并不是城里孩子，没有在河滨公园中接受过训练。对他来说，旱冰鞋和冰刀都应该是交通工具，而在结冰的池塘里转圈子是乏味的。在他童年的想象中，假如小河位于北方，学校和家之间的旅行时间在冬天会缩短一半以上。但南方只有草丛间的小水洼偶尔结冰，踩上去吱吱裂响。他再次回忆起母亲说当年去长春三姨妈家冬天一出门就滑得一跤接一跤爬不起来的事，开始想象自己如何像她一样穿着塑料底的棉鞋在冻结的北方大街上滑行。这也是古代从京郊向宫殿施工现场运送巨型石料的方式。另一个大家都认可的奇怪现象是南方人似乎比北方人更抗冻。来暖气之后，赵名行总觉得屋里太热想把窗户留条缝，遭到了东北同学的一致反对。大家都穿军大衣，但他不时会要单儿。因为冬雨的缺席和暖气的普及，北方的冬天远不如想象中的可怕。但南方寒冷的记忆并没有被刷新，因为寒假回到南方，阴晦的天空中依然飘着冰冷的雨，每天清晨五点多，外屋照例传来父亲咳嗽着侍弄铁炉子的声响。

饮食和天气却是母亲最关心的。她在来信中问得最多和描述最多的都是天气。每次拆开信封时，船长都能嗅到其中封存的雨的气息。

“北京真是冷了，从电视上也看到地上一片白雪覆盖，贵阳现在还不是太冷，有时出一会儿太阳又阴一会儿。”

“注意身体天冷就加衣服，身体吃好点，回来看到不是瘦猴。”

“你们食堂伙食不好，可以到饭店买点好的吃吃，不要太苦自己。”

“今早一醒来就看到天上飘着迷迷茫茫的鹅毛云，可能夜里就下了。煤球棚顶和煤堆上都有一层白雪，只是路上没雪，一落下就化了。九点多就停了。这里天气三到七度左右，窗上有气汗水就证明外面比家里冷。家里已生铁炉子了。你们宿舍窗上结冰，那可能宿舍也比较冷了。”

“你们被子薄，晚上睡着冷不冷，冷的话就把棉衣盖在被子上面，天气快冷了，注意穿暖和一些，过冬的穿着你看还缺什么，需要买的先买好。”

天南地北的年轻人聚到一起，总应该是为了同样的志愿。但令船长感到失望的是，大多数同学对专业并不了解，在他们眼中，这是位于首都的一所著名学府的招生名额，但竞争不算激烈。刚进校的几周里，宿舍里经常讨论的都是高考分数，没有人对终于要开始学习心仪的专业表示激动。在接下来的相处中，船长渐渐明白，大学对同学们来说是高中的延伸，人生必经之路的一段，他们因此学得很用心，但下课之后并没有人借阅他每月购买的《国际航空》，床头贴的也是港台歌星而不是罗克韦尔公司最新式的

B-1B 超音速可变后掠翼远程战略轰炸机。这样的画面在中学宿舍很普遍，但这样一所大学的这样一个专业，应该汇集了全国所有立志成为凯利·约翰逊的十八岁青年，虽然还不能开始探讨学术理论，但至少可以激动地描述翼身融合体、桨扇发动机和玻璃驾驶舱，第一次听到有人想聊聊电传飞行、矢量喷管和相控阵雷达。部分同学在相关的三线单位长大，但连他们都没有显露出对专业的兴趣。对面上铺的赵名行来自四川山区的一座基地，船长初中时便知道它号称亚洲最大。来自该基地的其他几位同学是定向生，但赵名行想必不是，他高考分数很高，理应有更多选择，但不知道为何选择了这个专业。他的床头贴满黄家驹的海报，同学们都说他长得很像这位香港歌手，这表明他的长相非常南方。赵名行的普通话里带有四川口音，因为和贵州口音类似而令船长感到亲切，同时也暗示他并不像岚岚湉湉白皮老猫等人拥有遥远的故乡。在喝过几次酒之后，他终于拾起了这个话题。

老家不算远。四川潼南县双江镇。我上了一个月的一年级，之后才转学到那个山沟里面。原因是我爸觉得老家教学条件太差。山沟里新建不久的子弟学校条件确实要好得多。之前在镇小学，禹王宫改的教室、木头黑板、大条桌、没电灯，家里用的还是煤油灯，后来到基地子弟学校，正规教室、日光灯、毛玻璃黑板，还有普通话环境。头一天周围的人还都说四川话，第二天，老师同学都说普通话。当然，这个我只用了一个月左右时间适应。文化上，小孩子感觉不那么深刻，等我有感觉的时候，已经习惯了。和周围农村、县城都不一样就是了……每到寒暑假，我和我爸都会马上坐长途班车晃悠大半天返回潼南，有时候为了搭上单位拉物资的便车，我连期末考试都不参加了，呵呵……但是呢，可能是因为对同学，还有对熟悉的学习环境的挂念，每次我回到老家后，又非常害怕我爸不再带我回山沟。印象最深刻的可能是一二年级的某个假期，由于担心第二天我父亲会独自返回山里，我死撑着几乎彻夜未眠……当然咯，小孩子，最后还是困极了睡过去了。但这个印象实在是太深刻了……我周围大部分的四川籍同学，情况有两种，比较多的是出生在老家，出生后不久或者在入学前，才陆续来到山沟，另一种是出生在山沟附近县城的县医院里面，从幼儿园开始就在山沟里面……上海籍的同学？有啊，而且比较突出。比较夸张的是一个李姓同学，父亲直接给他们兄弟俩起名“坚海”“坚苏”，一种铁了心要回家的架势。小时候和我一个年级的上海同学，还有江苏同学，很多已经随父母转业回上海了。一个李姓同学，一个汤姓同学，还有一对胡姓女同学双胞胎，以及我在航模队的大师姐。上海人主要都是建设初期来的。这种单位，你也知道的，来的人，其实都是从大城市的那些相关单位抽人来组建的，而那些大单位里面，五湖四海的人都有不是么，当然也有上海籍的。

赵名行的父亲是基地中学的语文教师，所以他在喝多之后依然保持着良好的叙述能力。他的高考成绩是五百八十多分，在全班数一数二，大家都表示敬意，但他谦虚地说自己上了一年补习班啦。至于第一年为什么没考上，他显然不愿提起，直到某天酒后。他说自己第一年高考几乎都没怎么在意。子弟学校嘛，硬件条件过得去，但是由于基地有内部中专、幼师、医专等垫底，无升学压力，学生们之间没有你追我赶的劲头，高考成绩一直就一般。我倒是一直在大学之外未作他想，奈何第一年实在考得太差，和分数线差得比较远。所以，第二年胆子就怯了，不敢想象自己补习几个月能有多大进步……刚好北航这个专业在我们那儿有宣传，说有定向，可以降二十分。我就傻了呗，觉得这样保险，不顾我妈反对，就报了这个降分二十的定向——其实完全无此必要，我已经有足球、航模两个三级运动员，都可以加分二十。

你妈为什么反对？

我妈觉得北京太远，坐车辛苦。

赵名行对吃颇为讲究。他的基地规模也很大，也常有人进京出差，带来各种家乡吃食和调料。在探索并批判了每个食堂的每个小炒之后，他和对门宿舍来自同一基地的老乡刘小江合伙购买煤油炉，去商业街买来蔬菜肉类自己在楼道里做饭。煤油炉的温度应该比酒精炉高，可以炒菜。看他们蹲在走廊里忙碌，船长并不那么羡慕。母亲托人带来的油辣椒，赵名行和刘小江经常厚着脸皮来要，几滴红油便能带他回家，自然也能带他们回西南。

杜茅则是另一种情况。他是全班除船长以外唯一普通话没有任何口音的同学。他祖籍河北，所以也算是内迁去到四川。和南方人相比，他的脸更方一些，身高与最高的北方同学不相上下，说明他确实可能是北方人。他家所在的另一座巨大基地位于成都近郊，所以他是个典型的城里学生，文弱白净，骨瘦如柴，有点驼背，习惯低头匆忙走路，腋下夹着公文包去上课的背影像是个老教授。他低头想的都是复杂的公式，而包里放的不是课本而是影印的外文理论物理著作和用来推演公式的草稿纸，供他上课时坐在最后一排读读写写并在沉思中露出神秘微笑，如果这微笑露出了虎牙，说明他攻克了一个难题。杜茅生长的基地是搞核物理的，但他对于理论物理的痴迷似乎是自发的。他从未解释过为什么没有去学相关专业，但有一点是肯定的，那就是他打定主意要出国。除了自学和应付课程之外，他还在准备英语考试。所以，往往是同学们都吃完晚饭歪在床上看报听收音机时他才匆匆从教学区归来，抓起饭盒去食堂打一点残羹冷饭，假如入夜才回来，那就只能泡方便面。不过，他经常在熄灯前到十四楼前的小卖部买冰镇可口可乐。晚自习之后，小卖部窗口边总站着很多喝饮料的学生，因为饮料瓶子都要回收。大部分同学都喝酸奶，他们认为自己是真正的脑力劳动者，需要补充营养，而杜茅是去喝可乐的，而且一定要冰镇的。店员将瓶子放到窗台上正要开瓶时，总是被他先下手一把握住瓶子测试温度，假如温度够低则会放手，否则会立刻要求更换。

杜茅对食堂缺乏热情的部分原因显然也出自一个南方人对饮食的挑剔。混熟之后，他会撺掇船长一起出去下饭馆。这最初常常发生在周末，船长全天出门瞎逛，常常误了食堂的饭点。二人的口味和他俩的家乡一样相距不远，去川菜馆是当然的选择。蒜泥白肉或夫妻肺片是杜茅必点的菜，上菜之后，他都要拨动筷子研究一下调料的构成，给出几句评价，然后夹一片到嘴里细细品尝，再给出几句评价。后来，一起吃饭渐渐成了常事，因为杜茅想喝一杯。这取决于他是否收到了女友来信。她在上海念书，准备出国。杜茅把她的照片藏得很好，但偶尔趁大家都不在时会拿出来给船长看一眼，问他觉得二人面相是否般配。星座匹配早被他研究透了。他的幸福总是和焦虑交织着，无论这两种情绪的哪一种达到高峰，他都会撺掇船长同去喝一杯。

杜茅边喝酒边再次展望出国计划时也经常会问问船长是否打算出国，说他英语不错，为何不考个试玩玩，很有趣的。船长表示能出国转转确实不错，但他还未想过这个方向。杜茅让他想起他在基地的老同学们。他们都有着既定的方向，只需努力即可，而自己的人生更像是探险。至少，他已经确认，周围没有一个同学是因为爱好而报这个专业的。是他们走错了地方，还是自己走错了地方，这个问题不久便淹没了南北差异问题。季节更替，日复一日，同学们上课，下课，打饭，看报。他们对国际形势比对北京城更感兴趣，班级订阅的报纸中最抢手的是《参考消息》。在一个国家的首都生活，应该放眼全世界。

米洛舍维奇。

卡拉季奇。

伊泽特贝戈维奇。

晚上熄灯前几分钟，歪在上铺的老王举着《参考消息》念念有词。传了两个宿舍之后，这份报纸终于传到了他手上。

罗斯特罗波维奇。船长从容接上，但脑子里想起的却是第一个学期一直在做的季米多维奇的数学习题集已经好久没碰了。那时立志做完它就接着做铁木辛哥的力学习题集。凯利·约翰逊大学时做了不止一遍。

小高铺上的收音机播放着郭富城。灯初上夜未央，来往的人多匆忙。他最近拿着这位歌星的磁带到浴室旁的理发馆，要求理封面上的发型。

我要从南走到北，没有人跟随……

赵名行在斜对过的水房里边冲脚边扯着嗓子唱。他学会了很多在北方更流行的歌曲。毕竟黄家驹唱的都是粤语歌，作为南方人的他即便能模仿，大家也都听不懂。

杜茅夹着公文包弓腰匆匆从宿舍门口闪过。他如今要等教学区熄灯才会停止学习。估计没吃晚饭，既然没进来问是不是去喝一杯，那么应该是已从宿管老头处买了方便面。他塞在床下的脸盆里是泡了半个月长出蘑菇的脏衣服，所以把公文包扔上床然后赶到水房洗脸也只是打开水龙头随便胡撸一把，顺便喝口凉水。

宿舍熄灯前，船长默默将罗克韦尔公司最新式的超音速可变后掠翼远程战略轰炸机的图片从床头摘下来，换上了附带名言的贝多芬头像。

## 208

船长渐渐发现，自己到远方上学的原因很不负责：只是为了看看，顺便长途旅行。这样的旅行每年有四次，在不同的季节，朝着相反的方向，坐在车厢中的不同位置，拥有不同的风景和视角。

上大学之后，母亲一直没来看过他。她的身体越发不好了。

“身体是主要的，这点我体会最深。身体好想干什么就干什么，身体不好想干的干不成，还要依靠别人，时间长了招别人讨厌，是个废物觉得活着没意思受罪，是服苦刑，所以你年轻时就要注意爱护自己身体，身体好是最大的幸福。”

“三姨妈来信说叫我春节过后和你一起到长春去，叫我在那儿住一段时间，她再和我一起回来。我想想也不可能，身体虽然好一些，但还不能达到长途旅行的能力。到那里也没意思。还是在家里好，比较自由，爱怎样就怎样，凭自己的能力，累了就躺在床上休息。虽然这里气候潮湿，这没有办法改变，因为这是自己的家。”

父亲再也没到北京出过差。这暗示着基地的衰落。

船长每次乘火车时都会想起第一次北上。那是他人生中第一次出很远的远门。父母带着庆祝的心情托白皮她爸给他买了88次特快的卧铺票，他没有拒绝，因为他确实不了解如何在硬座车厢度过五十个小时。母亲问过是否要她陪他一起去，他说不必了。但他想象过和母亲一起探索北京城，就像童年和母亲一起徒步探索仍然陌生的贵阳城一样。如今，母亲长途旅行的可能似乎越来越小了，他多少有些遗憾。根据家中老照片的记载，北京在母亲的记忆中拥有自己的位置。她对长途旅行和除了家乡之外的其他城市一贯缺乏兴趣，但作为儿子将要生活的地方，她应该是关心的。

“你们上课的地方离宿舍远不远？走路要多少时间？”这是她第一封来信中的内容。

“路远就乘汽车，骑车很累的。”读了船长的一篇篇进城游记之后，她提出了建议。

当时，母亲也问过是否要父亲送他去，但他拒绝了。虽然父亲对长途旅行和北京的一切想必了如指掌，他还是希望能独自探索一条新路和一个新世界。毕竟五岁就独自乘火车了。一个人安坐在贵昆线的夜车上，兜里是父母留下的字条，上面写着来接他的亲戚的名字，以备万一。到了能独自从行李架轻松取放行李的十八岁，他再次独自乘火车，在车身一阵痉挛缓缓启动时感到心旌摇荡。它第一次向东出发，驶上一条新路，为他展示一个新世界。

上车时已是夜晚，窗外看不到什么风景。有一年春节过后，驶出贵阳站没多久，列车员和乘警们来回走动指示乘客拉上窗帘远离车窗，因为那段时间有人在那个区间向火车扔石头。也许是生活在远郊的农村孩子，他们明白当代文明不会改变自己的人生，只会抛下一路垃圾。而他记得在贵昆线的深山中，孩子们看火车的眼神依然是敬畏的。他当然也会想起独自站在山梁上俯瞰那段神秘铁路时的心情。早已烂熟于心的贵阳郊区地图和湘黔线站点列表告诉他，窗外的黑暗中绝不可能掠过那道山梁，但那段铁路因此作为一个依然无法破解的秘密令他觉得充实。

第一夜主要被用来观察周围的旅客。直奔首都的卧铺乘客比行驶在中国最贫困的云贵高原腹地的硬座乘客高一个阶层。也许不该这么比，因为转眼十年过去，人民生活水平都得到了提高。小时候有一次乘车，中途上来一个农民模样的中年男子坐在对面，和母亲聊了一会儿天，自称是威宁人，说他们村子里梨子丰收，多得吃不完，还邀请母子俩去他们村里吃梨。船长当时是高度警惕的，但后来什么也没有发生，那人只是热情地在母亲的小本上写下村寨地址后就在水城下车了。船长那时才松了一口气。他当时就知道去威宁确实应该在水城下车，而那人也许只是个善良好客的农民。当然，他知道母亲是绝不可能在某个假期带他直奔那个村寨去吃梨的，她只是保持了她对人无差别的友善和礼貌而已。那个年代的社会远没有如今这么乱，要不然父母也不会放心让五岁的他独自乘火车。如今，十八岁的他谨慎地用链子锁将行李锁在行李架上，偶尔趁无人注意时触碰暗兜里的现金，随身听被埋藏在被褥最深处，而被褥堆出特殊的山形，一眼就能判定是否被人翻过。除了定时检视财产，船长也常常坐在折凳上偷眼观察周围旅客，猜测他们的身份。如今再没有旅客邀请旅客去家乡吃梨，人们至多只是问一句对方到哪站下。船长连这个问题都不问。他试图从人们的口音中判断。京味普通话提前将他带到了终点，而更多他听不懂的方言则提醒他路还很漫长，要经过很多陌生的地方。这也是他先暂时不听随身听的原因之一。从《水上音乐》到《牧神午后》都与车内车外的景象并不合拍，一路上铁轨和车轮撞击的声音更令人陶醉或振奋，两千多公里就是被这些撞击声数完的。在第一夜，他听着这样的声音，直到车厢顶灯熄灭，才爬上自己的铺位，数着节拍计算行驶速度。第一晚，列车依然在贵州山区慢速行驶，绵延的挡土墙和隧道让这台机器显得异常响亮，船长在铺位上轻轻摇晃着，恍然觉得自己正在艰难突破音障。

第二天的大部分时间都在湖南运行，天气立刻就热起来。海拔下降一千米，气温上升六度，小学地理知识终于得到实践，新闻联播里每年都描述的火炉被亲身体验。晚饭前后到达株洲，停靠较长时间，调换车头，由向东转为向北。驶上京广线给船长的感觉是小河汇入大河，乌江汇入长江。第一次穿越大半个祖国令他激动。他研究时刻表和地图册，估算着自己经过长江和黄河的时间。京广线何时会使用无缝钢轨？在这样的平原上，也许会在不久的将来运行着子弹头列车？它的气动外形设计必然需要风洞实验，由比他学得更专心的同学们去完成。

列车从偏远山区驶入人口密集的平原之后，乘客们自带的食物已经消灭了大半，也吃腻了车上的盒饭，到站台上闲逛和购物的兴致大增，而麻木的身体也需要更多活动。船长依然恪守母亲多年不变的告诫：站台上卖的东西太贵而且不干净。他在最初几次旅行中保持着高度谨慎，无人照看行李时绝不下车，但后来也开始在站台上靠近自己那扇车窗的位置附近走走，感受陌生的土地和空气，并随时准备在列车突然不告而别时奔跑起跳钻进车窗。他见识了各地的啤酒，但总会想起多年前和母亲在车上喝的那听蓝带。他们只买过一听啤酒。他们更常买的是《奥秘》，云南出版发行的一种科幻杂志，封面都是外国人的画作，描绘的似乎是一个人类可以在其间永生甚至为神的世界。那时他真的以为那些奇景是他今生可能到达的未来，如今他明白那些只是艺术家浪漫的想象，巴洛克式的未来，而他还要继续在弥漫着方便面气息的车厢中颠簸，和坐在对面折凳上啃着麻辣鸡爪的中年职员一起驶向由立交桥和残垣断壁组成的未来。

列车会在第二晚横跨长江。当窗外闪过桥头站岗的卫兵时，他的神色比卫兵还要严肃。经历了每天都要过河的十八年人生之后，他对大型桥梁充满了敬畏。那时，对桥梁的空中打击成了他导演的纸上战役中的重要场面。炸毁长江大桥显然对中国的战略运输有很大影响。附近的黑暗中应该隐藏着高炮部队？应该早已被地空导弹部队替代，而敌人洲际弹道导弹的分导式弹头，至少有一枚会飞向此处。他从眼前交错划过的无数钢梁后方望见两岸灯火间一道宽广的黑暗。这道黑暗中总有船只的星光，让船长觉得两岸灯火是深深宇宙中漂浮的两座太空城。黄鹤楼想必就在黑暗的边缘沉默矗立？那么，自己终于抵达了文明的腹地，此刻正与古代诗人们的足迹交错。在晴朗的夜晚，这片稀疏的星光一直伸向远方，像是从杜十娘百宝箱中冲散的珠宝。那个故事是否发生在长江？他记得银幕上的水面比大礼堂座位下方的小河宽十倍，应该属于长江中下游。他想起母亲和长江大桥的合影，背景其实是照相馆的布景，但表明她确实来过现场，所以画面下方才会有美术字标注的留念字样。但他如今记不起那是南京还是武汉。他翻出一张两角钞票，在车厢暗淡的灯光下端详上面的大桥图案。很遗憾，母亲使用的背景是大桥的另一侧，所以依然无法判断是否就是刚驶过的那座桥。他已有好几年不曾翻过相册，那张照片已经在他高速前进的生活中被尘烟模糊。

才饮长沙水，又食武昌鱼。

一桥飞架南北，天堑变通途。

这些搜索记忆深处时浮现的句子和古代诗人们的作品相比，更像是日记或游记。它们展示了铁路和桥梁的意义。毛主席当年走的和自己是同一条路线，从南方农村故居直奔天安门。当然是专列，而武昌鱼也不是在武昌站台的手推车上买的。专列到南岸就停下了，他在警卫员陪同下信步走到水边，游过长江，而警卫员也在江中捉到更新鲜的武昌鱼，交给专列餐车烹制，杜绝了坏人投毒的可能。一列能随时停下的火车是多么令人惬意，这样就能细细走访这两千五百四十公里路上的山川河流乡村城市，在街巷深处更干净更便宜的小店里品尝当地的味道，侧耳聆听当地的语言，这才是真的视察。

到了江北，船长会和大家一样躺下，但总会因为莫名的激动而失眠或是经常醒来。他终于把随身听掏了出来，打开电台，搜索覆盖这片土地的广播。在行驶的车厢中经常只能收到沙沙颤抖着的声音，仿佛信号不是来自一座又一座城市渐渐接近或远去的信号塔，而是来自一艘又一艘依次划过地球的飞船。在京广线上的夜晚，临时停车相当频繁，特别是在晚点之后。船长刚懂事时就从母亲那儿知道这是在让车，越是晚点，让得越频繁，船长脑中的时刻表最终失效，借着小站半夜清冷的灯光看清了手表指针却依然不知自己身处何方。列车经常一停就是一两个小时，他可以尽情选择和聆听当地的节目。播音员使用的当然是普通话，就像窗帘缝隙中反射灯光的钢轨一样毫无差别，无法帮助铺上的船长定位。好在偶尔会有插播的广告道出地址，有午夜热线的听众泄露口音，引导他开始想象此地居民的生活与北京或是贵阳有何不同。也许是这两座城市之间的插值。长沙像贵阳。石家庄像北京。不，不可能，石家庄不可能像北京。石家庄可能像是北方的贵阳。没有任何城市会像北京。北京是男主角，上海是女主角，广州是女配角，其他城市都是群众演员。火车们年复一年载着船长奔向北京，载着同学们奔向上海，载着西南农村的青壮年劳力奔向广州。而另一些居民选择留在故乡，因为他们选择了那张童年觉得很高如今觉得很矮的油漆斑驳的旧饭桌，选择了固定时节的固定穿着并且习惯带伞，选择了从懂事起便熟悉的街道，选择了早已精通的方言和永不厌倦的特色小吃，而船长就在他们之间走走停停，他不属于这条路上的任何一点，他另有命运。

第三天清晨火车横跨黄河，提醒着船长自己身处中华文明的起源之地。可怜的水量完全不同于壶口瀑布给他带来的想象，但宽大的河道依然裸露着丰厚的历史。在他的字典中，安阳比岳阳更透出古老。他并不清楚殷墟的位置，只知道是在京广线越过洹水的地方，铁路以西。至于哪条河是洹水，恐怕连列车员都不知道。其实他从未开口问过他们，因为他不记得那个字该怎么念。他从未与人讨论过殷墟和洹水，就像他从未与人讨论过前掠翼和离子推进器一样。在安阳站买一份地图就能准确定位，但站台上的手推车肯定只卖烧鸡，因为购物的都是要继续前行的旅客，要买地图只能到出站口外的报刊亭。车窗外任何一个行走田埂的农民都知道答案，但列车无情地前进着，将他们抛在远方。兵马俑就是被打井的老农发现的：在这片古老的土地表面只有普通的农田和村庄，但地下必然层叠着在著名战役中被焚毁的城郭，引领数十万人马的旗帜早已腐朽得连旗杆都没留下，但锈穿的头盔里也许还留存着勇将咬碎的钢牙。如今这一切都已被当代文明覆盖。窗外曾经闪过郑州商城的牌子，但它可能指向一个小百货批发市场。虽然城墙们早已荡然无存，但列车逼近每座古城时，窗外总会出现连绵或断续的围墙，墙与铁道并列，两侧都是一样的农田，所以它们的功能不是保护城池而是展示广告。语焉不详的产品关键词和致富信息带着巨大的电话号码鱼贯驶过千万乘客的视野，展示着这片土地的繁荣昌盛。很快，它们便被一浪接一浪的广袤农田淹没了。华北平原在几千年来一直都被耕作着，似乎永远释放着养分，与其归因于每次大战之后的遍野横尸，不如去感谢像尼罗河一样周期性泛滥的黄河和平原上从西向东流淌的其他河流，它们没有培育出纤维最长的棉花，但延续了最长的文明。虽然夕阳并未勾出太行山的轮廓，但它正在西方天地相接之处与铁道并行，像一堵没有被刷上广告的大墙。古代的信使、官员和军队从咸阳、长安、洛阳、汴梁、金陵和杭州出发前往北方边关，都走过大墙前方的这片大地，迎面涌来的是异族入侵后南逃的百姓。在农田之间，一定有一条古道对准了幽州、燕京和北平，接通它那条著名的中轴线，穿过皇城的大殿和人工堆积的景山，鼓楼和钟楼，亚运村和安慧桥，向左一转，眼前出现了自己的铺位。即便不是家，但船长依然归心似箭，列车的晚点令他感到焦虑，因为宿舍会熄灯，地铁会关站。不过，他首次抵达北京是在一个晴朗的黄昏。过了丰台，铁道左侧有一座巨大的摩天轮滚过，此时列车开始放慢速度，而旅客们已经收拾完毕，从行李架上取下的行李堵塞了过道，大人和孩子用北京口音讨论着回家后洗澡和吃饭的问题。在最后一个弯道上，铁道右侧驶过一座被现代建筑簇拥的古城楼，转眼便是车站显眼的钟塔，和北京二字的反面，它们显然和 803 大楼上的字出自同一只手，而且都是红色的。

当列车在每个车站停靠，船长望着相邻列车上和自己呈镜像对称的车窗中的旅客，会想象基地其他同学的旅行。去上海念书的他们要乘的必然是回乡的车次，会在另一个时段的另一个候车室等待，所以他们永远不会相遇。而且他们并不需要每个假期都回家，毕竟在上海有爷爷奶奶外公外婆，甚至每个周末都可以去吃顿好的，父母则会在每个春节去和他们团聚。他们都已提前回到了未来将要重建的家。

唯一例外应该是媛媛。作为被父母指令要考回故乡的福建人，她去了厦门大学。回家路上需要转车。去北京、上海和广州总有直达，但去福建、辽宁或是新疆，就需要转车了。父亲曾经描述过去厦门出差时旅程的繁琐。如今，她在零星的明信片上描述了转车的细节。乘火车常常与同学、校友和老乡同行，所以还算不孤单。

我和基地大两级也在厦大数学系念书的穆双玲一起在鹰潭转车，先出站到售票处转签车票未成，再混进车站，车站上待了一个晚上，凌晨时终于爬上71次到重庆的列车，车上全是人，我们从鹰潭一直站到贵阳(三十小时)。转车时间最长的一次。

这是第一年寒假的来信。

这次回家是和高中校友一起。跟着男同学就什么都不担心了。所乘列车A进入轨道A，要转乘的列车C在轨道C，两轨道AC之间的轨道B停有列车B。列车A到站两分钟之后列车B将离站，从站台上绕行显然来不及，我们就直接从列车B车底钻过去，到列车C处时，车门已关，央求乘务员开门后赶紧上车。这是转车时间最短的一次。第二天早上进入贵州境内，看看风景，淡化了钻车底和可能赶不上车的风险。

这是第二年暑假的来信。作为三班数学课代表和数学系学生，嫒嫒的描述越发精确也越发抽象，说明她已经习惯了这种奔波。船长还未曾尝试从火车下方穿过一列火车，难以想象一位娇弱的南方姑娘如何提着行李迅速完成这个动作。他小时候有过这种想法，但又担心列车突然动起来，只能迅速平躺在铁轨之间才有幸存的希望，尽量不去想象每节车厢厕所向下洞开的便器。

嫒嫒后来也和贵州老乡一起走过，老乡的叔叔在鹰潭车站上班，转车很轻松。她还提到小时候和爸爸回老家时在鹰潭转车时会住一晚。那时单程要三天。相形之下，乘坐一趟直达特快是多么的轻松，虽然船长在填报志愿时完全没有考虑过交通问题。他要去的地方碰巧是首都，而全国各大省会城市都有直达首都的特快。他在给她的回信中说自己其实是羡慕转车的，这样可以在中途停留片刻，多认识一个地方。比如在安阳或者武昌转车，认识殷墟和长江。或者选取不同路线，比如改走西线，认识西安、成都和重庆，或者沿海岸线乘船前进，认识天津、青岛、上海、广州，再经柳州回家，路上还可以在厦门停留，看看她，然后用望远镜窥探童年经常在地图上查找的金门岛。

有一种疯狂是人人都必须面对的。春运的拥挤要比在夏日蒸笼般的车厢里坐五十个小时或是提着行李钻车底更可怕，而在冬天的两次旅行中，回家的路更艰难，因为学校的提前团购只能买硬座。虽然船长走的是中国最繁忙的京广线，春运期间也没有站着乘车的风险，这要感谢提前团购。但即便怀揣有座号的票，他依然在候车长队中不时观望，进站时和所有人一起奔跑，同时迅速判断着车厢的编号顺序。十年前，他一手拎着一罐四姨妈的水腌菜，另一手为母亲分担着旅行袋的一只提手，只能小跑，而今他孤身一人，自然可以大步狂奔。这个世界确实变得更加疯狂了，开启进站口就像开启泄洪闸门，检票员只有站在混凝土加固的铁笼中才能不被卷走。在奔向站台的路上，船长总想慢下脚步仰望这座著名建筑的反面，细看停靠的其他列车即将去往何方，想象父母新婚之旅的脚步在二十年前是如何穿过同一个空间。虽然也是冬天，但应该不是慌张的，而周围也没有男生的呐喊和女生的尖叫，大人对孩子的催促和孩子向大人的呼救，只有至今不变的宁静灯光。他俩来自南方，母亲穿一件中式对襟棉袄，如今挂在家中的五斗橱里，有着细致的花纹和盘扣，常常被童年的他看成是属于《红楼梦》的古老时尚；父亲穿的像是某种长衫，虽然他相信这只是《四世同堂》催生的对老北京的想象。但他们都戴着围巾。他不戴围巾，因为它在春运中是个累赘，但他会戴着母亲织的毛线手套，小巧的它们可以随时摘下揣进军大衣兜。军大衣也是个累赘，但在零下十度的北方寒夜中别无选择。到车上终于坐定之前，他会将它脱下塞进拥挤不堪的行李架和车顶之间。再晚一点，架上就不会再有空间了，而自己也无法再离开座位，因为车厢照例会严重超员。车站显然售出了大量站票，每张座椅上都多挤了一个人，过道里也坐满了人。经历拼搏之后，每个人都在冒汗。连车窗也凝满水汽，但无人去擦拭它们，因为站台上没有送别的人，所有乘客都是急于回家的孤身的异乡人。当京城最后一片繁华灯火在模糊的窗上游走之后，紧贴在一起的人们会开始寒暄，问彼此的来历和去处，并在适当的时候用乡音取代夹带乡音的普通话。人类的温暖将超员的车厢变成蒸笼，船长会带着奔波的疲惫、尘埃落定的轻松和即将回家的感动渐渐昏睡，但午夜总会在头痛中醒来，发现导致呼吸困难的原因除了身体遭受的挤压还有刺鼻的烟味和尿味，发现身旁酣睡的陌生姑娘把头枕在了自己的肩上。她不知何时终于脱去了矜持的大衣，露出了鲜艳的毛衣，汗水黏结的发梢悬在他胸前。他小心地活动僵硬的脖颈，环顾乌烟瘴气的车厢。他意识到自己醒来也是为了看看行李，但在这样的车厢中不必担心小偷，因为他的行李被压在最下方，强行抽取只会引起山崩。小偷甚至没有机会接近行李架，也没有逃窜的路，因为地板上坐满了瞌睡的人们。车厢接口处不知从何时起也站满了人，他们无法瞌睡，只能不断抽烟，抵御关不上门的厕所散出的臭气。钻到座席底下躺倒的人是全车厢最舒适的人，但唯一不拥挤的空间是窗外。黑暗中的稀疏灯光暗示了这一点，也标定着这一车厢昏睡者的归家速度。它们从窗外浏览着他们，仿佛是在观赏一组由各色冬衣、疲惫的面具和杂乱的假发堆成的雕塑群像。只有他独自醒着，像是一名值夜班的美术馆保安巡视一组名叫春运特快毒气事件的作品。或许列车此刻正在以光速运行，所以时间凝固在了这个瞬间。但窗外的灯光走得并不快，这说明它们在远方，那里和列车之间的黑暗是坦荡的华北平原。次日醒来时，雪野在朝阳下亮得刺眼。窗上的水汽消散了，因为车内温度已经降了下来。身旁的姑娘不知何时又披上了大衣，但没有把扣子系上。是她梳头的动作唤醒了他。过道和车厢接口处依旧坐满旅客，所以她无法使用盥洗室的镜子。

要等到乘务员吆喝着强推盒饭小车在人群中来回两次杀出一丝松动之后，她才能去洗个脸。那要等列车过黄河之后了。它是白茫茫中一道宽大的沟壑，很容易辨认。积雪一般要到接近长江时才会消散，而乘客要等晚上过了长沙和株洲之后才会减少。第三天上午，已有部分座位空了出来，船长也终于能坐到窗边。这是他能在白天目睹贵州的机会，离开京广线之后，会车的次数大减，列车跑得飞快，想把晚点的时间赶回来。下午就能推开家门的事实令船长感到激动。进入边远山区，地名都透着蛮荒。堡。寨。洞。镇远这样更有文化的名字，和许昌邯郸一比，立刻显出了中央和边疆的关系，而这样一个西南边关小镇或许和那艘曾在黄海游弋的铁甲战舰有着同样的功能？贵州和湖南的对比体现着群山阻挡文明的有效性。但即便是在滚动的无尽荒山中，也分布着田野和村舍，在小站停车时，常会有很多农妇和孩子奔走在路基上，举着水壶和果篮叫卖。农妇背上常常背负脏脸婴儿，而最大的孩子也就是上初中的年龄，他们会说的普通话只有那几个字，但知道春运列车至此常常已经断水。车在这些小站停靠往往是为了让车，所以随时可能出发，车一动，还没拿到钱的他们便会焦急，跟着车小跑，而给了钱还没拿到找退的乘客也会焦急，挥舞着伸出车窗的手。假如母亲在，她一定会说，给钱时就应该给零钱。那些水果看起来还算新鲜，她也许会买，但肯定是带回家吃，因为车上即便有水也洗不干净。但窗外的一切看起来都很干净，和遍地围墙、工厂和一路垃圾的中原相比算得上山清水秀，民居有着石板铺叠的屋顶，只是屋里没有彩电，也收不到电视信号，一家人再过两周就会围坐在堂屋中的炭火盆边烧烤着块茎和野味度过除夕，他们不知道捷克斯洛伐克的解体和禁止化学武器公约的签署，聊的只是去年的收成和今年的春耕。已经通车二十多年的湘黔线是否早已唤醒了这片藏着桃花源的武陵郡，提醒着它的贫穷和世界的广漠？隐藏在山谷中的文明自然会令船长想起新添寨，想起占山为王的可能性，想起人类的起源、祭祀和防卫。但它毕竟只是大洋中的一处波谷，沙漠中的一道纹路，飞驰列车中转瞬即逝的一片绿色模糊。直到有一天，在碎石路基上奔跑的孩子终于高大强壮得能够一把抓住扶手跃上列车，目击无数的公路和铁路，跨越大江大河，感受城市间的距离，最终发现这个国家并没有那么大，五十个小时就能走过大半。旅行的意义是他感觉自己变大了，而无论是故乡还是国家都变小了。

但他因此目睹了不同的生活。当 87 次列车终于驶入贵阳城郊，一片杂乱衰败的建筑映入眼帘，他又一次体会岚岚当年的心情。不过，目睹这个国家更贫穷的角落之后，贵阳的灰头土脸并不算显眼。全国很多城市都有这样的风景，多年前通车的铁路没有经过它们的新区，那些拥有华侨友谊商场和海关大楼的繁华地段。但它们确实永远无法与北京的四元桥相比。后者代表的不仅是这个国家的中心，而且是现在向未来推进的边界。

行李架已经空了。归家心切的青年们早已取下行囊搁在座椅上，激动地打开了车窗。南方湿润的寒气立刻把船长带回了家。列车在锈蚀的铁路桥上越过漫长冬雨中泥泞不堪的街道，街边小吃摊冒着热烈的蒸气。一代代居民在一个个冬天在这些街道上往返，吃着最适合他们肠胃的食物，等待下一个季节的到来。车上的青年们在五十个小时没有清扫的狼藉地板上来回走动，将头探出两侧的窗外，希望能预知站台的位置，准备着向亲人挥手，像是赶考归来意气风发的秀才。那么，在了解中央和地方的关系后，接下来会进京做官还是荣归故里？而船长觉得自己更像一名即将溅落的宇航员，减速伞已经开启，六十秒钟后返回舱会接触水面。两个小时后会回到任务控制中心，厨房的铁炉子烧得很旺，卧室里比宿舍温馨得多的花色床单和枕头还带着晾晒的气息，阳台上天然冰凉的瀑布啤酒蒙了一层南方山区的雨雾。

## 209

在北京站前驻足时，船长为念高中时没有对贵阳站进行更多探索而略感遗憾。应该是因为贵阳站前没有这样一片和车道分离的铺了砖的整洁广场，而是散布着坑洼和垃圾，奔突着小公共和三轮车，转弯时划出杂乱的弧线，带起灰尘和泥水。首都的气度确实不凡。更重要的原因应该是自己如今闲下来了。人生不再需要准备一次决定命运的大考。对当研究生已经失去了兴趣，作业也总是最后一天才去做，即便成绩全班倒数第一也会被分配工作。远离父母让自己变成了目无生计的浪荡子。他想起自己在那年夏末第一次走出车站的激动。那一次，他没有从出站口直接走下地铁口，而是在这片广场西北角找到了学校派来的新生接站车，从建外大街上东三环绕北四环，去与在未来四年中属于自己的铺位相见。

那时，他的灵魂还没有开始浪荡。

船长每次仰望站楼时最先想到的依然是父母。第一次看到它是在他们当年结婚旅行的照片中。如今，他一次次走到记忆中他俩站立的位置，仰望这座几乎没有改变的建筑，环顾四周，想象他俩当年目睹的景观。那时他俩都还年轻，喜欢摄影，但应该是为了节省，洗出的照片尺寸都很小，看不清细节。初夏和入秋时的黄昏景色很不错，楼顶的三个红色大字刚刚亮起来，在深蓝的天色中异常生动，而四面钟的一面还映着最后的余辉。船长想过是不是买台相机开始摄影。父亲会乐于看到故乡，但母亲可能会问他天黑了去火车站干什么。她依然会认为火车站是城市里最脏最乱的地方。经常出差去过无数火车站的父亲会辩解。你家北京真是哪样都好，你咋个不回去过？母亲杀手锏式的结语应该是这样的。他不知道他俩此刻在饭桌边会聊些什么。或许是正在读他最近一封家信，关于这座城市另一个角落的游记，并且生出不同的心事。

家中另一张以火车站为背景的照片，是哥哥当年上大学时在贵阳站前与送行同学们的合影。那张照片想必大量洗印，同学们人手一张。与北京站相比，偏远省会的火车站寒酸得多，但要记录的并不是那座建筑，而是建筑顶部的那三个字。没准儿每张照片后面都有某年某月某日贵阳站留念的字迹。父母当年在北京站留影，自然也是为了记录他们头顶上方的那三个字。当人们向着地平线远去，城市在身后不断缩小，最后变成地图上的一个黑点和一个地名。北京不会变成一个黑点，它会变成一枚五角星。

往返于中国南北之间要途经无数火车站。城市火车站建筑庞大，楼顶的那几个字常被遮挡，至多只能在进站前的弯道瞬间通过楼房夹缝看见字的背面。在大型枢纽站，视野会迅速被绵延的半封闭顶篷覆盖，连站楼都看不见。乡村火车站低矮的平房倒是一律面朝列车，房顶上架的大字，或是直接用油漆刷在墙上的站名，都面向铁道。它们对于火车的态度不同。大城市倨傲背对每天百十列火车来朝，而山间小站满心欢喜翘首期盼每天三五班的简短驾临。

不过，船长在地铁站口现身时，北京站总是举着三个大字在眼前迎接他。他每次乘地铁远道而来，在地下晃悠了不知多远，下车爬完所有阶梯，抬头便是站楼。这已经足够模拟火车到站的感觉。他甚至会觉得刚才乘坐的确实是一列远道而来的夜行客车，刚穿出最后一条漫长的隧道，而他又一次刚刚抵达北京。

北京站虽比贵阳站多两个钟楼，还有豪华的飞檐，建筑格局还是和贵阳站差不多。或者说，贵阳站可能是北京站的简陋翻版。正中的主楼有三扇巨大的窗，楼内是售票厅，主楼左右伸出两座对称建筑，安排了候车室、出站口和托运处。站前会有一条大街伸向城市深处，或者说来自城市的一条大街终于站前。昆明站也是这样。中国城市的火车站也许都是这样？翻阅记忆中存储的那些城市地图，城区有大河流过山丘滚过的城市恐怕不是这样。但船长到过的这三座火车站碰巧都是如此，在城市南端坐南朝北。南门据说是古代城市最重要的门。外国使节来朝拜都要走南门。可惜北京站没有建在前门正南，令它更有皇城风度。

母亲总说火车站都是最乱的地方，但北京站是个例外，即便深夜依然灯火通明秩序井然，所以船长乐于在站前广场转转。偶尔能看见有人留影。他没有留影的愿望。父母当年在此留影，也许是因为预感到二人同时再来的机会很小。哥哥和同学们在贵阳站前留影也是因为同样的原因。母亲送哥哥报到之后并未在昆明站前和他留影，因为那是一个她在将来依然会路过甚至回归的地方。北京也许是自己将来定居之处。现在还看不出有要与此地告别的缘由。至少，自己还会在未来几个寒暑假开始和结束时经过这片广场。假若以后留在北京成家立业，必然也会定期来乘车，毕竟亲人都在南方。

船长喜欢到处走走，偶尔找个地方坐下，观察周围来往坐卧的人，从穿着打扮行李言谈来猜想他们是什么人，来自何处，要去何方。他们中的一些人也在打量他。人们只有两种状态，一种是匆忙行走，另一种则是在等待中无所事事。后者喜欢互相打量。但他们对船长的打量只能引发迷惑，因为他穿着随便，特别是在夏夜，脚上一双趿拉板儿就来了，也没有任何行李，不像要出远门，脸上是彻底的自由，没有进站和出发时刻的催促，也没有要长途颠簸的焦虑。在先后把自己想象成便衣警察和扒手之后，他发现自己最适合的角色是一个刚结束了送别的人。没有行李和气定神闲得到了完美的解释。是否应该在脸上留一丝伤感？就像那些古诗中描述的心情。那么，还需要两杯薄酒。

船长最初只在广场和售票厅转转，不久便开始研究各个候车室、列车方向和人群特征的关系。他随即发现假如手中有一张站台票，整座车站都能畅通无阻，不光可以行走在任何站台，甚至可以登上列车。所以他常会花五毛钱买张站台票。买票的感觉也让他更加身临其境。

在站台转过几次之后，船长迈出了下一步。在某个深秋的黄昏，他照例买了张站台票，从地下通道随机选择了一个出口登上站台。左右是两列即将发车的特快。西安和青岛。他不假思索地踏上了驶向东方的列车。

等补完票，车已过杨柳青，船长这时才开始认真思考自己的选择。他没有强烈的愿望从一座都城去另一座都城。调出童年存入大脑的城市地图查看，西安和北京差别不大，而他还从来没见过海。在此之前他曾严肃考虑过是否要去天津看海，但听说天津离海还有几十里路，到了大沽口炮台才能看到海。这要怪家里当初没有天津地图。更现实的原因，是青岛比西安近，而他只有周末的两天。

车上人不多，船长不久便找到了靠窗位置坐定，开始一夜的摇晃。窗外是陌生的中国，但与京广线的夜景并没有差别，什么也看不清。大半个黑夜，他都在记忆中搜索枯肠寻找关于窗外土地的故事。黄河是从这片土地入海的，但他记不起具体位置。黄河一直在改道，与长江相比缺乏航运能力，所以没有发展出上海那样巨大的港口，只是默默染黄海水。黑暗的地平线上是否耸立着历代皇帝祭天的泰山？秦皇汉武是从西安那边过来，但康熙乾隆与他同路。清朝皇帝都是东北人，崇拜长白山，他们的理论是泰山与长白山同脉。假如望不见泰山，也就更望不见水泊梁山。经过沧州之后，他开始想象武松、林冲和鲁智深，景阳冈、野猪林和大军草料场，这些名字带来了回家的温馨，终于伴他昏昏入睡。

青岛站离海很近。也许在潜意识里，船长早把青岛当作看海的最好去处牢记在心。但出现在视野尽头的景象多少令远道而来的他失望，更何况他在之前的一生中有无数次想象海的真实感觉。海和天一样都是灰蒙蒙的，没有一丝蓝色，分不清界线。船长在火车上还想象过黄海究竟是不是黄的。童年上街买菜的路上，他向母亲解释过黄海、红海和黑海名字的由来。可能是因为黄河上个世纪改道入了渤海，所以黄海不再泛黄。或许黄海和滇池一样，需要由哥哥拽着他游到离岸很远才能看到真的水色。眼前的水中无人游泳，灰色的沙滩上甚至没有游客。

但无论如何，看见大海是船长人生中的历史时刻。远处的玻璃大厦上挂着山东外贸总公司和三五香烟的巨大牌子。空气中酝酿着国际的气息。水对面应该是韩国和日本，它们后方是美国，而甲午海战也发生在同一片海。定远。镇远。威远。致远。经远。济远。这些名字依然用小楷写在他记忆隧道深处的墙上，而远就在眼前。从长安出发西去印度的法显从海上归来时是从此地踏上故土的。他计划从广州下船，但在台风中迷失方向，一偏就偏了几千公里。就像《神秘岛》中的人们，从美国东部乘气球起飞遭遇台风，几天内就飞行了上万公里降落在南太平洋。吹送法显的那阵狂风假如向东吹去，他可能会在美国登陆。那么，中国人在东晋便发现了新大陆。人类在江河中尚可顺水漂游，入海后便需风帆和桨叶。比水路更通行无阻的是空路，但费用昂贵。假如有方向但没有财力，就只能像法显和玄奘一样步行或者搭别人的船。那时水路比翻山越岭快，玄奘当年也有走海路回国的选择，只是为了去见新结拜的国王兄弟而翻雪山过沙漠原路返回。而水路也很艰险，到处都是真的鲸波。西方文明靠海路崛起，世界靠水连通，连通的不光是滨海城市，还有邻河的内陆城市。上高中时每天跨越两次的南明河应该是注入大海的。今天才想起来，以前并未仔细研究过它流入哪条大江，属于哪个水系。河水需要多久才能与海水汇合？假设流速每秒一米，每分钟六十米，每小时三点六公里，每天差不多一百公里，那么，从贵州深山出发，十多天后也会入海。高中时在遵义路桥头俯视的水，有几滴正在脚下的灰色泡沫中仰望自己，其他的可能已经绕过好望角，或者被困在了北冰洋。它们在河流中身不由己被定了方向，一旦入海便获得彻底自由。

假如人类也像它们一样自由的话？每秒一米的流速相当于一个缓慢行走的人。但人要吃喝住店。更重要的是，人必须建设家园，筹划归宿。最终在海中获得彻底自由的尼摩船长也经历过很多艰险，甚至失去了所有亲人。部分同学已经先后从贵州出发，沿长江水系抵达上海。虽然还在上学，但毕竟终于回到了故乡。他们如今面对着东海，一片比他的黄海更清澈的水。因为长江比黄河清澈。有东海龙宫，没有黄海龙宫。岚岚还在安徽合肥上学，虽然还没进入上海，但毕竟不远了，每个寒暑假都会在上海转车。她在明信片上写的是：看着万家灯火，不知道哪一盏才是属于我的。珊珊也已经从贵州出发，沿着珠江水系抵达了广州。她的明信片上是一种新奇的巨大花朵，留言给予了明确注释：木棉花开幸福来。她已经能给幸福一个定义了，用她一贯外向的大字。很显然，幸福超过了与大海相见的激动。东南海岸风光的明信片是此刻身在鼓浪屿旁的校园里的媛媛寄来的。那种明朗艳丽的画面小时候在基地驻厦门办事处送给父亲的挂历上见过。不过明信片反面并没有对海的描述，而是用她密织的小字记述着假期转车的历险故事。从福建进出，需要翻越在地图上如一道大墙的武夷山，中国腹地似乎没有什么水系从山中切出一道沟来通向台湾海峡。所以那儿的人们更喜欢出海而不是进入内地，因为进入内地需要翻山和转车。出海更容易，是他们中有很多去了美国成为华侨的原因？但他明白自己是最落后的一个，因为还没有方向所以还未开始远航，或是在随性的远航中迷失了方向，搁浅在一片陌生的海滩。良久站立之后，疲倦的他能感到军大衣的重量，仿佛自己正化为一尊大理石雕像。一波波的浪将身后临海的街道越推越远，无形的水面已经上涨，压迫着他的胸腔。岸边依然没有游人，甚至没有海鸟，只有两个小女孩奔跑玩耍，笑声忽远忽近，加重了他的恍惚。她们比他更不在乎萧瑟的海天。海滩对她们来说就是一片可以自由追逐的空地，而大海则是一方可以随意扔石子而不会击中任何行人车辆公私财产的空间。它是一位呼吸沉稳而有力的巨人，永远都毫无倦意地用波浪为她们推送着弹药，用来击中自己。他想起当年在海口镇外滇池畔玩耍的表姐家的外甥女们。她们应该长大了，而他因此增添了一份衰老。他也想起了被哥哥拉着游进深水时的恐惧，并不是害怕被淹死，而是确认自己的渺小和脆弱之后的紧张。相形之下，他更羡慕那只躺在沙滩上的死猪。经历了衰老的恐惧之后，它选择在一个不凡的地点遁世而去。与肮脏的猪圈和血腥的屠场相比，沙滩算是天涯海角。而作为人类，他明白滇池只是他身后几千里之外僻远群山中一个不大的湖泊，站在水边能望见对岸他乘坐长途汽车或是表哥们的卡车盘过的山。此刻眼前的荒茫才是真正的未知。他回身向城市走去。

青岛比北京暖和，应该是中学课本里提到的海洋性气候所致。街上没有人穿军大衣，让船长感觉自己是个来自北方的盲流。上坡和下坡让他想起在贵阳走过的那些街道。都是山城，但青岛整洁得多。在他童年的想象中，滨海的城市总是干净的，因为常年的海风吹跑了尘土。也是因为滨海，德国人和日本人都抢占过它。因为滨海，派遣炮舰运载士兵登陆即可，否则，从德国那么遥远的西方跋涉过整个欧亚大陆来抢占会是多么困难。贵阳就很难抢占，日本人只能从群山外围派飞机轰炸。因为有过一段开放的历史，街边排列着异国风格的建筑。贵阳就没有这些。邮电大楼和展览馆是苏式建筑，但并没有什么异国情调。因为街道不够平直，船长不断迷路。因为本意是来看海，他上午出站后忘了买地图。还好，海本身就是最宏大的参照物，偶尔会在建筑之间的街道尽头出现。并没有要找寻的去处，所以不存在迷路的问题，虽然他散漫的行走方式比军大衣更引人侧目。

夜幕渐渐降临，走在海边能感到世界的不平衡。一侧亮了起来，另一侧则是黑暗。船长走到两者的边界。滨海大楼上的霓虹映亮了从黑暗中现身扑向沙滩的几道波浪，给它们染上红绿的荧光。白天目睹的那片大海已经托举着法显搭乘的商船和北洋水师的军舰消失在历史的虚空中了。他凝望了很久，等视网膜的感光度增了几倍，才看见远方隐约闪着几点光亮。多亏这艘泊在外海的远洋货轮，才让船长意识到海的存在。或者说，这片黑暗的虚空在这几点光亮的帮助下，被他用海这个概念填充了。他想起在夜晚横跨长江时俯瞰的那片黑暗。建立在深渊边缘的人类文明总是显得格外明亮。

船长沿沙滩走向火车站。他这才意识到它离海有多近。铁道直指大海，但就在它前方戛然而止。不知总工程师指挥铺轨到此处时，感觉到的是完满还是绝望？他知道自己无力前行，但庆幸最后一位乘客将在此下车。在还没有站房的年代，从机车驾驶室里应该能望到大海。在年复一年坐在没有方向盘的驾驶室里等待信号灯和扳道工之后，是否会有压抑已久的司机将火车驶进大海？

因为白天来过，火车站成了船长在这座城市中最熟悉的去处。虽然站楼长得和其他火车站都不像，但楼顶的三个大字已经足以令他感到亲近。票还没买，但已踏上一条直达家门的自动扶梯。车站里穿军大衣的人多了些，也令他感到宽慰。当一个无所事事的盲流走进火车站，当地人就不再警惕他了，因为他已是一个将要离去的人，一枚在发射架上竖起的火箭，一粒搭在弹弓上的石子，不再是这座城市的顾虑。外地人有一个国家，他们的国土是一块块飞地，那就是每座城市都有的火车站和长途车站。

当日去北京的车刚刚开走，必须要在此熬一夜。但从售票窗口接过明天清晨的票时，船长仿佛已经抵达了终点。他买了一罐啤酒，走进候车室找了条长椅，感觉就和在宿管室买了瓶啤酒回宿舍躺倒一样安逸。军大衣此时成了一种豪华装备，无论坐着还是躺着都很舒适。啤酒是青岛啤酒。印象中是中国最著名的啤酒，但从来没喝过。小时候喝的都是贵阳的瀑布啤酒。云南没有啤酒，男人都喝白酒，请客时女人和孩子喝一种叫汽酒的饮料，类似江浙人的小香槟。到北京之后喝燕京和北京。但是蓝带只喝过那一次。每次打开易拉罐的瞬间都会想起在火车上和母亲第一次开易拉罐的画面。他俩拿着罐子商量应该如何打开。夏末的夕阳映照着闪亮的罐身。坐在对面的旅客都望着这边。哧的一声，泡沫涌了出来，母亲催促他快把嘴凑上去，不要浪费一滴芬芳。

当船长用军大衣将自己粽子般裹好歪在长椅一角上，哧的一声开罐时，坐在对面的旅客又都望了过来。虽然候车室穹顶宏大，但这一声还是出乎意料地响亮。应该是因为他端详它时过度的晃荡。更重要的是这声响对大脑构成了某种条件反射的刺激。它预言着饥渴的消解和陶醉的迫近，就像导火索燃烧的声响预示着破坏一样。旅客继续打量着他。一个没有行李的人。他们会认为他是一名扳道员。穿着军大衣是因为要到室外值夜班。但扳道员休息时不应该在候车室喝啤酒，他应该在某扇闲人免进的小门后端起印着铁路局标志的搪瓷茶缸。刚才买啤酒的柜台里还有卖金色商标的张裕金奖白兰地。那是家里过节时会有的酒，母亲喝不惯，只有父亲会买。

船长喝完一罐，又起身去买了一箱。难得来一趟，而且余生应该不会再来了，所以应该带些特产回家。这回对面旅客应该把自己当作旅客了，但看见自己开箱继续喝，似乎有点不安。应该不会成为酒鬼的。不要光喝酒不吃菜，这是母亲常说的。他和哥哥还是少年的时候，在四姨妈家的堂屋里吃每顿饭都会被表哥们斟一杯酒。假如是摆宴席，他俩都会被拉到男人们的桌上坐，船长总因为被迫与母亲分开坐到陌生亲戚身边而感到不适应。所以会喝酒并不单纯是父亲的影响。但那都是白酒。船长根据自己从常识手册上看来的知识告诉母亲啤酒是液体面包，她应该是相信的，因为他放假回家时每顿饭喝一瓶她都不介意。回家当天，母亲总是催父亲去买菜买啤酒，父亲乐于从命，因为他也能尝尝这种在家中意味着节假日的味道。也许在母亲想象中大学是个禁酒的世界，而她相信酒能带来一丝轻松，就像那个列车上的黄昏一样。船长想着这些，枕着酒箱沉入梦乡。

回程路上，旅行的感觉和血管一起被酒扩张了。特别是窗外的一切。华北平原的风光大同小异，他恍然觉得自己奔驰在熟悉的京广线上。都是同一条大河冲积出的平原，分布着同样的植被，生活着同样的人，分享同一本历史。这一片土地上似乎没有什么古都。记得当年附近的各个小国很快便被秦国统一了。来自西部山区的人总是更善于备战备荒。但这里不多的山中也出没过豪杰。梁山应该就在附近。小时候背得滚瓜烂熟的水浒一百单八将如今已经记不全了，但地名却依然崭新。景阳冈，黄泥冈，野猪林，祝家庄，曾头市，郓城县，阳谷县，都在地平线上排列，而沧州是前方的一座车站。大部分故事都是在这片土地上发生的，浔阳江和延安府那样的地方是遥远的南部和西部，充军和避祸之处。童年读水浒时并没有研究过相关地图，只是模糊地觉得苏北同学们的故乡离梁山是最近的，这可能是他把故事讲给小猪听的原因。那时的想象都集中在地形地貌，比如那些山岗是否与梅兰山、奶头山或黑山相仿，而山上似乎都是松林，令他更加身临其境。祝家庄也许就是像基地一样的小世界？而阳谷县城可能和昆阳镇一样，是一座由条石小街定义的典型中国县城。不过，在开始想象世界之前，他从水浒传中最先读到的是吃喝。让店小二上几斤牛肉，几斤酒。连喝十八碗。与赵名行和杜茅喝酒的经验表明，喝十八碗的问题不是酒精中毒的问题，而首先是要上厕所的问题。水浒中似乎没有提到武松去净手。总之，大碗喝酒大块吃肉依然是这片土地给船长留下的最初印象，武松、林冲和鲁智深醉了之后各有壮举，而此刻船长已把一箱啤酒喝掉了一半，连壮举的计划都还没有。自作主张乘一夜火车去看海勉强能算一个壮举？周日上午的乘客不多，他周围的坐席一直空着，想必是因为无人愿意坐在一个喝着闷酒眼神迷惘的年轻人身边。有几次列车到站时他确实想过是不是到站台上去买点什么。每个站都卖着德州扒鸡，而列车随后便路过了德州。一边喝酒一边撕鸡应该更像梁山好汉，但他依然只是喝着酒。他又想起童年买菜路上向母亲解释说啤酒是液体面包。也就是说，能直接喝饱。青岛的味道不像燕京或北京，也不像瀑布或蓝带。燕京和北京混合着校门外川菜馆的味道，瀑布混合着母亲炒的家常菜的味道，蓝带混合着云贵高原上夕阳的味道，青岛混合着海洋的味道。而此时列车正离海洋越来越远。太阳正在窗外的华北平原上缓缓运行，周日无休的农民在田间干活。几千年来他们一直都这样弯着腰。几千年的耕作，土地难道不会变得贫瘠？黄泛区的土地会像尼罗河流域一样在泛滥中获得重生，自己的人生也会在这一次啤酒的泛滥中获得重生？

傍晚，船长推开宿舍的门，立刻便倒在床上睡着了。这个铺位对他来说确实已经是家。他意识中最后的画面是正要去食堂打饭的同学们打量着他，想必是闻出了他身上的酒气。但可能猜不出是青岛。最后一个空罐已经被他扔在了北京站站台的垃圾筒里。

# 210

祁叶的出现给船长提供了一个新方向。

祁叶是正宗的本地人。她说她祖上是河北人。回溯到她祖上的年代，北京无论叫燕京、幽州、中都、大都、京师还是顺天府，都会在地图上缩为一座小城，露出大片如今被称为河北的土地，所以在船长眼中，河北人和本地人没什么区别，住在城里的反倒以外地人居多。

船长是在375路车站认识祁叶的。当时她正坐在长凳上专心用笔将自己的帆布鞋涂黑。末班车进站，车灯照亮了涂了一半的鞋。

上不上，不上没车啦。坐在门边高位上的售票员从车窗探出半个脑袋。这话应该不是对船长说的，因为他当时正跨在自行车上研究站牌。但他还是和祁叶对视了一眼，因为站上只有他俩。两个眼神传达着同一种意思：售票员跟你说话呢。

祁叶不慌不忙站起身来，拍拍屁股，走到车门口却突然扭身向路前方走去。有病。公共汽车撇下售票员的嘟囔，哗啦一声关上车门扬长而去，红色尾灯在卷起的尘土和黑暗中迅速模糊了。

祁叶后来说，本来她确实是想上车的，但一看车上没什么人，售票员也不犯困，没法逃票，所以只好走路回家了。她那晚身无分文，书包里只有一袋干脆面和一个日记本。日记本在她掏笔时被取出并遗忘在长凳上，直到船长拾起追上来。

祁叶是船长认识的第一位城里姑娘。在此之前，他和居住在贵阳城的高中同学并没有什么真的沟通，而大学同学也都来自外地二三线城市和类似基地的偏僻单位。祁叶成了他了解大城市生活的渠道。方法之一依然是日记本。

不止一个大学生喜欢祁叶，因为她听摇滚乐，从来不拿钱当钱，还有些孩子气。其实祁叶手头经常没钱，从家里偷些旧书去卖，是很大的快乐。她父亲是教授，家里堆满了书。船长被她领到家里，这样可以把书偷运出来。家里没人，就直接把船长的书包塞满，如果有人，就说他是来借书的同学。

有一次，祁叶在旧书堆里翻出一本日记。给你看看我小时候的日记。她把日记往船长怀里一扔。

很久没看别人日记的船长打开翻了翻。

2月8日，晴。今天捡到一支钢笔。再见。

2月9日，晴。今天捡到一块橡皮。再见。

2月10日，晴。今天去赵艳家了。

2月11日，晴。今天捡到一支铅笔。再见。

大部分日记都是这样的。船长根据经验猜想这是应付老师的作业。翻了几页，果然看到一个“优”。祁叶看见这个字，拿过日记本，扔进了垃圾桶，然后塞给他另一本。

十岁的时候，她住在一个汽车修理厂的大院里，看门老头总是笑眯眯看她上学放学，有时候还拿腔拿调吓唬她一下，嘿，小孩儿，出入证。她头也不回一溜烟往家跑。但她喜欢那慈眉善目的胖老头。一天老头照例在那儿迎接她，他特别高兴地把她抱起来，抱进传达室，狠狠亲她的脸，胡子扎得她生疼。拧她的屁股，脱她的裤子，直到她大叫起来才慌忙替她穿好裤子，打发出门，捎带着狠狠拧了她一下。后来她在院子里玩捉迷藏，小伙伴都走散了，在一个僻静的角落，一个小铁门开了一条小缝，她趴着往里看，发现一只大眼睛也在望着她，这才发现是一条狼狗，后面站着它的主人，那个熟悉的笑咪咪的胖老头。她疯了似的往家跑，老头儿依旧笑眯眯剔着牙看这个赛跑游戏，直到她摔倒，狗开始撕扯她的新裤子，老头才带着狗乐滋滋地走了，留她躺在地上，脑袋疼得要炸开。

这样的文字显然不像日记而像回忆，但主人公是一个身份不明的她。因为这样的内容太私密，他不打算去问这个她是不是她。另一些对日常琐细的记述读起来更像她本人：

今天被老师搜了一遍身，书包里是一大堆玻璃球，录音机，纸牌，漫画书，还有日记。日记里写了不该写的东西。她被推荐为优秀团员，挤掉了年纪组长的女儿，那个女儿在体育课上当着全班人叫她骚逼，她去沟里捡了一只死耗子扔在了她身上。期末考试中因为过度紧张老看表，年纪组长从后面摸过来，一把钳住她的手，眼中闪过一丝胜利的微笑，随即发现袖子下面只是一块手表。

别紧张，好好答题！那只手放开了，拍拍她的肩。

背着妈妈穿了一身黑色套裙去学校参加开学典礼，很多小男孩在她背后叫她“卞卡”，她高兴极了。典礼开始的时候被老师从队伍后面揪了出来。瞧你，怎么穿成这样，待会儿还要上主席台领奖。不能给班里抹黑，快回家换衣服去。哭着跑回家，不想参加典礼了，被爸爸扯着扭送到学校。第二天，课间操跑步的时候，和她并排的男孩捏了她手一下。

有更简单的，读起来像是一则传奇。比如：

年级里有个叫崔一的孩子跳长城自杀了。他的饭盒被打翻了，所以就吃了别人的饭。

吃了别人的饭所以就自杀了？船长问。

不是自杀。崔一是个极端孤僻，有精神疾病的孩子。他特别喜欢读科技杂志，认为人类可以不借助任何外力飞起来。所有人都觉得他疯了，让他觉得很孤独。

所以就去跳长城？

他要向所有嘲笑他的人证明自己是对的。他不相信自己会摔死。后来我听说在他的背包里找到科技杂志，他带着很多野外装备急救用品什么的，能看出来他并不是去自杀。说他自杀的是学校的老师，那些人瞎猜的，要不就是故意散布的谎话。

那为什么要散布这种谎话？

好让大家知道一个残酷的事实，那就是疯子或大家认为的疯子是无法生存下去的。唉，他的父母是老来得子，在他死后两年里都去世了。这可不是编的。是我哥哥高中同学。祁叶看着船长出神的样子，补充道。我当时在同一个学校的初中。不过事件被学校低调处理，掩盖得很好，不是每个人都知道，除了他们班上的同学。但老师吓唬他们，所以同学们都是谈虎色变，没有人愿意再提。

吃了同学的饭是怎么回事？偷吃别人的饭？

中午不回家的同学要自己带饭。我当时也带。学校水房有个很大的类似土灶的东西，是个超级大的蒸锅。同学早上把饭盒送到水房，中午去取回教室里吃。大家都会在自己饭盒上做标记，比如系个红绳什么的。崔一的饭盒应该是被别人不小心打翻了。即使没有被打翻，大家也都是聚在一起吃，尝尝别人妈妈的手艺。他饭盒打翻了，带饭的同学就你一勺我一勺凑了一盒饭给他吃，但学校老师故意把这件事放大夸张，说他是自尊心强，觉得自己跟要饭的似的，加上长期抑郁，所以自杀了。可能在成年人的眼里，这是唯一能说得通的。然后他们就把这想法强加在学生头上。

为什么中午不回家呢？

家住得太远，或者是中午家里没人做饭，比如父母非常忙的家庭。你中学带饭吗？

带。但是用酒精炉热。要不就得去食堂抢饭没准还要打架。你们同学关系真好。

祁叶不仅向船长讲述了这座城市的隐秘往事，还直接将他带进它的某些隐蔽角落，展示了它的另一层现实。比如老拑。一天下课后，船长骑自行车帮祁叶把一批旧书送到海淀图书城卖掉。卖书时，祁叶挑出几本打算送给她时常提起的李瑾，在车后座上一路指点船长来到了老挝，石油大院里被她称为人间仙境世外桃源的一处破败宿舍。周围的一片大树将它与世隔绝，在船长眼中像个孤岛。这三间一套的平房是石油大学为在附中上学的石油系统外地职工子弟建的。自然，只有一小群人得到这种特殊待遇，而且它后来就悄然取消了。因为只是应一时之需，屋子搭建得极其简陋。屋顶是用油毛毡钉起来的，门窗似乎都是从别处拆来装上的，玻璃早已不知去向，替补的是塑料布。墙面是来源不一的各色废砖，看起来一脚就能踹倒。好在它们并不承力，承力的是几根立在屋角的木料，和作为屋顶大梁的毛竹绑扎在一起，使得老挝没有成为必拆的危房。

老挝本应成为荒草中的一堆废墟，延续其生命的是它的居民。船长首次前来探索时，他们正在打牌。二十四小时都亮着的白炽灯泡照亮了弥漫堂屋的烟气，几个人踩着椅面坐在椅背上。被他们巨大阴影遮蔽的脚下，开裂的地面上散布着烟头和痰。

祁叶来了，出来接客。角落里的猴子喊了一声。

左边的门里有个女孩端着牙刷跑出来，将祁叶拉到门边。你怎么出来了？又跟你爸吵架了？

没有，懒得回家。想你了，跟你挤一晚上。

那他怎么办？女孩看看船长。

搭个双人床，挂个床单呗。牌桌上有人说。

吃饭了吗？泡面？

不用了。祁叶看看船长，他还没来得及说话，牌桌上又有人接茬儿了：李瑾，这么偏心呀，我们都还没吃哪！

这时，有人红着脸摇摇晃晃走进来，撞开李瑾和祁叶，进了左边的屋子直接倒在床上。李瑾走过去使劲拉他。陈刚，你撒什么疯！滚出去！李瑾气鼓鼓地正要找东西揍他，陈刚忽然坐起来，搂住她的腰。我要吻你。身后突然冒出一群人，分开祁叶和船长冲了进去。你放开她！放开！在一阵叫喊中，陈刚搂得更紧，脸在李瑾的脸上蹭来蹭去。一阵肢体冲突之后是啪的一声，船长没看清是谁打的耳光，但陈刚放了手。我操你妈！他哭了起来，随即被几个人拽了出去，推进右边的屋子。

这些人的名字大多是祁叶告诉船长的。后来他每次去，都能看见一群人在堂屋里打牌，但总有些陌生面孔。对于老挝的居民来说，打牌是他们的工作而不是娱乐，每个人都很敬业，夜以继日，整天思索的是如何能更快提高牌技，甚至忘了吃喝，所以每个人都骨瘦如柴。虽然累了就有人换上，到隔壁躺倒便睡，但连续坚持四十八小时的会被称为铁汉。相当于船长乘硬座火车回了家。

那天船长进了右边没有门板也没有灯的男生宿舍，闻到一阵尿骚味。看得出，墙角的洗手池被打牌的众人用来当小便池。铁管焊制的几个上下铺散乱扔着些旧棉絮。墙壁上似乎涂抹了很多字画。他凑近后勉强看清了几个字：杨帆，我今晚要来睡你，想好价钱。泼皮的两腿之间。

嗯，没灯，因为没人在这儿念书。就是个睡觉的地儿。祁叶扔过来一件军大衣，接了一壶水，就去女生宿舍给他泡方便面了。祁叶有胃病，晚上经常不吃饭。片刻之后，外屋灯光突然暗下来。应该是热得快开始工作了。老挝为什么依旧有水有电，船长在吃面时问了祁叶，但她也不知道。这座三间一套的小平房本身可能已经成了三不管地带。

只要没有违法犯罪的事情去惊动大人，没人来管吧。这儿的人别看挺咋呼的，但都挺守规矩，不给大家添乱。他们也怕这儿被人拆了。都把这儿当避难所，所以叫老挝。祁叶说。大多数时候你不用为吃发愁，跟着大伙儿去就是了，总会有最近混得还不错的小伙子大姑娘去结账。要是打拖拉机打得天昏地暗没工夫出去，还会有人用家里顺出来的大米和玉米面，熬成杂合粥。要是啥都没有，就继续打牌，熬到半夜去树后头的家属楼里偷几棵大白菜，点着煤油炉，扔一包方便面调味料，熬上一大锅。这帮人绝顶聪明，过剩的精力和脑力全用在牌上和嘴上啦。不过有一次，终于到了每个人都必须想办法弄钱的地步，很多人白天都去了人才市场。李瑾山东家里捎来的钱早被咱们造光了，那些港商，也就是从这儿出去的混出人样的人，又碰巧全在外面读书出差，所以扛不住的人只好厚着脸皮回家了。只剩下自尊心特强的留下来。后来我偷偷跑回家，把自己的书和磁带都顺出来卖了，去大学食堂买了饭票，拎回来成袋的馒头。卖书生钱，就是从那时学会的。那个时候我成绩太好了，虽然有时候去上课就带一支笔几张白纸。

宿舍呢，每个人都会带来自己的床单被罩，走的时候卷走，棉絮是公用的，假如你发现床上有一床棉絮，那说明今夜有空位，就可以安心住下。既然有了自己的床位，就成了老挝的家庭成员。我高中三年常常不回家，就在这儿。父母后来就不怎么找我，他们对我来去无踪已经习惯了。我哥回家更少，所以算是掩护了我。这儿也曾经是他的家。他很久没来了，而且也不让我来，但拿我没办法。后来我想家了，就收拾好在老挝的东西回家，在一个下水道盖子边上捡到五十块钱。被揉得像用过的手纸一样的五十块钱。完全没人注意，就我捡到了。

当船长裹好大衣睡下时，门口传进的依然是吆五喝六的声音。墙头裂缝透进的光亮不时把一两个甩出纸牌的阴影投射到受潮污浊的天花板上。他的鼻子正在适应尿骚、烟味和依然在黑暗角落里昏睡的陈刚发出的酒气。他有失眠的预感。或者说，他的大脑正忙着适应着这个新环境，同时试图结合之前读过的一些日记，重建一个祁叶。

我有一个说话像吵架，脾气大但是很善良的爸爸，心灵手巧急性子的妈妈，还有一个和我一样不听话的哥哥。我和哥哥最好，虽然他长得并不英俊，但不爱说话的他很酷。我喜欢音乐、美术、看书、睡觉。

我还有全套过家家道具，竟然没有一件损坏的。小时候我总是用发夹把头巾别在头上，嘴里念念有词，一个人坐在姥姥家花园一样的院子中间玩着这些东西。很多人偷偷看我表演。

每天吃饭前都要洗手，饭后都要刷牙，每天洗澡洗衣服，可以不用消毒直接进手术室了。每天必须看新闻联播，但后来发现可以在新闻之前趁机看一下阿拉蕾、卡斯帕尔之类的动画片。家里其他时候静得像太平间，我巴不得摔碎盘子弄出点声音。所以不想待在家里。

另一个原因大概是我专制得不得了的老爸，三个人都要小心翼翼，察言观色，什么时候开口闭口。有一次不小心把一盆温汤放进冰箱，被骂得狗血喷头。家里紧张得像打仗，我宁愿睡在大街上。从不带任何人到家里，因为客人简直是活受罪。

我喜欢差班，都是不装腔作势的孩子，年级组长说这是臭味相投。

那段时间我都闹不清自己是人还是别的。

我被老师叫去了，说你爸一早就给我打电话了。你昨晚去哪儿了？是不是又和那个大学生在一起了？最好少和那个大学生在一起。

船长想抽烟，但他的红塔山已被祁叶拿去给打牌的人们分掉了。他们也许会认为他是港商，其实他只是一个从小习惯烤烟型芳香的南方人。代替窗玻璃的两层塑料布上树影摇曳。居民楼的灯火看起来朦胧而遥远，像是在另一个世界。室友们应该会奇怪他为什么没有回去。他们可能会猜想他又在火车站随机登上了驶向未知远方的列车。但他此刻却在离他们只有几里地的这间屋子中静卧。与他们相比，他的选择越来越多了。此前的整个人生中，他都从未想象过自己会在这样一座废墟中随遇而安。他本来以为自己每个夜晚都会在图书馆。他不确定自己是在探险，还是在寻找属于自己的家园。

## 211

三年级的暑假，全班去赵名行家所在的那个亚洲最大的基地实习，船长大致预览了自己的未来。乘火车前往成都，然后被基地大巴接进深山。当他在招待所院内下车环顾四周时，不禁大吃一惊。自己站立在一个巨大的桶中，被高山环绕，尤其是南边，一道数百米高的绝壁遮住了半片天空。

赵名行他们班去了东北的另一座基地，没有导游的船长只能独自探索本地的风土人情。因为保密规则，负责接待的当地科研人员既不会通报当前的最新科研进展，也不会展开大比例尺地形图介绍基地的全部设施。连扎根山区的心情交流都没有。冷清的招待所里除了全班同学几乎没有其他住客。食堂的菜很单调，常常只有梅菜扣肉一种，但手艺比大学食堂强百倍，同学们整天等着开三顿饭。晚饭后全体自由活动，也没有作业，当同学们开始在客房里打牌，船长便独自出门逛逛，穿过农田和村落，去仰望绝壁。

走在田间，船长想起童年还住杨梅山老房子的时候晚饭后和母亲去采金银花。搬家到干打垒五楼后每隔三两天和母亲去图书馆，都是黄昏走在寂静的山脚下。他不止一次想象过赵名行的基地。虽未听过描述，但觉得无论如何都不会比贵州的山更深。如今终于明白，临近青藏高原的川西和滇西一样大山林立，与基地的地形相比，山在增高数百米的同时也退后数百米，空出一片颇为宽阔的平地，建筑因此远不如被挤压成一座小城的基地密集。一路上没有复杂的道路，没有人和车。作为纯科研单位，这座基地不需要太多厂房、仓库和人员，而他白天参观过的设施都分散藏在山脚的林中和洞中。此时，他终于开始正式想象如何在这样一个环境中度过余下的人生，顺便回味已经度过的人生。关键科技部门总是远离城市。洛斯阿拉莫斯。白沙导弹基地。罗布泊。酒泉。西昌。他也曾向往到阿姆斯、兰利、臭鼬工厂、肯尼迪和约翰逊航天中心工作，它们离大城市很近。人们为何惧怕山区？而在北京生活几年之后，城市对于生活的助益在他看来是含糊的。他已经很久没去西单、王府井、长安街和音乐厅了。他此刻更想念的依然是那些已经或正在消失的废墟。他追忆自己童年进城的兴奋，发现那只是因为好奇。他反思每次离家向北京进发时的激动，发现那只是因为在自己选择的第一段人生之路上感受到了自由。同学们对上海的向往确凿无疑，但他们想必已经不馋明珠牌鱼片，明白多年来的向往更像是在家人影响下对籍贯的莫名依恋。此刻的岚岚想必更怀念那一碗码着粉色腌萝卜丁和金色油炸黄豆的酸粉。

这座山谷中的基地也有一条小河穿过。它从西北方更深的山中游来时想必也是蛇行的，进入这片盆地，没了地势挤压，也未被基建改道，大致是直行的，流到绝壁附近，沿一处峡谷穿过最后一道大山，直奔成都平原而去。全班乘坐的大巴就是循着沿河铺筑的公路进山，过程类似于渔夫发现桃花源。这条小河在雨季必然会泛滥，但只有靠近桥梁处建了几条堡坎，其他河段都是卵石遍布的开阔浅滩。以此为故乡的同学们是否也会在桥头投放纸船？但无论如何，他们的童年也拥有了一条可亲小河的陪伴。不同之处是，他们知道顺流而下便能进入成都平原，汇入长江，直达太平洋。

绝壁脚下是一道斜坡，沉积了风和水从崖顶剥落的碎屑，生长着许多叶片稀疏的挺拔大树，它们刺向天空的角度也是倾斜的，似乎是一侧的巨大山体影响了重力方向，而重力方向影响了生长方向。田间散布着一些比两层民居还高的巨石，似乎已经停留了千百年，头顶已有一层长草的浮土。它们想必目睹过山谷中最早的人类，也目睹过远道而来的科技与农耕为邻，用子校代替私塾，但在田间的模样依然是突兀的外来者。船长打量着这些巨石，想象着改变它们命运的某场远古大地震。暮光还未暗淡下去的时候，他会仔细观察宽广的崖面，计划攀爬的路线。可以徒手的地段，需要绳索的地段，歇脚的裂隙。但他知道这只是想象。除非世界倾斜三十度，他没有能力徒手攀爬。但假如倾斜三十度，身后的一切都会坍塌，滚滚而来，将他的攀爬变成逃亡。

船长曾经对这样的黄昏风景没有酒的陪伴而感到遗憾。招待所不卖酒，视力所及之处也没有街道和小卖部。但这道绝壁本身就足以令他沉醉。他想象从崖顶俯瞰自己这几天走过的道路和进过的建筑，绘出这片桃花源的地图。他渐渐明白，这道绝壁让他一直处于灵魂出窍的状态。他只是希望灵魂能够飞升，俯瞰肉体无法逃脱的这个牢笼。当年曾经希望爬上黑山，也是为了看到曾是他全部世界的那块土地的渺小。如今，他不用攀爬便能感到科技在面对这绝壁时的渺小，而他伟大的梦想不过是河滩中的一块卵石，已经没了棱角，和其他千万块卵石并无区别。

等到夜色占领山谷，没有手电筒的船长才会走上归途。他会在河畔遥望出山的方向。在人类文明诞生前，河流便已学会寻找从山区走向平原和海洋的道路。最近的城市在几十里外，所以天际没有一丝汞灯和钠灯的辉光。此去北京的路程比从自家出发近十个小时，但却是他所到过的世上最偏的角落，比云南神秘的雪山和红色大湖更遥远。他比全班同学，比白天遇见的那些毕业分配到此不久的外地青年都更熟悉这种偏僻的生活，但这种熟悉如今正在蜕变为一种窒息。本来并不介意在山谷中生活的他其实早被某种呼吸系统疾病感染，但只有到另一个山谷中生活才能确诊。这便是船长这次实习的最大收获。

谷底每晚都会升起浓雾，幕布般遮盖绝壁。谷中万籁俱寂，没有车间的噪音和锅炉向河谷喷射蒸汽的巨响，纱窗外只有昆虫的细语。这依旧是中国的西南，但并不是自己熟悉的那两个小世界，虽然他离它们并不遥远。他想象明年毕业之后总会到某处安顿下来，在同样的寂静中想念远方已经进入梦乡的亲人们。窗外的寂静中是否真的隐藏着将人类带向未来的技术？假如时光倒流几年，白天的参观一定会令他激动得呼吸困难，但如今自己更喜欢观察的却是那些扎根当地的人们。从口音判断他们的籍贯，从发型和皱纹判断他们的年龄，从神色和话语猜想他们的心境。

从四川回家虽近，却是新的体验。船长第一次从上游跨过长江，随即被贵州的山海吞没了。很显然，从四方入黔都是进山，而基地就孤立在这片山海的中央。它行将破产，但依然是他的家。

基地没落的最明显标志是正对大门的山上建了一座公墓。领导和职工共同抵制这一项目已经几年，但最终还是失败了。这样的事在基地全盛时代完全不可能发生。

母亲已经提前病退。船长整个假期每天都坐在床边的沙发上陪她看电视。她累了就会睡午觉。船长前两年花了大力气说服家里把电视换成彩电，虽然母亲说看彩电头晕。节目内容是一些重播的影视剧，但船长觉得很陌生。

母亲床头摆着她的书，书上是她的老花镜。她睡着后，船长会试戴一下老花镜，想象她眼中开始模糊的家，然后翻翻她的书，想象她的内心世界。《魔山》。多年前母亲曾经借过。在他刚识字还没学会霸占借书卡的童年，母亲借的就是这类有着严肃名字和庄重封面的书，情节平淡，人名难记，所以那时他更热衷于研究各类地图，翻看《民兵训练手册》，开始探索家里的那几本凡尔纳。但他记住了这个书名，因为它听起来至少比《人性的枷锁》更有意思，他记得自己曾经好奇地读过开头。如今，这个名字让他突然有兴趣继续翻了下去。一个人先乘火车又转乘汽车从大城市到深山疗养院里探亲，然后漫长的几百页似乎都在那座疗养院里度过了。听说梅兰山打出了温泉，船长倒是觉得这座山谷挺像疗养院，山清水秀远离都市。但母亲的身体并不好，而她认为这是待在这个鬼地方导致的。从北京回到新添寨的感觉和从汉堡到魔山差不多。一个要乘很久火车然后进山的地方。但书中只是在开头描述了这段令他好奇的旅程，剩下的都是无休止的对话。

你说“原本”？你不能说“原本”。时间根本谈不上什么“原本”。它对你显得长，就长，使你觉得短，就短，可实际上多长多短，谁也不知道。

什么话！不。咱们可是能够测量它。咱们有钟表和日历；当一个月过去了，那它对你、对我、对咱们大家都同样过去了。

请注意，当你在量体温的时候，一分钟就是你所感觉的那么长，对吗？

一分钟有这么长……就是它延续的时间正是秒针跑完一圈所

需要的。

可它需要的时间却完全不一样……对于我们的感觉来说！实际上……我说，从实际情况看，那是一种运动，一种空间运动，不对吗？好了，等一等！也就是说，咱们是用空间来度量时间。可这不正跟想依据时间来测量空间一样嘛——只有愚昧无知的人才如此干呢。从汉堡到达沃斯有二十个小时的路程——是的，乘火车，可步行呢？步行要多长时间呢？还有，用思想呢？一秒钟也要不了！

船长望望沉睡的母亲。他其实并不了解她。他不了解她此刻正在梦见的世界，和她年复一年行走的路程，虽然她走过的路，他也大多走过，牵着她的手，帮她提着菜，或是与她分担着旅行袋的重量。他更不了解这样一个故事在她内心触发的思绪。

基地已经屡次拖欠工资，一拖就是几个月，但父亲依然是数千员工中最勤奋的一个。很显然，他和那些船长曾经崇拜的仪器设备依然捆绑，在它们锈蚀和报废之前，他都不会停止早出晚归。但那只是时间问题。海洋文明最终还是击败了山地文明。车间墙上备战备荒为人民的标语已被青苔掩盖。年轻人早已涌向了海边的大城市。分配来的大学生，心不定，很快就跑了。父亲在饭桌边说的情况已经持续了好几年。

在饭桌边，船长还被问到何时打算回京。这个回字让他明白这个家已经不属于自己了。虽然父母只是为了计划去找人帮忙订火车票。他们在潜意识里早已认为儿子离开此地是件好事。能离开的人都已经离开了。帮忙订火车票的还是白皮她爸。听说白皮已经回上海了。船长为她感到高兴。每个人都正被看不见的巨手安排着命运。在云南，表哥表姐们都已成家，男人们再也不跑长途运输，女人们再也不上山采花和到滇池游泳。他们在故乡已经为人父母。他们似乎从未想去遥远的地方打工挣钱。湖畔小镇似乎拥有令人安定的魔力。母亲是罕见的例外。他从未问过她年轻时远征数千里去海边大城市工作的心情。但此时像孩子般沉睡的她梦见的想必是童年的阳光和已经逝去的双亲。但她依然会醒来，面对这个正在衰老和霉变的世界，继续感受被群山和阴雨包围的抑郁，为家和故乡不在一处而感到轻微分裂。

## 212

最后一次去系办，船长得到的说法是，如果他能在上海找到单位，可以考虑同意把他分到上海。上海应该是个热门的分配去向，但北京以外的地方对他来说都一样，都意味着对命运的屈从。上海只是个小学时见过的远房亲戚，依稀记得有这么个人，其实早没了印象。

作为自主选择的先兆，船长早已搬出了宿舍。他厌倦了校园。他想当普通居民，或者，先体验一下普通居民的活法。北门外的展春园是一片庞大的单元楼，有出租房，但他只租得起平房。校园周边唯一的平房区在西门外，清华园火车站的背后。每座火车站附近都盘踞着一片破败的老房子，在车站和铁道掩护下抵抗规划和拆迁，这是他长久以来的观察，但没想到有一天会住进这样一片房子。铁道对面是中关村规划整齐的大小楼房，东南的知春路上是顶着霓虹的高层建筑。沿铁路向北是一片菜地，延伸到五道口的商业区。火车站后也是菜地，它们之间有几十米宽的地带，杂乱堆放着几十间平房、一座公厕、一片垃圾堆和两家摆着油腻公用电话的小卖部，构成了一座城中村。

想坚持在北京生活下去并不难。在这片平房中租住的都是外地人，房东不看暂住证。除了不爱学习也不爱住宿舍的海淀走读大学大专生，还有来自南方的生意人，他们都是自主选择生活方式乃至人生道路的榜样。前者整天邀约着四处游玩，租房只是为了一个多晚回来都不熄灯也不锁门的睡觉之处，后者更是早出晚归，连面都碰不上，只能听见他们在隔壁小屋或窗外小道上使用手机时的浓重口音。几年过去，他自己倒是带上了更多北京口音，或者说，恢复了遗传的北京口音，以至于小卖部店主隔三差五对着来用公用电话的他絮絮叨叨，说外地人买得起手机但晚上尿墙根儿。

船长也终于拥有了一个寻呼机，这样可以和祁叶联系，也能用于找工作。但祁叶很少联系他。她说她这段时间要考试。她当然不能那样混下去了。而他也没有再见她。他明白自己理论上几个月后就要离开北京，除非发生奇迹。家里花了很大力气开出的盖着各种红章的“支边职工子女证明”没人有兴趣看。他曾一直认为自己的籍贯和父母的身份很特殊，如今明白那只是一种幻觉。假如在一年前选择考研，他此时完全不用操心分配的事，因为他还会在北京从容生活几年。但那在他看来会是对人生的敷衍。但是人生总还需要一个工作？刚来时每个月都要去校内报刊亭看看是否有新一期《国际航空》杂志的举动如今恍若隔世，但毕业设计和论文却在大学生涯的最后几个月中唤醒着他初来时背负的向往。他因此每天都会到校。他一般不去宿舍，因为搬走之后，他的位置只剩一张光板床。也许是因为下铺空出一个位置，宿舍越发成为打牌和看球的场所。据说毕业班的宿舍是不熄灯的。他偶尔去找赵名行和杜茅，把满地瓜子壳踩出脆响。各个宿舍大同小异。他羡慕同学们，因为他们的人生不久便会尘埃落定。在直奔实验室的路上，他幻想自己是一个刚有工作但随即就要下岗的工人。实验室是一号教学楼后面几间没有窗户的低矮平房，其中藏着一座水洞，就像当年基地厚重黑天鹅绒窗帘遮蔽的平房中藏着的激光器一样神秘。他在家信中描述了水洞。在流水中注入染料，看它无声流过机翼翼梢，翻卷起细小的涡流，当人类正要细看，这缕神秘的美已经转瞬即逝。这是他在大学中唯一一次进行接近少年梦想的研究，显然启动得太晚了。

彦教授和母亲年纪差不多，两鬓斑白，永远和颜悦色。作为一位国家更需要的高级知识分子，她还没有退休，但身体也不好，每次进冰冷潮湿的实验室都要先披上军大衣。好在她的办公室位于一座小楼最高处朝南的屋子里，每天都有充足的阳光，让他想起当年五楼朝南的家。他坐在明亮的办公桌前等待她戴上老花镜细看他新拍摄的涡流照片时，都会恍然回归大学一年级时对未来的踌躇满志，而自己是一个提前进入实验室研究阶段的天才。

在最冷的日子里，北京依然是晴朗的，而车站站台拥有比广场更自由的天空。和船长曾经路过的偏远小站一样，清华园的站台可以随意闲逛，成了他经常出没的地方。他甚至在人生中首次爬上了一台机车，完满了一个几乎被遗忘的梦想，而脚下的铁路碰巧是中国人自己修建的第一条铁路。他手头没有在童年被列为世界末日逃难必备书目的《中国交通图册》，那时也没有细看过这条著名的京张铁路，但他记得张家口是塞外进京的关口，而詹天佑修的人字形铁路就在前方。他在小学课本里读到这个发明时，曾好奇南口和青龙桥附近的山难道会比云贵交界处的那些大山更艰险。但他如今并没有乘车向北的想法。应该是因为路过的火车并不通往蒙古和西伯利亚，否则他会在这最后一个学期的某个周末上车去看看边界。他在北京站闲逛的岁月中见过那些国际列车，挂着国徽，车牌加注外文，很容易辨认。他记得中国通向北方的国际铁路是从二连浩特和满洲里出境，而眼前的京张铁路只是一条短短的支线。虽然有同学在此乘车去长城，但他并没有兴趣去看那堵挤满游客的大墙。他更喜欢元大都城墙超脱于车水马龙之上的僻静。在墙内外都是中国的情况下，长城更像是一道风景。假如它依然标记着边界，他早就去看了。这是一条死路，而青岛至少面朝开放的大海。张家口外过了大山，想必有大海般的草原，但蒙古却是世界上最闭塞的国家。成吉思汗就是因为活得太闭塞，想看到大海，才决定东征西讨，抵达了太平洋和里海。

入夏后的一个黄昏，船长在学生川流不息的北门遇见了指导员。你的档案已经转回贵州了。她以尽量轻松的口气说，但盯着他的眼睛的视线透出不安，仿佛担心他会在大庭广众之下暴怒或崩溃。但什么也没有发生。他只是微笑。她是一个比他大不了几岁的年轻人。她也许只是传达领导的指示，也许她确实也参与了分配。总之，她是那台机器的一部分，而他只是那台机器要处理的大批数据中的一行。当她从视野中消失后，他感到一阵真的轻松。世界豁然开阔，饭馆和摊位的灯光更加明亮，而宿舍楼彻底隐没在了暮色之中。卖肉夹馍的外省青年似乎明白了一切，手中的活儿不停，但也朝他露出天真微笑，应该是在欢迎他终于也定居北京。他逆行穿过吃完晚饭回校继续学习的人流，独自走向车站。他们就像成群的异邦水手离开东方之都的繁华码头，心满意足地沿舷梯回到远洋轮上，而他正偷偷弃船登岸。从明天开始，他会把还留在宿舍的最后几件行李搬走，就像考察船到了南极，探险队员四处勘察之后回船卸货，在选好的位置搭建永久观测站。

入夏之后，最后一班列车过后天光尚亮，候车室的门已经锁上，站台只有居民乘凉。北京夏天的平房在夜深之前都是蒸笼，所以有点小风的开阔站台是他们喜欢的去处。他们搬来了藤椅、蒲扇、茶缸和西瓜。他没有椅子，只能拎着一瓶刚在小卖部买的冰啤酒四处闲逛。他喜欢去看站房墙上西晒褪色的路线图。八达岭和居庸关中外驰名。26 公里和 28 公里也许只是内部站，功能是给老式火车添煤加水或是供铁路职工上下车。妫水河像是《山海经》的古老地名，康庄是社会主义年代的新农村。昌平、宣化和怀来是它们之间漫长的传统文明。清河与沙河是两条确实存在的河流？那么它们肯定不会向西流动或是流回地下，必然要注入渤海。终点站张家口既然是口，就肯定不是世界尽头。在那儿可以登上通往内蒙古和山西的列车，最终回家，或者去到欧亚大陆任何一个通铁路的角落，比如西班牙和挪威。童年从未想过有一天能住在火车站边。这个现实向他展示了人生所蕴藏的可能性。在这个庆祝的夜晚，他喝了很多啤酒。冰凉的酒液下肚，换作细细的汗珠从皮肤上渗出来。体内的细胞早习惯了被北方的水和粮食养育。他其实早就变成了北方人。变回了北方人。

七月，船长去北京西站送走了赵名行。这是他第一次到车站送同学。杜茅正在准备出国考试，还能见着，但赵名行此去有些刺配远恶军州的意思，而船长既然已经背叛了这个国家的人员组织体系，必然不会再有机会去那座山谷。否则，无论分配到哪个单位，因为专业关系，都会有去出差的可能。不过，送别并不沉重，船长穿着趿拉板儿就去了。他整个夏天都穿拖鞋，无论是走路、骑车还是乘坐公交和地铁。去和同学们拍毕业照也穿着拖鞋。凉快，容易冲洗，并且暗示着他已把整座城市当成了自己的家。赵名行当然不是刺配远恶军州而是回自己的家，所以几乎没有行李。参考书和煤油炉早就在宿舍门外摆地摊卖掉换了酒钱。被褥都送给了他，让他小平房的光板床能舒服些。一切辎重都弃了，只用一个军挎装好细软和证件。二人慢慢游逛在崭新的北京西站，完全不像是要长途旅行，而是在博物馆参观。春节前，驶向南方的一部分特快列车从北京站挪到了这座新开张的宏伟车站，但他当时在春运的混乱中无暇细顾。如今他有足够的时间来端详它，仰望一头来自未来的巨型猛犸象。

新站孤立在北京西南一片本来默默无闻的荒地中，甚至不通地铁，但脚下的土地是上了年纪的，古代金都的所在。童年印象中是一个入侵者统治中国的朝代，但如今明白那只不过是一个北方人统治南方人的朝代。此地曾有北方人和南方人汇聚的市集，就像今天的这座车站一样。但无论金兀术和岳飞都没想到曾是边关的燕云十六州之一在几百年后成了国都，北方人和南方人在这座金碧辉煌的殿堂中乘坐自动扶梯前往站台，自由南下或是北上。人类现代化的速度令人惊叹，他乘坐的列车已经不止一次提速，使他能看见一些以前路过时曾被夜色遮蔽的风景，比如黄鹤楼。但他随即得知那其实是一座钢筋混凝土建筑，只不过拥有攒尖和飞檐，就像自己头顶的这座现代奇观。而他在未来若干年内的每年春节前还会继续来到此处，最终能够乘坐朝发夕至的子弹头列车回到南方故乡。赵名行的基地或许会负责它的气动设计？

这几天是毕业生离京高峰，站台上散布着将要离开的和前来送行的学生。他们都怀揣报到证，即将成为领工资的职员。他们都会被火车分送到各地，被工厂和办公楼吞没。最初只是没有资历的需要培训的只能先打下手的劳动力，但余生似乎突然尘埃落定。一部分人会去往僻远的基地，其中几个会像父亲所说的，心不定，没过多久就跑了。跑了回来，成为和他一样的没有暂住证的居民。这样心就定了？船长点着了一支烟。他此时的心和城北废墟中的那些厚重土石一样安定。

随着提速，穿越童年和少年的绿色车厢也换成了橙色的空调车厢，车窗彻底封闭。春运列车经过一些大站，站台工作人员只要发现有开着的车窗，便会上前几步将棍棒伸进来，阻止乘客关窗，好把滞留在站上的乘客从窗口塞进车厢。在寒冬中，个别没有经验的乘客还是会到站开窗，因为无人打扫的垃圾和无法关闭的卫生间令车内空气污浊。但如今不会有那种粗暴场面了。那些背负脏脸婴儿的农妇拎着水壶和果篮攀上偏远小站的碎石路基，发现已经无人能听见她们的叫卖。当火车最终变成子弹头，铁道旁会生出透明的墙，将她们永远隔挡在荒山之中。而在此刻的首都，空调车厢消灭了通过车窗执手相看泪眼的景象。赵名行没有要上车的打算，二人坐在出站口的栏杆上友善地望着几群人告别。赵名行早已洞晓自己回乡的命运，心态轻松，倒是船长成了擅自滞留的人，似乎进站通道口随时会冒出几个穿制服戴袖标的人，将他押进一列开往远方的列车。但这样的场面不会出现，因为这些列车在到达时就已经释放出成百上千没有报到证的外地人，迅速散入这座城市的街道、平房和地下室，再也无处寻觅。与他们相比，他已对这座城市了如指掌，他认识它所养育的姑娘，腰间的寻呼机每天都收到本地天气预报。上山下乡的景象和父母旅行结婚的身影一样，只属于北京站，而如今它已经像一节装满陈旧邮件的邮车，在东边几公里外的轨道上缓缓滑向远方。这座城市不会再有什么大动作了。至多会有流感爆发让新来的同学们提前放假。

假如这只是一趟属于寒暑假的列车，学生们应该早早上车占座，用方言接通同座的老乡。而此时站台上围聚着一群群人，说着夹带各种口音的普通话，偶尔还有轮流拥抱和抹泪的场面，在七月灿烂的阳光中有点不合时宜。赵名行对他们的来历和去向进行着猜测。校服校徽在升级为纪念品后应该已经打包了，只能通过男女生比例和女生的气质谈吐来判断，这是他的癖好。另一座站台有车到站，隔着列车能看见乘客中有不少学生。船长认为他们是来京就业的外地毕业生。另外一批更年轻的面容将在八月底到达，就像四年前的他们一样。

肯定还有外地上学放假回家的北京人啊。赵名行做了补充。

哦，我以为北京学生都考北京呢。

哪儿啊，肯定有从小待这儿待烦了的。

回去之后天天吃梅菜扣肉，不烦吗？

哪来的梅菜扣肉？哦你说的是你们去年实习吃的那种。那叫烧白，大哥。

这话说来就长了。既然提到吃食，赵名行必然是要多说几句的。他向船长要了支烟点上。川渝所谓烧白分两种，甜烧白和咸烧白，前者一般指龙眼烧白，后者默认称为烧白。招待所卖的那种应该是后者。他不紧不慢地解释，带着语文教师父亲的遗传。一般没有梅菜，是干咸菜，质感差不多，口味有点区别。比较正宗的做法，是用和涪陵榨菜齐名的、四川四大腌菜之一的宜宾芽菜，所以也有叫做芽菜烧白的。烧白是常备菜，属于蒸菜，可以提前制作，不用和其他热菜挤在开饭前那个时段紧张制作，占炉头。这也是川渝所谓八大碗九大碗这些乡坝流水席以蒸菜为主的原因。招待所整天做这个，不奇怪。

我一直忘了问，你家在哪个位置？

我们家离崖底不算太远。一楼，基本上崖顶就在我们家窗户上沿的位置吧。嗯，我们家往断崖的方向走大概四五十米的样子就有几大堆巨石，我们有时候在里面玩儿。

学校呢？

不知道你注意到没有，河边有个大操场。大操场北边就是中学。中学的东面，隔着一条路，就是小学。运动场不算是学校的，但主要是学校用。我们做操什么的都在上面。小学院子里有自己的一个小操场，小学生基本不去用这个大操场。我们这几届比较爱踢足球的，上小学的时候体育课偶尔会跑到这个操场上去踢。我想这个操场本质上还是属于基地的。我小时候，这个操场还是露天电影场。那会儿中学刚建好没多久，场地还在用推土机平整。后来露天电影场的位置往南边挪了。那段时间像这种单位不都是时兴建一大坨水泥墙来替代布幕放电影吗？我们就建了一个。

我们最早是在大路两边分别栽两根大柱子拉银幕。所以还是你们空间充裕。

你们那是贵州。我们再怎么也是一个坝子。

贵州的山间平地也叫坝子。好吧，去爬过那道绝壁吗？听说有个日本访问学者爬的时候摔死了？

不是访问学者吧。你听谁说的？记得史料里写的是型号单位的人。好像是沈飞那边的。我记不清楚了。是刘小江跟你说的吧？这厮就爱瞎编。要是访问学者又是日本人的话，谁都知道了。我觉得型号单位的人可能性比较大。跟实验一跟好几个月大半年，周末又不能到处玩到处吃，只能自己瞎逛。逛啊逛的就从山上掉下来了。

所以他们不是从正面爬上去的？

有机会我再找那个史料翻翻吧。他们走哪条路上去我就不知道了。鹰嘴崖，也就是你说的那块光溜溜的绝壁，徒手肯定是上不去的。我猜他们可能是从正面上去给摔死的。因为从背面或者侧面上去的话，都不太可能摔死。侧面那条路，除非走错了才可能摔死。

所以死了不只一个人。

对，我印象中是两个。也有可能这两个家伙爬到顶上之后，站在绝壁旁边，然后给摔死了。这就跟从哪条路上去没关系了。从绝壁那个地方，基本上就是一摔到底了。

你去爬过吗?

我算是去得比较晚了。好象是上初中还是高中。原因主要有两个，一是因为我们家住得相对比较孤立，比如有很长一段时间，我们家就是住在中学或者小学，跟别的小孩没怎么在一起玩儿，所以也就没跟大孩子去爬过，而我自己一个小孩是不大可能去的。第二个原因是，学校的春游如果是爬山的话，一般都不会安排在那座山上，都是安排在其他的那几座山上。

站台另一侧的车开始移动，引发一片夹着哭腔的呼喊声，这边告别的人们都侧目观望。这是哪个学校的啊，太夸张了。赵名行边说边老练地点燃又一支烟，头都没回。

船长目送列车驶远，部分学生慢慢离开站台。他这时发现他们中的一些人提着行李。想必是送完了人，接下来还会被人送。那么，最后走的那个人不会有人送，只能孤独地离开。或许不用离开，因为他就是北京人或是留在北京的人。船长试图回忆很多年前和中学同学们分别时的场景。没有这类记忆。中考结束大家都各自回家了。那时还小，觉得既然大家都是邻居，以后肯定还能见着。高中的时候，高考结束也各自回家了。也许觉得还同城，以后应该还能见着。

想必是因为受到情绪感染，还在站台上的人也有些激动起来。早已上车坐定的几个中年旅客隔窗望着这些明亮年轻的脸，肯定也在回忆自己学生时代终结的场面。

多少同林鸟，

又成了分飞燕……

赵名行唱的似乎是流行歌，但又像是某出经典戏曲。

这里头没准有你未来的老婆。

鬼扯，这车上进山的就我一个吧。估计都是成都的。要进山也是各进各的山，汉中，彭州，广元。我们那片出来的妞我哪个不认识？

我上车了。赵名行从兜里掏出烟盒塞给他。

你留着路上抽吧。

空调车，大哥。我妈发现我抽烟又该说了。赵名行扬长而去，头也不回地上了车。

列车痉挛了一下，发出一阵由远即近复又远去的金属碰撞声，像是行刑队枪上膛。站台上的学生们受到惊吓，赶紧让告别仪式进入尾声。船长在站台上靠着一个柱子站定，点燃了又一支烟。他不知道赵名行在哪个车厢，也知道他不会从车窗向他挥手告别。既然天气这么好，他打算下午去找祁叶。她的试怎么也该考完了。

## 213

祁叶说她要去英国念书了。她问船长愿不愿意陪她到外地转转，最后认识一下中国。她从小到大就没出过北京。她打算去江南或是西北。船长建议去西北。他说那边人少，适合城里人放风。他没提起自己小时候对《丝绸之路》的迷恋，否则这个建议会显得私心太重。他说没法陪她去英国，但愿意陪她往西走一段。

于是在一天黄昏，船长又来到久违的北京站。西行列车依然从这座老站出发，而这次他身边多了一个人。第一夜，他操心的是祁叶睡中铺会不会半夜滚下来。虽然他认为他睡下铺她睡中铺对她来说更安全。卧铺车厢没那么乱吧。她笑笑说。第二天黎明，窗外浮现的是他从未到过的中国，但全车厢最早醒来的他坐在窗边折凳上看着的不是风景而是她的铺位。他忍住了没有叫她看日出，只在盥洗室断水前帮她接满了一杯水。接下来还要帮她注意卫生间是否有人。其实这些并无必要，作为一个在老挝住过的人，她的适应能力应该比他强。他只是认为第一次和女孩同行，应该做这些事。他面对她已经十分确定的未来和自己完全不确定的未来，感到神情恍惚。窗外继续掠过陌生的群山。走道里经过的人们说着陌生的方言。这次旅行确实是送她上路的一程。而他们已经离开都城，沿长城西行，最终会从嘉峪关出关。

大同是一座令人亲切的内地城市，驶向市郊景点的疯狂小巴也是如此，充满了贵阳那种凡俗的生活气息。在船长的地图中，它不属于内地，而是一座文明边缘的城市，和昆明类似，但因为北方游荡着强悍的部族，几千年前便战事不绝，也因此受到重视，拥有了文化。如今，它在文明中心南移之后成为一座煤厂，北方入侵的只有风沙，从载重卡车上吹起煤灰，蒙在云冈大佛们的脸上。恒山作为北岳并没有想象中的高大，似乎还没有黑山高。二人只爬到一半便下山了，因为还有很多路要赶。在半山腰遥望南方家的方向，是无尽的群山。北岳和南岳之间无数的山川河流便是中国。而北岳以北，就快要出中国了。下山时因为改乘中巴，船长和赶来叫骂的三轮摩托司机几乎动了拳脚，祁叶看了暗笑，因为没想到他还有这一面，但似乎并未察觉到他的恍惚。应县木塔让船长确信中国在一千年前便拥有了优秀的工程师，不过，当二人站在最顶层时，他还是担忧塔会突然坍塌。当他在离开前回望时，确认自己的生命和挂满历代御笔匾额的它相比微不足道，在他们死后，它还将继续屹立下去。

兰州城大部分位于黄河南岸，火车站在东南，博物馆在西南，所以船长一直没能看见黄河。黄昏乘长途汽车经过黄河大桥时他尽力探头观瞧，但随即发现没有必要，因为公路从此一直在河岸蜿蜒。此前，他已多次在中原跨过了它，在山东错过了它。也许是因为两岸有大山组成的仪仗，它比在平原上要神气得多。因为山太高，天色早早便暗了下来，船长迅速睡着了。这是他第一次乘坐卧铺长途客车。和从北京出发那晚的卧铺一样，他让祁叶睡在他的上铺。这样令他心安。

次日醒来，公路与黄河早已分道扬镳。南方现出雪山，北方被沙漠入侵，空气也异常干燥。船长这才想起，昨天忘记在兰州买一份甘肃地图。出发后一直没想过需要地图，应该是因为知道下一个目的地，而且总能找到去那里的交通工具。火车，中巴，三轮摩托。但过了兰州，道路本身就和目的地一样重要了，甚至更重要。因为他们已在丝绸之路上。南方的雪山像是一艘护卫舰，一直在青灰色的天空下随行，不像云南的那一座，只在记忆中的片刻幻影。或许那一座是这一座的反面？那么，这个世界其实很小，所有的地图都是谎言，所有城市和证实它们距离的漫长铁路都不存在，而上次目击雪山之后度过的十年只是一天，他只是终于绕过了一座山而已。旅行和闭塞的生活一样能令人时空错乱。母亲看的那本书似乎说的也是这个问题，只不过他在恍惚中已经记不清细节，只记得跨越时间和空间。至少，瑞士的大山想必就是这样的。

莫高窟藏在敦煌城郊的一道不高的山崖上。阿布辛贝神庙也是在山崖上凿出来的。山崖下也是一条河，与尼罗河相比只是一条小溪而且几乎干涸，但依然被一道树丛清晰地定义着。这也是一条不通海洋的内陆河，完成养育一片文明的任务之后，会默默从大地上消失。这一切都让他想起基地，另一个藏匿在僻远之处的小世界，需要换乘才能抵达。那里并没有这么多的佛和信仰，墙上只剩一些早已残破褪色的标语。在山脚下行走令船长感到有些窒息。它似乎是洞窟的一部分，虽然洞窟已被证实为保存人类文明最好的场所。他对崖顶和山后是什么很感兴趣。但看不见攀登的路。据说山上就是沙漠，为防止它继续推进，植了树，安装了防沙网。他其实是想眺望朝西的风景。因为接下来就是返程了，他想在自己到达的中国最西端看看丝绸之路通往的方向。那边有《西游记》里的火焰山，出土千年干尸的古墓，消失的楼兰和罗布泊。联结这些奇迹的丝绸之路成就了这片洞窟，而在这条路衰落之后，它们也就都被世界遗忘。沙漠缓缓推进，准备将它们彻底埋葬。这不是坏事，因为壁画会保存得更长久。流沙自崖顶倾泻而下，从两翼慢慢包抄，最终把莫高窟变成一道完美的斜坡，就像月牙泉边的沙山一样，然后便会有游客欢笑着爬上去，滑下来，完全不知道自己身下几十米处隐藏的古代信仰。

基地的故事很相似，但也有不同。它至多只能在一千年后拥有一点考古价值：一座被植被吞噬的古代工厂在僻远的山谷中被发现，规模类似马楚皮楚，被护厂河和城墙保护，拥有武器库和防空警报室。但各种迹象表明，工厂并不像庞贝是在一天中被干燥的火山灰封存的。居民们是陆续离开的。机器设备都被变卖，可以拆除的建材都被三十年战争之后终于取胜的当地农民运走搭建猪圈。南方没有沙，也没有火山。钢铁锈蚀，木质霉变，石灰潮解，每年都会暴涨的小河则会一次次冲击年久失修的堡坎，掏空巨石间的水泥，最终撕开一个口子，侵入曾经固若金汤的城池。

壁画人物让船长想起的是母亲房间里新添的观音像。那是她花五十块钱请到家里的。敲门的两位尼姑不收米，只收钱。母亲并没有问她们来自哪个寺院。他在童年研究避难所时知道方圆十几里内并无寺院，所以她们是远道而来。也许这一点感动了母亲，所以船长并没有追问，也不打算去怀疑。这是家中首次出现宗教器物。在此之前，他唯一一次看见母亲下跪是童年的那次上坟。她从未带他去过任何寺院。除此之外，家中摆出的唯一图像是她与他的合影，在五斗橱上已经摆了十多年。连那张照片都似乎是父亲特意摆出来的，他对自己罕见的完美拍摄表示满意。母亲从来不翻相册。她对每个亲人的形象都记忆犹新，不需要图像来提醒。她常说自己梦见了他们。船长离家时未带任何照片和相册，对留影也没有兴趣，但这些壁画提醒他，对于幻想目睹的人物和场景，图像是重要的，无论是有千年历史的巨幅手绘壁画还是镶在廉价塑料框里的印刷品。前者留在偏远的山谷，向游客展示一段历史和一种信仰，后者在越发冷清的家中扶助母亲继续在人生中行走，接收她为远方所有亲人发出的祈祷。当他想起她时，意识到自己的身份依然是一个面对古迹的旁观者，听到了应县木塔发出的嘎吱，看到了云冈大佛脸上的煤粉。她和它们一样，永远站立在属于自己的位置，但她的位置是潮湿的，会导致风湿关节炎。他童年曾把自己绘制的秘密地图和精选出来的小物件用各种方式封装，埋进老房子后院的菜地，或是平顶山上的隐秘角落，目的是给后人一些惊喜和迷惑，但没过多久就被他自己挖了出来，以评估水密封装能否抵御无孔不入的南方潮湿。

此刻的船长跟随兴致勃勃的祁叶出入着各个洞窟，也顺便追索自己少年时的好奇心。斯坦因进入藏经洞就像是卡特博士进入图坦卡门墓。不同之处在于藏经洞里没有金银财宝，只有写了字的卷子。这个发现更像中亚的死海古卷。但所有这些保存了古代瑰宝的地点都是干燥的。大批卷子最终属于大英博物馆，西海中的岛屿，祁叶要去的地方，而壁画的一部分被美国人用胶布粘走运到美国，东海对面的大陆。各国学者和游客凝视作为展品的它们，是否能想象他们此刻身处的这些僻远洞窟？连古代壁画都能远走他乡，更不要提一个现代的人。走出每一个洞窟时，祁叶的脸上都在西北充盈的阳光下闪烁着自由，不知是因为逃离了大城市还是因为即将开始异国生活。她在未来的某一天可能会走进大英博物馆，看到属于此处的文物，想起此刻。那时，他想必还在世界的另一个角落活着，但已经成了她个人历史中的一件文物。

回程的长途汽车是来自上一个年代的文物，座椅还是长条椅，直角的靠背只及胸部。窗外一片漆黑，对面偶尔来车的灯光穿过挡风玻璃直射在乘客脸上，将他们变成一排排电影观众，随即，天花板上迅速升起司机的巨大背影，旋转着掠过靠窗乘客的一串脑袋，一切瞬时回复黑暗。能关上的车窗都关上了，依然能感到四面来风。祁叶在漫长的旅途中只说过一个字：冷。船长脱下外套给她披上，还伸手搂住她的腰，虽然他知道这些只是杯水车薪。二人僵直地坐着，一同注视窗外的黑暗。在那个时刻，船长开始面对这样一个事实：在旅行结束之后，他们就要分开了。

浓厚的黑暗加重了寒冷。云贵高原腹地的凌晨两点也不曾这样黑暗过。即便也是一样没有星月的夜晚，年少的双眼依然能透过车窗追踪朦胧的山形像无尽的折线和曲线掠过天边。如今想来，他那时看到的应该只是幻觉，是旅行的兴奋导致失眠的神智指挥心脏将过多血液泵进大脑深处，点亮那些在一次次旅行中被他贪婪地收集的画面，将它们投影到天幕上。如今，窗外的世界是彻底陌生的，前天经过这片土地时他正在卧铺上昏睡，记忆中没有任何相关储存能在视网膜上构筑幻觉。他只能根据脑中存储的小比例尺地图和昨天来路上对阳光角度的观测猜想他们是在向东或东北方行驶，而窗外是无尽的荒凉。或者，是一条漫长漆黑的隧道，偶尔远远驶来的光亮是洞口，虽然擦身而过时才明白它只是洞壁上的一扇窗。天空明亮，只是隧道太漫长。

在无休止的颠簸导致身体彻底麻木之后，船长感觉长途汽车已离开了地面。轮胎踢打碎石的声音其实来自微型陨石和飞船船体的碰撞。前方逼近的耀眼物体则是一颗颗必须规避的火流星，四野是它们无法照亮的无尽虚空。他俩在小行星毁灭之前逃了出来。在大礼堂播放的《星球大战》中见过星球的爆炸。顷刻之间被炸成碎片飞散进宇宙深处。这艘古老的飞船是他俩在小行星上某座破败基地的废弃厂房中找到的，它缺乏足够的防护，甚至泄漏着氧气，即将变成一具在宇宙中飘荡的金属棺材。

黑暗散去时，飞船穿过了长城。站在嘉峪关上的船长确认自己活着回到了地球，而长城便是保护它的大气层。旷野上的朝阳分外刺眼，热力复苏着两个冻僵的躯体，驱散了一夜未眠的疲倦。嘉峪关上的视野比莫高窟前开阔得多，船长看到了人生中最广漠的一片天空。他虽然自认为通晓地理，站立在这片天地之间依然觉得陌生。关内几里外的嘉峪关市工厂林立，烟雾升腾，不用烽火也足以吓退匈奴和突厥，但却不影响他欣赏端坐在荒漠中的关城。它方正而静谧的美远胜于一架三倍音速飞行的翼身融合体飞机。他记得附近有卫星发射基地。他不知道它的具体位置，但也没有兴趣去探索。他对飞行的一切都失去了兴趣。旅行让他领会了大地的广大，将他彻底带回一个只要拥有城墙便能抵御入侵的二维世界。他的人生到如今都未曾起飞过，一直都在二维世界中前进：旱冰、自行车、汽车、火车。从一座在纸上绘制城墙便能保护的基地，到一座他无法进入但还不愿离开的城市，都属于一个用地图便能描述的世界。

祁叶说她小时候就上过长城。船长说他这是第一次看见长城。祁叶说你在北京住了好几年却要跑这么远来看长城。船长说这儿的长城让我想起边界，北京那边的长城没有边界的感觉。其实，即便没有长城，他依然能感觉到这是边界。边界是旅行的折返点。他站在城墙上，仿佛是站在青岛的海边。

在那个动魄的夜晚之后，二人就再也不赶夜路。他们在回程中走走停停。原本的计划就是把河西四镇依次看一下。那些文雅却又含着力量的名字船长早已倒背如流，如今它们在他眼前一字排开，他却没有想要检阅的心情。出门以来，他一直在另一个不知名的坐标系中移动。它既不是地图，也不是历史，其中唯一稳定的参照物是祁叶，但她很快便会消失。在最后这几天中，他发现自己的灵魂跟在她的身后，而身体已经回到那座熟悉的城市和越发陌生的生活之中。它们各自作出了选择。

火车进入西安站前，城墙缓缓驶入视野。与嘉峪关不同，这是一座都城。船长恍然回到了古代的北京。旅客下车出站就穿越城墙进了城。这座城市没有立交桥和高楼，没有面对未来迷宫的焦虑。他俩迅速登上城墙，随即发现它被分割了，从不同入口只能登上不同的墙段。文昌门售票口五元。安定门售票口五元。城墙上的隔断只是铁栏，可以从边沿翻越。虽然他的翻越只是为了向她演示这些铁栏的形同虚设，并不鼓励她也这样做，但他将身体挂在墙外的空中时，还是感觉到一阵近乎疯癫的自由。

当晚二人住在东市。虽然他觉得自己更适合住西市，因为按《丝绸之路》第一集的说法，西市是供远道而来的客商居住的。那一夜，终于在一座古都墙内躺下的他希望能听到钟鼓声，但窗外只有寂静。他终于沉沉睡去之前忽然明白，它们发出的声音只有本地居民能辨认，而他是外地人。

次日登上驶向北京的列车后，船长找列车长去补了卧铺。二人都很疲惫，放弃了原本想去的华山。他们都睡在上铺，中间隔了一道巨大的深渊。

祁叶走得干净利落。她给他留下了最后一个日记本。是个带小锁的小本子，钥匙挂在锁上。

我的毁灭欲望还是那么强烈 我喜欢火 还是那么喜欢 因为我害怕黑暗

我害怕一个人——孤单 和你在一起真好——毁灭

最后一页的这几句话没有日期，所以不一定是她的最后留言。也许是她在自己房间深夜独处随手写的。或者，是他们在一起的某个夜晚，等他熟睡后留下的记录。但无论如何，她一定在那个夜晚听到了北京城里传来的钟鼓声。

## 214

回家后，船长每天早起跑步。高中时的运动鞋被翻出来穿上。他既不想骑车也不想滑旱冰。他想回到更小的时候，用脚去接触这些古老的道路。这是重归故乡的方式，而在他收到美国发来的研究生录取通知之后，成了告别它的方式。

起先，他跑的是通往基地前门的路。小河旁的柳树不知为何都被砍光了，再不会有孩子的航模被树梢挂住。基地前门对面山上的公墓已经竖起很多墓碑。既然有人看管，想必不会再发生盗墓。已经是新时代，没有人会再用金银珠宝陪葬。路上来往着早起活动的退休职工，都有着熟悉的面容，毕竟从小就见，只是衰老了很多。中年人都变成了老年人。老年人变成了古稀的老年人。他们大多也都认识他，虽然叫不出名字，但隐约知道是谁的儿子。他们或者认识父母，或者不认识，或者见过他小时候在车间帮工，或者见过他几年前在居委会打杂。在这条路上还会遇见和他当年一样早起去等车进城上高中的少年们。他没在基地门口看见聚集的人群，说明经历破产的基地不再提供班车，他们必须去镇上乘坐公交车。当他离开子弟学校的时候，这些高中生应该已经上了小学，所以他们肯定曾在这条路上相遇，每周一起列队看升旗。但成长中的面容显然比衰老中的面容变化更剧烈，所以他认不出他们。也许他们和老年人们一样认识他，并在内心生出同样的问题：你怎么回来了?

不久，船长便改跑基地后门外的路。这条路在早晨更清静，不会与自己的历史相遇并被质询。选择这条路的另一个原因是它沿小河向东，虽有梅兰山的遮挡，八九点之前看不见朝阳，但被遮挡的光是更独特的晨曦，它依旧灿烂，而大山也依旧庄重，沐浴在这片光中的船长能瞬间回到刚开始学会独自走路上学的童年。那时他的世界很小，还没敢想去翻越群山，也不知道小河流向何方。

至今他也不知道它流向何方。几年前，地质队在河下游打出了一眼温泉，如今已经建起一座疗养中心。听起来确实像是《魔山》中的场所，但母亲从未去过。自从退休之后，她出门只是为了买菜，对于看病的态度是消极的，不愿去医院，更不要说疗养。买菜和其他所有家务事如今已被他接管。这既是他在家时的本能，也是他让自己看起来对世界有点用处的努力。他在离家几年后又回来了，而且是彻底搬了回来，在实验失败的人生之后。和每年假期回家时一样，他照例清扫屋子的每个角落，擦洗灶台和卫生间，在母亲的唠叨声中将他认为是破烂而她不愿丢弃的东西清理出门。

提高家庭生活品质的另一个努力是建议改喝纯净水。一天，他买菜之后骑车来到了十字路口边的北极熊纯净水店。您好，我想问问怎么办送水手续。他把自行车推上人行道，对正在门口搬运水桶的工人说。

您好。工人正在扛起一桶水，所以只是用不纯正所以显得生硬的普通话含糊应了一句。随即，店内暗处有悠悠的女声传来：

你好啊。

船长迷惑地往店里走了两步，双眼适应暗淡之后，认出了电脑屏幕映亮的湉湉的脸。很久以前，在装配车间工具房也看到这样的景象，只是这面容如今成熟得多。

当什么老板？送水当然得雇人，我哪扛得动呀，四十斤呢。我一般都在店里，遇上突发事情我要解决。

其实前期创业时更累些，跑门面，装潢，谈代理，弄证照之类的，谈业务啥的。

生意嘛，有单位，有零售，单位的一般购水票或是欠款，私人的话，或是现款或是购水票。第一次大多是到门店来订购，后面直接是电话销售。

买了电脑，请朋友弄了个程序用来统计预订水的客户结余数。顺便上上网，和城里的朋友联络一下。

船长听湉湉叙述创业的时候，二人坐在门边的小凳上。如今包括米粉摊在内的街边小店似乎都用这种结构简单色彩鲜艳老幼皆宜的小凳取代了嘎吱作响的油腻木质长凳，船长坐在上面的感受是离地很近。街上女郎们的鞋底高得离奇。他想起来，这是多年前那个晚上他们坐的位置。街边的国营老店尽数消失，路上来往着当年从未见过的载重卡车，把堆在门面两侧的水桶震得咯咯响。

都已经走得差不多了。湉湉提起了同学们。船长并未追问她说的走是去哪儿。想必大部分是回了上海、苏北或是其他原籍，因为父母应该都退休、离职或下岗了。基地破产之后，当年上完技校分配进厂的同学可能已作鸟兽散，也许还有个别同学住在家属楼里，每天进城上班早出晚归，所以从未遇见。假如见到，反而不知道该说什么。离家去上大学的，大学毕业后地址一齐失效，也就彻底失去了联系。

念书好就是有前途啊。在船长推起挂着蔬菜的自行车给运水车让位并准备回家之前，湉湉对他拿到奖学金表示祝贺，虽然他方才已经解释说自己大学根本没有好好念书。回家前，他又去见了彦教授。她在又一个冬天的实验日程中继续披着军大衣，和颜悦色，欣然同意为船长写推荐信，并且拒绝了他抱来的果篮。这是船长人生中第一次送礼。他抱着果篮穿过校园时心情复杂。冬日的阳光穿过树叶落尽的林荫道，照在又一批踌躇满志的大一新生的脸上，与老生相比，他们更喜欢穿校服，还没来得及添置军大衣和自行车，忙于迎接第一次期末考试并期盼着回到人生中第一次远离的家，但对春运还没有心理准备。船长抱着果篮和他们并肩走进教学区。他以为自己一生都不会是送礼求人的人，但这次坦然做到了，因为送礼的对象并不是官僚，而是一个他前来告别的人，捧着果篮只是为了提醒自己和对方，此行有事相求。彦教授依然没有问他当初毕业时被分配的单位，也没有问他将来的志向，她只是回忆和表扬了他的毕业设计，然后开始描述她在那个方向上的后续研究，给他看她的学生们制作的模型。他如今庆幸当年没有穿着拖鞋走进她的办公室和实验室。当他抱着被她拒收的果篮再次穿过教学区时，感觉自己像是刚参加了一场重要的庆典。即便不能出国，他也会离开，去另外一个地方。可能是某座遥远的西北城市，或是海边的青岛。为什么不会是上海？那像是回到了过去，而他希望的是离开。但他并未对湉湉说这些。因为她并没有离开，似乎也不打算离开。

奖学金当然是重要的。人生中母亲第一次对他的未来表示明确的忧虑，是去年得知他开始准备出国之后的来信。对于出国留学的事，你前后仔细考虑过没有，是真正去读书呢还是去自费出国旅游一趟？如果是前者，你又不喜欢继续读这个专业，如果是出国旅游一趟，你和家里都支付不起这笔费用。我才三百多元钱的工资，你爸不扣其他费用，也才七百元工资，而且不按时发放，你爸有三个月没领到工资，我有两个月没领到工资。对于考试你有几成能考上的把握？能出国当然是件光彩的事，你哥听到说你准备考试出国也说这是好事，说要打电话问你。但你想，即使能考上，你在国外靠什么生活，国外生活费可能比国内生活还高。八元人民币才能换一美元，八百元才能换一百美元，你在国内都不能自食其力，自己养活不了自己，到国外生活怎么办？想你现在住宿每月八百元比我两个月工资还多，但是出国飞机费用就要两三万吧？所以你现在是怎么想的，有什么样的经济基础，可以坦荡地告诉我们。我现在成天为你的事发愁。希望你能用你的理由来解除我心中的愁绪。

祁叶曾希望船长能和她一起去英国，她说她父亲说可以把他一起办出去。而他的问题是没有钱。如今他终于搞到了钱。母亲听说他每个月能从学校拿到一千美元之后立刻便放心了，不再询问他是真正去读书还是出国旅游。

望见人生下一站亮起绿灯之后，还要获得当前所在地批准放行。在南方的春雨中，船长终于去了那个本应主宰他余生命运的单位。他其实一直都属于这个单位，因为代表他的人事关系已在毕业时被转到了这个单位。它位于安顺，在贵昆线还未通车之前，母亲需要在此下火车换长途汽车。她说汽车会路过黄果树瀑布。那时不需要门票，但也没有人参观。同行的除了父亲，还有基地何老总带着人事部门的阮总，他们驱车一百公里，直接从山中的一座基地驶向山中的另一座基地。何老总说他认识基地党委书记，每次全国人大开会都会见面，很熟。但到了基地，发现出来接待的一个也不认识。他们只好和对方软磨硬泡，请人家放人，提出把人事关系转到省人才交流中心。对方态度强硬。何老总中途让船长和父亲退场，和对方关门谈判。

船长后来得知谈判结果是要交一笔钱。理由是为了能要到大学毕业生，他们每年都向上边交一笔钱。父亲回家后对母亲说。何老总谈了我们基地效益差，职工工资经常拖欠，要交那么一笔钱，有困难。对方不信，说他在深圳不知道已经赚了多少啦！

船长愣了片刻才反应过来：这个在深圳大赚的人，指的是自己。他在那一刻的想法是，假如出国受阻，去深圳大赚应该是公认更合理的选择。而那座基地虽然位于山清水秀之处，但依然没有人愿意去，去了的人也会走，去深圳大赚。所有基地的命运都是如此。

家里最终没有交那笔钱，船长也再没去过那座基地。在市委统战部的帮助下，他的户口重新出现在家中的户口簿上。在这个过程中，船长真切感受到自己的命运是如何被各种巨手摆弄的。家里放现金和相册的五斗橱顶层抽屉里多了很多证书。父亲已从十年前的区政协委员、市政协委员、省自学成才标兵晋级为享受国务院政府特殊津贴的专家了。也就是说，他的名字出现在了长安街边那道红色大门内某个文件柜里的档案中。母亲说父亲为这个国家卖了一辈子命，这些算什么，不过看到小儿子闹出的难题终于算是解决了，也就不介意充满成就感的丈夫在饭桌边叙述细节时喝了白酒又要喝啤酒，并且亲自戴上老花眼镜端详户口簿上为小儿子新添的一页，像是重读一本经典著作，虽然这一页接下来就会被注销。

## 215

父亲去上海出差从未带回过地图。船长在出发前再次确认了这一点。想必是因为他在上海生活和工作过，并借不断出差保持着对这座城市的熟悉，无需地图。而船长在漫长童年中收获的语言描述和实物体验让他误以为自己对上海也很熟悉。即便沿铁路观察大江南北大小城市的兴奋旅程，都未曾唤起他对上海的好奇心。这是一座还未来得及访问便迅速消失在记忆深处的城市。

如今第一次前往上海，是为了获得美国签证，这是他童年完全未能想象的。不过，对上海的童年印象得到了证实：上海是通向外国的口岸。

第一次乘坐驶往上海的列车，船长并没有特别激动。最初几百公里的景象已如家门外通往大路的小路一般熟悉，直到湘黔线的终点株洲，他不再北上京广线，而是驶上浙赣线直奔东方的口岸。株洲是中国南方的十字路口，也是自己两段旅程的交接点。京广线是独自走过多次但终于放弃的方向。浙赣线是同学们多年中轮换着兴奋与伤感的归途，而他只是路过，接下来要比他们向东走得更远。但对于株洲到上海这段陌生的旅途，他也没有提起兴趣，只是到了鹰潭想起来媛媛去福建要在此转车，想象她如何在一座陌生城市的车站熬夜等待转车去厦门，和春节回家时在此试图挤上归家的火车。失去联系的他们如今都应该安定下来了。

船长的心情可能是被火车晚点影响了。他以前只在归家时担心晚点，因为有家人在车站或家中盼望，而离家上路的晚点能带来新鲜的体验，不仅能让他看清本来藏在夜色中的华南或中原，最终还能观赏午夜的北京站和凌晨的元大都遗址，聆听一座大城市的寂静。但这一次，他终于需要定点定时去签证，而且怀揣历尽波折才换到的护照和录取通知书，从不守清规戒律的花和尚变成了押运生辰纲的青面兽，处处谨小慎微。但他并没有能力闯进机车把刀架在司机脖子上要求加速，所以在离上海还有几百公里时，他明白晚点的几小时已经追不回来了。本来打算寻找岚岚所说的那个进入上海的最后一个隧道，但因为早已入夜而没有注意。或者是因为铁路提速之后它只是一闪而过了。接近上海时并未感到特别辉煌的灯火扑面而来，想必是因为富庶的华东已经没有了城乡之分。

下车后，船长没有端详车站的心情，急急钻进一辆出租。入夜后的火车站外对于独行的外地人来说是最危险的地方，这是母亲遗传的观念。父亲提前联系了基地驻沪办事处，让船长去住宿。他告诉了司机办事处的地址，意识到这是他人生中第一次使用无师自通的上海方言。司机显然听明白了，甚至没有回头看他一眼。假冒本地人会减少深夜被宰的可能，和每次在镇上买菜问价要用方言是一个道理。

办事处在一幢临街的三层小楼上，大门紧闭，窗户一片漆黑。

即便有人值班，也已经睡了。船长敲完门等了一阵，没有任何光亮和声响。他感到一阵轻松。他本来就不需要父母联系熟人安排住宿。转身环顾夜幕下这座陌生城市，他回归了熟悉的自由。橙黄的街灯和立交桥的曲线让人想起北京那些常在深夜独行的地段，只是上海比北京拥挤得多。视野内没有任何旅馆。原先的打算是，既然落脚之处已经计划，城市可以慢慢探索。严重晚点打乱了一切。售卖地图的报刊亭早已关门。对街道的记忆是否也会遗传？既然父母在他出生前便都在此生活过。但他的大脑中没有任何关于这片街道的蛛丝马迹。能够遗传的内容是极其有限的，而街道走向显然是无关物种存亡的次要信息，或者是因为父母在此生活的时间太短，还未能在脑中留下足够印记。他们那时可能从未到过这片街区。他甚至没在出门前询问他们当初工作和居住的街道。他只想象过领事馆的位置，但也只是记了地址。无论在哪儿，叫个出租总能到。怀里揣着护照和钱，不能随性乱逛。

船长在无人的街头等了许久才招来一辆出租。司机是一位准备收班的中年妇女，比母亲年轻些，看起来值得信任。他请她推荐美国领事馆附近的旅馆，便宜安全就好。他又恢复了使用普通话，因为要保证表意准确，而且一个说本地方言的人要求推荐旅馆并不合理。他在一个小区门口被放下了车。高层居民楼的地下室入口竖着住宿的灯箱。在北京租房时，船长从未考虑过地下室，即便没有阳台，窗户也是必须的。他在公共盥洗室随便洗了洗，回到靠墙摆着四张床但被他一人独占的客房，感觉像是回到了大学宿舍，只是没了上铺。门上没有锁也没有插销。他将护照放进衬衣兜里，用母亲给的别针封住兜口，调好电子表的闹钟，合衣睡去。他睡得很浅，灯彻夜亮着，没有粉刷的水泥墙恍若牢房。几个小时后，他没等闹铃响便醒了。在没有窗的屋子里，电子表显示上下午的功能突然有了意义。半夜听见的那些声音来自通风口，夜间施工的撞击和重型机械的轰鸣被通风管道收集，混合，放大，吐出含糊不清的残响，而一到清晨，它便成了小喇叭，转播着居民区内早锻炼的喧哗。

衡山路上排列着很多围墙，所以使馆的围墙并不刺眼，而卫兵的存在只是暗示它拥有某种特权。真正与众不同之处是墙外聚集着很多人，几乎堵塞了这段没有商铺和车辆的小街。这种情况一般只有一种解释：出事了。但现场并没有骚动和喧哗，一条静默的长队从门口沿墙角排出数十米。两个月前，成都领事馆门前一定也有这么多人，但混乱得多，据说领事馆的玻璃全被打碎，还起火了。新闻里没有过多关于混乱的画面，船长只记得学生们向美国领事馆递交抗议书但慑于正义力量的美方人员无人敢出来接书的报道。因为他们炸了我们的大使馆，所以我们烧了他们的领事馆。父母看着电视里的正义力量，开始着急，因为儿子的人生似乎终于要离开跑道，这个世界又出了乱子。美国停止接收中国留学生。中美断交，甚至开战。但这些都没发生，只是成都领事馆关闭，西南省区的签证业务挪到上海领事馆办理而已。当船长排在队伍中时，想象着前后有多少是来自云贵川的年轻人，因为他们的同学砸了领事馆而要远道来签证。杜茅的目标明确，早已在成都签完，而他对奖学金还观望挑选了一阵，没想到直接被一位美国驾驶员错误或蓄意投放的精确制导炸弹影响了命运。否则，他今生可能不会来到上海。是 B-2 还是 F-117？他已经很久没有购买《国际航空》杂志了，只依稀记得年初新闻联播里有 F-117 在那场战争中被击落的残骸画面。一个神话的破灭。他此刻在缓缓前行的队伍中观察着前方聚集的那群人。上一次看到这样的画面是在中考和高考现场门口。他们应该都是家属，眼含期盼和焦急望着大门，仿佛亲人并不在街边的队列中，而是已经进了考场。几个举着提供签证咨询文书服务牌子的人在他们中间漫步，表情悠闲得多。远近的围墙和电杆上贴了很多纸，都是留学中介广告。一切都让他想起高考的日子。接近大门时，院内的星条旗进入了视野。一艘停泊在林荫后的外国船，运送即将驶往檀香山和旧金山的猪仔。交了各种买路钱之后，他终于能走到它的船舷边。但在被门卫放行跟随队伍快步走进穿过院子走上台阶时，他莫名想起了美国驻西贡大使馆的最后一次直升飞机撤离。

领事馆大厅像是想象中的法院，站立着很多人，却出奇安静，空气中弥漫着某种裁判权的威严。但此处不需要领导陪同也不能送红包，是一个陈述和回答完毕就只能听天由命的地方。这让他感到前所未有的轻松。因为这种先行的轻松，他在一个小时后走出领事馆大门时并没有任何激动。很多眼睛注视着他。每一个出来的人都会被围观，但他的面无表情让他们无法做出任何判断，假如此刻有亲人上前抓住他的手臂，他一定会改变表情，泄露出命运的谜底。但迎接他的只有从楼宇后升起的太阳。阳光迅速驱散了空调大厅在体表涂抹的凉意。他离开人群，走到十字路口。报刊亭确实有地图出售，但他已经不再需要它了。他已经进入告别模式。他朝着太阳走去。上海在祖国的最东边，它的东边必然是海。

他很快走上了淮海中路。任何分段命名的路都是城市的干道，更何况这条路早已大名鼎鼎。一路上横跨很多似曾相识的街道，诸如陕西路和瑞金路。这些路在贵阳都有。真正代表了上海的是黄陂南路。他曾在父亲带着旅行的小笔记本中见过这个路名，如今站在这个路牌下，完全想不起小笔记本上这个地址标记的是什么单位。但这两个字在记忆中仿佛是昨夜一般清晰。应该是一直不知道那个生字怎么念而耿耿于怀。当街道尽头出现一片人群聚集的开阔地时，他知道自己来到了外滩。他向左右张望，明白自己终于进入了家中那个旅行袋侧面印着的画面。不再是黑底上的一组白色线条，而是被填满了颜色、明暗和景深，虽然因为多了细节和声音而显得拥挤，但不那么蓝的蓝天下毕竟通行着自由的空气。他放眼望向东方，震惊地发现海面上的雾气中有一座岛屿。岛上有电视塔和高楼。他随即意识到眼前的水并不是海，而是黄浦江。他只知道长江从上海市北方进入大海，那儿有一座因为冲积形成和扩大的崇明岛，但却忘记了如何在想象的地图上放置这条对上海人来说更重要的江。他甚至没有一张想象中的上海地图。外滩顾名思义应该是海滩，而那些气派的著名建筑物，包括海关大楼，当然应该面对大海。在家中翻看过无数次的相册上，所有摄于外滩的留影、合影，同学留念上，背景从来都是这排建筑物，而不是水的对面，所以那个方向在他想象中是一片空白。也许那是一片新近才形成的沙洲，和崇明岛一样。但它显然已是一片坚实的陆地，因为地上已经竖起了建筑，比水这边的古董要高大得多，现代得多，只是在灰蓝色光雾中显得遥远神秘，恍如建筑背后他即将去往的异邦。

他随人群在江边广场上缓缓流动。路边一字排开的建筑虽是异国情调，但却散发着亲切。也许是因为它们来自一个古老的旧世界。也许是因为父母对此地印象深刻，所以选择性地把这幅画面编码进 DNA 并传给了他。记忆是可以遗传的吗？如果是的，这意味着一个世代居住上海的家族后代，每到这样一处景点，脑中显现的是来自祖辈的重叠记忆。清朝的外滩，租界的外滩，民国的外滩，公私合营的外滩，红海洋的外滩，甲肝爆发的外滩，世纪末的外滩。在较早的那些记忆中，眼前的这些建筑还不存在，只有滩涂、土路，晒着破烂的渔网，拥挤着简陋的舢板。但假如右侧的江流方向不变，即便没有这些建筑，画面依旧能够叠加到位。而一旦这些有着巨石立面可以屹立千年的建筑竖立起来，黄浦江的改道和消亡也就不再会导致任何误差。

他在被自己过去和未来挤压着的这片狭长广场边坐下。这是他几天来第一次真正的休息。几年来的第一次。眼前川流不息的人群和他一样来自外地，在这个不是周末的中午游览上海的心脏。

他身边是轮渡码头。白皮就是乘轮渡来的。她说她从对面过来。对面是浦东，这边是浦西。所以他想象中的上海一直都只是浦西。从来没有人对他提起过这些地名。因为离得远，比例尺缩小，所以上海只是地图上的一个大圆点，接近之后，细节才分出来。相比之下，白皮的雀斑已经远不如童年那么明显了。也许是因为不再像童年那样同桌能够近看。也许是因为她已经是有了孩子的女人，学会了化妆。她是同学中最早回上海安定下来的，而她父亲依然在山谷中帮大家代购火车票，所以找到她并不难。

他俩就像乔装进城侦查的特工，在热闹码头的掩护下碰头，清点失散人员。老猫刚到上海，岚岚去了宁波。江毅也曾离开南京来了上海，江毅说他毕业后每个月六百块工资，自己都养不活，来上海后挣的钱多了六倍，但他又离开了，原因不明。瑛瑛最终也没有来上海，因为她们家在上海没房子，来上海只能住亲戚家，有寄人篱下的感觉，她不喜欢，父母尊重她的意愿，和她一起留在了贵州。听说她当了一阵幼儿园老师就去北京舞蹈学院进修了，显然是要干一番事业。

船长给白皮买了一瓶雪碧，给自己买了一包大前门。一个他在北京从未尝过的牌子，再不尝就没有机会了。但白皮说这是上海烟。他细看烟盒，证实了这个令人吃惊的事实。

我这一拨到上海的基本都属于外来媳妇，懂伐？我生儿子的时候一个病房有一大半是外来媳妇。我们这拨人属于附属的上海人，还有一拨是属于自主的上海人，再有一拨还是在贵阳的上海人。我和上海之间的距离只在一个户口而已。所以就是因为户口，现在的生活就是这样的。不然又是另外一个光景。

我回上海就开始站柜台了。当时是三百元一个月，做一休一，我因为没事就天天做的，当时是在东大名路的大名百货卖皮鞋，天天上班六百元。后来结婚后没多久就有宝宝了，而且老板拖欠工资，我从知道怀孕开始就不上班了，大概休息了近两年吧，等到儿子十八个月后开始上班的。做啤酒促销，休息的日子就轮流到几个阿姨家做客吃饭。啤酒促销么就是在各个饭店里推销自己的品牌啤酒。我们是根据啤酒瓶盖提成的。卖多少拿多少，一晚上几十个总有的。当然咯，基本都是店里服务员帮我推销的。只要和服务员关系搞好，促销礼品，比如打火机、圆珠笔、开瓶器，都给她们，服务员会在点菜的时候主动帮我推销的，我就帮忙在边上服务。晚上五点做到九点，十元一小时的工资。啤酒促销分两种，做夜场的去酒吧，对相貌和身材都有要求的，还有年龄，要会喝酒。

当晚，船长拎了两瓶啤酒回到地下室。他忘了问白皮推销的是什么牌子。有很多洋牌子，但他挑了光明牌。一个听起来更像是上海土产的牌子。一个更亲切的名字。小时候收集过的糖纸上似乎有这个名字。大白兔，巧克力，还是某种太妃糖？而白皮此时想必已经在火锅店开工了。渡轮上有很多人推着自行车，但她说她不骑车。他没有问为什么。他不知道北京和上海有多大区别。在他的印象中，自行车属于年轻人。白皮虽然年轻，但毕竟已经是孩子的妈。上海女性也许有更端庄的选择。在这样的城市里，步行或许是最好的。巴黎，纽约，伦敦，想必没有这么多自行车。他在步行回地下室的路上想。

护照还在戒备森严的领事馆里，不需要提高警惕，喝两瓶没问题。客房里依旧没有别人，船长赤膊举着啤酒瓶，把自己想象成一个住地下室的体力劳动者，刚开始享受大城市生活。和此刻在火锅店里也享受着冰啤酒的居民一样，只是没有火锅，不用杯子而已。而白皮此刻正在他们之间走动。她的上海话应该比他们中的一些人更流利。她说她结婚后还要等十五年才能拿到上海户口。但没有户口并不能剥夺她是一个上海人的事实。这算是事实吗？他忘了问她。她的户口依旧在新添寨镇，虽然籍贯会照例随父亲写成上海。但她至少已经重获了上海的一切。使用公交和参观景点当然不需要查户口簿。著名的零食唾手可得，虽然她如今可能是买给儿子吃。而她师兄想必还在那座遥远的小镇，已经娶妻生子。他一直记得这件事，但依然不知是否应该提起。

船长的户口在转回家中不久后便被注销了。之前的一切努力仅仅是为了换取一本护照。派出所在户口簿上标注的注销原因是出国留学，说留学归来还可以重新再上。所以虽然钱包里还插着身份证，护照已是重要证件。赎买户口之后的第二步，是去教育厅为他接受的高等教育付费。教育厅位于他和母亲很少去的中山西路，新楼藏在一片黑压压的老房子后面，像一位低调的贵族。然后再凭缴费收据到出入境管理处领取护照，并被指示到斜对门的进出境检疫中心缴费拿检疫证书。这两个机构在两座新建的高楼里，占据了铁桥附近的丁字路口两侧。这个路口是进城的路与外环东路交汇之处，是小时候城市之旅的起点。路口一侧五十米处是贵州日报社，也是公交的官方站名，另一侧五十米处是一座古老的铁桥，也是人们对此地的俗称。如今想来，铁桥应该是他见过的第一座立交桥。小时候从未想到有一天此地会矗立两座大楼，而自己会和它们发生关系。在楼内等待时，他翻了翻刚发的《出国人员须知》。国外旅馆一般不供应开水，只供应饮料。很多旅馆、商店的玻璃门窗大而明亮，视如无有，小心勿撞到上面。很多国家有超级市场或无人售货商店，我出国人员往往喜欢去超级市场参观或选购物品，但不要成群结队前往游逛。在这些商店如参观则不宜多摸多动。在西方的街心公园、动植物园甚至大的庭院常有天然动物如鸽子、松鼠、鸥、天鹅、候鸟等，禁止用手抓捕和挑逗。然后是一些小故事。赴日研修人员买了黑市电话卡被拘留。台湾青年在美国被金发女郎迷住偷肾。女同志在巴基斯坦穿短袖裙子引起围观。地质队长共产党员处级干部在日本超市偷窃被拘留。展销团在泰国行李被撬。劳务人员在印尼嫖娼染病自杀身亡。船长走完检疫中心所有缴费流程接到窗口递出的那本证书之后意识到自己并未被注射那些被用中英文标注已接种的传染病疫苗，回头去问，被反问你真想打针吗?从大楼的落地大窗俯瞰自己童年和母亲一起走过的路，他感觉自己正在乘坐肯尼迪航天中心发射架上的电梯攀向航天飞机座舱。来自另外一个文明的最初邀请是由UPS送达的。UPS和Federal Express都拥有自己的货机机群，他小时候就在《航空周刊》上见过照片。但它在地球另一面的这座偏远城市没有分支，只有一个代理机构，邮寄了一份通知让他进城取件。他在延安东路一座小楼的一间办公室里取到了那个神秘的大信封。激光打印的录取通知上每个字母都很清晰，招生主管的签名颇有风度。这些都让他相信这张承诺他学费全免并且每月有一千美元收入的录取通知确实来自另一个遥远的文明。那是很大一笔收入。值得为此畅饮。虽然他并没有在家畅饮，因为这样一封信显然奠定了他再度离家的命运。母亲当然很高兴不再操心他如何活下去，但她是否有别的什么想法，他并不知道。已经很多年常年不在家了，只不过这次要去的地方远一些而已。以前要坐三天火车，现在坐飞机不过十几个小时，所以用时间来衡量，其实近了很多。这是他对她说的，应该不算安慰，只是阐明一个事实，因为在她有一天突然说要是有一天妈不行了你还能赶回来见一面吗。那是一个安静的午后，她望着薄纱窗帘透进的阳光，面容平和，就像是和他商量晚上要吃什么菜。

微风将虚掩的房门吹开一条缝，远处依稀传来女人和脸盆的声音。应该是来自水房。这座地下旅社昏黄通道的某个尽头可能存在着女客房，或者长租给进城打工的外地小夫妻的小间。他们也许就在头顶街道的某处开小店摆小摊。孩子应该已经送回乡下托付老人抚养。但有很多小摊贩是背着孩子做生意的，就像当年铁路边的农妇背着脏脸婴儿贩售开水和水果。太小的孩子当然离不开母亲。他们人生中的最早记忆是关于这座大城市的。就像白皮。还有岚岚。一阵食物的香气飘了进来。所以那声音不是脸盆，而是锅。他这才想起来自己一天没吃东西。所以喝两瓶似乎就醉了。但啤酒不是被称为液体面包吗？而他将要去往的是一个吃面包的世界。上次独醉应该是在青岛，也是一座海滨城市。不，上海不是海滨城市，这是今天的地理大发现。但通风口传来的城市噪音确实像是海浪，冲刷着他残存的最后一点意识。

到达上海的第三天中午，船长离开了这座城市。以后可能不会再来了。他在火车站环顾四周，搜索着家中老照片的拍摄方位。父母当年也是从此处出发去贵州的，那时他们还要绕行广西。刚取回的护照已经放回衬衫兜里，兜口被别针封住。护照里多了的那张签证是他见过的制作最精致的印刷品，像一张巨额钞票。有了它之后，护照突然变重了，他时刻能感觉到它挂在胸前。护照是去往另一个国家的证件，但不是通行证，它只是告诉外国人你是谁，来自何方。多了这一张签证之后，护照还能提示异邦城门外神情严峻的卫兵们挥手放行。签证为何一定要依附于护照？在古代，来自荒野深处的部族后代长成青年之后终于独自走向那座城门，没有证件也没有国籍但可能依然会被放行。而当代再无荒野，地球上的土地已被国家瓜分，人们在进入一个国家之前先要离开另一个国家。东柏林和西柏林之间必然有两道关卡。假如他强行冲破第一道关卡，被追逐的子弹击中后继续奔跑，因为失血而变得模糊的视野中是否会有第二道关卡的洞开和卫兵的召唤？船长似乎在《世界之窗》或是《世界知识画报》中读过这样的故事。逃离东柏林的人们总会得到西柏林的援救。他们不会被喝止，不需要出示护照和签证。但那个你死我活的时代已成往事，就在此刻，千万架波音、麦道、空中客车、图波列夫、伊柳辛和属于未来但其实已服役多年的协和号正运送无数旅客离开或到达世界各大城市。他们都需要身份，和通过超市收银台的商品一样需要编号和条码。川流不息的旅人们擦碰着他。他下意识地摸摸钱包。已经是初夏，但他依旧穿着外套，这样能够遮住衬衫兜。使用别针是他童年从母亲那儿学来的。虽然那时到云南只乘一夜火车，但她依然小心翼翼。那时还没有身份证。她应该带着工作证，但肯定不需要户口簿。旅程的两端都是她的家，所以不需要在外登记住宿。船长突然变成一位更谨慎的旅行者，最后一次登上了回家的列车，为了告别，也为了给环球旅程一个正式的起点，让旅程的两端都是他的家。

## 216

小静带船长去吃清水烫。在此之前，他只知道麻辣烫。母亲告诫说麻辣烫不干净。一锅汤这个吃了那个又吃，咋个会干净呢？所以他从没吃过。母亲这几年偶尔进城都是为了看病，应该没听说过这种新吃食，但听名字应该会让她觉得干净些，假如得知是照顾过她的医生带他来吃，更该彻底放心。这家看起来只有本地人光顾的小店藏在小巷深处，老式民居一楼的几间屋子被打通成了店面，屋内还竖着无法拆掉的柱子；几间屋子地基各有高低，所以地上留着台阶。天花板不高，糊了墙纸但还是隐约现出楼板，地面上摆着矮桌矮凳，一切都是南方民居的风格。

作为纯粹的南方人，小静长得不高，但并不影响她的美。白皙的皮肤应该拜赐于这座城市空气的湿润和日照的稀少，或许还有她作为医生的自我调理。船长没有喝酒，但被热闹的人群、升腾的水汽和调料的芳香包围着，竟然有些醉意。上一次坐在这样的氛围中应该是十多年前大表姐的婚礼。如今他似乎也觉得自己身处婚宴，而周围的人都是远亲近邻。在离开这座城市之前，他突然被引领着进入它的深处。

饭后，小静带船长去爬山。他本以为要去东山，到山脚下才明白不是。因为身后另一座山上矗立着全城的最高建筑东山电视塔。

这座扶风山和东山差不多高，山腰有一座阳明祠。王阳明是和基地职工一样的江浙人，被贬到贵州，成为在这片西南山区生活过的不多的国家级名人。假若不被贬，他恐怕一辈子也不会来此。祠堂为纪念他而建，如今成了本地居民喝茶的去处。喝茶需要买票，但到处转转是免费的。这毕竟不是黔灵山那样的公园，只是被居民楼包围的一个山头。

但是，船长在山顶的亭子里第一次俯瞰了贵阳城。这是以前去过那么多次黔灵山都没能看到的画面。上一次去是初中最后一次春游，已忘了黔灵山是否能登顶。童年去过的宏福寺、动物园和关押爱国将领的山洞都在半山腰。如今回想，那时登高的愿望仅限于到黑山或者奶头山顶看看山后是什么，而这座城市已经和母亲走过了，连最南端的火车站都去过了，假如登上黔灵山顶，看到的想必只是一片黑压压的房屋和街道。母亲对这座城市缺乏感情，导致他未曾去关心过它所蕴藏的美。每次进城晕车后总感觉污水流溢的小街和汽车卷起的尘土更显肮脏，随地吐痰的人们因为口音陌生而更显粗鲁。这些儿时的最初印象已被高中独自穿城而过的体验覆盖，但即便那时也没有想过登高。也许那时还深陷其中，而如今，在告别的时节，他登上这座城市的火箭发射架，在跨进飞船座舱前的几分钟里回望作为整体的它。山脚下的师范大学路口是城市记忆的开始。童年和母亲乘班车进城总是上午八点多在路口附近下车，下午四点多又走回原处上车。在母亲身体还好时，他们下车之后会沿延安东路往西步行穿过市中心直到邮电大楼折返，后来进城看病时则是沿外环东路往北去贵医附院，或者沿外环东路往南去省医，而在高中三年里延安东路继续成为他独自到师大乘坐郊区车回家的必经之路。当年候车时无论如何都没有想象过，在很多年后，他会和一位本地姑娘坐在不远处这座小山顶上的亭子里眺望自己走过的路。也许是他出神地俯瞰了太久，小静无声地把头靠在了他的肩上。这并不是一个令人意外的举动，因为爬山时，他们就已经拉着手了。拉着手爬山的两个孩子可能只是同学，那是童年春游时老师的要求，但不可能发生在黄昏时分。从扶风山上西眺，暮色中的贵阳城已经像一块不规则的大蛋糕，点起很多小蜡烛。他用手臂将她搂住的时候，脑中的念头却是世界末日会不会在此刻来临。天边似乎已经乌云压境。这时他想起了文史资料对这座城市的全景描述。一九三九年二月四日，贵阳遭到日军空袭，从二浪坡、小十字到大十字的贯珠桥，从市府路口到省府路口，一片浓烟滚滚，损失惨重，许多学校从城里迁到农村。文史资料没有配图，但当年坐在此处肯定能望见火光和烟柱，听到警报和爆炸。也许听不见，因为此处架着几挺震耳欲聋的高射机枪。那么这个山头必然成为敌机的目标。但阳明祠看起来安然无恙，也就是说，当时此处没有高射机枪。除非城市上空爆炸一颗核弹，此地总是安全的，即便大洪水突然来临，他们也会是全城幸存的最后几个人。整个山顶只有他们二人，分享着眼前这块庆祝和平与相遇的大蛋糕。小静的嘴唇比蛋糕更柔软。他意识到，在即将离开的这个夜晚，他终于第一次近距离接触这座城市和她所孕育的精华，一位年轻的姑娘。在下午的几个小时里，他品尝了属于本地人的晚餐，爬上了属于本地人的山，最后，亲吻了本地人。这是否意味着他终于被这座城市接受?

当二人下山步入延安东路的夜市，船长发现自己依然像个外地旅游者。他感兴趣的是本地土特产。他对小静说自己想要一些可以留念的东西。你再也不回来啦?她问。在她眼中，说普通话的他确实是个外地人，讨价还价的任务都由她来完成了。我同学说我的贵阳话有口音。她说。她父亲是重庆人，母亲是湖南人。父亲一直说重庆话，母亲说湖南口音的贵阳话。好在都是不算远的外地，口音相似。贵阳的学校基本都用贵阳话教学，只有语文课用普通话，所以我学会了带口音的贵阳话，和带口音的普通话。她说。父母在她童年便因工作需要调到昆明去了，所以她的口音受到了复杂的影响。总之，看来他以为的本地人其实也是外地人。高中时建立的理论是明洪武之后迁来的人都不算本地人。应该建立一个新定义，那就是只要在本地出生长大的就是本地人，这样更合理。那么，岚岚湉湉白皮老猫等人可能会比一个说着流利贵阳话的中老年人更本地。口音不应该继续成为呈堂证供，让我们继续被夜市摊主们判决为外地人，遭遇不友好的叫价。

但此刻小静牵着他的手在摊位间走走停停，似乎正把本地人的气血传递给他。他随即成为了她的一部分。或者说，他被这座城市伸出的触手捕捉了，吸收了。只要他保持沉默。十多年前，母亲带他在这条街上行走也曾经牵着他的手，为的是不让他被这座城市吞没。他在璀璨灯海中恍惚记起童年乘车途经这条大街去火车站的景象。那也是刚入夜，但没有夜市，两侧的国营商店已经早早关门，但因为是城里最宽敞的大道，在新式街灯和不灭的霓虹照耀下非常明亮。公交车内乘客不多，不到站不开灯，街灯在黑暗的车厢里投下两排迅速游移的光。上高中时他多次错过基地班车而独自在这条街上匆匆行走，冬天天黑得早，眼中是相似的景象。那时想到母亲肯定已经在阳台上张望，心也和路上寒风驱逐的果壳废纸一样匆忙。那时他常想有朝一日能在夜色中漫步于这条大道上，但那种奢侈属于在城里有家的人。他不能骑自行车在黑暗中翻山而来，漫步，然后再骑自行车回去。那不是真实的浪漫。即便在离家遥远的北京，他都能坦然享受那种浪漫，但在离家很近的此地，他却不能。因为家太近，引力太大。一艘常年在太阳系边缘探险的飞船，终于有一天望见地球回到视野，肯定不愿在月球停歇。

但在今夜，因为离得太近，他被引力直接拉入了绕月轨道。走到了延安东路的尽头，他只是张望了几眼汽车站，就被小静拉着走了。她说他可以睡她的屋了，她和母亲去挤挤。天太晚啦。她说。她不知道他早已习惯夜晚独行在城市的街道上，假如没有了车，甚至愿意走路回家。沿延安东路的坡道向汽车站攀爬时，他发现自己早没了少年时代焦急的归心。也许是因为母亲不会再从阳台张望。在几千个不归家的日夜之后，母亲已经接受了他在千里之外的事实。他想找公用电话给家里打个电话，但是从延安东路转上外环东路之后便是扑面而来的黑暗。街灯几乎被夏天浓密的树荫遮蔽。两侧只有漫长的围墙，墙后是楼道里点着暗淡白炽灯的古老居民楼，一座接着一座。

船长熟悉这段围墙。这是城市给他的最早记忆。当年母亲带他乘基地班车进城就是在墙上的一扇铁门前下车的。那时他就好奇这片居民区为何有围墙。基地的居民区就没有围墙，所以才出入着捡鞭炮和抢冰鞋的农村小孩，偷高压锅和自行车的农村大人。后来他渐渐明白，城里的单位都有围墙，围墙的功能之一是划分地盘，连居民区也不例外。而基地独霸山谷，自然不需要围墙。

铁门依然在原处，但门面已被更换。他上高中后每天乘车都要经过此处，但并未注意到这个变化，想必是已经熟视无睹。或者是因为站在车上的视角和路边的浓荫隐藏了这个变化。但当他步行来到此处，慢下脚步，立刻想起了它原先的模样：半圆形的门楣，放射状的铁条上镶着一个五角星。这个细节是不会记错的，因为他当时猜想这是军队的院子。只有军队是不挂牌的神秘单位。铁门在清早总是紧闭的，只有下午在路对面等回家的班车时能看见门开了能容人进出的一条缝，有几个孩子在台阶上玩耍，是他等车时观察的对象之一。如今门外是一道小小的水泥坡，坡面上嵌了几根防滑的钢筋，想必是为了方便车辆出入。以前肯定是台阶，绵延数百米的这道围墙外唯一能坐的地方。那时乘车经常会晕车呕吐，下车后母亲总是让他在台阶上坐一会儿缓缓。他便在台阶坐坐，等待探索新世界的激情将自己不适的躯壳扶起来上路。

走嘛，都到了。小静拉拉他的手，将他从往事中拽出来，走进这扇熟悉但从未进入的大门。确切地说，门是大敞着的，和消失的台阶一样暗示着经常有车出入。几个孩子骑着童车在小坡上冲坡玩耍，打破这几百米的幽静。当初那些在台阶上玩耍的孩子里有她吗？这个想法在他内心激发出一声无声的呼唤，令他突然抓紧了她的手。

小静将船长领到了她的房间。她离开前，他们在黑暗中温存了片刻。似乎是很长的片刻，因为他在一处与时间无关的空间中游走。攀爬和下滑的曲线像是多年前某个没课的下午独自翻越的一座座荒野丘陵，又像是今天黄昏登上的城区名山。隐秘的铁道和城市霓虹初上的大街叠印在他的视野中。她的身体显然是这片如今已经边界模糊的土地的延伸。而他的身体何尝不是？与来自外地的父母们不同，这两个身体在本地同一家医院中出生，被同样的阳光雨露和肉蛋果蔬抚育着成长。他遇见了另一个自己，人生似乎就此圆满，但此刻被年轻驱动的欲望也在提醒他对另一个地平线的梦想。作为一个即将离开的人，他已经不可能继续探索山后从未进入的隧道和穿过城市的某条新路线。在昏暗中，预定驶向宇宙深处的飞船在路过一个黑洞时被吸引，船长加速前进，但理智的航迹依然被拉出一道弧线。

他倚着床，让她靠在自己怀中，缓缓帮她系上胸前的纽扣。二人望着对面的墙。墙上布满路灯投射的斑驳树影。十多年前，这些树确实没有如此高大浓密，灯光应该可以直射进来。

小时候的路灯没有这么亮。那时我们家算是城市边缘。她说。

船长想起那种使用白炽灯泡、夏天被昆虫围攻的古老路灯。那时小静还只是一个在院门台阶上玩耍的小孩。这间目睹她长成一个年轻姑娘的房间与他的房间差不多。式样古老的木床和衣柜其实不会很老，因为小静的父母也来自外地，在这个城市相遇成家立业，所以这个家的一切比她的年纪大不了几岁。写字台的玻璃桌面垫着钩针编织的台布，是城市家庭过去几十年的标准配置，也许下面压着几张家庭合影。窗外没有车间的喧嚣，偶尔只有汽车出没。城市是道路交汇之处，是喝茶和摆摊的地方，而厂房和职工宿舍集结而成的建筑群即便再庞大也不是城市。

他从写字台上拿起一把梳子，扶小静起来给她梳了梳头，目送她离开后把门合上。凝固的身影和树影一起投射在门上。它们都是这片大地上养育的生命，而且可能有着相似的年龄。他回身走到窗边。看来刚才曾下过一阵无声的细雨，路面还是湿的。在经历了几年北方城市的干燥之后，他拥抱了南方城市的湿润夏夜。透过树杈能望见街对面居民楼下也建起了围墙。那个位置在当年是几座花坛，他和母亲在城里走了大半天终于回到起点后，会坐在花坛边等待基地班车。船长会要求母亲摸出今天买的好吃的糖果先尝一块，然后给她也剥一块。糖纸都会小心收好，留着和同学们交换。下午四五点钟的阳光能照在二人身上，说明那时街边的树确实还不够高。居民区和师大之间是一片谷地，当年是层层农田，如今已是层层小楼，一片繁星般的灯光。师大广场上的郊区车早就没有了。金筑大酒店前应该有夜间拉活儿的中巴车，但也要等一个小时才会上满走人。只能乘出租车。但司机在这样的深夜多半不想跑到那么远的山里去，因为回来只能空驶。假如小静家有自行车，他倒是可以骑回家，但第二天还得骑回来。两地已被黑夜隔绝，但它们之间的距离和他将要去的远方相比，完全可以忽略不计。

船长到床上仰卧着。这是他第一次睡在离家不远的地方。他和这座城市在今夜建立了一种亲密。并不像湉湉是在城里有亲戚，而是另一种更神秘的命运。而此时小静就睡在隔壁。她没有远行的计划，这是她永远的家。她知道如何在小巷深处找到美食，如何抄近路穿过居民区登上没有游人的山顶凉亭，和每个夜市摊主都像是街坊。她今夜和一位即将被发射升空的宇航员接吻。这位宇航员假如能活着回来，应该会回到基地，因为他的家和母亲都还在基地。即便是去月球背面，旅程的两端都还是家。

几天后，当船长走过首都机场送别的人群，他突然明白，因为国际航班不从贵阳直接起飞，分离也就没有那么令人伤感。在贵阳站最后一次乘坐88次列车，有父亲和小静来送他。他们分别是基地和城市的代表。母亲未曾喜欢过那片土地，打定主意要离开，不算代表，所以没有来送。自从他上大学之后，她就再没送过他。也许他们都觉得他只是又一次去外地了，再过一年半载放了假还要回来。还有春节。这时他想起另一个问题。既然北京没有送自己的人，为何要从北京起飞而不是上海？那样的话还能再见几个同学，虽然拼搏之后终于如愿回到故乡的他们可能不理解他为什么要出国。但他更希望去和自己的籍贯进行最后一次彻底的告别。而告别它就是告别这个国家。来访的外国元首们总是最后在首都机场的登机车上挥手告别。他过去几年一次次挥手告别，但又一次次回来，就像是一个与中国特别友好的外国人。诺罗敦·西哈努克亲王。诗琳通公主。在火车站挥手告别不够正式，必须腾空而起离开这个国家的领土。一个小时前，他第一次乘车穿过四元桥的时候已经找到了这种感觉。桥名暗示着他进入了另外一个空间维度。笔直的机场高速路仿佛是机场跑道，车轮似乎已经离地。两排树木将这条跑道与他的旧世界隔绝开来，构成一条通向未来的管道。

漫长的候机楼走廊和登机通道是这条管道的延伸，填充了滤过的空气和人工照明。在管道尽头，船长突然遇见了身穿船长制服的机长，接受了他的寒暄，转了个弯，眼前是一排排座位，两侧是两排舷窗，玻璃很厚，看起来更像一艘潜艇。当他在窗边坐下，看远近那些缓缓滑行的飞机确实像是花色各异但体型相似的鱼类。带他回到现实的是舷窗外大片的机翼。这是他第一次观察襟翼、减速板和翼梢小翼。最终，还是他最熟悉的技术带他离开。一排排精细的铆钉和喷漆的英文警告令他安心。装卸行李和舱门开关的震动通过座椅传给身体，提醒他自己不再脚踏实地，而是已经坐在用轮子支撑的交通工具上，而同时传进耳朵的声音比在任何车辆中的感受都要轻微，说明座舱密闭性能很好，可以直接潜入大洋。但它首先必须飞起来。系好安全带的时候，他感觉自己确实像一名即将被发射升空的宇航员。虽然这架波音747上坐着四百名宇航员。

当跑道迅速消失在视野外时，船长发现毕生第一次飞行解开了一个谜。他并不喜欢飞行，只是幻想在空中俯瞰他生活的世界。但到了终于能够俯瞰的时刻，那个世界已经迅速缩小远去了。他贪婪地观察着这座已经决意告别的城市，直到那些工厂、民居和道路在几分钟后被云层淹没。他显然无法判断城界和国界，但当眼前展现一望无际的蔚蓝时，他知道自己跨过了期待的边界。他拉下遮光板，闭上了双眼。随着耳膜的压力变化，噪音渐渐消亡，他的意识也在渐渐收缩，但却忽然浮现出凡尔纳在历经磨难的维多利亚号气球用最后一丝气力跌跌撞撞奔向旅途中最后一道天堑塞内加尔河时发出的感叹：它就像巨人安泰，只有重新踏上大地母亲才能获得力量。

Those creatures jumped the barricades
and have headed for the sea
She began to breathe
To breathe at the thought of such freedom
Stood and whispered to her child, belong
She held the child and whispered
With calm, calm; belong

— R.E.M., *Belong*

# 3

# 疆阈

海水广大，往来者逢善风，三月乃得度。若遇迟风，亦有二岁者，故入海者皆赍三岁粮。海中善使人思土恋慕，数有死亡者。

——《后汉书·西域传·安息国》

## 301

土星五号横卧在四季葱茏的南方草地上。没了直插云天的钢铁发射架、深渊般的尾焰导向沟和低温推进剂制造的飘逸白雾，它看上去像是巨人抛弃的玩具，或是一个远去的童年梦境。船长每次驾车去海边时路过它，都要侧目致敬，似乎它是天安门城楼上阅兵的领袖，而自己是驾驶着东风导弹发射车的司机。它不是大规模杀伤武器，而是人类历史上最强劲的机器，将阿波罗飞船推向了月球。周围矗立的几枚火箭与横卧的它相比只是玩具。NASA显然认为火箭直立更合理也更美观。但土星五号站起身会有三十层楼高，抵御每个夏季来自墨西哥湾的飓风将是难题。

看路！好好开车！每次小妹都要这样吆喝，船长才会缓过神来，踩下油门加速前进。

第一次望见土星五号时，船长内心生出莫名紧张，仿佛它横卧着也能随时点火，在草坪和公路上划出一道巨大焦痕，沿切线飞离地球，变成一颗卫星，证实牛顿几百年前的设想。但走近细看，它更像公园里的旧长椅或垃圾箱，为防潮防腐而被漆过多遍，依然从裂隙中渗出锈迹。这些令人感伤的细节是船长只去参观过一次的原因。登月四十年后，月球基地并未建成。造物主每夜依然用射灯追踪着那片圆形舞台，但已有几十年无人登台，亿万观众也早已退场。这些年更有人猜测美国其实从未登月，大家当年在电视上看到的只是科幻片，为拖垮苏联而编造的科技谎言。没有什么能比这样的猜测更能说明NASA的衰败。假如NASA在阿波罗十七号之后每年继续将人送上月球，万里挑一的教师也好，捐款买座的富商也好，那种说法就不会存在。也许人类并不真的需要登月。登月只是一个梦想，完成就够了，但这梦想耗费了多少人力和金钱。这是个浪漫而残酷的句子。

也许船长并不真的喜欢飞行。飞行只是一个梦想，完成就够了，但这梦想耗费了他的多少青春。这也是个浪漫而残酷的句子。他在万米高空飞越半个地球，观测了地平线的弯曲，望见了同温层边缘的颜色，就够了。他如今更愿意像土星五号一样躺在南方草地上晒晒太阳。

Houston, Tranquility Base here. The Eagle has landed.

船长在深夜醒来会想起这句话。着陆才是胜利。S波段编码的微弱呼叫从几十年前三十八万公里外的静海基地传来，夹杂着失真和噪声。他住在离 NASA 只有几个街区的公寓里，而学校就在 NASA 隔壁。当年得克萨斯将这片还是荒野的土地交给 NASA 之后，大批科学家和未来的宇航员举家从繁荣的东海岸迁来，就像父母从一线迁到三线。学校是航天时代盛极的产物，校友包括诸多宇航员，至今仍有科学家兼职授课。但船长从未向他们打听过关于 NASA 的事。这个机构的黄金时代已经像旅行者一号一样消失在宇宙深处，不再回头。政府拨款减少，工作被转包，部门被裁撤。只有航天飞机继续提醒人类它的存在。每次发射时，电视新闻都会暂停当前内容，直播倒计时和升空画面，虽然只是吝啬的两分钟。除此之外，NASA 在他眼中是一处名胜古迹般的旅游点，陈列着来自航天黄金时代的文物，每天都有大批游客带着孩子来满足童年对太空探险的好奇，顺便追忆自己的童年。船长只去看过一次展览，那些数十年前的陈旧控制面板让他想起自己的基地童年。他只在一年一度的开放日去参观过任务控制中心。那个排满大小显示屏的房间平日是不开放的，人们只在新闻和纪录片中见过。它提醒船长，这里并没有沦为老式汽车博物馆。它依然是人类载人航天的心脏所在。当年的火炬变成了今日的蜡烛，但毕竟还在燃烧，照亮了几个街区外他的黑夜，他独自抵达的静海基地。

离开地球依旧是壮举。船长从学校图书馆借的第一本书便是童年错过了的《环绕月球》。那也是他第一次遇见柜台后方的小妹。但他看了一半就没能继续下去。通篇都是天文学知识，而他如今只是关心《从地球到月球》中那几位勇敢者的命运。凡尔纳堆放再多的知识，他的小说依然不算科幻小说而是探险小说，记录的是人类的进取、勇气和毅力。所以，当他停止描绘奇景和困境，让探险家们安坐炮弹中谈论科学，故事也就失去了魅力。在这几近有去无回的旅程中，他们理应怀念故土和亲友，他们是探险的起点和终点。

在小妹没有排班的每一个周末，船长都会开车经过NASA的入口和土星五号，陪她去海边买海鲜。穿过明湖城，NASA东大道和146号公路交界处往南是一座跨越明湖入海口的大桥，桥下水边有几座低矮平房，是卖海鲜的小店。小妹在店里挑螃蟹时，船长会站在水边远眺海面，而身后是他的静海基地。螃蟹是蓝蟹，出产在眼前的墨西哥湾里。籍贯北京的小妹热爱吃螃蟹，应该因为她母亲是上海人。她说吃海鲜的人聪明，因为消化的都是高蛋白，吃螃蟹的人最聪明，因为吃螃蟹最麻烦。幸运的是，下海捉螃蟹这道工序已经免了，要做的只是挑螃蟹和洗螃蟹时与它们小小搏斗，一旦锅盖扣上便万事齐备。不，还得学会吃啊。小妹说。从蟹壳中取出蟹肉对山里人来说是一项艰巨工作，耗费了大部分用餐时间。魔术般由蓝绿变为澄黄的铠甲是碳酸钙凝结而成，十分坚固。贵州的大片岩溶地貌都是碳酸钙凝结而成，但没有螃蟹。船长一边艰难地拆解螃蟹一边问小妹，假如住在海边的居民真的比内地的居民更聪明，为何都城远在内陆的秦汉和唐宋一直称雄东亚，蒙古横扫欧亚大陆，美洲的玛雅、阿兹台克和印加都诞生在山林深处。学历史出身的小妹说封闭的帝国缺乏竞争力，最终只会落后和衰败，而如今只有海洋文明。这想必就是她选择生活在滨海城市的原因。但他相信海洋文明在人类学会飞行之后就走向衰落。登月也许还会重启，而航海已不可能是探险。每一片水域都已被精确测绘，在数字地图上实时显示，被导航和通讯卫星覆盖。船长们不再需要望远镜，他们从屏幕上直接读取位置、水深、航向和航速，对前方的天气了如指掌，即便执意要穿越风暴，坚固的现代航船也能应付，不再有失踪和沉没的新闻。远洋航行成了廉价运输的代名词，船长不再是一个令人仰望的职业。

所以眼前这片海洋早已被驯服，向人类进贡着蓝蟹。假如海边建有发射场，童年更多关于美国的各种想象会在他的眼前团圆。《从地球到月球》中，大炮俱乐部要建造登月大炮，佛罗里达人和得克萨斯人竞争炮址，因为他们都在温暖的南方，都被北纬 37 度线切过。在二十世纪，佛罗里达人真的拥有了发射场，而得克萨斯人的失落也得到了补偿——他们在又一次竞争中击败众多城市，拥有了任务控制中心。将发射场建在海边是人类的传统。故事中成吨的火药和巨大的炮弹都是用船运来的，而 NASA 将发射场建在海边也是为了船运危险的液体燃料和巨大的火箭箭体。土星五号的第一级由波音公司在新奥尔良制造，第二级和第三级由北美航空和道格拉斯飞机公司在加州制造，工厂都坐落海边。否则，即便高速公路再宽，那些巨大的部件运出工厂便会卡在立交桥下，或是在某条村道的转弯处挤倒电线杆。多级火箭直接坠海，回收也容易得多。从载人航天的最早日子开始，一切宇宙飞船的降落地点就都是海洋。人类为此在词典里添加了一个条目：溅落。回到海洋是所有宇航员的梦想。当他们在只有岩石和粉尘的不毛外星徒劳地寻找生命迹象之后，都会回望那颗蓝色星球，想吃蓝蟹。今天，自己作为一个刚刚溅落的宇航员，也会吃到蓝蟹。

路的尽头总是海洋，它看似旅程的终结者，但其实接通着无数遥远之地，千万条道路的起点。能住在海边，似乎是童年藏得最深的一个梦想。这梦想与吃到蓝蟹无关。海洋是开放的，所以眼前的水下躺着纳粹潜艇的遗骸。此刻可能正潜伏着国别不明的潜艇，因为自己身后四百万人口的石油之都和几座战略级炼油厂是美国南方最重要的打击目标。冷战早已结束，但这些想象依然留存在船长记忆深处。一万公里外深山中射出的洲际弹道导弹威风凛凛跨太空而来，但在漫长的旅途中可能会被跟踪拦截。在近海一百里潜射一颗更小巧的导弹，跃出洋面直扑滨海大城市，虽然速度不如前者，拦截难度却大得多。如今把家安在此地，便要考虑这类问题。一颗两千万吨当量的核弹爆炸，零点三三英里半径以内会变成弹坑，一点四五英里半径以内会被火球吞没，五英里半径内可能会遭到最高一百二十五个大气压的袭击，人员全部死亡，七英里气压会降为五个大气压，百分之四十人员死亡，十二英里处气压会降为一点五个大气压，仅会有百分之十人员受伤。核弹总是瞄准城市中心，而公寓离休斯敦市中心直线距离超过二十英里，所以需要准备的是防止核沾染和面对接下来的食物、饮水和燃料短缺。假若这样一座大城市遭受核攻击，那意味着大规模核战和接下来的核冬天。那是船长思考过多年的场景，不同之处是如今眼前有了逃亡的方向。免遭直接破坏和严重沾染的土地大多在赤道以南，而且那里会稍微温暖些，更适合生存。在海边选择一艘无主船，载上能搜罗到的所有给养，从此处出海向南方的陆地驶去。或者，不再登陆，靠捕鱼为生。到那时，触发了世界末日的那艘潜艇是否依然在水下游弋？正午的天空蓝得透明，大海蓝得深邃。他想起那枚巨浪I型潜射弹道导弹升空的八分邮票。圆柱形物体破水而出，海天片刻之后便平静下来，恢复了史前的蓝。

他每天都在体味着和这座城市的缘分。但既然宇航员们每次呼叫的都是休斯敦，他电话中也就没有对母亲细说自己是住在远郊的明湖城。对于远在异国或是外太空的人们来说，地图比例尺已经缩小，明湖城和休斯敦已经合并成了墨西哥湾边的一个小点。他会在这个小点中度过一段人生。它应该算是他的新家，他的静海基地。当年的宇航员们在轨道上以每小时数万公里的高速绕地球飞行，当脚下出现得克萨斯海岸线上的这座小城时，都会凝视片刻。它不仅是他们所呼叫的控制中心，也坐落着他们从美国各地迁来的家园。在那个时刻，他们的眼睛突然变成了望远镜，透过稀疏的云层，发现家门外聚集的记者和电视转播车，认出坐在后院泳池边仰望天空的妻儿。

## 302

每次路过土星五号，船长都会生出幻觉：它是载他来到新世界的飞行器。在草地着陆之后，他出舱到树林后的公寓住下，就近入学维持合法身份，继续漫游并开始反思人生。新世界的天很蓝，蓝得像是到了另一颗星球。上次仰望这样的蓝天是在基地803大楼前面的广场上等待母亲下班。那么，土星五号带自己穿越到了童年那片蓝天的另一面。日落前起飞的跨洋航班飞到西伯利亚上空之后他便睡着了，只记得窗外的天色暗淡但却瑰丽，弯曲的天际线预示他正在飞离地球。他睡着后航班继续攀升，像一架空天飞机沿切线进入太空，随即又沿切线进入另一颗星球的大气层。一阵广播响起，机舱灯光大亮，被吵醒的他拉开遮光板，望见了日出。他循着S形航迹来到了这颗地球的孪生星球。

在同一个太阳下，类似的大气层孕育了类似的文明。这颗星球住着各种肤色的人，说着各种各样的语言，绝大部分都是外地人，没有谁认为自己是真正的本地人，这种环境令船长感到宾至如归。白人的祖上可能来自德国、爱尔兰、意大利和瑞典，他还没学会分辨他们。判断黑人是美国黑人还是非洲黑人稍微容易些。韩国人和日本人是船长在北京曾经见过的，相对容易些，而且他们依然有聚居的街区，开着饭馆和杂货店。越南人和印度人是船长只在电影中见过的，但如今在同学中占了相当比例。他们都是迁徙到此的异星人。很多体力劳动者是墨西哥人，他们的祖先建设了玛雅和阿兹台克的金字塔。真正的本地人是印第安人，但他们早已被头几批远道而来的谋生者驱散。船长恍然觉得自己身处《星球大战》中的某座异星集市，炽热的阳光穿过透明得几乎不存在的大气层，用公路边排列成行的大小招牌和无数挡风玻璃炫目的反射烧灼着视网膜的每一个感光细胞。街道上没有行人，居民们都驾驶着飞行器在高架桥上呼啸而过。洗碗工和清洁工也需要车，因为这座城市的公交形同虚设。

这也是船长在找到第一份工作后便买了车的原因。街边林立的车行外排满可以分期付款的新车，每座加油站外的显要空地则被明码标价的旧车占据。与此同时，城市的偏僻街角扔着被抛弃的车，它们最终会被送到城郊拆车场，变成堆积如山的废铁。车只是一种大号的家用电器而已，而且可以经常更换。这是船长从神探亨特那里了解到的，他在连续剧的每一集里都会驾驶他的破车追逐坏人，在大街上连续碰撞，导致罪犯失控后凌空飞起，翻身落地随即爆炸，而自己的车也报废了。船长还未在现实中目击这类场景，虽然每天都路过抛锚车辆和车祸现场。高速边散落的橡胶残片是爆胎的遗存，隔离墩上的擦痕和路面烧蚀的痕迹则暗示着更加惨烈的事故。船长出国之前和之后，母亲都从未询问过他是否买得起车和是否学会了开车。前者应该包括在从机票开始的对钱的忧虑中，如今儿子先后有了奖学金和工作，应该不再是问题。后者早就不是问题，因为儿子从小就显露了对各种交通工具的驾驭能力。随表哥们出行的近千小时行驶记录应该加分，虽然母亲不知道，多年前在云南的公路上，船长已经多次接管过大表哥卡车的方向盘。大表哥选择放手的都是平直而且没有其他车辆的路段，但路边是两排粗壮的桉树，撞上去想必和撞墙差不多。总之，船长借辆车找个空旷的停车场绕行几圈便去考驾照了。开车对他来说简单得不像操纵机器而是使用微波炉。

船长买了辆高大的皮卡，每次坐进驾驶室的感觉都和童年攀上表哥们的驾驶室一样。它比周围车辆都高一头，仿佛是一艘战列舰在巡洋舰驱逐舰巡逻艇冲锋舟小舢板们前呼后拥下航行着。

能看到更远处的路口和红绿灯，驾驶会更从容，但他喜欢看的是四周的风景。对他来说，车当然不是家用电器，也不算交通工具，而是一个比住所更重要的地方，一张可以安详读书的床，而每条街道都是这本书的一章，他在每个路口翻页。中国同学间流传的说法是这个人刚找了份实习生工作就贷款买新车，非常大胆，另一个说法是这个人买的车非常不实用，不知他是怎么想的。但来找他帮忙搬家运货的同学络绎不绝，小妹便是其中之一，后来还给他的车当上了经纪人。这些说法都是她告诉他的。船长猜想所谓不实用是指车里只能坐两个人。对他来说，两个座位已经足够。去购物的话，货物放在乘客席上即可。但假如坐了第二个人，货物就必须放到车斗里。这很正常啊。小妹说。这样的车不就是拿来拉货的吗。和船长混熟之后，她常搭他的车去西北三十里外休斯敦的中国城购物，或是去明湖城往东几里路的海溪镇买海鲜。需要搭车去中国城购物的中国学生挺多，船长的皮卡限载两人，所以只能拉上早早订座的小妹。嗜好海鲜而且知道海溪镇海边藏着便宜小店的中国学生只有小妹，而船长自己也喜欢到海边转转，所以乐于成人之美。

和飞机一样，车改变了世界的比例尺。如今出门买一次菜比当年从基地到城里的旅途长得多，但也快得多。以这样的速度，贵昆线的六百三十九公里半天便能跑完。与汽车合体变成汽车人之后，船长的步子大了十倍。高速上的每个起伏都让他想起当年滑旱冰过大坡的感觉，但如今上坡无需叉开八字步踢踏着往上攀爬，下坡时也不用担心停不下来。坡不再是人类前进的阻碍，它们实现了不被红绿灯干扰的永动交通。当他驶上 8 号公路那些最高的立交桥，都会左右张望。天气好时可以望见远方的海和大桥。似乎就是海溪镇海鲜小店上方的那座大桥。他买了一本关于城区公路的厚书，价格不菲，小妹觉得他不可理喻，说这种书去图书馆翻翻就可以了。他边开车边兴致勃勃地告诉她哪座桥最高，哪个路段的混凝土层比机场跑道还厚，哪个路口是美国最繁忙的三大路口之一，哪套高速照明系统是全球最好的。她一边点头，一边提醒他不要东张西望。

既然人人都有车，城市扩张的步子也就大起来。休斯敦的外环 8 号公路直径大约是二十英里，比北京的四环大一倍，也就是说前者的面积比后者大四倍。船长每周有三天要赶七十英里的路。因为学校和公寓在城市东南，工作地点在城市西南，所以要沿城市向东南放射出来的 45 号公路进城，到了 8 号公路之后绕城南西行，再沿城市向西南放射出来的 59 号公路出城。因为这条长路连着两个必须按时抵达的位置，需要可靠的交通工具，他不假思索地买了新车。他考虑过住在这条路的哪一端，但结论是显而易见的。NASA 和海的旁边。小妹虽然并不了解这个隐秘愿望，但对他的决定表示赞赏。

有车之后，生活习惯也随之发生巨变。比如说，他买了手机。这是小妹建议的，因为万一路上抛锚或是出了事故，没有手机会很麻烦。随时能打电话的感觉很不错，虽然他收到的电话除了推销就只有小妹搭车的要求。他把电话号码告诉了母亲，还为她设置了从中国拨打电话由他付账的服务，但她从未用过。她迅速习惯了等待他的电话。

船长给母亲打电话前并不需要计算时差。他从出国那天起就建立了两个生物钟。晚上入睡前会盘算母亲此刻在干什么。若是在卧床，他会感到压抑，若是出门买菜去了，他会重温童年的欢乐，仿佛自己也跟着去了，买回新鲜的杨梅或桃子，还去新华书店转了一圈。他的心情在午后更平和，因为母亲已经入睡。对于有病痛的人，这是最好的时段。他明白自己再也不会收到她的信了。国际信函需要去街上邮局贴上国际邮资，这件事她在很多年前便帮他做过。她不懂英文，但会临摹英文。一封信需要走十天半个月才到似乎是主要原因，但和当年从北京要走四五天的家信相比并没有数量级的差别。船长放下行装后所做的第一件事就是找地方买电话卡给母亲打电话，这是临走前她嘱咐的。因为同样的嘱咐，当年他抵京后的第一件事便是给家打电报，所以他总记得第一次走出校门循着学院路一直找到成府路东口邮局的路，那段行程在急切和陌生中变得漫长。当时家里还没装电话。如今从美国打越洋电话越来越便宜，新旧世界的交流也就顺理成章切换为语音模式。母亲显然更乐意直接听到儿子的声音。这个声音的信噪比极低，偶尔断断续续、出没着回声，甚至与其他用户的对话串线，因为船长听到的母亲的声音便是如此。但即便在这样的音质中，她也能听出他是否感冒。在他的想象中，他们的对话在繁忙运转的电路中被压缩，在更多节点与更多数据打包，再压缩，然后通过太平洋底的电缆或是太空中的卫星传送，即便都是用电传输，也会有轻微迟滞。虽然他无法测量这种迟滞，但音质本身体现了新旧世界之间的距离。时差是船长提醒自己身处地球另一面的最早渠道，而电话音质让他一直感觉自己正在另一个星球探险，因为它在记忆中只属于NASA任务控制中心和阿波罗宇航员那些跨越三十万公里的S波段通话录音。

在电话中，母亲询问和谈论得最多的依然是天气。又冷了，又热了，最高几度，最低几度，有没有下雨，太阳多不多。其次是地理、饮食和休息：从家到学校有多远，是乘公交还是自己开车。菜市场有多远，能买到什么样的菜，早上几点起，早点吃什么，学校有没有热午饭的地方，晚饭几点吃，晚上几点睡。他在母亲眼中似乎就是一个晓行夜宿的人，她对他的课程和成绩、房租和工资、签证和绿卡都不关心。似乎儿子只要每天吃早点，吃水果，不时能打来电话，一切就都好。她也曾提起是不是要寄些吃食过来。她说她可以做些油辣椒，让父亲去批发市场买点惠水牛肉干，要五香的、麻辣的还是咖喱的。船长总说食品不能寄，她只好断了这类念头。至少，她有一种欣慰是确凿的：儿子住在一个阳光灿烂的地方，再也不会得风湿关节炎。

和母亲通话完毕后，船长常常会想一下还需要给谁打电话。自己的消息，母亲肯定会以口述、电话和信件的方式传达给父亲、哥哥和亲戚们。她确实是CAPCOM，座舱通讯官，任务控制中心那个唯一可以直接和宇航员通话的职位。座舱通讯官往往也是宇航员，这样更能熟悉宇航员的处境。而她当宇航员的年代，与家的联系方式只能是信件，连电报都只在紧急情况下才用，用摩尔斯码发送几个精简得不能再精简的字，由滇池小镇的邮递员送到双亲手中，最快也需要几个小时。

每离开一处便会与一些人永远失去联络，这是成长中的重要体验。船长不了解高中和大学同学的去向，但明白大部分基地同学只会在三个地方：基地、上海和从基地到上海的路上。这些人应该不难找到，因为据父亲说，基地保留着所有退休职工的通讯录，而很多同事也保持着联系，那是寻找他们的最后一个途径：找到父母，也就找到了孩子。不过，船长还是注意到湉湉在电话本给自己留下的那个不像是电话号码的号码。他下载了聊天工具，把这个号码添到了通讯录。

你好哇。

这是他第二天醒来后听到的一句话。确切地说，是屏幕上显示的一行字。网聊是新鲜的，没有杂音，可能也不会延时，想必是因为数据量很小，就像打电报。因为需要熟悉中文输入法，船长的字打得很慢。湉湉的字打得飞快。她说网聊已经成了她生活中重要的一部分。而船长立刻便恢复了旁听者的角色，虽然如今已不是一起坐在街头的橱窗前。也许是距离抵消了成年人的拘束，和出国前最后一次见面的略感陌生相比，她彻底回到了从前。

上网这件事始于泡吧。因为那段时间压力太大，烦恼太多，迷茫太深，所以时常喝醉。

最初是和女朋友一起去，我自己打扮得像个男孩，理了板寸头，对谈恋爱一点兴趣都没有，就喜欢和好朋友在一起玩，感觉友情令人温暖。

那时我妈在忙着做煤产品生意，不怎么回家，所以也不太了解我的情况。有一次，我又和朋友去酒吧，喝完酒尿血了，去医院检查，医生说看到有结石，说是肾结石，可是住院后又查了几次，再也没查出结石。

在病房里住得无聊，城里同学让我搬出去和她同住。她已经结婚，老公和我们关系很融洽，所以我就搬了过去。

同学毕竟是城里人，家中已经安装了网络，她教我上网，帮我申请了聊天号，还给我起了网名。我当时虽然觉得上网和聊天是早晚的事，但还是觉得这是某种命运。

新添寨有网络了，不过还是去网吧的人多。自己家装贵嘛，而且也不是时时都在用。

在店里上网，还做不做生意？我都是每天熬到关店去网吧上会儿网再回家。主要就聊天，打打联众的游戏。最初和内蒙古、辽宁的聊。近来和新疆的聊。

嗯，确实都特别远。我喜欢和这些特别远的人聊。生活在贵阳的人，因为在山区的原因吧，总是对外面的世界很向往。那些地方我都没去过，好奇。

对，这几年特别喜欢旅游。第一次自己出去是海南，在火车站一拍脑门说走就走了。然后跟妈妈和姨妈到桂林、苏州、无锡和上海跑了一圈，每次出去回来都感觉贵阳真是闭塞啊。

对呀，我也是在火车站临时决定的。大年初一和同学到火车站转，说要不去海南吧，去看看海是什么样子，结果就买了到湛江的火车票，又转车到了海岸，坐船到了海口，玩了一天，又坐车到三亚。

对对对，第一次到海边，非常兴奋，可惜我当时没法下海玩。

不过呢，因为没下海，我还小赚了一笔。当时我租了太阳伞和沙滩椅在岸上等同学，遇见三个人找不到休息位，我一个人占着两张躺椅、一个圆桌和一把大伞，多浪费资源啊，我就把我们的位置卖了一半给这三个人了。

嗯，应变能力。我看他们仨在那找得很辛苦，主动跟他们谈的。一位三十一岁的魅力男士带两个五十岁上下的夫妇，夫妇俩是北方人，立马就下海去玩了，我跟那位男士聊得蛮开心的，挺热的天，他穿得非常正式，在沙滩上很引人注目。那夫妇俩一直在海里玩，我同学也是，所以我跟他两个人一直聊。他就没打算下水，是个海口的生意人，带客户出来玩。刚开始很谨慎的，聊到后面很开心，他留了联系方式给我，说在海南有困难找他，嘻嘻。这个人谈吐不错，素质很好。

湉湉的天赋正在继续展示。但网络对她来说依然是下班后与生意无关的另一个世界，伸向远方，如今又伸向海外。因为时差，他俩直接聊天的机会并不多，只是接收对方的留言。这反而令他安然，就像当年读同学们的日记。假如是你来我往一人一句的模式，他还真不知道自己该说些什么。他甚至无法像以前一起坐在街角橱窗窗台上那样用偶尔的点头表示自己在聆听。但即便他没有留言，湉湉依旧不停打字。

从去年开始，和一个新疆人聊得特别多。我们是在网上玩五子棋时认识的，那种棋可以一边下一边聊。他是开网吧的，所以我上网的时候他总在。那段时间一直在碰壁，不知道自己的做法是对是错，周围没有一个人支持我，心情苦闷的时候不能跟人说，所以就在网上和他说，算是宣泄的一种途径吧。而他一直支持鼓励我，所以感觉很投缘。虽然没见过面，但他给我的感觉是特别阳光，特别上进，特别积极和有责任心的人。我真是在精神上很依赖他。

不算谈情说爱啦，像朋友一样互相支持而已。他很细心，特殊的日子都记在心里，但我不是个细心的女人，大大咧咧的，生日什么的能记着的也只有个大概的时间段。更别提保存聊天记录了。不过还好，他说他都保存着。我们很投缘，有聊不完的话，后来互留了电话号码，我不上网时就互发短信。总之联系很频繁。

电话也打啊，只是网聊有新鲜感。年轻人下了班都来网吧上网，顺便聊天。没网的时候才用电话聊。什么方便就用什么聊。我第一次跟他通电话是在我同学的公司，那天等我同学下班后去吃饭，没事可做，正好他发信息来，我就在同学那儿给他拨了电话，你知道吗，通了电话之后我的第一个反应是他有口音，上海口音！

当时感觉特别怪，很熟悉但又很新奇。但我还是跟他说普通话。而且在贵阳街上说上海话还是太奇怪了。我是在哪儿都可能抽空给他打电话的。我俩每月电话费都相当惊人，五百块，都赶上一般人的工资了，不过我每月可以赚一万多吧，所以也不在乎这点花销。他开网吧靠贷款，所以我基本不太让他打电话给我，一般都是我打给他。就是这样，他也常常每月好几百块的话费。

不过我前些天包被人拎了，损失不小。你不知道，新添寨到贵阳这一段在封闭修路，只能绕路走，我有一天进城，赶回店里已经晚上了，包里装了四千多块现金及支票，还有隔壁门面请我帮他们过账的支票，还有花了三千多块新买的手机，所有的存折。本来打算当天把支票进账了，现金是货款，准备打给别人的，后来因为晚了就打算第二天再办。

第二天一早，店里来了三个人，趁我不注意时，把包给拎走了。我这人不是很细致，已经是第二次被拎包了。

我包经常乱放的，一点不在意，活该被人拎包。

面对屏幕，船长眼前突然浮现出多年前在楼顶上用望远镜目击的场景。而他依然在远处观望，无法立刻赶到现场。不过如今他不用担心在冲动之下奔向犯罪现场而一脚踏空摔下五楼。地球的弧度并未遮蔽他的视野，但那三个人只是三个黑影。他不用再猜测他们是本地土产的小流氓还是来自外地的流窜犯，只能对历史发出一句无声的呼喊。

# 303

城市并不代表国家。离城之后，路前方才是裸露出来的美国，就像只有在京广线上飞奔才能认识真正的中国。而当船长在一天中疾驰八百英里后看到天边隆起的落基山余支时，确认自己正在横跨北美大陆，像是蚂蚁终于爬上了一片水中枯叶的叶脉。他不断扭头仰望路旁矗立的古老岩层，随即被小妹告诫开车要目视前方。和她商量暑假出游路线时，他选择向西并不是希望去她想去的那些著名国家公园，而仅仅是思念山脉、峡谷和荒漠，而向东只有平原、河流和密集的城镇，就像当初在中国的第一次也是最后一次真正旅行选择了西北。湉湉近期出游也选择了西北。她留言说他们去西北的第一天只走了三百公里，这情有可原，因为他们一行十人是挤在两辆北京吉普里沿九曲弯道摸索贵州山沟，而他和小妹二人是驾驶一辆三百八十马力的道奇公羊循着几乎笔直的限速八十五英里的10号高速公路飞驰过坦荡的得克萨斯原野。

毕竟是第一次开车出远门，离开农牧区进入荒原之后，船长开始担心没油和抛锚的可能。小妹说不用担心，打电话给汽车俱乐部，这些他们都会管。他在出发前刚刚按她的建议加入了汽车俱乐部，并且还要来了大量免费地图。但他好奇在这样的僻远之地，救援车需要多长时间才会到来。童年乘坐表哥们的车，在最崎岖的山路上颠簸时也未曾担心抛锚。因为他们都会修车，四姨妈家的小阁楼上堆放着五花八门的汽车零配件，还有尘封的各种汽车构造图。从破损和油渍看得出它们曾经跟车很长时间，但最终退休在家，说明驾驶员们已经不需要它们了，他们已经牢记了每个细节。而假如自己此刻驾驶一辆解放、东风或者IFA，给他们打个电话按照提示修理即可，就像阿波罗宇航员在绕月轨道上报告故障，休斯敦的科学家和工程师紧急讨论然后远程指挥修理一样。

离开城市生活之后，船长的怪癖也开始暴露出来。在艾尔帕索，他很想驶上美洲大桥进入墨西哥。一听名字就知道是跨境的桥，就像中国的友谊关和友谊桥。但小妹说他们没带护照，过桥就回不来了。船长对没有策划周全感到遗憾。他本可以像福克先生一样在旅行文件上多盖个章，虽然南去并不是环球的方向，但那边是辽阔的拉丁美洲，有古老的文明和不朽的废墟。在桥边掉头上路之后，他边开车边扭头张望河对岸密集的彩色小平房。好好开车！小妹的口气几乎是呵斥了。

在拉斯库鲁塞斯以东的70号公路上沿几乎笔直的大坡向圣奥古斯丁山口攀升时，船长想起冒沙井和顺海林场之间的那个能把旱冰鞋和自行车蹬坏的漫长大坡。他意识到，一旦被太空城释放，他便回到了更熟悉的地球表面。湉湉这次出游经过了遵义附近的七十二道拐，她说那条路让人捏把汗。地球上能被命名为七十二道拐的地点应该不多，人类迫不得已才会修建那样的道路。在贵州山区，为公路开凿隧道完全不现实，车辆只能迂回攀升。湉湉提到她听说很多平原来的司机到了那里都不敢开，是花钱请当地司机开过去的。山脚下也许驻扎着一群世界上技术最好的司机，专职帮山脚下的司机把车开上山，然后帮山顶上的司机把车开下山。而既然眼前的路难于上青天，想必会有外地司机决定先歇脚检查车辆，饭馆和修车铺早已应运而生，如今还添了负责处理事故的交警点和可以打急救电话的小卖部，而山顶或许有观景台供乘客下车俯瞰留影。被自动扶梯般的高速公路运载上升的船长想象着这些，直到山口将另一个世界展现在他眼前。前方辽阔的荒漠中，白沙导弹试验场和荷洛曼空军基地的后方，在某个隐秘位置藏着世界上第一颗原子弹的原爆点，这就是船长选择走这条小路去阿布奎基的原因。

那儿开放吗？是不是还有辐射？小妹的疑虑不久便成了多余。公路在离空军基地几里处被边防局的关卡截断。船长本来以为边防局只会在边境把守，夜宿边城埃尔帕索都没遇见，往内陆开了一百多里反而遇见了。他说自己只是想去阿布奎基，但却因身为外国人不带护照而被扣留了。他按指令将车停到关卡后面的小楼边，驾照作为唯一的身份证件被收缴查验。

午后的阳光撕开沙漠上空堆积的云层，炽烈得如同原子弹爆炸，船长在童年既恐惧又渴望目击的景象。在此升起的蘑菇云之母不仅改变了人类历史，也改变了他的命运，如今似乎又要影响他们的行程。原爆点就在前方的山后面。他指着大致的方位对小妹说。但她似乎并不感兴趣，想要讨论被扣的原因。她猜测他们并不是如船长所说的抓捕非法移民，而是因为他们像中国人，有刺探机密的可能。他们是否能查出船长曾经的专业？半小时后，他们被放行了，但只准掉头返回。也许是为了让命令听起来不那么生硬，警官低头耐心向船长指点去阿布奎基的大路，虽然他很清楚该怎么走。

不过，船长的遗憾迅速被弥补了。在人迹全无的荒漠中行驶了十分钟后，一阵呼啸破空而来。他伸头扭脸从每一扇车窗扫视天空，望见了远方几片三角形的黑影。F-117！他脱口喊出少年时代盼望见到的异国伙伴的名字。他来不及向小妹介绍它们的重要身份，脚尖离开油门，左手摇下车窗，右手到座位间的包中摸索。要相机是不是？好好扶着方向盘，我帮你掏！小妹呵斥道。此时黑影已消失在车顶。他索性踩了一脚油门猛打方向盘，把车掉了个头。在西斜的阳光下，如他记忆中的数据所言，幽灵般的隐形战斗机飞得并不快，每一片能够折射雷达波的黑色平面都棱角分明。船长一只手勉强把住方向盘，另一只手不停按动相机快门。

就不怕真被当间谍抓起来吗?小妹看着缓缓摇摆前进的车头哭笑不得。

不会，这种飞机在我小时候就已经上杂志封面了。船长说着，但眼前突然出现一个幻觉：飞行员发现地面车辆中有镜头反光，研判为偷拍，迅速用激光制导炸弹锁定了他们的车。他甚至发现激光的亮点击打着车窗，虽然那只是逆光中的幻觉。三角形黑影已经缩成几个黑点，噪音也在荒野中消散，只留下无尽的风声。他扭头看看小妹，发现她正盯着他。值得那么激动吗?目击他与F-117历史性相遇的唯一证人问道。

船长第一次见识美国西部是在基地大礼堂看《摩羯星一号》。那时太小，没明白NASA为什么要造假火星登陆，但一直记得三个宇航员在荒漠中逃亡的画面。他们被绑架到休斯敦几百里外那个伪造火星地表的摄影棚里，随即抢夺飞机出逃，向西飞行没多久便因燃料耗尽迫降荒漠。他们是向西飞行的，这一点他记得很清楚，因为在分了武器和饮水之后，三人分别向西方、北方和南方步行出发，因为东方是他们想要逃离的方向。他还记得山洞中的响尾蛇和爬上脸的蝎子。雪白的宇航员制服沾满了荒漠的尘土。他在明湖城安顿下来之后第一次参观NASA时想起这部电影，恍然觉得自己是他们中间的一个，奋斗之后成为了宇航员，最终发现自己并未飞向火星，而是疲于奔命地逃离追捕，雪白的宇航员制服沾满了人生的尘土。但此刻他认为自己更像是从休斯敦出发到这片荒漠搜寻宇航员们的那位记者。他关心他们的命运。他刚被一个关卡堵住，说明那条路通向了一些不能公开的秘密，而全世界都不理解他在干什么，包括身旁坐着的她。

当晚在阿布奎基的旅馆里收到湉湉的留言，说她们正在过川陕边界。

路很危险，多处塌方，汽车排成长龙等通车，塞得很厉害。天上下着毛毛雨，道路都是烂泥路，汽车一路打滑着走，地面坑坑洼洼的，犹如小舟在大海里前行。后来我们挂着四轮驱动，仗着车小灵活，驾驶员技术也不错，见缝插针，不断超车，结果被交警拦了下来，没收了我们的行驶证。后来我着急，就和驾驶员一起找交警，我拉着交警的衣角说：警察叔叔，我们错了，我们从贵阳来，着急赶路，所以违规了。能否原谅我们一次？当时那个交警好笑地盯着我们看了一阵就把行驶证还给了我们。

小妹白天似乎就是以“好笑”的目光打量自己的。混杂着些许不解和担忧。他没有给湉湉留言探讨“好笑”从何而来。她上网的时间肯定也极少。也许是远道而来着急赶路就可以违规这种逻辑很好笑，或是拉着衣角这种动作很好笑。但想象那个场面让他也笑了。湉湉肯定在这次出游中获得了自由。她本来没打算远游，只是表妹的一伙朋友要去新疆玩，她正好丢了东西，感觉这几年忙坏了，需要透透气，就挂失了存折，办了支票公示催告，挤进了他们的车。但湉湉无论如何超车都还在自己的祖国，用她的天真活泼和生意人的手腕绕过了一个权力的代表，而不像他们，在陌生的异国荒原中被截住，盘问，被迫掉头。他并没有把今天的遭遇告诉她。她可能难以理解。你好好跟人说说呗。她也许会说。他也没有提到与 F-117 的相遇。他只告诉她自己路过了第一颗原子弹爆炸的地方。后者比前者著名得多，毕竟是改变了人类历史的力量。但没有经历备战备荒的人可能依旧对这类力量不感兴趣，连学历史的小妹都未显出热情。

次日，船长也驶入了一条险路。前往位于新墨西哥州西北角一条偏僻峡谷中的查科文化国家公园，要走一条几十里长的土路。上一次驶过如此坑洼密布的路是在云南的深山中，表哥的卡车似乎即将散架，座席下工具箱里的工具一次次撞响。公羊的悬挂减震系统显然更高效，而小妹和他一样系着安全带，无法像童年的他一样被颠离座席，脑袋撞击车顶。他们偶尔对视，她未曾见过他的童年，不会理解他眼中的闪光。作为在大城市出生长大的姑娘，她的童年可有相似的经历？平原上的古都方圆百里内可能都不会有这样的路，但至少还有游乐园，旋转木马上所有奔腾的动物都要能够不断升降才能更吸引人，因为它们模拟了颠簸。而他们在得克萨斯的牧场大会中观看过牛仔们各种极端的骑行，是美国征服西部的重播。此刻，视野所及之内没有人迹，只有他俩在超速的旋转木马上并肩骑行，踢起的石子击打着挡泥板，发出冰雹来袭的密集声响。滚滚尘烟充满了后视镜。看来已经旱了许久。若是雨季，要提防的是谷地中的骤发洪水。在驶过几条只有零星水洼的干河沟时，船长遗憾公羊没有享受到涉水的乐趣。也许可以直接沿河道抄近路，虽然没有地形图，但既然目的是峡谷，河沟本身就是线索。《丝绸之路》中的探险队前往无路可走的尼雅遗址，途中便放弃了日产越野车，改乘解放牌卡车沿河道涉水前进。

为什么不修路呢？

游客太少，所以没必要修路？

我觉得是因为不修路，所以游客太少。

抵达峡谷时已是黄昏，二人在宿营地停车，到附近几处遗址走了一圈，小妹大概明白了这个被称为国家历史公园的世界角落的看点。因为游客极少，这些遗址没有标记也没有围栏，她说从路边看还以为是被遗弃的破败住宅。它们确实是被遗弃的破败住宅，只不过已被遗弃了数百年，成了文物。小妹望见悬崖脚下崩塌的巨石上站着一只形似狼的生灵，对睡帐篷是否安全表示了疑虑。回到宿营地，天色已经暗淡，他们这才注意到宿营地的卫生间拥有整座峡谷中唯一亮着的电灯。东南方升起半透明的月亮，巨大但光线暗淡，二人只能借车灯的光亮架起了帐篷。宿营地只是一片荒地，散布着去除植被略微平整铺了碎石的小块区域，用小木桩编了号。小妹看着光柱中飞舞的昆虫，担忧的内容从日落时看见的野兽扩大到了蜥蜴、癞蛤蟆和毒蛇。二人迅速躲进帐篷，胡乱吃些东西就睡了。

到了半夜，帐篷外大亮，船长偷偷把帐篷小窗打开一角张望，见满月已至中天，比初升时小，却亮得多。已经多年没有凝视月亮了。他曾迷恋在夏天傍晚的五楼阳台上看巨大的月亮从东南升起，用望远镜观察它表面神秘的斑纹。此地的古人便是靠观测日出方位来计算季节。基地被群山包围，朝阳终于从山后升起时，他已经上完第一堂课了，而月升的位置似乎总在梅兰山与黑山交错的那个缺口附近。童年的视力极佳，以巨大的银白色星球为背景，山脊上的每棵树梢都投射进了记忆。此时朝四野望去，向远方延伸的峡谷峭壁，天空中凝固的云朵，在若有若无的风中摇曳的荒草，世界的每一个细节都在月光中清晰可辨，仿佛是透过太阳眼镜看丽日晴空下的风景。太阳眼镜不会有如此暗淡的效果，唯一的例外是小时候母亲在车间亲手给他做的那副可以随意调整亮度的偏振片眼镜。像是古老西部片中的一个镜头，但此地不会有飞驰的邮政马车和印第安人出现。那些画面来自西部和北部的交通要道，而这座峡谷早在哥伦布登陆前便已被遗忘。因为方圆数十里内没有城镇的灯火，它如今成了观星圣地，他只是睡前看见满月升起，就断了半夜观星的念头。他只是想来看看古代人类是如何在偏僻之处生活的。新墨西哥州在美国的地位像贵州，都属于西南，都有贫困的少数民族，虽然偏僻但也因此隐藏了各种尖端技术单位，比如研制核武器的国家实验室。但此时他终于睡在万籁俱寂的荒漠中，摆脱了文明。至少摆脱了当代文明。没有基地车间的喧嚣，也没有风吹过平顶山上松林的沙沙声。假如附近河谷中的那条小河洪水暴涨，应该能听见声音。黄昏时他曾攀上第一座遗址后向谷底望去，并未看到任何水的踪迹。那条古代河流也许只在暴雨后才会还魂。不难想象，它曾经一年四季川流不息，才会有人在河岸的峡谷中建房定居。妇女们用有美丽花纹的陶瓷罐取水，在河畔的巨石上敲打和晾晒衣服，孩子们在浅水中嬉戏，男人们则早已出门，攀上谷壁，到葱茏的高地上去追逐野物。但他们后来放弃了家园，因为气候变迁，小河断流。他其实是被渴醒的。昨晚在帐篷里的电筒光中匆忙吞咽的是在加油站买的牛肉干，很咸。他睡前吻了她的额头，感觉嘴唇沾上了夹着细沙的盐晶，次日，船长和小妹攀上谷壁，向她解说为什么几座废墟代表了一种文化。他之所以要来查科峡谷，是因为想看到伯尼托大屋，或称伯尼托镇。镇和大屋能够通用，是因为一幢大屋装下了全镇的人。它包含数百个房间，在几百年中一直是北美洲最大的公寓楼，直到十九世纪才被纽约的另一幢公寓楼超越，而周边视野所及再无人工建筑，叫做镇也不错。他们攀登前经过它四层楼高的外墙，虽已坍塌大半，贴近悬崖的一面依然异常雄伟，石片紧密砌成的墙体工艺精良，在小妹眼中终于像是一种文明，所以她对于攀上崖顶俯瞰一下峡谷全景的建议并不反对。二人花了很长时间沿隐秘的小径攀爬，经过一段只容一人上下的岩缝时，与几个户外运动健将打扮的人物相遇，小妹终于见到其他游客，高兴地与他们打招呼，俨然是二人团队的领队。船长则在崖壁上寻找着古人的痕迹。他们想必也曾使用这条一线天空下的小径。在崖顶俯瞰伯尼托大屋时，他确认了颠簸数十里的意义。虽然还没能看到金字塔、印加石墙和复活节岛巨像，但崖下的庞大废墟令他生出了只有童年才有的敬畏。外星人的工程。不同寻常的D字轮廓中除了方形的小格子，还点缀着大大小小的圆形祭坛。它们应该曾经都有顶。顶由植物和泥制成，早已被岁月冲刷殆尽。各层地面用木材做梁，只有进屋才能看见。考古学家说某些木材是从一百里外砍伐运来的。但也有研究认为当年峡谷内外都是松林，而居民建房和烧柴将树伐尽，导致地下水下降，所以他们住了三百年就离开了。船长向小妹的讲解来自他借阅和购买的各种奇书。她此刻应该开始明白他对这片遥远土地的兴趣不是叶公好龙。崖上风大，脚下的岩层风蚀强烈，难以想象当年大片松林的景象。但他想起的是从水塔山和平顶山俯瞰基地的景象。大屋和基地一样坐北朝南，背山临水，只是没有绿色，即便站在如此高处，也看不到河沟中有水的迹象。但河沟确实从谷底中央穿过，将谷地中大大小小的废墟串起来，就像小河将基地大大小小的设施串起来。基地并不缺水，但第二代人就急切地想要离开。是因为他们知道有另一种更繁华的文明存在，还是因为思乡？或许是两者的混合。但几百年后，人们登上水塔山、平顶山、气象山和杨梅山，依然能够俯瞰基地和居民区的废墟。亚热带的潮湿可以朽坏木屋，但基地是钢筋混凝土的世界，仅靠自然界的风和水根本无法摧毁。那时，中国西南也许会和美国西南一样被半沙漠气候笼罩，但串起废墟的小河河谷依然会存在，考古学家会想象古代的孩子从学校废墟放学出来，沿河畔走向各自的居民区废墟，其中几个也许会上山烧火，在背阴的岩脚留下烟熏的痕迹。它们属于中国历史的一部分。而眼前山谷中有人生活时，它还不属于美国，不属于任何国家。居民们没有护照和身份证，但也不打算出门旅行。

这些人后来都去哪儿了？

据说是像我们一样爬上来，然后去北方了。好像是把祖先的骨灰也带走了。再也没回来。只是希望寻找一个更宜居的家园。他凭借地图记忆带她去观赏古人凿在崖壁上的天梯，在没有路的崖顶台地向北走了很远，找到一处叫做阿托大屋的废墟。此地分出很多放射状的古道，直指当年居民们散去的方向，虽然如今只能从航拍照片中辨认。在北方湛蓝天空的映衬下，庞大的土黄色建筑让他想起嘉峪关。它只是一处最僻远的废墟，而位于欧亚交通要道的嘉峪关属于一个依然健在的巨大文明。二人在归途的烈日下喝完了所有饮水，但顺石缝下行时，两侧的石壁还是凉的。炙热的阳光烤不到这些深藏的砂岩，沿石缝上行的风也被冷却了，配着远方灿烂的蓝天，让船长思念站到任何一片阴影中都能解暑的明亮的滇池高原。

小妹显然更喜欢热闹的去处。在车辆排队入内的大峡谷南缘，她不仅找到了旅游的感觉，而且成了向导，带领被人流推挤而有些不知所措的船长从峡谷边缘向下走去。走到科罗拉多河畔的想法是吸引人的。船长还没接近过美国的大河。来路上有机会远远窥探深谷中隐现的这条河，水面不宽，但切出了一条举世闻名的峡谷。走下谷底的游人是一串小小的彩点，在崖壁上勾勒出迂回的小道。迎面而来的回程游客个个全身汗湿，但脸上洋溢着胜利的舒畅，想必是已经触摸了那条混浊的激流。在对他们下谷的时间做出一番猜测后，二人觉得在午后走向河边并不现实。在路过一个指针指着一百零五度的大钟般的气温计之后，小妹决定折返。他们当时已经抵达一块台地，险峻的谷壁被抛在身后，前方是一片黄土高原式的侵蚀地形，还需要从某条漫长的裂缝下行才能抵达河边。小妹认为假如要走到河边，傍晚才能回到谷顶，而他们没有手电，饮水也不充足。她显然比船长更有计划，哪怕是户外活动。

拉斯维加斯的繁华让小妹感觉终于回到了文明。虽然进城时二人因为迷路而发生了轻微冲突。她在地图上找不到当前位置，船长最后索性找个加油站停下，拿过地图自己研究。不是每个人都像他那样喜欢看地图。不过，这座好客的城市迅速消解了紧张气氛。它是美国发射进入地球轨道的一座巨型游乐场，比本土更加开放的公共地带，来自各个星球的人们都无差别地得到了热烈款待。小妹愉快地挑选饭馆，尝试赌场里的每一个项目，入夜后在街道上被人群推挤着观看那些眩目的霓虹。假如不是在黄石公园预订了宿营地，她肯定会要求在城里多住几天。

回到旅馆，小妹洗了澡，开始护理连续两天暴露在阳光和热风中的皮肤。船长打开电脑备份照片，收到了湉湉的留言。她的旅行远不如他们顺利。

今天去了九寨沟、神仙池和沿途一些小景，还和藏民打架。输得很惨，呵呵呵。堵了一天车，下着毛毛雨，很潮湿，人很烦躁，店老板把菜打翻在我身上，还不道歉，我同学上前跟他理论，他推我同学，我把他推开，两帮人就打起来了。

在船长想象中，阿坝州和滇西差不多。在偏远地方堵一天车，应该是因为塌方。不过如今私家车越来越多，像湉湉他们那样一冲动就自驾出游的人想必也越来越多，也许在偏远景点真的会堵车。而这么多年过去，当一群外地人和一群本地人相遇，打架的可能性依然很高，即便是顾客和店家的关系也难以幸免。

离开拉斯维加斯之后，一路都是游人如织的国家公园，但船长再没能上网。他们在黄石住帐篷，偶尔去商店转转也只是购买野炊用具和饮水。面对套上所有衣服依然冷得发抖的每个清晨和简陋的三餐，小妹依然兴致盎然。这应该是因为她依然生活在人群中。没有网络和饭馆令二人觉得世界很遥远，但每天体验的却是美国交通最拥挤的山区和拍照需要排队的景点。船长不用再因为拽着她去看古老文明的荒僻遗迹而感到于心不安。而这些热闹的国家公园在他眼中至少还有山和水，这就足够了。山的包围令他心跳放慢血流舒缓。被堵在旋绕的盘山公路上时，他总是放下车窗，聆听山风指挥林木的合唱。离开拉斯维加斯前收到的最后消息是湉湉翻越了秦岭。这座作为中国南北分界线的山脉是他神往的。当年曾乘火车在黑夜中穿山而过前往赵名行的基地实习，但毕竟不是自驾翻越。湉湉和同伴们本来认定秦岭很险，路上都不敢多说话，为司机捏着一把汗，但后来发现它远没有想象中那么险，绝对比不上遵义七十二道拐。贵州长大的孩子确实不把山看在眼里。或者说，他们了解关于山的一切。湉湉描述路过剑门关时对地形只字未提，却提到山上有无数紫花菌居然没人采摘。这个菌子贵阳都已经卖十几元一斤。我们十个人，疯采了很多，拿到当地的饭店里请人加工时，老板非常惊奇地说原来这个能吃啊，说他们本地人不吃这个的。他们真是暴殄天物。湉湉说。

冰川国家公园是这次旅途的折返点。二人爬山触摸了冰川。船长向北极目远眺，他知道再往那边走几里路便是加拿大。小妹问他是否考虑过移民加拿大，他从未想过这个问题，含糊应着，脑子里却摊开了地图。中西部的边境多是沿某条纬度前进的一条直线，与山川地形无关。他童年便在世界地图册上研究过这种奇怪的边境。它只在撒哈拉沙漠那样的地广人稀之处才有。他望着北方，猜想美加边界不像美墨边界，没有任何围墙和铁丝网，至多有零星的界碑，无需出示护照盖章便能过境。但他没有做出这个尝试。这次旅行的秘密目的只是为了纵贯美国，而假如能够前往又一个从未踏足的国度，他还是希望在护照上被盖个章，就像福克先生一样。

我们到了嘉峪关。茫茫无边无际的戈壁滩上屹立着一座坚固的城池，登上嘉峪关，一望无际的戈壁，幻想着古代的金戈铁马，刀光剑影，守城将士面对着从四面八方涌过来的敌兵，是怎样的一种场景……心有余悸之下，跑出关外，使劲地跑想跑到尽头，看看那里到底有些什么，可是怎么也跑不出这茫茫戈壁。在四下无人的地方，感觉天地之大，自己渺小如戈壁滩上的一泣沙，想抓住什么扶一下，却无所依托，心中骇然，急忙往回跑。想象不出余纯顺是如何一个人去寻找楼兰的。

归途中在拉斯维加斯休整时，湉湉的大批留言从船长的电脑屏幕上跳了出来。她说到在嘉峪关这天是她生日，所以感触比较多。她显然已经明白他不会每天回复，干脆把留言写成了日记。而他也明白她已经不是当年的那个她了。小时候讨论《丝绸之路》时，她说她看到有干尸那集，就再也没敢继续看下去，而如今她已经跨过干尸，从容前进了。

今天我们进新疆啦。在哈密。干燥，从未体验过的干燥，全身带着静电，最怕就是开关门，因为手在接触金属把手时，都会被打飞，打得人怕起来。今天走的路是茫茫戈壁滩上一条笔直的路，人烟稀少，有水的地方才会有人居住。非常单调枯燥，四处洋溢着羊膻味，随着饮食的变化，人身上自然散发出这股味道，包括我自己。因为都在路上跑着，所以只能去路边的简易卫生间，那股膻味真心难忘，每次我都要做足了思想斗争才敢去。但是戈壁滩上叫不出名的植物非常漂亮，色彩神秘朦胧艳丽，却又长得非常坚硬。

我们到吐鲁番啦。今天我们去了坎儿井，交河古城，火焰山，火焰山是真心热，白天温度高达五十几度，夜晚却是围着火炉吃西瓜，去葡萄沟与王洛宾的儿子拍了照片。一路上我们播放的大多是王洛宾的歌，我们新疆好地方呀……

她想必已经忘记了当年他是如何陶醉地描述交河故城。在纪录片中，它出现在她被干尸吓坏而不敢追随的旅程中，所以当时向她提起时需要找块石头在地上画个轮廓，而她只能想象。他也不记得当时是否特别指出那座堡垒式城市是他心目中最完美的基地。如今，她已经抵达了现场，而他只能继续想象。古城也许只是打错了字。故城是没有人居住的古城。但至少在白天，会有很多和她们一样远道而来的旅游者在街道上漫步。可能还会在墙壁上写下到此一游。那种夯土墙用指甲就能直接刻画，四姨妈家的墙便是如此。但在西北的风中，字迹不会长久。

今天我们朝着布尔津前进。从进入新疆到乌市的途中，因为没想到人烟这么稀少，途中跑了七八个小时都没有饭店，吸取教训，在乌市买了很多馕。我们从乌市到布尔津一天跑了一千多公里。路上常常渺无人烟，全靠着馕充饥了。偶尔看见有翻下路面的大货车，货车司机无奈地坐在路边等待救援。我们还特地绕道去了魔鬼城，里面满是风化成形状各异的岩石，沙地非常软，走起来很吃力。今天进去的时候是早上八点多钟，太阳光把魔鬼城照得非常漂亮，闪闪发光，似乎有无数的珠宝在眼前，我捡了一片，是冰一样的结晶，薄薄的一片，透明的，手轻轻用点力就折碎了。

船长突然想起湉湉曾经提到的新疆网吧老板。她遇见他了吗？假如是，那么她决定参加这次旅行是否与他有关？二人在偏远城市飘荡着烤羊肉串青烟的夜空下走近，用上海话相认。他生长在一个上海支边的兵团家庭，不愿子承父业，开起了网吧，算是从中亚内陆沟通外部世界的尝试。但这一切只是船长自己的想象。他不打算问她，就像他上次和白皮见面没有问她和师兄的故事一样。这一切都属于她们自己的命运。

今天我们从布尔津往喀纳斯湖赶，沿途风景非常漂亮，与平时的荒凉对比真是天壤之别。途经额尔齐斯河，在密林中开车，阳光散落在五彩密林中，我们如同置身于仙境，美得太梦幻，让人希望时光就此停留。河水非常清澈，我们随车带了野炊的器皿，拾了些柴火，生火烧饭，就以河水煮饭，这一餐应该毕生难忘，美景，美食，人自陶醉。可惜没带帐蓬，不然可以驻扎于此。到了喀纳斯湖。一片金色树林围绕着清澈的湖水，美不胜收。感觉眼睛忙不过来，风景太美了，只能贪婪地把一切统统装进眼睛里，刻入脑海里，祈祷永远不会遗忘。

这几天已经是回程了。那天一早离开喀纳斯的时候，正值大雾天气，爬上半山腰时，山谷被白雾笼罩，山上被太阳晒得金光灿烂，真如童话世界般美妙。那儿气温低，空气非常纯净。今天到敦煌，我们先去鸣沙山，看见了真正的沙漠。想象中一直感觉沙漠应该是如沙滩一样细细的黄沙，但一路所见都是戈壁滩。到了鸣沙山，找到了想象中的沙漠，我们去滑沙，骑骆驼，体会到了沙漠里行走的艰难。但月牙泉是最让人惊叹的，我一直以为这是人工的，但听说是天然形成，很难想象沙漠中怎么会有如此一弯清泉……

前几天都在往家赶，所以没时间给你留言。已经到家了。我们在敦煌的第二天还去了莫高窟，然后去了青海西宁，青海湖。你怎么没消息了？

我们到了拉斯维加斯。船长终于打出了几个字。他以为湉湉忽略了敦煌，因为那是一座孤城，不在去新疆的大路上。他和祁叶当年就是在那里折返的。他想给她多打几个字形容一下拉斯维加斯，但觉得没有必要。它和敦煌都是以某种不寻常的单纯而知名的城市。包围它们的荒漠塑造了这种单纯。因为如此，它们虽然是为城市，却也分别代表了裸露出来的中国和美国。经过它们时，他都顽固地认为自己不是游客而是旅人。他继续在深夜醒来，轻轻拨开高层旅馆的窗帘，俯瞰彻夜明亮的繁华大道，恍然觉得自己是刚结束伏在硬卧车厢小桌上的浅睡，望着窗外茫茫夜色中转瞬即逝的幽暗星火。虽然空调一直哼响，但小妹睡得很安详。她对今晚的日本餐馆很满意，但在睡前说想吃蓝蟹了。

他们在两天后回到了明湖城。废墟和拉斯维加斯、荒漠和高山，被高速公路串起来构建了船长认为的美国。如今他想起来，这个名单还要加上NASA，而小妹的名单上肯定有蓝蟹。他们回家后的第一件事是开车经过 NASA 到海边挑选蓝蟹。结束了干燥内陆的长途，小妹如今感到如鱼得水，皮肤和头发都润泽起来。沾满西部尘土的公羊也终于驶出洗车房，在南方的骄阳下闪着明亮的光。女孩子们还是更喜欢水。九寨沟，神仙池，月牙湖，青海湖，喀纳斯。湉湉的留言里未曾提到想必一直在天边陪伴的祁连山和天山，只有必须小心翻越的秦岭和遵义七十二道拐。她甚至没有提到七十二道拐属于什么山。想必因为周围都是山，无法命名也无需命名。山因为阻隔人类旅行而知名，水则给他们带来生机。查科峡谷没了人，是因为没有了水。楼兰没了人，是因为没有了水。尼雅没了人，是因为没有了水。罗布泊村没了人，是因为没有了水。新疆那样遥远的内陆有人居住并且不缺瓜果则是因为有雪山融水，而拉斯维加斯的起源也是沙漠中的一处泉水。

吃完蓝蟹，船长在家打开电脑，收到的是湉湉的一句留言：我去上海啦。

也不歇歇啊。去上海干什么？船长说。但这句话通过跨洋电缆或是通讯卫星的传输似乎并不成功，因为他再也没有收到她的回复。

## 304

哥伦比亚号再入大气层时解体的消息应该是NASA历史上最后一次进入全人类眼帘的头条。船长在学校大厅的壁挂电视上看到近乎直播的新闻后，立刻走到室外遥望北方天际，仿佛看到了哥伦比亚号爆炸后飞掠的碎片。挑战者号的爆炸是少年时代在电视新闻里看到的那条分叉上升的烟云，壮丽而令人畏惧。在使用雷达追踪的摄像画面中，哥伦比亚号是一颗流星拖着尾焰在碧空中飞驰而过，假如不是片刻之后它分解为几颗更小的流星闪烁着继续飞驰，他会以为那是天神驾驶着战车巡视人间。飞行在他的世界中已经简化为思绪波动，所以他完全感受不到那是一团正在焚烧生命的火球。但他后来还是不假思索地在学校大厅里摆放的悼念横幅上签了名。它会被送到窗外树林后的某个大厅。他意识到，无论离 NASA 有多近，晚生二十年的他已经永远错过了参与的机会，最终只是一个旁观者，而这些垂直发射水平着陆的伟大飞行器也像人一样衰老，长出皱纹，积劳成疾，有一天突然跌倒再也爬不起来。

小妹申请了加拿大技术移民。她算过命，命中要去北方。她从历史专业转到图书馆学，最终并未减轻求职的困难，连在图书馆的工时也被减半，幸而作为学校雇员，学费还是免掉的。她说美国经济衰退算是被他们赶上了。工作签证和绿卡都很难办，还不时传来拒签的消息。她已经几年没有回国，并且建议船长也不要回，以免无法返美，还建议他也先往加拿大递个申请，算是留条后路。他希望等等再说。加拿大是世界的尽头，而美国是世界的路口。听她对定居加拿大的描述，他感觉那个尽头是密林中童话般的小屋，屋顶是奶油般的厚厚一层白雪。但他还没打算在壁炉前的安乐椅上坐定，他还有很多路要走。

将所有表格填完寄往加拿大之后，小妹感觉美国生活快要到了尽头。正好暑假来临，她躲进船长家里打游戏。她说他家空调凉快，要吃什么可以随时让他开车去买。门外永远是酷热的世界，即便只在入夜后外出，依然感觉走进了刚断电的浴室。周末清早到海边买螃蟹和小龙虾，面对墨西哥湾升起的朝阳，像两只穴居动物一样睁不开眼，而 NASA 的建筑群依旧闪着光，令他为自己停滞的生活感到一丝慌张。

穴居生活的中心是游戏。主人公们需要探索世界，斩杀魔怪，收获宝藏，增长经验。可以一个人玩也可以多个人玩，小妹到了周末就抱着她的笔记本电脑来玩。她喜欢两个人玩。

游戏发生在一个虚拟世界，荒原上奔跑着妖怪，沙漠中出没着毒虫，洞穴里游走着骷髅。这个世界里没有山，想必是因为在二维世界中模拟爬山并不现实。也没有河流与海洋，也许是因为水面需要船只，会增加操纵的复杂度。但洞穴的结构是复杂的，在其中摸索有一种真实的窒息感。还好有地图。凡是去过之处在地图上都会呈现，让探险有测绘的感觉，而探到洞底后可以借地图迅速逃回地面。在屏幕上飞奔时，船长总会想起童年从山洞中撤退的慌张。黑暗在身后追赶，要把走在最后的那个孩子拖回洞底。好在这些虚拟的洞穴没有滑腻的地面和深不见底的裂隙，不用担心摔死。在全歼洞中的骷髅之后，小妹依然会细心砸碎她能找到的每一个瓦罐，寻找宝物。大城市成长的她找到了他当年探洞的激动和对金银财宝的幻想。虽然他当年并没有像哥哥和老猫他哥那样幸运地捡到石花和锈枪。砸碎瓦罐的声音在两间屋子里的两台电脑上发出，轻微延时制造出的回响仿佛确实来自洞中。当年，死海岸边的牧羊人为了驱赶躲进崖壁山洞里的羊，向洞中投掷石头，听到这样的声音，才发现了死海古卷。

游戏没有时限，也没有被冻死、淹死、渴死、饿死和被闪电击中的危险。当小妹忙着翻捡宝物或是整理盔甲兵器时，船长静静地站在开阔地的冷雨中倾听着遥远神秘的乐声。他保护着她，但他知道，这样的场景中不会发生偷袭。敌人守卫着他们的领地。角色们的哲学是进攻而不是幸存。打不过总可以逃，跑到开阔地里站着。假如二人什么都不做，几乎可以永远地站立着不会死去。当然，不会有玩家这么做。人的一生就应该探险、寻宝、砍杀和征服。

当战利品多得再也背不动，小妹会吩咐回营。走得越远，回营之路就越漫长，路上的横尸消失了，建筑也已化为废墟，曾经的危难和胜利似乎未曾发生。其实，在陌生世界的任何角落，只要使用一个神秘的纸卷，便能打开通道瞬间回营。营地有属于自己的帐篷和箱子，有可以交易的商人和工匠，但没有亲人、后院和猫狗，并不给人以家的感觉，只是补充给养和存放物品之处。小妹将未来才能使用的高级物件放进储物箱，卖掉其他收获，购买心仪的装备或是补充血瓶。女孩子喜欢整理自己的小箱子和购物，而更换更高级的头盔甲胄战靴兵器则是梳妆打扮之癖好的延伸，所以他经常听见她喊你等会儿啊我回去一趟就消失了，自己身旁只留下闪着荧光的通道。你不回来整理一下吗？她在隔壁也就是在营地喊。但因为没有在路途上把任何角落里的瓦罐和箱子都检查一遍的习惯，他身上往往还有空间，不需要回去。她发现这个问题之后就不断批评他，并且经常吩咐他去捡拾她刚发现但是已经拿不动的装备。他不久便习惯了和她双双回到营地，去储存、买卖和补充给养，虽然明白那只是在被未知和敌意包围的异域中一块暂居的宿营地，而不是后窗外长满三叶草的故乡。

在真实世界中，二人分别占据客厅和卧室。他们觉得这样更有趣。能看见彼此，反而降低了虚拟的乐趣。在另一个世界中，他们是身披铠甲用利器和魔力除妖的武士和法师。小妹展示了在现实生活中罕见的好奇心，她执着地完成游戏设计的每一个细节动作，寻找和捡拾所有宝物，打通每一个秘密通道，攻击和斩杀魔头，每过一关都会很有成就感，甚至要求去买好吃的表示庆贺。

而在屏幕上，二人不能离彼此太远。因为他们出现在同一个屏幕上，看见的是同样的世界。假如她在屏幕的一角，那么他走到屏幕的另一角就无法再往更远处走了。他们必须朝同一个方向行进，互相照应，才能继续旅程。船长对此毫无意见。他并没有像小妹一样能从游戏中得到成就感。他满足于充当保镖，跟着她跑，敌人来时迎上去一阵砍杀。假如是童年的自己，他肯定更乐于探路和拾宝，但他如今只是个跟班。她偶尔会在隔壁发出惊呼、召唤或警告，他都会应声做出反应。她调整装备清点财物时，他就在附近踱步，看看风景。偶尔被叫过去，被赠予她替他捡到的高级装备，或是帮忙携带她已经拿不动的金币。

船长之所以不能担当主角重任，也是因为他打游戏的时候经常走神。小妹明白这一点，虽然她在隔壁，但是能从屏幕上看到他正在站着发呆，甚至不时会拖累她无法跑动。走啊！发什么愣啊！她不得不在隔壁高声喊话。哎呀，我被包围了，怎么也不来救我？听到这些话，船长才会回过神，跑去解围。不久，她便习惯了他的漫不经心，偶尔会让他去给自己端杯茶。他把茶放下时，偷眼瞧见她屏幕上站在她身边全副武装的自己，感觉自己的灵魂依然在那套闪亮的甲胄之中，端茶走进卧室的只是躯体。

只有探查了整个小世界，用双脚绘制了全部地图，一关才算圆满，通过一座桥、一道关门或是一个洞口进入另一个完全不同的小世界。绿地，沙漠，监狱，庙宇。历尽艰辛之后找到通关之处是激动人心的。他想起小时候的幻想，比如黑山的背面是什么，比如那条隐秘铁道尽头的隧道通向怎样的地下世界。

也许是身处假期，而且在游戏中不够投入，船长没有小妹那么累，他会在深夜醒来，然后失眠。似乎是被隐约的火车声吵醒的。这个发现让他感到有些激动，但白天到来，又没有去寻找铁路的时间。而且，即便是放假在家的这段日子，白天也不曾听到过火车的声音。应该是被城市的噪音淹没了。另一个合理的解释是为了不妨碍交通，火车只在午夜之后通过。

竖起耳朵静默良久之后，他常常开始幻听。最常听见的是游戏中的那种冷雨声。有一次，他梦见基地的所有建筑都在冷雨中化为废墟。在这样的雨声里，他会想起小时候得腮腺炎被迫在家卧床，望着五楼窗外无尽的雨和被阴云遮蔽的黑山。那时觉得人生很漫长，无论是卧床的自己，还是正在学校上课的同学和在工作的父母。他们都怀着各自的理想在冷雨中劳碌。雨把那样的一天和人们的劳碌无限地延长了。因为母亲不喜欢雨，他小时候总是希望雨能赶紧停歇。可以把三天的小雨合并为十分钟的暴雨吗？不散的阴云随即被彩虹和蓝天代替。但暴雨是否会导致窒息？密集的雨点排挤了所有空气，整座山谷被天降的洪水淹没，打伞的路人们突然行走艰难，随即发现自己在潜水。他们忘了携带氧气瓶。每一次呼吸都在向肺部注水。世上某处或许真的有过将天空变成海洋的暴雨，但南方山区只有漫长的小雨。母亲下班回家后直奔床头摸他发烧的前额时，他能嗅到她带来的潮湿气息。

为了带自己回到现实，船长会悄悄起身，走到窗边观望街景。明亮的路灯守着入睡的居民区。除了偶尔能望见一只蹑手蹑脚的猫和它的影子，一切都是凝滞的，和游戏画面相比，完全是另一个世界。他回身看看床上。小妹此时并未披挂那些银光闪闪防火防毒的高级盔甲。因为热，她总会露着一条腿乃至整个后背。百叶窗的影子投射在她的躯体上，让她像一匹斑马。一种集结着能量的动物。那些弯曲的线条充满张力，似乎立刻就要张开，和那些笔直的线条进行能量交换，将它们拧弯。

他回想起童年和母亲午睡的场景。那时周日是唯一的休息日，午饭后是她七天中能获得唯一一点额外休息的片刻。她常常合衣躺在他身后，看他翻新买的小人书，只是准备歇息片刻便去将上午宰杀盐渍的鸭子下锅，但经常就睡着了。他怕吵醒她，不敢起身，但自己又睡不着。午后的阳光是最明亮的，远方山脊上的树木在碧空映衬下是一道清晰的花边，窗外晾晒的床单被微风吹拂着，向天花板投射一片恍惚的微蓝或是浅粉。母亲只在这样的午后午睡，因为她上午除了买菜，还要洗衣服和床单，晾晒准备腌制的萝卜和刚压好的挂面。这些计划都在等待贵州难得的晴朗周日，所以在这样一个日子，她过了午后会很累。也只是在阳光明媚的午后，患风湿关节炎的她才会不盖被子就睡倒，变成平原上横亘的一座山脉。自然不是那种拥有峭壁的岩石山，而是纯土的山，经过了千万年风雨侵蚀之后形成柔和的曲线。而船长自己是山谷中的一座小山。他常常用两只手指模仿一个从床单尽头地平线上走来的小人儿，幻想他远望这两座山的心情，和攀登它的路线。从脚趾爬上脚面然后顺着腿向头爬行是一条常用路线，这道山梁不算陡，只是要走很久。另外一条路则是顺着倾斜的衬衣衣襟和纽扣向上攀登。母亲的衬衫都是的确良质地，素淡的碎花是山上的植被，有一件纯白的则有着绿宝石般的纽扣，那是远道而来的寻宝者的目标。很多时候母亲的手会搭在他的身上，造就一座天生的石拱，那就可以先爬上自己这座小山，然后从容登上大山。在那样一个明亮的午后，总有这类幻想伴他沉入梦乡。

小妹的身体看起来娇小得多，但暗藏着更多的爆发力。也藏着不安，就像那些随时就要动起来的曲线一样。没有人愿意去攀爬。她说她体质寒，睡觉时总是手脚冰凉，所以总是要往船长怀里蹭。船长说据说螃蟹是凉性的要不咱们以后就别吃螃蟹了吧。小妹说有生姜就行了啊你不是在逗我吧，然后就把凉手伸过来。船长在黑暗中想起这些，露出无声的微笑，走过去轻轻帮她盖上被子。盖好了被子的小妹像是苍白的长方形海洋中露出水面的山脉。一座小岛。窗外的光亮像月光，在山脉另一侧投下暗影。这座小岛此刻正在做梦。在一个黑暗的下着冷雨的世界中，人们都忙着探险，没有阳光下的床单、萝卜和挂面。

自从参加日夜兼程的漫长游戏之后，船长感觉自己漂流到了一个远离真实世界的岛屿。他已经很少上网。和湉湉已经疏远了，而她确实也没有留言。除了他和小妹之外，世间的其他人应该都很忙。拒绝退休的父亲，成家立业的哥哥，所有的亲戚和同学，他们在各自的那一关中奔跑、砍杀、寻找和捡拾财宝。他们和他在同一场巨大的游戏中，只是在不同的场景而不能相会。但他们是否也曾和他一样，在某个下着冷雨的荒原中停下脚步，追忆在山区中的那次探洞历险。只有母亲不属于这个游戏。她已经停止了奔跑。她和他一样，常常站在下着冷雨的荒原中。和他不同的是，她除了追忆往事，也在等待着下一个晴天的到来，好晾晒家中的所有被褥。

他重新望向窗外。这座方圆百里的巨型城市坐落在一片广阔的平原上，一百多里外才会有丘陵地带，五百里外才会有真正的山。这片土地所在的地层太软，数百年后会沉入大海，不是久留之地。但在窗外的黑暗中，它似乎已经沉入大海。

## 305

船长能够走通美国西北边境，要感谢小妹申请移民加拿大成功。她需要选择一座城市登陆。船长建议飞到西雅图租车，向北两小时就能过境，再加半小时便是温哥华，风景优美，有赶超香港的中餐，还有高中同学李健的迎接。小妹觉得这个安排很不错。

但只要坐到方向盘后方，船长的隐秘计划便开始暴露。驶出西雅图机场，他立刻建议去雷尼尔山转一圈。航班降落前几分钟，他从舷窗中望见这座初夏依然披雪的火山，便提出了这个建议。当它呈现在笔直的公路前方，船长想起童年在表哥的卡车中望见雪山的画面。他一生中相遇过的所有大大小小的山似乎都被熔炼浇筑为眼前这一座，以最完美的山形稳坐天地间，再不会转个弯便消失。他直奔它而去，不久便沿密林中回环的车道开始攀升。气温在雨雾中陡降，随即下起雪来，车也开始打滑。虽然小妹皱着眉头一言不发，船长依然坚持爬到车辆能抵达的最高点，一座玻璃大窗环绕的圆形观景平台。游人寥寥，只有几个工作人员驻守，而窗外是分不清天地的一片白茫茫。所以他们管这儿叫做天堂。在室内暖气中复苏的小妹对着公园地图发表了评论。下山后，船长提出了第二个建议，去波音公司参观。其实不算建议，因为他已提前购票。他的观点是，去看看世界上最大的建筑，对人类文明会有更好的认识，但自己却有些心不在焉。飞机总装的场面和少年时代珍藏的那些黑白照片并无太大区别，而他终于能有机会以专家姿态向小妹讲述每个细节，解说词却像是一篇怀旧的文章。商用飞机技术在这些年间没有飞跃。协和号因事故被停飞之前，各国便早已对超音速飞跃大洋失去了兴趣，能载四百人的客机满足了所有航线之需，再快再大都不够经济，所以眼前巨大的空间里依然在组装比他年纪更大的机型。人类在凡尔纳时代展示的进取心已被日臻完满的舒适度和追求最高盈利的需要取代。而他在这个空间里残留的唯一私密想象，是步入还在安装仪表的机舱，望向窗外，想象这架飞机在几十年服役期间将会看到的世界。它会一次次穿云破雾，横跨大洲大洋，俯瞰壮丽的楼宇宫城和镶着白色花边的海岸线，被困在偏远山谷中的孩子仰望，在同温层的酷寒和曝晒中衰老，在将来的某一年和他一起从世界退役。

加拿大永久居民登陆手续和日常入境并没有什么不同，不需要穿正装，也没有欢迎仪式。但小妹走出大厅时的脸上是舒展的，仿佛游戏刚刚通关进入了一个新世界。她或许已经有了回到营地的感觉。在这场旅程中，她终于又变成了领导，而船长重新当上了那个东张西望的跟班。

新世界或者说新营地并不那么友好。船长的第三个建议是去不列颠哥伦比亚大学人类学博物馆，据说是关于西北太平洋沿岸原住民的最佳博物馆。二人从博物馆出来，发现后备箱中的行李被盗了。加拿大皇家骑警说你们租的车型号太大众，锁很容易开，而博物馆游客都是一去几个小时，小偷有充裕时间作案。皇家骑警是开警车来的，没有骑马。他对他们说立刻找回失物的可能性不大。但他们明白，比起财物损失，能否顺利返美是更严重的问题，因为如今能证明身份的材料只剩钱包里的驾照。船长的建议是立刻到几十里外的美加边境试探是否能入关，了解需要准备些什么。工作签证的复印件可以请雇主传真，家中或许还有最新的护照复印件，可以请朋友联系公寓办公室开门拿到。

但在驶出加拿大国境的瞬间，船长还是感觉穿过了一道透明的墙，不可退回的屏障。既然丢失了通行国际的唯一证件，假如被美国拒绝入境，返回加拿大也会有一番周折。

企图靠驾照通关的尝试受到了挫折，这毕竟不是原爆点和空军基地附近的关卡，而是真的国境线。美国依然是世界上最难进入的国家。虽然他俩家在美国，持有美国驾照，开着美国租来的车，拿着加拿大皇家骑警开出的失窃报告。

很抱歉，我们没有你们的出境记录。另外这份警察报告对我们没有任何法律意义。

这是船长预料之中的回答。陆路离开美国不需要办理任何手续和接受任何检查，甚至没有任何关卡，他们昨天只是开车扬长而去，穿过某道透明的墙，便自动离开了美国。但因为没有记录，他们当然也可能来自北方，东方，西方，从封冻的白令海峡徒步而来，从曲折的西北通道远航而来，但不是从这位警官身后辽阔的南方驾驶一辆美国制造美国牌照的车驶来。船长说出境肯定会有监控录像，而加拿大有他们的入境记录，但这位客气而冷淡的警官认为这些都没有帮助，也不符合规定。他建议他们到温哥华的中国领事馆补办护照，然后到美国领事馆办理签证，说完便将两张驾照无声放回柜台，推到二人面前。

在掉头缓缓驶向几百米外的加拿大的路上，船长突然闪过一个念头：假如进入加拿大也遭拒，他们就将被困在两处关卡之间的这片区域，成为没有国家的人。它的一侧是大海，另一侧是草坪和稀疏的树丛，后面像是居民区，似乎没有围墙和铁丝网。居民区和它的居民一样需要拥有国籍，这意味着穿过其间的边境很可能是开放的，比童年想象中的深圳中英街更自由。他们可以在入夜后回到此地，趁人不备弃车逃进居民区，乘坐公交、出租或搭车前往西雅图，然后打电话给租车公司请他们派人将车取回即可，多付些钱而已。

别胡思乱想了，巡逻的人很快就会发现这辆车，一查，发现你是租车的，立刻通缉你。小妹对他面临困境的开阔思路表示失望。

纠缠一阵之后，加拿大边防终于放他们回到了加拿大。但船长感觉说服他们的并不是昨天的入境记录、永久居民的身份和警察报告，而是美国拒绝入境的事实。假如再将二人踢回美国一侧，这场足球赛便会继续进行下去。

小妹对这一天经历的沮丧在驶入温哥华之后显露了出来。在高速公路尽头，她接过地图寻找李健家，而按地图导航依旧是被魔咒附体的任务，再次导致了冲突，好在她善于寻找更适合自己的方式，不需要船长边开车边把头凑过去看地图然后提供语焉不详的帮助：她扔下地图，接过船长拨通的手机，直接向李健报出街牌，询问接下来的路线。晚饭时，年轻的夫妇端上的各色生鱼片平复了她的心情。他们显然更喜欢在家招待客人。房子是租的，但被新移民怀着对新生活的热情精心布置过，一片崭新，但却洋溢着酿造已久的温馨。要不就别回去啦。李健开着玩笑，又一次斟满所有酒杯。船长在依稀的中学记忆中摸索，但未能找到李健移民的任何先兆。他也是中午点燃酒精炉热饭的郊区厂矿子弟，籍贯似乎是重庆。但这些事实和移民异邦的选择之间并没有任何隐秘联系。他当年是个循规蹈矩的好学生，看不出对什么专业有强烈兴趣，更没有要远征的野心，不像他喜欢在午休时间外出购买《国际航空》然后走到火车站。看得出，斟酒的他和妻子一样是典型的居家型人物。小妹显然和他们聊得更多，应该是因为他们拥有了共同的身份，可以展望相似的命运。而他却依旧生活在福克先生的长篇旅行之中，而今天体验了又一个冒险段落。

次日二人早早出门，在中国领事馆拿号排队之后，被告知需要先登报挂失，然后交一份材料，才能开始办理。因为补办护照需要先和国内发证机关核实，所需时间不确定。好在登报这件事比想象中容易得多，给报社打个电话说明内容然后提供信用卡号交费，第二天就见报了。二人到中国超市隔壁的连锁超市照护照像，到连锁超市隔壁的联邦快递复印警察报告和美国驾照，写了一份罗列所有身份信息、护照签发机关、出国经历、当前身份并叙述护照遗失经过的材料。船长深知去官家办事不易，要将这份材料写成一封感人的申请信，被小妹喝止，最后只做了一个信息表格，抬头标题是：材料。又过几日，接到领事馆电话，让船长去一趟。二人再次拿号排队递进收据，被告知小妹的护照已开始办理，但船长的资料完全查不到。

没有你这个人。窗口后面的大姐用字正腔圆的普通话告诉他。扩音器很小，但全大厅的人似乎都听见了。

这怎么可能呢？小妹问的应该是大姐。

船长脑中立刻开启一个飞速掘进的隧道，贯穿地球，直达那个他从未去过的派出所。虽然从小就在户口簿上凝望它的大红章，他并不知道它的确切位置。上次转户口是父亲去办的。应该是在电影院附近。那儿有几个区机关单位的篮球场。或是在老肉店的附近。小时候和母亲一起去买肉，排在后面的男人抽烟，烟头在船长的外套上烫了个洞，母亲和那人吵起来了。但是为什么没有我这个人呢？也许是当时重新上了户口之后注销得太快，导致没有来得及上报上级机关而无档可查。

我的户口在出国的时候被注销了。和这有关系吗？船长凑近窗口问。

被注销了？为什么？

因为出国留学。我记得家里户口簿上就是这么写的。船长清楚记得户口簿上自己那一页被划了叉，备注栏中注明了出国留学户口予以注销。予以和材料一样，是带着某种不凡力度的词，加上那个大叉，就像被执行枪决的犯人脖子上挂的那块牌子一样令人记忆犹新。

这个，和这个没关系吧。护照的资料应该都在吧。但是系统里没有你啊。

什么系统？所以和户口没关系，只和护照有关系。脑中隧道一个急转弯，顺着群山间的公路直扑贵阳城，转瞬就到了铁桥和贵州日报社之间那幢他已经忘记了名字的大楼。他连护照签发机关的名字都忘了。公安局出境管理处？出入境管理局？但是大姐说他们都查过了，没有你。

这样的情况我们也无能为力。要不你自己回趟国？那样肯定就搞清楚了，办起来也快。大姐的眼神似乎流露着同情，不像开玩笑。

次日，二人收拾行装，告别李健夫妇出发再次闯关。要是过不去还是回来住着吧。李健夫人热情地说。

入境美国的车辆排着大队。李健说过，有很多人家在加拿大，每天到美国上班。船长边说边扭头观察另一侧的大海。他还有最后一个出路，那就是弃车下水，沿美加边境游入十二海里之外国境线消失的太平洋，回到祖国。他昨天想过没有护照如何回国。因为长着中国脸，手里拿着中国领事馆的收据，解释几句，或许就能入境？没有证件如何登机？美加边境是一条直线，它的延长线也许正对着中国。或者会经过日本或是俄罗斯远东，他没有护照，但有中国脸，所以是作为被遣返者回到祖国。但模糊云层下依稀可见的温哥华岛像一堵矮墙提醒他国界至此不再是直线。温哥华岛和美国的奥林匹克山相望，中间是以探险家命名的胡安·德富卡海峡。国境线在理论上应该从海峡中心穿过。虽然是一条极细的线，但假如他能保持它从身体中线穿过，并申明自己失去了身份，只想回到祖国重新办理护照，也许会得到两国海岸警卫队的谅解。但这条线的划分方式是离两岸等距还是海峡最深处？从前在此居住的印第安部落，乃至全世界的古代人，是否需要在海上划界？在河面上划界应该容易，使用中线即可，中苏边界似乎就是这样划分的，但他们为一座珍宝岛打了起来，因为那座岛是在主航道靠近中方的一侧，那是他小时候充满好奇但找不到详细记述的战斗故事之一。或许它正好在河流中线上。但主航道又是什么概念？印第安人当然没有主航道的概念。听见小妹的催促和身后的喇叭，船长才意识到前方队伍已经前进了很远。

排队是多余的。二人照例被指令到边检小楼前停车，进楼等待盘问。二人照例解释一番，在值班警官声调渐渐变得生硬的时候，办公桌后坐着休息喝咖啡的另一位警官站起来，拿过二人的驾照，把他们叫到柜台一端的僻静处谈话。

理论上来说，我们是不能放行的。但是我理解你们想要回家的心情。你们先等等，看看我能做什么。

二人在靠窗的长椅上坐了好几个小时，目睹这位警官在柜台后面走动，出入柜台两端的房间，不时和其他警官交谈。他们偶尔毫无表情地往这边望望，偶尔谈笑风生。船长渐渐记住了柜台后的所有面孔，大致能判断职位高低。有人似乎熬到了下班，拿起外套打过招呼从后门离去，有人握着咖啡杯和快餐纸袋进来。这是一幢坐南朝北的狭长建筑，打开后门就有阳光洒进来。美国一侧的阳光。家一侧的阳光。南门总是通向故土，而北门通向异邦。虽然小妹可能不再这么想。终于，柜台尽头一扇带着密码锁和闲人免进标志的门开了，另一位警官翻着两张纸念了名字，招手示意二人进去。被遣返的另一个通道？接受上级领导的盘问？感觉像是在诊所门厅等了许久之后，护士突然推开一扇门出来招呼自己进去时的如释重负。漫长的等待终于结束，下一步便是接受治疗或被宣布不治。这个限制区域内部也很像诊所，走廊两侧排列着紧闭的门，想必包括了档案室和武器库，而护士不是走在前方引路而是跟在身后押解，腰间佩着枪。二人在一扇敞开的门前被叫停。它更像是一间复印室，四壁的架子上堆满装着各种耗材的纸盒子，桌上摆着几架结构简单却罕见的机器。是用来取指纹的工具。警官花了半个小时才把二人的所有指纹都完整取好。每只手指都由他握住摁进墨盒然后在印版上反复按压。他戴着医生用的塑胶手套，不多时便会沾满油墨，换了好几次。假如指纹不理想，手指需要用喷剂清洗擦干后再度按压。他一边捏拿着手指们，一边询问二人护照丢失的经过，然后又问起二人在美国的生活。听起来更像闲聊而不是盘问，但也可能是隐藏在闲聊中的盘问，一旦说错后果不堪设想。

他们被放回大厅等了一个小时，再次被叫至柜台前。这次不再是拿着文件念名字，而是非常随意地招手了，仿佛二人已是熟客或是勤杂工。他们得到了两张延迟审查命令，被告知说你们可以入境了，但必须在期限内带着所有文件到离居住地最近的海关和边境保安局报到接受审查。然后，二人被领到停车场，开车跟在警官后面驶进一条关闭的检查通道，他亲自竖起横杆让他们通过。小妹对他表示了感谢。船长明白她的感谢是衷心的。他唯一的遗憾是没有机会回去向李健夫妇道别，一起喝几杯安心的酒。下次再见不知会是多少年后的事了。

福特金牛座虽然后备箱安全令人堪忧，但行驶安全还是著名的。购买这种美国经典大型轿车的家庭已经不多。它看起来像警车或是便衣的座驾，所以在快车道上高速前进时，前方车辆纷纷避让。船长似乎是要把失去的时间全部追回，超速赶路。

开慢点，别又被警察截住。正给航空公司打电话的小妹捂住话筒扭头说。他们的机票还没有着落，无需匆忙。船长摸出钱包低头扫了一眼，确认一排卡片中夹着得克萨斯的孤星州旗。假如被警察截住，无照驾车，又会是一场审讯。边境只会拒绝和遣返，回头便是自由。有了驾照，超速只会导致罚款，不会失去自由。所以船长依然踩足了油门，窗外的树林继续高速退去，去往波音公司的路口转瞬即逝。那些巨大厂房中的景象如今已被边境的记忆掩盖了。或者说，它们重归少年时代珍藏的那些黑白照片。

没过多久，他们便在西雅图市区遭遇了下班高峰。前方没有任何检查站，人们只是为了回家而自发排队。自己也是在回家的路上。边检的警官上午说的也是让你们回家而不是让你们入境。他可能是意识到了这两者的差别，才放下咖啡接手这个难题。公路前方的雷尼尔山像一位白发老者，慢慢迎了上来。他这才想起，那天从机场驶向雪山的路，他并未要求小妹看地图，也就没有发生争执。雪山本身就是一座导航的灯塔。但小妹已经把博物馆外的失窃和上山遭遇五月飞雪联系起来。她是个相信风水吉凶的人。这是读书太多的结果？他的解释是她读的都是中国典籍，而他读的都是外国探险故事。总之，要开慢点。命运中还有什么会像麋鹿或野牛一样从路边蹿出来？今夜航班坠毁。明天新闻会报道遇难乘客中有两名来自得克萨斯的青年男女，他们本来原定上周返回位于休斯敦市的住所，但因为证件丢失被困在加拿大，昨日才得以入境，不幸地订了航班上最后两个座位。这样的新闻肯定吸引眼球。但还有什么会比眼前这座雪山突然喷发更显示命运之力？圣海伦斯火山应该就在雷尼尔山身后不远处。姐妹山。他在刚识字的时候从厚厚的《世界之窗》杂志上看到了火山爆发的图文和黑白照片。文章第一段描述的是一位在山上勘查的地质学家，他只用无线电喊出几句话便被喷发吞没了。那篇文章提到的遇难者还有一位记者和一位居民。记者和地质学家都是刚到火山工作，而那位居民是在湖畔小旅馆的老板，他拒绝了撤离警告，誓与家和产业共存亡，并因此成了名人。前两位的命运在瞬间改变，而后一位的则在多年前就已注定。圣海伦斯因此成为他知道的第一座美国的山。看了那篇文章之后，他一度怀疑奶头山是一座随时可能喷发的休眠火山，一旦爆发，奶头山下的633厂区顷刻之间被喷出的火山灰覆盖，幸好因为早已废弃而没有造成伤亡。熔岩会迅速覆盖新添寨镇并在半小时内抵达基地。他根据地形确认沿小河下游奔向黑山脚下是最合理的撤离路径，然后每天都观测两次，想象着火山如何吞没庞贝和林肯岛。如今回想，火山爆发摧毁山谷中的一切，是那些希望离开的人们最终得以离开的唯一可能。基地可能会回上海重建，那样的话，大部分同学都会很高兴。但也可能会与距离最近的同类单位，滇池西岸的三百号信箱合并，那样的话，母亲会很高兴。

第一次乘坐午夜航班，船长有些失眠。和当年京广线特快中的夜行场景一样，乘客都睡去了，机舱内只亮着几盏他们忘记关掉的小灯。隐没在黑暗中的雷尼尔山想必已被抛在身后，虽然他确认在起飞之后曾经与它对望了片刻。和当年午夜醒来后的习惯一样，他将前额贴在冰凉的舷窗上，除了翼梢闪烁的小灯，只望见一片漆黑。地面偶尔掠过小片灯火，完全猜不出是何处，不像奔驰在京广、湘黔和贵昆线上的那些午夜，只要能辨认飞掠过的小站站牌，或是读出里程碑计数，便能锁定自己在地球上的位置。如今在三万英尺高度，他只能依靠时间来测量空间。航线应该是直线？在螺旋桨飞机的时代，飞行员们沿铁路和其他地标飞行。如今飞机都在一望无际的云层上方飞行，或是在这样黑沉的夜中飞行，他们有卫星定位和自动驾驶，此刻肯定无需抓紧操纵杆，更不会像他一样把前额贴到玻璃上，企图辨认自己身在何方。

他当然没有对小妹提过，去温哥华只是他环游世界之旅的一部分。她会觉得他还没长大。她以为雪山、飞机总装厂房和原住民博物馆是他的目标，其实它们只是他旅途的坐标。他意识到穿越国境的艰难。需要证明身份，但他的身份已经丢失，被温哥华的小偷窃取，被贵州省的系统遗忘。但他依然回到了这个国家，以时速五百英里驰行在归家路上。离开前没有关严百叶窗，窗下的地毯在昨天的烈日曝晒中又褪去了些许颜色，虽然室内的植物们表示感觉良好。此刻路灯下的邻家垃圾箱边有猫出没。而在窗外虚空的三万英尺深处，群山正如海浪般滚过，涛声被喷气发动机涡轮飞旋的噪音淹没。他第一次意识到对窗外这个国家有一种恋情。除了几座高峰之外，群山们没有身份，但他和小妹曾在它们之间曲折的公路上行驶、拍照和宿营，与它们彼此相认。千万年之后，所有国境线都重新划定或是彻底消失之后，它们依旧会在黑暗中静静伫立。

他感觉到小妹的头歪在了他肩上。他恍然想起几年前春运列车上做出同样动作的返乡旅伴。陌生远近几盏头顶灯散着烛光般的温和光晕，勾勒出她前额和鼻梁的线条。他们像是身处一座静谧的古庙，她是福克先生解救的印度公主，在经历了太多磨难之后终于得以小睡。其实，是他将她卷入了自己的秘密旅程，连累她一起在地球表面疲于奔命。她不久便会拥有她的家。他放下遮光板，合上双眼。在睡意蔓延中，他意识到窗外并没有光需要遮挡。遮光板是为窗外的大山们放下的。在群山眼中，三万英尺高空的那扇小窗终于熄灭了，而他的灵魂早已融入它们中的一座，在黑暗中目送自己消失于星空中，然后复归比花岗岩更致密的梦乡，直到在火山爆发中化为岩浆，在下一个冰川纪中成为漂砾，在板块运动中抵达太平洋。

## 306

船长上一次想象中美间有没有客轮是出国之前，母亲担心机票要几万块钱一张的时候。乘船应该便宜得多。旧社会的留学生都乘客轮，像福克先生一样绕行欧亚大陆南侧海域，途经各国大港，而跨越太平洋，除了日本、美国关岛和夏威夷可以停靠，旅程都在太平洋纵深，正好可以看看海，感受真的留洋。但在这个乘喷气式飞机离去的时代，横渡太平洋的只有集装箱货轮。他曾在45号公路尽头的加尔维斯顿海边见过游轮，像雪亮的巨大冰山浮在蓝水中。私密客舱和阳台，甲板上有游泳池，吃喝无限量供给。没有人会乘游轮去赶路。

当船长坐在从休斯敦直飞檀香山的航班上俯瞰太平洋的时候，再次确认了在大洋上乘坐游轮的无意义。所有乘客都放下了遮光板，因为窗外只是无尽的水波反射着炫目的光。形式化的旅行毫无意义，只要像福克先生一样在各大口岸收获领事的签名盖章，便是确凿的环球之旅。假如小妹知道他搁置了几年的计划，也许会说，那就赶紧买几张机票，三五天内全球飞一遍不困难。确实不困难，但那不是一次真正的旅行。然后就会有关于真正旅行的争执。福克先生纯粹是在赶路，四处寻找最快的交通工具，横越太平洋时并未在夏威夷停留，也没有提及太平洋的风景和其中的任何岛屿。但他至少目睹了大洋的浩瀚。而船长从未真正横越太平洋，因为航班总是绕太平洋北缘飞行，从西伯利亚经过白令海峡过阿拉斯加再从加拿大进入美国。古代的探险家们也大多如此，离陆地近些总是好的，算是摸着石头过河，虽然那边冬天很冷。

到夏威夷并非船长自己的安排。他是来开会的。毕业之后，他由实习生变成合同工，最后终于拿到工作签证，成了石油公司的正式雇员。小妹对此表示羡慕。她认为他选择了一个正确方向。她一直都感觉他不可能进入 NASA。其实，从在空军基地被勒令调头的时刻开始，他就越来越明白，这一生能去关键科研单位的唯一机会早已被他自行放弃了。当时他只能进这类单位，想去别处都不行。而到了美国则正好相反，因为不是公民，无缘进这类单位。好在他如今早已不迷恋那些少年时代神往的专业了。

但此刻从高空跨越大洋，他还是会思考飞行的意义。航天飞机停飞之后，NASA 这个名字便从公众视野中消失了。服务国际空间站的是俄国人的飞船，依然是那种从天上栽下来落进海中的金属罐头。他望着三万英尺下闪光的无边水面，感到一阵眩晕。听说中国人进入了太空，但用的也是金属罐头，只是没有落进海中而是落进了内蒙古的羊群中。为何不落进海中？假如降落伞发生故障，水还能带来一丝幸存的希望。赵名行和其他大学同学应该能解答这个问题。他们如今可能都是航天计划的中坚。假如他当年继续听从命运安排进入某座基地，如今也应该是对那一切了如指掌的中坚。他还记得小妹在车里翻着华人超市赠阅的报纸向他指点新闻头条，他说这个头条很怀旧，因为这件事几十年前已经有很多人做过了。虽然无论在哪个时代，当宇航员都需要勇气。他边说边继续开车驶上高架桥，明白开车出行已经满足了自己飞行的梦想，哪怕是买菜之旅。

船长如今改为在地下旅行了。实习第一天，经理对他说，伊拉克和科威特打起来的原因之一是科威特使用定向钻井来偷伊拉克地下的石油。经理想必是为了让他意识到自己的定向钻井项目意义重大而这么说的，但很有可能是事实。打洞是无视国界长驱直入另一国的永恒捷径。路障、碉堡、反坦克混凝土预制块、雷区、铁丝网、围墙、护城河和长城立刻成为玩具般的摆设。它和向天空启航没有区别，都是脱离人类文明盘踞的地球表面，只不过选择另一个方向，穿过固体而不是气体。遗憾的是他不能亲自下井。油井不是煤矿。公司院内竖着一座用来测试的井架，办公楼一楼是实验室，星罗棋布的机器设备之间躺着一排排安装了探头的金属管材，船长在实习期间有一小部分时间花在了它们身上，因为什么都能干的他被经理分派去做磨损实验。传感器被封装进金属套，在进入地层深处之前接受碎石模拟的考验。他需要穿上厚重的工作靴、安全帽和安全眼镜，但并不需要亲自走入地下。他的大部分时间依然耗费在楼上，一个遍布着办公室和隔间，用迷宫般的走道连通的空间。虽然是和地球打交道，工作都在电脑上完成，设计高速运算的工具，分析来自黑暗深处的信号，将它们转换为曲线和数值供地质学家解读，然后实时控制钻探方向，像黑暗中的驾驶员，在雷达屏幕上看不到目标的模样，只能感受它的电磁特征。地下对船长依旧是一个谜。

不过那些数据确实来自地下，而且常常来自地球另一面。他分析着中东传来的实时数据，想象探头正在波斯湾沿岸的地下挺进。外太空去不了，就向内太空出发吧。那儿有河流和湖泊，流淌着水、油和熔岩，沉睡了亿万年的古老动植物层层叠叠。考古学家都要向地下掘进才能获取知识，他们对古代的垃圾堆最感兴趣。数据来自哪个国家并不重要，因为他们研究的是古代文明。古生物学家更不会有国家的概念，他们研究的时代还没有文明。即便是今天，国界也依然是个虚拟概念。地图上绘制了使用特殊颜色的线条并得到全球范围的认可，这条线上筑起一道无形的笔直大墙直抵云霄，被雷达、高射炮、地空导弹和战斗机监视和护卫着。但它总有一个高度极限而不能无限制伸进宇宙。那是所谓的领空高度。一百公里高的大墙。在那个高度之上，间谍卫星可以随意跨越国境。穿梭的航天飞机和停泊的商业卫星不需要申请各国签证，漂浮的太空垃圾无人罚款。而国界向地下会延伸多深的大墙？似乎无人提起。也许是数千公里，直抵岩浆滚沸的地心。致密的岩层中无法使用望远镜和战斗机监视，即便沿国界埋设无数传感器，有效探测距离也无法和雷达相比，而且容易受到干扰。所以人类可以挖地道，偷石油。

船长开始重新阅读《地心游记》。小时候不那么喜欢的一部作品，对人生几乎没有影响。凡尔纳构想的潜水艇和航天器都已经成真，即便是机器岛这样的人造巨物，只要有富商投资，也完全可以实现，但在地下毫无阻碍地行走几千里不受阻挡，这近乎空想。如今再读，它像个浪漫的童话。在作者的年代，地理大发现早已过去，福克先生已经可以八十天环游地球，最偏僻的大陆角落都已出没着传教士，而南极和北极探险正在进入高潮。所以作者干脆钻入大地，创造另一层空间，再来一次发现。假如这层空间真的存在，船长编写的软件应该是能最先感知的。曲线剧烈跳动了几下，读数变为无限大或无限小。探头在另一个世界的天花板上露了头，当地生物们吃惊地仰望它。探头只能接受电磁信号而不是视频信号，否则他可以看见它们。当大岛在舷窗中慢慢升起，他想起《地心游记》的开篇和结尾都是火山：主人公们从冰岛的火山口进入地下，然后从另一处火山口回到地面。应该是在地中海？应该不是眼前的这座高山，主人公们不可能走这么远。无论如何，船长意识到看山会是这次旅行额外的收获。他随即想起，这是人生中看见的第一座岛。也是第一座火山岛。当陆地被水淹没，山便成了岛。而海底火山喷发，也能形成岛。大岛上的两座火山是世界上最高的山，从山顶到洋底的山脚超过了一万米。这是他从缠着母亲购买的小书中读到的。他喜欢记住最高的山、最深的海沟、最大的沙漠、最长的河流，想象它们与人的几何比例，与地球的几何比例，构建起世界的空间感。如今他正在实地勘察，修正自己的构建。

在威基基海滩上，船长第一次触碰太平洋中央的水，然后被它包围。正午阳光下的水是温暖清澈的，完全不同于他那年在青岛海滩第一次触碰太平洋的感觉。太平洋在童年想象中就是阳光灿烂风平浪静，也许是由名字生出的想象，也许是因为夏威夷这样的旅游胜地。沙滩，棕榈树，太阳镜，游泳衣，无尽的蓝色水体，基地销售科在印制挂历时为七八月份常配的画面。大西洋感觉就要冷酷凶险得多，因为百慕大三角，马尾藻海和纳粹的狼群？可能还是因为离中国太遥远。如今，他发现自己的触觉异常灵敏。中国的江河大多汇入了太平洋。此刻，发梢的水珠曾在兰州黄河大桥下飞奔而过，脚趾间穿行的水分子编码了对都江堰的记忆。明珠牌鱼片的原料应该产自太平洋，是他最早尝到的海的味道。这一切都令他感觉亲近。

有了正式工作之后，船长立刻打电话告知母亲，向她解释了什么是工作签证。她并未表示激动。她想必认为上完学上班是天经地义的事。也许对她来说船长是上学还是上班完全不重要，只要吃好早点和按时睡觉就行，因为她问的还是那些问题，问这边几点了，仿佛船长又飞到了另一个星球。她说基地老职工越来越少，因为都终于熬到退休回了上海。但偶尔也有乐极生悲，比如大胖子石宝根，终于回到上海，和老同事们庆祝重聚，喝酒喝得很开心，第二天就脑溢血去世了。在通话快要结束时她问他拿到签证了是不是就可以放心回国了，这说明她并没有明白什么是工作签证。但他并没有再解释。他说他攒点假就回去。小妹建议他慎重考虑回国。遭遇了边界事件之后，他们都更谨慎了。小妹是个相信天意的人，成为加拿大永久居民后立即丢失中国护照和无法进入美国，都让她想了太多。

船长开始重新关心起同学们的下落。他打开因为玩游戏而很久没用的聊天软件，终于找到湉湉。她确实已经回到了上海。她说前几年也没怎么和老同学联系，大家都结婚生孩子，变化很大，连网聊都戒了。不过这两年孩子稍微大了些，又都有空联系，开始聚会，还在网上建了一个聊天群。

父母当然有父母的原因。我回上海之前，父亲就把我户口办回上海了。我自己呢，出生长大二十多年都住在贵阳，应该是住烦了，地方又小又封闭，总想出去看看。

办户口过程相当曲折，我还在贵阳的时候我父亲就开始帮我办了，我当时还不喜欢呢；那时生意做得不错，根本没考虑要离开，也不知父母是怎么想的。但接下来开始办社保了，这个东西是在户籍地办理，我想想算了还是来上海吧。我这个人不是很有计划，你知道的。我从新疆回贵阳之后，就把门面处理掉，折了十五万，加上之前赚的钱，总共二十来万，就来上海寻找新的开始了。这些年去了那么些地方，感觉还是上海最好。

到上海后就开始了新的工作，是做中央空调。我一点都不懂，经常跟老板一起出差，老板也是贵阳的，非常聪明，哈工大的博士生，后来读了一半觉得没劲就不读了自己出来创业。后来因为台方老板对中方老板的不信任，公司关门了。我父亲自己筹办了小加工厂，签完合同后，我妈就回到贵阳办事，而我就和爸爸一起把小厂弄好，后面的事就父亲自己打理了。而我也没想好接下来做什么。

到上海后，我们去基地领导董叔叔也是我爸的同学家吃饭，那时上海的房价已经涨了不少，闲聊中热心的董叔叔带我们去看新的楼盘，我们当时就订了一套房子，首付了十万多点，贷款了二十八万。之前，我先生家人来我家跟我父母谈我们的婚事，因为他在上海没有房子，而我们当时都到了上海，于是他父母请求我父母让我们住在我家里，我妈妈一开始不同意，因为她说房子出租可以还贷，当是每月还二千左右的贷款，后来她看我铁了心，只好同意。我妈说这是我们的房子，我们要住在这里的，如果我们对父母好的话，将来都是我们的。两家谈好后，双方家里都拿了钱出来，开始装修房子。设计，找装潢公司，买材料，等等，全是我和我妈在弄，装了近三个月，好累好累。

房子当然很重要啊。这就是矛盾的开始。从外地回来的人都被人看成是抢房子的。这在我们从外地回来的人看来是不可思议的事情，在上海可是大事。当然也有家里有比较好的亲戚不计较这些，主动把房子分给外地回来的亲人，只是这种非常少见。我的感觉是上海人觉得支内、知青回沪的大多要来抢房产，包括我去派出所办相关户籍事务时，也能感受到那份说不清道不明的排斥。很多像我们这样回沪的都遇上这样的情况，在房子事情上大多没有亲情可言。

在贵阳时我大表哥介绍了一位朋友给我认识，她是做美容院的，后来自己研究配方，做了自己的品牌，大表哥跟我吹她的产品如何的好。我当时对美容产品一点都不懂，因急于找点事做，觉得这个有商机，加上对大表哥的信任，于是很草率地交了钱，做了江苏上海的代理。我与周华合伙租门面做服装和美容，周华出大头，我只出了小头。

和贵阳比，上海的夏天非常炎热，热得我都不敢出门，每次都是早早就出门赶到店里，开着空调，等天黑了才回家。一是家里离得太远了，路上要三小时才能到，二是实在赚不了啥钱，三是那段时间我哥突然说他要结婚了，于是又回到贵阳参加我哥的婚礼。从贵阳回上海之后我就生了重病，痛得要命，下不了床，尿血严重，那会儿经济真是很紧张，我先生也是没有钱的人，我们在一起花了不少我的积蓄。弄了几个月下来，我就跟周华散了伙。

到了十二月，有一天，才清晨四点多钟，久不回家的爸爸突然回来说要卖厂。我和妈妈见他慌里慌张的样子，也紧张起来，跟着他到了厂里，那时是冬天，好冷，只见启东老板叫了一车的搬运工及吊车等都到了，我们谈了一会，大致知道了情况，我爸打定主意就是要卖厂。一开始那老板不肯拿钱出来，说是全搬走了再拿钱给我们，我们没同意，我说如果不拿钱来，不可以搬任何东西。启东老板没办法，同意先付二万，到启东后再付八万给我们。我立即在那用信纸加复写纸，把合同拟出来。后来我们跟着启东老板坐他们车到了启东，当时真是冷，可是再冷也比不上心冷的感觉。经过四个多小时的车程赶到了启东，已经是半夜二三点了，那老板对我们还算客气，安排了住处，第二天一早，付了余款给我们，我父亲和我表哥留在启东帮那老板打工，因为能操作精密磨床的人不多。第二年初，过年时我和妈妈又回到贵阳，跟哥哥一家人过的年，爸爸没跟我们回去。到三月份我和妈妈回到上海，又立即去了启东，因为我爸说启东老板没有发工资给他们。去到启东，我和妈妈跟那老板谈了几次，后来老板又说什么质量出了问题，还叫一个小工头来和我们对质。这当中我爸一直不说话，我和妈抓到小工头话语中的把柄，一下把他给压下去了，总之把这些个借口一一破解了。我们在启东待了一个多星期，居住条件很差，很冷，我就一直粘着启东老板，问他要工资，他儿子差点和我打起来，是那老板把儿子压下去了，然后他就不出来见我们。后来我们轮流在他家附近守着，记得有一天半夜四五点钟，他打算开车到上海，我就在他家门口等着，他突然看到我们吓了一跳。就这样，他估计也烦了，因为这样闹着，也影响他做生意，后来把工资付清了。

读到此处，船长恍然又想起旱冰鞋被抢的那一幕。她如今已经长成和她母亲一般的人物，虽然她无法穿越时空将冰鞋要回来。岁月已经给了她选择的权利和承担结果所需要的力量。他又想起那个以前未问的问题。她先生是那位新疆网吧老板？如果是的话，真的很不容易。但无论是谁，应该是一个能和她在电话里聊几个小时的外地人。而外地，无论是乌鲁木齐、贵阳还是其他城市，离上海只是一张车票的距离。而且有没有这个人，似乎并不会影响她的生活乐趣。从她发到个人空间的照片来看，她显然继续着自从三亚之旅以来对海的喜爱，这几年已经去过香港、深圳、珠海、普吉、厦门、澳门和家门口的舟山。它们想必都和他此刻眼前的景象一样，在沙滩后方林立着酒店，住着大批远道而来的游客，他们想要住在水边，漂在水中。

你喜欢海吗？船长告诉岚岚自己要出门时曾经问她。他最近才从同学群里找到她，她还在宁波。

没什么感情。海边有那种咸咸的味道，不喜欢。可宁波的当地人却喜欢这种味道。记得当初好羡慕有海鲜吃的人，可如今我在宁波天天可以吃，却真的没有感觉。

宁波在船长脑中古旧的中国地图上应该是临海的，它的名字也证明着这一点。这也是船长问她的原因。她说她选择宁波是因为比合肥离上海更近。他们最后一次见面之后，她一直在沿曲折的路线逼近上海，每一步都需要好几年。在她当大队长的岁月里，他曾以为她应该是最有能力和最先回到上海的同学。但她毕竟已将父母带到了离上海很近的地方。他们依然共同拥有一个家。而他的这个概念被分裂在东西方，这种分裂感此刻在大洋中心越发强烈。此刻，他感觉自己像是一个漂洋过海的华工，在美国安身之后准备回乡探亲，却被困孤岛。小时候分不清旧金山和檀香山，但在华工耳中，它们比圣佛兰西斯科和火奴鲁鲁要更容易记住，并且昭示着财富。如今，华工被来自环太平洋国家的富人们代替，而远方比酒店更高的山后，制造佛像的檀香木已被砍伐殆尽。那些棱角分明的山脊暗示着这座岛屿不凡的起源，而沙滩尽头被直接安放了一座小火山。他们管它叫做钻石角，因为上个世纪的英国水手以为沙滩上闪亮的石头是钻石。访客喜欢这个耀眼的名字，他们相信这座小火山和高楼背后的大火山一样不会再度喷发，烧毁这片奢华。他们不需要像林肯岛的居民们那样为了造出逃难的船而日夜赶工，他们随时可以登船离开。大洋拥有的消防力量是否能够压制地火？五大洋只是地球表面的积水，与融化的地核相比只是杯水车薪，但没有火山会持续喷发千万年，用岩浆把太平洋蒸干填平。假如没了海，强盛的东方帝国早已直取美洲。印第安酋长怎么可能阻挡关公和李元霸？但如今在太平洋中心，这几个孤独的火山岛周围，都是全球最深的海域。

船长觉察到自己的双脚不知何时已离开了水底。他的身体正被水流悄然托运着离开海岸。一阵惶恐从脚底传到发根。他迅速吸气以增加身体浮力。会被卷入深海吗？童年在地图册上最初的惊人发现是马里亚纳海沟并非位于大洋中心，而是与关岛毗邻，岸边就是地球上最深的蓝，在岛边水中戏耍的人只要一脚踩空就会沉入一万米的黑暗。这种失重的童年恐惧伴着船长趾间涌过的冷水让他打了个寒战。多年前被哥哥拽进滇池深处也是这个感觉。和那次一样，他并未打算游泳，只想对水表示友好。脱口而出的呼救会用母语吗？午后一点的沙滩上只有几个在躺椅上日光浴的游客，他路过时注意到了他们的赘肉。远处有更精壮的冲浪青年，但他们都背对着他凝望大洋，专心观测每一排翻卷而来的海浪。旅馆中的家庭们刚刚结束午餐，准备歇息片刻再来海滩。给三个孩子换上泳衣需要时间。已晒黑的游客则已经退房，戴着花环前往机场。除了呼救，还有什么才能阻挡死亡的降临？海水迅速退却，他发现自己稳稳站立沙面，只需从容走上岸去。那是海啸的征兆。海啸需要地震。这里是环太平洋地震带的中心。一九六零年万里之外的智利地震依然能够激起十米高的巨浪。从异常退潮到巨浪袭来只有很短的间隔，需要迅速上岸向内陆地势高的地带狂奔。最好能开车爬上高楼后面的山。但地震往往会有火山爆发伴随。山谷中某处薄弱岩层突然迸裂，像圣海伦斯一样炸掉半个山头，炽热的火山灰以超音速喷溅，覆盖海湾中的一切。即便喷发不那么剧烈，熔岩也会涌下山来，迅速将繁华化成青烟，直奔白色沙滩，入海腾起一道蒸汽长城。此时，海啸的浪墙袭来，把出逃的船只和漂浮的人群直接推进熔岩。此时，船长感觉某个脚趾触到了粗糙的沙。他下意识向那边倾过身去，在水中踉跄两步，确认双脚踩上了柔软但能托住自己的大地。

夏威夷和美国中部有五小时时差，船长傍晚时就准备安歇，但在客房朝西的阳台上站了很久。云层中的落日余晖令他想起同一个视角的老照片。冷战时代，美军在眼前二百多英里高度的外层空间爆炸了一颗氢弹，对这座现代城市造成了电磁干扰，也奉献了太阳从西方升起的景象。有酒店为此举办了酒会。在豪华的高楼平台上，客人们举杯欣赏一百万吨 TNT 级别的爆炸，它令一切灯红酒绿黯然失色。此时的天空和亿万年来的每个黄昏一样无可挽回地暗淡下去，而当年的客人们此刻正躺在临终病床上，回忆穿透云层永存记忆的绚丽奇光，猜测它释放的射线也许确实影响了自己的健康。眼前向地平线铺开的繁华街道和楼宇，已在太平洋中央侍奉着远道而来的另一代客人。船长的视线过了许久才摆脱霓虹的渲染，注意到西方夜空中一条由排队降落的飞机勾画出的天路。如此频繁的交通，来自环太平洋各大城市的对世外桃源的需求。应该还有巡航大洋的军用飞机。航班在跑道上滑行时路过了各种各样的军用飞机，他能认出每一架的型号。机库后方便是珍珠港。

周末清晨，终于能够自由安排的船长从飞机上俯瞰了威基基沙滩和钻石角。他特意选好了左侧靠窗的座位。海滩镶着一道白色花边。《气球上的五星期》中，气球在非洲东海岸升空后，探险家们也俯瞰着这样的花边。夜间有不少海藻被冲上了岸。钻石角的小火山像一朵枯萎的古代花朵，或是巨型深海动物的化石。坐在左侧的另一个原因是能观察沿途经过的每一座小岛。东北方向潮湿的风和降雨造就了那一侧的丰茂绿色，被山体阻隔的另一侧则是不毛之地。但旅程实在太短，飞机轻轻转了个弯，大岛的两座宏伟火山就在眼前，他刚要举起相机，它们已消失在云层之上。跑道被一片寸草不生的黑色熔岩包围，让他以为自己降落在另一个星球。大洋中孤绝的岛屿不是草原和沙漠旁的北京，天空中不会刮来多少浮土，而那些凝固的黑色晶体曝晒千万年也不会化解。火山是世界的塑造者，也是世界的终结者。

在大岛西端的路边，他停车向西方的海面张望了片刻。据说此处能看到路过的鲸鱼。它们不需要准备干粮和淡水便能游历世界。鸟儿也可以吃鱼虾水藻生存，但需要陆地筑巢。鸟蛋不能在水面漂浮，所以它们了解所有岛屿的位置。陆地最终是大部分动物的家园。夏威夷或许是他能到达的离中国最近的美国。马里亚纳海沟边的关岛更近，但在他的记忆地图上被标注为军事基地。海对面应该不是青岛和上海，而是广州或海南岛。也许更南。此刻假如有一艘船和一个指南针，便能向西直达中国。感谢太阳、地球的公转和自转、地轴的角度以及其他神秘的巨大力量，海洋中存在大河般的洋流。赤道附近有分别朝西和朝东的洋流。找到向西的洋流，即便漂流也能够接近东亚大陆。但洋流的速度和步行相似，船上需要干粮、淡水、捕鱼和收集雨水的工具。阿道克船长说海水不能喝，因为其中有千万年来的臭鱼烂虾和死去的人们。他记得那几股洋流离此不远，假如遭遇风暴，他可能会被推进错误的方向，被送到墨西哥。据说印第安人是最后一次冰期从欧亚大陆桥走进美洲的中国人。为何不是被洋流推送？冰期中的洋流想必有所不同。但美洲的古代遗迹中似乎发现了中国的钱币和瓷器。最有实力的郑和船队在驶出长江口后为何没有想过一直往东航行？那会是真的冒险。他们到达北美大陆应该并不困难，但难以向永乐皇帝交差，因为那片土地没有国家，船队收集不到君王们的朝拜和礼物。那时的加利福尼亚只有原始的部落。需要将路线偏南上千英里，登陆进入内地，才能在密林中发现玛雅和阿兹台克，望见山巅的印加帝国，先于西班牙人将新大陆的白银与黄金带回旧大陆。但永乐皇帝对八荒不感兴趣，国家也从未向大洋彼岸发动殖民，母亲在出生地六百公里外安家已经算是背井离乡，而表哥表姐们即便在一个更开放的年代也从未想过进城生活，去五十里外的昆明，更不要说千里外的上海、北京和广东。出生在同一座山下的郑和并未激发他们探索远方的愿望。

在大岛南端奇异的黑沙滩，追随大海龟的孩子们发出和正午阳光一样灿烂的欢叫，但船长却莫名感到荒凉。应该不是因为满眼黑沙的末日景象。他的视线更多停留在海平线。此地与南极之间的浩瀚水域中没有陆地，只有林肯岛，一座只存在于他记忆地图上的岛屿。它曾是他理想中的基地蓝本，也是他希望在世界末日生活的地方。赤手空拳，用自己的学识和随身携带的文明遗物，几个透镜，重新开始生活。你们为祖国的富强和荣誉而辛勤劳动。你们做得对。一个人，他应该活在祖国，死在祖国。可是我，我死的地方离我所爱的一切太远了。寂寞和孤独是可怕的，是人们不能忍受的。我曾经认为能够独自生活！因此，你们应该想尽一切办法离开林肯岛，重新和你们的故乡见面。但尼摩船长对建设者们的忠告是因为他预感林肯岛将会被火山炸成碎片沉入海中，还是因为在生命尽头确认了故乡的意义？探险者们本来只希望造条船去故乡探亲，然后回到岛上继续生活，因为此处是他们亲手建造因而留恋的家园。开辟新世界是美国人的性格，但神秘岛的故事说明他们也是恋家之人。母亲看起来也是这样，一次次探亲之后还是回到山中自己苦心经营的家。但母亲的情况更复杂。假如没有户口、工作和儿子们上学需要的束缚，她可能早已回到故乡。如今，她已经退休，儿子们已经离家，基地破产重组之后也只剩各自为战的几家小厂。是医疗保险制度和推迟退休的丈夫拖住了她归乡的脚步？他因此在偶尔和父亲通话的时候催促过他。但父亲退休了之后如何面对同样的问题？自从他将北京抛在身后，父亲回到故乡已经变得不可能，而哥哥在昆明的成家立业预示着父母移居云南的希望大增。从母亲的各种埋怨中透露出来的讯息是，父亲继续爱厂如家，显然不介意在山沟中度过余生。即便是一家人，每个人都有自己的路要走。所以，母亲提到父亲每天都依旧看着新闻联播喝很久的酒，他也无法劝说。母亲当年在旅途中还能喝点酒，如今因为健康原因早已不能碰酒，但因为儿子们已经长大成人，她的焦虑应该少了很多？大儿子已在故乡扎根，不时能代表她去看看亲人；小儿子依然在出国旅游，但毕竟已经能踏实下来打工挣出旅费。他此刻是否已经抵达了天涯海角，旅程的折返点？返回何方？

船长在基拉维厄火山烟雾弥漫的巨型火山口边缘只停留了半个小时。身边不断有停车直奔围栏的游客发出惊呼，但没能看见滚沸的熔岩令他觉得不够尽兴。他驾车直奔海边，因为据说那里能看见熔岩入海。四十五分钟的火山链路连接着一个个火山口，不仅没有人迹，植被最终也被覆盖大地的熔岩取代了。他感觉自己正驾驶月球车在月球背面飞奔，安全带勒紧从座位上不断腾起的身体。下山后沿海岸行驶了几里路，混凝土路面便被熔岩截断。他下车踏上这些凝固的黑色浪涛，继续向前跋涉。远方的烟柱比火山口的烟云要壮观得多，因为那是水与火展开殊死搏斗之处。这种搏斗早在亿万年前就开始了，而林肯岛的遭遇在历史中只是一星小火花。不过，眼前的景象并不是岛屿的毁灭，它演示了岛屿的诞生，直播着它的扩张。凡尔纳没有续写林肯岛在十年后的复活和居民们的归来，只是因为它即便复活也只是和眼前一样的不毛之地，还要等待浮尘、微生物、留下粪便和种子的鸟儿，熬过千万年的风雨侵蚀和浪涛拍击，才能拥有沙滩、森林和溪流。而那时，人类文明已历经了几次盛衰，那段人与孤岛的传说想必早已失传？它会有新的版本，只要还有落难的探险家，或是乘气球的逃亡者。

在大岛东侧，船长选择停留的是三面被险峻峭壁环绕的国王谷。它曾是历代夏威夷国王的居所，峭壁上的洞穴是他们的安息之处，但他更感兴趣的故事是山谷中曾住着大批华人移民，他们既不是探险家也不是逃亡者，他们在这片大岛最富饶多产的土地上耕作。它确实是个世外桃源，但喇叭状地形在海啸来临之时是危险的。这也是曾有一万人居住的山谷如今只剩五十个居民的原因。他本来好奇这五十人中有多少是华人，但如今将这个问题放进历史，立刻就不重要了，毕竟波利尼西亚人的祖先也是来自华南，而他们离开时，故乡还没有中国这个名字。而他们最终也忘记了故乡，成为太平洋上最善航海的一族。如今他在山上的一角俯瞰谷底隐现的田地、农居和小道，自然想起了童年翻过一座陌生山头之后的俯瞰。不同之处是眼前的山谷虽被大山隔绝于世，但对大海敞开。也就是说，拥有一条可以通向全球的大路。此处的居民因此从小便会游泳和吃螃蟹，并且擅长造船。造船的最初理由并不是远航探险，而是为了防御海啸袭击：把家安在一艘船上，即便末日洪水在夜晚来袭，方舟也会从容浮起，亲人们和驯养的动物继续安睡，次日发现家停泊在大火山的半山腰。这意味着全球大部分城市都已被淹，更不要提其他波利尼西亚、密克罗尼西亚和美拉尼西亚的那些小岛。

次日，船长在瓦胡岛登上一艘大船。除了自己制作的在小河上逃脱石块袭击的纸船外，他对船其实没有记忆。在滇池的客轮上晕船呕吐是母亲帮他代理的记忆。成年后，他只是乘坐火车跨过大江大河而从未乘船体验它们。如今第一次踏上甲板并花两个小时游览的船是密苏里号战列舰，航海时代登峰造极的最后记忆。他在童年反复观看的纪念反法西斯战争四十周年纪录片中与它对视过。太平洋海战在那场战争中最令他神往。只有你、我、海洋和天空，孤独却又没有躲藏之处。他登上曾被神风飞机自杀攻击的船舷，途经轰击了朝鲜的十六寸主炮和向伊拉克发射过战斧巡航导弹的四联装发射器，仰望喷涂了半个多世纪战绩的舰桥，跨越日本投降签字仪式的铭牌，被他曾经竭力想象的厚重钢板所包围，读取它们封装的厚重历史。他在舰首眺望前方不远处的白色水上平台。在一个小时前，他在那里低头凝视沉没多年的亚利桑那号。同为威风凛凛的战列舰，它们的命运是如此不同。他下船前远望军港深处，突然注意到了停泊着的海基 X 波段雷达。万吨级排水量的平台上载着一个巨型球体，看似某种属于未来世界的武器，非常容易辨认，虽然它只用探测从东方飞来的洲际弹道导弹。此处依旧是东西方之间的前沿地带，最先遭到打击，最早发出预警。飞行依旧是无视国界长驱直入另一国的永恒捷径。路障、碉堡、反坦克混凝土预制块、雷区、铁丝网、围墙、护城河和长城都是玩具般的摆设。一架三倍音速携带核弹超低空突航的轰炸机，一枚十五倍音速多个分导核弹头的洲际弹道导弹，是真正的毁灭和死亡。他曾对这种从天而降的力量感到激奋，并且希望能驾驭它，而它至今依然在他无法触及的天空中潜伏着。

离开夏威夷前，船长在威基基沙滩外的海面上攀进了一艘潜艇的人孔。阅读《海底两万里》时，他不曾感叹过这种发明如何改变了自己、家人和同学们的命运，而童年仰望 803 大楼时，更未想到过第一次登上潜艇竟是在太平洋中心的热带岛屿，与十几个游客一同缓缓下潜，看舷窗外的景物渐渐被纯净的蓝色染透。没有小妹的陪同，他的游玩方式似乎抵达了一种无人能够理解的癫狂的自由，但每一个细节分明都已被他经历的人生预设，唤起沉睡的好奇，证实潜藏的恐惧。眼前这些船只和飞机的残骸并不属于任何战争，它们被放置在水底，是为了生长珊瑚礁。这个过程会比人生更漫长。同样长眠水下的亚利桑那号如今是一座纪念碑，但也是一架依然向水面散布油迹的机器，钢铁还未被热带海洋生物覆盖，他俯看它的时候甚至嗅到了金工车间的机油气息。假如基地有一天沉到海底，想必也会在数十年间向水面散布油迹。它不是在一次惊天空袭中被击沉的，而是自然报废。

可以说，地球是从海开始的，谁知道将来地球不是归结于海呢！海中有无比和平的环境。海不属于压迫者。在海面上，他们还可以使用他们的暴力，在那里互相攻打，在那里互相吞噬，把陆地上的各种恐怖手段都搬到那里。但在海平面三十英尺以下，他们的权力便达不到了，他们的气焰便熄灭了，他们的威势便消失了！啊！先生，您要生活，就生活在海中吧！只是在海中才有独立！在海中我不承认有什么主子！在海中我是完全自由的！

海中如今是否还有尼摩船长？海平面三十英尺以下，舷窗外无尽的深蓝中静默着大国的核潜艇，携带足以毁灭数千里外数十座大城市的潜射弹道导弹。它们一直被卫星、飞机、舰船和其他潜艇搜寻着。艇体声纳反射、螺旋桨噪音和反应堆热迹一直都在被人类最新的智慧优化着，让它们拥有在最深的沉默中巡游世界的能力。在第一次核打击夷平了大半个人类文明之后，它们承担着复仇的任务，接受甚低频或极低频天线从几千里外发出的最后密电，射出携带的所有核弹。不过，那些占地面积巨大的天线阵列很可能已被摧毁，船长或称艇长没有收到任何指示，直到几个月后浮出水面，发现城市已成废墟，核冬天正在降临。他会向家行驶，在华南近海停泊，放下小艇登陆，开始漫长的徒步之旅。潜艇有被偷的危险，但他想的是把亲人们接走，所以别无选择，只能冒险徒步。不，他会从上海绕过被冲击波摧毁的商船和军舰沿长江逆流而上，穿过桥梁和水坝的遗址，转入乌江，直至潜艇再无可能前行的某个僻远峡口附近登岸，那样离家更近。潜艇的最大缺点是只能在水中航行，但水给了他自由。这一点，他如今比在海鲜店外眺望墨西哥湾时更确定了。在文明毁灭之前，他可以不属于任何一个国家，在文明毁灭之后，他可以随意选择居住地。他会把潜艇停靠在赤道附近的某座无名小岛，那片水域还算温暖，还有生长瓜果和海产的能力。母亲是否还会抱怨太潮湿？但那可能是他环游地球后选出的阳光最多的去处。

## 307

多伦多正在变成亚洲人的城市。小妹暂居的老同学家位于密西沙加，住着大批印度人，以至于船长一时以为这个地名来自南亚语言。相比之下，华人聚居的万锦城显然有个更中国的名字，用繁体印在中文报纸上，透着久违的雍容华贵。船长开车到密西沙加把小妹接上，到万锦的中餐馆吃早点，小妹吃得很开心，船长说不着急，到门口取了一份中文报纸回到座上翻阅，偶尔凝望窗外店铺的中国招牌，然后看一眼小妹吃豆浆油条。这三种现实都给他强烈的暗示：她已经找到了第二故乡。

船长给小妹送来最后一批行李，她的移民过程就此完满。开车北上穿越美国成本太高，而她也厌倦了乘车长途旅行，所以直接飞来了。最关键的原因，是船长自己并未放弃工作定居加拿大。不过他不久还是找到了便宜机票，送来了她的最后几件行李。小妹认为这个安排很合理。船长下飞机之后立刻就租了一辆车。他说打车到她那儿也得不少钱，有车还能带她到处转转，熟悉一下新家的周边环境。小妹认为这个安排也很合理。船长的秘密想法是看一眼这座北美腹地的巨型城市。它拥有全球最宽的高速公路。他没有对小妹讲这条世界之最，虽然她会和它一起生活。

巨型城市显然需要车。小妹的老同学举家移民，连国内买的车都运了过来，费尽周折。船长当然理解这种感情。一辆钻过国内胡同的车，循着十八车道的401驶向西部某个风景秀丽的国家公园，在蓝天下痛饮着森林和湖泊过滤的风，是否也会和它的主人一样感到命运的柳暗花明？小妹并不急于购车。如今时间充裕，她不在乎乘坐公交车。公交车既没有国内那么拥挤也不像美国那样属于穷人，有很多亚洲脸，透着亲切。她和其他移民一样，已经拥有了医疗保险之类的福利，只需在此地住上几年便会成为公民。这是一个有分量的称号。这分量并不是形式上的，世界各地千万离开故土举家迁移至此的人们都各自完成了研究和比较，做出了同样的选择。人生是一种投资，强大的价值观将一些家庭留在故土，将另一些家庭越洋运到异乡。好在他们都有选择。无论取舍过程多么艰难，决定之后走出的一步总是带着成功的欢欣，所以这座城市似乎弥漫着乔迁新居的喜气洋洋。新区，新房，新的商家招牌亮丽彩旗招展，人们和正在品尝豆浆油条的小妹一样对生活兴致盎然。基地的家庭们就没有选择。他们被安排到异乡，最终被迫自己设法回到故乡。李健说过，移民到加拿大的中学同学不止他一个，有的应该就在附近。大学同学应该也有，他们工作几年之后似乎都思考过移民的意义。但是没有来自基地的同学。不光加拿大没有，整个北美大陆都没有。上海就是他们半生追求的温哥华和多伦多。

船长在报纸上翻找旅游广告。他昨夜已经仔细阅读过旅馆房间里的城市介绍。大城市的旅馆里都会有这种画册，定期更新，印刷精美，扉页上照例会有市长或旅游部门官员的祝辞。除了和其他大城市没有区别的配着半生牛排艺术照的各种吃喝玩乐，就只剩下遥远的山区度假村了。相比之下，充斥于中文报纸的大巴旅游团广告倒是价廉物美。最热门的是东边的渥太华、蒙特利尔和魁北克城。去南边大瀑布的也不少。往西边的不多，想必是因为路途遥远。向北的基本没有，似乎多伦多往北就是一片荒原。看来还是要往东开。

船长带领小妹驶上通向东部的401，但不久便离开路上成群的旅游大巴，去了稻米湖畔的大蛇墓地，又一个小妹未曾听说的去处。船长只是照例想去前哥伦布时期的北美人类遗址。401转28号转2号转34号，平原上的道路横平竖直。湖名来自湖边生长的野生稻米，它们曾是古人的食物。这么北的地方还会长稻米？小妹问。船长的回答是印第安人是从白令海峡走来的亚洲人，发现这片清澈水面和周边的沃野，便决定在此定居，并撒下背负了几千里的珍贵种子。这地方看起来确实比只有石头的查科峡谷强多了吧？当然这个回答只是逗小妹开心，因为他看得出她对于跑这么远来看几个小丘感到失望。他对稻米于何时从何方传入北美一无所知，只猜想它源自东亚。大蛇墓地确实只是几个小丘，和周围绿地覆盖着同样的绿草，不经提示完全不会注意到它们构成蛇形。作为墓地却无墓碑，甚至没有一块石头，而后人也未修筑任何围栏，他们直接踏了上去，船长才意识到脚下便是两千年前古人的墓地。他们走到水边坐了坐，周围偶有游客，但兴趣都在野营、游泳或钓鱼，没有人去游览墓地。水更吸引他们。水也吸引了古人，他们愿意生活在水边，安息在水边。而且还是坐北朝南的向阳坡地。小妹从风水角度对此表示了欣赏，但也对之前踩踏墓地表示了忧虑。船长熟悉那些绿色草皮传递给脚的感觉。它和童年在山上奔跑着踩过那些坟头的感觉完全一样。需要赶紧跳跃着飞奔，否则双脚就会陷下去。或者说，被墓拉进去。

船长这次出行携带了新买的车载导航，不再需要小妹帮他看地图，所以一路相处融洽。这种技术没能早些普及，他真心感到遗憾。导航能自动找到起点和终点之间的路。它和望远镜是完全不同的设备。望远镜探索未知，而导航存储了一个早已测绘完毕的道路网。前者属于登上每一条山梁都要远望的探险家，后者属于赶路的旅客。他发现过了那么多年，自己还是习惯使用公里，所以401路牌上的标识看起来更便于想象。一公里是家和学校的距离。十公里是家和贵阳的距离。六百三十九公里是贵阳和昆明的距离。两千五百四十公里是贵阳和北京的距离。路牌上的皇冠标志、爱德华王子岛和金斯顿这样的地名都在描述着这片土地的历史，而安大略湖收缩为圣劳伦斯河后依然一路伴随，证实着水对文明的重要。殖民地时期的加拿大按照其上下游分为上加拿大和下加拿大，就像埃及按照尼罗河上下游分为上埃及和下埃及。在首都渥太华吃了一顿劣质中餐后，小妹说她找到了中国移民不爱来渥太华的原因。船长说这其实是结果，只有大批中国移民到来才会提升中餐质量，就像查科峡谷，只有去的游客多了，公园才会修一条好路。进入法语区后，船长最先学会的两个法语词是从路牌上猜出来的东与西。蒙特利尔和魁北克城离得不远，前者拥有著名的大教堂、奥运会场馆和巨大的河港，后者所在山丘上则拥有北美仅存的大炮防守的城墙，把守大河变窄的地方。船长在城墙内外徘徊了很久。山的高度和基地周围的相仿，只是大河比小河宽了十倍，可以通航万吨巨轮。天色已晚，看不清大河的尽头，但他知道那边就是他还未能相见的大西洋。

回程的大部分时间，小妹都在黑暗中瞌睡。她想必已经习惯船长强悍的日夜兼程，或者因为这是最后一次所以就忍了？而所有这些城市，将来都可以乘坐价格低廉的旅游大巴从容重访。晚餐的蜗牛算是这片异域给她留下的最初记忆，虽然饭馆里挤满游客，排了很久。此时，圣劳伦斯河在他这一侧的黑暗中流淌。在一位向导的带领下，一位现代殖民者正沿这条连通大西洋和北美腹地的唯一水道逆流而上，追寻的不是河狸皮而是居民身份。随着路牌变回英语，船长开始有回家的感觉。快要回到有像样中餐馆的地区了。这种感觉随着进入多伦多延伸数十里的郊区而更加强烈。平原上远近都是星星点点的光，包括餐馆厨师和服务员在内的无数移民已和小妹一起进入梦乡。他为定居的他们感到高兴，也为自己终于走通了从德富卡海峡到圣劳伦斯河口的整片北美大陆感到高兴，虽然他的路线曲折而且耗时。

次日清晨，船长独自来到离旅馆只有几条街的安大略湖畔。这片广阔的水面应该不是幻觉，因为有野鸭在游泳。这些水的一部分会通过昨天一路陪同的圣劳伦斯河，从大炮镇守的河口流入大西洋。野鸭不会选择顺流而下去探险？虽然溯流而上回故乡会困难些，但野鸭能飞。印第安人就只能造船。他们没有远航墨西哥湾甚至英国的愿望。他们只需要一些独木舟式的小船，到下一个市集交换农产品。多伦多与稻米湖交换。稻米湖与爱德华王子岛交换。爱德华王子岛与蒙特利尔交换。蒙特利尔与渥太华交换，与魁北克城交换。终于有一天，魁北克城外的河口出现了远道而来的大船，用金属刀具交换毛皮，附赠宗教、瘟疫和战争。船长乘高速玻璃电梯登上和旅馆只隔几条街的CN塔时，视界便是这样渐渐延伸的。当初选择旅馆考虑的就是靠近水面和世界第一高塔。他本以为人们登高只是为了望远，但早晨不多的第一批游客都在玻璃地板上俯瞰下方数百米的虚空，孩子们肆意惊呼，年轻人想出各种奇怪的姿势自拍。但既然自己也曾希望能腾空而起俯瞰自己居住的小世界，也就能理解他们的欢乐。希望他们能发现那确实只是一个小世界。他走到观景台南侧，因为据说天好时能辨出湖对岸的美国。但水平线上只是一片朝阳无法穿透的迷雾。美国在此刻是一个模糊的概念，因为脚下这片巨大的繁华和美国城市没有任何差别。只有一点是确定的，那就是他的家在那片迷雾后面，另一片水畔另一座相似的城市。它们的诞生都托了水的福。他跨过几个卧在玻璃地板上作迷醉状的少年，到北侧站了很久。那一侧的地平线外是一个荒凉的世界。加拿大的大城市几乎都离美加边境不远，和连接它们的公路网一起组成了北美城市文明的北缘。一个在加拿大腹地迷路的人，只有向南走才有脱险的希望，向北则是死亡，除非能碰巧遇见横贯加拿大中部的雷达站。那些雷达站是五十年代美加两国为了防备来自北方的远程轰炸机而建造的，但随着六十年代洲际弹道导弹的部署而失去了战略意义，早已关闭，但应该会留下建筑和其他人类遗迹，对迷路者是巨大的鼓励。不过每个雷达站之间有数十公里的距离，一旦错过，向北直到北极点之前可能遇见的唯一人类文明标记就只剩建在极地雪野上的远程预警线了。那也是五十年代建立的一排雷达站，当敌人从海路入侵时发出警报。但苏联军队真的曾有渡过北冰洋登陆北美的雄心？加拿大的北方国土没有道路，他们必须穿过冰原、苔原、湖泊和密林，上千公里的跋涉中会遭到飞机的扫射和轰炸，更不要提维持供给线的难度。洲际弹道导弹应运而生，代替千万双在沼泽中下陷的冻疮脚，轻松从加拿大头顶飞过袭击美国。站在这座塔上，会望见一道道红光以每秒七公里的速度从云底射出，向身后的美国大城市俯冲。美国人启用了所有拦截技术，但是核弹头装备了反拦截功能，直接变成空爆核弹，在多伦多上空化为比太阳亮千万倍的火球。即便这些只是想象，加拿大安然无恙，遭受核打击的美国会吹来辐射尘埃，地平线上浮现大批难民，蝗虫般席卷这座城市的一切资源。他们走错了方向。随着核冬天的到来，北美大陆的气温会下降二十度并持续多年。南方无论如何都更适合生存。因为公路和桥梁被毁，没有交通工具和燃料，小妹不可能去南方投奔他了，除非她能找到一条船，穿过五大湖水网的运河系统到达芝加哥，进入密西西比河南下，在新奥尔良入海后沿海岸西行，进入休斯敦航运水道。且不提这条路会穿过美国最为混乱和危险的地带，运河系统想必早已瘫痪。小妹回国的可能性要大得多，因为白令海峡会结冰，只要一路上有足够的食物和水、保暖的衣服和火种，一两年想必也能走到了。在多伦多的数十万华人会组队回乡，互相照应。但为什么要回去？中国的资源短缺会比加拿大严重得多。但这是一支去和亲人团聚的大军。他们会从多伦多往西经过底特律和芝加哥，踏着当年刘易斯和克拉克西进探险的路线，依靠密苏里河和哥伦比亚河的指引抵达太平洋，沿海岸线北上阿拉斯加和西伯利亚，跨过黑龙江进入中国。住在北京的很快就已经到了，家在南方的还要沿京广线多走两千多公里。虽然不会见到任何行驶的火车，但铁轨尚在。之所以想这些是因为自己也需要计划。从休斯敦出发向西沿 10 号公路走到洛杉矶，找一条船，顺加利福尼亚洋流南下然后进入北赤道洋流漂到华南。但核冬天也许会让洋流停滞甚至转向。在新墨西哥州那些旅游公司的废弃仓库里还能找到观光气球。气球肯定不是被争抢的运输工具，因为那时不会有人想要升空和远航。从被洗劫一空的餐馆后院找到几个液化气瓶，便能让它们飞起来。或者用无人问津的硫酸和废金属仿照《气球上的五星期》制造氢气。《神秘岛》开头那种几天内把气球向太平洋吹送几千里的飓风会是一个奇迹，否则只能依靠季风，除了准备航行几个月的食物，还需要一瓶维生素，以免像古代海员一样得了坏血病。不过，走路回乡依旧是最稳妥的选择，没有洋流和风的不确定，走一步就近一步，而且没有海天苍茫催生的恐惧。无论如何，再见到小妹的希望极小，因为人类苦心经营的快速交通已经毁于一旦，路上横着坍塌的立交桥和被冲击波推倒的电杆。他昨夜和她拥抱告别时能感到她的身体微颤。她说她有点怕。

回旅馆退房前，船长到中国城转了一圈。中文招牌夹道涌来，他才发现路牌已经换成了登打士西街。每座北美大城市的下城区似乎都有中国城和小意大利。或许隔几条街也藏着日本城和韩国城。贵阳和昆明没有小意大利，所以没有国际地位。北京至少在五道口附近有韩国一条街。和韩国一条街一样，中国城和小意大利表露的历史意义远不如它们提供的特色饮食更容易被记住。光顾此地的大多是每天在下城区玻璃大楼里上班的职员和商旅人士，而新一代华人早就去了密西沙加和万锦。与城郊那些巨大的华人购物中心相比，这座中国城只是几条挂着中文招牌的街道，几家餐馆和小店，下班后便冷清了。在休斯敦，这样的老中国城已经彻底消失。但在这个早晨，他沿登打士西街西行还是感到温馨的热闹。满眼红色和黄色的招牌仿佛是两排明清的皇家仪仗队。海鲜酒家和烧腊饭馆，翰林公司和足部按摩，影碟唱片店和珠宝钟表行。为何是明清而不是唐宋？它们被西式建筑挤压，被涂鸦骚扰，是末代的辉煌。加拿大帝国商业银行和道明加拿大信托有着入乡随俗的中文名字，但外国商人的渗透也是帝国崩溃的前兆。最初的新鲜感消退后，这两排仪仗队的塑料招牌在明媚的朝阳下多少显得陈旧和廉价，不过小超市摆出的果蔬是新鲜的，似乎依然在进行光合作用，吸引着各种肤色的路人。其实只是普通楼房的一层，没有纵深的门面，晒得褪色的遮阳棚子下是一排摊位，地上散落被踩烂的菜叶和包装纸，道边堆着印有城郊农场中文名字的纸箱。顾客没有购物车，都挤在一处挑选，再现着东方特有的画面。他们侵占了大半条人行道，在这一场景中可以称之为老外的西方人只能从他们身后挤过去，但部分老外也加入了挑选，因为他们知道这类画面的潜台词是价格低廉。

他绕过这群人继续前行。此刻，只有东亚旅游的招牌和图片让他感到身处西方。西方人会走进这类旅游公司，表达去拜访长城和兵马俑的心愿。学历史的小妹其实是一位优秀的导游，假如她不在乎飞来飞去。但东亚也许只是名字，他们的大宗生意可能还是用大巴运载不断涌入的新移民去游览东边的那些城市。小妹再去两次也能胜任导游。她应该很快就会在渥太华找到更好吃的中餐，在魁北克城找到不那么拥挤的餐馆，带大家去吃蜗牛。大巴司机轻车熟路，她不用操心看地图。他想着，转上了士巴丹拿道向南方的罗杰斯中心。中文招牌不知何时渐渐消散了。没有边界，没有城墙，甚至没有牌坊。原本在身后的下城区楼群又出现在视野中，方才满眼的红色和黄色消失了，长城和兵马俑那风化的土色则像是一闪而逝的幻觉，朝阳下是一群渐渐围过来的玻璃幕墙，边缘闪耀着西方世界典型的灰蓝色光，夹道欢迎他从一个梦境穿入另一个梦境。

# 308

首都机场出口通道排满了接机的人，有些人手举写着人名的纸张。纸上的汉字比他们的中国脸更亲切。更多人手中没有名字，但脸上有更多期盼，期盼着用脸而不是用名字相认的那个人。船长断定几年间自己肯定苍老了不少，虽然并没有人来接他，也不会有人发出偶遇的惊呼，径直走到身边拍拍肩。他从前和现在都只是这座城市的一个过客，至多有过一段恋情。但当他走到楼外仰望昏黄的天空时，意识到它在沉默中迎候着他。这种新奇的体验瞬间便淹没了他需要赶往另一个航站楼转机的紧张。他本来以为自己可以沿一条条冰凉而明亮的玻璃走道直接登上飞往南方的飞机。远方赤裸的树杈提醒他来到了寒意未消的北方，而天空的颜色则应该是他曾经熟悉的沙尘和越来越占据新闻头条的雾霾的混合。太阳在这层古老的帐幔外观望着他与这座城市的重逢。鱼贯经过的出租车们已不是纯黄色小面的而是黄绿色韩国轿车，暗示他已降落在另一个时代。但它们都会向西南方驶去，循着四元桥的曲线上腾空而起，跃入城市心脏。那并不是他要去的方向。他深切地呼吸着以重度污染著称的空气，将行李提上摆渡车，去往另一座航站楼。这是他第一次知道摆渡车这个称呼，他喜欢其中从此岸到彼岸航行的意味。司机在门边和调度员用本地方言在聊天，令他恍然回到了十八岁，第一次走出北京站，登上新生接站车的时刻。

递交绿卡申请后，船长终于拿到了回美证。绿卡还需等几年，但有了这张纸，他离开美国之后还能从容回美，而不用再担心小妹所担心的拒签。之所以希望回美是因为在美国已经有了自己的家。但拿到回美证之后，船长的第一举动便是打电话给母亲，说自己可以回家了。母亲肯定理解一个人可以有两个家。童年陪她走在滇池小镇明媚的街道上，她遇见老同学和老邻居时总说自己是回家来看父母。他自然也像当年的她一样给父母带回各种土特产，只不过旅行箱中的夏威夷果和加拿大枫糖并不像习水大曲那样代表自己的家。它们和箱盖夹层中的《环绕月球》一样代表着他的游历。带一本书是童年出行时便养成的习惯，虽然在那些旅途中并没有机会把书掏出来，因为他照例醉心于窗外风景，那是童年以来百看不厌的一本大书。这次的越洋飞行没能订到靠窗座位，他借机终于读完了这本一直没能读完因此像一个谜的书。所以炮弹并未在月面降落，而是绕月一周后重新返回。因为炮弹没有再度升空所需的燃料，更不可能达到脱离月球引力重归地球的速度，凡尔纳为了让探险家们活着回来，放弃了登月。炮弹像一个世纪之后的阿波罗八号那样沿某条精确计算的曲线绕月飞行。这一安排是超前的，不过最后一段实在太不科学：三人在炮弹再入大气层时竟然没有被烧死。而哥伦比亚号在掉了几片隔热瓦后便立刻化作一团火球。结尾照例是迎接，欢呼，游行，授勋，人们幸福地生活下去。想象这颗炮弹的命运是他多年间的思考乐趣，如今确认自己只是希望他们能够平安回家。

在飞往南方的航程中，船长终于坐到了窗边。当飞机降至几十年如一日蒙蔽贵州的云层以下时，窗外水田和油菜花镶嵌的美景令他想起童年希望看明白的地图四色问题。多山的省份，陡坡上的小片土地都被利用起来，这种地形特征是船长童年在每个不上课的周三用脚反复勘察过的。少数民族的裹腿和长围腰，是用来在荆棘遍布的南方山野中保护自己。他们不算聪明，有一种解释是因为大山阻隔，山里人世代近距婚嫁，近亲繁衍导致人口素质有限。但这不影响他们在美丽梯田间的生活。这是船长第一次从空中目睹这种生活。但随着市区的接近，梯田消失了，青山被采石场和建筑工地啃得残缺不堪，到处露出雪白的石头。他当然记得在教室听见的平顶山被炸的声响。当年离开时既没有注意到自己生长之处的美丽，对它的伤痕也熟视无睹。他这才想起来，这是第一次在贵州降落。当年的机场叫磊庄机场，位于贵阳南郊，全家只有父亲去过。假如是在北郊，肯定会成为他徒步探险的重要目标。看名字像是一块平地，但肯定有很多石头。此刻即将降落的新机场叫做龙洞堡，一个更加贵州的名字。

父亲从基地找了车来接。他和司机没有交情，但认识领导。坐在前排的他头发已经全白，走在基地的厂房之间，应该是一位不断被基地返聘而推迟退休的老专家的派头。但窗外的景象迅速吸引了船长。从机场到家的路竟然没有穿过贵阳城，走的是一条他不认识的高速公路，路边起伏的丘陵间除了偶尔会有一丛丛崭新的别墅，没有任何其他建筑能帮他判断位置。惯常的阴天让他无法借太阳判断方向。除了可亲的潮湿空气，周围是一个完全陌生的世界，包括父亲在前座靠背后隐现的白发。父亲和司机闲聊，提到的人名他也从没听说过，好在嗓音依然是熟悉的，否则，他会认为自己遭遇了绑架。

十几分钟后，车从一座小收费站驶出高速，路牌显示竟然已经到了新添寨。在两排陌生高楼的夹攻之下，那条唯一的街道显得狭小。假如不是前方自然升起的小坡和他们在坡前转弯的十字路口，他不会相信它便是从小走过的那条街道。

虽然母亲已在电话中多次描述，住到小学操场对面在他眼中依然是新奇的。他清楚记得此处曾是基地的建材仓库。一座早已衰败的基地确实不再需要建材仓库，而山谷中不多的平地自然会被用来建造商品房。走到楼下，他能看见操场已被一圈围墙挡住，完全看不出是学校。楼道的墙上密布着以前只在城里见过的开锁办证之类的广告，暗示此地已经是城市的一部分。

母亲已经变成了一位真的老太太。她的眼睛已经被皱纹拉得变了形，门开了，她缓缓站起身来望着船长。当他把冰凉的脸贴上她温暖的脸时，想起了童年的感受，只不过如今二人的角色已经转换。当年下午放学后河畔桥头会合去上街买菜时饲养员俯视小动物的眼神变成了老雕塑家仰望自己最后杰作的眼神。

怎么就穿这么一点衣服。冷不冷。要不要把窗户关上。飞机上有没有吃东西。想吃点什么，让你爸买去。要不要先去睡一会儿。船长含糊回答着母亲的不断发问，在屋里踱步，打量着视野内的每一件器物。有的是刚懂事时就触摸过的，有的则是完全陌生的，提醒着自己缺席的岁月。母亲依然没有丢弃和更新的习惯，让新居显得陈旧。船长感觉自己仿佛是一位驾驶光子飞船星际旅行归来的宇航员，因为时间膨胀，自己年轻如昔，但亲人已经衰老，世界发生巨变，包括任务控制中心。在远航的岁月中，他的母亲，他的座舱通讯官，便是在这间屋子通过S波段与他通话。控制中心搬迁过一次，但旧设备都还没有退休。他在很多次通话中都听到古老的三五牌座钟在背景里不紧不慢的报时，那是家的标志。在每次开始敲打的瞬间，在宇宙深处的他的电子设备也都是整点或是半点，只是其中隔了很多小时，很多光年。在小时候被他多次拆卸之后，它依然准时，继续定义着他人生的基本时间单位。如今，他在一次漫长飞行之后归来，当然是先回任务控制中心报到，与座舱通讯官拥抱。数天之后，他又会起飞去执行第二次任务，所以这确实是度假时间。但即便如此，座舱通讯官依然在关注着吃饭和冷暖的问题，仿佛他和旅行者一号一样依然在向太阳系边缘飞去。

但此时他只是在各个房间巡视而已。自制的沙发垫子显然是母亲的手艺，用的材料也显然是被橱里翻出的船长童年就见过的布。她已经没有能力进城买布了。卫生间里摆满杂物，显然又需要来一次清理，就像大学时每次放假从北京归来都要大扫除一样，她那时就抱怨他每次都是还乡团扫荡。家中用上了煤气。方才在楼下确实没看到一字排开的煤球棚，所以才能直接望见河对岸学校的围墙。厨房外的阳台俯瞰基地通往镇上的路，那条他年复一年和母亲去买菜、拔牙和逛书店的路。母亲在通话时提到过，一楼有很多铺面房，晚上很闹，招苍蝇，所以那一侧的门窗总是关着的。

现在买什么都方便多了。楼下就有。母亲听到他开阳台门的声音，远远地说，就像导游的介绍，或是医生在唤醒失忆的病人。

让船长抬头便吃了一惊的是一路之隔的山坡。它其实是一道山梁，地势险峻，荆棘遍布，没有农民去开荒，孩子们也从未爬过。作为基地通往镇上的咽喉要冲，它是船长当年在地图上安排碉堡之处，但山上没有立足之地，碉堡只能安放在山坳中唯一那户农家门前。那家人当年养着大狗，站在门外悬崖般的高地上，有一狗当关万夫莫开之势，年幼时每次和母亲上街买菜走到此处都要绕到她身后揪住她的手。如今，就在当年荆棘丛生之处，一丛丛别墅如巨型春笋在陡峭的山体上冒了出来。

盖完好久都没人住。一下雨就都是泥水，上个月还塌方，把路都堵了。母亲从身后将一件大学时代的外套披到他身上。船长探头俯瞰楼下的道路，想象别墅们整体滚落后的状况。很可能会撞进一楼，但未必能伤到位于三楼的任务控制中心。这些宫殿般的建筑看起来并不结实，翻滚坠落时可能会散为一堆碎块。他怕母亲着凉，拉她回到客厅坐下。

然后，他终于从客厅窗口看见了小河，或者说，小河的遗迹。当年被青草覆盖的河滩已不知去向，裸露的河床是一块块水泥板，缝隙间挂着被洪水扯成碎条的垃圾，和几缕近乎凝滞的黑色液体一起暗示河的曾经存在。它已经成了一条巨大的下水道。虽然在他上小学时脚底已经被水底的玻璃瓶划破，但水藻轻抚脚背的感觉毕竟也来自那段岁月。他俯瞰着这座考古大坑，试图将它与自己的朝代列表对上号。

据说镇上要重新修这条河。太臭了，影响房地产升值。买菜归来的父亲说。人人都喜欢背山临水，挖人工湖容易，但驱动人工河太耗费能源，没有商人能做到，所以小河至今依然是山谷中唯一的河流，流过这幢普通的居民楼，也流过别墅和高层公寓。

船长抬眼扫视学校。假如没有围墙环绕的形状，他完全不敢相认。小学部已彻底重建，中学部也经过翻新，只能凭走廊的走向和楼梯间的位置揣测它还是那座老楼。操场全部铺上了水泥，当初出没着青蛙的大片野生草地已经荡然无存。一座典型的城里学校。再也不会有小孩能把球踢下河了。假如有未来的足球健将一脚挑射将球踢出高墙，那就要想办法到这条巨大的下水道里去捡。墙外这一侧的高度足以令跳墙者致残。

父亲说学校早已不属于基地，被镇上接管了。也就是说，当地人的孩子占了大多数。或许还有几个能说上海话的孩子，但他们都会说贵阳话，以免遭到歧视。能说上海话的孩子应该极其罕见，因为这需要从小在家听上海话，而那意味着父母都是上海人。也就是说，自己和哥哥那一代人中的两个上海籍同学结成夫妇并在此安家落户。这样的例子还从未听说过。不过，带一半上海血统的孩子想必还是有的。而既然镇上修了这么多商业设施，这所学校也会像一所美国学校，有很多外来移民的孩子。当年算是地主的基地职工如今应该成了少数民族。假如未能在十八岁时离开，他想必也会把孩子送进眼前的围墙里。他会在家中用生锈的望远镜望着他或者她在操场上奔跑。他会在河这边的阳台上架一具溜索，修一座吊桥，把孩子直接送到操场。无论如何，孩子都不会再有他当年走路上学的乐趣。

晚饭时，母亲描述哥哥去年开车带全家从昆明回来过春节，路遇大雪。大人和娃娃的脸都冻得红通通的，头发上都是雪，我赶紧给他们烧些热汤。遥想那丛童年无数次乘火车穿过的群山，船长知道这必然是一段艰险的旅程，但母亲并未埋怨哥哥不使用更安全的交通工具。也许是春运期间买不到票，而哥哥执意要回来的愿望令她感动。但船长的猜想是，哥哥和他一样，藏着亲自开车穿过那丛群山回家的隐秘心愿。父亲说起有些老同事最终没能回乡，因为上海的房价和物价让他们难以安身立命。他们曾以为只是用来奉献青春的这座山谷成了他们终老之处。个别老职工染上了酗酒或抑郁，跳楼已经有几起。但他从未担心父母会这样。父亲按母亲的话来说是以厂为家如鱼得水的人，母亲则在将两个儿子送进大学后感到人生使命已经完满。而且，他们不久便会离开，移居阳光下的云南。

船长整个假期都留守家中陪伴母亲。他甚至没去看看基地。既然有了回美证，将来每个假期能返回任务控制中心，而这个中心不再是基地，而是接下来又会迁移的座舱通讯官生活的屋子。环游地球的计划只能靠开会和出差了。窗外的天空总是阴郁的，在阳台站立片刻都会感到寒冷。过去几年中居住的那个常年烈日的地方确实是更接近太阳的另一颗星球。

船长践行着从前放假回家的习惯，负责买菜和做菜。父亲早已习惯在楼下小铺买菜，母亲在电话里抱怨过菜的单调，如今他终于能如愿去镇上的菜市场给她买菜做饭。家中的自行车几年前就被偷了，他只能步行穿过小镇。它已是一座花枝招展的小城。街道挂满彩旗，看得出它们一年四季都会飘扬，与节日无关。街上的人们喜欢庆祝每一天，他们神情安逸，不知道二十年前的这条路上曾有腰间紧扎草绳的车夫厉声吆喝着奋力推送满载砖块的马车上坡，狂乱打滑的马蹄把泥水溅到背着竹篓抢拾马粪蛋的农村孩子们脸上。豪华的枝形街灯上悬挂着生态旅游点的巨大条幅，在风中鼓足了帆，和彩旗一起将缓缓在山坡上爬升的主干道装饰成正北方透明皇宫延伸出的广场。两侧的商店不再是当年胡乱挤在街边的一群社会闲散人士，它们为了迎接来自城里的圣驾回宫而全体后退十米，脚下露出两条用各色花砖、花圃和崭新长椅装饰的人行道。它们集结成一片纵深巨大的商场，每扇玻璃大门后面是彻夜有灯光照明的通道，通向一条和大街并行的小街和更多的玻璃大门，可以风雨无阻地从这个路口走到下一个路口。不过，这条室内的小街也散布着台阶。人类虽然有能力把山挖成商场，但大街所需要攀升的坡度，小镇最根本的地形特征，依然无法被消灭，提醒着人们这曾是一座山寨。

菜市场在格局上没有改观，还是一条小街和一座大棚。但走近细看，小街被密密麻麻的遮阳棚覆盖，虽然它们遮挡的总是雨。如今在雨中走过整条小街恐怕也不会被淋湿。当年挑担卖菜的农民身后两排灰头土脸的简陋民居都变成了灯箱装点的铺面房，托镇内外大片小区和别墅之福成了万金之地，而母亲当年所说的贩子如今已经成了批零兼营的大商人。大棚当初建成后农民不愿交场租而导致大量摊位空置的场景已经不复存在，从口音能听出不少摊主是外地人，都是拖家带口的样子。大棚外公路边守着菜担的倒还像是本地农民，但他们再没有当年望见税务工商标志的制服和车辆出现就要逃窜的紧张，都已见足世面，知道不值得为那几块钱丢失抢到的位置。而税务工商们的车辆就停在路口，既然能收费，对占道经营也就睁一眼闭一眼。这条路毕竟还不算城市街道，虽然穿过的是山间雨后春笋般长出的居民楼，但路的尽头还有最后几片休耕的稻田。

在市场里听到各种口音，得知很多商品都明码标价之后，船长便不坚持用本地方言试探讲价了。这已是一座露天超级市场。上过几次街后，船长把买菜的任务交还给了父亲，自己负责做饭洗碗，清理家中的瓶瓶罐罐。母亲依旧远远坐着，望着他，嘴里唠叨着，但既然这个家要搬，而且是长途，她也就睁一眼闭一眼，并对他历经自动化的美国生活却依旧勤快表示赞许。

再次上路的那天清晨，窗外传来音乐和广播声。学校已经开学，学生们列队听训话看升旗。旗杆依然在当年的位置，毕竟那是校园的几何中心，而校园的几何形状是被小河确定的。小河是何时诞生的？需要学者来判断。也许是宋朝，也许是上一个冰期。广播里坚毅的童声在周围林立的楼宇间反射着强劲而混乱的回响。岚岚当年的声音不这么响亮，想必是因为没有围墙，操场覆满绿草，而自己所在的对岸是一排大柳树而不是居民楼。她已经远走他乡了。那时小学部操场总有一半是青翠的，绿草修长柔韧，常被孩子们捆扎成绊人的暗器。那时学生还很少，小学部操场站得下全校同学，只是站在后面的高年级同学会被绿草埋住他们的白跑鞋。他会偶尔回头在队列中寻找哥哥的身影。哥哥早已远走他乡。父母不久也要上路。他来向这片土地告别，但不需要与这些人告别。这个感觉让他觉得新奇而又心定，掩盖了本来以为会有的伤感。

当他再次乘坐父亲从基地要来的轿车驶上绕城高速时，感觉路在背后消失，就像快艇跃过洋面，尾迹迅速消散。在他的世界中，这条路以前并不存在，以后也不会存在了。求法的僧人们走过沙漠，发现足迹转眼被狂风抹去，只能继续向前。环游地球之路，那一头还在缓缓延伸，这一头已经开始消失。他降下窗玻璃，让南方早春的空气拍击额头。路边滚动着贵州特有的小山，也许他在某个没课的周三下午曾经远足登上过其中一个，望见一条崭新的高速公路，而二十年后的自己在一辆轿车的后座上露出脸来，转瞬即逝。他会以为看见的只是一个幻觉，就像那条秘密铁路。他抬头仰望山顶退却的松林，希望能发现二十年前的自己。山间偶尔闪现休耕的水田，蓄满了水，倒映着新竖起的巨型广告牌，就像美国西部，一个没有人的现代世界。农民们想必依旧在过漫长的春节。他们已经拿到城镇户口，在用土地换来的楼房里观看卫星电视，不再需要耕地、播种和插秧，在闲适中对未来感到惶惑。他似乎嗅到了酒酿、鞭炮、牛粪和糍粑辣椒的气息。和以前每次离家不同的是，他再也无需经过群山后方的那座省城，被提醒自己童年的隐居生活。他如今从家门口直接进入高速直奔机场。童年并没有这个想象。发射场自然建在城外荒僻之处。一个小时以后，他便会在一阵轰鸣中腾空而起，继续未尽的旅程。

# 309

因为老猫来接机，船长没有去体验新建的磁浮列车。当他们行驶在进城的高速公路上时，磁浮轨道就在头顶不远处延伸着，不时遮住偏西的阳光。这条高速也是新建的，司机虽是本地人，但还不熟悉路线。老猫混杂着上海话和普通话与他讨论该走哪个出口。他自己还不会开车，车是朋友借的，司机是朋友。他显然和童年一样不会孤独。他的穿着也保持了二十年前的风格，没有发胖，反而更瘦了，依旧适合穿衬衫并卷起袖子，像是一个从古老纪录片中走出的人，在浦东国际机场的人海中很容易辨认。

老猫早已回到上海，但依旧没有上海户口。他不上网，也没有电子邮箱，近况都来自岚岚的转述。船长从她那儿要过老猫的手机号，但从未拨打。他不知道该说什么。也许是隔阂，毕竟对彼此的生活已经完全不了解。岚岚说老猫的手机不是智能的，也不打算换成智能的，所以无法和他打字聊天。总之，假如不亲自来上海就找不到老猫，他因此是同学们中最神秘的一个。

因为还是不知该聊什么，也不愿去影响前座的二人寻找出口，船长将注意力转向窗外。因为完全不了解浦东，他回国前研究了一遍卫星地图。东端是滨海的机场，西端是那丛显赫的巨厦，两者之间像是农村。繁华总是临水。如今实地观察，路边树后隐现着大片类似别墅的二层小楼，高度一致的风格像美国城郊的民居，但密集度更有中国特征。此地地价必然会飞升，因为西端那丛巨厦中的职员们都需要有个家，但黄浦江西岸已经人满为患。如此想来，浦东算不算一座岛？崇明岛在唐代才浮出水面。地图上的这片中间地带绘有细密复杂的水网，看来确实是几百年内刚冲积成型的陆地。突然拔地而起的大片建筑是否会导致它的下沉？而一旦海平面上升，它会先被淹没。

岚岚已经描述过老猫的生活。他凭借当初在基地技校学到的手艺开了个小加工厂，自得其乐。她的说法是，老猫的情况比她好一些，虽然依旧没有上海户口，但毕竟已经住到上海边上，基本已经安定下来了。他问起这件事，老猫掏出了自己的身份证扭头递来。身份证的式样和自己多年前的那张已经很不相同，但居住地点依然是那处老猫和同学们下围棋、和哥哥修理收录机、独自玩电线短路和也许最终也未能邀请那个神秘的她去访问的地址，离旱冰场最近的那幢楼。它和船长出国前的最后一处旧居只隔着一幢楼。这张身份证多年后才会过期，届时持证人还需要回到发证单位，那个位于电影院或老肉店附近的派出所，去换证？但到那时，这处地址所在的旧楼可能已经不会再有人居住，变成废墟。老猫又递来一张装饰着花朵图案的上海市居住证。应该是那种叫做白玉兰的花。证上标记的还是那个恍若前世的地址，并没有上海地址。这意味着持证人可以随意在上海搬迁而无需换证。证上有磁卡，或许可以用来享受某种上海居民特有的福利，比如图书馆。老猫说，上海户口可以攒积分换，不过那条路太漫长，没什么指望。

离开高速，跨越几条倒映着塑料大棚的小河，穿过小镇风格的小商业街，途经无数以最简单的方正感和实用性与高速边的二层别墅划清城乡界限的的二层民房后，车突然停在了其中一幢的小院外。小院并没有挂牌，院内迎上来的是一只白爪小黑狗。船长知道自己对加工厂的想象还停留在一万平米的基地金工车间。

走进小楼一层，船长还是在瞬间回到了金工车间。这间一般被称为堂屋的屋子靠墙摆放着一圈形状颜色各异的机床。与传统民居的堂屋不同，它开了几扇后窗，墙壁都被粉刷过，比哥特教堂式的金工车间明亮得多，更像是父母所在那些恒温大楼中某些安放有几台车床的工作间，那些房间更小而且没有窗，但被天花板上成排的日光灯管照得雪亮，都算是老师傅的父母可以随时走进这样的小间，选择合适的机器，操作光滑的手轮，修正一枚精巧的零件。但无论是哪个空间，是否拥有中央空调，空气中都会有机油的气息。作为一个曾经仰望这些强大机器的孩子，这种气息带给他的是敬畏和好奇，因为这些削铁如泥的精密机器被父辈掌控，制作出更精密的机器。

老猫说他做的都是精密加工。但他的机器们大部分都不是数控设备。船长看到刀具盒里躺着一台油腻的计算器，理解老猫说自己是纯手工的含义。他面对的已经是一位老师傅。假如他此刻想要一双旱冰鞋，很快便会做出来。他弯腰端详这些机床，发现自己依旧有阅读设备铭牌的喜好。老猫对此表示理解。机器也需要一张身份证。汉江机床厂生产的万能螺纹磨床，生日是八五年八月。他回想自己那个夏天在干什么。应该是漫长的暑假中在五楼阳台用望远镜观察蓝天下的黑山，搜寻古庙的遗迹，或是观看反法西斯战争胜利四十周年的纪录片，被太平洋海战震撼。最新设备是一台电火花数控线切割机床，但冷却液和油污使它看起来与其他机床岁数相仿。他旁观老猫和助手给这台机床换件。地上摆着一块被切出各种镂空的金属材料。最终的成品应该很小。老猫说他接的都是单件的特种加工，产品快递送出。所以院内无需停放卡车的空间，也不需要门牌。一个月饼盒子里装满了翻盖烟盒，每个里面都盛放着尺寸不同的钻头。白沙和红梅各半，只有一盒中华。墙上挂着砂轮公司赠送的恭喜发财挂历，翻到了正确的月份，还用夹子夹着潦草的字条。旁边贴着一张打印出来的立志买车的誓言，签着老猫本人的名字。小黑狗在屋子里摇尾漫步，带来些许家庭气氛。靠窗墙角的小桌上摆着天然气灶和一个炒锅，它们的颜色和机床们差不多，而排列在旁边的油盐酱醋菜刀案板和桌下的几瓶食用油证实它们另有任务。屋子中央是用旧床单蒙住的不知名家具。一台油腻的电视机在潦草漆过的小桌上低声播放，桌下塑料盆和啤酒瓶之类的杂物暗示可能经常有人在此打地铺。

因为还有当日要发出的件，老猫把船长带到楼上，让他在自己的屋子里坐坐等等。这是一个单身汉的空间。被子没有叠，椅子上堆满衣物，衣物上扔着几个似乎永远不会被使用的衣架。电视和只有一个音箱的音响蒙着尘土，暗示主人早已对娱乐失去兴趣。船长想找本书翻翻，顺便了解一下老猫如今的趣味，但却在唯一的玻璃柜中发现了一摞他熟悉的小册子。它们有着湛蓝和粉红的封皮，即便当年他不曾经手它们，也能认出是日记本。在楼下机器切割金属的噪声中，他打开柜门，小心抽出其中一本。他还记得老猫初三那年用的是哪一本。他迅速翻到有字的最后一页。显然，在陈老师宣布为了让同学们集中全部精力迎接中考而停收日记之后，老猫就再没写过日记。他从封皮里抽出了一页折得小巧工整的信。确切地说，是纸条。

你发的誓，我认为并不是很实际。因为从九月一日起大家就很难见面了。你能保证在这几年中还会想着我，还会继续喜欢我，难道在新的学校里会没人比我好。（不要生气，这是真的，符合实际的话）人是要变的，你觉得呢？当然，我并不是说你是三心二意之人，我也知道你待我很好，可是这并不一定能经得住几年的考验。当然，我并不希望你变心，因为对于任何一个女孩来说，喜欢她的男孩变心，我是这个女孩，喜欢或不喜欢这个男孩，都是一件痛苦的事，一个打击。这，你也许并不能理解，你毕竟是男孩子。

船长把纸条折好塞回原处。年深日久，纸质脆了，他折得很小心。楼下切割金属的噪音像是一支二胡演奏的美国蓝调歌曲。他合上日记。封面上有一张磨损的贴纸，翁美玲望着他，笑容甜美。贴纸下方是封皮上印着的一枝腊梅。他将日记小心放回它原本的位置。日记上的一摞信件看起来也有年纪，贴着的民居邮票令他凝视了很久。母亲当年寄给他的信也贴着一模一样的邮票。很显然，在留守基地的岁月中，男孩和女孩的信件来往持续了几年才停止。

船长小心将柜门关好，回身环顾这间杂乱的屋子。假如那个神秘的她突然打算来访，这个空间肯定会立刻变得整洁，毕竟，它的主人并不懒。虽然她很可能就在方圆百里之内生活，她和这位主人之间已经隔着很多光年。他来到走廊上，视野中散布着一片白墙青瓦的一层或两层民居，被塑料大棚和尚且年幼的树木隔开，它们之间依稀可见一条小河。应该就是他在地图上见到的纵横水网的一部分。楼下的噪音依旧继续着，他恍然觉得自己站在老屋的屋顶上，听着车间的噪音，俯瞰另一条小河。

晚饭前，船长在老猫的指点下到一个小杂货店给自己的手机买了卡，因为他接下来还要和其他同学联系。老猫说自己没有使用智能手机的打算。吃饭时，船长以为自己回到了大学北门外的小饭馆，而对面坐着的是自己的大学同学。大瓶装的啤酒和呼之即来的服务员让他的记忆串味了。或者说，他还不习惯和最后一次见面时还是少年的老猫坐在饭馆里喝酒。他们更适合并肩在机床们之间巡行。饭后回厂取行李时，天早已黑了，老猫拉亮昏黄的白炽灯。在酒意中，船长恍然觉得这是一座庙宇的殿堂，靠墙站立的机床们是十八罗汉或是四大金刚。

白皮是次日在酒店大堂出现的。她说她住得不远。她依然是那么容易辨认。船长意识到，也许是因为在班车上总能见到她父亲，对她母亲反而缺乏印象。应该和面前这位如今儿子已上中学的母亲面容相似。但当她一开口，立刻便恢复成为他的同桌。她执意要请他去吃饭。然后顺理成章地继续叙说自己的故事，仿佛上次外滩会面是在昨天，要急着去上班，所以故事只说了上集。

不过，故事下集开始探讨命运了。她觉得和自己有共同命运的人并不少。

当时记得在医院生儿子的时候，同病房的有好几个像我一样的外来媳妇。大家都是操着上海话，顶着外地户口，嫁个上海老公。

但是江西啊安徽啊相对比较多。在我生儿子之前户口政策是孩子随妈妈的，所以我儿子是先报贵阳后再迁上海的。现在的政策是孩子可以随便随父母，所以相对要好些。报户口时需要凭暂住证的。

我在上海拥有不完整的童年，回贵阳也只有半路的朋友，那种所谓的发小的概念是对我无缘的。其实我回贵阳的时候没觉得有那么苦，很多时候一个环境生活久了也就习惯了。更何况像我这种没有理想的，呵呵。你相信命吗？有些时候注定的东西是逃不掉的。我觉得自己永远是过着将就的日子，而不会是讲究的日子。这大概就是我的命吧，这辈子就这样了，混着。反正饿是饿不死的。生活最好衣食无忧，饭来张口啊。对了，我是想过那种好吃懒做的生活。你可以笑我没出息的。但是这就是我的理想状态呀。你要知道虽然我工作了那么多年，但是在上海我还要继续干满十五年才可以退休。因为我从未加过社保。

累的，怎么会不累，况且我们生活的水平属于上海最底层，充其量就是自己养活自己罢了，谈不上有多余的。现在不干老了没有退休金。你说行吗？想都不让想啊。说真的在上海真的贫富悬殊太大了。老妈是没出息了，但是起码也没饭来张口，还是自食其力的过着自己踏踏实实的日子，你说对吗。但是最起码我也没自卑过，即使有也是稍纵即逝的。也许在外国受过的教育是和国内会不一样吧，现在在我看来，人都真的太现实了，所以知心朋友屈指可数。但是你不得不承认这是事实啊，你和我谈很多深层次的东西，或许我就无法理解了呢，那是我以前所积累的知识的局限性，所以一个人没有出息谁都不能怪。

我喜欢看电视剧。我觉得至今还没有真正谈过一场属于自己的恋爱，所以在电视剧里感受一下啊。当年和师兄那段还是算懵懂的吧，也不知道算还是不算。和自己的老公属于介绍认识的，谈不上爱的死去活来吧，总结过，算是各取所需，搭伙过日子吧。看过《婚姻保卫战》，忘得差不多了。只是知道既成为夫妻也是缘分，为了孩子就好好过现在的生活吧，我会借鉴一些相处的法则罢了。回想当初和师兄那段，其实那时的我是没胆量的那种，我怕没有家人的日子会是怎么样的，所以也就选择了放手，再说他也没有提出离家出走之类的。要是提出了，我也不知道会不会。反正我挺没主见的。我一直是个看起来挺外向的人，但你们不了解的是，我其实也是一个比较自卑的人，我有属于自己的虚荣心，你能理解吗。我从小没有父母关心的。

当年的事，师兄是本地人。我分的是光学班，在四厂实习的。实习了 年。我身边的被迫分开的我不清楚，因为那时和我玩的比较好的同学都是考大学到上海的。如果像老猫这样的，我觉得他们要比我们更难。他现在还是单身，而且户口还是在贵阳，有时我就在想，老了，他算是上海人呢还是贵阳人啊。

我觉得我其实一直是对生活没有追求的，得过且过的一直这么生活着，我也知道自己是改变不了了，所以希望儿子会过得比我好。我已经不想改变什么了，真的，就这样日子能安安稳稳的过下去我就会很满意了，现在的最大愿望就是希望我和老公身体都好些，在上海看病真的贵啊。

其实我自认为是一直生活在生活最底层的人，但是我认为只要是自食其力的，就没什么被人看不起的。后来浦东八佰伴有了，我就去那站了几年柜台，我在八佰伴卖过女装和男装的。再后来我想想，年纪越来越大了，再下去要站不动了，所以就想换个工作。自己开过一个小服装店，半年后没盈利就关了。再接着帮人看店一年多。再后来想着老是做营业员以后老了咋办，所以就学了简单电脑，偶尔有个机会我就去了一家人力咨询公司，其实俗称中介吧。我在那里学到了不少东西，比如学会了简单的办公室操作，认识了邮件接收，做表格，和不同工种的客户对话等等，也认识了什么是MSN。我们什么都做的，还包括猎头，主要帮别人介绍工作。中介做了快三年吧，后来我觉得压力大，正好有个机会我就去了我表妹夫的公司做了销售助理，就是整理文档类似文员吧。好景不长，公司后来没经营下去，我又面临失业。我好像每个工作都不超过三年的。关键是我那时已经三十多了，还没开始加养老金，因为户口一直还在贵阳。在家休息几个月后，碰到我妹妹公司招医药销售代表，我就去试试了，做了医药公司信息员。就是负责跑一百家药店。我们有各自管理的区域，负责去和药房沟通，尽量提高产品销量。呵呵，我其实目前也就这么做着吧，工作也不好找，没有学历是找不到什么很好的工作的，接下来么就是希望指标能好好完成咯。

饭后，白皮争着要结账。他们的桌子位于大厅中央，她的声音依旧响亮，船长不敢再争。

下午，船长跨江来到父母曾经生活过的控江路。地铁站干净明亮，相比之下，在船长刚迁居的波士顿，地铁是老朽的古董。

这是他童年记住的第一个上海地名，因为父母相册里的很多照片都印着控江路照相馆的名字，这在当时甚至给他一个错觉，以为父母在上海就已相识。其实他们只是住在控江路同一条弄堂里属于同一单位的两幢男女单身宿舍，光顾同一家照相馆而已。

虽然他使用着卫星导航，但这两幢宿舍非常容易辨认。它俩是一群新楼间老朽的古董，没有阳台，砖缝裸露，狭长的木窗油漆斑驳，和基地最老的几幢宿舍一模一样。窗户也伸出晾衣架，用竹竿晾着一排排各色衣服，窗边挂着拖把。假如不是几个窗台下方挂着空调机，船长会真以为走回了童年。细看，两幢三层楼房都加了一层。一楼墙上依稀写着招待所请上四楼的字样，暗示它们在这寸土寸金之城曾被充分利用过。一扇缺了块玻璃的窗户上贴着已经泛白残破的囍字，说明一对新人曾在此成婚，但不久便迁去新居。背阴的墙上已经爬了青藤，楼道窗台上的黄猫注视着他。身边经过佝偻着腰的老人，背后的双手攥了一个布包。假如母亲还在上海，想必也会是这样出门去买菜，但她应该住在另一条街道，因为她和父亲婚后必然会搬出这两幢男女单身宿舍。它俩分别站立在他的两侧，代表年轻时的他俩俯视着他。它俩之间生长着一大片黄绿相间的南瓜花，在这片没有院子和阳台的空间中显然属于公有植物，攀缘在用钢丝、电线和木条搭建的简陋支架上。在空调流行之前的时代，男青年们想必曾经在此搭建过更结实的支架，女青年们会挑选晴朗的日子，将被子抱出来晾晒。

船长穿过花影，来到大街上。浓密的树荫在父母的年代想必还未长成，但街对面的杨浦公园总是绿的。船长曾猜想母亲作为一名年轻民兵的某些持枪照是在这座公园里拍的，如今证实它周围并没有照片中那些洋气的建筑。她们应该会选择更繁华的市中心，人民公园之类的去处，在某座纪念碑下集合演练。而这个更幽静的角落属于日常生活。很多年前那些阳光明媚的周日里，年轻的母亲在某扇狭长窗户后面摆着饭盒和热水瓶的桌前写完又一封家信，来到大街上将信投进绿色邮筒之后，畅快走过车辆稀疏的控江路，去公园亲近她曾经熟悉的自然。她不可能和父亲在那儿相遇，因为他肯定早早便离开宿舍去厂里加班了。

晚饭约的是蕾蕾。见面地点是东靖路地铁站，所以船长又跨江回到了浦东。她是附近一家公司的会计，每天在此乘地铁回家。下班乘车的人潮一阵阵将他推到站台的西南角。站台是高架，可以望见夕阳。大片居民区后方隐现着几台巨大的吊车。小学图画课中最早出现的机器，象征着城市的日新月异和国家的欣欣向荣。船长只见过建筑工地的吊车，一套单薄的铁架，随着楼面伸高，完工后便被拆掉，而眼前是那种看起来非常稳固的永久吊车，童年将它当作长颈鹿，后来知道是港口专用。那么，这几座吊车后方应该是一座港口。他虽然在胶州湾、墨西哥湾和德富卡海峡凝望过大海，但并未访问任何大港。根据脑中的地图，那个位置应该是流过外滩和陆家嘴之后转个弯继续往北到崇明岛附近汇入长江的黄浦江。所以那是一座朝西的港口。在童年绘制的图画中，吊车背后总是画着太阳。太阳是所有儿童画不可或缺的元素。大人们的宣传画也都是如此。他们都认为那是一轮朝阳。而此时吊车身后的天空中是迅速西沉的金色夕阳。周五黄昏，这些吊车应该都休息了。他走到站台最南端标识地铁车头位置的栏杆，推了推。当然是被锁住的。他无法沿铁道走进露天去欣赏更开阔的画面。身边是一辆刚进站的地铁，司机透过窗玻璃打量着他，眼神混合着好奇和警觉。他靠在栏杆上伸长脖子继续向那一片吊车望去。

需要望远镜吗？一个熟悉的声音从身后传来。

蕾蕾很容易辨认。她小学时就已经长得挺高。在记忆中，比她姐姐更高。

那是个港口吗？

是沪东造船厂。

这边是民房吗？离站之后，他指着地铁高架桥下另一侧的树林。树林中有几处破败的房子。

小学时就戴眼镜的她看不清，但说当年来上海的时候住在南翔，大概就是这个样子。

他们在离蕾蕾家地铁口不远处的一家购物中心二楼吃了晚饭。庞大的西式建筑群让船长以为自己回到了美国，而密集的人流提醒他这是中国。蕾蕾依然不是有主见的人，所以在此之前商量了半天去哪家饭馆，点菜过程也很漫长，她端详菜单半天之后用小心翼翼的口气说出每个菜名时，眼镜片后面都带着和童年一样的眼神。饭后，二人穿过一楼回廊，蕾蕾在小店给自己买了一个冰淇淋，船长没有接受她的推荐，只要了一瓶水。在廊下圆桌坐定后，她边吃冰淇淋边回忆人生。她的故事很简单。她和先生是在婚姻介绍所认识的，目的就是结婚，谈了不久，双方的话题就变成了布置新房。

船长提起小时候羡慕蕾蕾能有个外婆和他们住在一起。老人们也喜欢和孙子辈团聚。蕾蕾说。当年华华奶奶就是因为终于能去乡下和孙子在一起，太开心而脑溢血去世的。船长问她知不知道前几年小石头他爸也是因为终于回到上海太开心多喝了几杯脑溢血去世的。蕾蕾说她是从父母的聊天中得知华华奶奶这件事的，把它当作奇闻记住了。妈妈说人笑也会笑死，爸爸说是血压高。蕾蕾的爸爸是医生。

但是，总之还是笑死的。如果不笑就不会死。如果他们悲伤地分离着，反而能坚强地活着，等待下一次短暂的见面。船长搜索记忆的每个角落，找不到华华这个名字，但并没有询问。即便问了也无法在记忆中安置。在罗马式廊柱间，精心栽种的植物后面川流着出入购物中心的顾客们，和他记忆中的那些脸一样转瞬即逝，只是标识了道路的所在。

蕾蕾提起自己学习不好是因为上课时最喜欢看老师的高跟皮鞋。她从小就喜欢漂亮衣服，特别是有花边的，她一直还记得一件淡紫色的外衣，领子是花边的，胸口也有花边，从前胸到后背都是花边。口袋周边也是花边。纽扣是小花型的。她还提起姐姐莉莉当年为把父母接回上海一直在拼命挣钱，如今是一家贸易公司的老板。

从小就被母亲灌输说要叶落归根，要女儿们实现她的愿望。他们那代人很苦。他们啥都没有，只有听话的女儿。蕾蕾说。

在地铁站和蕾蕾告别之后，船长望着路线图，为自己选定下一个去向。他本想去美国领事馆看看。他依稀记得应该是在衡山路上，问了老同学，又说是在乌鲁木齐和淮海路的交界处。但他完全不记得去过乌鲁木齐路。记得当年签完证后走向外滩的大路应该就是淮海路，因为走到后来非常繁华。站上的人一批批全都上了往来的列车，只留下他独自研究地图，终于明白原来当年的地下旅馆是在衡山路，出门沿着街左侧走，不知不觉就走上了乌鲁木齐路，领事馆在淮海中路路口，侧门排队是在乌鲁木齐路。签完证出来左拐，很快就到淮海中路路口，右拐一直往东就能走到外滩。但他最终并没有去领事馆。那并不是一个和命运相关的地点，因为那时的他并没有可选择的岔道。他在人民广场站下了车，向外滩走去，恍然觉得闯入了一场节日盛会。路人越来越多，周围金碧辉煌，仿佛过了下一个路口便会有夹道的香槟和城堡式蛋糕。奶油蛋糕。童年常常好奇奶油是什么味道，但每个生日在镇上小店买的奶油蛋糕，据母亲说并不是用真奶油做的。当时他断定真奶油只在上海才能吃到。这也是不止一个同学向他灌输的知识。很可能是湉湉，或是岚岚。总之，是一种洋气的豪华食品。而此刻的他终于走在了一个真奶油的城堡式蛋糕里，在令人食欲大开的金黄色灯光中渐渐融化，成为它的一部分。他已经能望见江边。天际那一丛巨厦就像是一簇最新式的蜡烛插在这个蛋糕上，在未来的年月中，还会有更多蜡烛竖起来，庆祝这座城市的寿诞。它被瓜分过，被轰炸过，但从未消沉过。

南京东路尽头是一道上次来时还不存在的两人高的花墙，像一座巨型舞台，一群闪亮的巨人在台上演一出大戏，被脚下无数观众仰望。船长找到一处阶梯挤上舞台，发现巨人们其实远在对岸。

那是一座新生火山岛，刚刚凝结成形的熔岩依然从内部喷吐光焰，压迫着视网膜。上次来时并未感觉电视塔如此接近。他们称这片陆地为陆家嘴，但他依然习惯浦东这个包含地理而不是人文信息的名字。它提醒着他童年以为外滩面对大海的错误。它是外滩和大海之间的一片陆地。但在世界眼中，代表这片陆地的当然是眼前这幅胜景而不是它后方纵深处的塑料大棚和两层民居。那么，浦东是一艘巨轮，电视塔是主桅，满载五光十色的洋货，停泊在船长童年想象的那片海面之上。与它相比，他身后的外滩已经人老珠黄。巨轮甲板上堆积如山的货柜下方有白皮和蕾蕾的家，灯光暗淡的后舱是老猫的加工厂和他衣物杂乱的居所，当然也应该算是家，而楼下的小黑狗想必已经在机床边入眠。童年的他们都不知道自己有一天会在一片叫浦东的土地上安家，那是未来的上海。

湉湉的公司位于上海西南，地铁终点站。路过的摩天轮在午后的阳光中格外鲜艳，让船长恍然想起在京广线路过北京南郊的那座摩天轮。大城市的又一象征，只不过它展现的不是资本和商机，而是居民对娱乐的需要。莘庄俨然是一座新城。船长坐在三座摩天楼间的花园中等待湉湉下楼时，感觉风很大。湉湉说这和大楼设计有关，他说这和他的大学专业有关，但想起的却是童年母亲曾经问他为何山沟里的风会这么大，特别是在春天。但他们并未坐下讨论这一切。她还有事要忙。他被她带领着参观办公室，在各个房间感受年轻人们对她的尊敬，然后被安排在会议室喝茶。

要吃好吃的还是得回城里呀。下班后，湉湉带他回城。从地铁回到地面，船长发现自己像是走过纽约时报广场。日落后，排列成行的巨大显示屏纷纷射出立体的亮色，彻底覆盖了这些街道原有的永久标志——屋檐的线条、窗框的形状、墙体的材质和永久的招牌，导致作为本地人的湉湉也需要低头查看手机确定方位，但高跟鞋和路面的撞击却持久恒定。船长跟随着她，在虹彩中像是一条变色龙。他再次确认，即便远道而来，没有本地户口，也能被大城市慷慨的感染力拥抱。

餐馆满座，二人只好坐到一张大桌的同侧，但童年的孩子们更习惯这么坐着，面对同一个世界而不是面对彼此，所以船长此刻不确定听到的故事是关于大城市生活的，还是关于她的。

当初去招聘会找工作，找了一家做美容产品推销的，职位是美容导师，就是向美容院推销产品，讲解产品及手法，帮助美容院做生意，为美容院做营销计划。在这个过程中真是学习了不少东西，什么纯植啦，精油啦，生物基因啦，还有脸部按摩啦，丰胸啦，减肥啦，卵巢啦，耳烛啦，淋巴排毒啦等等手法，还接触到一些美体内衣等的知识及产品推销。我当时干劲十足到处出差，一面推销公司的产品，一面推销自己的产品，居然还卖出不少货。在美容行业里做了几个月，了解了很多资讯，掌握不少美容知识，才知道美容只是女人的梦想，是一种心理安慰，根本没啥太大用处，保养得当还是在于舒适无压力的生活，心情愉快。而且所有的产品都是玩概念，真正品质如何，那就不得而知了，所以我自己从不上美容院。再后来我就和几个朋友一起开了小店，一方面因为非典的缘故，一方面因为资金不够，没有正确定位，加上自己代理的产品太差，所以注定是失败的结果。研究到后来我才知道自己代理的产品有多差。首先产品配方有问题，因为我和我妈用后对皮肤都产生了伤害，事后我接触到大量产品，才知道大厂的产品包装，策划等方面有多专业。当时市场还是蛮乱的，那时流行的说法是，中国每年毁掉十万张脸。相应的化妆品安全指标都没有出台。不过事实证明，我那时虽然不懂，但对商机还是挺敏感的，因为美容行业那时才起步，如果能坚持下来的话，到现在应该是有不错的成就的。

我学的会计专业，会计证因做生意没有年检作废了。后来重新考了个会计上岗证，决定打工了。然后就在这家公司一直做到现在。事很多，除了本职的，还兼职了一家，另外自己还做些化妆品生意。没时间多弄，只是顺带做做，好玩而已。淘宝上开了个小店，玩着弄，好不容易混到一个钻，可惜现在淘宝要收高额保证金，我就没打算做了。网店商品几乎全给强制下架了，只留了两样在上面。很多老客户跟我拿货不走淘宝的，直接打款给我。

没有从小就想做这方面的事，主要从高中毕业吧，一直很希望从商。上大学对人一生当然有很大影响。对于人的内在修养很有用，如果好好学的话哦。很多人上了大学反而松懈下来，自己毁灭自己。我现在也经常去交大的，完全没有任何感觉。小时候我也没觉得交大好，只知道里面的设施不错，很多玩的。比如独木桥之类的，我现在想想估计是平衡木。有很宽敞干净的草地。交大现在跟我记忆中的完全不一样了，我记得非常大，而且门是开在弄堂里的，弄堂全是石板路，并不宽敞，两边是住户或小商店。而且草地特多，现在好像没有见着，而且小了很多。

我喜欢贵阳。从小生长的地方对人生肯定有不可磨灭的影响。印象中自己就是贵阳人。从来没觉得我是上海人呀，因为我在贵阳土生土长。包括现在人家问我哪的人，我总回答不出来，因为户口在上海，说着上海话，不过又觉得哪里不对呀。贵阳话比上海话说得好多了。

我自己太有想法，而且喜欢自己支配金钱，所以不是可以靠嫁男人过日子的人。分居后孩子跟我，因为我了解对方是什么样的人。生了他就要负责呀。女人对小孩的那种爱是不一样的。毕竟自己怀胎十月，那种感觉很难言语，我是剖腹产，当医生把小孩抱出来，身上还都是血，医生把他洗干净，把他的脸贴在我脸上时，真是很不可思议的感觉，心里所有的柔情都涌出来，爱在瞬间充满了我整个人，从来没有过那种感觉。有了孩子以后，我很想什么事都不做，就只陪着他长大，好好培养他。可惜儿子没这个福分，我也没有这个福分。精力毕竟有限，我现在身体抵抗力很差，两个月内感冒了三次。太忙。都是一堆麻烦事堆积起来的。我是出于赚钱为目的，不然怎么养儿子呢。养家的开销很厉害。别人两个人养家，我一个人呀。我是觉得钱是赚来的，不是省出来的，所以我尽量让他过得不比别的小孩差。不过最近我又发现了新问题，我这样做有点带补偿心理，好像也不好。儿子现在很浪费，所以我又要思考教育问题。我小时过得也很好，没有艰苦过呀。

故事的后半段是在酒吧讲完的。船长确认努力的湉湉已经获得了彻底的自由，因为她始终没有提及户口之类的老话题，不像同样努力的老猫，摆脱了一种集体命运，却依旧困在另一种集体命运之中。蕾蕾和白皮作为外来媳妇，情况介于两者之间，但她俩经历同一种命运之后倾诉的内容也各不相同。从酒吧推门出来时天已黑透，他在那片吞没了建筑本身的变幻光辉中失去了方向感，但为老同学们都能在此拥有各自的生活而感到由衷愉快。当他次日坐在驶向虹桥机场的出租车上时，完全想不起酒吧的位置，只记得木质的楼梯、墙面和桌椅，露台上的老外们大声用外语聊天。他明白它只是通向这座城市灵魂的无数隐秘通道之一，它们在夜色下会齐齐敞开，带领人们前往同一个去处。而此刻，他立刻就能判断自己正在向西行驶，因为有阳光。上海原来也和贵阳一样拥有延安东路、延安中路和延安西路，他在它们上空的高架桥上飞行。路北城堡般的古老建筑头顶一颗红星，被一群玻璃巨人围住，像是一座马戏团的魔幻大帐。应该是展览馆。它暗示着轮下的道路是这座城市的交通要道。它想必曾显赫一时，可能也曾和位于交通要道的贵州省展览馆一样展售年货，在大厅中悬挂过香肠和腊肉？还是青年工人的母亲在过年前从此地匆匆奔向云南，印着外滩风光的旅行袋中会装着什么？谜底已经不在此处。

## 310

船长搬到波士顿前曾来出过两次差。两次都是夜晚到达，出租车驶离机场便扎进隧道，出口是一座壮观的斜拉桥，经过一片不那么辉煌的文明灯火，迅速驶入黑暗，直奔远郊的旅馆。他没有看到作为城市标志的高楼群。好在原路返回时都是下午，他发现城市就在斜拉桥另一端的隧道上方，但视线随即便被几排雪白的拉索切割，被流动着橙色星光的隧道吞没，再见蓝天时已到了机场。直至飞机在跑道上滑行，路过最后一幢机库后，坐在右侧舷窗边的他才有机会匆匆远望城市。它浮在水上，像一个小号的浦东陆家嘴。

所以，当船长终于搬到这座城市时，决定住在查尔斯河对面的剑桥，好好端详它。夜晚在剑桥的河畔看波士顿，景色是童年在挂历上见过的。那时基地已经没了军品任务，正忙着自谋生路，销售科和驻外销售部经常会印制精美的挂历，偶尔也会送给父亲。夜空下的摩天楼群是常见配图，塑造了西方大城市给他的最初印象。生活在遥远南方墨西哥湾畔的几年未能刷新这一记忆。如今倒想起来，被印在挂历上的城市似乎都坐落在水边，因为光的倒影不仅将辉煌翻倍，还将它们悬浮起来，创造了一片现代仙境。那时他完全没有注意到河畔低矮的古老建筑，因为它们灯光暗淡。这也是波士顿和浦东的区别。童年的他常常凑近挂历细看，猜想大楼的功能。应该不是住宅，因为这样的光亮肯定会让他睡不着觉。但办公楼也不该依旧灯火通明，除非职员们都像装配车间一样全体加班，每个人都操作着一台王安个人电脑。那时他曾为基地设想过这样的高楼，因为向天空索取是山区获得平地的最佳方式。将其中一座建在栽有三棵雪松的中心花园，住进全体职工和家属，从此不再有被偷袭的危险；另一座建在新装配大楼前的养鱼塘上，是研发中心，他和同学们坐在落地玻璃窗前，每人一台个人电脑，而楼顶架设着他们研制的大功率激光武器，射界覆盖周边所有山脊，能轻松斩落跨洋袭来的分导式弹头。虽然他后来明白激光武器在常年雨雾的贵州缺乏用武之地，但从不怀疑未来的基地会是一座傲视群山的垂直城市，雨雾的散射只会令它的灯火更加壮观，而低矮的803大楼只是一方古老的暗影，像是被摩天楼包围的古老教堂，提醒人们城市创建时的中心，第一批居民仰望的地方。

当船长在查尔斯河对岸凝望波士顿夜景时，想象着一座放大十倍的基地和展宽十倍的小河。所有建筑不仅发着光指向天空，而且底部也发出同色的光，如探照灯般射进水中，企图构建城市的镜像。流水模糊了这些光束，但撼动不了它们的定力。或者，它们并不是光束，而是城市向水下伸展的楼群，每一位聪明的地产商都联合了聪明的设计师，在地价昂贵的二维空间，让建筑从两个方向升入三维空间。他意识到这一想象很可能是重复自己初中的某篇科幻作文。那时他热衷于想象未来的大城市。对于交通工具的狂热消失很久之后，他发现自己依旧关心人类居住和工作的空间。困在僻远山谷的童年生活留下的后遗症。假如眼前的河不再流淌，水面如镜，那么他看到的将是一座对称的城市。和母亲乘火车时看的《奥秘》画报上不时会有想象图描绘漂浮在太空中的城市，常常是一只巨大的轮子，但也有向两个方向生出高楼大厦的平板。在那个没有重力的世界中，人类自然会充分利用每一块寸土寸金之地，安放自己被迫移居太空的未来。或许这座城市真的是一座漂浮在水中的人工岛？就像凡尔纳的机器岛。它用几座大桥搭上了剑桥这边的陆地，作为登船的舷梯。下城区地下那套复杂的隧道交通系统是一座机器岛的标志设施，船长每周末从其中穿过去城南的中国超市买菜时都会感受到它的庞大。那些隧道的曲线是一条流动着光的自动扶梯，载他上下一座水平放置的巨厦。

尽管麻省理工学院这一侧河畔的街边停车位很难找，但这个观景点入夜后依然游客不绝，船长身边总有人凭栏眺望，似乎是在动物园围观池中浮着的河马或鳄鱼。城市是可以被观看的。只是必须站在它的边界之外，拉开一段距离。站在扶风山上俯瞰贵阳应该不算，因为它已被迅速扩展的城区包围。从首都机场起飞之后俯瞰北京也不算，要飞临密云水库才会有更完整的视野，而那时的城区早已隐入雾霾。眼前这条河不仅拉开了视距，而且是两座城市的界限。北岸剑桥镇的居民向另一个政府交税，被另一批警察和消防队员服务。不过，肯定有人白天在河的一侧工作，夜晚在另一侧入眠，就像当年基地的数千职工。这个想法立刻就将波士顿变成基地，而剑桥则成了居民区。前者确实像一排彻夜灯火通明的巨大厂房，后者有大片沉睡在暗淡街灯和树影中的住宅。

船长工作和生活的地点也在剑桥，但对父母说的是自己搬到了波士顿，和当年住在明湖城却对他们说自己住在休斯敦一样。说剑桥，人们会认为他去了英国。不过它的名字确实是向英国剑桥致意。它最初的名字叫做新镇，和新添寨是一个意思，但居民们很快便换上了更有文化的名字，既然镇内新建了美国的第一所大学。居民都是远道而来的英国移民，他们在建立殖民点时大量复制了故乡的地名。船长所在的郡叫做萨福克，周围远近还有曼彻斯特、易普斯威奇、普利茅斯、格罗塞斯特、新伦敦、新罕布什尔和新约克。整个美国东北角都被称为新英格兰。想必是为了解乡愁，并表达在新大陆重现旧大陆繁荣的决心。

剑桥体现的确实是船长想象中的欧洲小镇气质。高楼和商场稀缺，更没有《从地球到月球》插图中高耸的剑桥天文台——船长如今终于确认那只是一座想象中的建筑，但依然传达了凡尔纳对这座小镇的敬意。在大片古旧的居民区中，狭小的街道构成了一张网，两点之间可以有很多不同走法，这导致他总在探索新的路线。他住在剑桥街和第一街路口附近，公司新开张的分支在麻省理工学院旁边，步行的话，可以选择走第一街至第八街中的任何一街，然后在任何路口右转，再左转，再右转。在这片横平竖直的街区，所有路线的长度都相等。这原本是他打算在北京进行的实验，那座古都拥有棋盘式的胡同，但当年毕竟不住在城里，最终也不是它真正的居民，没有足够的时间和理由去完成。剑桥算是美国的小古城，他如今可以从容利用每天上班的路去探索它。

船长可以凭腰牌乘免费公交从第一街和剑桥街路口直达公司，但他习惯在天气晴好时走路上班。七点刚过，车辆和行人还很少。在小街上行走时，他会想起以前徒步探索城市的心情。贵阳，北京，青岛，上海。步行是最正确的探索方式，因为可以复制老一代居民的视野，认识他们的日常景观，体验它在进行中的变化。房屋的高度，街道的宽度，路口间的距离。它们一百多年来并没有多大变化。这些小街比国内的胡同或是弄堂宽阔些，但没有红绿灯，街边排满民宅却非常宁静，能暗示居民存在的是路边等待环卫工人的一排垃圾箱，信箱中露出一角的信件，台阶上躺着的当天报纸，门上随节日变换的装饰和窗帘后隐现的猫咪。

船长偶尔会在周末驾车探索剑桥深处更古老的区域，确认此地的街道是汽车发明前铺建的。在苏美尔人的表意文字中，Y代表集市，也就是街道交汇的地方。这样的街道遍布波士顿和剑桥，考验着每一位司机。北京那些南北东西走向的街道是遵从天神的轨道，是能够重新规划城市的伟大帝王的成就，而几百年前的这座小镇只是一座新添寨，它的创建者是一群在遥远异乡开始新生活的百姓，他们最早的道路更可能是被河流、桥梁和堡垒所规划的。一些被称为广场的十字路口竖着古风的标牌，简短注明它百多年的历史。与可以容纳万人聚会和阅兵式的天安门前相比，它们确实只是个十字路口。当年路口的建筑想必没有如今这样密集，开着小酒馆，邻居们坐在露天看巡游艺人的表演。上一次置身那样的亲切场景是在杨梅山。虽然四面群山挤压着拓荒者的心灵，几座筒子楼依然护住了一片狭长的空地，也算得上是小小的广场。那时每周只有一个休息日，广场上很热闹，男人们敲碎块煤或是制作煤球，女人们包围公共水池和洗衣台。远道而来的小贩和手艺人用各种奇怪的口音吆喝着。每个家庭都有门窗朝向广场，在屋里便能听见弹棉花弓子无休止的哼唱，偶尔穿插以儿童尖叫为预警的爆米花的巨响。夫妻吵架和打骂孩子都不是秘密。在其他六天里，除了午休的一小时，广场从上午八点大人上班后到下午四点孩子放学之间是沉寂的。在潮湿山区罕有的晴天里，各家各户都会早早把被褥抱出来晾晒，为此，广场上戳着不少一人多高的角铁和水管，有的被添加了粗笨的水泥座子，有的直接栽进土地。它们之间拉着横七竖八的钢丝。在那样一个晴天的下午，船长放学后走下山坡，立刻陷入一片由绵延交错的被子构成的巨大迷宫。它是孩子们捉迷藏的最佳场所。穿行在那么多吸音的大墙中，偶尔听到其他孩子没能忍住的欢笑，都显得非常遥远。从被子的大墙间仰望，蓝天是长方形、梯形和三角形的。剑桥的这些小广场便是如此寂静。

不过，船长的路线总会离开住宅区，走进肯德尔广场和麻省理工学院的建筑群，从古代走进未来。这是剑桥最现代的街区，每寸土地都孕育着高科技。他会想起少年时对工程殿堂的向往，虽然那时更熟悉的名字是加州理工学院。这么多年的科技发展对自己的世界观并没有影响。人类依然是渺小的，走几里路要花半个小时，乘车也快不了多少，因为很可能堵车。更快的依然是自行车或旱冰。但是，拥有家用垂直起落飞机，一分钟从家飞到办公室到底有多大的意义？那样的话，他永远不会看到古老广场的标牌和窗帘后隐现的猫咪。在剑桥，肯德尔广场算是很大的广场，依然无法进行大规模集会，也没有纪念碑和雕像，但地铁口附近的酒店外确实有一片绿地，附近的商家摆出几套露天桌椅，晴朗的午后总有很多人来此午餐，看报，玩手机，晒太阳。天气差时，地铁口边也总还有那个乞讨的和那个抱着吉他卖报纸的，无人注意他们，但也无人驱赶他们。他们仿佛是站在自己的教堂中。船长每天从车上都能望见他们。他下班时往往会乘车从大路回家，因为他知道此时走路要穿过密集的车流，街上的人也太多。但公交要在肯德尔广场绕行，常常会被从河对岸波士顿蔓延过来的拥堵连累。这时，整个剑桥东区的大路都会水泄不通，当失去耐心的司机回头大声建议家住剑桥的乘客下车走路更快，要换乘地铁的也可以就近下地铁，船长便会下车步行。他发现寂静的小街上也会川流着车辆，甚至也排起长龙，因为总会有大批被堵得绝望的司机想要寻找出路，就像在胡同里抄近路的北京出租司机。而此时两侧的民居依然沉默，没有散步的老人、择菜的主妇和游荡着不愿回家的小学生。西沉的阳光把一排建筑的影子投到另一排建筑身上，顺序正好与清晨相反。这是它们每日交流的方式。窗帘已经晒得褪色，刚睡醒的猫咪打着呵欠观望窗外缓慢推进的车队。

虽然房价昂贵，船长依然租了一套二居室。它位于剑桥东北角，一座工厂改建的公寓四层。与那些低矮的老房子相比，他喜欢它视野开阔的北窗，能眺望横亘在北方的高速公路和公路后方隐现的邦克山战役纪念碑，令他再次感到对望远镜的需求。脸贴到窗玻璃上向右侧望去，当初波士顿给他留下最初印象的邦克山斜拉桥进入了视野。南窗外隔着街便是绿线地铁终点。二居室意味着他有把母亲接来住住的心愿，虽然他不确定她是否能够恢复到可以旅行，去成都领事馆签证。她从来没有去过四川。除了上坟和看望亲人，她恐怕没有兴趣去世界其他地方。但她应该会想来看儿子，在每个清晨提醒他吃早点。他每次在机场看到腿脚不利索的老人被轮椅推送到登机口，都在想这个问题。但即便她不能来，他也觉得离她更近了。他已经抵达离欧洲更近的美国东北海岸。六小时能到达冰岛。六个半小时能到达英国，和到加州的距离差不多。被两岸人民称为池塘的大西洋比太平洋窄得多，一旦登上对岸的欧亚大陆，即便没有任何交通工具，只要朝着日升之处走去，总能走到任务控制中心的门前。

和赵名行联系上是在四川地震之后。船长看到新闻，意识到震中离他家的小镇很近。大山与平原的交界处，拥有遮蔽半天的绝壁，如今回想，很像是断层所在。所以那些两层楼高的巨石确实可能是古代地震时坠落的。这次是否会坠落更多巨石，滚得更远，一路摧毁赵名行的中学和每天烹制烧白的招待所？也许，他早已离开他的基地去深圳打工了。

那座基地毕竟是行业内的大单位，除了赵名行，还有其他几位老同学。托留校的老同学与山里的他们联系，偶尔能收到的简短消息是震区通讯不便，而五十岁以下的男同志都去救灾了。房子都有裂缝，余震不断，不敢住在家中，女人和孩子住帐篷，男同志就在遮雨棚子下面过夜。据说基地里好多房子都倒塌了。

几周后，赵名行终于上线来找船长了。他全家安然无恙，虽然父母家的墙上也有了裂缝。他说他其实当年分配就已经被安置到城里总部了，没过多久，基地中学搬到总部，父母作为老师和校医也跟着进城，他就不用在假期隔三岔五回去了。

我回去也只能住招待所了。后来去那边，主要就是带人去参观，开会，开同学会，爬鹰嘴崖，还有去北川要路过那里。曾经还想带小孩去那条河，像我当年一样抓小鱼，但干涸得已经不成个样子了。上游还被那些毒鱼的下了剧毒，下过了，现在鱼子鱼孙都看不到。

如今这些三线的生活区，基本上都慢慢往城市里面搬了。比如我们现在的生活区早就搬到绵阳了，山里晚上、周末都没有什么人。。。

单位人员除了像我这种性质之外，还有早期招入的一些职工（建设初期招入，以及后来的一些家属、子女等），这种职工，是不存在“转业”一说的；只有军属才可以。转业之后，是可以回到故乡的，家庭一般会选择夫妇二人中家乡相对较发达的城市（无论是所谓的“双军属”或者是“单军属”家庭）。所以，我从小学开始，班上就不断地有同学从身边消失。每年一个两个总是有的。消失一个，就意味着有一个家庭转业回大城市了。

我确实是一个对前途没有什么想法的人，上学的时候，既没有想过回四川，也没有考虑过留北京，既没有想过考研，也没有想过当个北漂。。。总之，发育比较晚，醒事比较晚。呵呵。

地质构造是我很感兴趣的问题，但确实需要有人引路，不然光是看一堆图册，基本上解决不了什么问题。刚好昨天开车去山里山外转了一圈。因为地震之后，不知道是不是经费比较充足的原因，把以前好些山区里面的小路扩建成了大道（那些小路都是我们以前自行车俱乐部自虐拉体能的选择），四通八达，多了好些新路，我想去熟悉一下。

拍了些照片，估计你会感兴趣。这些路基本上都是沿着以前山民出山的小路，顺着几条褶皱修筑的。鹰嘴崖一线，正是从城里方向过来的第一道比较大的隆起，隆起过后的山沟，就是单位，再一条几乎平行的隆起，再一条山沟，再一道平行的更高的隆起，再一条更高的山沟，海拔就慢慢高起来。现在这几条山沟里面都有很好的道路，山沟和山沟之间，又有一些相互连通的山路（盘上去又盘下来那种）。我昨天就是在这些山沟里面瞎转。

瞎转的收获是，鹰嘴崖的岩石是火成岩（花岗岩），和石林的那些石头一样的结构，在鹰嘴崖周边，甚至就有一个地质公园，样子就是个缩微版的石林。而旁边的第二条山沟里面（和鹰嘴崖隔一个隆起），就变成了石灰岩，出产“黄色大理石”，整条山沟里面都是矿场，挖得稀巴烂，把一个很漂亮的小峡谷搞得不成样子。

所以，单位选择在目前你知道的这个位置，显然是经过物探的。看上这花岗岩了。要是再往里面山沟里去，就是易朽的石灰岩了。地质方面，我大概自学了这些，还不一定对。但何者结实何者不结实，区别还是很明显。

修佛的事听说好多年了，据说停工也有我们单位干预的原因。向导也告诉我们要修大佛的事，他还提到最顶部还要修一座高塔。而我的判断是，在一个佛形的山丘群中修一座高塔。

大佛计划面对的方向我不是很清楚，但我感觉应该是面向南方的，因为当时有个印象是，站在几个比较大的石砌基础上，我是面对着南方的。

那个向导实际上是在那里守工地的。。。很奇怪，因为那工地完全不值得老板每月付他五百元，而且一守就是好几年。头几张照片里面的石块，是为了修佛或塔而建的道路堡坎，从那块平地起始，一直通到打了佛或塔的地基的那个山包下。。。停工前路刚刚修好了堡坎，看上去像石墙。在谷歌地球上那张放错位置的图片旁，能看到这条未完成的道路。离悬崖很近。

那张向新北川方向眺望的图片不清楚，实际上，如果把我拍摄位置的圆丘当作头部的话，周围山丘，有双肩，两膝，甚至，老二。一个仰卧的大佛。很形象。这样的话，这自然形成的佛，是面向南边新北川，背朝老北川的。

靠近崖顶的那些黑色条带，是农民种的梯田，嘿嘿。那些梯田都很窄。。。其实当时那些农田已经抛荒了，因为“封山育林”。。。现在的谷歌地球上看不到那些黑色条带了，代替它们的是黄色的裸土，因为有老板承包了山顶很大一片，搞什么“万亩核桃园”。早几年的封山育林成果，已经有被毁的倾向。哦，你问的是石头上那些黑条纹？不是人工的，自然的色块，只是在灰白色岩壁上很明显。鹰嘴崖上总有大石崩坠。那里颜色浅，相信崩裂时间不是非常长。。。但几十年可能还是有的。

封山育林了，又不常有人走，即使是一些曾经的道路上也草树乱长，柴刀是必须的。如果从崖顶西侧登顶，就需要穿过大片的杂草灌木，需要柴刀或者别的东西，尤其是入夏之后草木疯长。不过由于准备不充分，我们选择了从南面登顶，没有什么难度，散步一样就可以上去。

赵名行说他带着设备，可以记录上山的道路，还能确定他关注的那几个顶点到底在地图上是什么位置。船长不知道那是个什么设备。想必是某种国内自驾旅游和户外运动兴起后应运而生的产物。他说那个设备搜星很慢，所以应该是某种类似全球定位系统的东西。船长新买的手机上已经有了这种系统，虽然没有群山可供探险，在剑桥和波士顿开车时用处很大，因为到处都是他不认识的三岔或五岔路口，高速和隧道的隐蔽入口。但他步行时却从未用过。因为步行时可以从容观察每个街牌，可以走单行道，可以随时调头，更因为无论如何随意左拐和右拐，只要方向正确，便一定能走到。不过，他还是羡慕正在使用高科技精确地为童年世界绘制地图的赵名行。自己在童年时是这方面的先驱，虽然那时只能依靠阳光和黑山判断方向。而今，赵名行人生中重要的一切依然在一个小时车程之内，而自己的却被大洋分割。好在人类的通讯科技也发生了飞跃，使他们能够随时对话。换新手机主要目的是和母亲视频通话。他为此已经买了一台平板电脑，准备下次回国带给她。上次给父亲带去的电脑有摄像头，但父亲永远都在用它工作，而且母亲不会使用键盘和鼠标。座舱通讯官确实不需要那些工具，只负责语音交流，但既然曾经只用于宇航的S波段如今已经延伸到了家庭网络，她只需要轻按屏幕上的某个按钮，就能看到他。这是小人书中描绘过的未来，虽然那时他还不知道远方是何方。他的图像是否会像月面上的宇航员那样模糊跳跃?

## 311

每年回国一次是船长的计划。他像每个在外打工的青壮年中国人一样，每年回家一次，只不过他所在的外地稍远些，而且并不一定能赶上春节。母亲想必也是这样的感觉，通话时杂音多些而已。更何况如今从地球另一面回家所需的时间比当年从北京回家缩短了一半。从那时起，他的状态就只是在家和不在家。更早时，儿子们先后进城念高中，母亲还会在阳台上张望，去基地大门口张望，在最后一辆基地班车放下最后一批学生后走到新添寨街口去张望，但儿子们变成每年只回家两次之后，她便不再张望，只是定期去邮局给他们汇款和寄出包裹。这一切活动已经停止多年。除了时常想去上坟，她说她已经没有什么未了的心愿。

父亲被哥俩劝说退休之后，母亲和他终于离开多雨阴湿的山区，搬到永远晴朗的春城。母亲的健康状况依旧没有多大改善，但显然比以前舒心了许多。大儿子已成家立业，开车十分钟就到，小儿子也有了稳定工作，终于能每年回家一次，更重要的原因当然是离故乡近了。窗外西南天边明亮的流云，此刻想必正漂浮在那座滇池小镇的上方。那些导致风湿关节炎的潮湿记忆似乎都在阳光中蒸发了。船长在床边端着给母亲带回的平板电脑，向午睡醒来的她展示自己上次在上海拍摄的照片，仿佛就像是展示他从月球采回的岩石标本。她认真地听他的讲解，但并没有太多感慨。即便身体健康，她也不会为了看集体宿舍、杨浦公园或是外滩而去上海。她说从前的云南籍同学大都回到了云南。上海只是她人生中路过的一站，就像船长路过北京一样。他好奇她刚离开学校时的自由生活，从偏远的西南小镇进入东方之都的感触。她说外出都是和同事们一起，从未独自去过杨浦公园和外滩。她说当时很想家，毕竟是人生第一次远离父母，有了假，都忙着回家看父母。所以，杨浦公园对面的宿舍楼盛满的是对另一个遥远地方的思念。就像船长回忆北京的宿舍，想起的是生活委员放到床上的家信和包裹单，被同学们偷吃的油辣椒，还有母亲进城买布亲手缝制了被套的毛毯。自然，母亲随即就会提起那时从上海到云南的铁路还没有修通，回家时除了要绕行广西进贵州，到了安顺还要下火车，乘坐长途公共汽车进云南，到沾益再改乘火车去昆明。汽车经过黄果树瀑布，那时看瀑布不要门票，但也没有游客。船长童年便听她说过这段旅程，如今虽已习惯跨洋旅行，但依然神往。

船长一回家，母亲便给四姨妈打去电话。在此之前，她已向四姨妈预告过他的归期。四姨妈自然会热情邀请他们全家。他们要上班的让他们吃了饭就回去，你们娘儿两个多在几日。她在电话里吆喝道。要上班的是哥哥嫂子还有名义上退休但每天依然对着电脑工作的父亲。但母亲说她身体还是不好，去不了。她总希望能把身体养好些，亲自去上坟。所以，最终还是船长作为母亲的代表回到故乡。作为自认最能代表她的人，船长曾问过母亲是否要代她去上坟，但母亲说上坟这件事怎么可以代呢。不过，她当然会建议他去看看四姨妈，所以他还是乘坐哥哥的车在周末出发了。哥哥嫂子不时会去看四姨妈，吃顿饭。哥哥还是像以前那么喜欢吃，一年中要去四姨妈家几次，带着她给的各种自制土产回来给母亲。母亲会尝一口，然后都留着船长回来吃。

出发时船长还是很激动的。这是他大学毕业后首次回那座小镇。他最后一次到云南是大学三年级，那时母亲住在四姨妈家，身体不好，他在暑假乘坐 61 次特快颠簸六十个小时直奔云南照顾她，然后护送她回家。云南给他的最后记忆因此有些抑郁，和当时正给他太多幻觉的北京完全不同。如今，北京只是一座偶尔转机路过的城市，云南则重新扑面而来，占据他在东方的全部生活。

滇池已经有了环湖高速。从父母住的昆明城西北到滇池西南的昆阳镇，自然还是走西岸快。这一侧的公路擦过西山绝壁，头顶是著名的龙门，路面上空悬着防备落石的巨网。母亲从未带他去过龙门。昆明的一切都只是路过而已。他们当年在昆明火车站转乘驶向中谊村的火车，铁路从西山背面穿过，所以他不记得从火车上能望见滇池。如今，环湖高速的一些路段直接在湖岸的高架桥上通过，他不止一次想让哥哥找个地方停下看看。作为滇池出水口的海口如今是高速公路的一个出口。因为是母亲上学的地方，所以这座依山面水的小镇有一种特殊的亲切，但兄弟俩驶向出口是为了去看望大姨妈，放下船长给她带回的保健药物。她和大女儿——也就是哥俩的另一位大表姐——依然住在他童年不止一次去过的红山村。大片的单元房和基地很相似。据说她们所属的三百号信箱也和基地一样经历了破产重组。这个时代是否还需要熊猫牌望远镜？人们更习惯使用手机和数码变焦。但既然大表姐也已退休，他就没有细问。单元房的结构似乎被修改过，厨房和客厅连为了一体，摆着各种瓶瓶罐罐，但并不杂乱，显然是女主人们觉得舒服的风格。大姨妈中风之后稍有恢复，每日大部分时间都坐在屋子正中，望着充满家庭气息的瓶瓶罐罐度过高龄的岁月。外甥女的漂亮小屋如今已经和其他房间一样被岁月潮水冲上岸的杂物淹没，看不出区别了。上次来的时候，她还在院子里养着小白兔，兔子们早已不在人世，但它们的孙辈应该还在这片地区生活着，而外甥女已经北漂，和他一样每年回来一次。

重新驶上高速横跨作为滇池出水口的小湾时，船长左右张望，希望能认出当年被哥哥拽下水的那片沙滩，但公路迅速穿过几条隧道，与水拉开了距离。翻过最后一个山脊，他一眼就望见了公路前方左侧的月山。他从来没有从这个角度远望过月山，但当年最后一次去时山上郑和公园已经新建的阁楼、雕塑和石阶是一眼便能认出来的。公路前方右侧的一排排密集的高层公寓看起来比它们还高。要是在童年乘坐表哥的卡车回家至此，他会以为自己到了香港，因为这种画面只在那些时装连续剧中见过。

和借绕城高速崛起的新添寨一样，昆阳镇也被环湖高速改变着命运。不同之处在于镇外有大片平地，无须炸掉小山修建高层或是在有塌方危险的山脊上栽种别墅。曾经一望无际的稻田如今变成一条条横平竖直的街道，就像波士顿的后湾区。后湾区填水而成，所以规划得整齐，而眼前这排街道所在的平地，应该也是数十年前围湖造田的成就。直到抵达一个五岔路口，船长才认出这是四姨妈家门前坡下的路口。哥俩在路边下车，哥哥等着小跑过来的收费员，船长环顾四周，感到有些晕眩。波士顿的五岔路口标志着比后湾古老得多的城区，而昆阳镇的五岔路口则暗示着一座古城城门的位置。指向东北的小街是母亲出生之处。与小街并行的大街尽头曾经开设着婆婆领他去吃肉包子的公共食堂。指向东南的南门大街尽头是稻田，走过田埂，是他站在滇池岸边看表姐们游泳的湖堤。指向正南的公路是当年大批军车庄严列队驶向前线的地方。沿月山山脚通向西北方的小路尽头是为居民放映露天电影的小军区，他曾在一次次昏睡不醒之后被母亲或大表姐背回来。往正北的山坡上走几步，便是四姨妈家，当年他常被大人派来小街街口扶颤巍巍的公公上坡到四姨妈家堂屋晒太阳。此刻，他就站在这座县城的南门下，站在这些记忆交汇之处，感觉刚刚走下光子飞船的阶梯，回到了宇宙中心。门拱在母亲童年时便已和城墙一起被拆除，但南门作为地名依然被使用着，暗示着一座变得透明的大门。记忆中那条与南门大街平行的、二表哥曾在雨后带他捉过鱼的小河应该是护城河，但如今也被大片混凝土覆盖。是被彻底填平了，还是和紫禁城护城河的某些河段一样变成了暗河？

推开四姨妈家永远贴着门神和对联的铁门，首先迎来的依然是漫步的鸡和警觉的狗。老房子在第二道门内，堂屋里已经传来她永远不变的洪亮嗓音。当那扇古老的木门被推动，轮轴的咯吱声和门背后的铜铃声瞬间带他回到童年。在那时，他每次都是小跑着上坡，第一个推开这扇门。那时他是一个羞涩的小孩，去亲戚家总是跟在母亲身后，只有这扇门在他眼中等于自家的门。学龄前的他曾独自乘坐火车从山沟沟中远道而来，在没有母亲陪伴的情况下在此住过一年，虽然她说他因为没有妈陪着而把嗓子都哭哑了，但他自己却没有任何不快的记忆。

堂屋里没有人。矮桌上已经摆了几个菜。他扭头看开放的厨房。四姨妈坐在灶边的草墩上照看，大表姐正在巨大的铁锅前翻炒。和他童年在外玩耍结束后推门看到的景象一模一样。

你妈还是不好？就你家哥俩下来了？四姨妈边往灶膛里添柴边仰头问，仿佛船长上一次来不是十多年前，而是上周。而假如是在更遥远的童年，她会站起身，低头指着自己的鼻子问他：可还记得我是哪个？可会喊人？

有时差吗？困不困？大表姐用普通话问。他上一次从北京归来时已经改说普通话了，没有人表示不快，他们都认为他是这里的人。不过，当时大表姐和他对话时就已经开始夹杂普通话，并非担心他不再听得懂方言，而更像是调侃。

吃饭的时候，船长说普通话，哥哥说云南话，大表姐混用两种语言。他能够体会父亲当年偶尔和全家一起来探亲时经历同样情形的孤独。但从小就出入这幢典型的两层云南民居的他没有一丝不自在。堂屋墙上贴满大家庭照片的镜框里依然包括了他在不同年代的模样。当年二表哥用作婚房而装修得崭新的西屋已经显得陈旧，组合柜上依然贴着他当年从北京给还是幼童的小辈们寄来的波音飞机贴纸。在更久远的记忆中，它曾因为堆满干草而成为他最喜欢躲藏直到被喊吃饭的房间，在那之后变作大表姐和二表姐的女生宿舍，他喜欢滥喷她们的花露水，偷看她们的日记。而当年是大表哥和二表哥男生宿舍的东屋里依然贴着那张比他年纪还大的波斯猫年历，这间曾经摆着收录机和一抽屉被大人们定义为黄色音乐的磁带的屋子在他上一次到来的年代就已被四姨妈的坛坛罐罐占据，他在异乡和异国的日子里不时会想念其中的味道，这一点四姨妈很了解，所以拉亮悬在屋子正中的那盏昏黄灯泡，挑出两碟小菜放在他的碗边。小楼上继续堆放着多年未用的汽车配件，墙上那张毛主席到机场迎接周总理的照片虽然比楼下的波斯猫年历更老，但飞机身上的红五星依旧醒目。没有灯的大楼东屋照旧挂着猪腿、香肠和牛干巴，他童年晚上经过它们的暗影时总有些胆怯。西屋曾是户主夫妇的卧室，在四姨妈搬到楼下西屋之后，摆放着四姨爹的牌位，中屋是他童年和母亲住过的空间，在房前没有耸立起各种现代建筑之前，在窗口可以直接眺望远方被成排桉树分隔的田野、出镇的大路和路上漫长的军车队伍，而他童年想钻进去躲避战乱的大衣柜就在身边。那时他确实太小，晚上甚至不敢独自拿手电筒去屋后茅房，使用痰盂又漫不经心，导致尿液洇湿了木楼板的缝隙，众人第二天在堂屋吃饭时取笑他，而他们仰望的那个位置曾经也是燕子做窝之处。在养大两代人，送走父母和丈夫之后，四姨妈独自生活在这幢木楼中，但这天午饭依旧很热闹。二表姐和大表哥也来了，他们说二表哥最近做了痔疮手术在家养着来不了。家族的第三代都来了，个个都是新潮的运动装扮，让船长猜想镇里建起了很多球场和田径场。他们不时摆弄手机，让他明白曾经拥有城墙的小镇已经拥有了自己的社交网络。不过他们还是愉快地向在桌下期待着的猫狗丢出骨头，并熟练地帮忙收碗擦桌。

饭后，哥哥就开车去西双版纳办事了。对他来说，留下来吃这顿饭并不是礼仪，是真的喜欢。船长放弃了去西双版纳转转的机会。假如是在童年，他肯定也会迟疑，因为假如晚上不能回到母亲身边，她一定会焦虑。所以虽然多次出入云南，他的活动范围只在滇池附近。神秘的雪山和红色大湖也不会很远。他从未去过那些著名的旅游城市和景点，那些名字只在本省电视台的天气预报中滚动着。他注定不会是游客。下午，应船长的要求，大表哥带他去看公公婆婆家，也就是母亲的故居。他在古老的小街上走走停停，四处拍照。人们看他的眼神仿佛是打量一个罕见的外国游客，虽然他长着中国脸。他无法告诉他们，他的母亲就在这条街上出生长大，而他在童年也曾一次次走过，陪大人来有着光溜溜青石井沿的水井挑水并把脑袋凑到井口想看看它有多深但望见的只是自己小脸的倒影，晚饭前跑腿到滑动木窗板上还漆着毛主席语录的小店里买菠萝汽酒或是杨林肥酒。语录依然依稀可辨，但这些依旧没有被玻璃和铝合金取代的木头门面大多已经倾斜，战战兢兢等待着岁月压上的最后一根稻草。土坯墙上悬挂的电表箱和青瓦檐下伸出的卫星电视天线暗示着户主的安逸和游客的多虑，而整条街不会像两排多米诺骨牌那样倒下，要归功于那些用砖和水泥加固了的住家。它们中的一些已经安装了灯箱和卷帘门，鼓励着小街的继续昌盛。大表哥虽已中年，依然身体魁梧，声音爽朗，一路与开店的熟人互相问候，向卖菜的小贩打趣，为船长指点县衙遗址，介绍他上次来时还不存在的清真寺和福音堂。

公公婆婆家的门，船长在记忆深处是留着的。他们还健在时，母亲曾经搀扶他们从四姨妈家下来，一直送到门口。这扇门里还住着别家，所以船长不记得母亲进去过。但猜想自己还是婴儿时肯定被母亲背着进去过。门内的走道非常阴暗。老人们住的那间屋子，也就是母亲出生的地方，在二楼，木梯比四姨妈家的窄一半。攀爬时，船长想起母亲背他攀爬通向托儿所的冰冷石阶时的画面。但这是进家的路。屋子不小，两个狭小的窗洞几乎已被杂物堵住，部分屋瓦已经残破，漏进的天光依稀照亮了屋内的凌乱。

残留的几件家具是镶嵌古老铜扣的木箱，曾经的红漆早已褪去了颜色。铝锅，陶罐，塑料盆，竹编鸡笼，各种用途不明的塑料布、竹竿和木板，虽然都像是出土文物，但来自不同时代，挑战着考古学家的判断。船长在黑暗中小心迈出每一步，相机的快门声和楼板的裂响交替在这方沉寂已久的空间中。大表哥提醒他，楼板已经朽了，要小心。他想起上一次踩踏古老的楼板是在应县木塔。塔的质量显然更好，毕竟希望千年屹立，昭示不朽的信仰，而这只是普通民居，能护佑两三代人的生活便足矣。但他随即从最宽也最暗淡的一面墙上认出了属于这个家庭的信仰：天地国亲师位，红纸金字沾满尘土但却未曾褪色，私塾先生的字迹和塔上悬挂的皇帝御笔并无多大差异。

因为不清楚船长要去的梅树村前寒武系－寒武系界线层型剖面在哪里，大表姐找来了街坊，昆阳磷矿供电员王云光。他驾着一辆像是从二十年前驶来的小轿车，底盘很低，更没有四轮驱动，但竟然载着船长和大表姐母女俩沿只有大型工程机械爬行的泥泞坡面径直登上开采区，直到再也无法前行，才找了一块可以下脚之处停住。远处是几辆美国制造的黄色矿车，从供司机攀爬的阶梯能判断它们体型庞大，但在雄伟的采掘面脚下像是玩具。坡面上的大片黑色令他想起基拉维厄火山在海边山坡上形成的熔岩带。他们是刚走下飞船的宇航员，环顾异星的景象。朦胧的天空中飘着细雨，像是通古斯大爆炸未散尽的烟雾。

因为断裂带在山后，船长决定独自爬山。大表姐知道拦不住，给了他一把阳伞。当飞船和宇航员们缩成几个小点之后，他爬到了采掘面和植被的边界。残留的挖掘机爪痕像是远古怪兽离去前的最后一击。山脊上排列的树木在风中低语，为能幸存下来而彼此道贺。船长收起阳伞钻进林中。和童年爬过的那些山相比，此处显然是更繁茂的亚热带，他像是在齐胸深的水中行走，不知名的各种植物拂过额头和颧骨，荆棘在衣裤上划出声响，拉扯着阳伞的蕾丝花边。他感到双手和头发不时挂破了蛛网，但没有时间也不敢去看，只能想象身后已经有几只沉睡千年的巨大昆虫围追而来。草丛中会有蛇吗？他没有料到这会是一次探险。母亲此刻应该已经结束了午睡，而他的手机没有信号。假如没有重型机械在远处的低沉轰鸣，他会真的以为自己回到了寒武纪。植物繁茂的应该是侏罗纪。寒武纪要早得多。那时是否有植物？是否有陆地？船长分开植被，深一脚浅一脚地摸索，发现着自己对地球履历的无知。他只知道云贵高原曾被海洋淹没因此担心家乡是否会再被淹没。他只知道恐龙的灭绝并曾认为那是因为上一次人类冷战中互掷了所有的氢弹。他对梅树村地质断裂带的了解只是这两年的事。他开始希望了解这片土地的历史和地理。冷战彻底结束之后，他终于希望了解生命大爆发而不是大灭绝。这些扑面而来的植物便是生命的礼赞，虽然更古老的生命存在于石头中。渐渐地，他要绕行很多深不见底的草丛，探出双腿咬牙滑下一人多高的崖面。当他发现自己开始沿着一道一人多高的破碎石壁行走时，意识到自己很可能就在断裂带身边。他拨开草丛寻觅，虽然看不见任何化为石头的动植物，但找到了一些岩石取样的圆孔，一些镌刻在显要位置并且填了油漆的字母。B。E1V5。假如还在童年，他一定会为这些惊天大发现欣喜若狂，就像发现了隐秘的铁道一样，急切期盼第二天向同学们宣布并邀请他们前来瞻仰。一片已被遗忘或者从来不曾有人踏足的荒山野岭，依然是宏大历史的一部分，甚至是历史的重要坐标所在，就像帝国皇宫的废墟或是著名决战的遗迹。随即，草丛中出现了一座方尖碑，证明了这个坐标的存在。碑上用中英文刻着寒武纪、前寒武纪和震旦纪的字样，令他突然感到脚下大地的坚实，仿佛它是用一万本巨大的辞书砌就。这次历险是否也可以说给母亲听？她可能会责怪他这么大的人了还去山上疯。她鼓励的上山只能是上坟。

雨不知何时已经停了。船长下山时才注意到采掘区边长着大片白色和粉色的野花，形似一大群蝴蝶在微凉的风中振翅。王云光说这是为了保护环境而人工撒种的。带着女儿在花丛中摘花的大表姐说这叫格桑花。女儿看起来像是当年的她。船长的皮鞋已经破相，裤脚湿透，裤身下半段染了草绿，上半段沾满各种花粉，衣袖上挂着带刺的种子。大表姐帮他把种子都摘掉。这时他才像观察这片土地一样观察起大表姐来。和所有高原居民一样，她的肤色比十八岁时深了许多。那时夏天午后出门，她常会戴上白色遮阳帽。家中的帽子有两种，另一种是普通的草帽，属于四姨妈。假如今天是晴天，她会戴上草帽，而把白色遮阳帽给女儿。

船长在四姨妈家楼上住了一夜。晚饭时，他作为辈分晋级的成年男子被劝了不少白酒。在家族全盛期，假如有亲友拜访，吃饭常常需要坐两桌，男子一桌，妇孺一桌。他喜欢和妇孺一桌，因为不需要看男长辈们严肃的脸和走形式的敬酒，还可以和表姐们一起喝菠萝汽酒。那是一种添加了微量酒精的汽水，像是啤酒的替代物，但菠萝无疑代表了这个阳光下的世界，而翻滚的气泡给他已经充满想象的假日生活增添了更多乐趣。长大些后，表哥们会吆喝着要他尝尝白酒，母亲会竭力制止，而四姨妈则会说喝一点没关系的。他当然不会去消耗和母亲一起辛苦背来的贵州名酒，但会尝一杯四姨妈泡的酸木瓜酒，它也代表了这个阳光下的世界，并祝贺他即将成年。

当晚他并没有喝醉。在楼上昏黄的白炽灯泡下，他翻阅了从南门街边旧书摊搜来的镇志，用古老的砖和柱重建他想象中的小城，复原重要的场景。至元八年，设巨桥万户府，驻堡孜。至正十六年，昆阳雪深七尺，人畜死亡较多。洪武四年，郑和出生于昆阳宝山乡和代村。永乐元年，昆阳建儒学。正德四年，昆阳州同知开始筑土墙，围城一半，长约三百五十丈。正德七年，滇池水上涨，泛至州治，民房荡析百余家，男妇溺死者约五六十人，撑舟入市，前所未闻。万历十年，知州在月山以桩培土筑城墙高八尺，四周分无门，并挖护城河。天启三年，贡生捐资始建玉皇阁，清咸丰年间兵燹被毁。崇祯六年，巡按，守道合议，将县城迁址大新筑新城，次年开工；八年，武略战乱中，船只被掠，州人千余被杀，六月，毁州城，附近村屯房屋片瓦无存，剁手劓鼻，非常惨痛，饥饿病死者八九十人。乾隆十九年，地震，损坏城池卫署，坛庙。咸丰六年秋，昆阳被回民起义军占领。宣统二年，昆阳在由义街建立女子初级小学校。民国十七年，乡绅李钟华等十八人在月山顶重建玉皇阁。民国二十六年三月二十二日，福海号轮船在滇池内沉没，除谢云和陈林二人得救外，其余一百零五人全部丧生；三十二年十一月三日，日机轰炸海口五十三兵工厂，在昆阳上空进行战斗，被我机击落日机一架，坠于宝山乡中和铺村后长坡，机身残体运至文庙供人参观。一九五二年，昆阳县城墙被拆除。

第二天，大表哥轻车熟路带船长和大表姐母女沿着滇池边新修的路驶向他想看的石寨山。此前的多年中，船长从未听他们谈论过故乡的历史遗迹。得知这处汉代墓葬的存在，是这片土地随母亲归来而重回视野之后的研究成果。在路上，大表哥让船长看一处叫石将军的山。他熟悉这个地名，因为曾经乘表哥兄弟俩的卡车去过多次，但这是第一次远望它并且得知它的名字来自山形。大表姐说她小时候听说是在某个朝代有将军带着一些兵走到那儿，就石化了。这是他们第一次对他讲述家乡的古老传说。大表哥远远便在公路上指点石寨山的山头。其实只是一块向一侧倾斜的台地，山上排着栅栏，非常与众不同。但驾车接近它还是费了些周折，山脚小村子里显然不是为机动车设计的道路狭窄曲折，先后问了三个村民才终于来到墓前。虽然修了大门，围了显然是永久的铁栅栏，但没有门牌和其他任何标识表明这是一处全国重点文物保护单位。船长决定翻墙。离上次翻西安城墙上的铁栅栏已经好多年，但此处没有摔下城墙的危险，身旁还有三位亲人望风。不过，在大表哥放开嗓门连喊几声之后，门内竟然有人边应着边悠悠走来，打开了巨大的铁挂锁。

一人多高的栅栏内侧铺了一条工整的木质走道，暗示着这片土地的不同寻常。但出土滇王金印和无数文物的墓穴们被夹杂着灌木的荒草覆盖，没有任何裸露的土石。它们也许和昆阳磷矿的那些野花一样，是特意撒种生长的，用于遮蔽人类挖掘的痕迹。在这片高原大湖之滨的温和气候中，什么都会长得飞快。结着粉色果实的仙人掌比四姨妈家房后的那一株还要高大。重要的发掘是半个世纪前的事了。也许当年乘坐表哥们的卡车从附近经过时，这座山还没有被圈起来，还有考古的痕迹。但那时他对此一无所知，因为历史课本里没有提到，四姨妈家中也没有本县文史资料。在山顶四望，周围是绵延的塑料大棚，应该种满了即将被空运发往全国的鲜花。秦汉时期，它们所在的平原和未来的昆明城一样还被不远处的滇池淹没着。几代滇王埋葬了父辈之后，或许都曾站在这座小山上俯瞰还未被围湖造田的广阔水面，他们统治的中心地带。如今，古国的辉煌已被服务各大城市的新兴农业包围，被荒草淹没。母亲说过，我们都是外地人。云贵这一带都是少数民族的。你们美国以前不也都是印第安人的吗。

四人绕这片在风中如海浪般滚动的神秘荒草转了一圈，来到坡下守墓人的房前。一幢传统民居，屋檐下挂着风干的大串红辣椒。房前走动着一大群鸡。它们无法飞越高大的栅栏，但有广阔的空间可以漫步。守墓人指点着几个隐没在灌木丛中的幽深大洞，说当年很多文物都是这几个洞里挖出来的。但船长并未走近细看。守墓人可能会制止。亲人们可能也会制止，他们虽不是老辈，但依然继承了传统的忌讳。这样的洞让他想起童年在气象山上看见的盗洞。而那些摇曳的荒草唤回了原始恐惧。

船长给母亲带回了公公婆婆故居中摘下的一个小竹篓。母亲记得自己还小时它就挂在柱子上。他歪在母亲身边向她展示他拍的照片。在这些闪光灯辅助的记录中，他自己也终于看清了那方陌生而又可亲的空间。黑暗中的柱子和房梁确实是黑色的，但那来自家庭烟火的经年熏烤。水的侵蚀将土墙上的粉刷剥落殆尽，留下灰黄的斑点和条纹，就像是几页刚刚出土的古书，在接触光线和氧气后即将化为齑粉。墙面上确实有残破的纸剥落下来，并不是糊墙的报纸，而是毛笔写的大小楷。或许是母亲或某位姨妈童年的作业？船长本来顾虑母亲看到这片景象会感伤，但她平静得超然。她对屋子和陈设的破败并不意外，只对它们依然存在感到惊讶。在她的世界里，那座古老的木楼在双亲去世之后或许就从容坍塌了，只剩下祖坟。没了亲人的故居没有意义。他们去世之后这几间屋子没有被占用令她感到欣慰。照片中的一切只是时光之力的自然腐朽，她希望这个过程能静静地完成。她不需要像考古学家一样握着小刷子清除厚厚的沉积物，因为她清楚一切的本来面目。她更乐于辨认空间方位，向船长描述已经消失了的事物。比如一楼某个角落曾经用来养猪，而另一个角落曾是存米之处。当年那些干部来巡视登记，发现有猪有米有农具，就将他们家定为富农。船长在童年听过这个故事，记得她叙述时含着罕见的愤怒，但她如今再次回忆，眼光如烛焰般平静。

父亲是个勤劳的人，除了干自己家里的农活外还能做些小手艺，打炉灶打得很好烧，因此不管是街上的、村里的，甚至几十里外的都来请父亲去给他们打炉灶。父亲还能烧一手好菜，各种各样的肉类菜都会烧，花样很多。像人家结婚办喜事，或什么订房开大会办伙食也叫父亲去帮忙。办喜事的总要送给烧菜大师傅一盒红糖，用纸包着，父亲就把红糖带回来给我们吃。父亲烧的菜是很好吃的，我们家平时没肉，不烧，到过年时总是烧许多种肉菜，味美可口，我们都吃得很开心。觉得过年是一件特大的好事，能穿新衣能吃好肉菜。父亲很辛苦，农忙时忙自己家里农活，农闲时就帮工，得来的钱维持全家的生活。我从来没看到父亲有闲着的时候。父亲是个善良的人，干活勤勤恳恳，话不多，老实本分，有时去帮人家干活碰到那种无赖人家，干了活钱不给，去要几次，她还泼妇骂街也就算了。那一次是我亲身体验的，活已经干了好久，炉灶都烧得差不多了，那家人是街上的，离我家不远，母亲叫我去讨钱，开始她说没有钱，过一阵再给，到了后来她就骂起来了，不给钱还大喊大叫，好像她有理似的。男的不出头，叫女的出头，碰到这种人，父亲说算了，以后这种人来请就不给他去干。实际上那女的来请时很客气的，一副谦恭的样子，没想到向她要钱时会是那副样子。那家人男的胆小怕事，全靠女的充门面，她撒起泼来别人是一点办法都没有。她女儿跟我一般大，也不是顶坏的人，还是和一般人一样，大姑娘叫白毛，因为她头上有一撮白的头发，二姑娘叫害疤，还有个弟弟。

父亲从来没打过我们，只是在犯错误时说你呀你，用手指戳戳我的头。到冬天晚上，我们在火堆边围成一圈，为了省油没点灯，父亲总给我们讲故事，讲古时的人物故事，也讲些神鬼的故事，我们是又爱听又害怕，使劲往当中靠拢，还不时去摸摸后背，生怕鬼爬到背上似的。有时好不容易碰到一次下大雪，父亲就领我们拿个大箩筐到后面装了一大筐，压得紧紧的放在一个比较暗的小屋子里，到天热时我们还有雪吃。在我的心中父亲是天下的大好人，脑海里总印着他和蔼的笑容。父亲没读过书，但他的名字能看懂，我们的名字他也能看懂，有时我回去，邮递员把信交给他，他看了后就拿给我，说是我的信。母亲专门做家务，家里一个儿子六个姑娘还有婆婆公公，母亲也够辛苦的，常常把大姐当作主要劳力来使用。大哥是独生子，很宝贝的，还请人给他教书识字。农活忙时母亲是里外都要忙，家里煮好饭还要送到田里。全家就靠母亲支撑，吃饭买菜烧饭衣裤鞋的针线活都是母亲负责，可母亲从来不发愁，总是乐观地对待生活，有时除了管自己家里的事外还要管点别人的闲事，父亲不喜欢她这样做，因为这样做容易得罪人，但母亲在父亲指责下仍乐呵呵的。到了下次碰到事情仍是要管。碰到比我们还穷的人，母亲也尽自己的能力接济人家。母亲是个性格开朗的善良人。

大姐从小没读过书，她有能力读书，但家里没这个能力让她去读，一方面经济不够，但更主要的是家里劳力不够，她必须帮母亲干家里的家务，早上还没睡醒就要被叫起来烧火做饭，晚上也很晚才能睡觉，手脚生冻疮还得干，因为她是最大的一个女儿，所以要帮母亲干活，所以虽然想读书也不能够，到现在只是识些字，不会写字，信也不会写。

我是家中最小的一个，在家里当然什么也不干，烧饭有母亲和姐姐们烧，针线活那么多姐姐也用不着我做，所以我也是最笨的一个，什么活都不会干，小时候身体也不太好，生了几次病。我们那时生病是从来不看医生的。记得有一次病了，成天睡在床上老没意思，想下楼来，人多一点。母亲把我背下楼来，拿一领蓑衣给我垫在下面，我就躺在蓑衣上，看父亲干木活。母亲到街上买了几个桔子来给我吃，这算对我的照顾，别人都没有吃。病怎么好的也不知道。有一次我眼睛疼，早上起来眼屎都把眼睛糊住了，看都看不见，眼睛火辣辣的疼，就像这样，拿点糖鸡屎涂两边太阳穴，拿凳子让我坐在堂屋里，只听见别人说话和做事的声音，看不见人，像瞎子似的坐着，也不知过了多少天才好了，又有一次是父母都住在家，我肚子疼，一个人躺在床上穷叫，五姐先给我揉一阵，不痛了，我也不叫了，过了一阵又痛，五姐没法，去叫了了一个老人来给我揉了一阵走了，过了一阵又痛，再去叫那老人，叫五姐拿一把菜刀来，用布包在上面，在肚上切，不痛了，老太太走了，五姐好像给了她五角钱。小时身体不好，一直到上小学时，人都是很瘦小的，当年头发却又多又黑，两条很粗的辫子好像头都支承不了，看来是头大身子小。小时还是喜欢玩，不上学时和一些小朋友组织搞演戏，就在我家后院场上，有草堆，玩得很开心，一群人有演的有看的，看的就用草垫着坐在地上，也记不起是演些什么，后来在学校，老师叫我们跳舞排节目时穿着淡天蓝的裙子，我从来没穿过裙子，觉得很高兴的。小学时我们每晚还到学校上自习，那时没电灯，每人自己带一个用墨水瓶做的煤油灯，有时是小组复习，几个同学在我家复习，同学围桌坐，母亲就坐在旁边阴影里看着我们复习。每天中午回家其他人都吃好饭干活去了，只有母亲坐在桌旁拿把蝇刷在赶苍蝇等着我回家吃饭。我懂事时家里基本上有四姐五姐和我，四姐能干一些，但嘴也厉害，她和五姐老是吵架，五姐吵不过就哭，我也没办法，跟着哭，四姐就笑我。有一次我和五姐到田里敲垡子，把田里的土敲碎抹平才能插秧，我不小心一脚踩空扑到水里，一身衣裤都是泥水，后来到小水沟里把泥洗掉，她拿蓑衣铺在田埂上叫我躺在上面晒干衣服，她在干活，直到衣服晒干才敢领我回家。

母亲说这些时，照片早已翻完，她摘掉老花镜，望着窗外曾经晒干了她一身衣服的阳光。阳光在她眼中想必没有以前那么强烈了，因为大城市的污染和需要卵磷脂络合碘片治疗的晶状体混浊。他想起童年在买菜路上向她讲解天空为什么是蓝的。他那时并不知道她小时候穿过一条淡天蓝的裙子。家中衣橱里确实有一条淡天蓝的裙子，可能是母亲这一生里拥有过的唯一一条裙子。他如今明白了它为什么是淡天蓝的。

第二天，在父亲提醒之后，船长去省博物馆参观了石寨山那片荒草下挖出的文物，一些滇池沿岸生活更古老的见证。头顶也镶着一颗巨大五角星的博物馆虽然免票，但游客寥寥。门口的金属探测器没有插电，两名保安懒散地坐在椅子上。二楼青铜器展区的门边上也坐着两名聊天的保安，高高的柜台后方只露出两个帽檐。对着大门的墙上垂直展示着葬坑模型。大小陪葬器物都被精确复制并摆放在它们曾经沉睡了两千多年的位置。站在这面墙前相当于那天钻进黑洞探头俯视最深处。即便钻进去也看不见什么，因为守墓人说葬坑已被填埋。葬坑中的内容都被小刷子刷干净之后搬到了这些玻璃柜里。不过门口展柜里摆放的滇王金印应该是复制品，否则保安们不会躲到柜台后面去聊天。它太小，太容易被装进口袋或是吞进肚里偷运到缅甸，虽然不会堂皇出现在大英博物馆或是哈佛皮勃蒂博物馆，但会在某位富豪的书房暗柜中闪光，他因此会像船长一样邮购所有能找到的关于滇国历史的书籍和青铜器画册，他们都不是学者，都只是因为拥有了隐秘的宝藏而感到补课的需要。那些长满了锈的青铜物件显然是真家伙，表面和边角的部分细节被土壤和时光混合而成的王水溶解了，但遗失与残存的边界是如此和谐，最高明的科技和匠人都无法复制。骑士猎鹿鎏金铜扣饰和二豹噬猪铜扣饰说明在两千年前此地还奔跑着鹿、豹和野猪。船纹铜鼓说明这个古代王国确实拥有船。虽然他们可能不知道长江和东海的存在，但那些贮贝器中曾经存放的贝壳却是海贝，来自印度洋和太平洋。货物总是走得比探险家更早更远，比如张骞在西域见到的邛竹杖和法显在狮子国见到的晋地白绢扇。他在无人的展区里缓缓前进的那几个小时里，保安出现了好几次，远远打量逗留太久的他。

船长回到家中，发现父亲已把小竹篓刷洗干净。想到那些经年沉积的灰土已消失在下水道中，他不禁有些伤感。但它们确实并不属于这个家，而家也并不是博物馆。竹篓看起来还能使用。作为最传统的容器，它总能派上用场，虽然父亲的意思当然不是要继续使用它。这些纤细的竹篾虽不像青铜能延续千年，但看起来足够坚韧，能够陪伴一个中国人走过一生。虽然不是用来书写历史的载具，但它们是否也经过了汗青的工序？吃完饭洗完碗，船长服侍母亲洗漱完毕，合上她的门，回房端详从她童年摘回的这件信物。尘土去除后，它依然呈现着古铜色，像一位在高原阳光下生活了大半个世纪的老人。公公婆婆楼上的窗很小，竹篓一直挂在背阴的高处，所以这颜色的创造者并不是阳光，而是时光。为了去除可能有害的水汽，他将它悬挂在朝西的窗户把手上吹吹晚风。虽然夕阳正向昆明西北的长虫山后方下沉，这是它多年来第一次见到阳光。这样的夕阳让船长想起多年前和母亲一起乘火车离开云南时喝着易拉罐啤酒凝望的景象。他如今仿佛又一次和她一起飞速驶离故乡。虽然晚饭时已经边和母亲聊天边喝过一罐啤酒，他走到冰箱，取出了又一罐。他只是为了追忆那次旅行的味道。他知道母亲此刻并未睡着。她独自坐在过道那边，静静地望着她的窗外。那一侧没有阳光，只有已经暗淡下去的青色天空，等她入睡后，是否会因为看了儿子拍摄的故居照片而有新的梦境？不会，因为那些街道和屋子，她已经梦回多次。但画面会因此清晰一些，就像此刻的夕阳穿透了竹篓上的每一个孔隙。它曾经存放过的最后几件物品摆在窗台上：顶针和几颗纽扣，盛放着不知名种子的小布袋。它们代表了一个女人和一个男人。竹篓晾干后，他会将它们存回这个时间容器。

## 312

船长没有料到，早已习惯在北美的原野和环城高速上超速的他，第一次被警察拦下是在遥远的北欧，而且是在斯德哥尔摩阿兰达机场取车驶上 E4 十分钟之内。唯一的解释是他这次超速太多。他对警察解释说自带导航上的速度单位没有自动从英里调为公里。他当然不能说自己要在一个周末里往返北极圈所以急着赶路，此时已是周五上午，返美航班是周一清早，七十二个小时内要跑三千公里，包括吃饭、睡眠和所有随性的停留。这样的旅行计划像是来自一位预感不能按时抵达目的地而孤注一掷的福克先生，意味着三天内的大部分时间都需要超速。自从工作以来，每年的假期都用来回家陪母亲了，环游地球的计划只能排在第二位。但假如有出差开会的机会，他会把回程机票订在周日晚或周一，这样能有一个周末可以逗留在异国，完成一小段旅程，拼接一条他无法预知的曲折路线。

你从哪儿来?

美国。

你要去哪儿?

北方。

见警察皱起眉头，船长迅速接上一句：阿比思科国家公园。他不确定自己的发音是否正确。既然长着外国脸，还是当游客去景点比较可信。但这张外国脸是东亚脸。也许应该说自己来自中国。你从哪儿来这个问题在美国的社交场合被问过多次，问者期待的答案应该都是中国，好说出他们的下一句话，比如我去过中国或是我没去过中国但一直都很想去。假如说自己来自得克萨斯或是麻萨诸塞，别人会不理解，毕竟他带着外国口音或是虽然没有外国口音但也没有美国地方口音的现实说明他是第一代移民。但此时是在第三国。假如被遣返，他当然希望回美国而不是中国，因为家在那里，窗前的花儿需要浇水。所以，对你从哪儿来这样的讯问，如实回答更稳妥，也就是按照字面意思，说出这次旅程的始发地。诗人们说人生就是一次旅程，警察对他们皱起眉头，因为旅程需要起点和终点。福克先生的回答更令人费解，作为一个环球旅行的人，他的起点就是终点。

你去那儿干什么？一名警察问一位外国游客为何要去一个国家公园，应该算是刁难了。不过船长表示理解。在冰雪还未融尽的春天，独自驾车一千多公里去一个北极圈以北的公园想必不可思议。更何况公园这些天恰好关闭，因为雪上运动季节已至尾声，但每夜的气温还是零下，是最淡的淡季。

我想去看看世界尽头是怎么样的。向警察解释环球计划只会招致更多的盘问，所以船长给了一个更简单而浪漫的答案。追求极致的心态不只属于登山者，也属于排队在天涯海角留影的普通游客。假如提起环球计划，就需要说明目的地。既然目的地在东方，为何要超速向北行驶？因为我想让我的环球路线看起来尽可能完整些，所以准备向北纵贯斯堪的纳维亚半岛然后向西横穿半岛进入挪威并且看到大西洋。为什么要看到大西洋？因为我住在大西洋另一边，这样的话我就可以设定飞机代替轮船载我跨洋，毕竟如今已经没有越洋客轮了。哦，但是你可以从斯德哥尔摩直接向西，离大西洋近得多，为什么要向北跑那么远呢？因为我假想的航海路线连接新英格兰、纽芬兰、格陵兰和冰岛，你们的祖先当初就是从这条路去北美的，所以我从这条路回来，在斯堪的纳维亚半岛北方登陆。

警察盯住船长看了几秒钟，然后走回警车。警灯在后视镜中无声地闪亮，今生头一次被警察截住，不在祖国也不在居住国，而是在距离两者都很遥远的真正的外国。但他紧张不起来。他放下右侧车窗端详路边树木，确认自己进入了北方针叶林带。当警察取来酒精测试仪让他吹气时，他竟然觉得有些好笑。上午九点多钟，路上就已经有酒驾的司机了？有可能，寒冷地带的居民都喜欢喝酒，瑞典和俄罗斯一样是烈酒制造大户，而自己方才的回答或许像是酒后胡言。此刻在中国，父亲应该正在喝着小酒观看新闻联播，母亲在另一间屋子的床上静卧，望着余曦回忆童年。同一轮太阳正在欧亚大陆的那一端下落，在这一端升起。离终点已经不远了。但是，从斯德哥尔摩出发，即便是步行，也必须向北纵贯斯堪的纳维亚半岛，绕过波罗的海北端进入芬兰，才能转向东方。

当晚十点，在波罗的海北端小镇吕勒奥的旅馆里，船长点了一瓶完全念不出名字的啤酒，吃着北极鲑和腌蘑菇，庆祝自己跑完了为当天安排的八百六十四公里。北极鲑假如不是来自巴伦支海和挪威海，就是来自镇外波罗的海最北的海湾。他方才驶过一座长桥，发现桥下的河流和远方的海湾还在封冻，庆幸自己中午时分忍不住在一片无人的度假屋后停了车，走到海滩边触碰了南方已经解冻的海水。远方的水是蓝色的，但轻舔鞋尖的水是青色的。正午的阳光在水底的卵石上投着波浪的纹影。上次俯看那样的纹影是几十年前的滇池南岸，表姐们在这样的水中游泳，他站在岸边看。那里没有度假屋和树林，只有大片田野，一公里外才会有成排桉树标示的道路。午后的阳光将他的影子投入水中，他假装自己也下了水。这片回忆在他把手第一次伸进波罗的海触发的波纹中消散了。海水冰凉彻骨。滇池的水是温暖的，虽然离岸越远就越冷。他想起哥哥拽他离开躺着死猪的沙滩进入深水时的感觉，从脚底渐渐蔓延到脖颈。那是滇池西岸的海口。南岸那片卵石铺底的水他并没有触摸过，因为湖边只是一道倾斜着插入水中的堤岸，想必是当年围湖造田的产物，他怕在堤上一脚踩空滑进水中。但在想象中，有西南高原耀眼的太阳，那些水底的卵石必然会是温暖的。而北欧的阳光像是被一副浅灰色的墨镜滤过般淡漠。蘑菇想必来自覆盖整个半岛的森林。下午，他曾驶上一座不知名的高地，下坡时望见西方和北方迎来绵延无尽的林海，在西沉的阳光下显得凝重。在那一刻，他像是一个即将腾空跃入大海的跳水者，下意识屏住呼吸，抓紧了方向盘。

在短暂黑夜中浅睡几小时之后，他驾车驶过长桥，封冻的水面在朝阳下是一片刺日的白，提醒他已经回到了冬天。几分钟后，他驶入E4另一侧的教堂村。这是他昨日被警察截停时盘算着要报出的另一个北方旅游点。但当他抵达村中心时，确认这处著名的世界遗产除了他之外没有任何游客。甚至没有一个本地人。十五世纪的石砌教堂被镶着白边的红色小木屋包围着。据说有四百多座。放射状的道路表明了教堂和小屋的关系。在古代，教民们若是因为路途遥远或天气恶劣无法当天回家，便会留宿此地，村落应运而生。如今，这些雅致的小屋是度假屋，只是假期还未到来。而在夏天里，人们也只是把此处当作居所，白天开车去海边或是森林。他们已经不像古代跋涉而来的乡民们那样表示虔诚了，教堂在他们眼中只是古迹。而教堂继续屹立，俯视着欢笑的家庭，偶尔用钟声打破沉默，宣告短暂的夏日又少了一天。教堂屋脊上站着一只金鸡，在朝阳下金光灿烂。他自然想起了803大楼，那座在山谷中鹤立鸡群的教堂。大楼顶端没有大钟和十字架，但有喇叭和伟人题字。喇叭每天响四次，伴随着工人们进出厂门的脚步。

午后，船长跨过北极圈，来到更适合他想象的组合：教堂护佑的定居点和工厂，或是工厂催生的定居点和教堂。他在小镇基律纳的无名小街边停车，从没膝的积雪中涉出一条捷径，来到那座通体纯红的哥特复兴式木教堂，瑞典最北的旅游景点，童话中森林木屋的放大版。他并未推门进去。因为他想感受的是它与这个偏远世界的关系。

他首先凝视的是西南方与教堂相望的那座山。山并不高，但在逆光中俨然是世界边缘浮现的一只巨鲸。在几乎是无人区的北方森林中独自飞驰几个小时之后，他突然被一盏红绿灯拦住，望见了树梢浮现的这座山。在从小就环顾无尽群山的他眼中，任何非自然的山形都会像是层层海浪中隐现的潜艇背脊一样提神。他立刻意识到它是人类巨手的作品，明白眼前便是世界最大的地下铁矿，而自己正在重访工业世界。从车中远望，它灰黑色的身躯是一座一侧已经滑坡的阶梯式金字塔。塔顶被削平，取而代之的是一座类似机场塔台的建筑。从第一眼望见它，他就感到一阵亲切。这种感觉并不仅仅是走出森林回到人间那么简单。从教堂门外望去，这座山像是平顶山和水塔山的组合。山顶的控制塔有何种功用？也许是指挥交通和爆破。石油和铁矿隔行如隔山，不敢妄自猜测的他照例掏出了望远镜，也就是装有长焦镜头的相机。这座看起来已经有经年历史的混凝土塔楼也许只是一个竖直深井的入口。通风口。运送矿工或者矿石的垂直巷道。在他童年的基地防御计划中，平顶山和水塔山顶都有了望塔。或许几十年前基地内部开战时建过，才会有平顶山上那片绝非自然形成的空地和状如炮位或机枪掩体的凹坑。但这座塔楼显然是这座巨矿的标志建筑，就像803大楼，而它很可能也安装着高音喇叭。矿山上巨大的台阶被残雪勾勒得线条清晰，确实像一座阶梯式金字塔。雪也染出灌木的存在，暗示这些台阶已经定型多年。它们的一端被一片巨大的碎石坡彻底淹没，所以早已没有载重卡车在上面行驶了。相比之下，冒出缕缕白烟的山背后似乎热闹得多，曾经露出大地的矿脉应该就在那一侧，如今已被深挖到地下一千米。很多迹象都表明，这座塔楼和803大楼一样，已经不是这片外来文明的核心建筑。

他回身仰望这座教堂。它的通体红色或许是为了向铁矿致敬，但这只是他自己的臆想。不会有多少人看到红色就会想起铁。若要致敬，不妨用钢材制造。教堂不需要向任何人类活动致敬。即便没有铁矿，这座小镇也会和西方的千万座小镇一样拥有教堂。但眼前是一个例外。因为有了铁矿，人类才会在这片苦寒之地定居，建起瑞典最北方的城镇和这座教堂。为了工作远道来此定居的人们在艰苦闭塞的瑞典三线生活中需要精神依靠。当年在对面矿山采掘、下井和出井的几代矿工，都能望见这座白雪上的红色建筑。就像基地的人们上下班时都能望见横跨小河的大礼堂。是的，大礼堂担负了和这座教堂类似的功能：免费借阅图书报纸杂志，组织拥有现场音乐伴奏的舞会，在周日为工人和他们的全家老小放映电影。与803大楼的命运不同，即便基地破产重组，只要那片厂房中还有机器运转，只要曾经的职工子弟学校依然授课，便会有大人和孩子需要这样的场所。

离开基律纳，路上又没了人烟。因为纬度一直攀升，密林彻底被雪野代替，船长由此能看到那条著名的铁路在公路侧面出没。重要的三线企业附近都会有神秘的铁路。欧洲百分之九十的铁矿石产自在后视镜中远去的那座矿山，一部分被运到昨晚夜宿的吕勒奥装船驶向波罗的海，另一部分被眼前这条铁路运到挪威的纳尔维克装船驶向大西洋。波罗的海每年漫长的封冻一旦开始，这条铁路就成了唯一路线，在二战期间是德国军事工业的生命线。是否会有客车在这条铁路上运营？此去一路不再有任何城镇，直到纳尔维克。铁路在世界角落依然是工业文明最有力的象征。虽然在南北战争年代，神秘岛上的史密斯工程师就曾提到过瑞典和挪威的丰沛铁矿，但直到这条铁路修通，身后的小镇才著名起来。而如今，除了镇上的矿工，在这个冰雪世界里居住的依然只有萨米人，欧洲最后的游牧民族。只会乘坐驯鹿雪橇的他们也许会出现在瑞典三线小镇，但只是为了卖出驯鹿肉和毛毯，换回电池和小刀，就像发髻插着巨大牛角的苗族女人在新添寨菜市场用山珍换取解放鞋。

再往西北，厚重的云渐渐拥塞天光，地平线上慢慢浮现黑白大理石般明暗相间的图案。驶近后，船长才辨识出这是一道道雪山，雪天一色消解了山的轮廓。假如不是并肩前进的铁路，他真会以为自己正在进入另一个世界。天空开始飘雪。更巨大的必须仰望的山体慢慢从路左侧依次驶来，积雪无法覆盖的陡峭崖壁显然是冰川的杰作。另一支相似的舰队也在右侧地平线上出现，但很遥远。这遥远是有原因的：路右侧不久便出现一方水体，迅速扩展为一片雪白的大泽。这预示着昨天对警察所说的阿比思科国家公园快到了。

公园位于两座大山之间。路边散布着几座用封闭走廊连接的建筑，是公园管理处和生活设施，但和清早去过的教堂村一样空无一人，只有船长的脚步在走廊回荡。大厅里的壁挂电视播放着关于公园的纪录片。所有通道的门都可以推开。船长甚至在一个类似长途电话亭的小隔间里见到一台可以上网的电脑，查了邮件。公园关闭意味着所有人都消失了，像是火警导致了紧急撤离。连值班员都没有，意味着今夜在此留宿似乎是不可能了。他无心多想，取了一份公园地图，开车横穿公路，从一座狭小的桥洞下方钻过铁道，驶过一座小桥。公园并没有园门。与美国的国家公园不同，此地无法自驾游览，也没有大巴、电动车和导游。因为没有铺路。游客必须沿漫长的小径徒步进入。眼前低矮的树林里积雪很深，好在船长计划尝试的那条最短小径还留着人类的足迹。路边歪着一个用七个旧轮胎串起来的类似碾子的设备，可能是用来清理小道的工具，但显然需要全地形车辆牵引。右侧大山上属于公园的索道上没有缆车，来路上也未见到任何车辆和游人，说明此刻整座公园真的可能只有他一个人。他吞下几块巧克力，灌了几口凉水，锁好车，向林中走去。

越往深处走，小路上的足迹越少。勇于尝试的游人见积雪太深，纷纷打了退堂鼓。船长走了五百米，路过一片小湖，湖面是发蓝的冰。这与天光无关，因为天空中只有令人窒息的厚厚云层。童年在买菜路上向母亲讲解天为什么是蓝色的，如今回想，曾是物理课代表和光学老师傅的她恐怕早就知道答案，只是乐于听他讲解所以不说而已。走在蓝色的冰上，仿佛是走在巨大舞厅的玻璃舞池中，他甚至担心自己的足迹玷污了这块被遗忘在深山中的巨大宝石。好在雪地跋涉已经擦净了从靴底到膝盖的所有尘埃，而冰面和大理石一样坚硬。不过，他在离湖岸不远处的冰面发现了一些洞。它们太小，不像是为钓鱼钻开的，而假如有长着强硬蹄子的动物能踩出这样的深洞，必然是神兽。那么，是鱼儿为了在漫长冰期中能透口气而开凿的？船长蹲下细看，想顺便了解一下冰层的厚度。深深的洞底并不见水，只有一片树叶躺在那儿。他随即注意到小洞的形状和树叶形状完全吻合，连叶柄都有属于自己的那道深深细缝。他迅速探头张望其他的小洞。果然，每个小洞都是一片树叶的家，大小和形状都正好容身。

很显然，它们是湖畔树枝上坚持到冬天的最后一批叶子。被吹落之时，湖面已经结出这片坚冰。它们躺在冰面上，奋力吸收极夜来临前的最后一阵阳光。它们的颜色是对阳光友好的，借此收获的暖意能将身下的坚冰微微消融，化为水汽散去。它们每天因此会下沉一毫米，日复一日，造出自己的小屋，并越挖越深，直到极夜来临，它们才会安心冬眠。假如两片树叶依靠着，便会一起努力，最后也在更大的小屋里依偎着睡去。船长拍了些照片。他相信母亲应该喜欢这个阳光在苦寒之地创造奇迹的故事，因为他已经开始想象自己是如何歪在母亲枕边给她看照片，讲解自己的理论。童年在买菜路上对她讲过类似的故事。应该也是在寒冷的日子，走在买年货的路上，他分析了每个冬天过后田里都会长出一些石头的原因。因为石头传热比泥土快，降温时，石头底部的泥土比周围的泥土先结冰，这样石头就会被向上顶起那么一点点，经过一个冬天，石头便渐渐露出地面。曾是物理课代表的母亲当然听得懂这类科学小常识，但她看他讲述的表情像是在听童话。如今的这个故事更像是童话。他满意地收好相机，离开小湖，找到小径，向山谷深处进发。

和小妹的美国西部之旅之后，船长已经有几年未能亲近荒野和大山了。记得童年的那次翻山越岭，同学们纷纷掉头，只有他独自前行发现了铁道。如今铁道已被抛在地平线后，连大山上的那条索道也即将从视野中消失。两山夹持的前方便是世界尽头。在雪原中徒步，这是第一次。雪深已经没膝，周围没有一丝人迹，偶尔还能找到树干上钉着的黄色菱形小标，证实他没有偏离小径。天光越发暗淡，没有手电筒，它们变得难以识别。假如夜晚有月光，在两座雪山间的雪地上行走应该不会迷路，但从阴云密布的天空判断，今夜会是一片漆黑。手机上有指南针和照明功能，回头一直向北必然能遇见那条横切半岛的铁路和公路。但电池很快就会用完。背包里的电脑也帮不上忙。深深的积雪让每一步都变得艰难，拔腿需要消耗额外的体力，而下一步还要小心避免踏进阴险的石缝。好在踩到的似乎总是一种厚厚的大草垫，充满弹性，踏上去能轻轻下陷和摇晃，而且似乎是圆形的。在船长想象中，雪下铺满了这种大蘑菇般的植被，一个童话世界。视野所及之处渐渐望不见黄色小标，只能根据树木的稀疏程度来判断小径的位置。他试图记住一些苔藓斑驳的巨石，它们会是回程中更好的标记物。

他想起童年作为一个南方人是多么喜欢雪。雪过之后，放学路上任何平整表面上的雪都迅速失踪了，留下无数细小的手指抓痕。一部分雪被放进嘴里当作原味冰淇淋吃掉，剩余的被塞进了同学的脖领，或是砸在他们的后脑勺上。每棵树都被踢过和摇过。南方很少下大雪，母亲说的大雪压断大树挡住火车的故事怎么听都像是传奇。南方冬季的特产是冻雨，冻在地上的雨将路面变成冰场。老师和看门老头会在校门口的坡上撒些炉灰，但再走远就得靠自己了。在那样的天气里，房檐下少不了吊挂的凌冻，被同学们掰下来或是用竹竿树枝打下来当冰棍舔食。而在此刻，除了在车里换上的防水越野靴，船长身上还是开会的办公室穿着。衬衣向外散发热气，和V领毛衣挡不住的冷风对抗。后背应该已经湿了，体力也正在流失，因为他渐渐感到寒冷。假如是在童年，他一定会找些枯枝败叶直接生火。在这冰雪世界里看见火焰一定是超自然的画面。即便有火柴，能找到枯枝败叶，也会触犯他国法律。好在毛料裤子和大衣抵御潮湿的能力还不错。此时假如有其他游客出现，一定会奇怪他的装束：一名刚刚空投下来的间谍，公文包里揣着和母国通话的电子设备。冷战已经结束多年，更合理的解释是刚刚发生了客机失事。船长半小时前还在万米高空看着华尔街日报，嚼着可口可乐里的冰块，此刻作为唯一的幸存者正在寻找道路和文明。人们会迎过来，用生硬的英语关切询问发生了什么事，给他递上镶着果仁和葡萄干的能量棒和保温杯中的热咖啡，告诫他走错了方向，此去南方数百里内只有雪山和湖泊，没有任何公路和城镇，继续前进必死无疑，而只要掉头往北，几里外便是铁路和公路。向山谷深处进发时，他感觉母亲就在身后远处铁路对面的那些屋子里的某一间静卧，父亲在客厅喝酒。此时已经过了四点。也在深山中的童年的他看看腕上的电子表，明白自己该回家开炉子做饭了。小雪又开始飘飞。母亲的屋子里，夕阳已经离开床面照到了墙上。窗台上晒的枕头还是暖和的。那个屋子没有冬天。童年的他冲下最后一座山，爬上五楼，打开炉门，用火钎捅几个小洞，火焰从洞中喷射出来，把亮晶晶的上好煤块烧成半透明的红，迎接父母的归家。

眼前迎来一片没有树木的荒野，雪也渐渐变薄，露出片片草甸，果然形似丛生的大蘑菇。再往前走，草甸消失了。眼前的开阔地形似一条封冻的河流。远近斜插的几根铁条应该是在标记过河的路。随即，每一步都引发一串脆响，就像去年踩在母亲故居脆弱的楼板上听到的爆裂声，由耳朵和双腿同时传入他的脑中。积雪下方已是河冰。冬天的南方，男孩子们喜欢在结冰的日子里去踩踩路边冻结的水洼，寻找嚼碎硬糖的快感。但他随即感到靴子在下陷。陷进两三寸，又停止了。靴子没有高帮，挡不住漫过脚踝的水。上次穿这双靴子野外步行是在夏威夷的海边，那些凝成刀锋的熔岩在鞋帮上的划痕依旧。很显然，这条河是那片小湖的水源，而小湖后来又变成一条河，在铁路附近的小桥下汇入大湖。小河应该不算深。应该只是季节性融雪的产物。船长连蹦带跳地跨过了这条覆盖着薄冰的小河，有几步陷得挺深，靴子灌进了冰水。他依稀记得《民兵训练手册》强调尽量加大接触面，减轻对冰的压力，假如没有滑雪板，可以使用木板，手脚并用爬过去，甚至贴地匍匐前进。这类技能从来没有用武之地，早已淡忘了。踏上了对岸有灌木的地带回头望去，除了看见冰面上的一串浅洞，还发现一根铁条上有标注了黄色惊叹号的三角形警告标志，下面写着两个他不认识的外文单词。这意味着从反方向穿越不安全？这不合理。但靴子里的冰水和对警告标志的不理解让他决定折返。今晚还计划着给母亲打电话。电话之前还必须把靴子烤干。他和哥哥小时候都常常穿着劳保皮鞋去踩水。那些小孩尺码的鞋子应该不是父母从基地领来的。当时镇上鞋子柜台里只有布鞋、解放鞋和劳保皮鞋。后者是冬天的标准用具，他喜欢穿，因为它们非常耐用，可以爬山、踢石头。但不防水，所以需要在父母下班回家前用炉子烤干。他还记得因为心急而揭开炉盖直接把鞋子举到通红的炉膛上方，看它们飘出蒸汽和补胎铺子的橡胶味儿。

原路返回的好处是能踩着自己的脚印，再不用费心找路。但船长决定循着河岸的这一边走。沿河行走是他小学一年级起每天上学放学的经验。小河会带领他找到蓝色的小湖和雪白的大泽。灌木和树木也依恋河岸，他的跋涉因此更加艰难。好在不需要翻越那些起伏的丘陵，大山伸出的爪子，因为水流不会翻越，它们只会切割或者绕行。回程中依然没有任何人迹，连黄色菱形小标都没有，但沿河行走让他感到安宁。河岸自古就是人类文明的狭窄通道。前方某处停着运载自己跑了一千多公里的车，行李箱里装着在斯德哥尔摩给父母购买的玻璃海船和花瓶。它们最终会被云南温暖的阳光穿透。那也许要等明年了。但今夜在公路边的某个小木屋中，他会换下湿透的衬衫，用电吹风将靴子吹干，然后给母亲打电话。此时他听见远方依稀传来火车的呼啸。雪野吸音，所以声源其实应该更近。在万籁俱寂中走了很久之后，听觉变得异常敏锐。他甚至能听出这呼啸声从两侧距离不同的大山反射入耳的延迟，虽然大山在飘雪和阴云中已变得模糊。这声音让他激动，几乎是在雪地上跑起来。运送铁矿石的火车，每列都挂着五十至一百节车厢，长度也许能将整个山口堵住。假如童年发现的那条铁道也在山后传来呼啸，他一定也会拔脚狂奔，揪住杂草和灌木使劲爬上最后一座山梁。一列挂着始发—终站牌子绿皮旅客列车，车窗里的小桌上摆着茶缸和扑克牌，鼻子贴在窗上的童年的他仰望站立在山梁上的他。一列蒙着伪装网的洲际弹道导弹发射车，车上的哨兵端枪指向站立在山梁上的他。这些景象随着铿锵声的渐渐远去而消失了。

回到起点后，船长并没有急于上车打开暖气吃几块巧克力，他走上不远处的小桥低头张望。一直跟随的小河从桥下涌出，跌落十几米，在冰面上砸出一个蓝色的深洞。他踏过的水会由此注入大湖。既然他身处斯堪的纳维亚山脉东麓，它会向东南流入来时陪伴的波罗的海，最终进入大西洋。

当晚，船长在比约克林登留宿。它不算小镇，只是 E10 路旁山上一片服务滑雪者的宿营地、小木屋和旅馆。这个夜晚并不是他想象的漆黑一团，凌晨两点的天依然明亮，极昼令他有点失眠，早早到餐厅吃了早餐准备赶路。整个餐厅里都是大男人，很多带着孩子，但没有一个女人。也许妻子和母亲们正在房间里收拾。他不了解北欧人的家庭分工。他记得人生中唯一一次和母亲一起住店是在很小的时候，到昆明的火车晚点，他们去了一家旅社。旅社的管理员是母亲的老同学。他们第二天早早便出门去赶车了，细节已经记不清。节俭而谨慎的母亲向来是避免住店的。那时街道两旁的建筑都是灰色的，放眼望去没有任何卖早点的小铺。母亲说小铺要走到买菜的地方才有。他忘记他是否喊饿了。也许没喊，因为他知道再过几个小时就可以到四姨妈家大吃喷香的猪油拌饭。他回忆着，又咬了一口香肠。窗外是被朝阳照得明晃晃的冰封大湖，湖畔的大山后就是自己昨日发现落叶奥秘的小湖。地平线上的山脉中央有一个完美的半圆形豁口。那是冰川留下的痕迹，也是瑞典的旅游标志，一座通向北方的大门。但从船长所在的方位看，它是一座通向南方的大门，整个世界都在门后。凌晨两点时他和母亲通了话，并将摄像头转向窗外给她看巨大的雪坡。她也许只能看见一片白，但至少感受了儿子直播的北欧极昼。他在童年想象未来每个家庭都拥有飞船，如今并未实现，甚至连机器人管家和自动控制的窗帘也没有，但视频电话实现了，而且比它们更有价值。她说五月天怎么还有这么多雪，和东北差不多了。这儿比东北要北得多啊。瑞典？和瑞士分不清。瑞典在瑞士的北边。母亲的地理知识极其有限，世界在她眼中只分为家、故乡和其他地方。不过她对距离是刻骨铭心的，既然生活状态的分类只是思乡和归心似箭的按分钟计算的回乡之旅。所以他当然没有告诉她自己过去两天行驶了一千五百公里，虽然她太久没出门，可能已失去了对里程的感觉。而且儿子已经住在了世界另一面，无论往哪个方向走都会离她更近。她依旧絮叨着那些古老的话题：早上要吃早点。路上有没有雪？出门当心滑跤。她想必是想起了她多年前的东北之旅。他没有告诉她昨天在雪地中跋涉。虽然她想必也会理解，就像她理解他童年喜欢去山上野一样。她毕竟也曾是一个每天都要翻山上学的孩子。假如告诉她那是个国家公园，她应该会更放心。她从来没去过国家公园，不过应该会认为公园里总会来往着大人小孩，会很安全。直到视频结束，她也没催他早点睡。也许是因为看见他的天空是明亮的，便以为是在同一片天空下，不再被日夜分割。她只问了他什么时候回家。这个问题让他愣了一下，因为不知道她说的是哪个家。

半小时后，他抵达了瑞典和挪威边境。眼前并没有任何道杆、栅栏、水泥隔离墩、围墙和大厅。没有穿大衣戴护目镜的军人。只有两间头顶厚厚积雪门窗紧闭的小木屋。视野所及之内没有任何人。仿佛只是路过一个美国高速路边常见的货车称重站，而且还是已经关闭的。之所以能确认这是边境，是头顶一条纤细的铝合金横杆上有红色和绿色的瑞典语标志，用英语加注了申报通道和无申报通道。申报通道上停着几辆大货车。也许他们在等待小木屋里的边检警官起床生火烧杯热咖啡然后开门工作。也许小木屋夜晚实在太冷，边检警官住在其他地方，还没赶来上班。但这看起来更像是一个自我申报的关口。也许司机们只是找个宽敞地方停车过夜。船长把刚掏出的护照又塞回包里，踩下油门，扬长进入挪威。路名变成了奥拉夫国王之路。边境这一侧连小木屋都没有，他转瞬便遁进大山深处。

穿越斯堪的纳维亚山脉的路是一个接一个还藏着残雪暗冰的弯道和坡道。相比之下，昨天纵贯的瑞典是一片坦途，所以铁路才能与公路并行。铁路对地形的容忍度不高，无法像公路一样盘山前进，过境后便消失在群山后，想必是直接从积雪下的岩层中穿过，或是迂回到远处去避开这片险要山势。路边闪过的牌子说山中有二战战场遗址。雪野中的枪炮声应该会很小。火药爆炸的黑色粉末染黑了雪。流出的血会很迅速冻成红冰。脚蹬滑雪板的人们为了铁矿石和主权边冲锋边开火，就像中国古代骑射的大将。在这个季节，此地依然是一个更高纬度高海拔的纯白世界，昨天公园里那些形如灌木的矮树早已消失，连一块裸露的岩石都看不到。虽然斯堪的纳维亚山脉的海拔并不高，这毕竟是他人生中第一次翻越一座雪山。一路上没遇见任何车辆，路边没有任何人烟，它如他想象的一样，是一道世界尽头的屏障。在盘山公路上爬行许久之后，湛蓝的天空中豁然出现风力发电机的叶片，宣告他眼前可能是最高的山脊。假如在此跌进山谷，可能很久都不会被发现。即便是发生故障也无法报告，只能指望几小时内能有一辆过路车捎话。转着一个貌似可以通天的大弯，前方山谷中突然出现大片浓密的森林，积雪消散。船长明白自己终于进入了大西洋暖流影响的地带。果然，转完这个弯，山坡下延伸出一片不同于天空的蓝。

在雪山和森林的护卫下一直伸到天际。公路直奔山下而去，在山脚跨过一座大桥驶上对岸。那边的雪山在半山腰被一道黑线环绕，显然是那条陪伴自己数百里然后独自去山中玩要的铁路，如今马上就要到终点卸货，收心了。雪山脚下便是纳尔维克，因铁矿石而诞生的战略港口，二战中盟军和德军激战之处。那么，眼前蓝色的水下至今还长眠着双方的战舰和潜艇。自从教堂村开始，途经的一切是中世纪以来所有历史的重演。如今，它到高潮时瞬间消散了。这儿只是船长今生在欧亚大陆可能走到的最远之处。蒙古大军只打到东欧便撤了，而他抵达了北欧的西北端，眺望着北大西洋的水域。假如峡湾对面的那个港口没有中餐馆，他会是方圆几百里内唯一的华人。但任何小城都会有中餐馆。总会有华人背井离乡到世界尽头来开餐馆，就像分子扩散，因为总量太大，世界每个角落最终都会摊上几个华人。他们很可能来自福建和广东，家门口便是通向全世界任何港口的道路。但船长来自遥远的中国内地，循着一条古怪的路线，耗费了很多年，向东飞行，然后向西行驶，终于抵达此处。

船长坐在车里啃了些干粮。他考虑很久，才决定不下山去触摸大西洋的水。虽然已在美国东海岸触摸过它，但他还是好奇水温。墨西哥湾暖流的温暖传给北大西洋暖流，再传给挪威海流，至此应该已经很弱了。那种细微差别只有常年生活在水中的动植物和沿岸无尽的森林能感受到。凝视墨西哥湾时，他幻想过乘坐一条小船，即便没有动力也能循着暖流达到眼前这片挪威北方海岸。暖流是海中巨大的河，表面流速比步行要快得多，它长途跋涉到这个角落，养育了眼前的森林，将山脚下的港口造就为兵家必争的不冻港。蓝色峡湾的尽头是挪威海，海对面是冰岛，《地心游记》开始之处。既然生活在波士顿，他曾想象沿五月花号移民的路线逆行抵达英国，但从美国东海岸到英国的客轮服务早已被淘汰。福克先生的年代乘坐蒸汽船跨越大西洋需要八天，二十世纪的邮轮需要四天，但乘坐喷气式客机只需八小时。假如福克先生活在当代，必然会选择协和号超音速客机，两小时就够了。它如今已经退役，再无超音速客机接班，因为人类并没有急切愿望想要两小时内跨越大西洋。但二十一世纪的福克先生依然可以像在纽约租船一样租一架飞机。既然如此，为何不直接从伦敦租用飞机直接来一次环球飞行？因为环球飞行早已被人类完成了，伦敦改良俱乐部的牌桌上没有人会为此打赌。而船长自己计划的环球旅行更不会有人感兴趣。你这是在完成有史以来最慢的环球旅行吗？他想象警察如此揶揄。从出国到目前走下的路线像是小孩子的涂抹，其中还包括在一些城市经年累月的滞留。以这样的速度，穿越欧洲可能还需要几年。为何不直接买几张机票环球飞行？窗外永远是一望无际的云层。空姐建议放下遮光板，他将饮料中的冰块嚼碎，用印着航空公司标志的餐巾纸擦擦嘴唇上并不存在的液体，继续对着属于自己的那块小屏幕观看过气电影然后昏睡。他当然更希望能在地球表面上前进，那样可以知道自己身处何处。在这个时代，能看到更多风景是它胜过同温层旅行的唯一长处。而且可以亲自驾驶，就像方才在盘山公路上正确估算每一个弯道的弯曲度和路面倾角，在每一片山崖的阴影中用心提防未化的坚冰和滑坡的积雪。每一处起伏，路面的质感，包括细碎的石子和稀薄的积水，都被四个轮胎精确即时传入身体，停车很久之后，这些感觉依旧存留在体内。船长最后望了一眼峡湾朝西的海天一线，拧动了车钥匙。调头的时候，他感觉自己正在调转人生的方向。仿佛他并不是从西方跨海而来，而是很小便从故乡出发，多年后终于走到了亚细亚和欧罗巴的另一端，如今是回去的时候了。

回程果然是归心似箭，安睡过的旅馆，跋涉过的峡谷，凝望过的矿山，都一闪而过。在余生中应该不会再见到它们了，毕竟地球上还有很多地方未曾去过，不会有时间重访。整个白天，他只在加油站停过几次，加油，去洗手间，购买咖啡因饮料。他明白，即便连续驾驶，路况良好，跑完分配给今天的一千四百公里，到达机场也应该是午夜了。

近黄昏时，船长选了一处秀美的海湾停车休息。与其在凌晨赶到机场却又无处睡觉，还不如看看一生只会相遇一次的风景。对岸的密林在夕阳中闪着金辉，不知是岛还是半岛，但眼前的水肯定是波罗的海的一部分。水线附近建着一幢小木屋，很显然，主人认为这平静的水面永远不会上升。细碎卵石的海滩上卧着一条底朝天的小船，曲线柔和的船身倒映着渐渐暗淡的天光。方圆数里内依然无人，他可以从容偷船出海。他本以为在斯德哥尔摩能远望芬兰湾，但脑中的地图比例尺放大后，他才发现城外水中是大大小小的陆地。即便没有这些遮挡，他也不可能望见芬兰湾尽头的圣彼得堡，地球表面曲度导致的视野极限是童年便已了解的常识，虽然在山区用不上。一水之隔对他来说便是近邻，就像夏威夷大岛西岸与上海，波士顿与挪威一样，自由的水域，无论多宽，一直驾船便能穿越。到了圣彼得堡，下一道边防线就是中国国界。乘火车前往莫斯科，换乘童年在列车时刻表上最迷恋的那趟世界上最漫长的国际列车，就能直达北京。但他此时莫名地开始想家。暮光中的小木屋倒映在水中，他觉得水温一定比中午摸到的要更温暖。他在岸边捡了几个松果之后驾车离去。既然不确定它们是本地松果还是漂流至此的外地松果，那么也算不上是纪念品。他只希望带它们继续一段非凡的旅行。

到了高海岸大桥，他忍不住又停下车来。这是一处观赏日落的完美地点。西方是大片的海湾，远景是无尽的森林，身侧则是红白两色的悬索桥。其实他两天前过桥时就盘算着在归途中要停下来看看，当时想起的是波士顿的邦克山斜拉桥，它短得多，在公寓北窗外只现出一座桥柱和部分悬索，但在记忆中已成为家的一部分。然后想象的是长得多的杭州湾大桥。岚岚说每次开车经过总有点眩晕，就像小时候走学校后门小桥过小河的感觉，一不小心就要掉下去。她说从宁波绕行杭州去上海要四个小时，如今有了桥，三个小时左右就到了。两边都是海，限速一百，匀速通过需要二十分钟。这是岚岚给他发来的描述。所以杭州湾在她眼中是海的一部分。任何与海相连的宽阔水域都是海，就像眼前的海湾，和他早晨在挪威面对的那片湛蓝。岚岚知道他对这些感兴趣，去年回上海过春节时让女儿乌米从车里为他拍了照片和视频。杭州湾大桥的路面是黑色的。路面上闪动的白色和黄色油漆非常醒目，看得出车速非常快。岚岚说她有时感觉还坐在父亲的自行车大梁上。如今是女儿坐在身边摆弄手机。车里播放着女儿的偶像飞轮海，虽然她独行时播的一般都是谭咏麟和张国荣。应该是她上高中之后的爱好。

以前孩子小，学习不紧时，每次过节都回去。乌米和我父母都喜欢回上海，我自己开车带他们回去。到宁波十多年了，我们一家只在这儿过一次年，其他时间都回上海过的。岚岚喜欢提起她的女儿。她如今关心的除了父母，就是女儿。她说自己离婚对乌米打击不大。

乌米从出生就是我妈带，有没有父亲好像感觉不大。

乌米问我的问题都比较稀奇古怪的。现在是叛逆期，不太愿意跟大人沟通，一个人在她的房间，原则上是做作业，但实际上也看看小说玩玩东西。

不过最近她也竞选上了副班长。陪她一起去书店，我出钱，她自己选。过年的时候她要看《孙子兵法》。她先前最喜欢的是《盗墓笔记》，最近cosplay了小花。你不知道小花是谁？就是花爷。

等你有了孩子就明白了。讨好孩子，家长必修课。国内现在家家孩子最大。但她的内心我们也不懂。现在还没有谈恋爱。我妈培养得不错，把她的眼光灌输得很高了。女儿从小到大是由外婆带大的，也就带成了典型的上海小女人。我从小在贵阳长大，在北方读的书，现在接触的都是北方人多，所以性格外向、爽快。女儿内向，要求干净，挑剔。

女儿想去日本。因为喜欢那儿的一切。我自己小时候似乎没想到要去外国。至今也没有想去。只是想找个机会回到上海。那么些年了，一步步离上海近了，但一直没有进门去。好像一生都在下棋，每出一着都很困难。就像一条渐近线。

船长在沉寂中站了很久。在极昼将至的季节，太阳继续停泊在地平线上的山间。漫长的凝视之后，他似乎能看清那些山形上锯齿般的树梢，就像童年凝视月升时能看清月亮前方梅兰山顶的树梢。但眼前的只是幻觉，因为那些山远在数里之外。另一个更大的幻觉是，他的时间似乎已经和他的空间联动。假如他停车伫立，时间便会凝固，夕阳永久不落。而假如他上车加速离去，星球们便会恢复运转。他在十点钟再次上路之后，太阳果然迅速消失在远山后方。午夜驶近斯德哥尔摩之时，天彻底黑透，而且是他今生经历过的最黑的黑夜，但他内心没有一丝紧张。就像当年大学第一个寒假乘坐穿越了华北雪野的列车终于将要驶入贵阳站时，虽然全身已经麻木，但内心洋溢着第一次离家数月后将要与亲人重聚的欢悦。

凌晨两点的阿兰达机场五号航站楼，寂静放大了行李箱轮子滚动的声音，几乎和持续了整个周末的发动机轰鸣一样吵闹。船长突然有些怀念那辆和他一起翻越雪山的白色沃尔沃。整座楼里除了他，想必只有监控室里瞌睡的值班保安了。习惯了机场的拥挤之后，空无一人的柜台、安检和商店令他无所适从。而在更早年的记忆中，即便是凌晨，车站也依然躺着疲惫的旅人，盖着军大衣，枕着铺盖卷。大厅里几乎没有可以坐下的地方，因为人们很少在此逗留。登机口处有椅子，但他进不去，不像当年的北京站，凭站台票可以走进任何排满长椅的候车室。进城之前，他打消了开车在城里转转消磨时间的念头。在行驶一千四百公里之后，城市已经缩成微不足道的一个点。在角落终于找到一条长椅之后，他立刻放倒连续驾驶二十小时的僵硬身体，抬起浮肿的腿，合上了最后几个小时在黑暗中抗拒着疲惫辨认路线的双眼。一直躲藏在肌肉深处和血管末梢的劳累突然大批浮现，如同一瓶晃荡太久之后突然开启的啤酒中窜出的气泡，瞬间便占领整个身体。假如能有一瓶啤酒。他想起了在青岛站躺过的长椅。不限量的本地啤酒和外地迷惘。而此时虽然连清水都没有，他心中却洋溢着近乎醉意的欢悦，而大厅恍然成了豪华酒店的巨型客房。但在决定睡着之前，他还是小心将背包带穿过紧靠椅子的旅行箱提手，绕过臂弯。那年在青岛没有任何行李，但还是把车票和钱包塞进有扣子的军大衣内兜之后才开始喝啤酒的。注意防盗是一出门就过分谨慎的母亲的教育。失去意识之前，他突然明白归途中欢悦的缘由：除了身后的一小片北方，全世界都在南方。今天的他比青岛的他更有方向。他已经穿越那一小片北方，接下来要向南方进发了。

## 313

母亲对于船长每年回一次国还是满意的。和当年她为了探亲苦苦积攒调休一样，他将一年中的各种假攒到一起，能有四周，虽然路途要消耗几天，但只要在家，除了买菜做饭和洗碗，整天都会留守她的卧室，从她醒来坐到她睡去。渐渐地，因为他完全没有出门的愿望，买菜这件事又不时由每天都要散步的父亲负责了，但母亲没有像往常那样对父亲买回的菜表示不满，想必是因为它们都是儿子做好端上来的。

母亲醒着的时候，船长会歪在她身边给她讲解包括小树叶在内的旅行照片，她看累了就改为给她读书，等她听累了想要瞌睡，他便返回床脚的折叠椅。

她每天早餐后会玩一会儿游戏。船长上次为她买了平板电脑后为她安装了不少游戏，她最喜欢的是玻璃塔的世界。一些晶莹剔透的彩色玻璃盒子，用手指敲碎它们。船长只是偶尔凑过去指点一下或是夸奖一下，大部分时间都坐在床脚抱着自己的电脑，聆听那些清脆动听的声响，偶尔望望专心得像个孩子的游戏者，想象这间屋子一年中其他十一个月的日常景象。这台机器不仅是座舱通讯官和宇航员的联络渠道，也伴她消磨着等待通话的寂静时光。他想起童年和她玩弹子跳棋的画面。弹子跳棋可供六人同下，但他不记得全家四口一起玩的景象。三人玩的时刻有一些，但哥哥渐渐厌倦这些幼稚的家庭趣味，只剩他和母亲在不需要去图书馆借书的黄昏摆弄那些同样晶莹剔透的彩色玻璃小球。他常用的是花弹子，她常用的是绿弹子。这种游戏毫无竞争可言。他俩忙着为彼此搭桥。他俩也经常下象棋，而弹子跳棋的特点是没有角色，没有伤亡，只是驱赶一群精灵由此岸到达彼岸。两组彩色精灵跨越大洋时的关系更像是合作而不是竞争，母亲经常使用的关键词是搭桥，而一座搭好的桥会帮助一个赶路的精灵迅速跳到彼岸。拆桥的时候是令人伤感的，仿佛就像美苏在白令海峡共建一座大桥之后又把它拆除了。好在想要前往彼岸的人们都已经抵达彼岸。

彼岸和此岸的关系是模糊的，因为假如母子俩决定再来一盘，便会将棋盘转 180 度，让彼岸变成此岸。有着圆形棋盘的弹子跳棋因此是他对于环球旅行的最初想象。他们偶尔也每人操作两群甚至三群弹子，让来自不同大陆的旅人交错着挤满大洋，营造一片纷繁壮观的景象。船长不清楚这些感受是他喜欢玻璃的原因还是结果。他从瑞典给母亲带回一个大花瓶，给父亲带回一艘北欧战船，都是玻璃制品。此刻花瓶就在他身边的窗台上，在高原阳光下是纯澈的，其中飞升着一抹橙黄和淡紫的亮彩，代表了母亲这一角色所具有的温馨和魔力。不知道瑞典玻璃匠人如何在玻璃中凝住这抹飘逸，他在童年也好奇过玻璃弹子里的花纹是如何添加的。他对同学们打弹子的活动并不热心，因为他认为把弹子在地上磨得面目模糊是暴殄天物。记得母亲在电话里生气地说弹子跳棋的盒子被侄女弄坏了，他理解她的生气。盒子是上海松江出品的纸板彩印，在漫长的岁月中不止一次脱胶开裂，被她用一位母亲对家中器物的感情和一位老师傅的手艺剪了厚纸条细心用胶水粘好，而不是贴上廉价的胶带。对于透明玻璃制品的爱好来自收藏的各种透镜和棱镜，对彩色花瓶的爱好则来自那些玻璃弹子。他将花瓶摆上窗台的第二天，父亲买来了鲜花。他并没有要求买花。花瓶本身就很美，而且永不凋谢，就像那些玻璃弹子，他不知道它们在哪个橱柜里，但知道它们就在屋里某处，就像记忆一样，虽不是抬眼可见，但也不会遗失。

母亲习惯在午后小睡。船长会拉上薄纱的窗帘，因为高原的阳光明亮得像是爆炸了一颗核弹。这样的时刻，他照例会感到安宁，因为他俩都不再想着赶路。假如世界末日此刻来临，这个房间是他愿意安息的地点。母亲的床依旧长着兽脚，他童年时害怕的事物，如今却开启了时间隧道的另一个出口，在贵州罕见的阳光明媚的周日午后，同一个女人在同一张床上的午睡。那时她还年轻，扛得动几十斤米，会杀鸡、开膛和拔毛，但作为一个女人，她也会体力不支。那时他对末日并没有这样宽容，因为他对世界依旧充满好奇。如今他时值壮年，已经走过了大半个世界，了解了海的壮阔和路的崎岖，而她像一个孩子般手无缚鸡之力，只能坐在床上玩玩游戏。就像当年玩弹子跳棋一样，他们迎着彼此走去，最终互换位置。但他们不可能再互换了。母亲最终会进入漫长的沉睡。她此刻睡得安详，即便偶尔睁开眼睛，望见他，随即又会睡着。那么，如今是因为有儿子在身边而心安。更何况他此刻正在云南的阳光下，旁边是他从有小树叶睡着的世界角落带回来给她的花瓶。虽然身体一直都没有恢复到能去上坟，她觉得自己的人生已经彻底完满。他觉得自己的人生也彻底完满了。他想起她站在校门外桥头树下对放学的他挥手，召唤他一起上街。他想起她在回家路上对阳台上举着望远镜观察下班人流的他挥手，并不是召唤他下楼帮她提菜，而是让周围的同事们知道儿子在等待。但如今她再不需要挥手，因为他们近在咫尺。

父母终于决定把老房子卖了，船长想回去再查看一下他缺席的搬家过程中是否遗漏了只对自己有意义的物件。他本想乘火车去，来回三天应该足够，顺便重访多年未见的贵昆线。但就在父亲把老房子的门钥匙交给他之后，哥哥说要开车带他回去。他正打算趁国庆放假一周带着妻儿回贵州转转。

他们在一个清早出发了。一路经过的都是陌生风景。船长本以为公路会与铁路交缠前进，因为他童年乘火车会不时发现山间出没的公路并想象有一天亲自驾车驶向云南。车载导航显示的地名没有一个与他当年记在小本子上并背得滚瓜烂熟的贵昆线站名相似，只有路牌标示的主要城镇能帮他大致判断自己的位置。离开昆明东行两个小时，大山便从前方合围过来，提示着贵州的逼近。当年乘火车到位于省界的水城至少要六七个小时，速度的剧烈变化也是导致船长感觉混乱的原因。无论是用空间度量时间，还是用时间度量空间，换算表都需要更新了。他正猜想省界是否会像美国州界一样竖着云南欢送和贵州欢迎的告示，哥哥却从下一个出口离开了高速。宏大的收费站修成古典牌楼，正中匾额上题着胜境关三字。虽然依旧和贵昆线毫无关系，但这样一个文雅的名字出现在幽深的大山中却不得不令船长侧目，毕竟他记忆中云贵交界处的火车站名，如荷马岭、树舍、扒挪块和格以头，都暗示着比新添寨更原始的荒蛮。

哥哥开始循着窄小的盘山路上行，他说这是老路，当年春节自驾带全家回去看父母时曾经开过。此时已是中午，喜欢吃的他打算带全家去尝尝农家乐。车停在大山高处的草地上，树林边的店家没有招牌，只是灌木间隐没着的粗糙平房，对面野地里停了一群显然也是远道而来的车，大大小小的屋子内坐着敞怀吃喝的人们，或是铺着一桌桌狼藉碗碟和方便纸杯，被廉价的彩色塑料小凳环绕。卫生间是古老的蹲坑，空场上是被兴冲冲地找位的客人和奔忙着收拾的服务员吓得乱窜的鸡，露天的自来水龙头在滴漏，人们用水瓢洗手。全家找了张小桌坐定，等了一阵才抓住一个来收碗的，被指点给一个摆碗的，然后被指点到一间小屋子去找人点菜。店家口音非常古怪。既然地处云贵交界，这口音应该是两省方言的融合。

上车前，船长看到路边的杂草里插着一块里程碑。320 国道二千五百三十三公里处。320 国道应该是始于上海的一条古老公路，所以此处距上海二千五百三十三公里。母亲不多的叙述中有一段他记得很清楚：在贵昆线通车之前，她从上海回老家探望父母，乘火车到贵州安顺之后，必须换乘长途汽车到云南沾益再换火车。若不是乘哥哥的车，他一生都不会到达此地。他的云贵交通图还停留在火车时代。贵昆线绕路从乌蒙山北部通过，想必是为了服务如今改称六盘水的水城和六枝特区，江南最著名的煤海，三线期间建设的配套能源企业，然后经过几乎为邻的沾益和宣威，那个出火腿的地方，小时候他每次到达宣威时都确认自己进入了云南文明。宣威火腿与金华火腿齐名。母亲乐于谈论云南的一切，虽然宣威是离故乡还有几百公里的陌生城镇。滇黔公路没有运煤的责任，直接从乌蒙山以南通过，追随古人用脚踏出的最短路线经过了胜境关。而母亲当年确实要像古人一样住店。但她说住店很安全。年轻的她似乎没有对只身跋涉几千里探亲感到畏惧。在回家的路上是不会感到畏惧的。那么离家的路呢？他未曾问过她。他想起自己每个大学假期结束时离家走进黑夜，扑面而来的是一种激动，因为又要继续探索世界了。但母亲应该不会有那样的感觉。

哥哥驾车沿这条故道寻找高速入口时，船长想象着母亲当年路过此处时的心情。跨过云贵交界之处的胜境关，是否就意味着回到家乡？她住过的店或许就在附近。

进入贵州不久，船长接管了方向盘。虽是无照驾驶，但全家人对此不以为然。他们知道他不仅钱包里有外国驾照，而且已在国外行驶十多万里无事故。接管方向盘让哥哥休息片刻，顺便体验一下在祖国大地上驾车的感觉，都是他应该做的。他知道这早晚都会发生，但没想到发生在他们早已告别的贵州。而贵州也不是以前的那个贵州了，比美国任何高速都更崭新的沪昆高速轻盈穿过假山般完美的青翠叠嶂，比当年的火车快得多。虽然依旧充满隧道接着桥梁的情节，但隧道明亮宽阔，桥梁跨度巨大，将他发射到云雾笼罩的大峡谷上空，诱发着宇航员的失重感。这不是中国最偏远穷困的山区，而是外星文明用于模拟地球风光而搭建的巨大庭园。安顺，那座他曾经被命运分配但拒绝前往的基地，和黄果树瀑布，那个母亲乘坐长途车经过但从未下车游玩的景点，都被速度模糊成了隧道幻觉中的碎片。转眼，当他终于再入大气层，放出降落伞时，眼前已是新添寨镇熟悉而又陌生的那个十字路口。

故居只遗留着勉强够一人使用的受潮铺盖和蒙尘的床。哥哥一家去街上寻找旅馆，然后准备找留守故乡的老同学聚聚，而船长决定利用黄昏的最后光亮清点故居中未能搬走而终会失去的一切。他对此兴致很高，打算去买瓶啤酒边喝边整理。但这个计划被取消了，因为他在楼下小店里遇见了江毅。这位老同学从精瘦的小孩长成了发福的大汉，所以船长先被认了出来。他俩依然同楼。江毅也来买酒，不过买的是白酒。

江毅捧着白酒带船长来到镇上，穿进大街对面一条小巷，走过一方青葱的庭院，在一家装潢雅致的餐馆里面对面坐下。船长搜索记忆中的古老地图，断定这条小巷是他出国后才开辟的，应该是为了安置本镇爆炸性增长的商业。不过庭院中的草木也许早已存在？既然当年的小镇只有一排门面房，房后便是山野和岚岚要徒步走过的坟地。当他在思想的作战室内更新地图时，江毅麻利地点了一桌子菜。

当年读书的时候穷嘛，高中一个月才五块钱零花，打电游都不够，没好好吃过。

我们家是我妈警告我说肝炎病毒什么的。

不要吃生的河鲜就没事。那年好多人着肝炎，基本都是上海人，你还记得吧。江毅脸上露出熟悉的坏笑。

船长在菜单上看见了从未听说过的茅台啤酒。

茅台啤酒不错的。喝了很多种啤酒，这种算比较喜欢的。回贵阳要喝白酒的，喝完白酒再喝啤酒涮涮。江毅边说边给船长斟满一杯白酒。

不知道你还记得当年每天中午你到我家门口来叫我去上课不？想当年我们就是两个戏子。我假装说太早了不去，你就拼命在窗外叫。第一口酒下肚之后，江毅开始滔滔不绝。这个细节船长自然不记得了，但随即便想起江毅是被母亲刘老师困在家里做作业，期待着船长把他救出来。

当初我们的老师差不多都退休了，你恐怕遇不到。教英语的黄老师住在我们楼下。他是北方人，一口普通话。人家可是清华大学毕业的。我当年用英文写了一张明信片给他，结果被他当做作业改，还把我喊到办公室进行教育，使我的虚荣心受到极大伤害，从此没了兴趣，导致我英语彻底烂了。

昨晚喝酒了，半夜差点吐倒是真的。酒太破。眼睛都差点喝瞎。赖茅。现在的赖茅已经完全不能喝了。以后还是喝点金质习酒比较安全。

回贵阳以后才经常喝酒的。刚回来的第一个月，天天都被朋友拉着去喝酒，天天都喝得狂吐。如果物质条件能有所改善的话，第一件事是换个车。破面包开着很不爽，力量差刹车差。上次陪老板的朋友出差外地，路上我开车，那个老板的朋友唧唧歪歪的，一会说我踩刹车重了，一会说我轰油门重了。回来我直接跟老板说，以后不要让我跟那家伙出差。最近几次出差都是老板亲自去的。老爸说我这个人就不适合做生意，自尊心太强。所以我想，他们不会认为我会成为一个成功的商人的。想当初刚毕业打工的时候，见到老板心里都是战战兢兢的。成功的商人在生活上肯定不同。抽五十块以上一包的烟。开着几十上百万的车。在必须喝的时候猛喝。出入高级会所或者在甲秀楼边喝着几百块一壶的茶。有实力的弄个把退役武警当保镖兼司机。

现在只适合晚上去喝茶。现在不迷惘了。前几年迷惘得厉害。没这个野心。在公司，我算能力很强的。不过我知道未来我一定会自己干。在我觉得真的有能力自己干的时候。我一直没学会先设立目标。老板推荐我看本书《第五项修炼》。我买来看了一百来页，觉得这个书不适合我看。我推荐老板看《从十七个人到十七个亿》。老板希望我成为职业经理人。我十年前就是职业经理人了。只不过后来自己去当老板，混得很不成功而已。老板是工人出身，总是希望别人把他当做知识分子。戴个眼镜，连我最好的朋友都以为他是大学毕业，经常跟我夸他是个儒商。

我大学机械工程系模具设计与制造。大学里就工程力学和理论力学、制图学得最好。这几门考试从来不作弊，每次都是第一第二名。其他课就垃圾了。基本连课都懒得去上。大学里学的东西多少还有点用。起码现在看个建筑图纸工程图纸没问题。大学里最大的收获就是朋友众多。有个贵阳的高中同学某年去学校找我，居然随便问了个人就问到我住某某号楼某某宿舍了。

学校？开始叫南京航空学院，毕业前改名叫南京航空航天大学。父母帮我填的志愿。专业也是他们填的。老爸是南京人，落叶归根的思想在起作用。再说那时候家庭条件不好，南京有很多亲戚可以照顾到我，所以那么多志愿只有两个地方：南京或者贵阳。

令尊是希望你以后待南京，他也可以回去？

他们应该是这么想的。

那现在不也继续待贵阳了吗。

因为他们不可能回南京去生活。我选择回来，很大一部分原因也是因为老人身边必须得有人在跟前。

为什么不可能？

混得不好，在南京买不起房，不能接他们过去。

那上海岂不是更难混?

现在我弟在南京，房子也买了，不过他们就是每年去待个把月看看孙子，然后还是得回来，毕竟生活在贵阳已经习惯了。上海?那地方只适合工作，不适合生活。我在上海干了一年多，挣的钱比在南京多得多。不知道你在大城市里有没有过那种感觉，城市很好很大很繁华，但是它不属于你。与压力无关。没有归属感。我在南京十多年，经常走在大街上有种陌生城市的感觉。我常常觉得我不属于这个城市。大城市人情味太淡薄。在上海，普通老百姓早出晚归，夜里八点过公交车上还挤满疲倦的回家的人。

你需要生活气息。

是的，需要生活气息。生活才是本质。我没有发财和升官野心，其实只想过简单快乐的生活。不过这个社会太现实，没钱就快乐不起来。我抽二十五一包的烟。区别?价格区别很大。只是我目前只抽得起二十五一包的，偶尔抽三十五一包的。如果五十一包的，一个月光烟钱就得一千五，消费不起。所以在我目前看来，二十五一包的烟我抽得感觉很好。老妈经常念，当耳旁风刮过。

你记得吗?当年还有山寨烟。那时候流行在黑板上把火柴擦燃。用报纸裹的烟，准确地说就是抽报纸。高级一点的抽丝瓜藤。看到比我们大的孩子抽真正的烟那是一种荣耀。特别是他们吸一口烟，然后把嘴压在手背上吹出来，手背上留下一些黄色的东西，他们说：这个就是尼古丁。当时看到尼古丁就像看到外星人一样，充满了敬意。高中自己买过一包烟，结果几个人抽都抽不完，带回家一晚上没睡好，生怕父母检查书包发现，其实他们从来不检查我的书包。

相亲啊，老妈没张罗，倒是亲戚张罗了。你可真是神仙啊，相亲都能猜到。我不会因为要相亲改变自己。是什么就是什么，没必要掩饰。相亲前我让亲戚说清楚了的：没存款离异无孩无房无正经工作。亲戚对我那是赞不绝口，无非就是他们需要用车的时候我从来没有拒绝过。包接包送随喊随到，所以他们才把亲戚的亲戚介绍给我。

春节是一个人过的。父母去南京过年了。本来和朋友去重庆的。朋友是高中同学，关系很铁。结果到重庆当天朋友的奶奶过世，第二天一早就一起赶飞机回了贵阳。春节就是到处混饭吃，亲戚家朋友家以及粉面馆德克士方便面。吃饱了打麻将或者喝酒。和朋友或者朋友的家人，地点是会所或者是朋友的亲戚家。一般晚上吃饭的时候喝酒。会所是什么？会所是国家工商局注册的，就是专门打麻将的地方。有服务员及保安。人家只提供场所，不抽头。在重庆叫茶社，功能是一样的。会所相对来说环境好，贵阳还有一种叫精武馆，条件不好，就几台麻将机。麻将机你都不知道？以前都是用手砌牌，现在都是机器洗牌砌牌。你google一下。最好的品牌是雀友牌。据说麻将机是日本人发明的。会所就是提供自动麻将机，你可以点茶点食物吃。酒也有。贵阳的餐馆基本每个包房都提供麻将机，吃饭前和吃饭后都能打麻将。你out了。

踢球？踢不动了。前年踢球伤到了腰部，不能踢了。当时连路都走不了。我现在属于肥胖的人。等减肥以后再考虑踢球的事了。

我堂弟家住基地里面，我经常进去。大礼堂改造成个餐厅了。装修一般，但是餐具很脏，某个亲戚在那里吃了一次饭回家拉了两天肚子。就是个餐馆，搞成几层。图书馆？不知道，应该消失了。基地现在也就是一个小厂而已。好像没有同学留在那里上班了。当初从来没想过离开或者留下。高中以后他们希望我能去南京，我自己没有考虑过。他们希望我去哪里我就争取去哪里，那时候没有独立的思想。父母的意志就是我的意志。开始有独立思想，我想大概是在三十岁以后吧。二十到三十岁之间我的状态就是懵懂，大学毕业分配，家里人帮我做了决定，去了以后才发现拿的工资自己都养不活自己。然后开始打工，出发点很简单，就是多挣点钱养活自己。后来去了上海，挣的钱比在厂里多六倍。原来六百，到上海后三四千。后来回南京创业，把钱折腾完了。然后混不下去了回了贵阳。先是打工，然后自己搞公司做工程，也不是很成功。现在又开始打工，恋爱过结婚过。离婚时我就带着大学毕业证和身份证离开南京了。存款什么的都没要，还有过冬的衣服也没要。人生低潮期。贵阳南京上海无锡南京贵阳。上海算是高潮期吧。在上海的时候锻炼了自己的能力。现在打工，状况和上海差不多，老板比较赏识我。小时候去过上海，没记忆。读书的时候路过，也没记忆。去之前对这个城市没什么感觉，也没什么期待，更没好奇。

春节期间没怎么喝。去重庆喝的习酒 1995，一桌一共两瓶。回来参加朋友奶奶的丧酒，喝的是五星习酒。今天喝的是金沙回沙酒。习水大曲？没有了。郎酒也没了。只有董酒，不喜欢喝，药香型的喝不惯。现在茅台是奢侈品了，两千多一瓶，喝不起。其中有两天只吃一顿饭。晚上打麻将通宵，睡到下午才起床。

这是个漫长的夜晚。二人喝完两瓶白酒，迈着轻飘飘的脚步到街对面喝啤酒。此时已至午夜，全镇依然灯火通明。街边的商户像是母亲游戏中那些五彩通透的玻璃块，其中隐约着觥筹交错的人们。他们是其中的两个。室内灯光明亮，和大城市追求暗雅的酒吧完全不同，应该是招徕生意的手段，因为室内的热闹会透过落地大窗向路人直播。朝窗外望去，视野中唯一暗淡之处是路面，南方夜雨润湿的街道反射着对面的光影，并添加了柔和的滤镜，令他想起从查尔斯河北岸望见的波士顿夜景。这么一想，路面确实越看越像河面。童年被母亲带着到贵阳南郊的白龙洞玩，走道两侧如镜的池水反射洞顶被隐藏的射灯染成五彩的钟乳石，像不可测的深渊，令他感到恐惧，但又止不住低头窥望。如今想来，那种恐惧含着对以百万年为单位的寂静的敬畏，而眼前这片繁华在他童年时完全无法想象，也就是说，它们是新的。这种感觉是波士顿后湾和浦东陆家嘴不能给他的，因为他认识这座发达小镇的前世。这条光之路上来往着镇上新居民们的私家车和市区运营的出租车，它们替代了他离开时还属于新事物的脚蹬小三轮。绕城高速直接提携了小镇的发达，人们可以住在这片郊区，每日进城上班，就像江毅一样，虽然他如今是镇上比例不断下降的原住民。他说瑛瑛如今管理着镇上的一所芭蕾舞学校，教孩子和大人跳芭蕾。这是船长从未想象这座寨子会有的职业，而如今的本地居民已不是当年的半农业人口而是中产阶级了。在全球的小镇中，总会有一部分会被选择进入盛世，眼前这一座便是例证。他上中学时，这条街上至多有几间用厚棉帘遮掩的录像厅和游戏室。他上小学时不可能夜晚上街，但记忆深处存着那个备战备荒年代没有路灯的小镇，皎洁月光下的两排破烂民房，偶尔有几声狗叫打破寂静。满月已到中天，也像是个午夜。所以应该不会是到镇上看电影或是火车晚点，很可能是自己发高烧，被父母背去镇上的区人民医院看急诊。月夜的清凉让烧糊涂了的他苏醒了片刻，记住了视线越过父母肩膀看到的那片奇景。他如今所坐的位置，当年是竹席作墙的破败茅草房，常年有衣衫褴褛的老妇人坐在屋门边，面无表情地望着作为外来移民的他们上街买菜路过。往坡下走几步，当年是酱油店，只卖酱醋和能咸倒水牛的大头菜，在基地建起小卖部之前，是母亲常来的地方，台阶在很小的他眼中很高。再往坡下走几步，路边的大沟里藏着新华书店，需要下好几级台阶，是他后来几年中最喜欢的商店。往坡上走几步，右转岔路的坡上是人民医院，他其实对它毫无印象，因为他小学时基地建起了职工医院。左转岔路的坡上是百货商店，但门可罗雀，因为基地职工的工资会流向上海或贵阳的大百货商店，而农民的收入还不足以常去。如今，这一切都被拉斯维加斯大道式的光彩覆盖了，连道路都是一样的，流光溢彩的崭新车辆们将消费者从饭馆送到酒吧，没有粗野的夜行大货车队。或许它真的变成了一个世外桃源。桌对面喝着啤酒说个不停的江毅目击了这场巨变的每一个细节，所以对窗外的景象熟视无睹，不过依旧清晰记得自己的第一次喝醉。香槟酒。一块一毛钱一瓶来着。寒假喝了一瓶喝醉了，是自己跑去买的，和豆豆喝醉之后掉沟里了。就是你家门前那个马路边的沟，就是当年那头牛掉下去的那个位置附近。横穿马路的排污沟，准确说是涵洞，没盖子，我跳起来扯柳树枝，结果直接掉进去了。还好不是从牛的那里往河里掉，不然你现在是在和鬼魂说话。牛是往河里掉，我是往路边掉。

醉酒和高烧一样开启着另一种更长久的记忆通道，二人大醉之后依然能摇晃着一路走回家。这条路，他们闭着眼睛都能走。它确实是一条河，他俩漂浮在水中顺流而下。在黑暗的楼门口道别时，船长恍惚觉得自己这些年并没有离开，依然和江毅住着同一楼的不同单元，也在城里工作，而今夜只是他们无数次下班共醉中的一次。但在床上无声倒下之后，他呼吸着被褥散发的亲切的山区潮湿，清晰地意识到，这是最后一次躺在自己古代的家。

次日清点杂物时，船长发现并没有什么值得带走的。或者说，父母早已将他认为有价值的物品运走了，包括他的积木、陆战棋、玩具车、黑丝绒包裹的透镜和棱镜。唯一的例外是大量的航空书刊和国外寄来的图片，他们想必早已确认他在拒绝分配远走异国之时已经彻底丧失了少年的爱好。除此之外，只有旧家具如同古建筑般屹立着。在童年时它们高大得只能仰望，或是能轻松钻进去躲藏。如今只能放弃它们了，就像红军长征放弃辎重一样。什么都舍不得扔的母亲并未要求将它们悉数运走，看来是在终于能够接近故乡的愉悦中压制了自己的恋旧情绪和节俭习惯。船长其实未曾在这套房子中生活过，房间的格局和窗外的风景在他眼中依然是陌生的，不像更早的故居，在脑中存储了激光扫描的三维影像。但这个空间是母亲短暂生活过几年，经历病痛，并在周末夜晚等待外太空电话的地方，是父亲在每个黄昏喝酒，在每个周末继续绘制图纸的地方。他抱着半箱图片，关门锁上他未能共享的这片记忆，下楼和车里等待的哥哥一家会合。不久，会有某个决定扎根新添寨镇的外地大厨或装修师傅带着家人住进这个单元，用石灰和油漆将这片记忆彻底抹去。

哥哥打算带家人去看看自己长大的地方，船长表示赞同。周末的学校大门紧闭。门已经变成了电动门。巨大的传达室窗明几净，墙上排列着教师头像，都是陌生的脸。哥哥笑着说这个门很容易翻嘛，要不要进去看看。船长望望墙上的摄像头、警灯和警民共建的标牌，制止了这位已为人父的校友，同时莫名想起传说中社会上的人在此地对岚岚的围堵。他们一起攀上依然巨大的台阶，穿过依山而建的两幢筒子楼。兄弟俩都曾被同一位母亲背负着攀登这些至少有四十年历史的台阶，走向托儿所。它们依然陡峭，哥哥拉住了孩子的小手。托儿所已经荒废，船长和全家人一起隔着铁门向内张望。上一次这样张望的是石寨山汉墓，但这一次他不打算翻墙入内。他对门内的一切了如指掌。门对面的屋子是厨房，里面经常烹制一种叫菜饭的吃食，是在侧面二层小楼下层上小班和上层上中班大班的他的午饭。懂事之后，他才明白它并不是托儿所为了简化烹调而自创的发明，是一种上海风味。

托儿所之所以幸存，想必是因为周围这一圈破败不堪但还有人住的老楼的护佑。更多的遗址早已消失。当年通往学校的小路上那家后院屯了很多竹竿的农户，年复一年目睹门前来往着外地口音的大人和孩子，也许能预感他们的老屋会被两座密布防盗铁栏的居民楼取代。而后山上坟地的主人们，绝不会想到祖坟被盗重新下葬数年之后会彻底消失，连大半座山都被夷平，以容纳高速公路出口和收费站，但他们肯定已经拥有了城镇户口，男人们经营建材装修，女人们开店当保姆。

象征基地黄金时代的大礼堂遭遇了另一种命运。它被隔为两段。靠近舞台的一段成了武术学校。当年的舞台想必可以直接利用，新一代少年们在宽阔的木地板上腾跃厮打，这在三十年前是不可能发生的事，那时，这片地板属于坐在一排茶杯后面的一排领导，属于来自前线军装笔挺的英模，属于拉大提琴的父亲和他爱好音乐的同事们，属于被剃了光头集体宣判劳教的失足青年，而孩子们若有机会走上舞台，必然是为了站成五排歌唱祖国。另一段分了上下两层化身餐馆。一千多个座位拆除之后，它一跃成为方圆十里内最大的婚宴场所，但不知道带有坡度的地面是否会增加高脚杯跌倒的概率？二楼的食客自然没有这个顾虑，他们从容碰杯，在三分醉意之中也许会想象当年电影放映机投射的光柱如何穿过此刻的自己，想象两层地板之下曾经是一条飘摇着绿色水草的小河。前门依旧保留着，想必是因为内部结构过于琐碎而无法改建，所以如今这座大楼前端依然有着一排宽敞的拉门，和门内小厅里的售票处一起暗示着它曾经服务于集体活动，而小厅二楼由母亲带领去过上百次的图书馆和三楼由父亲担任伴奏的青工舞厅想必已是空房，因为再无人会来借阅《静静的顿河》，或是在《小夜曲》伴奏下翩翩起舞。

周末的基地自然是冷清的，难以判断它如今萎缩的程度。门楼已被拆除，将门前环绕成小广场的遮天巨树也被砍掉大半，所以船长感觉广场上明亮了许多，仿佛是空袭过后站在一个高楼被摧毁殆尽的城市路口。但传达室依旧存在，并且拒绝了哥俩希望入内参观的要求。哥哥给父亲打了电话。在出发前，父亲嘱咐说，假如要进厂就给他打电话。在等待的过程中，他想象着几百公里外的父亲给领导打电话，领导给门卫打电话。一种父亲用大半生的埋头工作交换来的特权。五分钟后，他们被放行了。

基地在破产重组之后大规模减员，大量建筑空置。803 大楼上仅有的那扇小窗玻璃残缺，不知破了多久，漏进多少风雨。为人民服务的题字已由鲜红褪为惨淡的浅粉色，就像一个在橱窗陈列过久无人问津的奶油蛋糕。这在三十年前是不可能发生的。这座大楼早在那时便已不再生产潜望镜了，但作为这片小小平地上最高的、门前拥有广场的塔楼式建筑，它是这座创业者之城的大教堂，每天四次播放进行曲，俯视上下班的数千职工。

老食堂贴着封条。从破窗望进去，大厅里堆满废物，包括大量桌椅。它们代表着已经散去的数千职工。巨大的厂区假如还有未来，被四川乡镇企业家或台商包下，桌椅总是最有可能被重新用上的，这应该是它们留存的原因。而当年那些精密加工设备一旦失去了恒温空调和高级技师的养护，便会失灵、锈蚀，迅速成为废铁。所以它们早被变卖到这个国家更有希望的工厂，或是已经成为废铁。

建筑外部的陈旧是不可避免的。北方有风沙，亚热带有无尽的雨水。藤蔓爬上厂房，沿着供热管道向下一个目标蔓延。混凝土墙的颜色比记忆中的晦暗得多。是因为童年的记忆总偏明亮，还是因为视网膜细胞的衰老？被苔藓覆盖的墙角暗示它们已在潮湿的时间中浸泡过久。但它们显然会比出现了巨大裂纹的砖房留存更久。它们不可能像夯土或木构的中国民居一样在风雨中渐渐消亡，所有的颗粒和纤维都回归自然。移除这些巨大的建筑需要炸药、挖掘机和风钻。

厂区唯一兴盛的确实是植物。植物不可能吞噬植物。树木像是常年不理发的神秘岛岛主们，枝繁叶茂，即便在阴天也奉献着大团的阴影，令道路显得狭窄。但它们的品种、排列和年纪都暗示这座没落的小城市是一方曾被精心设计的古代文明。最引人注目的依然是中心花园，它暗示这座小城市的起源并不是商道的交汇，它的缔造者们对文明有着更高级的信仰，所以市中心并没有集市，而是一座临着广场的花园。在广场对面的教堂空置之后，园中的那三株雪松成为这座城市最后的精神象征。它们保持着几十年前船长和哥哥被母亲一手搂住一个站在树下由父亲拍照时的身形，带着不凡的血统，帮助周围风烛残年的厂房追忆青春，蔑视着在它们身上蔓延的爬行植物。

这毕竟是一个连山的命运都变得莫测的时代。基地大门前的公墓群在建成几年后复又消失，山体和气象山一样被夷平，生出一丛别墅和高层公寓，平顶山也被挖去四分之三，最后包含平顶的制高点幸存下来，站立着手机信号塔，发挥着山在当代的最后用途。

但最令船长震惊的画面出现在厂区靠河的那一侧。绿色藤蔓的大军已架起无数条云梯成功登城，覆盖了整个堡坎和围墙，爬进车间没了玻璃的窗户。连伸入河中的管道们也被完全包裹，像是绿色的大象伸鼻子汲水。一张密织的伪装网正在从河中爬出来，慢慢遮蔽着这个保密单位，以防它在下一次空袭中毁灭，但绿色的曲面下依然有可辨的棱角和突起。略带恐怖色彩的美让他想起第一次看到某位超现实主义画家作品时的感觉。屋顶残破的厂房后方也隆起大团的绿，当年路旁的那些小树都已经长成枝繁叶茂的巨人，最高大的那棵雪松尖端是溺水者被绿色海啸吞没前最后一个呼救的手势。这两片郁郁葱葱的自然生命宣布的是这组被包围的人工景物的彻底死亡，只是它们钢铁和混凝土的骨骼还需多年才会腐朽。船长面对的是一片废墟。它们的外形像是切尔诺贝利的厂房，但内心是吴哥的回廊、玛雅的金字塔和印加的石墙。它们都象征着人类的某种失败。但比起被毁灭，被遗忘是更大的失败。而植物已经借此昭告天下，它们是山谷中最初也是最终的主人。

在河这一侧，和大礼堂一样象征着基地黄金时代的干打垒居民楼群还没有被入侵。但每扇铁窗下方的锈迹都是时间留下的阴影。排水管已经朽坏，部分单元残缺的窗玻璃暗示它们已经无人居住。另一些窗口则有新近装修的痕迹，向外突出的防盗栅栏中摆放着盛开的花朵。栅栏在每个楼层都有，构成了一座立体的堡垒，想必住户知道有人会像少年时代的兄弟俩一样顺着楼梯间的花砖攀爬。既然镇上外来人口剧增，山谷治安想必进一步恶化？虽然小偷应该能够判断此地居住的都是历经下岗和破产的平民。无论如何，基地的威慑力早已消亡，作为一个没有门卫和保安的小区，所有门洞都被刷满了小广告。每幢楼前暴露年龄的煤球棚都被拆除了，但没有费心平整，残垣间被风雨冲刷多年的最后几片煤渣上生出很多野花。哥哥一家站在野花间等待，船长像童年放学回家一样一步两个台阶飞窜着上楼，到了四楼半的位置，他停下脚步仰望当年的家门。显然还有人住，因为门上贴着福字。少年时代的铁栏式防盗门已被换上全封闭的门面。他没有走得更近。他怕住户碰巧开门望见他的眼神会感到惶惑，也怕这样一个在故居门内露头的陌生面孔会破坏他的记忆。他匆匆下楼，加入那几个正在野花间仰望的外地人。不知哥哥是否利用这片刻向家人讲述了自己攀爬楼顶的举动。应该不会，因为任何妻子都会谴责丈夫那样做，而任何父亲都不会鼓励孩子那样做。

在居民区任何位置都能仰望旧楼后方矗立的一座高达三十多层的新楼。白皮给他发过照片。这座高层公寓就在当年她家阳台对面。基地大兴土木时，那个位置是渣土堆，尽头是一个布满垃圾的坡，坡下是正被垃圾覆盖的新寨坡农民的田地。这座大楼的地基一定深挖了十几米，否则它根本就站不住。当时和白皮说的是假如老了之后这幢高楼还在的话，一定会在楼上买一套养老。因为住在其中能够俯瞰自己的童年。俯瞰，是他小时候的梦想。从五楼楼顶乘热气球升到百米高空，悬浮着观察小学生、牛群、马车、灰色的上下班人流、山中奔跑的孩子，远方入侵的敌军。那是他完整的小世界。如今重访这个小世界之后，船长明白，假如住在这幢楼上，他将会目击基地的彻底消亡。既然离绕城高速出口如此接近，它很可能会被四面围堵而来的房地产所吞并。这是童年的他无法想象的，而植物们暂时成功的反扑虽在视觉上令人震撼，其实也算是核战后文明被毁的景象，虽然他曾经认为基地与省会之间十多公里的群山决定了它的闭塞和免受核袭击的命运。他未能料到的是，中国最穷的省会城市会如此膨胀，用绕城高速将群山圈入它的怀抱。再过若干年，此地将是大都会的一部分，就像船长中学作文中描述的那种城市，高架桥上穿梭着安装电磁防撞系统的车辆。小山都被夷平成了小区，唯一留存的只有奶头山和黑山那样的大山，山上布满高级别墅，卖点是空气清新，视野开阔。从别墅露台俯瞰这座山谷，一定已经看不出此处几十年前有一些小山围拥着一座基地。只有一位住在这座高楼顶层的老年华侨知道这片土地往昔的容貌。他选择从汽车和飞机诞生的国度归来，出门永远步行，虽然路边不再有人行道。

也许是挤在两山间的弹丸之地，开发价值还不足，杨梅山的老房子暂时幸存，但显然被改建过。砖墙表面覆盖了水泥，还向外扩展了一条走廊的宽度，虽改变不了筒子楼的灵魂，但让每家住户多拥有了几平米的私人空间。改建应该发生在多年以前，因为如今大部分房间都已无人居住，门窗失踪殆尽，像是被一次温和的核爆吹跑了，如今可能属于周围山脚下最后几户农民的猪圈或柴房。空屋里散乱着垃圾和家具残片。显然，家庭们迁往新生活时都会放弃一些辎重，它们被一批批在树林消亡之后来此拾柴的农村孩子慢慢肢解，放进背篓。看得出几间屋子还有住户，因为铁丝上还晾晒着衣服，楼下停着几辆廉价的微型车。楼间小广场上所有的煤球棚都消失了，但也未经平整，黑色废墟上覆盖了无处不在的藤蔓，盛放着一片紫色的喇叭花。假如当年的邻居们都还在此生活，这片废墟早就在某个周日被合力平整了，被用来停放更多的微型车。早在几十年前，生活在一楼那一角的那个孩子年纪尚小，不知道自己会和大部分居民一样远走高飞，但确实想象过开车带母亲去买菜。前提是要在山洞里找到宝藏。

从楼房正面通向故居的路已被常年淤积的污水淹没，水中浸泡着生活垃圾、动物尸体、倒伏的家具和粗暴拆卸门窗时倾倒的断砖残垣。他们走上山坡，俯视楼角的故居小院。作为院墙的山坡堡坎在哥俩长大成人之后依然陡峭，所以船长没有跳下去的想法。但他们发现作为小院后墙的煤球棚已不存在，后方彻底开阔，直通楼后向河谷延伸的台阶状菜地，便决定从楼后绕过去。楼后没有垃圾，但当年那两米宽的长满三叶草的草地已被巨人般的大叶植物占据，仅在墙边留下一人宽的空隙，地上也有一条笔直的不长草的碎石地带，糊着废纸的残迹，应该是楼檐的雨水常年敲打所致。船长和哥哥一家人便顺着这条空隙向故居走去，一路上扶着一侧历经几十年风雨依然整洁的砖墙，拨开大蜘蛛盘踞的树叶。经过每一个黑洞般的窗口时，船长都会向内张望，在记忆中检索它曾经属于哪家邻居，他们的孩子是谁，有没有兄弟姐妹。莉莉蕾蕾姐妹，王正金王正银兄弟，陆红陆榕姐弟，冬天烧铁炉子煤气中毒的朱老师一家。那时，没有电视的家庭会送孩子到有电视的家庭去看电视，夫妻吵架也会有邻居来劝解，所以蕾蕾会来家里看《大西洋底来的人》，而她爸爸会在父母争吵时出现在小厨房门口。身边这片小小密林后，依然是几阶看不出是农闲还是荒弃的田地，被灌木和藤蔓隔挡，如今要想从此处走向小河，看起来会艰难得多。

怎么都是水？哥哥的声音在某个宏大空间里回荡。妻儿趴在窗台上向丈夫和父亲的故居观瞧，想象他的童年。船长快步走完最后几步，心情仿佛是走向动物园的笼子，观赏一只新来的珍稀动物，而这只动物多年前曾在世界另一个角落与他相遇。这个房间堆满人生中关于家的最早记忆，所以它虽然空无一物，却令人眼花缭乱。满墙的斑驳都是自然的杰作，所以并不难看。显然，走廊积水和前门外断垣的堵塞让这间屋子在最近几年免受了拾荒者的骚扰，只留下时间的默默侵蚀。门窗失踪之后，水成了寄居此处的画家，在墙上绘制着貌似抽象其实自然的花纹。画家也是考古学家，将部分石灰剥去，露出了上几代居民粉刷或油漆的本色。除此之外，墙上没有人为的破损和涂抹。如果不是住户，完全不会注意到门上方有一个依稀可辨的长方形，那是安装电表的接线板拆除后留下的痕迹。方才路过的房间墙壁还贴着前些年的日历，而这个房间似乎已空置了半个世纪。

最令人惊诧的是地板。它是一方如镜的水面。老屋的地面肯定会有变形，而且免不了会有些垃圾。如镜的水面说明水有一定深度，而最后的住户在离开前不光清理了所有墙面，还仔细打扫了地板。之后再无人来过。唯一的解释是他们迁出时这幢楼还是正常的居民楼，这个房间还会分配给新来的职工，所以被打扫干净上了锁，钥匙交给了基地房产科。但它再未被分配。在门窗紧闭的几年中，基地崩溃，工人下岗，居民流失，它也失去了房产科的管理和保卫科的保卫，在一个留守居民都外出谋生的午后，掠劫者撬走了所有窗户。他们不敢晚上来，因为这不是偷走高压锅或是自行车，而要刨和撬，必然会惊动睡眠的居民。不过，如今势单力薄的居民即便听到什么响动也不敢出来管了。失去了窗的房间开始接纳南方丰沛的雨水，而一楼的阴暗角落缺乏阳光，蒸发量很少，渐渐蓄出船长此刻趴在窗台上凝望的这方小湖。与外面走廊上的污水不同，它似乎是昨夜刚蓄积的清水，倒映着四壁和天花板上的图案，静谧而幽深。船长又想起白龙洞中的那些无底深渊。但眼前这一方湖水并未引发那种畏惧，因为他经年的记忆比它更深。在异地或异国的黑暗卧室中即将进入睡眠的时刻，意识悠闲地潜入大脑皮层褶皱的马里亚纳海沟，等待迅速游过的深海浮游生物，在它们的荧光照亮下看到转瞬即逝的场景。这间屋子唯一能被阳光照亮的时刻是下午三四点，靠门那一侧的窗框上沿和窗外矗立的堡坎之间存在一个小小的夹角，允许西斜的阳光短暂射进房间中央。那道阳光非常明亮，空气中的浮尘和水泥地面上的细微孔洞在记忆中清晰可辨。如今回想，那样的光线只在教堂中见过，只是那扇窗不是彩窗而已。只要地球自转和公转的轨迹不变，而太阳的核聚变还在进行，这束光必然会来访，虽然当年坐在屋中像印第安人一样随光线跟踪季节变迁的孩子早已离去。在那样的一个阳光明媚的下午，那扇窗的对面，也就是他和哥哥一家在此刻探头探脑的这一扇窗，展示的是小河对岸的青山和蓝天，同样明媚的阳光照亮了山上的墓碑。他回头拨开大叶植物尽力向远处望去。在熟悉的迷蒙烟雨中，山形依旧，但靠近路的地方，林木已被建筑取代。他没有找到墓碑。他没带望远镜，而视力已失去了童年的锋锐。

再回头，哥哥一家已走进了院子。墙上覆盖着青苔和爬藤。地面遍布碎石和乱草，埋住了他童年玩耍的地面。地面很可能是父母亲手用从基建科讨来的水泥铺就的。将这个依山的楼角围成自家小院应该是他们作为第一批住户想出的主意，需要自力更生。在院里留一方土地种菜应该是母亲的主意。父亲在刚成家时或许也曾有过这个情趣。那方土地里种过各种蔬菜，还有几株比他高好几个头的向日葵，它们的脸庞确实能随阳光转动。在他懂事之后便意识到那方土地的价值，各种植物的种子都要试种一番。在记忆中，他最喜欢的是蓖麻，因为蓖麻子看起来很美，是可以随身携带的小珠宝，上课时将手伸进口袋里摸摸都会获得满足，还是同学间易物的硬通货。几百年后，考古学家挖掘这片废墟，也许还能出土船长从车间拿回的小零件，他当年为了评估不锈钢的优点而将它们埋进了向日葵脚下。除此之外，出土的还有很多未能发芽的蓖麻子。蓖麻子的外壳坚硬防水，所以他想象它们发芽会很困难，应该会有很多粒像古墓里的古代种子那样保存下来。那时蓖麻也许早已灭绝。他如今已经想不起蓖麻长什么样了。但无论如何，出土地点不会是在这里，因为地产商肯定会派遣挖掘机将此处掘地三尺，把渣土装车运走。它们可能最后安息在某条房地产还未入侵的遥远山谷，或是被填进附近某座高楼的地基，但那些不锈钢小零件和蓖麻子依然相依，构成一种无人能够解释的记忆组合。

山间飘起了小雨，哥哥招呼家人回车。船长走在最后。雨丝在他身后渗入碎石，唤醒埋藏的种子，它们胀裂有着美丽色彩的外壳，破土而出迅速生长，就像哥哥第一次生物课做的家庭作业也就是用湿纱布让黄豆出芽那样，在他走完楼后这段小路之前长成一棵通天大树，插进永远阴沉的云中，顺着藤蔓构造的螺旋楼梯走上去，便能在云上沐浴阳光。他转过楼角前最后一次回望小院的方向。什么也没有发生。这个想象应该源于基地图书馆的某本世界民间传说故事集。

十分钟后，车驶上了对面山脚下的道路。因为通向温泉，这条船长昔日和同学们去游泳的土路已被修成带有人行道和栏杆的水泥路，路灯上的彩旗在山风和细雨中飘扬。和上游河段一样，此处的小河被浓密的植物遮蔽，只能偶尔看见水面。水量虽然大减，但因为河床乱石林立，还是残存了一些微型瀑布。河对面方才重访的故居依然是童年的模样，但背景中远远耸立着那座三十层的庞然大物。假如后者拥有像CN塔一样的三百六十度大窗，确实可以俯瞰他童年的整个世界。

行驶几百米后便是温泉的大片建筑，眼前是个丁字路口，横着一条陌生的公路。船长要求停车，他下车走向路边。小河在此处被拔掉了所有乱石，在两侧混凝土的包围下突然化为一条温和而毫无特色的水渠，消失在大道下方。船长几乎是小跑着向公路奔去，他不想让家人为了自己古怪的求知欲等太久。这层混凝土下方肯定有着极其复杂的地质构造，穿行着跌落深渊的小河和上涌的温泉。公路显然是新建的，应该是绕城高速的一条分支，直通某片巨大的房地产开发区。路边已经竖起崭新的路灯，每根灯柱上都挂着彩色标语。和新建的同类公路一样，过往车辆很少，地上一片黄色泥泞，可以想象路尽头正进行着开天辟地的基建项目，载重卡车源源运出土方。船长像一位从事未来考古学的专家，在泥泞中观察四野，踮着脚奔向宽广大道的对岸。远方山间的一座巨大桥梁让他吃了一惊。它似乎是从雨雾中突然浮现的一架巨型梁龙标本。它实在太高大了，这条公路只是从它脚下穿过而已。他突然意识到了什么，大步飞奔起来，任凭泥点飞溅。前方护栏后的山谷中出现了一线水面，随即，一条大河在他眼前展开。这条河显然不是小河，河面宽了几倍，而且不像小河下游那样乱石林立。他几步跨到护栏边，抓住沾满雨雾的镀铬钢管低头望去。就在他脚下几十米处，小河汇入了大河。

并没有什么通向地下的深渊。一种深深的懊恼从内心升起。在整个童年，船长竟然都没想过沿着那条土路再往下游多走几百米就能看到真相。虽然他知道这条小河奔到无法逾越的黑山脚下必然要有个结局。左拐，右拐，或是跌入某个深渊。这条路过了杨梅山后面的路段就出了基地的势力范围。好多农民养了狗。还常有农村孩子赶着牛群闲逛，驱牛堵路吓人是他们常见的伎俩。对河流消失在深渊中的原始恐惧。这些因素导致他没能发现这条大河。这在多山的贵州确实是一条大河，从西来，向东流去，从漂荡的水草能判断水量稳定。

身后发出车门的闷响。哥哥向他走来。他刚把车停到了路这边。家人们从车窗里望着兄弟俩，或许还有他们后面这条河。她们不知道这条河的意义。她们看到的只是两个成年男人在细雨中与一条河相对。

但船长并没有问哥哥以前有没有这条河。这会是个愚蠢的问题。

哥哥点了一支烟。他显然知道弟弟对眼前的风景感兴趣，不打算催促他上车。那边应该就是绕城高速吧。不知道是不是能上去。他指着那座高桥。听得出他对河兴趣并不大，更关心离开的捷径。他以前很可能来过此地。比如和同学骑自行车来游泳。这样宽阔的河面显然更适合游泳。哑巴落河，湉湉说她哥常去游泳的地方，或许就在这里。

可能上不去。这条路太新了，可能还没修通。离新添寨那个收费站又太近，不会再开一个出口。他自问自答。

这是哪条河？船长忍不住问。

不知道。可能是南明河？城里流过来的嘛。贵阳周边没有其他什么河了吧。哥哥弹了下烟灰，掏出手机，调出地图。船长凑过去。河流在屏幕上呈现了，但并没有标注名字。不过哥哥并没有放弃，而是开始推动地图，寻找河流的上游。屏幕上细碎的雨滴被抹掉但又迅速再现。嗯，应该是南明河，甲秀楼边上那条嘛。哥哥把手机递给他。

甲秀楼在地图上只是个地名。虽然他童年确实好奇南明河在流过甲秀楼之后向东去了哪里。基地班车只是偶尔绕道那边而已。母亲对风景名胜不感兴趣，所以他从未去细看那座古老的亭子。他试着继续挪动地图，看到了想看的：河流转了一个大弯。一个非常熟悉的大弯，因为那个突出的半岛就是他念了三年高中的地方。上一次俯瞰这个大弯是研究哥哥留下的城市地图的年代了。所以确实是南明河。

他把手机还给哥哥。但随即又要了回来，重新打开了地图，开始在屏幕上划拉。

找什么？哥哥凑过来问。

看看南明河最后去了哪儿。他感觉自己长了一只佛手，弹指便能转动地球。他沿着河流东去，飞掠周边的道路、桥梁和村镇。前方的小谷龙据说就是以前基地农场所在的偏僻山谷，阿狗、痰盂罐和夏娟的成长之处，如今塞满了公寓楼。再往前，他看到了东风镇，这意味着当年陈老师带全班去过的来仙阁畔的小河也是南明河，虽然同学们在作文上写的都是小河二字。东风镇上出现了一座巨型体育场，使得它看起来像是美国的大学城。那是一所国际实验学校。下坝是当年他和哥哥骑自行车摔倒的地方，如今看地图却难以想象当年竟然骑了那么远，毕竟来仙阁都是陈老师从基地要了大客车载着全班去的，关键是去下坝的路上需要数次跨河，但他记忆中对此毫无印象，只能解释为窝在哥哥身后时只忙着仰望远方从未爬过的山头。巴喇谷，猴儿田，梯子岩，烂田冲，大河边，游鱼井，苦竹林。接下来的这些地名应该是终于回到了农村，虽然终将到来的地产商会给它们起更华贵的别名。然后，南明河在一个叫龙洞的地方汇入了清水江。上小学时老师们用的粉笔就是清水江牌的。后寨，么老寨，马市寨，新寨，旧寨，上寨，下寨，雄寨，这些才是真正的寨子，隐藏在依然贫穷落后的贵州山中。换一下比例尺嘛，哥哥说着，衔住烟，伸手帮忙按了几下，船长眼前的文明和大部分地名一起消失了，眼前掠过的只有这条蜿蜒的河流和它切割过的无穷无尽的青山，无污染的史前的贵州。船长继续拨动湿润的屏幕，就像他小时候拨动地球仪一样。清水江汇入了乌江。他感到一阵轻松。水葬的麻雀，纸船的残骸，那些大大小小的水密容器，微型潜水艇，最终没有坠入深渊，它们会顺乌江进入长江，经过已变了模样的三峡，经过和他一起衰老的葛洲坝，经过传奇的荆州和赤壁，经过自己带着探险或归家的兴奋沿京广线多次跨过的武汉长江大桥和母亲留过影的南京长江大桥，在上海进入太平洋。

走吧。船长将手机还给哥哥，二人上车离去。车径直在宽敞无人的大道上从容转出一个完美的大弯，窗外转动着这个陌生景点的全景画。他今生可能都不会再来了，但并没有惜别的感伤。因为一切都是连通的。除了道路，还有河流。他可以在世界的任何海岸乃至任何外流河的河岸出发，驶向太平洋，然后溯长江而上，就像一滴水从树根流到叶脉。他需要一艘原子能汽艇。不过，到了此处就必须靠岸，因为只有步行才能上溯乱石遍布的最后几里河段，穿过大礼堂下方的黑暗，绕过绿草丛生的学校操场和曾经卡住死婴的小石桥，最终抵达滴水岩，那个从地下出水的黑洞，那个父母谈恋爱、岚岚留影和全班野炊的地方。

当船长又坐回母亲床脚的折叠椅时，终于开始上网仔细研究故乡的地图。他记得多年前第一次知道网上有卫星地图时，特意寻找过那座他曾经生活的小镇。确切地说，是从城市出发寻找过它们的位置，因为当时城市之外只是一片斑驳的灰绿，他只能用方位和距离判断自己的寨子隐藏在哪片模糊的颜色之中。多年过去之后，公众能看到的卫星地图已能与U2侦察机拍摄的照片媲美。如今他找到贵阳时便大吃一惊。老城区西北出现了一片更大的城区，原先城市边缘的黔灵公园成了两者间的隔离带。那想必便是传说中的金阳新区。他听说过贵阳一中在他出国不久便迁到了这个新区，所以这次回去未能访问母校也不算遗憾。但为了能查看当年回家的路，他必须先找到当年母校所在的那个被南明河环绕的半岛，因为即便是老城区也面目全非，他需要再次借助这个大弯，才能走上虚拟的回家之路，猜测着摸过人民广场和遵义路，海关大楼和邮电大楼，中华南路，大十字，中华中路，喷水池，延安东路，已经被改名为宝山东路的外环东路，以前不存在的观山东路，走上路边遍布屠宰场的大营坡、开设精神病院的汪家湾、父母登记结婚的茶店公社所在的茶店镇，当年穿着旱冰鞋或是骑着自行车抵达之后都需要停下来喘口气的全路制高点冒沙井，沿着一个从太空俯瞰感觉不到坡度的大坡冲下去，让离开时就已在两山间竖起的市公安局大楼和已经严重缩水的顺海林场从身体左右掠过，钻过绕城高速，来到一大片建筑之中，迷失了。他本以为找到这条路和小河相交的位置就找到了新添寨。又一次，他不得不另找一个天然地标，子弟学校所在的那个被小河环绕的半岛。迷失并不奇怪，小河已经隐没在高速公路的阴影中。气象山确实已被夷平，当年后山的位置如今建起了高速出口和收费站，而前山的那些坟墓想必已迁进某个城市公墓，他们的主人在清净了百十年后发现自己和异姓人挤在一处，但从此不必担心月黑风高之夜被盗墓者侵扰。收费站边是公共汽车站。他点了一下图标。育新路站。想必是因为在学校旁边得名。当然不会叫做气象山站，因为学生们不知道此处曾经有座山，山顶有座气象台。顺小河前进，也就能发现基地，但那一片方正的巨大厂房其实非常容易辨认。当年装配大楼前那个可以捉蝌蚪的养鱼塘也还在，只不过没有任何水色，是一颗熄灭的宝石。平顶山被挖掉大半后建起的别墅倒是拥有游泳池，池水和他每次在美国降落时俯瞰的城郊私宅游泳池一样蔚蓝。后山脚的旱冰场被一片巨大的操场吞没了，技校的建筑似乎全部都被重建，比以前多了两倍。据老猫说，技校早已不属于基地，改办了普通教育。千万人正在迁入这片区域，这所学校的前景不可估量。那座三十层巨厦长长的阴影直接投射在故居上，相比之下，曾是山谷第一高楼的803大楼的阴影像是来自侏儒。建造巨厦的人是有远见卓识的，因为这个地点不仅离菜市场和温泉不远，步行便能走到在当地历史最悠久的两所学校，而且与绕城高速出口是如此接近。周围这片当年耗费了炸药和生命，用挖掘机和推土机年复一年建设起来的居民区和厂区，只要推平便是宝地，而其间还流过一条天赐的河流。在船长有生之年中，这段绕城高速想必会变成贵阳城的东三环。和他站在当地时的想象一样，周围小山都已被夷平或是正被覆盖，因为地图上的绿色区域只剩奶头山和黑山这两座孤山。亲手绘制过无数地图的船长知道它们的方位。虽然从太空中看不出高度，但那些之字形小路泄露了它们的身份。人类还无法将它们夷平，但已经在它们腰间环绕了几圈别墅。除了它们，第三片绿色只会是由缩水的顺海林场改建的顺海森林公园，商人们会留下最后一片密林，作为城北最高尚别墅的背景。但船长还是希望住在那座通天塔中，每天登上塔顶，俯瞰小河汇入大河，继续用望远镜寻找当年发现的铁道或其遗迹。

他的视线从故居出发，爬过平顶山，朝西南偏西走去。根据东方阿布辛贝的记忆，当年看见铁道的位置应该在如今的二环路附近。但即便将比例尺放到最大，依然找不到任何铁道的痕迹，只有盛开的大片社区，点缀着属于厂房或仓库的蓝色房顶。但还是可以辨认山地，因为二环路就像当年那条铁道一样钻进了隧道。也许那条军线在冷战结束后不再需要或是因为城市扩张变得无法保密而被拆除了，而路基被用来修建公路，所以彻底不见了踪迹。二十四小时自助银行、购物广场和干锅居辅佐的一群群高楼取代了他当年独自发现的桃花源。也许那真的只是幻觉？没有一个同学能够帮他作证。在阳光下如宝剑般闪亮的铁轨和黑暗的隧道，不可能是潜意识的编造。这些年来他不时会想起黑洞中穿出的那两束光，因为他在地球另一面的家是当年车载洲际弹道导弹瞄准的目标。也许由于技术进步，铁路发射车已被公路发射车取代，所以铁道已被拆除，但隧道依然在，只是洞口修了伪装用的货仓，蓝色房顶随时可以滑开，让隧道内驶出的车载导弹直立发射，直奔他在地球另一面的家。这显然是一个更合时宜的设计。虽然发射的巨响和火光会震惊周围高层阳台上和别墅游泳池中的居民，但那时已是世界末日，他们的震惊无关紧要。

想到这里，他觉得关于秘密铁道的记忆可以在余生中安详睡去了。关于小河汇入大海的发现才是最大发现。虽然他知道自己在余生中每次想起这个发现都会带着追悔，因为童年没能顺着那条土路再往前走几百米。他的人生也许会因此而改变。他可能会成为一位游泳健将，因为想要抵达彼岸。也许他会迷恋船舶而不是飞机，然后选择到上海、青岛或是厦门上大学。他会用汽车内胎制造橡皮艇，独自漂流。那时他还太小，母亲会不放心，所以他不会驶向大洋彼岸。在小学暑假，他到达乌江便会回来。在中学暑假，他到达长江便会回来。在大学暑假，他到达上海便会回来。

母亲依然在床上安睡，她的身躯是他人生中第一座也是最后一座山脉。他没有告诉她自己的发现。即便童年就有这个发现，也对她毫无帮助，因为河流东去，而她的故乡在西边的万山之后。如今，她已经接近了她世界的中心，不再需要船，更不需要循着河谷去寻找穿凉鞋涉水的儿子。她知道他早已离开小河，飞进太空。

回到美国，船长突然想起来给岚岚留言，告诉她小河的去向。

很多年前丢的漂流瓶，不出意外的话，应该会经过上海。

然后到达美国。她发来了一个笑脸。

## 314

站在胜利柱下，船长感觉来到了欧洲中心。德国在地理上确实位于欧洲中心，从北美飞往柏林比飞往斯德哥尔摩要多花几个小时。轴心国这个词给童年的他一种奇妙的想象，仿佛世界不再绕南北极旋转而是绕德国旋转。眼前这根柱子便是地轴伸出地面的部分，船长和车辆在它脚下绕行。柱基浮雕上冲锋、厮杀和胜利的场景属于一百多年前德国作为普鲁士的对外战争，身体前倾的群体和飘扬的旗帜令他想起从未接近过的人民英雄纪念碑浮雕，有一种动人的感染力。而柱顶的胜利女神则直接带他摆脱历史，进入神话，在那儿没有国界和法庭、逃难和死亡，只有意志、力量和在阳光下闪着金辉的胜利。

环绕胜利柱的是一片大城市中罕见的树林，据说曾是王公们狩猎之处。另一种对力量的浪漫化。虽然二战后被砍伐改建，如今依然草深林密，以至于船长穿过时担心会有鹿跑出来横跨街道进入另一侧的繁茂。当他来到这片林中空地，感觉像是遇见了童话里的林中小屋。纪念碑确实应该建在这样的地方。记忆中东方的每座城镇都有这样的纪念碑，竖立在黔灵公园那样风景幽雅的僻静之处，供少年们举行仪式并合影。上次回昆阳时，郑和公园里的英雄纪念碑已被拆除，换成了郑和全身巨像。在童年，他对于郑和公园里竖着英雄纪念碑的解释是郑和也是英雄。

感谢这片树林的隔离，胜利柱才能在最近一次大战中免于遭受轰炸和炮击，成为在废墟中屹立的少数建筑之一。而它在一百多年的动荡中幸存下来，想必是因为它纪念着一个国家的对外战争，而不是一个政权或是一次内战。它的细节被曾经战败的战胜者修改，但没有被推倒。柱顶似乎可以观景，但船长没有攀登的愿望。抵达这座城市只是他漫长旅途中一个小小的胜利，他会以徒步穿过它来庆祝。高处的风景应该只属于站立在那儿的永远不败的胜利女神。他从地下通道穿过环形车道。黑暗、涂鸦和排泄物的气息让他吃了一惊。他本以为会看到日夜拥有良好照明的图文介绍，讲解那一次次胜利的战争，很显然，头顶的大柱子只是历史遗物而不是爱国主义教育基地。无论是否有人阅读，历史都屹立在现实上空。

从胜利柱指向东方的六月十七日大街也算是纪念碑。船长本以为以日子命名的街道只在中国有。五四路，八一路，一二一大街。水平放置的巨大水泥纪念碑，两侧镶着花木和围栏，每个路口附近都用路牌提醒人们踏上了纪念碑。街名是西德人纪念东德人反对东德政府的示威而命名的，也算是对东德政府镇压示威的抗议。但是西德人并没有拆除苏联人在街边修建的苏军阵亡将士纪念碑。也许念在曾是盟友。也许因为这是两千军人的埋骨之地。柏林墙筑成后，它成了西方土地上的东方孤岛，因为屹立着苏军士兵像和一辆坦克，西方人不喜欢，西方不得不派军队保护，据说东方每天也派几名士兵来站岗。碑身曾被涂鸦，士兵曾被枪击，但它还是幸存下来。坦克摆放得离街道太近，而且是一辆外观保养良好的真坦克，看起来像是大街要戒严，或是树丛后的国会大厦发生了政变。但船长的目光随即被大街尽头的勃兰登堡门吸引。确切地说，大街穿过了勃兰登堡门，它只是曾被门前的柏林墙挡住。他向着大门快步走去。他当年错过了柏林墙拆除的新闻。那时刚上高中，初冬天已经黑得很早，路上一旦堵车便会错过新闻联播。陈老师记新闻的作业在那时感觉已经恍若隔世。但他知道墙的大致位置。当他穿过那道已经变得透明的墙时，明白自己终于跨越了欧亚大陆上东西方的分界，他依然怀揣一张旧版世界地图，从德意志联邦共和国进入了德意志民主共和国。他想起在那些漫长暑假中每天观看的奥运比赛，两国的国旗和缩写。解说员并不会使用西德和东德，但是人们私下里更喜欢这么称呼它们。西德产的电视机。东德产的大卡车。

如今，当年被墙分隔的土地只是这座城市的东城区和西城区。对耗费漫长人生游览了社会主义和资本主义的人来说，走进东柏林是令人亲切的。商店里挂着《鼹鼠的故事》钥匙串，让他想起那只生活在社会主义国家但不需要户口簿的动物。老年人在桥头摆摊售卖标有五角星和镰刀斧头的旧货，它们已经成为商品和文物，唤回记忆或是满足猎奇。他走过高大的教堂，在博物馆中观看了从遥远古国搬来重建的祭坛和城门，它们暗示着这个国家曾经的强势，虽然更多的文物已在它遭受的惨烈轰炸中毁灭了。音乐厅前屹立着席勒的肖像，他只在贝多芬第九交响曲中听到过他的作品，而且是德语。在查理检查站附近的街边，工地围墙印着罗斯特罗波维奇的巨幅照片。当年家中订阅着不便宜的《世界知识画报》，所以他早就见过这张秃顶老头在即将被推倒的柏林墙下拉大提琴的照片。当年他第一眼看到照片时，从发型判断老头是戈尔巴乔夫。但他是姆斯季斯拉夫·罗斯特罗波维奇。假如四人团们从电视上知道这个名字，必然会在课后吟诵。他为这张作为街景的照片拍了照，准备发给父亲，然后走进查理检查站附近关于柏林墙的小博物馆。在此之前，他已从各种纪录片中了解到柏林墙其实是一个复杂的隔离体系，由两座墙和其间的死亡地带构成，还有铁丝网和各种附加障碍。令他印象深刻的是，墙是突然出现的。在此之前，国民们只要花两分钟就能从社会主义步行走进资本主义，或是在社会主义区上地铁，在资本主义区下地铁。听起来是世界上最自由的地方，和中英街完全不是一个概念。人们只是一夜之间发现他们失去了自由，家庭从此被长期拆散。令他沉思的是，墙的功能并不是阻挡外人擅入，而是为了不让居民离开。所以博物馆的展览讲述了人们如何利用或自制包括热气球和潜艇在内的各种设备，以各种匪夷所思的方式逃亡。他们其实是幸运的，因为离自由很近，不需要跋涉数千里并担心从此没了户口。他想起童年印象深刻的另一堵墙。在一部外国电影里，处死一群人的方式是将他们砌进墙里。他记得最后一块砖封死时的镜头。银幕上只留下中央透亮的长方形，那块砖填进来，画面顷刻一片漆黑。那便是那群人最后看见的世界。可能是一部德国片，因为这个国家似乎特别喜欢建筑闹鬼的故事，比如西德片《古堡幽灵》和东德片《高楼轶事》，前者确实有犯人被砌进墙里变成鬼魂的情节，后者经常出现鬼魂穿墙而过的画面。但它们都是喜剧，而童年看过的那个镜头令他感到由衷恐惧。在后来的很多年中，他都想象着路过那堵墙边的一代代人类某天听说墙内有窒息灵魂时的心情。

黄昏时分，他走回了勃兰登堡门。夜幕下的门楼更加高大，但在他眼中，这座没有士兵和仪仗的大门是和蔼的。柔和的黄光将所有的墙、柱和砖砌地面染得温暖。家的感觉。连门上的战车都像书架上的陈设。他想起童年的冬夜，全家人坐在铁炉边吃晚饭的景象。那时每晚都有白菜汤，加一勺母亲炼制的猪油或是油辣椒。那时每夜都要加班的父亲还没有每餐都要喝酒，孩子们吃饭时也不看电视。小收录机播放着《勃兰登堡协奏曲》，圆号给屋子添加了绘有精美壁画的宫殿穹顶，双簧管将窗外的山野变成皇家园林。他还是个孩子，但已经能感受到奇特的富足，而勃兰登堡也就成了世界上另一个安详的去处，与王公贵戚无关。

回旅馆前，他经过拥有象门的动物园，来到威廉皇帝纪念教堂。钟塔上半部隐没在黑暗中，残缺的尖顶不像在蔚蓝的晴空下那么显眼，提醒着这城市曾经遭受的灾难。他绕着它缓缓走动，像是仰望一位瘦削冷峻的神父。他身披带有面罩的暗黑色斗篷，只在夜晚出现。四面钟盘泛着荧光，但在船长眼中，缺失的塔尖才是真正的指针，而它指示的时间因此早已停顿。不过，它们的存在提醒人们这座建筑曾经的身份，它依然活着的状态。那些幸存的神圣立面也被一种柔和的黄光映照着，让裸露的断垣和破洞显得不那么凄凉，甚至将砖石凝为一个东方人眼中更加粗犷厚重的夯土，预示它会比身边重建的新教堂，那两座透出幽幽蓝光的现代棱柱，屹立得更久。船长走近塔基南侧，发现有灯光特意照亮了残破大厅拱顶上的华丽壁画，向人们展示这位神父古老的灵魂。应该也曾是一间温暖的屋子，安详的去处，只是他此时已经无法进入。

船长终于回到巴洛克时代的德国，是在德累斯顿老城的街道上。没有现代的车辆和橱窗，只有无尽的石墙、石柱和门廊。偶尔有装饰华丽的马车驶过石铺的街道，年轻艺人在街边演奏着 G 弦上的咏叹调。大部分古色古香的建筑都是将大半个城市烧成灰烬的二战大轰炸之后重建的。不时可见的脚手架证实着人类努力的追忆。易北河畔的风光，河道弯曲的方向，栏杆边留影的游人，街道和建筑的排列，都令他想起外滩。外滩建筑有着气宇轩昂的花岗岩外表和万世不倒的混凝土身躯，运营着金融和商贸，而眼前是一排渐渐苍老的砂岩，保护着艺术和信仰。这条道路引他走向这座城市的灵魂教堂。圣母大教堂拥有曲线柔和的屋顶、塔楼和窗檐，穿着浅白碎花的宽厚长裙，是一位雍容温婉的女士。那些碎花是居民们从废墟中收捡保存的深黑色石材，在重建中被精心镶嵌进它们原本的位置。有人说深黑是当年燃烧弹攻击的痕迹，但也许只是砂岩暴露在岁月中的自然陈旧，或是两种效果的组合。历史已经无需颜色佐证。它们只是暗示了这座建筑生命中的断层。这位高大的女士在当年最终倒下之前支撑了很久，用长裙遮挡汽油的烈焰，挽救了众多居民的性命。战争中没有神灵和信仰的位置，人类供奉它们的殿堂在燃烧弹的地毯式攻击中并不可能幸免。逃进寺庙避难只是童年的幻想，木构的中国庙宇更不可能承受轰炸。基地有大礼堂，那是唯一可以容纳大量职工和家属的建筑，但显然不如眼前这座敦实的石砌建筑结实，缺乏加固支撑的大面积屋顶一旦塌陷，只会导致更大伤亡。人们只有躲进大礼堂下方黑暗的河道才可能幸免。

船长当然理解那些黑色碎花所包含的感情。上次回国时，父亲提到上海老厂的厂房被拆除时已经回沪的退休职工们特意前去观看的事。他说他们在现场失声痛哭。他们应该没有在现场取走砖块。因为他们不会再建一座厂房。砖块不包含信仰，只是自己人生的目击者。但中国的古寺在毁于兵灾之后也会像圣母大教堂一样被重建。木构建筑即便在冷兵器时代也是脆弱的。位于田野和小河间的来仙阁便曾经毁于火灾。他曾经好奇旧社会的农民们为何能够集资重建它。他当时的解释是主要贡献来自地主们。但捐款名录如今已经不重要。在那个世外桃源般的画面中，一座木楼在它前世的原址上重生，周围耕作的农民和田埂上由师爷陪同视察的乡绅都能感到它的护佑。而他们也护佑了它，并在见证它的重生之后感受了一种长生久视。重建的来仙阁上想必还挂着明代的风铃？它们在挑檐焚毁之时跌落青石楼基下的小河，被农民的儿子们捞起，挂在重修的挑檐上，当年全班同学仰望的那座道观因此成为两座建筑的合体。而德累斯顿的居民从时间之河中营救黑色石块，并将它们嵌入重建的教堂，创造的是同一地点延时叠加而成的神秘影像。

在莱比锡，船长终于走进了一座教堂。到托马斯教堂看巴赫工作过并最终安息的地方应该是这段旅程顺理成章的发展。他坐在一群旅游者和当地居民中，但随即便被童声唱诗班的声音带回童年。虽然他并不记得这些作品，但音符们依然组合成了一座他熟悉的建筑。管风琴声响起，他才注意到教堂另一端的楼上还有一架管风琴，高低音错落回响，震动穹顶。一扇绚丽的玻璃彩窗中部镶着巴赫的像，童年磁带封面上熟悉的模样。在那个封面上，他戴着比法官更肃穆的假发，背景是山野间安详吃草的绵羊，两个小时前，他沿不限速的高速公路经过了那片山野。此刻他确认了一些来自童年的想象：巴赫是离神最近的人，德国是世界的教堂，管风琴是人类创造的最伟大的机器。仪式结束后，他逆着人流往前走去。在唱诗班环绕的位置，他看见了那块镶嵌在地面上的古铜色墓碑。墓碑上是他认识的第一个外国人名。名字边摆放着几束花。他没有买花，他确信自己远道而来的凝望已经足够。然后他走出教堂，在小广场对面的乐谱店里给父亲买了一本《无伴奏大提琴曲》，罗斯特罗波维奇在柏林墙下演奏的曲目，然后在教堂隔壁的礼品店挑选了一支音叉，带走这座城市几百年来的固定音高，虽然这个音在全家围着白菜汤吃晚饭时已经出现过千万次，但他喜欢将它凝固在金属中的保存方式。它就像那些至今依然躲在母亲房间隔壁某个小纸盒中被黑丝绒包裹的透镜和棱镜一样，会被下一个人类文明的考古学家挖掘出土。

旅馆最便宜的单人间位于天花板倾斜的顶层，像是身处卧铺车厢上铺。他因此有点想家，只是此刻位于欧洲中心令他不太确定想的是哪个家。他启动电脑，播放《赋格的艺术》，打出一封家信，叙述最近几天的行程，附带罗斯特罗波维奇的照片。这是他很少使用的与父亲直接联系的方式。父亲并不是他的座舱通讯官，往往只能从妻子的转述中获得儿子的消息。但船长从未和母亲谈论过音乐，虽然他们在买菜的路上几乎谈论过世界的一切，从天空为何蔚蓝到地里为何会不断长出石头。在他的记忆中，她从未端详过那些磁带。她常常责怪父亲把工资私自拿去买磁带。但她一定是熟悉那些声音的。他起身走到窗边端详这座古城。楼下砖石镶嵌的路面花纹复杂，就像巴赫的音乐，精致而安详。放眼望去，除了几座教堂的尖顶，都是一样高的四层老房子，屋顶突出很多阁楼小窗。那可能是家庭放置杂物的角落，也是孩子们喜欢玩耍和躲藏的去处。天色已经暗淡，街上几乎没有行人，窗帘透出暗淡温暖的灯光。老城没有上下班高峰，也许人们都已回到家中。童年冬天的晚饭大部分是在客厅进行的，那也是父亲工作的空间，靠窗摆着他用老房子废弃的门板改装成的便于绘制大幅图纸的大长桌，头顶是雪亮的日光灯，但在有的年份，也许是白铁烟囱们有一支锈坏了，长度不够，取暖的铁炉便被安放在厨房，晚饭也就改在那个更狭小亲密的空间。头顶吊着的白炽灯泡发出的便是这样暗淡温暖的灯光。他还记得将铝锅从灶眼上端走时露出的红亮煤块，和菜汤在四人中间飘起的热气。它们都加重了窗上的水雾，让冬天的夜黑得更早。《赋格的艺术》显然不如《勃兰登堡协奏曲》、《皇家焰火音乐》和《水上音乐》更适合那个场景，管风琴声如同长夜中的一排蜡烛，殿堂中的空气凝滞，火焰却微微颤抖着。他童年印象最深的管风琴曲都是宏大疾速的，而这个声音是如此沉静悠长。作曲家对人生最后的冥想。

船长不知自己是何时睡着的。他最后的记忆是倾斜的天花板。倾斜的线条构成了教堂的尖顶，将灵魂导向天空。父亲发来的一段记忆将他带回了现实，虽然很遥远。

初中时我就知道了席勒，后来还买过德国为纪念他出的邮票，并且关心过中戏上演他的话剧《阴谋与爱情》，记得女剧中人的父亲是一个穷人大提琴师。

我对德累斯顿这个德国城市名字的最早印象始于1959年。那时我还在读初中。国庆十周年，德累斯顿交响乐团在北京首都剧场上演贝多芬第九交响曲。当时的合唱部分由中央乐团合唱队用中文演唱。通过无线电广播，我收听了演出实况。交响乐的宏大气势震撼了我。合唱的旋律很容易记，再加上中文歌词的内容我很喜欢，很快我就能哼唱。几天后，在广播中听了记者采访德国指挥的录音，指挥说：对合唱部分的中文演唱效果十分满意。

后来上中专时，参加了机械学院的乐队（由本科生和中专生联合组成），认识了队友胡国栋。他是本科生，中学时在北京少年宫乐队吹巴里冬，一种次中音号；在我们乐队还吹这个；我吹耳多，中音号，比他高一个声部。在演奏技术上，他给了我很多帮助。后来，我俩的二重奏很出色。新年时曾被多个班邀请到班会上演奏。后来他被吸收到第一机械工业部乐队，由于口形好，嘴唇又特薄，被分配吹小号。第二天他向我炫耀他的号。那是一把德国小号。使我惊讶的是它的来历：一九五九年德累斯顿交响乐团将这把正在使用的小号，作为礼物赠送给了一机部乐队。我记得它是直立活塞，键钮有棋子般厚，顶面有巴洛克风格纹饰；虽然不是新的，但音色很好，活塞手感极佳。

船长知道这个国家的游记会催生父亲的很多回忆，但以为父亲会首先谈论蔡司和莱卡，还有他在恒温实验室里使用过的其他高级设备，或许还有他当年不知道从哪儿搞到的那本图文并茂印刷精美的《德意志联邦共和国国家介绍》，船长这次看到各州州名都会想起它。他想问问父亲队友的情况。应该早已失去联系了。假如小号手还在世，即便早已失去了那把小号，但肯定会依旧记得德累斯顿，一座有巴洛克风格纹饰的遥远城市，与人不同的是，它即便被焚毁，依然能够重建。

在德国的最后一天，他离开城市，来到密林深处的空地。布痕瓦尔德这个名字被他记住是因为一张院子里堆满尸体的照片。都是一丝不挂的男性，骨瘦如柴，皮肤发出一种超越黑白照片记述能力的惨淡白光。他们张着嘴，像是刚说完什么或是还没来得及说什么，但脸上凝滞着痛苦，似乎是被无形的妖魔一口咬住，瞬间吸干了他们体内的血液、肌肉、脂肪与生命。对于童年的他来说，目睹尸体自然是震撼人心的，而它们不同于战争或事故现场的尸体，看不出创伤，也没有血迹，像干柴般被堆放在墙角，不像是就此丢弃，但也不像在等待认领。在过去这些年中，那堆尸体在他记忆中变成了一座现代派雕塑，它们拥有同一个名字，被印在一个标牌上，成了他私人博物馆地下室中的永久藏品。

如今，他走到了曾经堆放裸尸的那个院子，将藏品用电梯运到这片蓝天之下。他觉得自己耗费半个人生完全就是为了走这条路，来看清这类童年梦境中的模糊画面。画面中的裸尸当然早已消失，但他此时站立在它们还是拥有破烂囚服和花名册编号的他们时站立的最后一片大地之上。他们度过最后人生的营房也早已消失，但没有人会希望去重建。没有了建筑，也就不用担心某天突然又会有一批批人从远方被封闭式货车送来然后无法离开。几天前，他在柏林北郊的萨克森豪森曾经进入过几间保留下来的幽暗营房，隔着玻璃注视当年犯人们的多层铺位。他当时突然迷惑于自己参观的意义，因为他收获的只是压抑。他并不需要别人来提醒他群体遭遇的命运。但他随即想起最后一次进入基地，透过老食堂残破的窗玻璃看到桌椅堆积如山的画面。它们都属于曾经集群生活但已经消失了的人群。他们或是已经死去，或是已经获得自由，奔向各自思念的家乡。如今，身处集中营被拆除后留下的巨大空场令他感到呼吸舒畅。这是一片朝向正北的山坡，绿荫镶边，一排排营房地基沿着巨大的弧线排列，仿佛是一座巨大的古希腊剧场。这样的设计似乎是为了保证在任何位置都能遥望舞台，地平线上平缓起伏的山峦，而竖着巨大烟囱的焚尸炉位于观众席后的一角。所以，即便当年的囚徒们生活在围墙和铁丝网中，每天还是能有短暂的时间体验辽阔。世界在他们的记忆中远去，但是远山让他们想起童年的各种探险，同伴们的叫喊和惊叹，或是几年前和新婚妻子的一次野餐，她裙子的颜色和餐盒上的图案。山峦永远不会被围墙和铁丝网包围。但他们无法化为巨人，一步跨越所有的封锁，走向远方。北方的景象会渐渐变为茨温格宫中某位古代大师的油画，远景是阳光照耀下的山地、原野、村镇、教堂，安详吃草的绵羊，而近景则是框住了远景的一片黑暗密林，林中跪倒的生灵承受着不知名的痛苦，将手伸向虚空，口中吐露绝望的祈祷或是临终的呼号。这个明暗对比强烈的画面更像是包括了山坡另一侧的全景。那边的山脚下是依然古老祥和的文化名城魏玛，小城居民并不知道自己附近有一座集中营，直到被美军作为目击证人带到营中参观堆积如山的尸体。但总会有人像埃及牧童在沙漠中发现阿布辛贝一样发现密林深处的建筑，或像船长一样发现通向它的秘密铁路。只有希望走得更远的人，才能发现大地上存在自由的边界。

I will build a shelter if you call
Just take my hand and walk
Over mountains high and wide
Bridging rivers deep inside
With a will to guide you on
Your heart will need no one
Those days are gone

— David Sylvian, *Silvermoon*

# 4

# 八荒

法显去汉地积年，所与交接悉异域人，山川草木，举目无旧，又同行分披，或流或亡，顾影唯己，心常怀悲。忽于此玉像边见商人以晋地一白绢扇供养，不觉凄然，泪下满目。

——法显《佛国记》

## 401

上次来祖坟是快三十年前的事了。那时母亲还算健康，暑假将尽，她屡次提出的上坟建议仍未得到众人的积极响应。四姨妈总说等大家得闲了一起去，而有些亲戚要街子日才能碰见。在船长想象中，上坟是一项好玩的活动，和野炊差不多。但他从未见过母亲如此沉不住气，所以当她说咱俩明天去上坟的时候，他才确认上坟对她来说是一件必须了结的心愿。母子俩第二天清早便出发了，四姨妈劝不住，只好找了两顶早年下地干活用的草帽给他们戴上。他与母亲并肩走向广阔的田野，想象着假如母亲当年并没有念书然后远去上海，他俩此时确实应该是在下地干活的路上。生活是否会更快乐些？至少对母亲来说会快乐得多。虽然他们不久便迷失了四姨妈叮嘱的路线，但母亲并未露出在火车站赶车时的那种焦急。她凭着童年记忆带领船长穿过田埂小道的复杂迷宫，向田野尽头的远山走去。田野的格局或许已经改变，但俯视家乡的山形是永久的，早已刻在她内心的地平线上。在祖坟烧香上贡时应该是他今生第一次下跪磕头，他模仿着母亲的每一个动作，磕得很庄严。不过他印象最深的是归途中遭遇的暴雨。天地间只有巨大的水幕，没有任何避雨之处。他俩只能一手护住草帽，另一只手搂住彼此，跋涉在泥水四溅的小道上。母亲说这是感动了上天。她内心的舒畅可想而知。她搂着儿子，却并不担心他的安全，想必是确信他俩受到了保佑，而那天的雨虽然急骤，却是温暖的，也没有风的鞭打，似乎上天有意为他们洗去腿脚上的红土但只是不小心开大了莲蓬头。所以他第一次如此坦然地淋雨，而且把泥水中的步伐也踩得噼啪作响。走回家中，四姨妈自然给了一顿斥责，然后不止一次和人提起这娘儿俩那天一定要去上坟结果被淋成落汤鸡。母亲并不介意。在她听来这是值得骄傲的事迹。

当时并没有想到第二次来祖坟是为修母亲的墓。风水先生和打墓师傅商定坟墓的位置，用扛上山的半袋石灰在草地上绘出中心和边界。哥俩对其中讲究一无所知，好在还有臂上都戴着孝布的几位表哥参加讨论。下山时，喷吐黑烟的小拖拉机已经载着石料沿曲折的林间小道缓缓爬上来了，漫山的树木在风中潮水般响。船长此时才终于接受一个事实：母亲已经不在了。

在之前一天也就是母亲去世当晚，全家人都坐在四姨妈家堂屋里，不知是谁已经请来了打墓师傅，表哥们招呼他喝了几杯酒，哥俩拿着他带来的照片选择墓的式样。这类主意还是得由他俩来拿。他们挑了最好的也是最贵的那种，虽然这样会让母亲的墓显得比上几代祖坟都要豪华。在此之前，晚饭特意请来的是母亲那一代排行最高的兄长家还健在的排行最高的二哥，祖坟当前的管理人，被众人说服同意母亲的下葬。按风俗，嫁出去的姑娘是不能葬在祖坟的，但看在当地已经德高望重的四姨妈不断叙说母亲的孝顺贤良，抬头不见低头见的三代人轮番敬酒递烟，加之母亲的遗体已从昆明运到了几里外的县殡仪馆，也就应允了。

在之前两天，也就是医生向哥俩作出停药建议的那天黄昏，四姨妈带着儿孙们一起到了医院。船长在和哥哥商量了决定后还算镇静，但看见这些熟悉的脸，还是立刻发生了今生唯一一次感情崩溃，啜泣了半分钟，被二表哥拉到一边去了。等缓过神来，他想起最重要的事，便和四姨妈说了母亲希望葬在父母身边的心愿。母亲没有留下任何遗嘱，但这是他从小就听她絮叨的心愿，虽然很可能只有他一人知道。四姨妈当时便答应了，对嫁出去的姑娘不能葬在祖坟这一说法只字未提。

众人围在母亲床前时，她依旧深陷已经持续了数十个小时的昏迷，但哥哥和父亲送众人出去之后，母亲的双眼突然慢慢睁开，望着他足有两秒钟，然后又合上了。这一眼让船长产生了幻觉，那就是母亲的状态并不是昏迷而是睡着了。她的眼神中没有任何迷惑、痛苦和恐惧，也没有欢乐和希望，只有平静，完全像是睡在家中的大床上，偶尔被窗外大树上振翅的鸟儿吵醒，发现儿子还在床脚的折叠椅上陪着，窗外依然是童年的故乡天空，便安然合眼睡去，继续正在进行的梦，而自船长懂事时起，她最常叙述的梦就是与远方的亲人们相见。

母亲火化那天来了更多亲人，出现了很多船长翻找最深的童年记忆也对不上号的面孔，但他忙于一系列儿子必须承担的仪式，没有闲暇去询问。直到炉门关闭许久，船长的视线终于离开其实什么也看不见的焚化室玻璃小窗，环顾大堂，才发现众人已经散去。年长的亲戚在站立过久后，都已到等候室里坐下歇息，父亲应该在他们中间，想必也忙着从记忆深处搜索他们的身份，在他人的点拨下了解他们在家谱大树上的位置。他走到大厅侧门深深呼吸了几口蓝天和红土间的空气。兄嫂和表哥表姐们正指挥他们的儿女将花圈和大量纸钱投进一个巨大的砖砌窑炉焚烧。少男少女们似乎不常经历这件事，所以都很卖力，而且应该觉得有趣，他们没有穿颜色深沉的服装，套头衫在明媚的阳光下图案鲜亮，母亲对此当然不会介意，正在化为青烟的她满意地俯瞰这难得的热闹。她比他更了解他们中的每一张脸，并且曾经在星际通话中向他描述他们的成长。他向另一侧张望，看见了表姨妈。她是当天客人中显眼的一位，因为她一身云南妇女的传统装束——花头巾、绣花围腰和绣花鞋，怀中抱着一只鸡。她虽然站在建筑的阴影中，但那些绣花还是深深吸引着一双久居西方的东方眼睛。他其实从小就喜欢那些绣花，以至于认为她家在的古城真的是一座有城墙的古城，而她是从古画中走出的人物。表姨妈长得白净漂亮是公认的，童年的船长摸完了她衣服上的绣花还要去摸摸她的脸。在那天上午，满头白发的她静静站在阴影中，望着孩子们在炉前忙碌。怀中的鸡在她怀抱中很舒适，只是偶尔扭扭头，并不挣扎。她一直站着，升高的日头慢慢推开礼堂的阴影，照亮了她的绣花鞋。假如母亲从未远去异乡，很可能也会是这个装扮，活得健康而安详；而他也会像表姨妈的儿子们一样，在滇池边的大棚中种植玫瑰，被年复一年的高原阳光晒得黝黑。

下葬那天是唯一的雨天。众人分乘几辆车到达山路尽头，然后徒步爬坡。天开始飘雨，哥哥捧着骨灰盒和嫂子走在最前，船长怀抱遗像跟随，后面十几米开外走着一众男女老幼。道路湿滑。这几年云南冬季大旱，此时已经一连几个月没有雨，根据从母亲那儿学来的理论，这场雨是感动了上天所致，而母亲既然也在天上，那么这场雨也就下得很小，以免淋透了儿子和亲人们。从亲人们拍的照片来看，船长那天的面色晦暗，在医院熬夜多日的透支，即便在四姨妈家连吃几天好的也难以恢复。这几天晚上，他独自睡在四姨妈家楼上他童年曾和母亲同眠的床上。周围黑暗中的家具依旧是童年看到的那些，包括他在战争时期希望能躲进去的大衣柜。写字台里依然放着表姐们年轻时的日记和照片，大梁上垂下的白炽灯发出穿越了几十年的昏黄光芒。他的整个夜晚都在半睡半醒中度过的，恍然以为自己还在童年，发了高烧，而母亲去镇上卫生所拿药了。但在人生中，这座木楼中度过的岁月是他最健康的岁月，每天都盼望着天亮起床，冲向好吃的食物和好玩的去处。清醒的时候，他知道母亲躺在几里地外一条陌生山谷中的殡仪馆。他本来是要去守灵的，已和殡仪馆值班员说好吃完晚饭就去，请他不要锁门。众人对他的心情表示理解，但一致反对，先是让他好好休息，但面对他的固执只好把劝说升级为威吓。半夜三更的独自一个在那儿整哪样？你莫多事！四姨妈的口气已经不是对晚辈的劝解，而是对孩子的呵斥。她站在他面前，手指快要戳到他脑门上，但又突然扶住他的肩，凑到他耳边说：我跟你讲，那儿不干净。这句话说服了他。他并非害怕不干净的东西，而是意识到自己必须学会入乡随俗，少让这群人操心。不过，把母亲留在了一些不干净的东西中间，这个想法令他失眠。他想起童年时陪她加完班回家的路上，打算迎战路边黑暗山林中随时会闪出的妖魔鬼怪，保护他牵着手的这个女人。在那些夜晚，其实满脑子胡思乱想的他才是它们的攻击对象，而吓退它们的是一位内心正盘算着次日早起制作小儿子爱吃的萝卜丝饼和周末上街买斤猪肝给近视眼的大儿子补补的母亲。假如他此时睡在殡仪馆那间大厅靠墙的那排椅子上，一定会看见母亲躺卧的冷柜中发出微光，像是深海中的神奇生物，一匣人类失落千年的珠宝盒，从这个黑暗世界通向那个灿烂世界的一道隐秘幕帘，幕帘上印着佛的面容。想着这些，他才得以慢慢入睡。

头七那天，同来上坟的人少了，船长也就能更自在地巡视祖坟周边。他用卫星定位记录位置，用指南针测定朝向。这些事他必须完成，因为第二天就要上飞机。此地会是他余生一次次旅行的终点。她一直都会在这片野生栗子树下，他不再需要用望远镜朝路口张望。他们之间再也没有那些夹杂噪音的星际通讯，是因为座舱通讯官退休了，还是因为他正在穿越人生的黑障区？哥哥发现下葬那天被表姨妈放生的鸡还未被附近的农人抓走，在林子里悠闲散步。大表姐感叹周围的栗子树长得真好，秋天可以来打栗子。大表哥踩着墓前新铺的水泥地面，说天太干，还是裂了。但这地面本不需要，是那天用多余的水泥铺的，而箍墓的那圈石料、墓碑和船长叫不出名字的布满花纹的屋檐和花边，都庄严厚重，足以在人类文明毁灭后继续屹立。

这时，船长的内心总算是踏实了。匆忙赶回国的时差和连续守夜的劳累，陪伴母亲最后那两周的记忆非常恍惚。医护人员的频繁进出，漫长的滴注，生命监护仪上的波形和数字。直到葬礼后和哥哥回到医院领取死亡证明和结账时，他才有空端详母亲离世的地方。他直接去了母亲病房的窗外。那个房间如今已经进不去了，但他至少能从窗外张望片刻。在恍惚的记忆中，有一点是清晰的，那就是一天中阳光有两次照进窗户。这个现象在他观察了建筑方位之后依然无法解释。

冷不冷？要不要把窗户关上？这是他第一次走进病房坐到母亲床边时她说的话。那时她还没有陷入昏迷，但这句话是她的最后几句话之一。记得那年冬天他第一次回国推门进家之后她也是这样问的，只是如今她再也无力伸出手来摸他的臂膀，评估衣服的厚度和保暖性能。基地的冬天确实是冷的，后来他回到云南，她再也没有问过同样的问题。如今她又问起，想必是见他脸色憔悴。

母亲是在三月一号去世的。每个孩子都感到紧张的开学日。除了船长。在每个三月一日，他都愉快地去上学。二月底的最后一天，母亲在连续加班一周之后和同事们用一个通宵胜利完成了计划经济的又一个月度指标。基地食堂在半夜给一线员工送去的好吃点心被她带回家给孩子们当了早餐。孩子们出门之后，她终于会小睡片刻，十一点起身淘米，然后出门买些新鲜菜。他会在中午放学经过基地桥头的菜市场时寻找她的身影。每个月一号的午餐因此都会很丰盛。他带着这样圆满的心愿，往书包里揣进已经擅自读了一小半的新课本，在上学路上仰望抽芽的柳树，俯瞰重访小河的鸭群。他喜欢新课本。每本都由母亲用图纸包好，写上书名、班级和他的名字。母亲的字迹是工整而圆润的，没有任何锋芒，显然出自一位好学生和温婉女性之手。在学期中，封皮被慢慢磨损，最终可以揭开一角看看书的本来面目和书皮反面的机器蓝图。最终，在期末考试前后，封皮彻底掉了下来，书也被码进书架最下层或是床下的纸箱里，在几年后被卖了废纸。他知道它们的命运，但很高兴自己又读懂了几本书，继续追赶比自己高两级的哥哥，他俩总有一天会长大成人，母亲也终于能够歇息，不再需要计算加班换来的有限调休然后在黑暗的火车站通道中提着贵州名酒匆忙奔走，而是可以安坐云南堂屋的躺椅中晒晒太阳。

此时的云南已经不冷。病房外的常绿植物十分茂盛，提醒他身处南方，而不是街道堆满小型雪山的波士顿。当哥哥去找医生给母亲的死亡证明签字时，船长终于步入窗外这片令人惊叹的花园。周围植物类型繁多，而且挂了牌子。垂丝海棠，日本晚樱，榕树，玉兰，红枫，银杏，茶花，扶桑，杜英，丝葵，紫薇，马缨花，竹子。它们的寿命长于人类或短于人类，但此时都健康成长着。

母亲是下午一点多去世的，当时窗外阳光明媚。她就这样将他彻底留在了阳光中。白色的病房。在此之前的十多个小时，他一直坐在病床边，抓着她的手。医生虽然宣告不治，但是依然惊异老人的生命力。他们说送进重症监护室，但家人无法陪着她了。他们说可以进行抢救，但只会增加痛苦。所以在最后这十几个小时中任何药物都停止了。船长终于要面对这个现实：母亲躲过了拾柴路上球形闪电的追逐和火车站前军用吉普遭遇的伏击，但无法逃脱自身的衰竭。他坐在床边，抓着她从被子里露出的一只手。一只温暖柔软的手，完全感觉不到疾病的存在。他在刚懂事时就抓着的手。那时她比他高很多，像一个巨人，带他加班，上图书馆，逛书店，赶火车。他抓着她的手，幻想自己的生命在那种温暖中溶解，随着血管注入她的全身。

大表哥最先赶到，急匆匆去买了一块玉，说是要含在嘴里。这是哥俩不知道的习俗。当哥俩将遗体抬进殡仪馆带来的棺材里时，他才感到母亲的身体是如此沉重。也许是因为自己的极度虚弱。母亲的身体不仅沉重而且僵直，似乎是化为了一块石头。到下午三点多钟，他和哥哥清理完病房，打开窗帘，让耀眼的阳光直射在白色的空床上，这才感受到一点温暖。坐在离开城区向县殡仪馆驶去的灵车上时，夕阳从西山后方射进车窗，令他昏昏欲睡，毕竟，他的双眼不需要再盯着吊瓶和生命监护仪上的数字。童年在夕阳下驶向昆阳，是在长途火车旅行之后驶向一桌子好吃的和一圈亲切的脸。而此时母亲依旧在身边，只不过她已经睡着了。否则，她一定会面露喜悦，又一次检查旅行袋中那两瓶贵州名酒。

他在四姨妈家吃了好几顿饭。所有桌椅都比他的年纪更大。梁柱上的镰刀已经几十年未用，依然挂在那个固定的位置，随时可以被摘下，但已经成了梁柱的一部分。梁上和门框上有很多船长童年便已安放的器物。一小袋种子，不知是什么作物。几个汽车零配件，不知是否还能使用。几串锈蚀的钥匙，它们能开的锁也许早已丢失。炉灶依然是烧柴和松毛的，柴堆旁是古老的铜盆，他和母亲曾经用它一起洗脚。从它的尺寸来看，他当时的双脚小得可以忽略，所以能够安置在母亲双脚的两侧。

最后一次触碰母亲的身体是在她被送进炉中的前几分钟。亲戚排队目送告别，只有他伸出手，摸了摸她的脸。她不会介意这看似大不敬的举动。她的脸是冰凉而柔软的，让他想起小时候等她下班回家推门进屋，最喜欢的就是摸她的脸，被风雨吹打之后的脸也是冰凉的，像是红苹果。如果他正在发烧，这一摸能让他恢复大半。

那天下午再次去看坟地，哥俩被提醒要把家中母亲用过的物件都烧了。他们随即从昆阳赶回昆明，到家里轮换着洗澡，收拾母亲用过的东西。除了留下几件显然已经刻在记忆中的上衣，其他的服装被褥都被装了车。此时昆明城已经开始下班高峰，哥哥只能经呈贡从滇池东岸绕行。船长上次从东岸绕行已经是二十多年前的事了，那时昆明和昆阳之间的长途客车走这条路线。虽然绕远，出城后速度还是很快。因为在水的东岸，能够长久远望夕阳。落日时，他们已经进入晋城附近的山区，附近就是上次大表哥大表姐所说的石将军。他后来研究过，石将军之名并非来自当地居民，而是源于徐霞客的游记。徐霞客当年肯定不是循着这条高速公路飞驰而来，将无数广告牌拉成幻影。他独自向夕阳迈步走去，恍然望见了将军的身形。

当哥俩回到殡仪馆时，最后一抹余曦正在天空中消散。山谷中孤独的建筑悄然无息，没见到保安或值班员，也没有任何路灯。二人从停车场向窑炉搬运衣物时，船长想起很多年前和哥哥从水塔山向家里拖木头的画面，那时天也快要黑了，所以二人也是一样心急，只不过那时的努力是为了储备柴火，而母亲还在那个有小院的家中等候。

哥俩沉默地看着熟悉的颜色和图案被火苗吞没。被褥是烧得最慢的。关于它们的记忆是在每个下午，阳光洒在母亲床上的景象。它们经年吸收的温暖此时突然迸发出来，吞没了自己。等了很久，哥哥招呼船长走，他边走边回头。此时天已黑透，从远处看，半圆形的炉膛如同一轮红日在黑暗中凝视，吐出一道光柱照亮着哥俩要远去的路，将两个小小影子投射在对面的大山脚下。

船长本打算分一部分骨灰带走，但亲人们对此似乎并不鼓励。母亲的遗愿毕竟是回到父母身边而不是跟他漂洋过海。最终，他携带着一个神秘的小瓶子通过了美国海关。当他坐在自家窗前的床头，打开存放人生重要文件的密码箱，把瓶子藏好之前，将它举到阳光中凝视了片刻。那是母亲的几缕白发。她停止呼吸之后，他在病房床头柜中找了剪刀将它们剪了下来，装进一个药瓶揣到怀里。在阳光中，他突然想起童年投进河里的装着麻雀尸体的瓶子。它们此刻想必已经绕过了合恩角。而密码箱会藏着这个瓶子和母亲的相册，在蘑菇云四起之时被他放进前座系好安全带，一同上路逃亡。

## 402

在旅馆放下行李后，船长径直走向教堂。苏黎士的河畔有很多教堂，比如隔河相对的圣母大教堂和苏黎士大教堂。

圣母大教堂中殿不开放，但后端的唱诗席摆放着成排的条凳，游客可以坐下观赏玻璃彩窗。他找了个位置，在母亲去世的奔波之后第一次踏实坐下来歇口气。他记得夏加尔，因为他既喜欢画童年、牛羊、村庄和小镇，也描绘被战火吞噬的人间。在眼前宏大的画面中，高处十字架上的耶稣应该是主角，但吸引他目光的是下方抱着孩子的母亲和她脚下温顺的无耳小兽。当孩子还在襁褓中时，母亲的面容自然是年轻的。她的眼神和身姿属于一个保护者，但她在这个世界中又是个孤独的弱者。她与耶稣同在的这个画面想必包含了苦难和忍耐、意志和奉献。在他们两侧是他略知一二的传说。通向天堂的阶梯是失去亲人的人走进一座教堂所希望看到的符号，但他因此需要相信天使吹响号角是世界末日来临的象征。他的世界确实已经沉入黑暗，但离末日还有漫长的旅程。他到此依旧只是因为出差，多请了几天假而已。在这个没有其他窗户的空间中坐久了，会以为彩窗上画的便是窗外的景象。他起身离开，路过一排排仰望的游客。这些狭长的作品不能展开广阔的大地和天空，它们是上升的通道，而他还必须在人间继续走下去。

苏黎士大教堂厚重的门上镶满精美浮雕，也都是他所不了解的故事。玻璃彩窗的图案很抽象，似乎是一组被精细切割和抛光之后的晶洞。这座教堂允许人们随处走动，他看到了很多装饰性雕塑，它们来自中世纪，和大门一样属于一个他感到陌生的世界。他在此意识到，自己躲进教堂，想要获得的只是静谧和庄严。

傍晚时分，他循着河岸走到苏黎士湖畔，遥望横亘在湖南端地平线上的阿尔卑斯山。夜幕降临之际，雪山已化为一道斑驳的浅蓝和深蓝。明天要去的魔山就在那片蓝色中。那是一个他未能跟随母亲前往的地方。市民在给湖中的天鹅们喂食。渐亮的街灯古老温馨。但他只是一个过客。母亲的离世是他人生的分水岭，前半部是黎明到晚霞，后半部是沉沉的黑夜。他会在黑夜最深处去和母亲重逢，但要先走完剩下的路。

次日早晨，他驾车向这片山驶去。在苏黎士机场取车之后，他考虑应该从湖的哪一侧南下，就像从昆明出发去滇池南端那座长着栗子树的山要考虑走湖东还是湖西一样。他本想走西岸穿过苏黎士，看看昨天没去的城区，但随即发现这座古老精致的城市和其他大城市一样都要接纳成千上万的上班族。他望见前方无尽的交通堵塞后，立刻决定掉头向东。旅行目的是接受山的拥抱。他需要一个平静的山地国家，瑞士是理想的选择。

但在通往魔山的路上，他明白了山的力量。最初沿高速穿山的几十里还是阳光灿烂的，不断唤起童年在云南望见雪山的记忆。转入通往达沃斯的小路之后突遇小雨，随即化为越下越大的雪，湿滑的地面随时可能结冰。路上车辆稀少，难以判断前方的路况，但他相信这便是魔山魔性的最初展示。直到翻过最后一个山口，沉入达沃斯所在的狭长山谷，雪才又变成雨。抵达小镇的第一件事是寻找雨具。滑雪胜地的街上遍布体育用品商店，店员们都表示没有雨伞雨衣，向他推销昂贵的防水夹克，但即将出镇时忽然迎来一家百货超市，收款台边挂满中国制造的折叠伞，就像放学时举着伞在子弟学校门口等待的母亲一样，阻止了他冒雨登山的计划。

当他举着伞沿始于达沃斯旅馆后面的林间小路向山上攀登时，感觉彻底回到了故乡。低垂的阴云和连绵的冷雨让他想起穿雨鞋上学的日子，和一颗易被天气影响的心。他此刻没有雨鞋，依旧是那年在北欧踏雪的上班装束，但每一步都毫不犹豫地踩在湿滑的山路上。它和童年走过的山路一模一样，只是宽些，山和树也更高大。在每个之字转角，他都会望一眼山脚下越来越小但渐渐显出边界的小镇，就像当年俯瞰基地一样。所有岔道都被厚重的大雪封住，只有勉强探出头的路标表明六尺之下是一条条春夏季去看野花的小路。路边不时会有精致的牌子摘抄《魔山》中的词句，是德文，但即便是英文，对他也缺乏启示，因为他并没能读完那本厚书。他来寻找的只是母亲的魔山。

爬至半山，雨又化成了雪。他索性收起伞快步攀登。小路已经渐渐变为在林中穿行，小镇只在树后时隐时现。树木越发显得高大，他偶尔驻足仰望这些巨人间落下的雪花，都会感到晕眩。他偶尔会像童年一样张嘴收集和品尝几片雪花。根据进山的遥远路途判断，它们是纯净的。所以那本厚书中的疗养院会建在此地。自从在山脚遇到一个运动装扮的人奔跑下山之后，他至今未见第二个人。他猜想整座山都属于自己。上一次爬山时，哥哥在前方捧着母亲的骨灰，身后是一众亲戚。如今，只有虽然被冻得发抖却因此精神抖擞的他和这座大山。路面开始积雪，树也不时遮天，直到他走过林中的缆车终端，俯瞰轨道分开树林直指小镇，才确认自己还在人间。即便缆车没有停运，他也会选择走小路上山，因为母亲给在童年熟睡的他盖好被子之后，目送年轻的他又一次离家探险之后，便是跟随角色们由此上山的。

小路尽头是一座和缆车一同在淡季歇业的旅馆，它便是故事中的那座疗养院。雪地上没有任何足迹，说明已有几天无人出入了。假如它还营业，他今夜肯定会住下。他站在后山上俯视着它，就像俯视一幢停工的厂房。上一次在群山中见到这样庞大的建筑，确实是在童年的平顶山上。红的窗棂、绿的护窗板和黄的墙似乎都已在沉默的时光中褪色，只有楼顶飘动的国旗和山谷中的雨雾提醒他眼前不是一张资料照片。就在此时，天光骤亮，几分钟里，蓝天和雪山就在远方浮现，而山谷中的雨雾也升腾成了白云。假如母亲还在，一定会称赞儿子的攀登感动了老天，虽然他并不是来看她的。他只是试图重构她记忆中对远方的模糊想象。定义了她大半个人生的家其实也禁锢了她，他希望能目击她在遥远世界的独自旅行，哪怕只是想象。眺望片刻之后，他绕过这座藏满故事的建筑，艰难地从雪坡爬到它正面外围的铁丝网外。这一面朝向东南，每间都有阳台，一楼有走廊，疗养院时代的病人们和旅馆时代的游客们可以在躺椅上晒太阳。临近正午的光线在飘荡的白云间闪现，将白色栏杆照得越发雪白，让旅馆的这一面显得不那么古旧。这样一座巨大建筑空无一人，仿佛是发生了灵异事件。当年的病人们纵能在此疗养，最终依然告别人世，生命最后的记忆是保护了他们却也关押了他们的百年老楼，亿年雪山和永恒的蓝天。母亲从来就不喜欢去医院，她只愿在家中卧床，静静地望着楼宇间同样永恒的蓝天。还是待在自己家里舒服。她不止一次对他说。但在他十八岁离家之后，她的世界便和魔山一样，是他所不能了解的景观。她确实一次次对他叙述自己童年的记忆，她确实曾经拿起小镜子端详自己，叹息越来越多的白发和老人斑，但她从容行走在人生终极的安详和孤寂之间。每次推开她卧室的门，他感受的都是这样的气息，而他又一次合上那扇门走向飞船的时候，都更强烈地明白，门后有一个他竭尽全部智力和人生经验都无法了解的世界。

踏着来时的足迹离开时，天空已经彻底放晴，一路耀眼的雪光。他几乎是小跑着下了山。他已经很多年没有这样在山路上奔跑了。上一次应该属于被农民和狗追赶的年代。如今，他需要在天黑之前穿越大山，到达更温暖的南方。

下午，他穿过了圣伯纳迪诺隧道。临近入口时，雪峰合围而来，耀目的白色接着湛蓝的天，像是到了大气层边界。道路即将撞击山体时，眼前突然开启一个黑洞将他吞没。重见天日之后，山脊向两翼展开，公路在喇叭形的狭长谷地上摇曳着缓缓降落。来自地平线的南方暖空气在千万年中一直滋润着大山的这道皱褶，抹去多余的白色，养育着一片与山北完全不同的鲜绿，而蓝天也在湿润的空气中变得不那么寡淡。他想起那年从瑞典雪原翻越斯堪的纳维亚山脉看到挪威峡湾的感觉。他似乎已经嗅到海洋的气息。随即，他在卢加诺路过了秀美的湖泊和苍翠的小山，地道的南方景色。贵阳城郊的红枫湖或许就是这个模样？那是母亲一生中去过的不多几处景点之一，是装配车间组织去的，他在家中望着渐深的夜色焦急等她推门进家，听她说船上刮风下雨冻了一天根本就不好玩，伸出双手去温暖她还沾着雨丝的面颊。他穿过藏在小山间的又一条隧道进入意大利北方平原，在米兰附近的环城高速上遭遇堵车，脱身之后向东疾驰。日落前，马可·波罗国际机场的标志从头顶越过，宣布他终于逼近东西方交界的威尼斯。他离开指向东欧和中亚的高速公路右拐，沿一条长桥直奔岛上，望着水线上浮现的一片暖色屋瓦，确认自己即将抵达古城。

他当然没有驶入任何城门。世界上唯一不准机动车驶入的大城市特意填海建了一处停车场，他停车登上作为居民基本交通工具的渡船，绕岛航行，前往它的心脏，岛屿另一侧的圣马可广场。岛城没有城墙，自然也就没有城门、吊桥和关卡。最早到来的居民只是一群没有君王、神父和英雄带领的平民，为躲避蛮族侵扰而退居岛上，相信水是最好的屏障，而最初的敌人想必是不习水性的北方山里人，到了岸边便悻悻离去。但居民们遭受来自水上的侵扰后便建造战船，逐渐称霸四海。庞大的海军需要庞大的开销，于是也建造商船贸易八方。还是说为保护商船而建造战船？他对历史细节缺乏了解，只知道住在水边的人们有着更多自由移动的活力。渡船路过了似乎不止一艘马可·波罗号小艇。看得出，居民们对去过东方帝国的同乡怀着敬仰，就像郑和之父因为去过麦加而被敬称为哈只一样。

当渡船在华丽的总督宫边靠岸时，他确信自己是郑和派遣的一位船长，纵贯红海，指挥工匠用自带的轮子将船推过苏伊士地峡，横渡作为西方文明摇篮的地中海，抵达了极盛时期的威尼斯。圣马可广场上，威尼斯商人们正在收摊，移民模样的小贩还在四处走动，向渐渐稀疏的游客推销闪光玩具。教堂已经关门，但不妨碍他仰望林立的尖塔和圆顶。它们之间集结了西方所有精致的童话和不朽的传说，蓝天中金色的星星和翅膀们在落日照耀下唤醒着儿童记忆深处最庞大的梦想，而雕塑们则在沉思，凝固的袍服是历史苍老的皱纹。广场另外三面被已经没入阴影的大楼围住，严整的回廊传达着秩序和权威。坐落在它们之间的是钟楼，静默着俯瞰这片文明，定时奏响一种人类无法超越的力量。

他并未住在游客云集的两座主岛。他住在侧翼的朱代卡岛。和在波士顿一样，他照例想要从远处眺望一座城市的天际线，观察它浮在水上的形态。而这一次，他还想多要一份远离人流的宁静。暗淡下去的晚霞勾勒出教堂的圆顶，渐亮的稀疏街灯凝望着民居的窗棂。这幅画面在过去数百年间想必一直如此，拒绝添加霓虹、玻璃塔和高架桥。它虽已是寸金之地，但没有再向淤泥中打进斯洛文尼亚的赤杨树干，铺设伊斯特利亚的石灰岩板。它也未像所有现代城市一样向空中索地，虽然广场上的钟楼和教堂表明它能承受那样的重量。在这幅画面中，宽阔的水道更像一条河流，来往船只荡起波澜，模糊了街灯的倒影。人类和他们修筑的一切似乎都不可能永恒。长城被风蚀，大运河被淤塞。支持这座城市的千万根古代木柱因为浸泡而免于氧化，还能继续站立几百年，但地基在沉降，海平面在升高，广场被淹的次数越来越多。它毕竟不像阿布辛贝神庙一样能被切割成块，向高处搬迁。千万根古代木柱上是无数条石和砖瓦、拱桥和钟楼、祭坛和民居构成的生活巨细。达芬奇和帕拉迪奥联手也难以解决这个问题。

他租了一间离水最近的民居。被褥带着熟悉的潮气，让他想起在基地故居住过的最后一夜，不同之处在于浅睡时能听见波浪拍打窗外的石岸和木桩。

次日，他又来到圣马可广场，广场上已经游客云集。他惊叹这座孤城的人口和建筑密度，更感觉到这片广场的不凡。和 803 大楼前的广场一样，此处是孤城中心。那么，那座潜望镜总装大楼究竟是钟楼还是教堂？它的八个大喇叭确实一天四次准点报时，它的体内确实供奉着能够改变人类命运的力量。至少改变了一群人的命运。他排队进入教堂，仰望那些金碧辉煌的拱顶，出门时购买了一支印着圣母像的蜡烛，准备回家在母亲的相框前点亮。

然后，他迅速躲进还算冷清的博物馆，随即发现自己和东方的瓷器相遇了。它们被陈列在金碧辉煌的殿堂中，被精雕的大力神和黑奴托举着。这些巨大的瓷瓶经历了怎样的漫长旅途？用骆驼运送它们穿越沙漠和葱岭要比运送丝绸困难得多。当明代瓷器现身威尼斯时，丝绸之路已被风沙埋没。它们更有可能是循着郑和的航线由泉州启程，途经马六甲和印度洋，在红海尽头登岸，再由埃及商人从亚历山大港装船运来。或是由葡萄牙和荷兰商船绕过好望角运来。作为一个从未研究过瓷器的中国人，他无法判断它们的年代和来历，但确定它们来自东方，不需要趁馆员走远时把瓷瓶抱下来辨认款识。他已经站在了东西方的边界，伸出一只手，触摸一个被他远远抛在身后但如今又浮现在眼前的世界。因为地球是圆的。在另一间小厅里，他注意到一座鎏金梳妆台，图案是中国的庭园风光，一些难以言说的细节让他确定它与中国无关，只是中国风。但他还是在台前站立了许久。台上站着一对老人的雕塑，他们身穿龙凤花鸟的长袍，拄着拐杖，面容却更像是外国人。西方匠人对东方老人缺乏观察导致的偏差。他意识到，与质地、图案和花纹相比，自己对面容敏感得多，就像在梦境中认出亲人们，靠的从来都不是服饰而是模糊的脸。或许只是自己把记忆中的面容投射在他们脸上。在年深日久已经模糊的镜子中，他看到了自己模糊的影子，站在他们中间，像是和已被留在古代异国的父母合影。他们左右墙上的油画是异国风景。他们已经在此站立了数百年，等待着他的到来。

小岛姆拉诺专长玻璃制造，而且游客不多，自然是他的下一个去处。因为没有地标式建筑，他下船不久便迷了路。在方圆只有几里的小岛上迷路是不可能的，他只是没有明确的目标。他出入玻璃制品小店，怀想那副弹子跳棋和那些黑丝绒包裹的透镜，虽然不了解它们在东方那个他并不算熟悉的家中安睡的位置，只记得北欧买回的花瓶依旧摆在窗台的阳光中。在玻璃博物馆，他意识到自己至今还未能解释弹子和花瓶中飘逸的色彩是如何添加的，但母亲已经不再等待答案。当路人绝迹，他才意识到自己正走进居民区深处。手机地图上一个方正的形体吸引了他。巨大建筑的截面。应该是一座教堂。一处庄严有序的场所，由人们带着虔诚在专辟的土地上单独营建，而不是顺着水岸和街道排列。他在小巷中拐了几次，眼前现出一条两侧排列大树的石铺小道，直指远处开阔地中一座有着半圆形拱门的建筑。大树和草地是威尼斯罕见的地貌。建筑没有楼层和指向天空的尖顶。或许是一所低调的修道院。但也应该有座钟楼。在这个迟来的春天，大树的新叶还不够繁茂，但从树干和树皮的模样判断，它们和基地大门外的那些树似乎是同种。树皮上附着青苔，远近简朴的红砖房和院落围墙上也附着青苔，另一种他从小就熟悉的植物。近看小道尽头，似乎只是一座门楼外伸出两道围墙，墙内没有建筑，倒是挺立着更苍翠的树木。门楼顶端立着石雕和十字架，左右分别是站立和跪倒的两位女性。下方有一个石刻铭牌，文字让他停住了脚步。虽是意大利语或拉丁语，但大致可以判断它指的是复活。一个遥不可及但又震撼人心的词。他从门洞向里望去。纵深之处似乎还有很多道门，但似乎都被天光映照，偶尔飘过缓缓行走的人影。这些人影让他定了定神，继续迈出脚步向第一道大门走去。他猜想此处应该是可以参观的。门洞内侧有一个类似值班室的屋子，一位职员正埋头收拾卷宗。墙上贴着各种告示，他一个字都看不懂，只认识不准拍照的标志。他走过门洞，眼前豁然呈现的是一片大大小小的墓碑和墙上成排的骨灰匣。都是意大利人的名字，有一百多年前去世的，也有刚去世的。有的还镶嵌了照片。照片中的面容都很安详，几乎都带微笑。风吹过树梢发出海的声音。此处确实不需要钟楼。

这片公墓的下方应该是真实的大地而不是条石、原木和幽暗的水。逝者确实入土为安。墓园中的高大树木已经证实了这一点。它们竟然是正宗的松柏。这是他在海外第一次见到松柏。上一次见到，还是初中和同学们在黔灵山春游时。墓园深处有几个人在缓缓行走。他不想去打扰他们和周围照片中微笑着的人们。离开之前，他向看墓人询问小道边的树木是什么树。这个问题小时候竟然没有问过母亲。无奈看墓人完全听不懂。此地出现的外国旅游者应该很少，而他每天的话应该也很少，此处不需要语言。

从地图上看，他已抵达这次旅程中能到达的最东端。他没想到自己会在一座墓园折返。马可·波罗的墓便在这些岛上的某处。那位年轻的威尼斯商人向东穿越欧亚大陆，在沙漠中九死一生之后抵达了华丽的元大都，出入于当时竣工未久的崭新城垣，作为朝廷官员四处巡游，但最终还是返回了故土。环岛的船上不会再有来自东方的商人和僧侣。除了游客，便是本地百姓，他们提着食品袋，大声寒暄和聊天。丝绸之路两端的伟大文明都已逝去。再没有地平线外的未知来激发人类的梦想，他们更关心如何永葆青春和推迟死亡。当运着法老棺木的船只离开帝王谷，顺尼罗河向博物馆驶去时，埃及人民都赶到河边哭喊着，追随着，表达对祖先的敬意。他们认真地以为，死亡其实只是去到另一个地方生活。

无论东行多远，总会有掉头的一刻，因为家在西方。最后一次从渡船登岸时，迎候他的是一阵怅惘，但坐在仪表盘前手握方向盘，立刻感到了安泰踏足大地母亲时获得的力量。从威尼斯到米兰像是从北京到长沙，在黄昏右转驶向的卢加诺是湘西，再往前行，暮色在峡谷中迅速暗淡，合围而来的大山遮蔽了最后一抹天光，半空中星光般的灯光提示了它们的高峻。等待在黑暗深处的自然是隧道，而且是十多公里长的圣哥达隧道，但它并不压抑，南来北往的当代山民们列队行进在岩石之城的主街，秩序井然的灯光照亮每一段拱顶，将它变成了教堂。没有人交头接耳。假如世界末日在这十几分钟里来临，头顶的巨大山体会护佑他们成为最后的幸存者。在轮下的地层中，世界最长的铁路隧道正在掘进。五十公里的黑暗，坐在时速两百公里的列车上不会感到漫长，只像是经历了一次日全食。乘客们望向窗外，望见的只有自己的影子和行李架上的箱子。

再次穿越阿尔卑斯回到瑞士就像是终于又攀上了云贵高原，他左拐沿山脚行驶，钻过无数个小隧道，午夜时终于拐进一座山谷，抵达了清泉镇。小镇灯光暗淡，旅馆门上贴着纸条，写了他的名字和让他敲铃的指示。这一夜他睡得很浅，五点起床，在小镇上找到火车站买了票。第一次不是从始发站上车，他担心买不着票或是挤不上车。母亲的遗传。在渐渐明亮的天光中，他发现自己站在一条狭长的山谷中，而铁轨直指山谷尽头，就像自己当年发现的那条秘密铁道通向黑山脚下一样。

首班火车向山谷尽头进发，但不久便转弯沿着难以置信的坡度直接攀山，循一条曲折路线抵达了少女峰下方的小山梁。滑雪者们向四野散去，游客等待换乘。在几座常年目睹人来人往的孤独建筑后方，是冷峻的艾格峰北坡，地球上最难攀登的山体之一，无数勇者殒命之处。他没有登山的能力，但可以乘坐齿轨小火车沿着岩石内部的隧道以更加难以置信的坡度在山体内爬升。这段隧道比一般的铁路隧道窄小得多，车厢内明亮的灯光照亮了石壁，假如车窗没有玻璃，似乎伸手就能触碰。它没有挡墙，依旧保留着一百年前矿工挖掘的痕迹。这些岩石和同伴相拥着沉睡了亿万年，突然有一天被风钻和镐头的噪音吵醒，随即被暴露在电光中，从此年复一年目睹着各国游客兴奋的面容。人类都有着登高的向往，所以才会花十多年时间挖出这条隧道，将无力攀爬花岗岩峭壁和冰雪的大众送上少女峰和僧侣峰之间的山口。

山口显然是一个风口，室外停留片刻，脸上的刺痛转为剧痛。但他奋力走到了雪坡尽头。尽头并没有栏杆，只有一面象征制高点的国旗和一排标示危险区的小旗，再走几步便会滑落数千米高的山崖。也许会引发一场猛烈的雪崩，令山下火车站上的旅客们一齐惊呼。也许什么也不会发生，狂风几分钟内便会抹去他的足迹，和其他遇难的登山者一样，他冻硬的遗体在几周后才会被山下旅馆的住客用望远镜发现。而此刻，他恍然觉得自己在某趟污浊的春运列车上终于扳开了被冻得模糊的车窗，终于能呼吸到冷冽的空气，看清正在途经的世界。而这是又一段探险，还是在归家路上？从脚下铺开的北方是无尽的青山和湖泊，春色驱散着白雪。南方是在阳光下晶莹灿烂的冰川，被雪山们护佑着伸向蔚蓝的地平线。它们都不知道寒风依然在切割这座险要的山口。身后数十米处，一群群年轻的游客鼓起勇气从室内冲出，随即惊爆一阵尖叫和狂喊，抖抖索索地留影然后飞速逃回室内。他们的摄影会成为一生的珍藏，他们会向子女解释自己纷飞的乱发和扭曲的笑容。他们去世后，子女们拜访此处，会想起这些照片，并感叹山峰作为记忆参照物的永恒。此处并没有关于母亲的记忆，但远方地球表面的皱褶中储藏着人类的全部记忆，包括在成排桉树下被球形闪电追逐的小女孩，窥探偏僻山中隐秘铁道的小男孩，在暴雨中的田埂上从容行走的母子，捧着骨灰和遗像爬上红土坡的兄弟，早已退休但每个清晨依然埋头编纂国家标准的父亲。酷寒早已冻住了他属于春天平原城市会议厅的衣衫，血液循环正疯狂运转，抢救着已在剧痛中失去知觉的肌肤。但他无视这种剧痛。这只是生物体的防卫机制正在启动，但知觉传递给大脑的全部信息中没有任何一条能令他感到警惕、慌张或恐惧。他伫立在一个有着柔美曲线、松软质地和纯净色彩的世界里，被明媚的朝阳洗礼。他在积雪中踏出的深洞被狂风彻底抹去之前，几个好奇的青年循着它们努力走到他附近，确认他不是一尊雕像，探头窥视一眼前方的深渊之后便仓皇退却了。他们应该已经去过更高更安全的观景台，但在台上不能脚踏真正的大山。他就像安泰，只有重新踏上大地母亲才能获得力量，哪怕她已被数米厚的冰雪覆盖。

他只在这个著名景点停留了三十分钟，是当天最早下山的游客。他还有很长的路要赶。空无一人的回程火车转过最后一道山脊前，他从车窗探头回望，峰顶们已被云层遮蔽，只留下背阴的北坡，像一座白色巨墓前屹立的青石碑。接下来上山的游客肯定会感到遗憾，因为他们的相机无法记录山形，最永恒的地标和到此一游的证人。清泉镇的绿色山谷已在前方渐渐呈现，最后一丝痛楚正从脸上消散。当他走向旅馆停车场的时候，闻到了只属于农村的肥料发酵气息，这种久违的信号似乎是人类文明重启的预兆。

四十分钟后，他在勒奇山隧道前将车驶上站台，停进只安装了齐腰护栏的平板车厢，横穿半座阿尔卑斯山。隧道中没有一星光亮。只有两次从对面呼啸而来的列车短暂提醒他眼前是一条复线铁路，余下的二十多分钟里，他在黑暗的宇宙深处前进。他恍然想起多年前在丝绸之路上的那次夜行。但这一次自己握着方向盘。手心能感觉到连续的震撼，它来自太空尘埃对飞船的撞击。仪表板的光亮异常醒目。他伸头看看后视镜中的自己，眼中映着仪表板的荧光，俨然是一位空天飞机驾驶员。他随即注意到前一辆车中同样的微光，和后一辆车中被微光映照的司机面容。但这并不能改变他关于星际航行的想象。这是一列安装在核子火箭前端，被高速推向太阳系边缘的探险飞船，即将启动各自的反应堆，飞向八方，分头寻找人类未来的家园。他将两侧的窗玻璃开启一条缝隙，车内立即灌满钢轮撞击铁道的铿锵节奏，在车厢和隧道间反射成数百架打击乐器发出的立体声交响乐。他能依稀闻到橡胶味，但没有煤烟和油烟。电力机车。假如童年读到的瑞士故事中提到这种旅行方式，会给他带来如何的想象？火车驮着汽车，从雪山下方十余公里长的隧道中穿过，司机无需去旅客车厢，而是稳坐在自家的方向盘后，等待天光再现后立即一脚油门跃上公路。童年是一场汽车接着火车接着汽车的旅行，只是那时的他不能像如今一样坐在驾驶舱中望着前方。那时的旅程是爬升和俯冲，在贵州雨云笼罩的无尽群山和云南碧空下的红土高原之间，他需要将车头瞄准每一条隧道。过去几天以来，他一直在瞄准隧道，导致双手肌肉早已痉挛却依然下意识地抓住方向盘。当童年奔向阳光的旅程被青年奔向首都的旅程取代之后，他的目光从前方收回，改为扫描京广线两侧的中国。平原养育着灌溉农业和巨型厂房，江河通向鱼米之乡和繁忙大港，而隧道无法将石板房、茅草房和背负脏脸婴儿拎着水壶和果篮追赶列车的农妇运出禁锢她们命运的故乡。透过驾驶舱的玻璃环顾四方，无尽的黑暗像一个黑洞，时速表和转速表都是零，他却在极速飞行。电子钟读数很可能因此是错的。他没有任何空间参照物来度量时间。云贵高原那些最幽深的隧道中挂着一些昏暗的白炽灯，想必是供养路工人们使用的。在漫长的步行中，他们借灯光下那个标示距离的油漆数字定位每一段铁轨，顺便计算自己还要走多远才能重见天日，或者，回到真正的夜空，沐浴在山区纯净的细雨或星光中。在此之前，他们可以在黑暗中想念家人，回忆往事，继续走向下一盏昏暗的白炽灯。

出隧道之后，他沿罗纳河谷向上游前进，然后右拐，直插另一脉阿尔卑斯山。他在山谷中拥有巨大停车场的小镇塔什停了车，乘火车抵达禁止机动车辆驶入的小镇策马特，走到缆车站，混在滑雪人群中抵达最高处，凝望马特宏峰并在它的峭壁上规划了自己想象中的攀爬路线，俯瞰山南的意大利，下山沿融雪的清澈小河走到车站，乘火车到塔什取车驶回罗纳河谷左拐向河谷下游前进，在玛蒂尼左拐再次切入大山深处，攀向夕阳下耀目的雪坡，穿过大圣伯纳德隧道进入意大利，再穿过勃朗峰隧道从意大利进入了法国，抵达小镇霞慕尼。整座山谷已沉入藏青色的黑暗，但西南方的勃朗峰依旧沐浴在最后的余晖中。他找到一片开阔地，下车仰望那渐渐暗淡下去却显出浓重暖色的冰雪之巅。西欧最高峰不像白天望见的那些山脊和尖顶以锐利刺探蓝天，只是一座谦逊的浑圆山包。从玛蒂尼到霞慕尼本有近路，但他故意绕路穿过两条大隧道，只是为了确认自己身处大山最深处。而大山终会被穿过，亿万吨岩石的重压总有尽头。如今，从勃朗峰隧道穿过，然后向勃朗峰攀登，不算一个新鲜的心愿：童年穿过每一条漫长的隧道，总好奇头顶的山是怎样的形状，是只有乱石、暗藏尖刺的灌木和在风中挥舞锋刃的野草，还是会有农舍、梯田甚至坟墓，以及坟墓属于当地山民还是因架桥开洞而牺牲的铁道兵。但他无法走下车，翻山后在隧道出口上车继续赶路。那些群山的真面目，他已经永远错过了去了解的机会，因为火车不会等待，而母亲总是忙着赶路。即便是火车只需十秒钟便能穿越的小山，徒手攀爬或许需要一小时。而这些天穿过的花岗岩高峰，是他徒手也无力攀爬的。连开车也不行，因为所有翻越山口的老路都还被雪封闭，他只能从隧道穿过。但每一条隧道都带他回到了童年。

次日，他早早起床，到阳台仰望晨曦中最先亮起的巅峰。上一次从阳台仰望一座高峰，还是在山谷中位于五楼的故居。然后，他第一个排在霞慕尼通往南针峰的缆车始发站前。身后的长队全都是运动员，人人都脚穿滑雪鞋，怀抱滑雪板和滑雪杖，成群结伙，用他不懂的各种语言交谈。因为是第一个，他自然抢到了缆车最靠前的位置。身前的玻璃齐胸以下想必是常年被滑雪器材剐蹭而布满划痕，只有仰望才能欣赏清晰的景色。但风景确实在高处。旅程的最后一段几乎是在刀锋般的峭壁上垂直爬升，接近终点时停下了好一阵，在虚空中摇摆着，身后的人群发出大惊小怪的叫声。早起上山滑雪的人应该是勇敢的人。他仰望着头顶几丈外的缆车站，想起童年在电视新闻中看到的欧洲滑雪缆车坠落事故。他当时认为，假如人们抓紧缆车天花板上的扶手，双脚离地，就不会摔死，至多双臂拉伤。

到达南针峰峰顶，他独自登上最高的观景台，找一处面临深渊的位置站定。左侧的勃朗峰柔美的曲线想必是来自风对万年冰层的塑造。昨日穿过的大隧道就在此刻脚下数公里深处。山谷中小镇还在阴影中沉睡。根据地形判断，它肯定也拥有一条小河，每年融雪时水位暴涨，可以放船。他掏出插在背包侧面的瓶子。瓶中是昨夜在旅馆特意灌装的啤酒，用一个深色的瑞维拉软饮料瓶，是为了不被景点工作人员找麻烦。开瓶时哧的一声分外响亮，好在他是观景台上唯一的人。人们都在地下通道中整理装备戴好头盔，准备从朝南开通的出口跃向雪野。此地比旅馆高两千八百米。气压降低，外加一路颠簸，想必是啤酒气很足的原因。童年的他对海拔已经有着深刻认识。他在买菜路上对母亲讲述高压锅在高原生活中的优点，解释为何昆明总比贵阳凉快。海拔升高，气压和温度降低。大气层厚度降低，天空更蓝，阳光更明亮。四周一片寂静，甚至没有风。昨天在少女峰上被吹得站立不稳，是因为身处山口，而此刻他站在一座孤绝的尖峰顶端，抵达了更稀薄而静谧的大气层，他确认自己离天堂更近了。

他端起瓶子痛饮一口，随即伸出手臂，奋力将它挥向万丈虚空。几条抛物线形的浪花忽地扬起，在朝阳下散成晶莹的雨雾飞升而去。他的脸颊也收到了几星湿润。很显然，在身前咫尺之处的深渊中有一道强劲的上升气流，像一道无形的大墙。假如他此刻攀上栏杆纵身一跃，想必也会飞起来，像离开机舱的跳伞者，衣裤被气流鼓胀，调整着姿态在空中翱翔。一阵若有若无的香气让他又想起童年的那个片刻。在那个黄昏，也是哧的一声，他带着拉开手雷拉环般的激动心情打开了易拉罐。车窗外的风也是这样把香气吹到脸上。地平线上的夕阳将罐壁照得闪闪发光。哧的一声之后，所有乘客都盯着他俩。那时易拉罐还是罕见的商品。父亲去广东出差曾带回过一罐健力宝，在晚饭时打开给全家喝，照例被母亲斥责，说那么贵的一个东西，里面也就是些汽水。所以他一直不明白母亲为何会在昆明上车前买了一罐啤酒。或许是她心情很好，因为终于见过了亲人。或许是她心情不好，因为又一次和亲人们分别，离开阳光灿烂的故乡，回到阴雨中继续漫长的生活。在乘客们的注视下，母子一人一口，互相递送着将啤酒喝完了。母亲虽然反感父亲喝酒，但自己其实也是想不时喝一点的。酒精在艰难的生活中提供了暂时的轻松。在那个出产好酒的偏远省份，童年时一瓶茅台只卖三块八，还有很多如今已经买不到的酒。习水大曲。鸭溪窖酒。湄窖。它们都曾被装进印着外滩图案的旅行袋，最终出现在四姨妈家的酒桌上，倒进坐在上座的公公的酒杯里。那位虽不识字但认识女儿名字并将属于她的信递给她的老人。在他开始拥有记忆的年纪，公公已经很老了，她不会让他多喝，尝尝就好，而桌上的成年男人们都会分到一杯，他们都会夸贵州的酒好。在堂屋无人的某个下午，连猫和狗都在阳光下睡着了，他会偷偷摸到酒瓶打开尝一口，了解贵州的味道。混合水和粮食，造出香气，在他的世界里一直都是一项神秘的绝技，属于人类文明的重要记忆。母亲反对孩子们喝白酒，所以自家春节桌上都只是啤酒和小香槟，和父亲爱买的金奖白兰地。在她的身体慢慢衰弱之后，杯中往往是软饮料，但他知道她想尝尝，偶尔也会把自己的杯子递给她。她会尝一小口，然后带着孩子般的欢乐咂一下嘴。在双亲去世和儿子们考上大学之后，她对人生少了很多挂念，酒想必回归为一种简单的味道。但她在那个黄昏的心绪依旧是一个谜。列车向东行驶显然让落日更加迅速。他们喝完时，云贵交界的乌蒙山已经输运着黑暗滚滚驶来。他将头探出窗外，尽力向西方望去，只见车尾最后一节车厢的窗上还有一抹依稀的余晖。轰击着后脑勺的狂风已经透出凉意，随即是一声轰响，贵昆线上第一条隧道遮蔽了整个世界。穿出这座隧道时便只有黑夜了。他缩回脑袋，捉住在桌上打晃的罐子塞进书包，然后听母亲的指令将车窗放下。此刻，他将身体探出栏杆，但感受不到狂风。离气流也许只有一寸之遥，但那是生与死的距离。他似乎能望见自己的影子投射在数千英尺之下的花岗岩上。岩石间隐藏着千万年的狂风和烈日也无法化解的冰雪。他洒出的酒本来应该属于那里，但它们其实都沿一道曲线越过他的头顶，化为冰晶洒落在观景台另一侧沐浴在朝阳中的雪野。

他走到观景台那一侧。第一批滑雪者们正从台下的隧道口出发，迎着朝阳从柔和得多的雪坡向山下滑去，上升的微风捎来了他们的欢声笑语和山谷中纯净的凉意。南针峰比少女峰观景台高四百米，为何没有那种烧灼般的酷寒？只能理解为春天正在迅速接管这座山脉。这个早晨的能见度很好，昨日路过的马特洪峰也能望见，虽然只是地平线上的一簇小小尖峰。从阿尔卑斯到喜马拉雅其实是同一条造山带，两大板块碰撞出的同一条巨大伤痕。他在此燃起想象的烽火，让光亮以一座座雪峰向东传递，经过出没着吸血鬼的东欧荒山，行走着羊群的安纳托利亚高原，遍布着废墟和油井的两河流域，在阿富汗登上喀喇昆仑，攀爬过青藏高原南缘的世界屋脊，从横断山脉滑进那片被栗子树覆盖所以在卫星地图上找不到的坟地。连沙皇炸弹也无力撼动的山体横亘在欧亚大陆上，藐视国界，阻断河流，定义气候，担当着旧石器时代以来人类眼中最显赫的路标。但要走这条路，他必须变成一个巨人。身高十公里，步长五公里，几步便能跨过一座城市，世界最高峰也能够轻易翻越。他的手能轻易拨开雨云，他的脸永远沐浴着来自同温层的阳光。因为从此处去坟地和童年放学回家一样，只需要走两千步，所以他不会再赶夜路。但他从此无家可归，因为没有一个家能够容得下他的身躯，他只能永远露宿在夜空下。假如有一天长眠不醒，身躯会像母亲一样变得僵硬沉重，凝为一道渐渐积雪的山脉。据说全球正在变暖，但他已经感到了第五次冰期来临的前兆，文明将被冰雪遮蔽，只有这条山脊的皱褶中残留着它最后的记忆。人生就是一个朝代，在它的初期，国土得到统一，人民安居乐业，创造了伟大的建筑和艺术，但如今它正在走向消亡，草场收缩，河流封冻，黑夜越发漫长，人们只能在寒风摇撼的帐篷中点燃蜡烛，清点余粮，将相框收进衣箱，准备次日套起牛车，越过冰面，迁往陌生的远方。

作为乘缆车下山的唯一乘客，他在车内随意走动，观察每一个方向的景象。与此同时，等待上山的游客排成长队仰望着他的降落。身后的勃朗峰渐渐升高，用它柔和的峰顶触摸着云霄。他驶出山谷，在日内瓦湖畔离开法国进入瑞士。日内瓦和洛桑都是常在新闻中出现的城市，但他在不那么著名的伯尔尼停了下来，因为它有一座河流环绕的老城和瑞士最高的大教堂。他在城东的山上停好车，沿一条寂静的大街拐弯下坡来到城外桥头。游客们在观赏桥下河边放养的棕熊。它们和路边有几百年历史的熊园遗址暗示了古城与自然的接近。依山的城外和临水的城内相当于基地的居民区和厂区，但它们有着相同的式样和色调。进入一片规整的建筑令他感到本能的亲切，虽然他并未穿过任何城门。在他的地图中，一段弧形的河道和跨越弧形的桥梁一定标示着一块小小的文明之地。

在大教堂的塔楼上可以望见少女峰。那么，在那个狂风呼啸的山口应该也能望见大教堂，只是他当时不知该往哪个方向望，而且需要望远镜，毕竟教堂和雪山的尺寸相去甚远，周围还有大片其他建筑包围。但教堂与雪山已经彼此凝望了几百年。就像当年下午放学时，他和大批小学生出现在校门口，立刻就能望见小河对面的大树下站着母亲，而母亲的视线也能立刻从一群撒欢的孩子们中找到他。在一起经历了无数个寒暑之后，他们太熟悉彼此的身影。她会向他招招手，虽然这个动作显然表明她知道他已经望见了她，因此是多余的。而他那时羞于招手，因为同学们会由此知道他作为一个乖孩子即将和母亲上街买菜而不是和他们一起去爬山。但他会简短停下脚步，向她表示自己看见了她。这个表示如今想来也并不需要。他停下脚步只是因为激动和喜悦，他们即将拉着手在各种小店出入，收获印着新鲜图案的铅笔，不一定会有封面激动人心的小人书，但肯定会有桃子或桔子，在回家路上需要计算全家怎么分，每天吃几个，几天会吃完。那时，他的视觉和嗅觉都敏锐得多。那是一个鲜亮的世界，虽然母亲的服装颜色沉闷，但她的面容在斜阳下和小河一样泛着光亮。她出现在树下只是偶然，因为她是否能从车间脱身完全取决于当天的工作进度、零件是否缺件和领导是否在场。但出校门时看看树下已是他的习惯。而她当然知道儿子每天下午四点会出现在校门口。他不踢球，也不会被老师留下。她很清楚他的值日安排。

在大教堂顶看雪山，几乎是平视。想必因为地球是圆的，走远回头，山峰都会变矮，最终沉到地平线下。几千米的高度与地球的尺寸相比不值一提，但他感到自己依然是仰望着她，而在他们之前的一切，河流，绿浪般滚动着的山地，都属于谷地。绿色之上散布着微小的杂色颗粒，它们是牛羊、民居和村镇，是真正的人间，被远方的白色大墙护佑着。立志翻越它去往另一个世界的只有古代的高僧。此刻的光线是下午四点的斜阳，但没有童年那般柔和，似乎是加了一片微蓝的滤镜。

伯尔尼老城位于狭长的半岛，游览路线因此非常简单。离开的路上，他仔细看了看主街。有着巨大钟面的矮胖塔楼和街道上的泉水让老城有一种家的温暖。更重要的是街边绵延的窗户。在古代，每扇窗都代表着一户人家，从每扇窗都能看见固定的邻居。父亲每天从大街的两端出城狩猎，母亲每天到喷泉汲水，都会与大部分邻居相遇。他们的孩子会在这条街上奔跑，认识全城其他的孩子，假如他跌倒哭泣，旁边的小铺里会走出一位老人，给他一块巧克力。流浪艺人无需考虑规划最能盈利的路线，他只需从河畔的城门入城，走过这条主街，穿过钟楼出城。敌人来袭时，保长敲锣在主街上喊一遍，大部分居民便能知晓。这条路并不算步行街，但他并没有遇上车辆。除了送货司机，人们都更愿意步行走过这条街道。两侧排列的商店都隐藏在凹进的长廊中，让他想起童年和母亲走过的贵阳老街。因为廊檐遮蔽了光线，街边的商铺陈旧昏暗，窗户似乎有一百多年没上过漆，门槛被磨得下陷。母亲从未走进那些小店，因为她更信仰在雪亮的日光灯下明码标价的百货商店和能摸到所有商品还能还价的批发市场，但他们偶尔会在廊檐下停留避雨。如今它想必已变成一条光怪陆离的河流，而眼前这条老街还没有任何刺眼的灯箱和霓虹。放眼望去，最辉煌的是一路上那几座几乎与城市同龄的喷泉。虽然街后面不远处就有一条河，但它们是更清洁便利的公共水源，因此和教堂一样成了这座城市文明的象征。感恩的居民们用日常生活的热情为它们添加了华丽的装饰，而万里之外昆阳镇小街上的水井此刻默默在子夜映着中天明月，它们的装饰只是被一代代居民磨得光溜的青石井栏。毫无疑问，年幼的母亲也曾趴在井栏上，只看到一张小姑娘的脸，但当她自己的相貌在时光中溶解后，就只剩故乡的水和云凝成的一颗蓝色星球，孤悬在幽深的黑暗中。

当晚，到苏黎士机场还了车的他又站在河畔连接两座教堂的桥上。苏黎士大教堂的双塔在底光烘托中成了照亮城市的两盏灯笼。圣母大教堂淡绿色的钟楼尖顶划过夜空，是以年记录光阴的那一根指针。他走近它，仰望彩窗画，根据记忆辨认依稀的线条。小广场上的骑士雕塑被射灯注视，比白天更显出青铜的斑驳。马儿挺胸抬起一只前蹄，不是正要出发，而是被主人勒缰停下。无论从哪一侧看，他们都是因为这两座教堂停下的。在翻越雪山之后，他们走近这些宏伟的建筑，知道自己回到了人间。几乎可以断定，眼前这片小广场便是老城的腹地。他走到河畔，审视这座全城最重要的桥梁。桥面灯光暗淡，但桥栏下有一道隐藏的灯光把桥身照得雪亮，筑起四个桥拱的石头在长久凝视之后变得半透明，化为一排排被岁月熏蚀的水晶。南方百米之外苏黎士湖中的天鹅和鱼儿游过这些辉煌的城门洞，都明白自己进了城。天鹅会眷恋都市的光影和岸边友好的眼神，但来自远方雪谷溪流的鱼儿知道自己只是一个过客，会从容出城，顺流而下进入莱茵河，路过明天要去的巴塞尔，纵贯半个欧洲，最终游进北海。彻底的自由总是一条不归路。淡水鱼是否能在海水中存活？但在抵达大海之前，它可能已经耗尽了生命。

次日，在驶向巴塞尔的列车上，他发现瑞士北方是一片和贵州腹地相似的山区，山丘如波涛般滚动着。早春时节，漫山是浓淡不一的绿色。山脚有大片金黄色的田地，第一眼看上去像是油菜花。在这遥远的与世隔绝的另一片山区里也会有油菜花？它们在高速后退中是一片模糊，但确实很像他记忆中在自行车后座上被哥哥带着驶过下坝无人的公路时望见的油菜花。他观察了许久才确认它们是油菜花，人工种植的油菜花。那么，山脚那些农舍中的居民使用的难道也是菜油？他想象不出他们会用菜油来做什么菜。他记得那种浓郁的香气，记得童年粮店中油腻的油桶和油泵，记得在家中用漏斗将塑料桶中的油倒进油瓶时要插一颗火柴棍保持漏斗和瓶口的间隙，这是他从母亲那儿学到的最早的生活常识之一。初中时母亲卧病在床的那段日子，父亲远在北京，哥哥在城里上学早出晚归，他在家做饭时油锅起火，从此记住了菜油燃烧的气味。那纯粹是一次意外，因为从小他就负责给母亲在厨房打下手。到了上大学的年代，家中的菜油还未被瓶装食用调和油代替，因为母亲寄到北京的油辣椒依然洋溢着那种香气。也许瑞士人用更现代的榨油手段除去了那种只属于东方的香气。他们散布在山间的传统民房比贵州的要整齐得多，每座小镇都有带着时钟的教堂尖顶。列车驶入大站时有大片并行交错的轨道，只有铁路发达的国家能呈现这样的景象。它们和车轮压过道岔时铿锵的错拍一同唤起他久违的激动。到达和重逢，出发和自由。但此刻的窗外只是在地球另一面路过的一个陌生车站而已。站台的棚子和通向地下的出站口看起来和全世界的出站口都一样。天空中飘着细雨。一切都像极了贵州，只是眼前的这片土地不会奔来手提水壶或果篮背负脏脸婴儿的农妇。在中国的大站也不会有她们，只会有满载着花花绿绿塑料包装的小车。瑞士人在火车上似乎不吃不喝。也许他们的包里都塞着巧克力。关于这个国家的最初记忆除了巧克力，就是多山、中立和全民皆兵，一个他童年想象中完美的世界。

到巴塞尔的第一个去处依然是教堂。他穿过几条被三四层高的古老民居挤压的街道。爬上一条叫做教堂街的小径，在一片镶着光滑石块的空场尽头望见了质朴凝重的巴塞尔教堂。午后的阳光烤暖了它浅红的外表，配着湛蓝的天，让他回到了云南。浅红色砂岩是从远方的山里采来的。古代居民们为了给城市建一座教堂，总是不遗余力。教堂曾是这些城市的心脏，连国王和王后的雕塑也只肃立在大门两旁，是忠实的仆从。但和其他教堂一样，它在镇上的中心地位最终让给了火车站，就像北京给他的记忆是北京站而不是他从未去过的紫禁城，而教堂集结着的权力和信仰也已散去，只剩两个高耸的塔尖。

晴朗的午后，教堂内的每扇彩窗都像是亮度调到最大的显示屏。零星的几束光线在石壁上绘出彩虹的光谱。祈祷区的小桌上摆着各种语言的圣经。整个穹顶下除了门边纪念品柜台后面的老妇，只有两个手里攥着纸笔的孩子到处走动，小声商量着，应该是在完成一个关于教堂的作业，就像当初同学们去来仙阁写生。侧廊上安葬着几位古代显贵，石棺上卧着他们的等身石雕，脸上的表情和衣服上的皱褶永远地凝固了。他走出教堂侧门，穿过镶嵌着石碑的回廊，来到莱茵河畔，发现自己站在一座俯瞰河面的高台之上。这座城市的布局和基地非常相似，一条河流从中弯曲流过，河上跨着几座桥梁。建筑群的规模和河流的宽度都放大了十倍，但他恍然觉得是在五楼的家中俯瞰小河和厂区，而楼前也是一道陡直的石壁，喝醉的江毅和豆豆险些像那头水牛一样摔下去。

但是巴塞尔曾经拥有城墙，这是他曾为基地规划但却未能实施的防御手段。他在教堂中挂着的古地图上观摩了这道城墙的设计。它和童年的他为厂区和家属区规划的城墙一模一样，护住了河岸两侧的两片城区。不同之处是欧洲人的城市并不追求平直方正，城墙也就成了多边形，还突出着若干威严的棱堡。巴塞尔在古代小得像一座要塞。欧洲自古以来战乱不绝，城市只得自保，不像东方的帝国，皇上为防止地方叛乱甚至拆掉城墙。但这些城墙如今都已不复存在。当他从高地上的教堂，他所认为的古城中心，出发向残存的斯巴伦城门走去，才发现向城外行走要爬坡，是真的依山傍水。路过成列着古老画册和火车头模型的小店，转了几个弯后，他望见街道向西的尽头被高大建筑的阴影阻挡，中央有门形的光亮，有轨电车的轨道在它前面扭身经过。看来是一座重要建筑。世界上所有的城门似乎都使用半圆的拱顶，除了承重，也方便了在骏马上举着枪矛的骑士和他身后跟随的旗帜。当他穿越这段黑暗纵深时，发现它接通了西方和东方。古老的木质门扇上排列着木钉，门后安装了门栓，门外吊着一道可以升降的木栅，接地一端的尖角在蓝天下显得异常锐利，依旧时刻准备着轰然落下，将入侵者钉在地上。这些古老的装备定义了一群平民组成的永久定居点，一所官衙代表的国家统治体系的基本节点，并负责保卫它。这是墨子和孔明的城市，而水泊梁山和瓦岗山只是寨子。他突然意识到，这是自己首次步行穿过一座城门。在此之前，他只是乘坐出租穿过西安的城门，而北京的所有城门早已变得透明。母亲年幼时，昆阳作为州府和县城的城门还未拆除。那么，她也曾这样步行穿过城门。黑暗中厚重的砖石和木门是否曾让她感到一丝不安？显然不会，因为那是她的故乡，所以城墙是她家的外墙。当她在荒郊雷暴中被球形闪电追击，一路狂奔回到城门下，站在乡邻身后，才得以喘息，和他们一起在文明的庇佑下注视被门拱曲线围住的苍天。

作为北门的圣约翰门平凡得像一座路边的钟楼，但当他走进黑暗的门洞，再次仰望嵌着木钉的大门和依旧尖利的木栅，立刻与古城的灵魂重逢。门洞两端都是明亮的街道和民居。它们已经不需要它的保护了。它们包围了它。作为南门的圣阿尔邦门像个更高的钟楼，也有着红底金字的崭新钟面。楼外架着通往楼上小门的铁梯，他拾阶而上进门，发现其中竟然有人居住并被告知谢绝参观。远看，它站在大片绿树的背景中，披着砖石拼出的斑块花纹，像一头长颈鹿。此刻，他的兴趣已经改为寻找最后一段残存的城墙。只有它能为这几座隐退的城楼正名。一位正在清扫自家门前街道的老人虽不懂英语，审视了他手机上的德文名字，立刻就指点了方向。这段十四世纪的城墙与莱茵河一街之隔，如他想象中一样与河道垂直。断面呈现的只是一座高大的围墙，和厚实的中式夯土城墙无法相比，但设计还是完备的：墙外是一段宽大的低洼壕沟，如今长满绿草，墙上爬着青藤。墙内侧架设着木质走道，应该是为了方便古代守军瞭望和射击。走道下的空场上有一群年轻男女在玩某种古老的抛球游戏，运动装在夕阳下闪亮。几百年前，场上会有一队士兵操练，甲胄和兵器也在夕阳下闪亮。假如这是基地的某个角落，孩子们的游戏必然会是演习攻防，而他会率先借青藤爬上城墙。这时，他想起了基地正被绿色植物占领的厂房。如今在那座山谷中生活着的孩子们，肯定能在那些荒废的建筑中找到无处购买的乐趣。

他绕过他们，抵达了河岸。城墙无法隔断河流，这是他童年设想基地防御计划时就面对的问题。假如是小河，可以让城墙从上方越过，向河中插入仅容鱼虾通过的铁栏，就像那些拥有水道的中国古城一样。而眼前广阔的水面就像敞开的大门，敌军可乘船直接在城市腹地登陆，让城墙形如虚设。襄阳和洛阳曾经面对的问题。他继续思考着，沿江岸向老城中心走去。大河的曲线和两岸的建筑令他想起了德累斯顿和上海，还有依旧排列在地图记忆库中的大批中国城市。它们喜欢落脚在河流弯道，因为此处有肥沃的冲积平原，而曲度利于防守。在追忆和想象中，他已经沿大桥走向了还未去过的城市另一半。左岸是凹岸，水急而深，陡峭的河岸修得坚固，青灰色石壁满脸沧桑，老城中心位于地势高峻的这一侧，得到了天然的护佑。右岸是凸岸，地势与河面相近，水流平缓，河面系着小船，河岸筑有石阶，坐满衣着鲜艳的青年男女，面对威严的大教堂和被绿树遮蔽的基座，像是面对露天电影的巨幕，手中的啤酒在夕阳中是半透明的金黄。他们看起来都是本地人。他们童年时是否有在桥上投放纸船的爱好？但他们至少无需担心酒后跌进悬崖般的河沟。他从他们身后默默经过，走上前方的又一座桥，向老城走去。这时他突然注意到了教堂屋顶彩色的菱形图案，与冷峻的哥特式尖塔相比，它们在夕阳中反射着异样的温情，而且似曾相识。

他继续走了几步，停住了。这样的图案曾经属于他童年的某件毛衣。那是母亲拿着一本针织图样和他商量的结果。

他倚住桥栏凝望教堂。坚硬的条石抑制着他的呼吸，但他能感受到它正将收集了一天的阳光透入他的身躯。

## 403

船长感觉自己老得很快。他和孙女说话时自称猫爷爷。孙女是两岁的黑色小米幺。这个名字来自童年时母亲对猫的昵称。

小米幺的生活态度很认真。虽然生活中只被爷爷关注，她依然耗费大量时间用粉色小舌头仔细梳妆打扮，连手指甲脚趾甲都要啃一遍。她每天两次小跑着跟随手拿一勺猫粮或是一个罐头走向猫碗的他，嘴里呼喊着，然后用心吃饭。她在卫生间门后扒拉猫砂时特别卖力，他坐在沙发上都听得见。千篇一律的生活并不令她厌倦。他的每次抱抱、挠挠和摸摸都让她全身咕噜着愉悦。她喜欢站在窗台上看街对面车站来往的地铁和吞吐的乘客，而自己的尾巴总是一个需要警惕的劲敌。船长每天望着小米幺，将她当作丈量时间的工具，提醒自己生命的每一天都还有意义。

小米幺代表了家的感觉。他们共同拥有一个家，他负责挣钱买粮交房租，她负责看家，偶尔以猛兽的腾跃和对尾巴的又一次反扑来证明自己在这方面的能力，虽然大多数时候都在示范温馨的睡眠。小米幺每天静静望着爷爷收拾穿戴准备出门上班，让他想起在那些吃方便面赶班车进城上学的日子里，母亲常常会披一件上衣无声出现在卧室门口望着他。她只是想确认他没有省略早饭，没有忘记带上午饭、酒精炉和酒精瓶。他出门后，她回到沙发酣睡，醒了便在每个房间巡视，用身体收集各个角落的气息。晚饭后她躺在身边熟睡时，他把脸埋进她的毛里，嗅到了家的气息，她自己的气息当然也是其中的一部分。家在她眼中比在他眼中大十倍，因为她比他小十倍。所以地板是平原，被子是山脉，沙发是高原，灶台是青藏高原，花草是热带雨林，书架是需要电梯才能登上的摩天大楼，窗台是世界边缘，大门通向一间神秘的屋子，爷爷每周会有五天在那里精心烹制猫粮，研磨猫砂，定期送出来给她。

在最后一段下班路上，他偶尔能看见小米幺坐在四层楼的窗台上望着这边。她太小了，而街上人来人往，她是否能认出他？他也曾在阳台上等着下班的母亲。站在雨雪中等待过路时望着她时，他已经提前感到了家的温暖。开锁推门看到的第一个画面总是她向门口赶来，嘴里欢叫着。假如边跑边伸懒腰，那么刚才必然是在酣睡，直到在梦中听到爷爷的脚步。在出门探索世界的大发现时代到来之前，他也曾在睡眠中等待着母亲的归来，等待她把红苹果般冰凉的脸贴到他脸上。

每次在超市里路过宠物用品区时，他都盘算着给她买点什么。母亲下班时偶尔会掏出同事从上海带回在车间分发的荔枝夹心糖。但他很多时候什么也没有买，因为想起来家里还有成箱的罐头、一袋袋脱水鱼干、木鱼花、洁齿小饼、猞猁小片片和大力丸。她过生日时他特意去日本店给她买了三文鱼，但她并不喜欢吃，都被他自己吃了。他在母亲的生日做了栗子红烧肉，她虽然不吃，但嗅到了这一天不同寻常的气息。她喜欢啃煮熟的玉米棒子，是世界上最善良的食肉动物。他特意买了一个玻璃台面的双层茶几，他在上层吃饭时能看见在下层吃饭的她。全家每顿都同时开饭，虽然她总是风卷残云，吃完了就用令人不忍拒绝的目光向他索要饭后小零食。每次去看兽医时都会被说该减肥了，但她总是装作没听见。

晚饭后确实是享受家庭气息的重要时刻。船长是靠在沙发上的大金字塔，小米幺是端坐在塔边的狮身人面，虽然这只狮身人面是黑色多毛的，不经意间便会向侧面倒下睡着，仿佛是千年的风终于将她吹倒。但祖孙俩依然屹立在静止的时间中，活动的只有窗口轻摇的花叶和她肚肚上微微起伏的绒毛。窗外偶尔传来地铁到站刹车的刺响，被惊醒的她警觉地抬头张望。他会摸摸她的脊背。她望见爷爷的脸庞，明白自己是安全的，合眼继续酣睡。天气好的时候，他会敞开窗户，让她把鼻子贴在纱窗上，尽情观察和聆听世界。她绿色的眼中映着日落的金辉。他会再次想起很多年前的列车上，和母亲共享一张座席和一听啤酒，看窗外云贵高原的群山慢慢沉入黑暗。公寓大窗便是车窗，小米幺是必须坐在靠窗位置的好奇的孩子。不久，窗外的剑桥镇沉入黑暗，这是因为公寓驶入了一条漫长的隧道。晚上进卧室正式睡大觉时，他睡大床，她睡小床。方正的大床是一艘巨轮，椭圆的小床是一艘救生艇，停泊在同一个港湾，即将在同一个神秘的梦中远航。船长总想用一根绳子把两只船拴起来，但不久后，小米幺便弃船睡到了他的枕边。他在灯下看书时会不时扭头看看她，而她总是凝望着他的侧影，渐渐合上眼皮沉入梦乡。在童年，母亲将他滑到枕边的小人书放好，拉起被子盖住他的手臂之后，肯定也用同样的眼神望过他，然后继续阅读毛姆和雨果。望着她酣睡中微微起伏的绒毛，他心中的一切伤感和愁苦都化解了。当初母亲望着他时，也一定是这样的感觉。

猫是一种神赐给人类抱在怀中的动物。怀抱表达的不仅是爱意，也是保护的心愿。抱着小米幺的时候，他会想象这样抱着母亲。家还在五楼时，她的身体就已开始衰弱，在需要慢慢上楼和下楼的日子里，他总是想，要是能一下子把她抱起来就好了。在生命的最后几年里，母亲的身躯渐渐萎缩，变成一个小老太太，而他已是壮年男性，能轻松将她抱起来。但他只在帮她洗头或者整理床铺时能有这样的机会，而被他抱起的她口中会发出结合着惊吓和欢乐的孩子般的轻叹。但他在最后时刻没能独自抱起她。她的遗体重得像一块巨大的城砖。

他知道生命最终还是要用生命来丈量。母亲和小米幺的生命是他生命的标尺。他带着恐惧和虔诚等待那一天的到来。他知道余生的最后一个目标就是保护小米幺，直到她安然在他怀中死去，而不是在某座寒冷陌生的桥洞下死去。在她渐渐失去光泽的眼睛中最后的画面是他。母亲在人世间看到的最后一个画面也是他。在他有生之年的某一天，人类科技是否能用他收藏的几缕白发再造一位母亲？假如可以，自然也可以用猫毛再造一只小米幺。但她们是否还保有今生的记忆？当他和她们对视，是否还能在对方眼中看到自己成长和衰老的层叠画面？

小米幺和爷爷在沙发上一起看过很多电影。和童年的他一样，她总是在故事片中开始瞌睡，但最喜欢看纪录片，比其他猫都更了解世界。她见过悬在黑暗中的蓝色地球，在烈焰中升空的土星五号和在跑道上弹出减速伞的航天飞机。从太空中俯瞰，非洲沙漠中的游牧民族在黑夜中点燃的营火是一个个小黄点。啼鸣的鸟儿令她竖起耳朵，编队飞行的双翼机吸引她跳到电视前，将鼻子凑到屏幕上。但她真的需要了解世界吗?他每次注视她深邃清澈的大眼睛，都能感觉到其中蕴含了宇宙的全部真理。当他困倦时把脸贴到她的肚腹上，都感觉到那是一块飞毯，带他飞离这个世界。当他把眼睛埋进黑色的绒毛里，望见的是终极平静的宇宙。他的天使必然是黑色的，因为她致力于让他不再惧怕黑暗。

丁丁有一只小白狗，船长有一只小黑猫。不同之处是小黑猫不能和船长一起旅行，更不可能帮助他与坏人搏斗。她是家的一部分。他对于她走出家门总是怀有深深的恐惧。他倒垃圾时小米幺曾经跟出来探头探脑，被他立刻抱回家一顿呵斥。门外的走廊是封闭的，尽头的防火门也总是关着，但总有千分之一的几率导致小米幺在不经意间走出了家门，被陌生的景象迷惑，被危险动物的气味惊扰，窜进碰巧开启的电梯，随即被合上的门隔离在一个陌生的世界，当门再度开启，敌视的大狗迎了上来，她只得从人类的脚步间慌不择路逃出公寓楼，本来就很小的脑子随即被车来车往的大街彻底短路。在那样一个世界中，她无法保护自己。她没有信用卡和零钱，也得不到关注和尊重。她很快便会想念家和爷爷。但她不像童年的他，对家门外方圆数里内的地理交通了如指掌，还没上小学就能独自乘坐跨省火车。周围飞驰着无情的车轮，出没着虐待动物的恶人，而她永远也不可能长大成人，从容对付他们。

船长每天出门前都会给小米幺戴上项圈。戴的时候她乖乖地站着，让他想起童年出门上学前母亲给自己系上红领巾的时刻。红领巾是身份标识，表明这是一个在校的小学生，而项圈也是身份标识，表明这是一只家养的猫。带着反光条和铃铛的项圈是粉红色的，能帮助他在街对面或是绿地灌木丛中发现她。项圈上还挂着编号的铭牌，帮助人们在捡到她后及时告知他，以免她被别人收养或被安乐死。火灾时消防员搜寻住户后没有关门，小偷行窃后没有关门，地铁站爆炸的冲击波摧毁门窗，都会导致她不经意离家然后迷路。他需要迅速认出在公寓附近惊慌徘徊寻找爷爷的她，在她没有迷失于世界深处之前将她一把抱进怀中。

船长已经很多年没有幻想世界末日了。小米幺让他重新开始担心这一天的到来。丧心病狂的将军、精神崩溃的值班员、沉迷入侵的黑客或是电脑错误预警都会导致毁灭性核打击。流星撞击地球。黄石火山喷发。他从办公楼断裂的钢筋梁柱间爬出来之后的第一件事便是跋涉过被冲击波摧毁的剑桥镇，跨越倒伏的电线杆和破碎的红绿灯，躲开煤气管道破裂导致的火灾，赶到公寓废墟前，开始挖掘。周围偶尔有灰头土脸的猫儿出没，但因为没戴着粉红色项圈而省去了徒劳追赶的时间。小米幺小巧灵活，想必能在板壁间的空隙中存活，叫喊着向他奔来，依然明亮的眼睛溢出泪水，在脏脸上留下两道痕迹。他会为她抹去泪迹，抱紧她走向超市，绕开争抢食品和饮水的打斗，来到僻静的宠物用品区，给她挑选一条好看而舒适的背心式遛猫绳，选择一个耐用的宠物背包让她钻进去，拉紧拉链，隔着网眼摸摸鼻子然后背上身，将货架上她最爱吃的脱水鱼干洗劫一空，转身走向这个文明迅速消亡的世界。末日的饥饿人类很快就会开始捕猎动物和弱者。他需要带她逃亡。他们向依然温暖的南方出发，那儿有偶尔露面的太阳，海边还能捕到鱼虾和贝类，香蕉和菠萝也没有全部死亡。她应该很少走路，因为谨慎的他总是躲开杀机四伏的公路，选择容易隐蔽的树林和山地，而跋涉会磨坏她手脚上的小肉垫。她躲在背包里，透过网眼向渐渐远去的故乡告别。她看不见爷爷，但能感受到爷爷迈出的每一步，虽然颠簸，却因此感到安心。她明白了世界的空阔，但并不害怕，因为世上唯一的亲人就在身边。

他每天都会寻找安全的僻静之处，把她从包里抱出来拴好猫绳，另一端系在手腕上，陪她拉屎撒尿活动腿脚。在废墟和旷野间跋涉几周之后，他在一家早被洗劫一空的超市里捡到一块因为不能充饥而无人问津的香皂，等来一个温暖些的日子，到一处还算清澈的池塘边给她洗澡。还需要几年才能从昏迷中复苏的太阳在云层中忽明忽暗，但他生了一堆火。她会在他怀中舔毛，然后好好睡一觉，梦见他俩的沙发，电视上鸟儿的欢叫和地铁到站的喧闹。但她梦醒时并不遗憾，虽然再没有好吃的罐头，但有爷爷抚摸她的眼神，更何况，他再也不会在她眼前关门离去，而是日夜陪伴着她。她在睡眠中偶尔会感到爷爷在咬自己的大腿和耳朵，但从不担心他会吃掉自己，因为他在她童年就喜欢这样咬她，说她一定很好吃，而她那时也喜欢抱着他的手咬，爪子在他前臂上划出很多白道道。他俩都会寿命大减，因为他们有着同样的肉身，遭受着同样的饥寒和辐射损伤。然后他们继续上路。他们都已无家可归，但脑中都存着对同一个家的记忆，并且继续拥有彼此。虽然他们再也没有屋顶，但每天依然拥有温馨的时刻。他们分享最后两粒脱水鱼干后，她粉色小旗般的舌头舔着他的手心，在寒风中依然带来阳光般的暖意，让他想起站立在雪山之巅的时刻。他希望时间突然凝固，让他们的最后一刻在此定格。

## 404

在医院陪床时，船长就听了哥哥的建议，计划着赶紧考个驾照，以便迅速往返于家和医院之间。但睡在客厅沙发守灵的那周，他才真正有时间学习交规。跨越母亲生死的恍惚让他觉得还是必须尽快拿到驾照，以便亲自开车去看她。在因为没有身份证但又不是外国公民而被车管所和派出所来回踢了几次皮球之后，他终于以华侨身份获得了派出所的介绍信，然后在车管所出示美国驾照，参加笔试，拿到了驾照。获得华侨身份是有后果的：派出所按表格上填写的离境日期给家中打来电话，告诫他要按时离境。

船长第一次怀揣这张驾照在中国上路，是在母亲去世之后的第一个秋天，从家出发去上坟。他没来得及亲自开车载她走完人生这段路。他扶着方向盘，想起她去世的那天下午，他乘坐殡仪馆的灵车驰行在这段路上，斜阳从西山崖顶投下温暖的光，照在他和身边的棺柩上。棺柩旁只有一个座椅，像是专门为他安装的。这个薄阴的秋日里，他在西山和滇池之间向南行驶时感到了回家的畅快。在他的人生中，前方曾是所有假期探险的起点。自从风水先生在林间用石灰划出了一个十字和一个圈，他知道那是世界的原点。他在余生中会一次次从地球背面出发走上这条路。这条一万多里长的路，最初几千里是空阔的海洋、沙漠和荒原，然后是草场、森林、小镇和越来越密集的道路，终点是一座大都会，层层叠叠的大楼和此起彼伏的喧嚣。他已经不需要滇王之墓和寒武纪断裂带来佐证这片土地的独特。记忆的地宫已经开启。

其他的一切都只是路过而已。他依然没有登上西山。归心似箭的母亲从未带他去过昆明周边的旅游景点。大观楼上关于五百里滇池喜茫茫空阔无边的长联，他只在书上读过。对滇池的记忆，最先是母亲讲述他第一次乘船时吐得厉害的神秘传说，接着是被哥哥拽住胳膊往深水游去的恐惧，然后是从堤岸上观看表姐们在碧波中的身影和阳光投射在水底卵石上的波纹。这个被明媚阳光笼罩的大湖最终是温暖而友好的，假如他驾驶燃料耗尽的空天飞机历险归来，会精确计算再入大气层的路线，最终在此迫降。海口是滇池的出水口，这是他童年不了解的，研读这片土地的历史是最近这几年的事。母亲去上海前接受专业教育的三百号信箱前身就是昆阳镇志中记载的被日本人轰炸的海口五十三兵工厂。也是最近这几年，他才细究五百里滇池的说法。地图和实测早已告诉童年的他滇池不可能宽达五百里，古人指的是周长。但在沧海桑田之后，即便环湖高速公路已经修通，这个长度也只存在于山水的记忆之中。腾俊国际陆港的牌子依然屹立在远山上。它是最近这几年才叠加的记忆。Gallops 这个英译名令他想起开发中的美国西部。从昆明驶向昆阳确实像是从美国东海岸驶向西部，跃入广阔的自然，辨识一个国家最初的模样。穿过爬齿山的隧道口上有四个古体大字，上次来时哥哥开得太快，他没能看清，这次认出来了，是滇王之邑。石寨山汉墓掘出了这片土地上的古老文明，司马迁只是记述它的后来者。但童年时并不了解这些，只知道乘表哥们的车到爬齿山临水的采石场拉石头。那儿被挖出一道雪白的断崖，遍地是崩落的巨石，而不远处的坡面还在吹哨放炮。如今，他从雪白的岩层中穿过，而那片断崖想必已被经年的雨水染得晦暗，灌木丛生。爬齿山和虎山之间的湾区坐落着古城，山谷中是通向大磷矿的路。磷矿对当地居民的健康有什么影响？大表姐说好像是没有。上次听古城表姨妈家的大表哥说，原先周围的水里有金线鱼，但如今已经没有了。村口的鹅毛树也死了。她家的二表哥说那是云南仅有的两棵鹅毛树，另一棵在腾冲。他说这棵树是村里明代进京赶考的人带回来的。进的是北京还是南京？在春天葬礼结束后去她家时，似乎路过了中谊村火车站，因为他恍然看见了那几排用钢管焊成的出站通道。童年和母亲一下火车就要狂奔，因为开往昆阳和玉溪方向的长途汽车就停在站外的空场上，而作为当年铁路的终点站，大部分旅客都去往那个方向，一两辆客车完全装不下一火车人。假如不需要狂奔，那就是表哥们开车来接了。他当年一直诧异铁路为何不铺到繁华得多的县城而是终止在这个小村子，近来才了解到，昆明到中谊村的这段铁路是比贵昆铁路更艰险的成昆铁路的支线，也是支持三线建设的重要工程，目的就是运出本地的磷矿石。他当年和母亲能乘坐客运列车至此，已经算是沾了国家机器的光。

他照例在四姨妈家吃了午饭。站在堂屋俯瞰熟悉的小院，看四姨妈和大表姐做饭，让他确认自己回到了家。这些在他人生中地位仅次于母亲的女人们不断将食物摆上那张年纪与他相仿的饭桌，直到将它摆满。食物的味道和山脉的形状一样，永远不会改变。

饭后，他开车带着大表哥、大表姐和四侄子去上坟。多年之后，终于轮到他开车带他们了。路上一片泥泞。他把哥哥的越野车一直开上山路尽头，再次步行攀爬最后一段旅途，来到母亲的卧室。门是合上的，这说明她睡得很好，没有起来张望将要离家出发的他，提醒他吃早点，穿足衣服，给小瓶灌满用来加热午饭的酒精。此刻的世界是一个没有屋顶的家。它散发着一种奇异的生气。所有植物都异常茂盛，还有三月来时未注意到的松鼠在树间蹿跃。雨季滋润了万物。母亲不喜欢下雨。但此地的雨是例外。在她去世前几年，云南大旱，田地龟裂，城市不断发布节水通告。当她在电话里描述的时候，他从飞船舷窗俯瞰着这片土地缓缓游过。

他摆好从瑞士带回的巧克力，打开一瓶西印度群岛的朗姆酒。当年看《丁丁历险记》时，他和她都对朗姆酒的味道表示了好奇。但当时即便连省城恐怕都没有朗姆酒。他将来自新世界的液体洒在墓前和坟头，最后几口一饮而尽。她如今理解了船长对酒的爱和豪爽性格。大表哥、大表姐和四侄子已经在周围的所有祖坟前摆完了香纸供品，开始打栗子，采摘各种野果。怪不得会有松鼠出没。而这一切在初春的葬礼时都还被阴霾隐藏。

大表哥凑过来说可以烧纸。不知他是遇见了看山人，还是根据潮湿程度自作主张的判断。船长立刻掏出打火机。成叠的纸钱被抖开撒入火中。大元宝点着后几乎要像孔明灯一样飞升。上一次如此畅快地掏出打火机在野外点火，应该是二十多年前的事了。

因为没有空间调头，他需要用倒挡驶下上百米的下山路。车轮不止一次陷进雨水冲出的沟壑，车身被路边茂盛的灌木剐蹭。亲人们七嘴八舌地给予指点。他想起来，童年滑旱冰只知道前进，到河滨公园旱冰场看城里孩子才知道有倒滑这种技巧。对他来说，一切交通工具的功能都是前进。下山后在狭窄的田间小路上行驶，他不时靠边避让拖拉机。亲人们告诫他不要让得太多，路基太软，靠边会垮。他们无视他已经在国外行驶数十万里无事故。在他们眼中，他依然是一个刚刚来到新世界的外国人，虽然他将此地视作自己的旧世界。

对新世界的探索始于次日清晨。他独自出昆明向东驶去。他并不打算去访问基地和旧居。他只是想去看看母亲当年走过的路。比如那年和哥哥全家路过的胜境关。从昆明出发，只需要两个多小时就能抵达滇黔界。

又一次，他能感觉到和母亲分享啤酒的那段贵昆线就在沪昆高速附近，只是望不见它。到了沾益，公路和铁路分道扬镳，前者继续指向东北偏东，沿昆明和贵阳之间的直线继续前进，后者则依旧根据冷战时代的战略布局绕行东北偏北的江南煤海。中午，在被高山环绕的胜境关收费站前，他的新驾照第一次被查验，还被要求下车打开后备箱，让他想起从小就听过的关于云南毒品和军火的传说。他正在离开边疆，进入内地。他向警察询问去胜境关关城的路线，被告知就在旁边的山上，但已经错过了出口，需要去下一个出口掉头。

他索性继续前进。直到晴隆县出口，终于拐上了320国道，被渐渐遗忘的滇黔公路。在昔日的要道上，牧羊人慢悠悠地赶着羊群占据了半条路，来往的拖拉机和小客车则耐心等待和绕行。当地居民的存在维持着这条老路的运营，虽然它在船长的地图中已是一座古迹。一段母亲当年乘坐长途客车的路，他多次往返于云贵之间但却从未走过。这段路记录的并不只是母亲的历史。路牌上有美军加油站之类的地名。他随即来到了立着抗战公路石碑的二十四道拐。从幽深的山谷中仰望，半山腰以上都被云雾遮蔽，看不到那些标志了艰苦卓绝的拐。他明白这段路比他想象中的更加艰险。湉湉当年到达遵义的七十二道拐时，是否也曾这样仰望，再次确认贵州的僻远？他迟疑了片刻，决定继续前进，毕竟这是母亲确实走过的路。根据他的研究，在母亲经过此地的年代，滇黔公路已经改走另一条迂回的路线爬上眼前的高山。它漫长得多，爬至半山后便被雾气浸透。假如母亲早生几年，就需要走二十四道拐，假如晚生几年，就可以乘火车由新通车的贵昆铁路直达。但无论生得早或晚，她都不会赶上备战备荒为人民的那一拨，从家乡分配到东海之滨又迁回西南山区。她只是被无名的力量推进一条岔道，直到生命最后几年才摸回通往家的大路。

攀上山顶，雾气散尽之后浮现的是一座稍显凌乱的偏远小镇。通向观景台的路牌显赫。那些流传世界的二十四道拐全景照应该都是从那个位置拍摄的。他不假思索地拐上这条为旅游者服务的路。它显然是全镇最新最好的路，从他以为已在山顶的小镇攀上一座更高的山头，途经几座农舍后便收缩为单行线穿入雾中。不出所料，观景台是关闭的。过了很久才露面的售票员拒绝售票，说从上午就是大雾，你什么也看不见，明天也许会好。他盘山下行回到村里，从容转进通往二十四道拐的岔道。虽然望不见它，但总可以去触摸它。两侧围墙上刷着汽车拉力赛的标语和抗战历史。路边的乡民望着他驶出柏油路面的尽头，车身开始在碎石上剧烈颠簸。他们一定已经见过很多异国的面容从此处驶向那串人类与自然角力的曲线。车轮在每一个拐点将碎石踢出巨响。老路其实比新路安全，即便翻车也不会滚下山崖，而是会落到下一段弯道。当年可能会有某位长途客车司机为赶时间而擅自走上这条捷径，那么母亲也曾来过。司机可能是退伍的抗战老兵，接过乘客递上的烟，开始讲述美国工兵的故事。毕竟当时离抗战只有二十年，战士们刚到中年，喜欢回忆，而且都还记得美国人。但美国对母亲来说是个遥远的地方。美国人和轰炸五十三兵工厂的日本人在滇池上空缠斗时她还没有出生。听公公婆婆和姐姐们讲述空战故事的她也从未想过很多年后小儿子会生活在美国。但司机当时也许只是沉默地一次次大力扭转方向盘，因为美国在当时是要打倒的帝国主义。而在母亲眼中，这段路只是贵州留给她的最初印象。当时住在上海杨浦公园对面宿舍楼中的她还无法预料自己会在这样的山区中度过大半生。但有什么是可以预料的？假如没有七七事变，中国的第一家军用光学仪器修理厂就不会从首都南京迁到云南变成五十三兵工厂，母亲就不会进工厂中专学习光学仪器装配然后被分配到上海，就不会和父亲一起进入贵州山区，就不会年复一年生活在这样雾气弥漫的潮湿中并且一次次跋涉在这样曲折的探亲路上。兵工厂之所以不随政府迁到重庆而是云南，是因为那里不潮湿，更适合光学仪器修造，但为何基地却选择了更潮湿的贵州？假如明朝不西征，他如今可能生活在南京，不会去美国和黑色的小米幺相遇，也不会深入眼前这片奇境。在倒数第三拐时，他路过了一群学生。他们的衣着不算破旧，但不属于城市。他们爽朗地摆动手脚，以城里孩子无法放开的身姿走完终于平坦的最后两拐。他想起了当年和同学们下山走向居民区的步伐。步行的人们自然会选择这条近路。当他原路返回体验母亲可能拥有过的爬坡感觉时看见了他们的脸。他们想必远远望见了他在第一拐的掉头，但他们的眼中并没有好奇，他们明白他想要把上山路和下山路都走一遍以化解这座景点的神秘，或是已经开始享受它的平凡意义。他们和他几乎相视而笑，像是迎接同一个节日。

从二十四道拐到盘江铁桥的二十多公里花费了两个多小时，是船长人生至此最艰难的一段行程。山路不算险峻但极度曲折，维修的路段一个接一个。他想象那年哥哥站在路边抽烟时看到的画面。还没有修高速的时代，风雪中的滇黔公路上堵满车辆，站在路旁的他脚踩里程碑，皮夹克的拉链拉到下巴，边抽烟边眺望远方半山上盘桓的车辆，不时对车中的妻儿笑笑，心里惦记的是天气预报和剩余油量——这一切也只是他的想象，哥哥从未向他描述过这段旅程，它只是他必须体验的新家与旧家间的一段距离。路边是中国最贫困省份的贫困州县，但小村镇里也有很多车辆，随意停放着，把街道堵成了单行线，无视它如今依然被称为国道，连接着遥远的大都会。但国道显然让镇上的居民成为全县见过最多世面的人，而这确实是世界上最需要交通工具的地方。他想象当年母亲从长途汽车上看到的画面。在泥泞或是尘土飞扬中，满脸皱纹的老汉抽着烟锅，赤脚的妇女们头顶牛角，背扇中的婴儿流着鼻涕。茅草房顶覆满青苔。车窗后的她是一个生于更偏远的边疆但在上海工作的年轻人，的确良衬衫缀着绿宝石般的纽扣，旅行袋上印着外滩的图案。早在他沿京广线扫视中国表面的二十多年之前，她就已经在上海和云南之间切过了它的横断面。但这一切只是他的想象，母亲从未向他描述过此地的画面。在人生的旅程中，她眼里只有远去的家和近了的家。

拐了无数个弯之后，北盘江终于露面了。它割裂大山，将黔西变为全球高桥最密集的地区。他本可以从高速公路上驶过其中某座拥有世界之最的工程奇迹，然后在桥头俯瞰深谷，但他还是抵达水边，来到如今已不通车的爷爷辈的盘江铁桥。它安息在父亲辈的 320 国道新桥下游山谷最窄之处，通向桥头的道路已经废弃，被山洪冲碎，被塌方覆盖，只能徒步入内。修建水库导致江面升高，行将淹没桥面，桥身作为文物被从原地整体提升。但它并不是独立于世的阿布辛贝神庙，而是长路的一部分，只是如今离开了路，从桥基上腾空而起，像是某位幻术大师的杰作。

他顺着显然是专为游客修建的狭长阶梯登上了这座高悬的桥。没有其他游客。峡谷中只有他一个人。母亲从未提起过这座铁桥，但他走近它时，分明感到一种亲密。也许母亲未婚年代最艰苦卓绝的记忆已被编码在那些细微的生命螺旋中传给了他。他走在桥上，仿佛是乘坐着六十年代的长途汽车，观看钢架和钢索从窗外掠过的景象。远山和江水的走向不会有变化。她一定不知道，这些钢铁来自俄亥俄或是宾夕法尼亚。她注意到的是两岸山崖上都有摩崖石刻，明白此地自古就是咽喉要道，在贵昆铁路通车前，她需要一次次由此处过河。她应该也注意到了身着袍服的浮雕人像，或许能猜测那是建桥的青天大老爷。对于世代困在山中的百姓来说，架桥修路是官府最重要的职能。她可能不知道的是，徐霞客和林则徐都曾从此处过河前往云南。她肯定不知道的是，在她探亲路过之前，滇缅公路和驼峰航线运来的物资都需途经此桥运往内地和前线，所以它屡次被日本飞机轰炸，被美国工兵重建，而周围的山坡上部署着高炮部队。它毕竟不是卢沟桥，所以这段历史无法家喻户晓。平静的河面是否也和挪威峡湾一样埋葬着敌人的战争机器？它们轰鸣着飞越华南远道而来，安息在这样一个僻静之处。铁桥依然作为文物屹立，但每日游客看来屈指可数。退休的国道上没有任何车辆通过，视野可见的山谷中除了他只有岩层裸露的荒坡。母亲路过时，桥下深谷中是激流险滩，而如今蓄水之后，凝脂般的江水几乎看不出流动，透着调色板无法复制的碧绿，假如桥身留在原位，漂浮的模样应该像是珍珠港内横跨亚利桑那号的纪念碑，游客低头便能阅读被水葬的历史。他走到桥东俯瞰桥头废弃的碉堡和营房。母亲当年便是从它们脚下转弯上桥。它们看来依然坚固，应该还能存在几百年。它们是石砌的，应该是因为运砖还不如就地采石。但军人和民工毕竟运来了这么多的钢材。当年美军还没有 CH-47 那样的重型直升飞机吊运钢材深入荒山。从珠江通航至此的可能微乎其微，更何况广州早已沦陷，所以钢材是从他跋涉过的山路运来的，它们转弯时在山崖上留下了划痕。桥西的石刻旁竖着一块新碑，标注着茶马古道。山崖上凿出的一道道石阶清晰可辨。船长踏着徐霞客和林则徐的足印爬上半山，途经一些难以辨识年代的废墟，也许是供来往客商和被贬官员歇脚观景的茶水铺子，然后被用作高炮掩体。他回望山下，想象了日本轰炸机投弹炸桥的难度，然后目睹一辆古老的长途客车从对岸颠簸驶来，一路扬起尘烟，驶上桥板的铿锵响彻河谷。他就在半山的古道上望着它。他知道车中母亲是快乐的，因为西行是归家的方向，她从上海站乘火车出发已是第五天，路过了汉口和长沙，从衡阳、柳州和贵阳绕了个弯，在安顺换乘汽车至此，再有两天就能到家，从青石护栏的井中打出清凉的水，用木瓢舀进斗大的铸铁锅，在飘着松香的火焰上烧热，洗去五千里的尘土。缀着绿宝石纽扣的的确良衬衫晾晒在高原的阳光中，白得耀眼，向邻居们宣告着这家小女儿从远方的归来。

离开铁桥东去，船长踩足了油门，在后视镜中重现方才目睹的尘烟。他需要尽快回到高速，在胜境关沉入黑夜之前找到它。曲折的山路需要从水线向上攀爬三百多米，因为这是沪昆高速和沪昆高铁通过的那些孙子辈的崭新高桥的高度。在弯道上偶尔能望见远处峡谷中的北盘江大桥，但作为一个贵州长大的孩子，他明白翻山越岭抵达那儿还需要很久。它白色的人造身躯在重峦叠嶂中异常显眼。假如童年登上黑山眺望，基地的 803 大楼想必也是这样的显眼。半个多小时后，当他终于在大桥上扭头寻找方才驶过的来路，看见的只是暮色中苍茫的群山。在山中长大的孩子知道直线距离没有意义。在群山中能够自由奔跑的只有深谷中的绿水，它们只需片刻就能从一座桥游到下一座桥。

在夜幕降临之前，船长终于到达了胜境关。手机地图不能胜任复杂地形，他虽然迅速抵达了那年和哥哥全家吃过的农家乐和那块一直留在记忆中的里程碑，但走了两个来回才找到通向关城的无名岔道，驶过农田和村舍，来到一片院场，与那座在照片中见过的界坊相遇。滇南胜境四个大字核实了它的身份。村民们应该都忙着做饭，只有几个孩子在柴草堆边打闹，偷偷观望这位和黑夜同时到来的唯一游客。天色迅速暗淡下去，他已经无法核实关于界坊的那个传说。据说它朝云南的西侧干燥，颜色黄褐，朝贵州的东侧潮湿，颜色青绿，就像夏威夷大小岛屿上的高山。他在童年买菜的路上已向母亲讲解过昆明准静止锋，然后和她一次次乘火车穿过这道看不见的锋线，体验两种完全不同的气候。他猜想母亲翻越这座山时感觉就像是跨进了家门。他走过界坊和排列着几幢青色仿古建筑的街道，沿着一条弯曲的土路向田间走去。路上没有任何标志，但它既然始于界坊，就应该通向关城。山区无法拥有京城笔直的轴线，但中国的传统不会改变。

走了不知多久，关城在弯道尽头豁然出现。船长的心情就像是阿布辛贝发现了神庙，几乎要奔跑起来。当他走近城门，心情更像是远道而来一身风尘的鲁智深，马上就能在酒肆坐下，让小二端来酒肉。关城是近年重建的，但它并不是船长所关心的。他是来看它所在的地点。这两山夹持之处确实是他从小想象的兵家必争之地，虽然放在贵州山区绝不能算天险。但当他穿出门洞时，还是被眼前排向天尽头的群山震撼了。它们正在化为一片涌动的黑海。假如越南人当年能打到此处，会不会突然泄气？童年的他曾好奇母亲为何要在直线距离不到三百公里的安顺站和沾益站之间住店。即便她乘坐的长途汽车以每小时三十公里的低速在山路上爬行，十个小时也足够抵达下一个明亮安全的候车室了。今天亲自体验这条山路之后在此刻回望淹没它的这片山海，他终于明白了。脚下是一道显然无法行车的陡坡，但应该是古道通过之处。徐霞客和林则徐便是走着曲折山路从这道坡爬上来的。从未当过游客的母亲想必没有来到关城，但毕竟穿过了眼前这片山海，耗费了用通宵加班换来的珍贵假期。在整个家族中，只有她年复一年只身翻山越岭去闯世界，然后又归心似箭地翻山越岭回家，耗尽全部假期。后来她终于能够乘坐火车高速穿过群山时，是否因为能和亲人们多处几天而衷心感谢人类的技术进步？

空无一人的关城内外没有任何店铺，甚至没有一盏灯。管理者显然明白此处天黑后不会有任何游客和商机，因为即便是探照灯也照不亮前方那片辽阔的黑海，传说中的胜境。船长预感很快便会伸手不见五指，但依然站在关外望了很久。本来这一侧应该算是关内，毕竟前方是中原腹地，而云南一侧是边疆。但他走回云南一侧时还是生出回家的感觉。接下来不会再停车了。他会朝西连续行驶三小时回家。而方才良久凝望的东方则代表了远方，坐落着基地、北京、上海、太平洋、夏威夷、北美和欧洲，排列着他半生的历史，如同一群巨鲸，静静飘浮在时间之海的暗淡水面上。

船长离开关城时，天已经黑透。昆明准静止锋线上的夜晚没有星月，也没有任何城市灯火映亮低垂的云。脚下的土路不算山路，两侧都是田地，在上坡处嵌了条石，偶尔有游客丢弃的矿泉水瓶被踩出声响，提醒他依然身处当代。但他还是感到莫名的不安。倘若母亲走过这段路，他必然会感到心安并且慢下脚步，因为她曾现身的空间如今都是家的延伸。但她只是乘车从田地后方的公路经过。在她经过之前，关城早已被汽车文明遗忘，成为古迹，而如今只被吃完农家乐的自驾游家庭偶尔拜访，黑夜来临之后便回归为事实上的废墟。此刻，它在夜幕中只剩下挑檐的模糊轮廓，更像是一座古墓的墓碑，而他依然是一个漫游在历史荒原中的孩子。这是一座远征士兵的墓，不会有金银陪葬，所以枯骨依然在黑暗中安息。他想起母亲在基地农场参加劳动时迷路，直到遇见提着灯笼的少数民族妇女来领路的故事。人类对黑暗的永恒恐惧。但他随即明白过来，少数民族妇女应该是专程来找她的，因为她们熟悉当地小路，而且习惯夜行，提着灯笼只是为了引她看见然后为她照路。

爬上最后一个小坡，在黑暗中浮现的界坊安慰了他匆忙的脚步。仿古街两侧的花窗透出闪动的光，显然，它们并不是纯粹的景点道具，有人在其中生活。若不是隐约听见天气预报和广告的声音，他会以为自己在黑暗中穿越了历史，看到了古代的烛光。村庄没有街灯，但周边农户朦胧的光已经能够映亮院场上他孤独的座驾，提醒他回到现实。孩子们早已被喊回各家，目睹他从黑暗中归来的只有一条坐在高坡上的狗。全村人应该都在饭桌边。他记起和哥哥全家在山头另一侧吃过的农家乐，借此想象屋子里的画面。在这个湿润的秋夜，白炽灯的光亮在旱烟和羊汤混合的雾气中透出暖意，围桌而坐的一家人面目柔和，虽然没有《勃兰登堡协奏曲》。他发动引擎，穿过这团偏远但却温馨的文明，摸上了320国道。左拐原路下山便能回到高速的上一个入口，但他决定右拐，再走一段陌生的路，向前去寻找下一个入口。他在坡顶的悬崖边停下，给父亲打了个电话，说自己深夜才能到家，让他先睡。挂断电话后，他又一次在屏幕上调出对这片复杂地形语焉不详的地图，俯瞰山谷。谷底的亮带应该就是沪昆高速，但更像马里亚纳海沟底部泄出地火的裂隙。相比之下，蛇形的盘山国道上摸索的车灯是几只漆黑中的萤火虫。古时的马帮、上任官员和行脚僧人天黑后都会在省界的山口住店歇息，不会举着灯球火把亮子油松在猛兽出没的山林间赶路。直到他出生之前的现代，乘坐长途汽车的母亲依然需要住店。很可能就在这片黑暗山谷中的某一处。北方大山中的铁路修通之后，旅店渐渐荒废，如今已无从寻觅。但确凿无疑的是，母亲曾经在此路过。到下一个入口再上高速，是为了陪她多走一程。

## 405

船长在咸阳机场取车后并未驶向长安城，而是径直西行。他要继续上次未能走完的丝绸之路。降落前十分钟，飞机突然从东北偏北转向正西，一丛雄峰赫然出现在窗外，应该是他当年放弃攀登的华山。那时他还从未乘过飞机。上路后，连霍高速的名字开始在头顶闪过。它并不存在于他用心学习的任何地理课本和地图册中。他当然记得连云港，著名的大港，在遥远的想象中确实连着遥远的云，父亲出差购买的各色海产给童年第一次带来了海的气息。霍尔果斯则是完全陌生的名字，可能是又一个因为修路而发达的偏远小镇。在接下来的几天里，他会被这条路运载着横跨半个中国，从熟悉进入神秘。

他途经陈仓和五丈原，在午后沿渭河切入六盘山。漫长的隧道唤起阿尔卑斯旅程的回忆，但接连的拥堵暗示他身处一个更繁荣的国家。出陇山后，天水和定西的名字宣告他进入了神话和传奇。当晚，他和山谷中的边城兰州重逢，跨过黄河，在机场外的永登住了一晚。旅馆前台见他出示护照，迟疑片刻，但还是勉强让他住下。

次日他继续西行，路过永登以西寸草不生的连绵荒山，循着崭新的高速公路和隧道穿越祁连山东端的乌鞘岭，进入河西走廊，在山脉和荒漠之间沿少年最神往的道路前进，向历史深处钻探。京广线上的中国已被现代覆盖，而丝绸之路上的中国依然裸露着古老的断层。

高速右侧游走着残垣和土塔，有的被搭上了脚手架，暗示它们的不同寻常。他意识到自己终于与长城相遇。当年他和祁叶乘坐长途汽车路过这一地段时，它一直都在陪伴，只不过被黑夜遮蔽。公路从一处叫做长城口的地点穿过城墙。就像他刚到北京时乘坐331路从新街口豁口驶过一样，只不过这条荒漠中的城墙还没有完全变得透明，而它见他来势凶猛，迅速分开了一条通路，转瞬便在身后关闭。开始爬坡的他扭头目送残垣慢慢消失在左侧低地的视线外，知道自己正在离开传统的中国。不久，祁连山在青灰色的天际浮现。天虽晴朗，但能见度并不高。午后，他终于再次望见了白色的尖峰。这些依稀的线条和云南的无名雪山一样，是他记忆中最神秘的宝藏。那也是一个午后，天比如今的更蓝。所以，在高速公路和乌鞘岭隧道群的协助下，他从清晨的兰州西郊出发，几小时后便追上了当年头天黄昏从兰州市区出发的自己。

日头偏西时，他到达了嘉峪关。当年在这座工业小城下了长途车后乘坐小三轮直达关门，未曾注意到关城周围有一片景区。或许它当年确实还不存在。虽然此处从明代以来并无战事，而丝路早已没落，但他还是在墙外无人的路上走了一段，认真评估北方异族攻打关城的难度。几百年间，关城无视内地和边疆的兴衰战乱，在静默中用它的方正展示一个大国的尊严。路边柳荫中坐着休息的女工们，头巾的色彩、花纹和戴法与童年在云南见过的一模一样，以至于他再次怀疑此地就在当年从卡车驾驶室中看见的那座雪山后方。在关城上，他终于得以凝望和他一起停止了航行的雪山。它的线条被山谷中淤积的烟雾模糊，但被他记忆中调出的影像轻松补全。然后他去了悬壁长城。上次来时这段重建的大墙可能还只是废墟，但和在胜境关一样，他观察的是地点、地形和古人的心思。关内烟囱林立的巨大厂房，长城沿山脊爬升的模样，都让他想起基地在水塔山上修筑的那段墙。再险峻的地势依然可以筑起边墙并且供人行走，担任保卫工作的古代武士和基地学生可以在墙上巡视和射击，只不过基地围墙是为了阻止偷铜者，脚下大墙的前世是为了保护一个国家，而眼前的峡谷小道便是丝绸之路，曾经走过张骞和他身后络绎千年的僧人、将士和客商。此刻已经日落，他没有时间再去追赶他们已经透明的身影。整座墙上除了他，只有两个当地孩子在玩耍。他们的家和学校都在墙内，而父母就在那片巨大的厂房中上班。他们是否有生活在文明边缘的感觉？他们是否终有一天要离开此地，去兰州、西安或上海谋生，还是会在这段墙上开始恋爱？他走下大墙，选择一条偏僻乡路从嘉峪关前驶过，去与高速汇合。在离关城最近之处，他停车走到一排铁丝网前，透过网眼从荒漠深处观看关城。他把自己想象成远道而来的异国使者和终于退役的戍边军士，揣测着他们不同的心情。此刻，宏伟的它们只是模型般的低矮小楼，即将陷入时光的流沙。

当晚，他在觉得已经赶了足够远的路之后，终于告别高速，沿一条漫长的黑暗小道驶入玉门。这是他抵达敦煌前的最后一座城市，假若再不住店，就必须通宵行车了。曾是中国工业重镇的玉门老城据说已成鬼城，虽然肯定不是基地那样被藤蔓覆盖而只是被风沙掩埋。但搬迁至此的新城拥有喧闹的夜市，说明居民们没有被偏远地理位置影响生活热情和幸福感。旅馆们因为他只能出示护照而指点他去全城唯一涉外的玉门宾馆。当他带着归国华侨的心情终于坐在宾馆床边脱下第一只鞋时，经理来敲门，让他跟她去一趟派出所。所里两位面目严肃的干部在电脑前反复输入他的护照信息，但一直查不到他的身份。因为屏幕背对着他，他不知道他们搜索的是什么数据库，只明白他在某个国家级系统中确实已经成为黑户。他们边操作边询问着他的人生巨细。一个小时后的凌晨一点，他们依旧没有查到，但终于让他离开了。经理在路上说她也是外地人，前两年才来玉门。他为她只把他当作外地人而不是华侨而感到欣慰。玉门大部分都是外地人吧。他说。

第三天上路前，他在朝阳下仰望宾馆的模样。它像是人民大会堂和基地大礼堂的混血。停车场上停着一辆古老的日产面包车，让他想起当年前往丝路的日本探险队。他们当年很可能也曾在这家方圆百里内唯一的涉外宾馆过夜。这种面包车在那个年代体现了身份，虽然他们后来攀爬白龙堆盐碱丘陵时换成了在贵阳火车站外被袭击的军用吉普，在尼雅河滩涉水前进时使用的是表哥们刚入行时驾驶过的解放牌卡车。他第一次见到这种日产面包车是在基地招待所门口，用于接待领导和外宾。那时基地刚刚对外开放，还很兴旺。

接近正午时，他抵达了敦煌。在荒漠和寸草不生的暖色山岭间行驶数小时之后，他感受到了绿洲文明的亲切和孤独。但他只是穿城而过，路过前往莫高窟的岔道和巨大的沙山，拐上向西的无人公路，直达玉门关。比起山丹的长城口和嘉峪关，这是中国更古老的边界。他走到关外俯瞰疏勒河谷，想象古代的外国人在数千里雪山和沙漠之旅之后望见这座方正建筑物的心情。他们明白自己终于抵达伟大的东方帝国。他们会取出护照，请求盖章放行，再走月余便能抵达长安。大批游客被一辆辆大客车拉来，拍照后迅速离开，言语间对只看见一个土台子表示遗憾。

他跟随大客车来到了汉长城，心情和童年假期长途跋涉到云南后最终望见四姨妈家的大墙是一样的。都不算自家的，但都令人可亲。那道四十年老的墙没有像眼前两千年老的墙一样加入层层芦苇，但也混合了稻草，和卵石贝壳一样是他小时候乐于抠挖的目标。假如眼前的墙未被绳索围住，他肯定也会忍不住上前抚摸历史裸露的断层，抽取几根古老的纤维。离海洋最远的内地，是否也有卵石和贝壳？假如亿万年前此地曾是大海，自然会有。他走到无人的南头，拜访用于制造烽烟的柴草。它们在原地堆积千年之后已经石化。此地燃起烽烟，半天便能传到长安。这是汗血马和越野车无法企及的速度，和阿基米德用镜子烧毁敌舰一样杰出。

接着，他沿公路继续向西，陪伴长城再走一程，多看几个烽燧。那个方向有大客车们向往的雅丹国家公园，纪录片中的探险队应该是从那里直插白龙堆和楼兰，但他听说不让自驾入内就没有去。他调头经过玉门关前的岔道向北，独自颠簸几里土路来到大方盘城。这座没了房顶的古代仓库比玉门关壮观得多，令他想起基地锅炉房边那座安装了龙门吊车的巨型仓库。假如不被房地产商爆破拆毁，钢筋混凝土是否能留存两千年，只是被藤蔓和苔藓包裹？但它毕竟不是石砌的马楚皮楚，潮湿在体内秘密进行的电化学反应会令它患上风湿关节炎。

他于黄昏时返回了玉门关。游客们早已散尽，此刻想必正在敦煌城的饭馆中围席而坐，只有他和土台子一起观看了荒漠中的日落。中国黄的墙在渐渐冷凝的空气中开始释放暖意。明亮起来的满月提醒他今天是中秋。假如母亲还在，他必然不会身处五千里外。如今他的家在两万里之外，猫旅馆中的小米幺度日如年地等他去接，就像他当年在托儿所里等待母亲一样。母亲去世后的第一个中秋，父亲应该被哥哥接到自家过节了。散落各地的同学们想必正在举杯，在贵州长大的他们都很能喝，喝完了还要搓麻或是唱歌，但今晚他们都会在各自家中，不会喝太多，因为还要给孩子掰石榴。

从玉门关回敦煌的路超越了驶近斯德哥尔摩的那段夜路，成为他一生中驶过的最黑暗的路。途中没有遇见任何车辆、路灯和人家，颠簸的光柱只能照亮车前一小片慌张奔逃的苍白碎石，仿佛是一艘癫狂的鹦鹉螺号潜艇在马里亚纳海沟沟底飞驰。

第四天，他早早从敦煌出发，在城北再次穿过城墙，重新回到高速。地貌在过柳园之后发生巨变，而公路果然像湉湉多年前描述的那样笔直，他像是一位驾驶飞船刚在火星机场着陆的宇航员，滑跑中便已被窗外的景象震惊，忘了减速。星星峡是进入新疆的标志，也是一个他在童年翻看全国交通地图册时就记得的名字，一座每夜都拥有星空的峡谷。如今，他知道这段路途经玄奘非法出境时穿过的五烽。烟墩可能就是其中一个，只是他没有时间下车寻找。高僧出生入死的最险路段，他踩足油门轻松驶过。午后，天山支脉从右侧驶来，哈密在左侧一闪而过。接着，他攀上仿佛火星腹地的红山口，沿一道长坡向吐鲁番盆地俯冲，不久便穿过前方隆起的火焰山，进入绿洲，驶上一条有些杂乱的大街。他猜想这便是吐鲁番，知道自己应该在某处左转，前往城西的交河故城，但已经与车体粘连的手脚不听使唤，直到有限的繁华迅速消减，被收费站取代，才刹住车，艰难横穿站前堵车的大队，掉头后望见路牌上标示此地距西安三千多公里，感受到自己继续向西冲锋的原始欲望。但东方有他必须登机回美的机场，假期将尽，而小米幺一直在等待。在余生中，他还需要摸索走完此地和威尼斯之间的长路。从掉头处走岔道去交河故城是一条捷径，无需穿过城区，小路两侧的林荫中藏着大片低矮民居，路上只有满载货物缓慢行驶的农用车辆。他迅速熟悉了在这类道路上超车的技能，开得飞快。这是他小时候长期观察表哥们开车的结果，而眼前的一切恍如云南的村庄。偶尔会有儿童横穿马路，他的处置都像一位老司机。他突然意识到，这是离开行驶了三千多公里的那条高速公路之后第一次穿过纯正的村庄。

在绿色尽头，他翻过几个小坡，驶入一片排列着旅游大巴的停车场，知道自己抵达了真正的折返点。下车回头，树梢之上赫然屹立着一座硕大土台，像一艘巨舰停泊在他童年的军港。此时天空阴沉，时间也不早了，他从宽度足以行驶坦克的跳板快步登上甲板，沿着大小通道查看所有舱房和设施，考虑如何安置共同远航的船员、可供终生的给养和万无一失的防卫，俨然是它的船长。他绕过舷侧门内精心设计的掩体查看加盖的水井，走到披着厚重装甲的船舷边探身俯瞰数十米虚空下的绿色水面。与它相比，密苏里号战列舰只是一叶小舢板。它没有巨大的舰桥和炮塔，但矗立着大小佛寺，它们有着方正的形状和气宇轩昂的残墙。所有佛像都变得透明，但他仰望他们的位置时都会想起从母亲床头带走的观音像。它如今摆在小米幺够不着的书架最高层。厨房墙上残留烟熏的痕迹，和四姨妈家灶边一样，而她此刻想必正向喷射红光的灶眼添加干柴，大表姐在斗大的铁锅中用力翻炒。通道在一片佛塔前方终止了。他知道佛塔后方的后甲板上是墓葬区，先民的遗骨依然和他们曾经的家一起日夜航行。夕阳和蓝天简短出现，他感到自己向西的目光与自己在威尼斯向东的目光遥遥相接。而那次旅程的尽头竟然也是一座没有游客的墓园。此刻眼前没有那么多的水面和穿梭的船只，只有脚下这艘孤独的巨舰远航在山的海洋之中，直抵欧亚大陆的最深处，停泊在已知和未知的边界。从站在五楼楼顶环顾群山开始，他的一生都在沿这条边界航行，和这片正被时光溶解的废墟一起。它的每一间房屋都像是他的故居，但都卸去了门板和屋顶，暗示他此处不能再住，而不知藏在何处的监控和喇叭则告诫他参观时间已过，催促他快快离开他几乎是倒退着告别空无一人的故城，作为船长，在弃船之前匆忙检查每一个船舱，确保每个船员都已离开。不久，一位年轻的维吾尔工作人员匆忙向他走来，说自己就是用喇叭说话的那个人，担心孤独的游客在黄昏中迷失了方向。他对这位援救者表示了感谢，因为他的容貌和口音是自己航行了很远的实证。他顺从地弃船坐进自己的救生艇。在后视镜中，那艘永不沉没的巨舰迅速被树梢埋没，他在四合的暮色中向东回返，在前方的群山和海洋后面，是小米幺和他们的家。

第五天清晨，他穿过还在沉睡的吐鲁番，沿火焰山脚下的公路东行来到高昌故城。它也隐藏在村庄后方，入口处铁门紧闭。他开车沿墙外小路慢慢搜寻其他入口，盘算着再次翻墙进入古城，直到在城南遇见一位牧羊老汉，和巴塞尔的那位老人一样，虽然语言完全不通，但还是听明白了他举着手机的解释，掏出自己的手机热情地比划着，虽然屏幕上显示的是他不懂的文字。十点才会开门。他花了一个多小时在城墙外的田埂上走走停停，看朝阳下在墙角吃草的羊群，想象它们的祖先围观远道而来的唐军攻城。当他回到入口时，门边已摆出一张简陋的小桌，算是售票处。售票员将门推开一条小缝将他放进城中。他第一眼望见的是一片开阔地，寸草不生，更没有任何人迹，缓缓起伏的土堆像是滚动着灰浪的海洋，浮着一些不同寻常的遗迹，暗示水下沉没了一座城市。他转身问有没有地图，售票员指指门后，然后将他独自关在这方寂静之中。

他后退几步定睛细看，门后破旧的铁皮上用油漆潦草绘制的一个大圈确实是他上午所绕行的城墙，它是这座被岁月夷平的城市最后的地标。他第一次见到它是在法国考古学家的著作中，绕城后已经核实了它的形状。大圈中只画了一条路，从大门通向西南大佛寺。大圈旁只写着两排巨大的黑体字。西域政治经济文化中心。玄奘法师留恋圣地。管理者想必认为这两个描述已经能够声震山谷，但它们改变不了没有游客的事实。除了他，城池内的生灵只有墙角嚼着干草的一匹驴子。它和身后的木头小车似乎已将他带回唐朝。他沿门后标示的路向海洋深处走去，想象着这座西域长安在当年的辉煌。这条大道是否是那时的主街？但它是歪扭着的，不符合横平竖直的古都格局。或许当年城内有一条宝贵的小河，所以大道自然沿岸追随着它。他随即发现自己不愿意走大道，而是开始攀上周围的土堆，去接近那些残垣。常年风蚀塑造了它们柔和的体态。和童年面对四姨妈家的土墙一样，他又一次忍不住伸手去触摸它们的表面，评估硬度，想象它们还能耐受多少年的风雨。驴车载着几位游客远远经过。半个小时后，他看见它停靠在西南佛寺门外的内城马面之下，向导用德语向两个游客讲解。最先到来的西方人是德国探险队，所以这座城市在德国人的知识体系中可能是个传奇。佛寺内的佛也已变得透明。假如周围还有卖香烛的，他自然会点上几根。玄奘也曾在这个位置前双手合十，然后在边厢某所僧房住下，婉拒国王的挽留，心向西方的雪山。走到城东南角的小寺院，在一间洞窟般的小室中观赏了已经难辨的唯一一幅壁画之后，他明白，在经历风雨和战乱侵袭，被反对偶像崇拜的教徒和挖土肥田的农民肆意损毁之后，城内能够吸引旅客的景物已经寥寥无几，确实无需更精美的地图和介绍。

但这并不影响他去体验这座古城本身的存在。与堡垒式的交河城相比，它是一座传统的方形城市，很可能是仿东南六千里外的长安而建。虽然城区比记忆中的西安古城小得多，但城墙显然更加宏伟。留存最完整的西墙展示了它可能的高度，东南的豁口暴露了它的厚度。身为兵荒马乱之地的小国，自然需要更好的防卫。此时已是午后，吐鲁番盆地初秋的阳光依旧炽烈，城内残存的最后几片遗迹正如冰淇淋一般融化。但他眼中是繁华的大街和商铺，长相、服饰和语言各异的旅人，来自东西方千万里之外的货物。不时有黄色的僧袍在阳光下闪亮。在轻微中暑导致的幻觉中，建筑化作起伏的山丘，小径成了泛着水光的河流。他依然很清楚自己的方向，那就是在正北泛出红光的火焰山。而它也在若有所思地俯视一个渺小的人类在这片遗迹中行走。他的到来和离去，这片文明的崛起和消逝，在它的记忆中都只是一瞬。

第六天直奔罗布泊之前，他在哈密南郊最后一座加油站停车想把油加满，被告知站内只有柴油。幸好还有九成油量。十分钟后，他从容驶入一场小沙暴，沙在公路上绘出奇幻的花纹。风停后，他发现自己在一个死寂的世界中独行。提醒自己还在地球的只有这条路和并行的电杆。涵洞上方的路面总是破裂的，露出钢筋，暗示这是一个重型货车的世界，但他没有遇见任何车辆。他知道一旦抛锚会很麻烦，但依然一次次踩下油门超速，只在涵洞前踩下刹车减速。在数百里无人区的旅程中，在他记忆中留下的文明标志只有一座工厂、一座还在建设的铁路桥和若羌县境的迎客招牌。一片荒芜的山脉在西方的地平线上浮沉。在它们彻底沉没之后，他感到自己开始俯冲，眼前迎来一望无际的盐碱地，宣告他已经来到了古代的大泽。离罗布泊镇还有数十里时，混凝土路面终于被腐蚀殆尽，悄然消失了，车在通向地平线的坑洼条带上剧烈抖振着前进。大片雅丹地貌在路东游过，如一排巨人国的残墙。白龙堆。他终于按捺不住，冲下路面，在干涸的湖床上滑行，直奔雅丹脚下，停车推门踏上坚硬的盐碱碎片，向其中一道大墙发起攀登，直到再也无处落脚时回头俯瞰，车已经缩成玩具，两条车辙是在大海中凝固的尾迹，远方的公路只剩细细的一线。

他在罗布泊镇上方圆数百里内唯一的加油站加满了油。这座中国面积最大的小镇没有街道和路人。远处庞大的工厂是崭新的，像是火星表面刚完工的太空补给站，但公路边稀落的小饭馆修车铺简陋而冷清。两者的组合让他以为自己抵达了未来世界中的新添寨。他曾经计划驶向湖心，还特意找过镇南向湖心右转的岔道，但在驶过数百里无人区之后，确认自己对只有地理意义的景观缺乏兴趣。他掉头放弃了这段车迷们喜欢夸耀的征途，再次驶向东北方的白龙堆。此时天光放晴，雅丹如同巨龙在凝固的细浪中列队游动，迎接着他的到来。他从容驶离路面，放下车窗聆听着车轮碾压固体浪花的脆响，直奔龙群后方，下车攀上了其中一条。和当代自驾游者向往的湖心相比，他对此处有着更多的神秘感情，虽然首次踏足只是在一小时前。西去和东归的高僧们都从此经过。六十多岁的法显在这酷热的沙河确认磨难刚刚开始，接下来还要翻越大小雪山，但并不知自己的行程将会超过十年，最终会渡海回国，遭遇风暴后在山东海岸登陆。四十出头却已在海外度过十年的玄奘则携带曾由大象驮运的经书，知道穿越大流沙便是敦煌，但还未预知自己在长安被天子迎接的盛况。这些东北西南走向的巨龙像是一道道蓄意添加的大墙挡住他们的去路。他来此便是为了让自己的路和他们的路有一处确凿的交错，目击他们经历的艰苦卓绝。在此之前，他只能通过他们只言片语的叙述去想象，借助诗一般的古书记述和近代探险队绘制的地图去重构。如今被高清晰度的全景式的真相环绕，他明白自己依然无法去体味高僧们的内心，就像他走过二十四道拐和盘江铁桥依然无法了解年轻时的母亲一样。但在此刻，他至少确认了人类能够步行穿越任何地貌。四野依然没有人烟，连公路都消失在视界之外，但在他眼中，这座迷宫中的每个豁口都密织着几千年的足迹。假如他在背风的盐壳下掏挖，想必也能找到木简和铜钱。他盘算着是否要像童年在老房子后院或是平顶山上一样埋藏点什么，作为给未来人的秘密礼物，但想不出什么能够代表自己，身后一串踏破盐壳的足印在几个月内就会被风抚平。上路半小时后，龙身渐渐沉入大地，彻底放晴的蓝天下开始升起瑰丽而神秘的彩色山脉。直到哈密南郊，他望见又一场沙尘暴在地平线上翻滚，路过挡风玻璃被击碎的大货车，才确认自己从异星回到了人间。

第七天清晨从哈密城区驶上指向北方高速的离城路时，他发现正前方的天山东麓一夜间已被初雪染白了头。一座确凿无疑的雪山。当天他一鼓作气驶完哈密到兰州的一千三百公里路，虽然赶不上烽火的速度，但应该轻松超越了换着快马向朝廷报信的边关军士。不过，再次途经莫贺延碛时，他依然感叹二十万唐兵如何在这样的无人区急行军，并且更理解了这样规模的军队为何会引起西域小城的极度恐慌。内心储存的想象终于能够投影在亲自测绘的地图上。星星峡和胜境关一样成了从边疆进入内地的标志，也需要下车接受检查。军官看了他刚拿到的驾照，说新证第一年内不能独自开车，但还是示意背着冲锋枪的士兵放行了。他们明白他已经独自开了几千里。他本希望从高速公路上遥望嘉峪关，直到出口路牌从头上闪过，才确认已经望不到它。但在看遍了颓败风化的残墙之后，它气宇轩昂的方正线条在他的内心重现，取代了几天前日暮中低矮的形象。他终于找到了远道而来的旅人望见城楼在地平线上浮现时的心情。他想起湉湉多年前站在关城上的感慨。而她此时正利用中秋和国庆长假带儿子走在冲绳的沙滩上，脚印被太平洋的浪花抹去。这两年，她海洋之旅的名单上又增添了帕劳和塞班。她是否曾看过那些岛屿上当年攻防的惨烈画面，知道远近水域曾是大海战的现场？儿子是否听她说起哑巴过河的传奇？孩子肯定喜欢游泳，因为获得了母亲的陪伴而非阻拦。而自己作为一个终于没有妈管的孩子，能够随性实现这段密谋已久的旅程。入夜，他驶出乌鞘岭的每个漫长隧道之后，仰头总能看见明月在前方的山脊上指引他前行。他想起中秋夜里玉门关到敦煌的那段最黑暗的夜路。那肯定是一个万里无云的晴空。两段路都指向东南内地，但他为何完全无视月亮的存在？只能解释为驾驶时一直紧盯前方车灯照亮的数十里坑洼路面。假如不那么着急赶路，而是踩下刹车，熄火关灯，下车仰望，应该会看见一轮更圆更亮的明月。此地已经不是一望无际的平坦荒原，而是险峻的祁连余支，他在每个隧道出口都会张望山峰有多高。他看不出它们是否也如昨夜的天山一样被雪染白了头，无法判断自己是否追赶上了这次寒潮，但随即便会 次次望见正前方山脊上的月亮，像是很多年前西南山区入夜后出现的那盏灯笼，为迷路的人指引归途。

第八天，他早早从兰州出发，为的是在黑夜来临前看看城墙，没想到下午三点就抵达了西安。他在阿房宫立交终于告别行驶了一万里的连霍高速，从城乡结合部穿过交通混乱的笔直街道，进入市区，驶上内环，到未央路还了车，在被无数司机拒载之后终于上了一辆出租，穿过城门进入古都，回到了丝绸之路的起点。他在和平门附近的旅馆放下行李，迅速登上城墙。城外的大雁塔因为坐落在城门正南，没有被高楼彻底遮蔽，夹在它们中间像是一棵小笋，在暗淡下去的空气中渐渐模糊，而城头的仿古灯笼和城下的汽车尾灯已经开始渲染都城之夜。他听说城墙已经全部贯通，无须再像多年前一样翻越栅栏，便租了自行车沿城头绕行一圈。在每分钟都变得更浓厚的夜色中，垛口上方悬挂的暗红色灯笼继续引领他前进，地上每块城砖传递的颠簸都按摩着连续多日行车后僵硬的躯体。每座照明通透的城楼都像一座神秘的宫殿，让他想起童年在《世界之谜》上首次看到的金字塔和狮身人面像的黑白照片，底光的烘托将它们悬浮在黑暗之中。这些城楼喷吐的华丽补充着他一路上每个景点色彩的缺失。他仰望它们，感觉自己像是九死一生的胡人，在跋涉过无数废墟后发现传说中的帝国依然辉煌。在没有灯笼的地段，他目睹城内灯光暗淡的老式民居和城外头顶霓虹的高楼在静静集结，等待明日的攻防决战。他在最热闹的北侧城墙停留了片刻，因为墙下便是火车站广场。多年前，他确实在进站减速的火车上看到了这段城墙。那也是一个下午，他们也是走出车站找到旅馆放下行李便直奔城墙。

他在永宁门还了自行车，作为最后一个游人走下城墙时已过十点。当他从瓮城穿过黑暗的城门时，不确定自己是在进城还是出城，因为他正从一个自己精心建造和保护的小世界走向开阔的人间，而这条黑暗管道的尽头指向夜幕下一座华丽的建筑，宣告着人间的繁华。他快步向它走去，并且认出它是钟楼。此处依然热闹，逛完了夜市的游人们隔着环岛兴致勃勃地观赏和拍摄这座方正的建筑，而它在旋转的车流中岿然不动，透出神秘的光，像是古代中国的一次显灵。然后他继续步行回到了和平门。这一带已经归于寂静，蓄积一天的饥饿感终于浮出意识水面。他在小巷深处找到一处半露天食摊，看得出食客都是附近的居民。老板娘上了一个馍。他开喝第二瓶啤酒之后还没见到食物上桌，问了老板娘，被告知要自己掰馍。他撕扯着馍，偷偷往嘴里送了几粒，感到有点哽噎。他本已在饮品的冰凉中确认自己复归当代，却突然被这简单烘烤过的干粮带回荒漠，变成西方几千里外的僧人和士兵，他们的眼中正下沉着夕阳，背后升起的是已经笼罩故乡的这片黑暗。

## 406

在这个冬天，船长终于决定去滑雪。他早早下班回家喂饱小米幺，直到她腆着浑圆的肚腹躺在沙发上梳妆并准备入睡，便起身穿戴，抱着器材悄悄出门，赶在交通拥堵前夕离开城市，驶向最近的缆车。

他在阿尔卑斯充分体验了缆车登山的快捷。修建缆车是对山峰的永久征服。即便能在那些陡峭的花岗岩山体和终年积雪的陡坡上修筑一条盘山公路，维护也需要高昂的费用。有了缆车，老幼也能从容抵达巅峰。

从山顶下滑是另一个概念。缆车缓缓爬升积攒的势能释放为闪电的速度。站在山顶手握雪杖望着林间雪道，仿佛是摩西刚刚分开大海，而戴着头盔和护目镜的模样分明是飞行员。速度缩减了大山的尺寸。高度持续陡降，但雪道依然漫长，想必是速度已经接近光速，放缓了时间。这两种感觉调配出一种令人迷惑的陶醉。

他第一次下滑时就想起了平顶山侧面的那个坡。选择翻山回家时需要下的最后一个坡，也是最陡的一个。坡面缺乏植被，乱石突兀，能踏足之处都被滑溜的石屑覆盖，藏着上次雨后还未干透的黏土，想站定都困难。一旦踏出下山的第一步便很难停住。身手矫健的孩子能一鼓作气撒开腿连奔带跳直达坡底，畏缩却步的孩子只能跌坐着滑下，在屁股上留下两片难以向父母交代的泥污。当初农村孩子抢了湉湉的冰鞋之后便是爬那个坡逃走的，因为它极难攀登。而此刻，周围的孩子们都身手矫健，但即便跌倒也不用担心弄脏衣裤，因为眼前的山路是洁净的。他甚至会假装跌倒，让自己亲近久违的山。防水夹克需要接触雪面测试，就像童年的雨靴需要踩过水塘测试。滑旱冰跌倒危险得多，哥哥在厂区跌成骨折，才把冰鞋让给了他。那天晚上哥哥的同学慌张敲门，母亲匆匆离开，很晚才和用石膏绷带吊着手臂的哥哥回家。为了不让母亲担心，他向来很谨慎。假如冲得太快，便会拐弯急停，看看风景。一群群孩子欢笑着从身边闪过。他选择提前下班来滑夜雪的原因是不希望眼前有太多人，而这个时段的山几乎只被孩子们占据。

当年穿着旱冰鞋从水塔山顶下坡时冲得太快，也会不时借某条通向车间或仓库的岔道小坡转弯急停，看其他孩子呼啸着从眼前驶过。不同之处是他们会对他发出吆喝和催促，而在地球另一侧的这座山上，他独自玩耍，被头盔、护目镜和高耸的衣领包裹得严密，无人能看出他的肤色和年龄，以及他回到童年的表情。水塔山顶到基地大门有四条道可滑。直冲到金工车间前的花园然后左转到达后门，那也是当年他和哥哥拖着木头回家走的路。或是右转经过 803 大楼前的广场到达前门。或是冲到四分之三处右转在新装配大楼前绕过养鱼塘到办公大楼右转抵达前门。这三条道虽然漫长，但都算平缓，是绿道。冲到四分之三处左转绕过刷着备战备荒为人民字样的工具车间然后经老食堂门口到达后门这一段的坡度陡一些，路边是一层楼高的排水沟，是蓝道。金工车间和 803 大楼之间的那个坡虽短但是更陡，介于蓝道和黑道之间，同学们每次冲下去都需要捏把汗，胆小的只敢蹲着往下出溜，但依然会摔个屁墩儿。哥哥就是在那儿摔成骨折的？当年没敢问他。从半山腰的医务室路过办公楼后面永远拉着黑天鹅绒窗帘的神秘实验室的斜坡最陡，路边是两层楼深的排水沟，显然是黑道。从居民区经过粮店到前门和经过职工浴室到后门的两条路都有一定坡度，持续转弯，而且临着小河堡坎的陡壁，都可以算是蓝道。在基地周围的山上，只需用推土机将那些蜿蜒的小路拓宽些，再等一场大雪，蓝道黑道比比皆是。在西北和正南标定他童年边界的奶头山和黑山，是护佑着山谷小镇的马特洪峰和勃朗峰，虽然它们的外形更接近冒纳凯阿和雷尼尔山。遗憾的是它们在冬季也只有山顶偶尔积雪。假如基地位于东北深山，同学们恐怕早已是滑雪健将，越野速降样样精通。但基地不可能位于东北，因为离敌人的坦克群太近。但无论它位于何方，他记忆中的都是遥远的东方群山中的场景。说东方可能不再准确。因为如今从东或是从西走向它，路途同样遥远。

在山顶能欣赏的最好风景是日落。这是他选择来滑夜场雪的另一原因。他考察了每座滑雪场最适合观看日落的位置，记住了日落的时刻，提前到位等待。落日的速度比斯堪的纳维亚半岛上快得多，但足有几分钟时间让他观察被抹上重彩却又随即褪色的山河。脚下铺向远方的是冰川侵蚀地貌，没有高山，但也说不上平坦，层层的起伏间藏着住家、道路和城镇，它们即将在夜幕降临时亮起自己的小灯。他将雪杖插在雪中，双手举起手机拍照，提醒路过的人们眼前有航天飞机升空般令人屏息的景象。偶尔会有人被雕塑般伫立的他提醒，停下掏出手机迅速拍一张，赞叹两句然后扬长而去。假如山顶有强风导致极地气温，手机会自动断电，他需要赶紧将它揣进贴身衣兜暖和一阵。

生活在山中的岁月里，他从未在山顶看过日落。日落前，他已经早早回家打开炉子用高压锅把饭做上了。然后，他会在五楼阳台面对遮蔽了落日的平顶山。其实太阳离地平线还远，但山区没有地平线这个概念。一个孩子对日落其实没有兴趣，但那是下班时分，他等着路上出现母亲的身影。虽然山脚的阴影中流过来的是一条灰色厂服的河流，他依然能从模糊的面容和发型、身材和步伐中认出她。假如她手中提着菜，他会冲下楼去帮她。那时，平顶山巨大的阴影正迅速吞噬居民区，泛着金光的山顶边缘偶尔会浮动孩子们的身形，他们听见 803 大楼高音喇叭播放通告下班的进行曲，匆忙结束探险，准备冲下最后那个陡坡，赶在父母之前回到家中。他第一次看日落是在圆明园西侧的荒地中，那里地形开阔，他喜欢和那些身份不明的土堆一起迎接暮色。在北京的每一个黄昏，他都不着急回家，他乐于独享人生中浮现的第一丝伤感。

如今，他在日落之后想到的第一件事总是回家。他去过的滑雪场碰巧都朝向着家。位于城北的朝南，位于城西的朝东，奇怪的巧合。和童年在山上历险时一样，他会想家。那时，在山上朝向家的一面，他会感到踏实，在背对家的一面，他会略感不安。周围的山都很相似，山脚下的农田、小路和农舍也是一个风格。假如他突然失去记忆和方向感，便会在离家只有几里路的山中迷失。半生过去之后，他拥有从地球另一面出发独立找到故居和祖坟的能力，比候鸟更精准。锁好家门下楼走向停车场，驾车穿过复杂的公路网抵达机场，在同温层翱翔万里，在完全陌生的机场转机，使用复杂而拥挤的地铁和公交，找到无数陌生的进站口和登机口，一次次掏出票卡和证件，在数十个小时后抵达地球另一面的那个点，不需要导航系统。记得回家的路，是人类最高级的能力，还是他们最基本的能力？如今联想这条在脑中永远闪亮的道路，仿佛是对人生的高速回放，而画面的主题确实不是那几间熟悉的屋子，而是从世界另一个角落指向它们的折线，它在速度中模糊和颠簸，但在反复勾勒中变得确凿无疑。所以这并不算一种能力，而是不断叠加中得到强化的记忆。此刻，家其实并不遥远，它就在地平线上的丘陵后方。他的手臂向远方无限伸展，掠过已经缓缓沉入青灰夜色的树林、公路和建筑，抵达一片霓虹渐亮的城市，像一枚精确制导炸弹飞入某扇窗户，抚摸了小米幺。她正在沙发上酣睡，梦见爷爷终于回家，用温热的手抚摸她微微起伏的肚腹。当然，那是不可能发生的，因为当钥匙插入锁孔时，她已经从沙发上跃起，向家门奔来。小米幺不能出门，她只能隔着窗户看看雪。大雪过后，他会下楼出门用洁净的新雪做一个雪球带给她，她会嗅嗅，舔舔。在他俩相遇之前，她是否曾有冬天流落街头的记忆？即便有，也是往事了。她将会在家中平安度过余生。冬日昼短，他出门前会给她留一盏灯。他不愿意把她独自留在黑暗中，担心她会怕，虽然他知道，锁上家门之后，她就会像当年还没上托儿所的他一样乖乖卷曲入眠了。

入夜后，滑雪的人群渐渐稀了，毕竟孩子们明天还要上学。十点是最后一趟缆车。童年和母亲去车间加班，大约也是在晚上十点回家，因为他明天也要上学。那是他在夜空下行走的不多记忆之一。电影散场也是这个时段，但那条河畔小路排满上千职工和他们的孩子，比下班还拥挤。他更喜欢和母亲独享它，数着一盏盏路灯，看两个影子从身前转到身后又转回身前。在被照得雪亮的雪道上，他又一次看到了影子的转动，虽然如今只有一个。他上一次看到这个现象是多年前骑自行车巡行在深夜北京的街道。那时已经只有一个。

他最后一次下滑时总能感到额外的欢畅。因为脚下的坡变成了归家路的一部分。这解释了他为何在第一次下滑时会想起平顶山上的那个坡。因为下了山就是家。当他坐进车里，仿佛已经坐进了自家起居室里沾着猫毛的沙发。他随即感觉有点儿饿。到家后也许会煮面汤加点儿葱花。叫嚷着跟进厨房的小米幺也会加餐，获得脱水鱼干。冰箱里的新鲜面能煮出浓浓的面汤，就像那年冬天大雪压倒大树堵住贵昆铁路，母亲到断粮的餐车给他要到的加了葱花的面汤。他曾经不记得这段经历，它属于从母亲口中听到的传说，但在雪上高速前进数小时之后突然坐在车内寂静中的他似乎想起来了。记忆仿佛是爆炸后的碎片在时光倒流中重新凝聚起来，化为一个原初的蛋，蛋里是还未孵化的人生，但他已经见过它的每一根羽毛。今夜，他得到了母亲的首肯，踏雪寻找阻断铁路的大树，虽然未能找到，但餐车上依然有面汤，而列车会在他关上车门后从容启动，奔向故乡。

## 407

忌日凌晨的查尔斯河畔笼罩着奇妙的暖意。任何表面都积了一尺厚的雪，柔和地散射着城市橙色的灯火，映亮了低垂的厚重云底。昨夜大雪正在过境，但船长还是将积攒了一年的香灰倒进糖果罐，找出打火机放在厨房案台上，然后安然入睡。雪不是雨，不影响烧纸。

去年来到河边也是凌晨四点，周围因为没有雪而黑暗得多，被寒风肆虐了一冬的枯草将这座小公园点缀成高纬度的荒原。今夜的一切都是明亮的。对岸是波士顿下城的灯火，左侧是层叠旋绕的高速引桥、伟岸的斜拉桥和低矮的铁路桥。右侧是船闸和绿线地铁高架桥，从桥洞中能望见在科技博物馆门口把守的恐龙。身后是北角的高层公寓，公寓后方是自己的家。小米幺刚吃了早饭，应该正在沙发上梳妆，同时好奇爷爷怎么这么早就出门了，然后准备在睡眠中期盼钥匙插进门锁的曼妙声响。一座比公寓还高的塔吊上亮着小太阳般的灯，但没有工人。方圆几里内的室外应该都没有人。连永远川流不息的 93 号公路上都没有车辆。收到了暴风雪预警的货柜车司机已在城外的各个休息点安歇。

明亮的后果是容易被人发觉。一架贝尔-206打破沉寂沿河飞来，光柱扫过还飘着最后一抹细雪的夜空。驾驶员应该能看到他横穿公园齐膝积雪时留下了的两串深洞。待它飞远，他点燃了第一张纸钱。明亮的橙色世界其实能够掩护这橙色的火焰，和他被火焰映亮的脸。不像去年，他能感觉到自己的面孔在黑暗中像一盏明灯。河对岸是拘留所，出入的警察很容易便能望见他。在公园烧纸很可能是非法的，好在雪后的凌晨四点不会有人遛狗和跑步，而他也想过如何向警察解释这一中国传统习俗。他去年特意买了一个加盖的黄铜糖果罐，便是为了防火。此刻，罐身已经烧得滚烫，在雪上缓缓下沉。罐底除了一年的香灰，还有铺在香炉中的大米，它们会被烤出香味，受到鱼儿的欢迎。

栏杆后方的河水是这个橙色世界中唯一的幽暗之处。那些几近永恒的灯火倒映在河水中只是破碎的幻影。没有哪座城市会把流经它的河流改造得像水族馆般光鲜亮丽。它永远都夹带着泥沙、鱼虾和浮游生物。假如在水下安装彩灯，它们会迅速暗淡下去，就像村庄被沙漠掩盖。无论人工建筑如何在两岸延伸，在上空交错，河流依然是一个我行我素的生命，护佑着它的生灵们，只和风雨对话。去年风水先生嘱咐将香灰和纸钱灰倒进河里的时候，他脑中浮现的便是离家两百米远的这片水面。

糖果罐里暗红色的余烬像是火山口中的熔岩。它们需要很长时间才能熄灭。去年，它们在阵阵寒风中一次次亮起来，像是刚熄灭的太阳或是宇宙的诞生。因为烧得匆忙，灰烬常常是层叠的，被风吹开了，变成一本通篇神秘的无字书，边缘游走着金光，即将展示法力。他盖上了罐盖。周围依然是橙色世界，没有一丝拂晓的天光。斜拉桥上开始有零星车辆驶过，或许是负责扫雪和撒盐的工程车。他回想多年前自己第一次来到这座城市出差，便是从这座桥跨过河流。当时他应该曾经朝此处张望，但并不知道自己有一天会搬到这座城市，居住在这片高楼后方，并在某个夜晚到这条河边烧纸。童年的他自然也不知道将来的某一天会是母亲的忌日。但它总会是在一年三百六十五天中的一天。烧纸正在成为他的纪年方式，在余生中每年的这一天，只要他没有卧病在床或被关进牢房，都会在地球上的某处水边点燃这些不同寻常的纸张。也许是一个人，也许会有儿孙陪伴。母亲的忌日和墓地如今已是他时空中最固定的两个点。

他从掩体般的雪坑中站起来，揭开罐盖，抱起罐子在柔若无物的新雪中前行。罐身依旧温暖，就像是病房中已经失去知觉的母亲的手。他绕过被掩埋的长椅，抵达栏杆边沿，双手抱紧罐身向空中尽力挥洒。他想起自己在南针峰顶也做过类似的动作，随即注意到靠近堤岸的水面已经结冰，也积了雪。灰烬在空中获得了足够氧气，闪出红光，一部分湮灭在水中，另一部分落在积雪上，又燃烧起来。因为接触潮湿，这团火生出一柱浓烟，直插夜空。假如此刻有警察走下对岸拘留所的台阶，必然会立刻望见查尔斯河中升腾的烟火。他可以翻越栏杆跳下几米深的河道去灭火，但冰面无法支撑他的体重。他仰望着这道烟柱，心中洋溢出孩子般的欣快。他的目光已经飞升，用直升飞机驾驶员的视角俯瞰着自己，俯瞰着这条著名河流有史以来第一次生出烟火。一个奇迹。而这些灰烬会像北欧某座偏僻山谷中的落叶一样在白天吸收阳光并且下陷，最终被封冻在冰中，像一串琥珀，然后在某个真正的春日中发现自己开始漂游，在斜拉桥下通过最后一道水闸，进入大西洋，很多年后抵达中国海岸。河不会倒流，所以它们永远无法抵达西南高原上那座长着栗子树的山。但这种漫长旅行毕竟不是这一习俗的本意。他并不了解它的本意。或许是因为流水通向永生。香灰会溶解在大洋中，它的微粒会出现在地球每一个天涯海角。

河流指引着船长驶向海洋。夏天，他选择在自己的生日出海。遗憾的是，他不能在家边升起烟火的河畔登船。此处离海还有一里路，位置相当于郑和的刘家港，而真的海港位于波士顿最东端的楼群脚下，它像是一个小号的上海，但却比上海更古老。巨型客机正在港湾对面填海而成的机场上缓缓降落，两翼在风中轻轻摆荡，像巨大的海鸟。机舱中，居民即将归家，访客需要寻找住所，但他们都准备着打开手机，了解这世界在自己离开几小时里的变化。出港的水道经过若干小岛，毗邻机场的岛上是污水处理厂，几个球形大罐是身后城市的肾脏。再往东，岛屿渐渐稀少、荒芜，最后仅仅是一丛露出水面的礁石，像是神秘岛的遗存。双体船此时骤然加速，引擎轰响，船尾喷出雪浪，猎猎的星条旗扯弯了旗杆。身边的乘客们像是少女峰上的游客一样发出激动的呼喊，抓紧被风掀起的帽子和衣衫，抓拍几张远去城市的照片，然后纷纷向舱内撤退。这艘叫做极光的双体船可能是波士顿港最快的观光船，能在一个多小时中带他驶入大西洋深处。不按照固定路线行驶的交通工具都有自己的名字，哪怕只是一艘小艇。

整个旅程中，他一直站在顶层甲板上，抓紧齐腰的船舷望着前方。在他脚下二层船舱中的玻璃窗后方，船长悠闲地坐在几个小屏幕后面，完全不需要望远镜就能完成这段短暂的航行。但他依然认为船长就应该站在最高处。站在顶层甲板的只剩他一人。乘客几乎都已躲进了船舱，剩下几个窝在甲板上倚靠船舷避风。他们知道顶层甲板是一个多小时后观看鲸鱼的最佳位置，需要守住，但对千波一律的大海没有兴趣。快船从夏天驶入秋天，气温不断下降，他将外套拉链拉到下巴，依然感到体温在穿透外套的冷风中迅速耗散。因为不断迎风流泪而视野模糊，他不得不戴上太阳镜权作抵挡。青色的东方因此更加暗淡。但他并不寻找着什么。他只是贪婪地享受开阔。海港早已消失在闪亮的西方。当他目送鳕鱼角顶端的灯塔在右侧海平线上渐渐模糊之后，明白左侧海平线上陆地的幻影只是天边的薄云。东去数千里，在抵达欧洲海岸之前不会有任何岛屿。脚下的水想必越来越深，无尽的海浪组成一条无限宽广的滚滚大河。他长久凝望这些波涛，恍惚觉得自己正在驾机低空掠过一望无际的森林。它从远古以来一直深不可测，人类无法立足，因而成为动物们最后的避难所。他还从未见过鲸鱼。动物园和水族馆里不可能有这种动物。人们可以追杀它们，但无法囚禁它们。它们存在于他童年对海底两万里的神秘想象之中。海洋在世界最大动物的眼中想必会小一些。它们的速度虽不及快船，但还是比人类步行快得多，每年都要迁徙上万公里。

当解说员开始测试扩音器，他才发现身后正在聚集乘客。这意味着他们已进入鲸鱼出没的水域。船速迅速降低，不再吐出白浪，寒风消散，夕阳立刻恢复供暖，照亮着大洋孤舟上兴致勃勃的面容们。即便没有鲸鱼，在这片苍茫中看日落也是对生日的最好庆贺。但这只是他自己的想法，因为身后乘客的视线正在越过他的肩膀巡视水面，而孩子们已经钻到他身前，踮起脚尖将下巴搁在船舷上，像装甲兵将头探出坦克舱盖寻找敌人。白色大船在水上绕圈巡游良久，海面上并没有任何异动，每个人都茫然四顾，解说员不断播讲着关于鲸鱼的知识和趣闻，但话音中也透出了焦急。太阳正在跃入大海，缓慢却不可逆转。直到它即将触水时，他突然在贴水射来的光中发现了一道细小但确凿的山脊。他伸出一只手，像是站在桅杆顶端的水手宣布陆地的浮现。解说员随即带着目睹进球的喜悦发出了确认的呼叫。甲板另一侧的人们纷纷奔向西方，发出一阵喧哗。大船轻轻加速，企图偷偷接近不知已在安静中漂浮了多久的目标。

鲸鱼显然察觉了水面的骚动。她开始缓慢前进，偶尔喷出水雾，摆动身躯。人类已经学会通过胸鳍和尾巴辨别这些鲸鱼，所以解说员立刻认出了她。鲸鱼和船只一样，也有自己的名字。她叫琥珀。她在二十多年前就被发现了。她有三个孩子。当他们还小的时候，人们曾见过她带着他们在此处游弋。如今，孩子们应该早已离开了她，正在千万里外探险，她们也许每隔几年才能在某处相遇，但肯定会立刻认出彼此，在水中发出只有神能听见的深沉欢呼。她早就告诫孩子们不要去南太平洋的某些海域，那儿有罪恶的捕鲸船，而眼前这片被辟为海洋生物避难所的水域是安全的。

孩子们应该会记得它是童年玩耍的家园，而母亲依然在此。她用巨大的鳍拍打着水面，偶尔侧身抬起它，向远道而来观察她的渺小生灵们致意。那不应该叫鳍，因为她是和人类一样的哺乳动物。

解说员说这次活动已经严重超时，让观众们和鲸鱼告别。太阳没入大海之后，她缓缓浮动，随着这条无限宽广的大河一起向某个远方慢慢流去。对她来说，黑暗并不可怕，因为她每次深潜都需要面对无边无际的黑暗。在四合的暮色中，她终于扭转庞大身躯，隆起脊背，形状优美的尾巴向他一挥，便彻底消失在水中。当船儿加速驶过她消失之处时，他还能辨认出还未消散殆尽的波纹和气泡。她也只是浮上水面来看日落的。她平时像鸟儿一样翱翔在水中。鸟儿不振翅便会下沉，而她可以自由滑翔，在离大地几百到几千米的高度。水是她的大气层。她偶尔跃出水面，是为了看一眼宇宙深处。在最后的绚烂中，他和她简短相遇，然后各自在即将到来的黑夜中继续生活。她用乳汁哺育的孩子们已经远去地球另一面观看日出。她年事已高，但依旧保持着与人类似的体温，独自抵御海洋深处的寒冷。

回程的顶层甲板上只剩船长一人。他被冻僵成一根桅杆，但是心情舒畅。达到极速的极光号在青黑色的洋面上轻轻弹跳着。一条鲸鱼的巡游必然也是如此轻盈，才能自如地腾跃出水。回家的旅途当然越快越好，因为小米幺一直在等他。她站在窗台上俯视涌出地铁站回家的人流，偶尔也遥望同一轮日落。落日只是她大眼睛中的一颗小星星。等它熄灭之后，她从窗台跳回沙发，继续安睡。她从来没出过海，没见过这么大的鱼。她只梦见爷爷往手掌上倒了几块脱水鱼干，鼻翼立刻翕动起来。

前方的黑暗中渐渐浮现闪动的光点，仿佛是刚苏醒的星星。它们像细胞一样渐渐分裂，沿水平线扩散。古代航海家们在历尽艰险之后捕捉到这线光亮，羸弱的臂膀突然被注射了力量，但手中的望远镜反而抖得越发厉害。早已患上夜盲症的他们怀疑自己望见的只是幻觉，直到更多光点突破视网膜的感光阈和分辨阈，搭建起码头和建筑的形状，标注船桅和灯塔的位置，才确认一座大港正在黑暗中浮现。船舱中避风歇息的乘客不知何时又一次全体出动，涌向船首，在他耳后按动快门，发出赞叹。上一次世界大战期间，一位胆大妄为的德国潜艇艇长曾经潜入这片水域，从潜望镜中目睹了这幅画面。触手可及的辉煌令他突然对自己的使命感到困惑，因此没有发动任何攻击。他的潜艇后来成为安息在大西洋底的几百艘潜艇之一，周围散布着它们作为狼群击沉的数千艘商船，所以不会感到孤单，而在被深水炸弹击中下沉之时，他缺氧的大脑中播放人生的闪回，最得意的是这个没有战绩的画面。在那一刻，他忘记了所有成功的攻击和脱逃，追忆的是对即将埋葬他的大海的童年幻想。船长和他一起回到了童年。老房子挂历上的波士顿夜景应该不是查尔斯河岸，而是这座港口的画面。挂历上没有的是浮在空中等待降落的大型客机们。它们闪着小灯，以恭敬的速度排列成行，保持着距离，不是再入大气层的分导式核弹头，而是万国来朝的象征。在古代航海家们眼中，这是一个新发现的星座，他们在航海日志上以它标注这座城市的位置，并以古代神话为之命名。他们终于把稳了手中的望远镜，贪婪地观察这座黑暗中的海市蜃楼，对照脑中的所有记载和传说，断定自己在大洋中迷失数年九死一生之后成功抵达了那座神秘的异域港都。泉州。亚丁。威尼斯。鹿特丹。巴塞罗那。亚历山大港。他们从污秽的船舱中抬出了垂死的同伴，片刻之后，他们便会被新鲜的淡水和营养的蛤蜊浓汤救活。那些已经混浊的眼睛感受到了大城市创造的天光，喑哑的声音纷纷询问自己是否回到了故乡。海关大楼的钟塔在船头从容升起。它会给他们一个确凿的答案。他也需要这个答案。但他此刻望着的分明是外滩海关大楼的钟塔，它的指针在疯狂倒转。右侧高楼后方的查尔斯河是长江，烧纸处是曾经辉煌的刘家港，而这条大船会溯流直上，两岸风光如闪电般从眼角飞掠。极光号低头钻过南京和武汉长江大桥，加速跨越葛洲坝和三峡大坝，像从大街转进小巷般转进乌江和南明河，在黑山脚下的温泉边拐了个弯来到小河，终于搁浅在遍布河床的乱石上。他下船之后在岩石上蹦跳前进，沿铺着水草或淤泥的最熟悉的小河涉水而上，途经从小到大住过的那些老房子，躲过孩子们从桥上投放的纸船和攻击它们的石块，摸索过大礼堂下方蝙蝠出没的黑暗，绕行学校操场，最终到达了奶头山下的滴水岩，避开在山坡上野炊的同学们，偷偷仰望坐在岩石上谈恋爱的年轻父母，然后随清澈的水流向黑暗的洞中走去。不知走了多远之后，他看见了糖果罐中的火光，照亮了沙发上睡着的黑色小米幺。他在她身边坐下，把手放在她轻微起伏的肚腹上。她动了一下，不用睁眼便能感知是爷爷回家了，然后便继续更温馨的酣睡。最后一缕火光熄灭之后很久，云层漏出星月之光，他望见了大西洋浩瀚银浪中浮现着琥珀的黑色身躯。她永远不会入睡，因为她需要呼吸。黑色的动物属于黑夜。她俩拥有两种完全不同的家园，但都在安静中凝住了他的时间。

## 408

父亲终于抵达了美国。在丹佛机场的大厅中，他年迈的身躯有些佝偻，步伐略带迟疑，再没有当年每天清晨迈向厂区大门的气宇轩昂。因为这不是他人生中年复一年的固定方向。假如母亲还在，行动肯定更加缓慢，但应该会非常镇定，因为她会挽着儿子的手臂，就像童年的儿子挽着她的手臂一样。但这只是他的想象。在他俩开始交换这一角色的年代，同路的机会已经极少了。

他们一次次超过后窗被野餐盒和衣物包遮蔽的旅行车，然后被体积庞大的露营车堵在身后。每辆车中应该都是完整的一家人。每次超车时，船长都会幻想假如童年时拥有一辆车，全家人出游会是什么样子。一辆能载上全家的车。四个人正好坐满一辆小车，不需要其他人来当司机。这样的幻想在童年更频繁。从新添寨驶向昆阳镇，从阴雨驶向阳光。应该是父亲开车，母亲坐在他身边，两个孩子坐后排。他会要求和母亲调换，因为他保管地图而且会看地图，熟悉黔西的山水，方向感好，会认路，因为前排视野更好，能幻想自己亲自开车。母亲在后排给每个人准备吃食。他们确实路过了一些盛产梨子的村落，价钱比城里便宜得多，但她找不到水来洗，为此还和开车的父亲吵了几句。哥哥想必在瞌睡，他已经到了有心事的年龄，开始厌倦家庭活动和削好的梨子，睡觉是逃避这些现实的手段。但哥哥是现实中唯一开车带家人走过那条路的人，在船长离开中国之后的某个春节，开车从昆明载着自己新建立的家庭回家。他还记得那年回家，母亲在饭桌边的描述。她说那两天贵州罕见大雪，很冷。她说孩子的脸冻红了。她除了给他们烧热汤，还让父亲去买菜，做红烧肉或是包饺子。母亲在家中都能看到雪，那么黔西的大山中可能会有那种压倒大树阻断铁路的大雪。那时还没有高速和高铁连通云贵，蜿蜒的山区公路不像波士顿的街道一样有铲雪车和撒盐车来回巡行。他做了一个有风险的选择。全中国的人都在忙着回家。所有家庭都迎回了儿女。

后座上躺着毛茸茸的小米幺。她油亮的黑毛尽情吸收着西部午后的炎阳，想必非常惬意。直到驶入林区，无数阴影扫过车内，她才用前爪把自己还未苏醒的慵懒躯体撑起，伸一个比石拱桥更优美的懒腰，打一个怒吞山河的哈欠，悍然踏到档位操作杆上，用毛脸和湿鼻子蹭蹭船长的手，要求挠挠。对她来说，哪儿有他，哪儿就是家，哪怕只是一个钢铁和玻璃构建的小空间，一颗贴着地球表面低飞的小行星。他摸摸她被晒得滚烫的黑毛，明白自己永远也无法将她抚养成人。她永远都停留在两岁。后座下方放着她的食盆和水碗，还有他们的苏打水和香蕉。后座上还躺着母亲，虽然她只是一堆白骨。阳光试图漂白她已被火洗礼的身体，就像试图漂白窗外绵延的巨岩一样。她羸弱的躯体早已崩塌殆尽，只剩下钙和磷的大地本色。小米幺跳回后座，嗅了嗅母亲。她们在这次旅途之前不曾相见。母亲会说，这只小米幺的毛真亮。她听了很得意，在她身边打了个滚，开始表演追捕尾巴的游戏，然后用带着小刺的粉红色舌头梳理黑毛。母亲喝完苏打水会打个嗝。多年来，在年夜饭时只能喝软饮料的她一直觉得可乐有股药味，这种纯净透明的只有柠檬味的苏打水她应该还能接受。母亲的颜色变成了柠檬的亮黄色，和小米幺的水盆一起将阳光反射到车顶，车内一片灿烂。

第一天的旅途是最长的，好在有一轮圆月陪伴，随着曲折的山路在左右的山巅和树梢出没。船长断定习惯早睡的父亲一生都未曾见过这样的景象，所以没有困倦。接近午夜，大提顿山脉的尖峰们在山影后方浮起，不知是依然积雪，还是被中天的月亮染白了裸露的岩石，让船长又一次想起了云南的神秘雪山。他带着兴奋驶入了山脚的小镇杰克逊，而父亲则在沉默一路之后开口问能不能买到酒，不知也是出于兴奋，还是因为每晚都要来一杯的习惯。旅游区的小店关得晚，二人买了一瓶带着美国土气的波旁威士忌，看到竟然有黄酒，又额外买了一瓶。父亲坐在旅馆的桌子前一样来一杯。在世界任何角落的任何屋子里，任何牌子的任何酒都会对人有相似的效力，但同时尝到旧世界和新世界的味道，是否会让父亲不知身处何方？他一边随便往嘴里塞些吃食，一边为父亲找出拖鞋和洗漱用品，整理收据，研究次日的路线，预订下一家旅馆。他已经成了需要操心一切的一家之主。旅馆内外都用原木搭建，想必是为了模仿西进年代的边疆生活，而本地确实不缺木材。假如全家是洛基山中的先民，忙碌了一天的伐木工父亲确实应该在喝酒。卸下大车喂完牛马的兄弟俩会加入他。而母亲正在缝补，用银顶针将粗大的缝衣针刺进厚重的工装布料。

虽然父亲习惯早起，看他伫立在大提顿山脚下的开阔地上，被拂晓时分的寒意包围，船长不确定自己安排得是否妥帖。假如山谷中排列着厂房、办公楼和实验室，这会是一幅更和谐的画面，但这片开阔地上没有任何文明迹象，连公路都隐藏在树后，只有几个和三脚架一起等待的摄影爱好者提示这依然是在人间。父亲手里也端着相机，一台光学仪器，或许这会令他觉得自己的等待不算无所事事。假如不邀请父亲来美国转转，在这样一个清晨，他肯定也是在审校某种光学仪器的国标。他特意给父亲买了一台徕卡，就是为了给他这种感觉，而他第一次认识那个商标，是从父亲拿回家给他装积木的纸盒子上。山顶确实依然积雪。他从车中取来夹克给父亲披上的瞬间，恍然以为父亲便是母亲，因为他只为她做过这个动作。当西天中的尖峰终于被朝阳染红时，他突然想起从五楼卧室望见过的景象：803 大楼上唯一的那扇窗户反射着朝阳，像一颗特等星，而窗边镶嵌的那条巨型红色语录也异常鲜亮。而那时父亲已经向那片大楼走去，准备和电子计算机一起继续为实现那个国家的现代化而奋斗。如今，他俩依然望着同一轮朝阳，虽然它至少还需要半个小时才能照在身处河谷的他们身上。假如父亲不在场，他肯定会穿过树林到蛇河岸边触摸河水。半个小时后，他们穿出晨雾，在杰克逊湖畔触摸了湖水。他遗憾出门匆忙而没有带上一张《培尔·金特》在车里播放。但父亲从未在清晨吹奏过那个旋律。山谷中的职工们都还在沉睡，而他已经出门。它只在晚饭后加班前的短暂时刻响起，虽然是木管乐器的声音，滑旱冰的他在平顶山下都能听见。

从公园西门离开黄石之后，船长载着父亲向拉斯维加斯飞奔。这是在山海中赶路的漫长一天，所以他把《舍赫拉查德》塞进了音响。父亲突然说他小时候常在广播里听这首曲子。他应该不知道儿子小时候也经常从寒暑假的广播里听这首曲子，因为播放漫长古典音乐的漫长节目总是被安排在大人们上班的时段。经过盐湖城时，他带父亲去了摩门大会堂，聆听了管风琴纯净而堂皇的轰鸣。父亲向来更喜欢配器丰富的室内乐，但面对的毕竟是一台能奏出音乐的巨大机器，所以耐心等待听众散尽之后让儿子为自己和它合了影。

在大峡谷的那一夜是静谧的，只有风声。船长凌晨三点悄悄起床，独自去了谷边。这是个月圆之夜，但月亮在旷野之上显得高远渺小。白天拥堵不堪的路上没有人迹。一部分游客早已返回城市，另一部分也早已在树林遮蔽的旅馆、露营车或帐篷中沉入最深的梦乡，毕竟，游览西部的每一天肯定都是兴奋而劳累的。一路上没有路灯和招牌，只有暗淡的月光照在一团团模糊的树影上，仿佛是回到了史前，幼年的月球刚刚脱离地球，还没学会亮起来。但他知道这是现代的亚利桑那，美国的腹地。在少年时代，他曾收到来自这片土地的回信，霍尼韦尔公司的主管询问他这样一封信在路上要走多久。应该是走了十天。如今依然需要那么久。多年过后，航空信的速度并没有进步。穿过稀疏山林的风发出雨的呼啸，带他恍然回到基地附近的山上，或是母亲的墓前。但这是后半夜。成年的标志就是能够在后半夜漫步野地而不必担心被长辈斥责。喝了几杯小酒的父亲睡得很好，而母亲也不会再探头进来询问儿子为何还不睡。他已经去过世界其他角落的野地，但从来都是晓行夜宿，从未探测过凌晨三点的宁静。而且，眼前从未如此广阔。月光中，八方云城和他一起俯瞰一条深不见底的峡谷，它提供了比雪原、沙漠和大海更充盈的三维空间，空得几乎令人眩晕。但他喜欢这方空阔，它彻底消释了他可能有的任何畏惧、孤独和感伤。他仿佛是刚看完关于自己人生结局的电影，走在回家的小路上。北美大陆的一切景观对他来说都像是自家后院。三叶虫、恐龙和地懒在虚空对面的岩层中凝望着他。长久的黑暗在双眼中培育出夜行动物的光敏之后，他才注意到这条干涸的马里亚纳海沟中有几个模糊的光点。有的是在视力所及的谷底，有的是在这一侧谷壁上。他渐渐发现它们在缓慢移动，描绘出一条条他看不见的通路。印第安人在当代文明沉睡之后，偷偷前往祖先指定的隐秘之处祭祀。户外健将趁半夜小径冷清，去锻炼攀爬。他照例掏出当作望远镜的长焦镜头接上相机观察，确认它们是人工光源。一种暖色的光，火把或是手电筒，微微闪动是因为举着它的人正在荆棘间行走，就像当年同学们探洞的队伍。最早的人类应该就是这样行走的。最后的人类可能也是这样行走的。他们都需要食物、水和藏身之处。他在当代文明的边缘俯瞰着他们，明白自己其实从来都是他们中的一员。

东方天光渐亮，他回旅馆唤醒父亲，拉他来看日出。当他再次站在峡谷边缘时，那些光点已经湮灭了。太阳从地平线上浮现的瞬间，人群发出了赞叹。他们想必都不知道此地有人夜行。谷壁的阴影被迅速升起的朝阳驱赶着不断退却，点缀着灰绿植物的黄色岩层和沉积物在灿烂中苏醒，准备度过亿万年中平凡的又一天，接受成群结队远道而来的人类带着惊叹的俯视。但给它们留下印象的却是昨夜被几个孤独人类穿越的梦境。黑暗中飘忽的微光远不如日复一日横空驶过的骄阳炫目，但却亲近地照亮了地球记忆的褶皱，而用双足在谷壁上踏出的小径，是与它最融洽的对话。

在纪念碑谷，他俩变换了视角，从谷底仰望岩层。它们是人生记忆的三维模型。大部分岩层被风和水侵蚀殆尽，只残余若干孤绝的高台和塔柱。人们称它们为纪念碑。一生中的其他记忆全都在时间的侵蚀中荡然无存，而这些孤立的石柱和石壁傲然屹立，似乎是用完全不同的材料锻造而成。但这当然不可能，因为这片广阔大地的岩层都是按水平走向均匀铺就，如今残存的这几个孤岛并非在创世时便被标定，它们是时间的选择。记忆不该有褶皱，也不该有被沉积物淤塞的偏远角落，它是一组人生选择构筑的纪念碑。船长驾车带父亲在土路上颠簸前进，依次瞻仰这些纪念碑。瘦削的应该是难忘的人。宽大的应该是难忘的地点。河流，山脉，城市。所有这些都在记忆的地图上以他自己的心愿安置着。已经消失的部分又是谁人，或是何处？他无从想象，因为那是真的遗忘。性别，种族，国籍，年纪，职业，阶级，任何可以定义一个人的名词。经度，纬度，海拔，地形，地貌，气候，任何描述一个地点的名词。岩石不需要这些。它们已经化为浮云，在他俩头顶蓝得不真实的天空中飘荡着。他甚至在这一天丢失了全部时空概念。朝代，国界。眼前这片荒原就是他全部的世界。但他明白生和死，相信人间和天国。他继承了母亲的生命，却依然和父亲一起慢慢走向死亡。他能感受到它的来临，就像是身处母亲慢慢积水的肺脏。水面从谷底抬升，浸泡这些纪念碑，但却无法融化它们。在远古，或者说他出生的时刻，此地是没有一座碑的浅海，如今它又复归大海。他在临终的那一天，脑中便是这样一片看似崭新但自己初生时便已目睹的海面。在那最后一天，他知道了海是一切的归宿。那一天没有太阳，因为太阳会泄露钟点和方向，他在那一天并不需要这些信息。那一天是他童年最常见的天气，阴云低垂，在他眼中，那是天国迫近的标志。那一天结束的标志是大海淹没所有孤绝的碑。他划着一艘小船，终于能轻易抵达那些曾经难以企及的碑顶，第一次和最后一次登上它们，伫立片刻。太阳依然不会露面，但天光泰定，伴随着不知是小号还是管风琴的声音一起在八方飘荡。直到他访问完最后一座岛屿后，上升的水面终于淹没了它们，同时也淹没了地平线下照亮穹顶的那一圈明灯。他呼出最后一口气时，明白他的天国就在人间。他望见那些高大的碑逃脱了捆绑他一生的魔法，在水下化为一条条巨大的鲸鱼，向着宇宙深处游去，而他自己的形体则消失了，融化在黑色的水中，在百万年后重新沉积成厚重的岩层，静候着水的退去，在来生中浮现。

在这些谷底的道路和他俩头顶的虚空中，曾经运行着河与溪流，或是夏日的洪水，年复一年，切削岩层，运走碎石和砂砾。因为父亲问起峡谷的形成，他在离开大峡谷前特意驶到一处突出的峭壁边缘，让父亲看清了科罗拉多河狭窄而湍急的浑浊水体。在鹅颈州立公园，他俩俯瞰了蛇形的圣胡安河，她看起来也比小河大不了多少，却在高原切割出另一些纪念碑。一位纳伐鹤的少年船长可以由此顺流而下，路过漂流爱好者、豪华游艇、水库大坝和国境线，最终与太平洋相遇，也可以在进入科罗拉多河之后溯流而上，抵达怀俄明的牧场和森林，或是科罗拉多的落基山巅。他有充盈的生活选择，但他的出发地，游客们在荒原驱车数十里才能瞥见的奇迹，总会在他记忆高原深处的地平线下默默无闻着，只要在某个静谧之夜走到峭壁边沿，便能一览无余。它不会再带给他来自远方的希望。它成了确凿无疑的护城河，标记着故乡的遗迹。

在所有岁月侵蚀的遗迹中，父亲明确表示赞叹的是景观拱门。他俩为此步行了很久，沿着悬崖下方山洪切出的沟壑穿过荆棘。他第一次看见这座拱门也是在父亲给哥俩买的《世界之谜》中，所以父亲应该也是在那本书中第一次见到它。那时他曾想象有一天会走到它的脚下，但并未预料到是和父亲一起。在两个大脑中存储了几十年之后，那幅颗粒感十足的黑白照片最后一次在他俩的记忆中浮现，随即迸散消失，被眼前的高分辨率图像取代，供余生调用。这道巨构提供的暗示是：即便是最庞大的坚硬石山，也终有消失的一天。在工程师们的眼中，看不见的强大力量挤压着它弓形的纤细身躯。他们无法预测临界时刻，只知道它会在未来的某个清晨彻底崩塌，就像他知道母亲会在三百六十五天中的某一天离开。百十年前，还有好奇的人类从它身上走过，比如一位纳伐鹤的阿布辛贝，他的祖先敬畏和膜拜这处奇景，但他希望用发射连锁闪电的弓箭将其击碎。他常常在拱顶的劲风中自如行走，眺望新墨西哥的蘑菇云，感受内华达的大地震颤，收听科罗拉多的导弹预警，目睹父辈被带进山间开采蕴含恐怖力量的黄色粉末，明白这个世界不再会有宁静的角落。但他也知道风、水和盐的力量，它们用千万个世纪雕琢出这座拱门，又用千万个世纪去拆毁它。它的历史轻易超越了人类历史，但同样有着生与死的周期。船长想象他站立在拱顶上的所见。想必像是站在黔西北盘江的那些世界著名高桥之上，虽然脚下没有河流。浩荡的风便是抚育着西部灵魂的河流。他翻越过的巨大拱门只有属于西安城墙的解放门，只是在夜晚扶着自行车在垛口边俯瞰火车站前的广场，想象脚下是一个曾因妨碍当代文明而被拆除然后又为容纳当代文明而被拉伸重建的古城门。他看不见它，但出入火车站的旅人们标记着它的存在，并改变了它的形状。

在接近科罗拉多雪山之处，船长沿盘山弯道爬行了很久，攀上绿色台地，向父亲指点台地根基处隐藏的印第安村落遗迹。斜阳下，躲在凹陷处的墙体几乎和护佑它们的石壁同色，但父亲还是望见了它们。当他们顺着简陋的木梯手脚并用攀下崖壁时，他庆幸在父亲手脚还算灵便的年纪带他来到了此处。虽然父亲感叹遗迹的几百年历史有点短。在中国老人眼中，新大陆的一切都很年轻。

这些居民都去哪儿了？父亲问了当年小妹在查科峡谷提出的同样问题。人们为何要离开家园，是一种永恒的困惑。

因为没有水，他们离开了。船长记得自己当年也是这样说的。但他简化了答案。也可能是因为战乱。连考古学家都无法确定。但这座易守难攻的堡垒确实是躲避战乱的最佳角落，就像当年的桃花源。外侧的房子向阳，适于居住，内侧的房子阴凉，用来贮藏。头顶连轰炸机也无法奈何的砂岩是巨大的海绵，收集和过滤雨水，直接注入靠墙的蓄水池，使居民彻底摆脱了对谷底水流的依赖。他想起了他们的基地，赵名行的基地，那些备战备荒靠山分散进洞的工厂。树木年轮表明干旱期在居民离开后不久就结束了，但他们并未归来。假如他们从未离开，而探险家们在台地上行走时未能到悬崖边的适当位置眺望，探索峡谷时忘记走进那最隐秘的几条岔道，他们可能会继续在此生息，直到目睹一架偶然掠过的飞机，才知道世上已千年。昨夜他看到新闻，那年去过的北欧矿镇基律纳因为地基沉陷而需要搬迁，居民们可以登记他们希望搬迁的物件，从一块砖、一条长椅到一座钟塔，以延续他们的记忆。但绿色台地下的先民们会永远拥有他们的故居。亿万吨砂岩护佑着它们，隐蔽的岩隙继续渗出清水，像怀念的泪。

在循着山谷翻越落基山驶回丹佛的最后旅程中，一条小河在70号高速公路边长久相随。船长停车和父亲到河边散步。他知道只要掏出手机放大地图便能知道它的名字，但他乐于在记忆中将它存为小河。本来船长已经记不得上一次和父亲在小河边行走是什么时候了，但在他们沿小路绕过几个弯之后，他头脑中的河流突然被激活了。应该是在母亲让父亲带他到城里医院看完病之后的回家路上。小河非常清澈，虽然每一个水分子接下来都会在峡谷中与红色岩屑碰撞，化作浊浪。北美最孤傲的科罗拉多河不会经过大城市，也不愿承载巨轮，虽然要在个别观景点接受游人的拍摄，但在独自奔流的大部分时间里，默默目击的是这片大陆最偏僻、贫瘠和神秘的地区。上游这座山谷的翠绿是它童年的记忆。但河流穿过的只是空间而不是时间，它不可能同时在落基山区度过童年，在鲍威尔湖度过青年，在大峡谷度过中年，在墨西哥度过老年并在太平洋中长眠。只是它的水分子们在同一个时刻仰望着不同的风景，而仰望同样风景的时刻各不相同。人类储存记忆的亿万个神经元细胞就像这些水分子，而它们也组成着一条河流。当年与父亲同行时，小河也是在他们左侧缓缓流淌。父亲惦记着把他送回家后赶紧去上班，患了流行性腮腺炎的他下颌贴了膏药不愿被路人看见，所以二人走得比小河更快。如今，他们缓步在河畔行走，偶尔到路边裸露的岩层下捡拾相貌不凡的石块。假如母亲在，她会选择去采摘野花。

穿越落基山时，船长没有迅速从隧道中通过，而是循着退休的老路盘旋攀上山口。它像是他去过的二十四道拐和没能去过的阿尔卑斯各大山口。他希望带父亲攀上美洲大陆的分水岭。他知道这是父亲一生中到过的最高处，因为他在童年研究过父亲出差的每一座城市和每一个景点。依然覆盖山口的积雪是科罗拉多河的源头。山口寒风呼啸，但父亲没有像当年在圆明园大水法留影时那样穿着羽绒服依然被冻得乌青。一个有家人陪伴的人不会被冻得乌青。假如母亲在，她一定会留守车里不出来。她不爱欣赏奇景，她和小米幺一样只盼着回家。

# 409

当陆家嘴的灯火驶入眼帘，一直在听广播的出租车司机告诉船长，雾已经大起来了，他的航班恐怕是当晚降在浦东的最后几班之一。然后都要降到虹桥去了，离城里也近。司机补充说。

但他是喜欢降在浦东的。浦东雾大是因为滨海。他总想体验从大洋抵达陆地的感觉，虽然明白航班取道西伯利亚和东北而不是从夏威夷经中途岛跨越东海。在黑暗和雾气中降落看不到海面，反倒圆满了他的各种幻想：像法显一样在夜幕下无人的青岛海滩登陆，与身披军大衣的年轻的自己相遇，或是驾驶极光号双体飞船在波士顿填海而成的机场上着陆，准备把鲸鱼的故事带给小米幺。从海岸驶向内陆的半个小时里，他发现自己总是把整片浦东想象得很繁华，而窗外的大片黑暗中只有星星点点的灯火。某盏灯属于老猫。最后几分钟，高楼们终于前来迎接，宣告他从世界边缘到达了中心，走走停停之间，他仰头观察这丛巨厦，确认上海的调色比他去过的任何城市都更加大胆。

随后，他发现从旅馆大窗的一角能仰望近在咫尺的东方明珠。串联的大小球体透出神秘光彩，像一座化学反应装置，合成着这座城市所需的神气。他选择这家旅馆只是为了住在江边。窗外的对岸不属于外滩，但是父母生活过的地方。一座高楼的楼身是巨型显示屏，不懈变幻着灿烂的字幕。一艘巨型白色游轮被自带的纯净灯光恰当地照亮，气度不凡。它们的身影映在江面，提醒他如今已经不是父母在此生活的年代。他便是在这片光亮中昏沉入睡的。凌晨三点醒来，精力充沛的巨型显示屏已经关机，游轮的灯光依然凝视着江面上默默往来的更平凡的驳船。偶有低沉的汽笛声从无法辨识的方向传来。窗上缀满的水珠暗示江面飘着细雨。曾对母亲背诵然后凝在记忆深处的江南古诗被这些水珠浸润，溶解，渗入他的血流。他确认自己抵达了中国。良久遥望之后，游轮变为巨大的浮动宫殿，皇帝和乐师都已睡去，而每艘低矮驳船船尾那暗淡的一星灯光下都站着一位无眠的诗人。

天光渐亮，他明白今晨依旧多雾，无缘望见朝阳下的外滩，但还是来到江边公园，独自在木质栈桥上漫步。沙滩和江水一样纯灰，点缀着稀薄的绿草，几丛还未复生的苍黄芦苇在晨风中飘摇。假如没有对岸那排著名建筑，这只是一道平凡的江景。外滩的最初记忆是黑白的，但天空显然是晴朗的，父母在快门按下前的一刻尽力在灿烂的阳光中睁大眼睛，这一努力总是让眼神闪现欢乐。刚参加工作的年轻人们几乎没有假期，他们只在晴朗的节日拉上会摄影的同事，结伴来到这座城市最著名的景点。如今从对面观望，江面比他记忆中的宽得多。想必是因为背景中那排建筑比这一侧伸入雾中的巨厦矮得多。水上依然默默地来往着彻夜无休的驳船。他如今能看清它们运载的大宗货物是沙。这座城市永远都在建设之中。作为建设者的同学们想必都起床了。同学群里早早就有活动。他们相约着去成山路上某家地道的贵阳风味小馆吃米粉，虽然要跨区跨江，虽然车费比米粉还贵。海关大楼的钟响了。它定义了这座城市的中心，而他身后伸入雾中的巨厦默认了这一事实。对空间的征服只是形式上的胜利，能在时间中屹立的才是王者。

几个小时后，他住进了外滩一侧的旅馆，从另一个角度端详这片景观。从十六层高度俯瞰，江上的交通一览无遗。古老建筑们沿左岸排成的曲线正是童年家中旅行袋上的图案。自从多年前离开领事馆来到此地，他已是第三次见它们了。如今，上海火车站外售卖的旅行袋上印制的图案或许已经改成右岸那排更现代的地标。在这两排建筑之间的地平线上便是父母曾经出现过的街道、工厂和公园。这座城市给他的层叠记忆和想象都在这扇窗外。

岚岚是在黄昏出现的。她需要安顿好正准备高考的女儿，然后乘高铁赶来。她没有开车，是因为想随便走走。他俩从外滩出发，去看她家的老屋。她带他从豫园边的商业街穿过。每座建筑排着窗棂翘起檐角，向他宣告他已在东方登陆，虽然它们中的一些高得连梁山好汉都难以腾跃。作为园林的豫园已在某扇紧闭的小门后静默，老字号传统小吃、美国连锁咖啡馆和几乎是克隆生成的工艺品店们用灿烂的灯光包围着来自全球的访客。他们摩肩接踵，他不得不常常走在她身后。她对这片繁华毫无兴趣。她也许只对米粉店感兴趣。他想象着她童年独自翻山穿越坟地去上学的脚步。她说过当时很害怕，但那是一条捷径。二人穿越这片幻觉般的繁华，顺着一条遍布古玩店和茶馆的大街，途经上海老街的牌坊，绕过一丛高层公寓，来到一片低矮的老房子前。旁边拆迁完毕被围墙标记的建筑工地预示着它们的命运。岚岚在一个路牌前驻足凝视。街名和巷名似乎并不能给她更多的提示，因为她上一次在此行走时才刚学识字。然后他俩便步入了这片塔克拉玛干沙漠和马尾藻海。巷子迅速变窄，空中纵横密布着电线和晾衣架，路灯消失了，但幽暗中的他俩因此注意到傍晚的夜空被周边的繁华映成半透明的粉紫色，仿佛地球突然驶入了另一个宇宙。岚岚早已不再去寻找路牌和门牌，她全凭直觉快步前进，灰色的长裙快要溶解在这条暗淡狭长的空间中，只剩一对白鞋子闪现。细看周围每户人家，模样都各不相同。墙壁的凸凹，门窗的位置、朝向和形状，都是对一方方微观空间的适应和索求，配合着跨度数十年的混搭式装潢，悬挂着的拖把和空调机，构成一片细致堆叠的当代艺术。但他俩又像是走在狄更斯的伦敦、雨果的巴黎和《一千零一夜》中遥远的大城，每片阴影中都隐藏着故事。巷内空无一人，但左右高低游过的透亮色块表明这不是一片废弃的街区。岚岚突然停住脚步，仰望一扇小小的窗户，说那就是她住过的屋子。它和其他窗户一样，功能是采光通风，但窗台对小孩子来说可能太高，导致童年的她只能仰望被对门屋檐切割过的蓝天。这只是他自己的想象，因为这些房屋的内部可能有着复杂的跃层式设计，或许那是一间小小的阁楼，童年的她坐在窗边便能俯瞰来往的邻居。此刻，这扇无需窗帘的窗里是一方宁静的光。可能是亲戚家的孩子正在做作业。而她已经和站在小厨房外洗衣台边的亲戚寒暄。门上贴着对联，门内墙上凹处安放一座小佛龛，红亮的电珠莲花映照着观音像。他站在她身后聆听他们的对话。他依然有着听懂上海话的能力。他感觉自己是一部纪录片的摄影师，跟随一位海外侨胞追寻她的上海。然后，他们路过公厕、小杂货铺和勉强停放的私家车，被逐渐展宽的小巷放归大街。周围成片的单元楼再次暗示了这片老房子的命运。岚岚说当年回家有好几条路可走。但肯定不会路过任何坟地。

因为他想看看国际饭店，二人来到了人民广场。当年在父亲相册中象征发达资本的国际饭店不再鹤立鸡群，它夹在一群更高更亮丽的大楼之间，像一台晦暗锈蚀的老式机器人。此刻，当年与它合影的年轻人生活在万重山外的边远省份，和它一起衰老。然后，二人沿南京路步行街路过了金碧辉煌的永安百货和上海时装商店。它们应该和国际饭店是同一代，也曾被年轻的父母仰望，还奉献了用于织出菱形图案的毛线。从空中游来的是两列鳞次栉比的灯箱招牌，像是两条光的河，斑斓着流向夜的尽头。岚岚向他指点那些老字号。她当年的许多吃穿想必都来自此处，而每次乘火车驶入西南山区的黑暗时，这条银河都会开始在记忆中闪亮，直至下一次被刷新。她依旧没有兴趣走进任何商店，甚至没有张望任何橱窗，只是在光中顺流而下。他们同时回到了童年，循着这条梦幻通道回到了思念的故乡或是想象的远方。他俩前后是变得透明的同学们，按春游的规矩男女各排一队，从山中走进大城市。多年之后，他俩依然是外地人。

他俩在街道尽头走上据说只有外地人光顾的外滩。对岸发光的巨型长方体和圆柱体继承着灯箱的精神，染亮了整条大江。它们在夜晚被游客隔岸瞻仰和拍照留念，就像西安的钟楼一样。但它们是否也会屹立数百年？拆除它们应该是困难和昂贵的。高度和密度增加了定向爆破的难度。身后海关大楼的钟又响了，钟声比早晨在对岸听到的响亮得多。敲击的泛音让他想起家里的三五牌座钟，它有一对击槌，一对音簧，是记忆中最早的上海货，也是他最早试图拆解的机器之一。二人一起回头仰望被柔和灯光映亮的钟面。它像一台比国际大厦更老式的机器人。假如上海曾有钟楼，想必也应该在老城中心，而这片江岸是它的边界，是它后来迎接外国商船和遭遇外国战舰的地方。海关大楼应该建在水边，就像波士顿海关大楼。它没有波士顿海关大楼那么高，是因为它面对的只是江而不是海。假如浦东不存在，所有巨型长方体和圆柱体如今都会站在海关大楼身后。一座城市可以拥有千万座巨厦，但只会有一座海关大楼。

去父母单身宿舍的路上堵车，二人抵达杨浦公园另一侧便干脆下车步行，在遮蔽了路灯的浓荫下走向那条编号九百多号的弄。宿舍楼已被新楼取代。他庆幸自己几年前来过，记住了它们的模样。他这次的计划是从父母的住地走向他们的工厂。在这两点间有很多种走法，但他知道自己在冥冥中选择的路线是正确的。它被那时还不相识的父母一次次重复行走，作为最隐秘的信息遗传给了他。他因此感到踏实，甚至在街灯和树影间看见了透明的青年职工们。在这样的夜晚，他们会成群结队离开单身宿舍出来逛街。虽然住在中国最时髦的城市，他们依旧穿着同样的厂服。那时的机动车远没有现在多，自行车也算奢侈品，步行的人群反而令街头更热闹。如今一路冷清得多，不过人行道比以前更明亮，因为关了门的银行和地产公司依旧亮着巨大的灯箱。岚岚就这样陪他在一条看不见的道路上走着。今夜，她把自己倾尽半生创建和保护的家留在了南方的另一座城市，和他一起来触摸遥远的往事。与他相比，她对这座城市的向往是恒久不变的。路的尽头出现了上海内环高架，桥后便是父亲提起的老厂址，如今是一排高层公寓。他再次想起几年前父亲的叙述。当厂房被拆除时，退休职工们在现场观看并失声痛哭。厂房成了故居，而身边一起观看的同事成了家人。父亲并没有提起自己的感受。他和母亲一样，在此只工作过两年便进了山。高层公寓的窗户并不都亮着光，暗示它们属于独立的家庭而不是集体宿舍。住在空中的人们应该不知道这片土地的故事，不理解另一些人对它的怀念。

二人访问完最后一处已经消失的景点，彻底自由了。他跟着岚岚在一条僻静的街道上默默走了很远，找到她订了座的一家贵州饭馆。他明白这并不属于怀旧，而是她数十年来对食物的一贯要求。二人用最标准的普通话聊天，所以他们对辣的承受能力和额外要求让来自贵州的服务员感到震惊。

对啊，大学、上班说的都还是普通话。因为常和北方人在一起，口音没有南方人说普通话的味道。在单位也主持节目，还主持过一场大型文艺演出。每天基本上午在单位，下午去健身房。工作挺轻松，收入也还行。父母身体还好，孩子也不错。身边有一群朋友，想吃想喝都行。下午去美容院打发时间，晚上跟一群女朋友品菜，吃饭。偶尔会有大客户，关系难搞，所以在忙着攻关啊。累。有个朋友对我的评价是，如果我不喝了，她就不吃饭了。工作放在这儿，总要应酬。人际关系总要处的，所以只能喝了。女人的世界没有男人，所以只能自己做了，成了女强人。

平日只是似水流年。家里有三台电视，我一台，父母各一台。女儿不看电视，躲在自己屋子里，占了家中唯一的电脑。电视剧我喜欢看谍战的、侦探的，不看言情的。我现在喜欢看电视剧的主角，那是完美的。看到周边夫妻间的吵吵闹闹，不开心的事这么多，多一事不如少一事，还不如一个人过得自由快活呢。一个人也挺好，自由自在的。偶尔感觉孤单罢了。现在的人成家的都还是感觉一个人生活好。还是喜欢以前武侠小说中的女主角，侠骨柔情，女儿身，但有男子气概。

偶尔还在淘宝上买贵阳小吃。豆腐果，还有脆哨、酸萝卜、米粉。真空包装，用微波炉转一下就行了。女儿对这些没什么兴趣。我现在还常吃粉，一个星期三四次吧。素粉或是辣子鸡粉。辣子鸡老爸有时做。小时候自己对巧克力也没什么兴趣。只是喜欢到米粉摊去买半碗米粉。五角钱。明珠牌鱼片？现在这牌子还有，我也买，但味道没有以前的好了。现在有时还能回忆起，我在自己小房间里的床上躺着，看着外面的月亮。现在想起来，还是那时的日子过得开心。那是少年不知愁滋味。感觉那样的日子就是幸福。我的人生会怎么样，能不能回到上海，那时都没想过。

我们是烟草系统的大学，上海烟草进不去，所以只能选择离上海最近的城市了。我的目标是想办法回到上海，让父母落叶归根，还了他们这么多年的心愿。是的啊，我们在这儿只是过客，没有归属感。但是上海这个城市，要的是物质，不是记忆。如果能把他们弄回上海，我其实在哪个城市生活都一样。反正这么多年，我也四处为家了。

当年的我们没有感恩的心，后来是随着年纪大了，才慢慢感觉到的。我回去，都会去基地看看，照点相片。那次我回去，还在当年师大附中等车的地方，去看了看呢。不过是我一个人。要是有同学在一起回忆该多好。

岚岚说她一直希望去看看陈老师，但一直没能去。听说她的身体还不错。上海的同学们每年夏天都会回贵阳聚会，顺便避暑，吃思念的小吃，然后在新添寨附近某个山清水秀的度假村打麻将。岚岚还没参加过他们的聚会。她不喜欢打麻将，而且对他们没去看老师感到不满。她依然不合群。

回到旅馆，明亮的江景让他忘了开灯。昨夜那幅巨型显示屏继续雪亮，但如今能够俯瞰江面，最醒目的是游船，每一条都身披彩灯，头顶巨大的广告，明白自己正在无数游人的眼中和取景框中出现。运沙的驳船继续在它们之间默默赶路，暗淡得难以察觉。当他清晨出发前最后一次朝江外望去，浦东一侧的灯火几乎都熄灭了，伟岸的建筑群沉入黑暗之中，西岸则借土黄的路灯维持着大城市的风貌，人行道上空无一人，被青白色岸灯照亮的地砖组成了一道古代城墙。偃旗息鼓的游船安静得像是码头建筑的一部分，而驳船依旧在黑暗的江面上赶路，微弱的灯光是这画面中唯一的生机。

六点半，他乘高铁向西进发。鲜亮的虹桥火车站更像一座机场，车速在出发不久后便赶超了一架二战时期的运输机。子弹头列车这个名字只属于落后年代人们对新技术的想象，再过几年，连高速二字都会被略去，因为这会是人间的日常速度。他还没细看浙江和江西，便进入了湖南。每座车站都是毫无特色的巨大建筑，再也不会有背负脏脸婴儿的农妇在停车时提着水壶和果篮攀上碎石路基仰望每扇开启的车窗。整个江南、华中、华南和西南都沉浸在雾气之中。油菜花、塑料大棚、三层小楼和有着蓝色顶篷的乡镇厂房是他熟悉的中国，地平线上显然还不属于城市的高层住宅区如巨石阵般在山野间孤立，像是被上一轮人类文明遗弃的古迹，一条条大河旋转着从窗外划过，就像大地之轮的辐条。母亲当年肯定不是从这些崭新的铁路桥上跨过它们，但她目睹的是同样的地貌，而他此刻高速快进着她的旅程。她归心似箭，眼中浮现的是高原大湖湖畔的小镇，心中焦虑着在深山中的换乘，因为贵阳和昆明间的铁路还未修通。接下来，他也需要在深山中换乘，因为贵阳和昆明间的高铁还未修通。他知道那是最难的一段路。高铁终点是贵阳北站，他需要到贵阳站换乘普通快车前往昆明。和清晨六点的虹桥火车站一样，下午三点的贵阳北站是一座空旷的宫殿。崭新的通道地面比镜子更光洁，一排排射灯的倒影将它变成深不见底的虚空，就像童年在南郊白龙洞中看到的那些令人畏惧和迷醉的水潭。这虚空是豪华的，和四周无所不在的显示屏一起颠覆了火车站拥挤杂乱的记忆。它在未来可能继续空旷。这座隐藏得最深的内地城市只是万山丛中一个孤立的十字路口，连接着湘黔、川黔、黔桂和贵昆线，即便将来有更多列车进站，也只是路过而已，不会吞吐大量旅客。但作为路过的旅客，他有几个小时的换车时间。公交车驶向老城区的路从黔灵山后穿过。他一直记得到黔灵公园春游时和几个同学到山后探险，走过一条爬着很多小蛇的小路，只有远方川黔线上的列车偶尔打破寂静。他本希望从背后观察一下这座山，但它一路都被比曼哈顿更密集的高层公寓遮挡。一座座立交表明这已经不是那座他幻想用旱冰鞋征服的城市，而仿风雨桥的过街天桥则宣示这片曾被视为蛮夷的土地找回了自信。如今的贵阳站是一座拥有蓝绿色玻璃幕墙的体育馆式建筑，像所有公共场所和公交工具一样，嵌着一块巨型显示屏。那座他在高中午休时来朝拜的礼堂式灰色楼房已经不复存在，但新楼依然向东西展开，指示着他当年由此出发探索世界的两个方向。能确认这是火车站的最好证据是站前广场数十年如一日的繁忙和混乱。进站需要经过安检，但没有了当年春节前后贴着车厢爆炸血腥照片的违禁品事故警示展板。被蓝色液晶屏照亮的售票大厅是陌生的，但拿到票的感觉是熟悉的。去小件寄存处存行李时，他确认自己只是一个路过的异乡人。他熟练地跳上 17 路公交车，打算用一个小时走走几年前和哥哥全家绕城直奔基地而未能重访的街道，以异乡人的身份重访他年少时探索的去处。

虽然没能看见民航售票处，但展览馆肯定是不会错过的。他不久便发现 17 路路线已经更改，不再驶向邮电大楼，而是转了个弯，跨过南明河直奔河滨公园。他赶紧在下一站跳下车。河滨公园对门的电影院变成一块被围墙圈住的空场。他不敢相信这座比老火车站更古老的建筑是最近才拆除的，只能相信它在拆除前早已被瓷砖和大块钢化玻璃改头换面，而那种风格也最终落伍。河滨公园门外适于拍摄集体照的宽广台阶被花坛取代，被浓荫遮蔽，园门安装了霓虹灯，在渐渐暗淡的天空下并不显得艳俗，而是和园内露出一道弧线的摩天轮一样神秘。他明白这是因为他了解它的厚重历史。台阶一角的防空洞依然存在，但已由旅舍改为了小吃店，洞壁似乎贴了一层镀膜，反射出深处的光亮，像是一台可能产生黑洞并吞没地球的巨型粒子加速器。他被这神秘牵引着走到洞口，手提一桶污水的老板询问他是否要吃饭之后收起笑颜，将水泼到台阶下。老板应该不再兼任市人防办干事，因为那个单位已经不复存在。

他在多年前便得知高中已被迁往新城，但没料到它所在的半岛并未如他想象中那样插满公寓楼，而是被辟为一片巨大的广场，广场中心停放着一只伸出四个起落架的金色圆碟，像一艘刚刚降落的不明飞行物。一头长了翅膀的石兽，站在印加帝国风格的鎏金石台上对四面合围的高楼张开威慑的大口，暗示着它的主人可能是远古迁居外星的地球人，而飞船四脚缀有传统的祥云，表明它是中国的创意。飞船下方确实设置了火箭发射架需要的导流槽，他走到栏杆边俯瞰槽底，才发觉自己走过的这片广场下方建有一层巨大的沃尔玛超市。人类不仅将当年教学楼、食堂和家属楼所在的小山夷平，还抬高了半岛的地面，彻底消灭了它的坡度。他环顾四周，发现能帮助定位的地标只剩毛主席像和海关大楼。身后耸起一座模仿侗族鼓楼的民族文化宫之后，毛主席像失去了当年的伟岸，伸出的手臂也因为没了开阔天空的映衬而被忽视。海关大楼曾是视野内第一高楼，如今也像上海国际饭店一样陷在巨人的丛林中，是一台老式机器人，用它的身形、钟面和天线展示着独一无二的怀旧未来主义。不过，更隐晦也更永恒的地标依然是河流的形状。他走到半岛顶端，确认眼前这座装饰得像是科幻道具的桥是自己当年每天走向学校正门的那座桥，同学们在此围观过女尸的打捞。南明河似乎下陷了许多，也比以前更窄，虽然这都是被两岸密集高层建筑挤压导致的错觉。当年排列在河岸上的那些小树苗并未长成大树，它们失踪了，曾经的位置已被混凝土包装成一条观景通道，布置了充盈的阶梯、错落的平台和已经亮起的各式灯光。他没有走到离水最近处去观察它。他从未想象过去亲近这条河，虽然溶解了童年的那条小河在城北某处汇入了它的下游。他只是在走过海关大楼前的大桥时再次驻足观看了自己在水中的倒影。人影与桥影融为一片黑，在光怪陆离的世界中用颜色表达沉默。他在海关大楼下望了望对面曾在高中三年间日复一日等车的路边。一个学生也没有。他们应该早已坐在自家的饭桌边了。他随即领悟过来：一中已经不存在了。就连对面的三中也不存在了，暗淡树影掩藏的是一座大酒店。即便基地还有班车，自然也无需在此处停车。他随即又领悟过来：基地也不存在了，而当年那些能够派遣班车进城的大型国有企业想必也都已像苏联一样解体。但海关大楼通向邮电大楼不长的一段林荫道上依然排列着卖小吃的手推车，蒸汽被背景中的灯箱们照亮，提醒着他该回家了，母亲很可能已在阳台上张望。他走到路边截住一辆出租赶回火车站，在站外小店里吃了一碗牛肉粉，加了大勺的花椒粉和糊辣椒，还拍了照给岚岚发去，因为她说过让他帮她代吃一碗。然后他舔着被花椒麻醉的嘴唇艰难穿过拥挤的站前广场，小吃摊的暖光和建筑工地的冷光混合着，营造了一种略带不安的热闹。但它们与站楼上的那块巨型显示屏相比，只是星星挑战满月。他向它下方的小件寄存处走去时，几乎能感到显示屏上那些喷薄而出的高亮字块掀起盛世热风吹拂着他的发梢。候车室的景象是熟悉的，当他被依旧匆忙的长途旅客推挤着通过检票口的铁门右转走向站台时，几乎下意识地奔跑起来。

硬卧车厢和当年并没有太大区别。列车驶出贵阳站后，他便倒在了铺位上。通向世界原点的最后这段路就像通向家门的最后几级台阶一样熟悉，车轮与道岔的撞击声像一首老歌。白天乘坐的高铁化为一段模糊的幻觉，消失在隧道尽头。

上过坟后，他只在昆明住了几天，和父亲去过几次菜场和超市。父亲依然只会用普通话问价，北京口音在岁月和环境磨蚀中依然坚强地留存着。他虽然也离开北京多年，对这种口音依然保留着最后一点判断力。这几年间，父亲去过几次北京，但依然是个外地人，只能从街道和胡同的名字来辨认故居，拿着儿子给他买的相机走走拍拍，不开口说话时总被认为是个游客。吃饭聊天时，父亲说他每次都会去故居，虽然不能进去，但会在大门外拍照。那里已经成了全国文物保护单位。所以，那座神秘建筑并没有消失，也不会消失。

您在那儿住过吗？

毕业前的两年，周末和放假都住那儿。父亲边说边向他展示了一张古老石砌建筑的照片。员工宿舍是与这幢连体的后部建筑，现在保留的只是前部很小一部分。宿舍从后门进，在辇儿胡同。宿舍楼上是招待所，楼内有通道通前楼。前楼是中国记协俱乐部，我妈在记协秘书处工作。前楼很大，有礼堂，能放电影。我在那儿看过多场电影，都是记协会员活动。我妈是会员活动操办者，她认识人多，北京的音乐会，她每次都能为我弄到赠票。

那么，和他曾经拉着母亲的手出入的厂房、礼堂、车站乃至道路一样，继续留存的前楼肯定已为父亲保留了足够的记忆。父亲甚至没有进去的必要，因为它的墙壁对他来说是透明的，站在楼外就能看到每个房间，甚至可以瞬间重建已被拆除的部分。

您当年最后一次去那儿是什么时候？

六六年在北京出差，五一节离开，我妈六月三十日去世。

他没有继续追问。六六年也是父亲最终离开上海前往贵州支边的那一年。十一月。最重要亲人的离世，对父亲那一年的人生决定有多大影响？至少，那一年因此成为心情复杂的一年。当他换了个话题，谈论高铁体验的时候，父亲又提到那年押运仪器从广西绕道进贵州时的旅程。他在路上走了一周。那时驱动货车的还是蒸汽机车。他说蒸汽机车在大山中穿行，排气声和节奏像是喘着粗气爬山的人。他还记得在六甲站停车，第一次见到南方的大山，惊叹不已。

您是在火车上还是站台上看见的？在此之前都是平原？他边问边放下筷子拿起手机开始查找这座从未听说过的六甲站。附近的金城江站他倒是从小就有印象，因为虽然从未向岭南方向出发，但经常在驶出贵州的每条铁路线上驰骋想象，而金城江这个名字在他想象中应该是在山外了。

之前也有山，但从那儿开始，山不一样啦，体会到什么是真正的大山，深山。父亲的回答令他放下了手机。他突然意识到，当年进山之前，年轻的父亲只在北京和上海生活过，旅行经历很可能只限于华北和华东，所以在进入西南时发出惊叹完全合理。但在此前的几十年间，父亲从未提起过进山的感触。也许是因为母亲不喜欢被人提醒生活在山沟沟中的现实，而儿子们从小在山里长大，想必以为那就是世界的样子。至于父亲连出差时攀登的三山五岳都未曾在饭桌边描述过，应该是怕母亲埋怨他游山玩水。

他在一个正午登上了驶向北京的列车。特快比以前快得多，但又没有高铁的仓促，恰好能在日落前把昆明至贵阳的六百三十九公里完美呈现在他眼前，这是他选择在这种交通工具中耗费两天时间的原因之一。这段特殊风景的最初四分之一是阳光下宽广的红土地，没有隧道和桥梁，高原人民的生活比他们东边山沟沟里的邻居们更容易。在沾益站，他再次细看地图，确认年轻的母亲确实是在此站换乘长途汽车，因为贵昆线果然在此与320国道相交。到达火腿之都宣威时，天色渐渐阴沉，大山在两侧升起，合围过来，山顶也被云雾笼罩，预示着滇黔界的迫近。钻过几条隧道之后，眼前的景象已是他熟悉的贵州。陡峭的山坡只能生长灌木，窄小的梯田顽强地和它们争夺寸土，山谷中散布着稀疏的农户。对于车轮来说，这是一个隧道和桥梁组成的世界。他从一座高桥上俯瞰了一座雄奇的大峡谷。它在窗外转瞬即逝，他发现钻进隧道的窗玻璃上倒映着自己因为惊叹而大张的嘴。他童年多次途经此地都不曾与这条大峡谷相见，否则一定会抓住母亲的手臂和她一起俯瞰这两条隧道之间一闪而过的世界奇观。那时火车还未提速，在这个区段运行得最慢，他们应该有足够时间去观赏它，甚至估计它的深度和宽度。但是，在火车提速之前的漫长岁月中，他们只能在最黑的后半夜经过此地，所以即便他把这座高桥和它两端的隧道都记录在了小本子上，也无法知道眼前的虚空中隐藏着如此壮阔的山水。但桥基下雪白的乱石望见过他，夏夜或冬夜中转瞬即逝的车厢中唯一醒着并将鼻子贴到窗玻璃上的儿童剪影。从峡谷的险峻程度判断，附近某片山坡上应该有铁道兵的烈士墓。此时，他再次确认当初是在曲靖和宣威之间与母亲同饮了那罐蓝带啤酒。那个区段还没有这样的大山。翻了几倍的车速导致一种奇妙的时空错位，好在背得滚瓜烂熟的车站次序和铁道两侧的大山一样不会变化，它们只是在他的世界里发生了平移，从夜晚挪进白昼，像是阿布辛贝神庙内终于被照亮的两排神像。在那个黄昏，夕阳能从遥远的西方平射进窗，母亲的脸上笼罩着柔和的辉光。强大的古代文明都曾按照地平线上阳光的方向来规划宏伟的建筑，而偏僻弱小的聚落也会由祭司在永不坍塌的巨石上标记这些方向，祈祷在季节变换中风调雨顺。他们的座席背朝列车行驶方向，童年经常晕车的他不喜欢这种朝向，但能一侧靠窗，另一侧靠母亲，便已是他能在这个世界上找到的最佳位置。列车向东北行驶。他们面朝太阳落下的西南。窗外似乎是一片旷野，而过道对面的窗外已经隆起断断续续的丘陵，裸露的红土倒映余晖，丘陵之间的天尽头涌动着已被暮色笼罩的山海，金红和铁青就那样交替闪动着，作为母亲侧影的背景，只有他能看到，而她看不到，因为她当然面朝儿子这一侧，望着夕阳和又一次渐渐远去的故土。但她并没有露出忧愁。她已经习惯了和亲人的离多聚少，而孩子的陪伴提醒着她，即便是向东行驶，也是一条回家的路，所以能够安详地喝啤酒看夕阳。而她年轻时必然不是这样，作为一位担惊受怕的年轻姑娘忙着转车，汗水沁湿了白色的确良衬衫。印着外滩图案的行李袋中是买给双亲的沪产针织内衣，或是双亲塞进的家制酱菜。如今，他的旅行箱里也有要带到大洋彼岸的油卤腐，四姨妈还特意在广口瓶上蒙了几层塑料膜，说这样不会漏。和上次独自开车穿过这片山河一样，他选择贴地而行，是为了寻找一些隐秘的宝藏。除了记忆，还有对另一种生活道路的想象。那些他曾经写在小本子上的山坳小站第一次出现在天光下，但都和背负脏脸婴儿的农妇一起已被不断提速的当代文明抛弃，已经荒废，从窗外转瞬即逝。穿过在细雨、油菜花和优雅山形之间沉默的安顺市时，他又一次想象了自己本来属于这片山中另一座基地的命运。假如选择那种命运，他在岁月中会离母亲近得多。她不用去想象一位宇航员面对的外太空。她知道儿子在一个多山多雨的地方，无论设计空天飞机的兴趣是否早已消散，他都继承了她的命运。但他会拥有自己的汽车，沿着全球最新的高速公路轻松越过她曾经艰难跋涉的铁桥和关隘，在几个小时内抵达世界原点。他会带上自己的儿女，他知道他们再也不会继承前两代人的命运，山海只会是他们童年的记忆。在拥有高速交通工具之后，山海是否依然令人怅惘？他已无法和母亲一起旅行，帮她刷新记忆。

直到列车驶离贵阳站向东加速，他才生出探险的坚定，仿佛回到了十八岁那年夏天，首次向西南之外的中国启航。他如今坐进了软卧，一种当年只能在站台上奔跑时匆匆打量的车厢。依然有列车员推着盒饭车路过，但他照例不吃。他有在昆明火车站购买的啤酒和青枣。啤酒是常温的，腹中没有粮食，外加列车的颠簸，看着窗外渐渐暗淡的雨雾中的群峦，他竟然很快就醉了。在飞机和高铁成为全民交通工具之后，特快列车显然已被短途旅客占据，他对面的铺位已经换了几次人。他们听说他前往北京后都表示赞叹。能忍受三十多个小时颠簸的旅客已经不多。探险时代结束后，人类的历史便是想方设法让自己更舒适的历史。但车厢空气渐渐变得污浊，和鼾声一起令他感到不适。凌晨四点，他干脆起身观看天明。列车已驶出山区，但手机信号依然微弱，他只能依靠指南针和低分辨率离线地图，凭借窗外出没的河流与铁路的关系来判断当前位置。大地上开始穿梭崭新的高速公路，他在渐渐明朗的天光中能辨识绿色路牌上的地名，虽然它们仅仅代表一个方向。最精确的定位方式依旧是观察那些已经不再停靠的小站。假如车速不太快，视线能从白色的古老站牌上捉住站名，他就能立刻确认当前位置，毕竟，他在记忆力最强的岁月中曾经一次次历数这些名字，它们充当了他归家的倒计时器，也记录着他又一次发射升空的轨迹。如今，他将用一个白天穿越中国的腹地。湘江依然是一条大江，但洞庭湖确实萎缩得很厉害。从钢筋混凝土的黄鹤楼边横跨长江时，他想象这宽广的水面如何在他未能乘坐的高铁车窗中转瞬即逝。他记起在波士顿美术馆看过的那幅古人的长江长卷，画中有黄鹤楼但还没有大桥。他当时在大桥的位置看了很久。画面上的长江比他多次横跨的长江要窄，但那毕竟只是画家的安排，正如画家在本应是沃野的中下游河畔叠满山峦，在上游自作主张添了一座桥，配上山间的城郭，一如他童年绘制的基地地形图。黄河中游的水量远不如他在兰州跨过的上游，黄河大桥依然低矮，桥下是大片干涸的河床，像是兰州以西的荒漠。在平原上恢复了的手机信号帮助他第一次精确定位了洹河，横跨它时，他向西望去，想象殷墟的样子。他在穿越这个国家的腹地时也在穿越它的历史。在这个白天，他路过了多座名城，虽然多年之后依然从未访问过它们，只认识它们的火车站。站前都建起了高楼，但和铁道毗邻的依然是古老破旧的民房。这些边界地带也许是因为房地产商不愿或无法开发而继续立着足有三五十年的居民楼。在他第一次北上时，它们身上的瓷砖还光鲜亮丽，如今已染满岁月的锈迹。每个阳台都安装了防盗铁栅栏，栏内堆着日用杂物，挂着各色塑料袋，住着下岗后自谋生路的国企职工。紧贴路基的部分则是真的贫民窟。很可能属于非法搭建的杂乱平房占据了这片宽度有限而一次次被建筑规划忽略的条带，狭小破碎的地块种着零落的蔬菜，或是囤着收来的破烂。居民们并不在意京广线震耳欲聋的繁忙交通，铁道的存在保全了他们的家园，甚至挽救着他们的生计。南北大地山川各异，但每个站台上奔走的完全是同一群人：身穿廉价西服的商务人员、打扮用力过猛的女郎和在机场见不到的背着大号编织袋的面色黝黑的体力劳动者。城市边缘的模样也是相似的：农田间的乡道上奔跑着农用车，路边大片类似厂房和仓库的建筑，顶篷都是他在卫星地图上观察到的那种大片的蓝。经过安阳之后，夕阳在地平线上跳跃，勾勒出在远方与列车一同前进的太行山，提醒他眼前的田野上曾有一条连接诸多古都的古道。大地空阔，似乎要为即将从北方迎来的大城准备空间，但大山终于会慢慢贴近，从大城西北滚滚驰过。离开保定后天色渐渐暗淡，车厢里的最后一批乘客都按捺不住，取下行李箱，堵塞了走道，儿童们把脸贴到窗户上眺望前方，眼中是激动和好奇，虽然大人们的口音和对话表明他们即将到家。他想起岚岚日记中描述的驶过上海城郊那座桥洞时的激动。大人们要求孩子们先洗澡再吃饭，毕竟这是一次长达三十多个小时的旅行。随着人类文明的继续提速，这些孩子在二十年后会感到记忆中的这段旅程漫长得不可思议。而二十年前，这段三千公里的旅程需要六十个小时，他坐在62次特快的折凳上迎接来自深山和平原的风，定时呼吸各种方便面和火腿肠的气息，用头发收集来自千万城乡的尘土样本，在第三晚才能望见被首都映亮的夜空。但那已经是特快，因为再上溯二十年，母亲在西南山区短短的几百里路就需要换乘长途汽车，在中国最曲折的山道上颠簸，在最黑暗的山谷中住宿。那本应该是水浒年代的旅行。作为古代聚落或是打尖之处的北河店、高碑店、松林店和窦店掠过窗外，但孩子们更关注的是地平线上展开的大片明亮，对他们来说，那是家的明亮，而他还在穿越历史，几天后从猫旅馆中接到小米幺的那一刻才能回到自己的现实。

次日清晨，他到达了颐和园。大门上的匾额和小时候父亲带回家的纪念章一模一样。保安正在广场集结，他们的制服让他不确定自己身处一八四零年以来的哪个年代。应该是一九一一年之后、一九四九年之前，因为他们没有辫子，穿着电视剧中旧社会常见的制服。门内的牌楼和假山想要带他回到幽静的古代，但庭院中头戴各地旅行团帽子手举相机和手机的大群游人将他困在了繁荣的现代，他挣扎了一阵才彻底泅渡过跟随导游们的摇旗吆喝朝不同方向涌动的他们，直奔那座中心建筑。他从檐角错落之处似乎已经望见了站在另一个时空中的母亲。长廊上的人太多，他只好从水边一排盛开的桃花间穿行。照片中的她穿棉袄戴围巾，桃花在那时节当然还未开放。如今每棵桃花都有一根枝条被人抓住合影，他毫无顾忌地从绽放笑容的他们和相机间穿过。他暗自希望他能成为他们欢乐记录的一部分，哪怕只是一个背影。

排云坊前集结了大批游客。想必是因为排云门还未开。门边的告示牌上说佛香阁即日起开始整修，整修完毕将会开始封闭式展出。游客们纷纷表示遗憾。他看日期是今天，心一沉。假如不体验乘火车进京，就能赶上了。

他退到牌坊下仰望佛香阁，确认母亲在佛香阁前留念的照片应该就是在附近拍摄的。中轴线左侧某处。他手举显示着这张照片的手机拨开人群，沿红墙向左走动，比较，不久便发现自己就像电子游戏中的人物被卡在一个拐角。此处显然是最接近拍摄点的地方。一位工人搭了梯子在屋檐上工作。只要工人走开三分钟，他便能窜上梯子看个究竟。工人不紧不慢地拾掇瓦片。树荫下的竹筐中摆着一瓶清水和一个饭盒。很显然，他会在此工作很久，而且不会消失在墙的另一侧。

他继续沿墙摸索。偌大的一片建筑群，必然会和任何现代高楼一样有货物和垃圾出入的偏门。红墙开始爬山，坡度越来越大的路上没了游人，而路面不久也消失了，只剩一条坎坷的小径，被怪石挤压、被水流冲刷，但依然顽强地指向山上的某个去处。他开始弓身攀爬。围墙一直在右侧不远处陪伴小径，墙后便是渐渐显得高大的佛香阁。不久，他发现了一扇门，但它紧闭的样子暗示上一次洞开是在古代。四下无人，只有苍松翠柏。上一次在这样的山坡上满怀激情地攀爬应该是在很多年前，同学们那时也是顺着一道围墙爬行，然后从缺口、盗洞或小门进入基地，以胜利者的姿态穿过厂房。他会和他们告别，然后钻进一座大楼，去一尘不染的明亮车间寻找母亲，为忙碌的她递上埃及棉花。

随着佛香阁慢慢从身侧经过，他明白自己不太可能遇见一扇碰巧开着的偏门。崎岖的小道渐渐爬上山头，坡度放缓，他能听见不远处有说话声。如他所料，这条由追求捷径者踏出的小道汇入了西侧山脊上的正路。他很快便抵达山顶，山后的平原已被蔓延的城市占领，远方是更多的山。童年爬上任何一座山的第一个动作便是去俯瞰山后，并更新大脑中的地图，但如今他早已不是探险家，对陌生的世界失去了兴趣。他是一位朝圣者，执意前往牵挂灵魂的地点。他继续沿红墙绕行，目光依然锁定佛香阁。墙外迎来一堆怪石，旁边有个摄影摊位。游客们在怪石上艰难攀爬，轮流微笑着等待快门按下。看来，在和他一样无法进入围墙的人眼中，此处是与佛香阁最亲近的位置了。怪石最高处早已被游人踏得光亮，不易站定，但在他眼前，几位年迈的老太太已经笑容可掬地站到此处与围墙内更年迈的楼阁合了影。假如她们知道这片景观包含的心愿是报恩延寿，是否会想起自己的母亲？等她们互相搀扶着下来之后，他终于站到离图像记忆最接近之处，却仿佛是站在南针峰顶仰望勃朗峰，近在咫尺但却无法触及。

佛香阁墙外正北是一座没有窗的佛殿，内部阴冷。纪念品柜台后面的售货员是否会患上风湿关节炎？假如母亲同行，一定会这样评价。殿内仅靠柜台上的一盏小灯照明。在电气时代之前，这儿也许会点上很多红烛，多几丝温暖。他走出佛殿，道路在前方分岔，他不假思索地靠右继续跟随红墙，走了几步，便发现墙上有一道半敞的小门。

他快步冲进门去，吓了查票员一跳。他在兜中慌乱寻找入园时购买的全票，换上富翁的神情将它亮出来，然后快步走下一道小小的石坡，来到一处凸出的栏杆边，驻足仰望眼前宏大的楼阁，仿佛是站在码头迎候一艘缓缓靠岸的万吨远洋轮。它和德累斯顿的圣母大教堂一样稳重安详，用同样的面容面对从不同方向走近的信众，而在风雨中褪色的红色木构确实代表一位年长的中国女性。与后方那座没有窗的石砌佛殿相比，她周身洋溢着暖意，但她也曾被焚毁，变成一束烽火在山巅燃烧，黑烟给十几里外的城中百姓带去噩耗，暗示他们在帝国崩溃的岁月中只能自保。

他走到阁前的栏杆边。游客们正从楼基下漫长交错的阶梯爬上来。很显然，湖畔牌坊后的那道大门开启了，而身后阁口边摆放的通知证明在大门外读到的内部装修指的只是阁楼内部。这意味着他看不到那座巨大的观音像，但他并未感到遗憾，因为当年母亲来时观音还没有来。但母亲肯定也曾在此站立，俯瞰昆明湖。她会和父亲谈论它为何叫昆明湖。新婚的他俩肯定比后来的他俩有更多话说。昆明对父亲来说是遥远的边疆，但对母亲来说则是家门口的市集。即便他能出现在他俩之间，也不会说出名字的来历，因为他俩应该保留各自的想象。

他逆着人流快步走下各式各样的石阶，在每个长廊拐角回望，与照片中的取景比较。他最终确定照片的拍摄位置是在排云殿前左侧水池前三棵树的中间，就在先前路过的排云门内。也就是说，假如来晚些，反而能直接跨进大门，立刻抵达此行的终点，不必到山顶绕个大圈。那么，今早的路线是母亲安排的。自己虽在一座陌生的山上攀爬，但因为她总在视野内而从未迷路，而无论他在何方，她总是恒定在世界中心，只是一直默默转身面对着他，等待他绕了一个大圈之后的归来。那位自带饮食的工人就在左侧的墙头上忙碌着。母亲当年站立之处可以根据前方檐角的错落关系精确判定，因为它们只可能被焚毁或拆除，而不会挪移。那个位置如今修了一座花坛。他站在花坛前尽力探身，或是站在花坛后尽力后仰，都能无限接近它，但无法站上去。与照片相比，佛香阁的下半部如今已被排云殿前的大树遮挡。它在母亲来过之后的这几十年间向上生长了好几米。而他早已停止了生长，有了白发。他在这个位置周围反复走动，歪着身体眺望某处，引来了游客侧目。不解的他们也好奇地顺着他的视线仰望。一位在回廊下歇息的老园丁默默注视着他。他年轻时应该见过在此留影的父母，只是早已忘记了，因为他已在此见过千万对兴高采烈的新婚夫妇。

然后，他再次穿过殿堂和长廊，向山上攀登。这次他更像一个正常的游客，虽然他只是在追随想象中父母的足迹。站在山顶时，他观望四野，回想一生中站立过的默默无闻或名震遐迩的峰巅。他走下山后一排排琉璃瓦边的石阶，路过几处水榭楼台，重新回到昆明湖畔。父母来时身穿棉袄，湖面想必还在冰封，所以他们没有划船。

下午，他来到圆明园，从那些形状异常的土堆和显然来自异地的石块之间缓步向东北角走去。与上午不同，来到此处就像是回家，虽然他断定母亲从未来过，因为她乘坐 375 或 331 路在清华西门转弯经过此地时，冬天的枯枝后方闪现的是中华人民共和国的工厂、农田和猪圈。如今，它们都已被清除，人们意识到了历史的价值，正在试图复活一片古迹。但他不喜欢任何复建。这座园林只是变得透明了而已。他喜欢阅读路边竖起的那些石碑，它们用文字描述着一片片奇景。这是一座世界上最需要想象力的公园。一个两层圆坛，下层直径近八十米，上层直径近七十米，下层圆坛临水辟有东、西、南、北四座码头，整座建筑金碧辉煌，望之若海市蜃楼。他读完介绍，将日光移向石碑后方一座条石围砌但只有荒草丛生的小岛。在午夜，这座圆坛会显灵，而园内所有废墟之上都会现出发着微光的梁柱、窗棂和椽瓦。水边垂柳繁茂，游人熙熙攘攘，虽然他不确定他们在看什么。他走过的是一座墓地，安葬着建筑、历史和层叠的个人记忆。在还残存最后几段白骨的死去的皇家园林东北角，父亲扶着孩子在倒卧的巨大条石上走动，抬手将他牵到陷入土中但雕花依然清晰的石坛上，为他拍照。大批游人在废墟中流连，用想象力将巨石抬起，重新组装成一座座殿堂，但它们注定是残损的，满身裂纹。走到大水法时已近日落，整片天空是昏黄的，似乎附近有另一个圆明园余烟未尽。世界末日应该是这样的颜色。被流星撞击或热核爆炸抛洒到空中的亿万吨尘土，五大洲燃烧的烟云。而游人们依旧在栏杆外兴奋合影。父亲来访的年代还没有设置栏杆，所以他能独自站到废墟上。他衣领竖起，神情严肃。他跨步登上倒塌的石柱时，走近了历史，但离家又远了一步。

他沿福海北岸向园西北赶去。他以前从未来过这一带。在暗淡下去的天光中，鲜红的庭院桥梁和白花花的石堆依然醒目，证实着他听说的大规模重建。他急切地行走和张望，抄小路翻越土堆，直到望见那道巨大的土墙。他想起在同样的暮色中找到胜境关时的激动。他从未见过它的背影，但厚实的梯形墙身和墙顶依旧屹立的那道小墙立刻刷新了他年轻时的记忆。它们构成了一种看似不伦不类但其实举世无双的组合。他方才还担心它们在摧枯拉朽的伟大复兴中已被首先拆解。他几乎是小跑着抵达墙角，沿着依稀的之字小径向上攀爬。交河故城的土墙太脆弱，会在他脚下崩溃。高昌故城的土墙太过高大，他只能在墙角仰望。所以上一次攀爬一道土墙，依然是在学院路边的元大都遗址。但与他鞋底摩擦的都是北方大地的土壤，它们在几百年风雨后裸露出来，被他一踩，终于获得了自由，只待下一阵大风来临便可升空。他到达墙顶之后的第一件事便是朝南望去，寻找一个正向这边仰望的自己。那座叫做福缘门的村庄已经消失，树木和水道似乎被挪动了位置，出现了大面积的荒地，没有变化的是眼前这片不寻常的沟壑和土堆。他此刻终于能清晰认出东墙和西墙的走向，确认它们是一座小城的最后遗存。居住在世界另一面时，他不止一次在卫星地图上寻找这座大墙和这片地貌。它曾是居住着十万尊佛像的舍卫城，如今它更像是他和岚岚在西南山野踏过的没有墓碑的坟地。东南方的青色地平线上是一座灯火渐亮的城市，但它后方的地平线上是曾经尸横遍野的大沽口和八里桥，历史的路线已被这片灯火阻断，但他最擅长在私自保存的地图上为故事连线。他转身沿着小墙行走。它也已经残破，但裸露的砖块、灰缝和墙皮暴露了它的年轻。墙上凌乱书写着访问者的留言。他们显然也将此地视为名胜，并猜测它会一直屹立。他们或许也已经得知这是一处靶场，墙的功能是阻挡子弹。但小墙上并没有金属撞击的痕迹。只有可怕的失误才能让子弹偏离到如此高处。脚下夯土的母墙中想必嵌着无数子弹。武装部的民兵们在瞄准时，应该想不到在这座庞大的土堆正中埋藏着一座古代城门。他在属于自己的谜底上坐了片刻。假如小村庄还存在的话，他会去找个小卖部买瓶燕京啤酒回来继续坐着，在黑暗中目睹远方的城市彻底照亮天底。

半小时后，他从一道小门钻出圆明园，瞬间回到繁华。墙外是一条依靠居民区兴盛起来的小商业街，在晚饭前后抵达了喧闹的顶峰。经历了下班堵车的人群终于从大街上拐了进来，在即将到家的欣快中被升入夜空的油烟、蒸汽和吆喝声吸引，被白炽灯泡下简单美好的食物感动。这是他熟悉的城乡结合部的北京，而如今，他确认自己只是个游客。

离开那天是清明节。他清晨走进北海公园，发现自己又一次来早了。通往白塔的永安寺门还紧闭着。他借机绕琼华岛走了一圈，简单游览了这座自己从未踏足的著名景点。岛上鲜花盛开。照片中裹着围巾的母亲想必只见到苍翠的常绿植物，但至少还有周围的大片水面。即便还结着冰，滇池边长大的女人也会感到惬意。他被这种高密度的美所震惊。他耗费了太多时间盘桓于城市边缘的废墟中，却从未走近它的中心。

半小时后，他登完通向白塔最后一级陡峭的台阶，踏上第一层塔基，急不可耐地扭头向右方的景山望去。令他大失所望的是，台基尽头的石栏后矗立着一堵树梢的绿墙。他走到东侧的栏杆，才找到一处空隙，在树梢间勉强窥探到景山上的亭子们。回国前的研究表明，照片中母亲身后的背景便是这些亭子。他因此能够根据卫星地图判定她站立的位置就在白塔之下。这骄人的成果标志着他少年时代勘察能力的彻底复苏。他相信这些地标都是永久的。昨天发现颐和园内新建的花坛之后，他依然相信白塔神圣的石砌台基绝不会被动土。但他没有考虑树木的生长。

他沿着石栏来回走动，踮脚观察树后依稀的景山，在手机上再次端详母亲的留影，推断它摄于第二层塔基的东南角。但这一角被施工围墙挡住了。他四下张望，寻找管理员和保安。他们都站在通向白塔的最后一段阶梯脚下，那里是最陡的一段，游人失足的可能性较大，需要特殊照看。他见左右无人，迅速翻越贴着警告标志的栅栏，窜进白塔和正南小佛殿间的狭窄走道，直奔另一侧的围墙。围墙是用钢丝固定在金属管架上的三合板，他只能推开一个小缝。通往小佛殿的石阶上也设置了栅栏，但要翻越并不困难。走上佛殿然后从另一侧的台阶走下来便能绕开这堵围墙，但那是对佛的不敬，母亲必然不会同意。他在布满佛像的殿墙前站立了片刻。远处有游客和孩子在朝他指指点点，讨论此处是不是可以进的问题。他的打扮显然不像建筑工人。或许可以藏在殿后，入夜后再设法拆掉部分围墙。也许用力一撞就能撕开它。声响在古代也许会令人警觉，但在这喧嚣的现代城市中不会有人注意，转瞬便会被夜晚的春风带进大片松柏之中。但那时是否还能望见对面的景山？在钠灯和霓虹的世界中，它应该只是一片模糊的暗影。他想着，从栅栏翻出来，恢复成一位普通游人。那对父子已经下了阶梯。这时他想起航班会在下午起飞，方才的计划确实只是幻想。

他再次走到第二级台基东南角的望柱下，踮起脚仔细辨认柱头上的云纹，断定它就是母亲身后的那一根。和照片相比，云纹稍显模糊，似乎是被数十年的岁月溶解了一层。石头会在风沙和酸雨中渐渐腐蚀，而树木只要活着便会生长。

这儿能看到中南海吗？身后有游客议论。很显然，那个方向也被树木遮挡了。新婚的父母来时，树尚年幼，大气明净，高楼们还未出世。父亲应该向母亲指点了西北方的西山和颐和园、正北的德胜箭楼和东南的北京站，为她拍摄几张如今已经失落的照片。他们的视线从西南方的中南海稍稍抬起，从帝国中心指到边疆，跨越千山万水，直指新家的方向。然后，他们会回到那里，走过余生的旅程。母亲不会想念这座她曾经攀登的小山，直至小儿子来到这座城市上学之后的第一场秋雨之夜，她会再次环顾记忆中的街道和屋顶，手臂从远方伸展，为某扇窗后下铺上的他盖好被子，然后继续独自体味她无法轻盈穿越的漫长时光。

# 410

船长终于抵达了美洲的帝都。这是他第一次来到南半球，彻底偏离了环游地球的路线。

像福克先生一样换乘邮轮在大港之间旅行已经不可能，穿越中东、西亚和西伯利亚的自驾也很难安排，但从斯德哥尔摩、柏林、苏黎士和威尼斯登上驶向东方的列车，辗转之后总能抵达北京。他只是对一切交通工具都失去了兴趣，它们的唯一意义只是将他带到远方。人类最新的火箭能够垂直升空和垂直降落，它在起飞平台上着陆的样子就像《丁丁历险记》中的探月飞船。但观看新闻时，他眼中的着陆只是起飞的倒放，虽然时钟并不会一同倒转。

既然不能在时间中旅行，那就在空间中旅行。当他决定来到这片离世界原点最远的土地时，发现它也是一个离当代文明最远的古代文明。当他在库斯科略带坡度的老城区行走时，心跳有些错乱。他知道这不仅仅是高原反应。街边排列着五百年间一次次地震都未能撼动分毫的石墙。他放下行李走出旅馆的第一个去处是太阳神庙，印加帝国的世界原点。他走进那些神圣的房间，环顾曾经被黄金覆盖的四壁，抚摸人类创造过的最精密的墙缝，想象此处放散的光芒如何泽被八方的广阔土地。童年反复阅读的传说如今就在眼前，那些模糊的黑白照片也和当时希望探险发财然后全家移居云南的梦想一起彻底被刷新。如今从世界最远处到来，他能感到这个文明的偏僻，但它并不孤独，它断定自己就是世界中心。从未致力于探索和征服世界是它消失的主因，连那些神圣的黄金也早被切割熔解，化为陌生国度的货币和教堂的烛台，或是和来自世界其他角落的同种财富一起被铸成厚重的方块，锁在苏黎世和曼哈顿戒备森严的洞库，那些新的世界中心。作为一个希望探险发财的孩子，他来晚了。

然后，他来到了接替神庙代表这座城市的武器广场。被门卫告知正在弥撒的大教堂不对游客开放，他便走向坐在墙根卖香烛的老婆婆，购买了一包蜡烛。它们是成功的敲门砖。他在教堂中慢慢行走，将这包和城旗一样五彩的蜡烛一支支放在看起来能与母亲对话的圣像脚下，然后走到信众最后一排站立，观望陌生的仪式，聆听陌生的语言，直至弥撒结束。数百年前，在用拆自帝国圣迹的石料建造的穹顶之下，信众们站立在此的祖先也曾对这一切感到陌生，直至有一天黑色基督显圣，止住了不断摇撼都城的地震。人类总会被不凡的力量所打动，但最终需要的只是一个常在的伴侣，扶助自己度过祖国混乱的历史和个人奔波的一生。

接着，他开始目击属于自己的神迹。在城西北的山坡上，他注意到路边是大排挺拔的桉树，似乎是从云南穿透整个地球前来迎候他。苍劲的树身间展示的古城，像极了从月山俯瞰的昆阳城。当然是童年的昆阳城，那时除了大街末端的百货商店和国营食堂是灰色混凝土建筑，民居都还是瓦房，错落有致的大片青黑。此刻覆盖山下城区的是黄瓦，但依然不影响它们的相似。攀爬后的喘息帮他确认自己身处高原。母亲从小就在同样坡度的道路上攀爬，偶尔也停下脚步以同样角度记录桉树后的小城风景，并在异乡的余生中默默为自己放映。

在正午的山上，他终于和童年最敬仰的城墙相遇。他曾经幻想基地能拥有这样的城墙。但他如今明白，它显然并不是城墙，没有绵延数里围住神庙、民居和教堂。它更像是一座水平放置的纪念碑，虽已被西班牙人拆掉了九成，但最后连炸药都无法撼动的巨构继续向人们宣告山下是一座真正的帝都。站在巨石面前，他又一次想象地外文明的可能，就像他童年在火车上阅读《奥秘》杂志时的神往。但如今，他开始想象这片土地的居民在数里长的碎石山路上推拉这些巨石。他们没有轮子和牲畜。其实只需要强大的精神力量。那种力量已经不存在，它只被散落世界各处的巨型废墟纪念着。它和这些巨石墙一样，未能保护伟大文明永不衰亡。

但他并不是游客或考古学家。他的眼前驶过了记忆中所有的墙。杨梅山旧居依山小院滋长青苔的花岗岩壁，头顶的石缝中吐出绿草。绵延在小河两侧的堡坎，基地文明战胜自然的最初企图。贵昆铁路两侧的险要挡墙轰鸣着擦过紧贴车窗的鼻尖，令人窒息但又提神。四姨妈家的夯土墙嵌着的贝壳记叙了沧海桑田。水塔山上插着玻璃片的绵延砖墙被农民挖出盗洞，预言了基地的衰败。京广线两侧田间的广告墙指引他探索繁华的文明，而元大都和舍卫城的梯形土堆、山丹和嘉峪关的明长城、玉门关的汉长城、交河和高昌正在溶解的残垣、新街口豁口已经透明的城墙和西安依然可以攀登的城墙展示了那个文明的往昔。柏林墙已被推倒，每一片碎砖都被当作纪念品出售。巴塞尔城墙在和平中溶解殆尽，没能留下记忆。胜境关不需要城墙，因为它的功能是迎接和送别。人类所建造的所有墙，都会被人类翻越、摧毁或忘却。

当他回到黄昏的广场，一队队盛装的小学生正在游行。领队的总是全班最高的少年，举着用天真的手合力制作的旗，旗上写着像是学校的名字。他们中的一些想必来自帝都周围的山中，奋力挥舞着乐器和道具，同时也在观察这座庄严的广场、宏伟的教堂和用镜头记录他们的各国游客。他们看见了他，猜想他来自遥远的东方文明，虽然他其实也住在美洲。而在他眼中，他们也是东方人，祖先在最后一次冰期中跨越白令海峡，一代代慢慢沿美洲大陆西岸探索，终于来到这片山区。这段地球上最遥远的迁徙如今只需十几个小时的飞行，但这并不是他感到地球缩小的原因，毕竟他曾有几年一直以为自己是个抵达外星的宇航员。如今，他的飞船降落在一座似曾相识的城市，连这些脸蛋通红的孩子都像是记忆角落某处突然获得自由而奔跑出来的幻觉，他们在基地居民楼下捡拾过他从窗口投出但未炸响的鞭炮，在云南某片矿区村口的树上俯视过坐在卡车驾驶室里的他，在京广线边停止捡拾垃圾仰望过特快折凳上的他，在连霍高速边的司机小饭店里给他端过水，在悬壁长城上和他共享同一轮夕阳。他们的红色脸蛋来自太多游走于天地间的经历，他们的自由还没有被压抑在生活的屋檐下。而此刻，身着盛装的他们在市民、游客、警察和摄影师的簇拥下走进著名的广场，路过目击祖国历史的两座教堂，在渐渐沉入梦乡的蓝天下观看它们辉煌的立面取代太阳。列队经过教堂前的观礼台，被主持人简短但热情地介绍之后，他们在广场另一角解散，但都聚到广场中央印加帝王的金像下合影，就像当年基地的孩子们到城里的公园合影一样，不同的是，他们也会和倾巢出动一直跟随队伍的家人们合影，然后在母亲帮助下脱去盛装，接过作为奖赏的零食。他们的脸上洋溢着激动和欢乐。只有他知道这与祖先和信仰无关，因为他们都还年少。几年之后，他们中的一些会来到这座心目中的大城市念书，定居，还有几个会跨过高山、沙漠和海滩，去利马、基多和圣地亚哥，甚至远渡剑桥、柏林和上海。人生不是由时间定义的，它由地点、人物和事件组成。即便淡泊的人生中没有太多人物和事件，它至少可以被一系列地点定义。

沿着圣谷通往马楚皮楚的路上依然排满了桉树。它们勾勒出田埂、水渠、道路和农户。沿途村镇遍布土坯房。若不是墙上刷着竞选广告，他会断定自己回到了云南乡下。夯土墙在车窗外咫尺之遥，他伸出幻想之手去触摸那熟悉的质地。它们经历了一个又一个雨季的洗礼，粉刷的白色已经褪去。与那些巨石墙不同，它们负责保护的是活着的百姓。他也多次向山坡上攀爬，去观赏一座座宏大而精巧的古迹，明白这个文明对山的敬仰。在公路尽头，他换乘火车驶入越发狭窄的山谷，真正的山沟沟，最后换乘大巴沿着形似巨型二十四拐的盘山公路攀爬。对面云雾中的青山像极了中国的山。然后他便到达了童年心目中最不朽的废墟。丝绸之路上那些同样伟大的故城每一秒钟都在时光中溶解，而石砌的马楚皮楚高坐在安第斯最隐秘的山脊之上，被峰巅拱卫，坚不可摧，藐视着一切天灾人祸，在帝国消亡五百年后依然是它未被亵渎的荣耀。他走过每一间只剩四壁的厅堂，和游客们一起猜测它曾经的用途。他断定这座废墟几百年后会依然屹立。那时人类想必已经达到永生。他们驾驶着飞行器来观赏它。他们已经丧失了徒步攀缘的乐趣和能力。

他手脚并用爬上陡峭的维纳皮楚，自然是为了从山顶俯瞰废墟，就像从平顶山或水塔山顶俯瞰基地。但周围并没有同学，只有忙着留影的各国游客。比起带小妹深入的查科峡谷，陪父亲登上的绿色台地，独自流连的交河故城，这座隐藏在南半球苍翠群山中的庞大废墟显然吸引着更多游客。这是因为它带着古代帝国的神圣气度而不仅仅是普通聚落？但无论如何，它显然比它们更像基地。它依山而建，三面环河，建筑各有功能，甚至拥有自己的水源、田地和逃生小道，这些是他童年的基地防御计划中未能包括的。假如末日夷平了当代文明，基地沉寂数百年后，是否也会成为马楚皮楚？未来文明的考古学家在乡民带领下披荆斩棘，发现这片被藤蔓覆盖的废墟，仔细考察后得出结论，基地的居民在末日之前便慢慢撤离了，但并非因为缺乏饮水、食粮或是潜在威胁，离去的动机是一个谜。但这个想象不可能实现。因为也许就在此刻，已有房地产商购下基地的全部土地，装备了风钻、炸药和挖掘机的队伍正在驶入现场，将所有遗迹彻底抹去。即便没有绕城高速从平顶山和气象山边切过，基地离城市太近，被吞噬只是时间问题。十公里的距离，童年的他们需要步行两小时，如今市民的私家车能在10分钟内抵达。只有像马楚皮楚一样藏在距离都城百余里外殖民者从未发现的群山之中，才得以幸存。

但是只有真正的帝国才能执意在深山之中营造城池。他明白自己确实曾经生活在那样一种强大的力量中。他自以为早已逃脱，此刻却意识到人生还在被它推送。他下山穿过圣谷，再次乘坐火车驶过被两山夹持的河谷，途经也被群山环绕的帝都，翻过最后一个披雪的山口，来到的的喀喀湖畔。这是一段相当于从贵州驶向云南的旅程，将无尽的青山、巨大的石墙和望不到头的石阶抛在脑后，抵达碧波荡漾的高原大湖。水尽头浮着一座显然不是幻觉的雪山，是世界尽头的屏障。他从湖岸划船前往湖中的小岛。湖水清澈，让他想起多年前滇池南岸的水，阳光在湖底的波光，表姐们在其中游泳的身姿。同样是一个高原大湖，它的海拔比滇池高一倍，面积大数十倍，像是一片被神化了的记忆。他想起童年幻想的湖底珠宝，印加人最后的财富。他如今见识了湖的浩瀚，知道珠宝可能依然在水底静卧，只是被波光遮蔽。浪里白条张顺和阮家兄弟是否能打捞出它们？这个比滇池深数十倍的湖泊是一个文明诞生和消失之处。当代文明是否会在一百多年后消亡？但这不是人们相互保证毁灭的北半球。最僻远的也就是最安全的，这是他人生中最早了解的道理。在苇草铺就的浮岛上，他看到两只小黑猫，又一次想起远在北半球的小米幺，确认和她生活在这样的岛上应该是最安全的。再不必担心忘记关门的盗贼和修理工，考虑安装摄像头和双层门。而她即便学会了像小海豹一样游泳而经常跳下水去，也无需担心鲨鱼和鳄鱼。游完之后，她会躺在洁净的苇草上舔毛，享受高原阳光的温暖。他在浮岛上买了一艘草扎的小船，代替母亲给他买的三桅船。那艘竹子制作的东方小船早已遗失，而售出它的郑和纪念馆又被改回了道观。买船时，他还不知道那几幢始建于天启年间的建筑是母亲童年的课堂。

在这片广阔的水域上，他想起几天前在利马转机时到海滨高地眺望的南太平洋落日。脚下沿海滩弯曲延伸的公路上是下班高峰的密集车流，身后是一座灯塔。因为脚下几乎是一座山崖，首次进入视野的南太平洋显得异常浩瀚。他的目光射向西方，随地球弧度弯曲，找到了几千公里外的神秘岛。它只是荒茫水面上的一堆花岗岩，那是尼摩船长的墓碑。多年前的夏威夷，他的视线曾在正午的阳光中向南进发，抵达那座还很苍翠的小岛，俯视工程师、记者、水手、少年和黑人在同一片阳光中忙碌建设他们的家园。那也是他人生的正午，而夏威夷位于两个家之间的中点，他忙于将它们连接起来，顺便评估地球的尺寸。如今，他离人生中熟悉的一切都很遥远，并明白任何文明都会消亡。印加人为何从未大规模航海？他们曾用眼前湖中的苇草造出更大的船只，抵达加拉帕戈斯和复活节岛，由此断定海就是世界的边缘，并相信在印加道路系统的每个末梢已经遇见了所有的人类。南美离旧世界营造的庞大文明们太过遥远，在没有僧人、传教士和商人来访的年代，被群山簇拥的高原湖泊在安第斯先民眼中是世界的原点，创造日月星辰和人类的造物主便来自这片宁静清澈的水中。

在驶回湖岸的航程中，他独自攀上舱顶目送雪山的消失。半透明的安第斯雪峰是渐渐溶解在碧海蓝天之间的记忆碎片，上一次遇到半透明的雪山是在北欧北方，没有蓝天，只有密集的云和空寂的公路。再上一次是在古道上行驶时陪伴的祁连山，蓝天被北方的荒漠染成青灰。最古老的记忆是在表哥的卡车上目击的无名雪山，它背景中纯净的蓝只属于童年的梦幻。这些雪山矗立于他人生的不同年代，如今在他眼前层叠展开。无论是在这些反复的遥望中，还是在欧洲接近那些著名的尖峰时，雪山从未向他传达过寒冷的感觉。而此刻虽是南半球的寒冬，下午三点的高原阳光依然是温暖的。独自站在快艇舱顶的他恍然想起童年在滇池晕船的传说。那只是母亲的讲述，并不属于自己的记忆，但他侧身望着自己被白浪飞溅的影子，明白晕船已是彻底的往事。一定是因为当年船上太拥挤，他在人群的遮蔽和挤压中感到窒息。假如母亲带他分开人群，奋力将他举上无人的舱顶，他很快便会在开阔的视野和劲风中用儿童的好奇战胜儿童的虚弱，变得精神抖擞。如今他便这样独自站在舱顶，看不到乘客和船员，被劲风模糊了面容，感觉不到自己是远道而来的外国人，而是船长。白浪扩散的广阔水体中没有巨大的鲸鱼，因为它并不和大海相连。他转身望向前方，眼前渐渐浮现的也不是气宇轩昂的波士顿，只是一片依山而建的密集民房。没有任何大楼、旗帜和广告牌，土黄和土红的色调一如世界上任何一座偏远地区的湖畔小镇，而他恍然觉得自己正在驶向童年滇池南岸的那一座。既然如今在地球另一端离家最远的异乡，那么无论朝哪个方向行驶都是回家，从世界尽头奔向世界原点。在这样的距离上，山谷中的基地，滇池边的小镇和坟地，古都的残墙和废墟，边疆的关口和长城，山中不再通车的铁桥和盘山道，和它们所标记的他的地球，都凝成了体积无限小而密度无限大的一点，弯曲了他的时空。他确实正在驶向童年滇池南岸的那座小镇。发动机的轰鸣忽然弱了，他仿佛是突然穿过了临界点。嵌了贝壳的土坯墙正夹道等待着他，吹过成排桉树和辽阔水面的高原暖风已经赶来迎接，而方才奋力将他举过人群的母亲，已在船舱中又一次查点装着贵州名酒的旅行袋，准备招呼他一同登岸。

# 411

在马可·波罗国际机场降落时，船长为环球之旅即将结束而感到心动。他并没有刻意去圆满它，只是因为开会又来到威尼斯，上次旅途的折返之处。本来他也可以选择去西西里，但那不在他一直往东的方向上。父亲数周前轻度心梗，他在电话中问要不要回去，父亲说不需要。嫂子私下说，你回来看看爸爸吧。几周前，大表姐发来上坟照片，母亲的坟被茂盛的灌木包裹成一捧青绿，他说下次回国一定去修剪，她说镰刀砍刀家里都有，来拿嘛。

从机场乘船驶向广场时，巨型游轮在大运河远端如冰山浮动，映出一座他已熟悉的精致城市。他再次排队参观圣马可教堂，买了几支蜡烛，它们和几年前买的那支一样，依然印着不变的圣母像。然后他乘船走了一站路，来到上次短暂日程中未能瞻仰的安康圣母教堂，她的外形和德累斯顿圣母大教堂类似，没有威仪的体量与令人敬畏的尖顶，透着稳重与柔和。身处这座幸免多次战火的城市，她未曾充当避难所，但最初包含的也是依市民们希望黑死病退散的心愿。走进教堂，他意识到了圆形穹顶的功能：阳光借环形天窗在整个白昼提供连续的照明。穹顶下方的地面上装饰着精美得令人目眩的花纹，仿佛是电子游戏中的传送门，只要站到中央便能去往另一个世界。他抬头仰望，看到的是出生时望见的尘世第一束光亮，和死去时望见的天国第一束光亮。他围绕这片光明行走，在每个祭坛前停留，仰望每一座雕像和每一幅绘画。它们在每天的不同时刻会被依次映亮。他在每个供奉之处向奉献箱塞入纸钞，点燃红烛。他更喜欢凝视火焰，因为他已经走进了更深的夜。父亲病情稳定，只是前不久严重失眠，他每天询问时也在想象彻夜无眠的人如何度过白昼。虽然父亲停服两种药物之后便恢复了睡眠，衰老和疾病还是给他的世界增添了一片只在后半夜才显现的暗影。

但他依然在圆满着自己对世界的想象。他来到上次未能参观的军械库。曾打造了强大海军的古老厂房容纳着当代艺术展，而他对这些建筑本身更感兴趣。中世纪便开始营造的砖墙已经风化剥蚀，常年闲置的船坞深处水色幽暗，但墙角依然陈列着重型火炮，岸边矗立着全球屈指可数的巨型吊车。大门外蹲坐着共和国海军掠来的古希腊石狮，向游客宣告世界第一座军工企业的荣耀历史。让自己装配的舰队保卫自己的玻璃工厂，这是多么适合童年的构想。基地门口只是八十年代后期才开始站立两头石狮。此处想必也曾有海军军代表之类的官员常驻，观察工程师和装配工人们的忙碌？他恍然想起基地还生产军品的时代，经常在大门左侧办公楼出没的那个人物，北方口音，穿着白色或蓝色的制服，和大檐帽一起象征着令人敬畏的权力，但他同时也为军代表感到担忧：他的家想必在东北方遥远的港湾，旅顺、大连或青岛。从开阔的海岸移居内陆深山，他是否感到压抑和思乡？而威尼斯海军的军代表没有这些忧伤，因为这座关键单位没有靠山分散进洞，而是像郑和的宝船厂一样建在繁华首都，教堂和宫殿的隔壁，直通海洋。但他每次乘船从它东侧的水面经过时，还是会想起基地。那一侧的围墙遮蔽了光怪陆离的当代艺术和游客，爬藤占领了斑驳的垛口，从斑驳的墙体后探出头的只是凋零的破旧厂房，窗户是黑色的洞口。他想起他为基地策划的防御计划，和它给他的最后印象。与这道围墙隔水相望的是一座也拥有围墙的水上墓园，园内蓬勃的松柏让他想起母亲坟上的绿。在秋日的碧空下，水尽头的北方横亘着他上次一路拜访的雪山，上次来时整个海岸线都被春天的阴雨遮蔽，他不知道它离得这么近。在厂房、墓园和高山之间航行，他感到宾至如归。

他住在丽都岛靠威尼斯的一侧。会场在另一侧，面对亚德里亚海。每天晨昏都会有大批来自世界各地的与会者走到海边凭栏远眺。大片的水体显然符合全人类的审美观。母亲曾说父亲出差就是游山玩水，儿子如今也走上了这条路。每晚他都会进城听音乐会。《四季》是他上次错过的。维瓦尔第在他词典中的释义依然是飞扬的弦乐，就像巴赫是管风琴，亨德尔是合唱一样。如风的它是属于室外的。演出场所并不是华丽的凤凰剧院而是简单改装的小教堂，听众都是穿着随意的旅游者，将演出当作本地的特色体验，在每个段落结尾鼓掌。但一旦熟悉的旋律响起，他立刻被疾风卷入另一个世界。并不是在山巅奔跑时感受的风，而是居民区的风。他想起童年和母亲探讨为何深山中会有大风。但那样的风总出现在阳光灿烂的日子，居民们终于摆脱贵州阴雨绵绵的抑郁，各家都晾晒被褥，假如是周末，还会有一早洗好的大量衣物，它们密集地排列在从阳台伸出的大型晾衣架上，灰沉沉的大片单元楼立刻生动起来。经常会有彩色布片挣脱衣夹，风筝般升空，地面上奔跑着被家长派遣下楼去追逐的孩童。今天上午，他在军械库北侧寂静的居民区中看到了同样的景象，只是没有风和孩童，只有墙上褪色的神龛面目凝重。

为了安排继续向东的旅程，他计算了意大利与中国的时差，和王军说了几句话。今年年初王军被痰盂罐找到，他们终于接上了头，并约定下次回国时见。王军说他一直为中车工作，常年在铁路上奔波，这几天在南昌，但接下来应该会去昆明，正好见面。他觉得很意外。他曾以为王军一辈子都不会离开那座山谷。倒是岚岚说她有可能回贵州。她说老人身体不好，打算把他们送回上海。乌米终于离家去上大学，不用她操心了。她说她肯定不打算独自在宁波生活。不一定回上海，回贵州也有可能，去开个米粉店。算是自由了吗？他问。漫漫长路。她答非所问。她前不久回了一次新添寨，终于见到陈老师，还和同学们喝了酒。他没问她是否还讨厌他们打麻将。她应该是对陈老师提到了他。你，还是活在你的世界里，就像那天陈老师说的，你不说话，也许没人注意你。安静的，没人知道你的存在。也许你是故意的，只是站在旁观者的角度看待这个世界。他不清楚这几句话都是陈老师的批语，还是她的评价，但没有追问。他还和乌米说了几句话，刚上大一的她正盘算着转到更感兴趣的专业，好奇他在威尼斯的会议内容。前两年岚岚说她想去日本，但从最终选择的大学判断，将来会去英国。湉湉忙着儿子的艺术考级，偶尔发布对蓝色海景的回忆，地点是他从未听说过的斯米兰和知念岬，最后一次留言是对他讲解星砂的奇妙。白皮晒了儿子给的红包，说儿子刚找到兼职就知道孝敬母亲了。老猫则彻底悄无声息，可能是终于又开始谈恋爱了。他接下来会从北京直接转机赶回云南看望养病的父亲，不会见到他们。

在威尼斯的最后一个中午，他退房后请前台看管行李，在车站随机跳上一辆公共汽车。他还没来得及探索丽都岛。他认为任何一路车都会沿它狭长的土地行驶很远。他很快便被载入郊野，窗外只有稀疏的住宅和工厂，后方是宽阔的水域。正当他好奇车能走多远时，发现它径直驶上一艘汽车轮渡。两辆公汽的司机都打开车门，部分乘客下车上船走动了几分钟，直到轮渡抵达下一座狭长的岛。终点站是公交轮渡的小码头，所有乘客都上船离去，他才明白两辆公汽同行，为的是正好装满一船人。因为惦记着行李和行程，他没有上船继续探险，但从时刻表上读到还要等半小时才有下一对公汽，便信步走进车站对面的公墓。除了一名用手推车装卸砂石慢慢干活的男工人，墓园中只有几位捧着花束慢慢走动的老妇人。每座墓碑上都嵌着逝者遗像，他们生活在不同年代，经历了长短不同的人生，但都露着温和的微笑。靠墙的是一间间设计装修各异的小屋，猜得出是家庭墓堂。公墓深处是排满骨灰盒的缩微楼房，每间都有一盏小小的电灯，戴着花朵形状的灯头，用来照亮墓主的名字。是姆拉诺出产的玻璃花吗？假如祖坟上能拉电线，他会乐意后天就在母亲的墓碑前安一朵。个别墓穴是空的，只留下残缺的石板，想必墓主已被迁往别处。但它应该不久便会被填充，因为地球上的逝者只会越来越多。

当晚，他前往机场时独坐船尾露天的条椅，在深秋的风中目送黑暗的波浪渐渐吞噬岛屿的光亮。马可·波罗驶向东方时假如回头，望见的应该是同样的景象，未曾料到的是二十四年后才会返回家乡。而自己只需要三十多个小时，纵然比从地球另一面走更漫长，但却是一条回家的新路。次日凌晨在莫斯科走下舷梯时，乘客们都穿了羽绒服，灯光中飘着小雪，俄航机群提醒他已经身处俄罗斯，但他固执地认为自己到达了苏联并因此激动，因为脑中的世界地图依然是童年版本。他走过漫长的国际转机通道，在一条长椅上睡倒，直到被越来越密集的广播通告不断唤醒，恍惚中以为自己还躺在数年前的斯德哥尔摩阿兰达机场，而母亲依然健在，直至眼神看清对面小店中的俄罗斯套娃和宇航员T恤，才意识到自己的人生已经驶入另一个时空。再次升空是中午，他终于得以俯瞰北方帝国：树叶落尽的温带阔叶林混合着北方针叶林给大地披上迷彩，林间铺着白雪，一片寒冬将至的萧瑟，很多年前的这个时节，德军已经出现在舷窗外的地平线上，几乎就要改变人类历史，却被二十世纪最冷的冬天击溃。他还记得在暑假中观看二战纪录片时感到的寒意。眼前的萧瑟就像童年家中墙上柴可夫斯基阴郁的脸。那是他认识的第一个俄国人，从家里那本内部参考的《苏联通史》读到他是一个真正的俄罗斯民族作曲家和伟大的音乐现实主义者之后便一直在他的音乐中飞越这片大地，以至于没有去攻读《静静的顿河》。他希望能望见红场和克里姆林宫，但随即意识到这只是幻想，他甚至不可能看到城西北的霍登卡广场。他曾在通史中读到过广场上发生的踩踏事件。拥有巨大广场的城市肯定拥有巨大的力量，它们都能改变人类历史，也都曲折地影响了他的命运，但如今却被他轻松飞跃。大地迅速消失在无边的厚重云层之下。但他眼前依然掠过中亚的高山和流经西伯利亚注入北冰洋的大河，耳畔是《第一钢琴协奏曲》。他又一次听见了巨人的脚步。他此刻就是那个巨人，迅速跨越欧亚大陆。

他在下一个凌晨到达了另一座拥有巨大力量的城市，站在二号航站楼出口寻找着摆渡车的标志，去三号航站楼转飞昆明。他恍然想起多年前在此处第一次登上摆渡车的心情。确实只是过客，而黑夜中的城市在明白这一点之后早已自行睡去，不再等候。一位胸前佩戴机场标牌的中年女性走来问他要去哪儿，然后说大半夜没有摆渡车，外面的出租车要价两百八，我可以给你叫个一百块的车。他听见亲切的北京口音，立刻就相信了她。当司机一言不发地将他的行李在三号航站楼卸下匆忙离去之后，他感到自己似乎上当了，但情绪稳定。熬夜工作的人们总应该得到报酬。他在三号航站楼一层行李寄存处边的长椅上整理了行李，将上坟用的糖果和给亲人们的药品塞进背包，寄存了旅行箱，往返昆明时可以不用再操心托运，而他确实也有些累了。在此期间，他目击窗外抵达的摆渡车放下旅客，确认自己作为事实上的外地人上了北京老乡的当。此时已是三点，而五点多就要办登机手续，肯定无法听从哥哥的建议睡一小觉了。他到卫生间刷牙洗头，把脑袋凑到干手器下方吹干头发，乘电梯到出发层想找中餐充饥，但还在营业的只有咖啡馆。他不久便找到一间小超市，惊讶地发现明珠牌鱼片和贵州惠水牛肉干并肩排列。五分钟后，他拿着这两袋等待自己的礼物在一片倒卧的过夜旅客之间坐定，拉开一罐燕京啤酒，发现正要享受的这些吃喝几乎代表了他与这个国家的全部往事。他想起上一次离开北京之前的最后一个去处，天安门广场东侧的国家博物馆。

在经历了漫长的安检排队和入馆排队之后，他以走过一排国宝的方式重访了这个国家的历史。来自滇池岸边的滇王之印赫然出现在眼前，证实着中央对偏远地区的关怀，也证实着偏远地区曾经的自得其乐。

上午十点多在昆明降落后，他跳上哥哥的车，沿滇池东岸直接驶向世界的原点。父亲坐在前排，他和哥哥的一双儿女坐在后排。女儿显然已经快到了和当年哥哥一样有心事的年纪，一路上头戴耳机望着窗外一言不发，还小的儿子则更像是当年的他，握着哥哥的手机，看着地图为他指路，虽然有很多字还不认识，但至少学会了重复念出导航提示，并且时刻注意观察窗外，向哥哥询问风力发电站和电风扇的区别，而他也向哥哥分享着自己对故乡的最新研究：远山上那座与众不同的屋顶是仿石寨山文物风格，而路过的村名在徐霞客游记中已有记述。

四姨妈家依然热闹，去年见过的狗已经怀孕，还添了一只橘猫，和她家几十年来养过的每只猫一样被二表姐起名叫咪咪。午饭前，他凑近四姨妈的耳朵秘密地说，希望自己将来和母亲埋在一起。既然母亲已经作为外姓人在祖坟安息，那么再多一个也无妨。那你要跟他们小辈讲嘛，那个时候我早就不在啦！四姨妈的大嗓门立刻暴露了他的秘密。饭后，兄弟俩和大表姐二表哥带着镰刀柴刀去给母亲上坟。从坟前山下通过的那条高速公路还未通车，车走的还是去年步行的老路。在路的尽头，他们并没有像他和大表姐去年一样爬上那条高速公路的路基。哥哥直接驾车驶入路基下方新修的排水涵洞。路面很宽，所以涵洞像是一条小隧道，尽头的光亮像是来自天国，近了才显出对面的红土崖壁。这天无雨，但洞中依然有流水，想必这座红土大山和绿色台地印第安民居上方的巨型砂岩一样蓄着雨水，养育着依恋它的生灵。出了涵洞，哥哥索性继续换档爬上坡度很大的山坡。坡上确实有一条模糊的小道，当年运载墓石的小型拖拉机曾经驶过。最终，他们在离祖坟只有几十米的林中下了车。他第一个奔向熟悉的墓地，走完环游世界的最后几步路。

向坟上滋生的灌木挥起柴刀的时刻，他在舒畅中彻底忘记了旅途劳顿。他忘情砍削，直到大表姐在远处吆喝说别都砍了，坟头上的要留着些才好看，还能挂彩纸。去年上坟留下的酒瓶还在，哥哥往里插了三炷香，然后折了些树枝开始清扫墓前的落叶。二表哥将墓边栗子树一条横长的枝干砍了下来，墓碑立刻明亮了许多。大表姐将彩纸布置完之后，拾了些菌子，还递给他一个去了毛刺的栗子。他烧纸时望着从秘鲁带回的古柯叶糖果在碑前一字摆开，回忆童年看过《七个水晶球》和《太阳神的囚徒》之后与母亲讨论这种物质为何会令人昏睡，就像他们看完《海盗失宝》后好奇朗姆酒的味道一样。

父亲恢复得不错，能随他上街买菜。午饭后，他照例开始擦洗灶台和微波炉，这是每次回家除了做饭洗碗之外的固定任务。厨房的窗和云南所有朝北的窗一样渗着清凉，但面对的却是一片沿山势堆叠的民房在阳光下略显杂乱的明亮。那杂乱其实是中国的内心，含着在有限空间中对安居的热情。打破午后寂静的只是一台挖掘机，它正在这片民房中进行一次外科手术式的拆解。倒下的山墙在阳光下腾起一阵尘烟，一棵已有年纪的高大桉树被铁爪推击，树冠摇晃着，像是正在挥手向世界道别，而周围的民居继续午睡，无视最后一片绿荫的倒下。他搓洗抹布时望着它们大大小小的窗，恍然感觉母亲也和父亲一样，在自己朝南的房间午睡。

晚饭时，哥哥边吃边问饭桌边书架上新添的小东西是什么，父亲说那是劳模奖章。哥哥又问基地有没有派人来看过他，父亲语焉不详，然后提起基地的 803 大楼将被辟为三线博物馆，金工车间则会变成文化创意园，就像 798 那样。那么，父亲在最近几年重访北京时连 798 这类童年时并不存在的地方都去了，而他还未去过，只知道这个代号也应该来自一家消失了的单位，和威尼斯军械库一样，也拥有锈蚀的吊车和空旷的厂房。三线博物馆里会有什么展品？父亲提起 633 厂区最里头的山脚下曾建有一个物理光栅刻度室，物理光栅用于衍射产生光谱，在平面或凹球面上每毫米内刻六百至一千二百条线，纯机械刻划，对环境要求十分苛刻，一块光栅要连续刻划好几天。这是一门古老的技术，刻划机械复杂精密，欧洲古典风格浓厚，后来的领导和员工不识货，当废铁毁了。可惜了，如果收藏，会是一件贵重的古董呢！他一边听父亲描述这件无人知晓的神器，一边想着 803 大楼里那座如同肯尼迪航天中心火箭发射架的潜望镜装配台。假如没有在基地破产前后被当废铁卖掉，应该是首选的展品，虽然它在潮湿的山谷中早已患了风湿关节炎，必须定期抹上厚重的机油和油漆才能继续屹立。

他本想问问什么是机械领域的欧洲古典风格，随即想到当年家里那本《德意志联邦共和国国家介绍》，便向父亲问起它的来历。

八七年仪器展览会上德国使团散发的。在北展。当时我在清华学习。我在其中第一次看到三权分立的介绍，印象很深。书好像还没扔。

他本来希望能抽出两天时间开车去看云南西北的玉龙雪山。他最近又看了地图，它是他破解雪山谜题的最后线索，虽然在没有高速公路的年代，想要一天开到很困难。不过那时路上车很少，所以反而有这个可能？那天在四姨妈家的饭桌边，妇女和晚辈们都吃完撤退了，老饭桌边只剩下酒还没喝完的哥哥和表哥们，他问起来，他们证实说，一天怕是开不到。他们说知道上山的某些近路，但他表示只是想看一眼，并不打算停留，更不打算接近。这时哥哥提起离得最近的雪山是禄劝的轿子雪山，两个多小时就到了，他很迷惑，因为两个多小时车程虽然非常合理地解释了他的神秘记忆，但在他的地图上，滇池周边两个多小时车程内绝无雪山，而两个表哥都对轿子雪山是否能被称为雪山表示怀疑。当晚，他查阅了此山的图片，发现山形与他的记忆并不吻合。或许那确实只是一个幻觉。他打消了去看雪山的念头，打算在家给父亲多做几顿饭，继续清扫厨房和卫生间。哥哥因为工作和孩子上学的需要计划搬家到滇池东岸的新城区，为了方便照顾父亲，准备卖掉父母的这套房，到那边再买一套。所以这可能是他最后一次身处母亲最后生活过的这方空间。与人间的记忆相比，神秘的雪山假如确实存在，便会一直存在。它不会像神秘的铁道一样被时光拆解，被城市覆盖，而是会一直在地平线上凝望着在奔波中衰老的孩子。

王军乘坐的高铁罕见地晚点了，据说是因为北方降雪。他在陌生的昆明城区街头等候时，想象自己曾经认为会留守故乡的最后一个同学为何如今常年在外奔波。这时，一位身穿黑呢短大衣的干部模样的中年人径直向他走来并伸出了手。他这时意识到王军小时候长得显老，而他一直显小。握手时，他莫名想起井冈山会师的宣传画，而他们已经各自成功起义。可能是和王军从南昌赶来有关，毕竟他学过的中国地理和中国历史在记忆深处早已合流。他说自己对昆明市区完全不熟。他解释说每次回家除了出门买菜都在家里陪父母，没来过市区。王军带着他先后拦了两辆出租车，寻找着一家几年前曾经吃过的有石屏豆腐的烧烤店。司机们说这样的店很多，但王军还是顽强地回忆着、描述着、寻找着，还顺便向他们描述他更早年间在昆明上学时的城市风光。当年学校的位置还在城乡结合部，他常和同学出来到农家小店吃点烧烤，喝点散酒。烧烤店坐定之后，王军终于述说了他起义的经历。

我初中考上了师范，但没去读。你们走了以后我就进了子校的补习班，重读了一年。那一年学得真是太认真了，连从小一直没学好的拼音都重新学了一遍。我叔叔在昆明，而且那时对云南比较向往，就来昆明上了铁路的学校。当时毕业可以留在昆明，我叔叔也劝我留在昆明。但我想我还是回我的贵阳吧。后来就分到了贵阳车辆段。两年技术员，三年检查员，然后开始跑业务。如今每年三百六十五天差不多有两百八十天在外面。云南话，四川话，我如今都懂，能说，但南昌话，真的是太难了。我爷爷他们是四川的铁路大修队，当年迁到贵阳的。我母亲就是我们那儿的，梅兰山的本地人。我父亲后来招工进了基地，上班前还去上海学习过。我老婆是南昌人，在家带孩子。她到贵阳之后有没有不习惯？没有。哦你说气候啊。你不知道，南昌每年夏天都特别热，三十八度，四十一度。

王军说自己家还在梅兰山上的老地方，只不过这么多年间从草房换成了平房，然后又换成了小楼。那块地就属于他们家。他说下次有机会回新添寨会去拜访，顺便看看小楼。也许就像是老猫住的那种中国农村最常见的二层楼。但二人随即就谈起了家的周边。

你还记得梅兰山那个洞吧。洞里有条阴河，阴河里面有鱼，不过我们一直没有下到有鱼的地方。洞里还有蝙蝠。对，那些鱼是透明的，没眼睛。

哑巴落河？知道啊，就在杨梅山下边。好多年前，有个哑巴在那儿游泳不小心进了深水，淹死在里面。那段其实很浅，但有个深潭。哑巴叫不出声，所以没有人救。那片主要就是赵家和潘家。哑巴落河那段的寨子是赵家的。正对着你们家老房子那段是潘家的。对，就是山上有些墓的那一片。

滴水岩，就在斗篷山脚下。我们当初野炊不就是去的那里？还要带米，带菜。对，还要带锅。我们那时真的是玩得太开心了。如今的孩子已经不那么玩了，社会环境不一样了，不安全。对，在斗篷山，就是你们说的奶头山，山那边就是贵阳车辆段，我当初毕业分配就去了那里。站在山顶能听见火车鸣笛。

黑山？你说的是马鬃岭吧。黑山是基地人的叫法。山顶什么也没有，我上去过好几次，一两个小时就能爬到。山顶可以看见贵阳的东山。往这边看，能看见整座基地和新添寨。铁路？那边没有铁路啊。你什么时候看见的？我就是干这一行的，那片的铁路当然很熟。从没听说过那个方向有铁路。肯定不是川黔线，川黔线走的是黔灵公园，你还记得吗，我们春游的时候经常看见黔灵湖对面半山腰过火车，那是川黔线。

他一直注意着没有喝多。他需要独自穿过陌生的市区回家。他还需要琢磨老同学的回忆，然后继续探索。深夜摸过客厅躺回自己童年睡过的长着兽脚的床上之后，他用手机地图再次搜寻那条隐秘的铁路，随即发现如今的地图已经标注了马鬃岭。他喜欢这个今夜第一次听到的名字。有一个地层就命名为马鬃岭组，属于泥盆系，曾经生活着古老的沟鳞鱼。而他在滇池边攀爬过的梅树村组属于更古老的寒武系，没有鱼类，只有软舌螺。但它们都曾是海洋，没有大湖，也没有山沟沟，动物们能在无垠的蓝中自由来往，终其一生，假如善用洋流，或许能够环游地球。而假如他童年曾经登上马鬃岭，发现地质学家留下的标记，在地球的记忆中掘进，挖出动人的化石，是否会因此成为地质学家或古生物学家？他的一生因此会更多地在隐秘的群山中度过。他关闭所有文字介绍，在屏幕上俯瞰这座苍翠的山岭，回忆着从五楼阳台仰望的画面。盛夏午后最纯净的空气里，它在少年明亮的眼中微微发蓝。在冰湿的南方冬季中，山顶积雪的它像是珠峰北坡，而飘着含硫煤烟的职工宿舍区是他被困的大本营。他曾无数次用望远镜观察它身躯上的每个起伏和每片荆棘，规划着登山路线。与它相比，东山和扶风山只是两座小丘。他如今确认，他无法在一个没课的下午完成攀登，赶回家中并在父母五点下班前做好饭。这是他当年没有出发的唯一原因。走到山脚可能需要额外的三十分钟。但假如他曾经走到山脚，便会发现小河汇入南明河的秘密。不过他在另一侧的山脚附近发现了铁路。卫星地图的分辨率又一次提高了，他依然找不到那条铁路或其遗迹，但在奶头山北侧，王军当年被分配到的贵阳车辆段，发现了一座硕大的贵阳东站。东站不可能迁到城市正北。这显然是新建的高铁站。那么，上次从上海乘坐高铁进入贵阳北站前，曾在故乡身边穿过。假如他早知道，一定会坐在左侧窗边，准备着从另一个方向仰望奶头山，寻找几近干涸的小河河道。而假如当年没有离开的话，他的孩子们会在一个没课的下午登上山顶环顾四周，发现自己被高铁铁道、二环路和绕城高速包围。那不算发现，因为孩子们早在各自的手机上研究过家乡的一切，登上山顶的他们只是用视觉确认电子信息构筑的世界。他会陪着他们，因为这个世界已经不安全。他会指点他们遥望公寓楼和别墅之林后方那片被青藤侵蚀的旧厂房，帮助他们了解建筑的生死轮回。但脚下和远方的大山们是安全的，它们目击了他的衰老，如今正注视着他们的成长。

然后，他自然想起上次回来时重访的贵昆铁路。他用手指拨动地图，终于找到了那座在人生旅途中重见天日的峡谷大桥。可渡河铁路特大桥，中国最高的钢塔架轻型桥墩桥。桥下是一座天生桥，可渡河在下方作为一条暗河流过，用钢塔架代替混凝土桥墩是出于对那片土地承重能力的考虑。铁道兵和当地居民因此习惯称它为天生桥特大桥，一座桥上的桥。钢架由沈阳桥梁厂制造，经广西和越南运到沾益，再用汽车运到施工现场。假如母亲还在，他会很乐意向她描述他俩曾经一次次经过的这座人间奇迹。但令他伤感的是，因为无法提速和建设复线，贵昆铁路最艰险的那一段已被新线代替，他上次走的已是新线，而老线废弃之后特大桥就被拆除了。老线废弃的日子和母亲去世的日子隔得不远，而贵昆铁路在那一段接轨全线贯通和母亲抵达贵州开始新生活也都是在六六年。那么，是路引领了母亲的命运，还是母亲的命运推送着路向前伸展？而她们几乎是同时消失了。

他为没有能够并且永远不再可能重新体验和母亲一起走过的那段险路而懊恼，但随即发现，至少在那座峡谷中，新线是与老线并肩前进的。假如上次坐在车厢另一侧，便能瞻仰老桥的桥墩。那么，这意味着他当时看到的峡谷天险与童年深夜闪过的几乎一模一样。这一点令他略感欣慰。景观自然比道路本身重要得多，山的轮廓和水的走向，是最重要也是最永恒的地标，他就是借助它们才确认了这座峡谷的身份。相比之下，土路，柏油路，高速路，石桥，铁桥，立交桥，都注定要从后视镜中消失。他这才知道，北盘江上游的这条可渡河是滇黔界河，一边是出产梨子的贵州威宁，一边是出产火腿的云南宣威。假如他从小就拥有卫星地图，发现了这一点，肯定会在扒挪块站和荷马岭站之间聚精会神地盯住窗外，当列车冲出狮子口隧道，车内灯光投射的小亮块们突然从近在咫尺的洞壁上跌进深渊，他便会立刻摇醒母亲，向她宣告他们此刻正在离开贵州进入云南。虽然当睡眼惺忪的母亲贴着他的脸凑近车窗时峡谷的无尽黑暗已被民兵岗亭彻夜闪亮的白炽灯驱散，列车随即被老虎嘴隧道吞噬，但她肯定会对他微笑，不光是赞赏他的观察力，也是因为他们终于进入了家乡。他那时还从未听说她经过的盘江铁桥，否则还会补充说，峡谷中的小河不久便会流过她再也不用去转乘长途汽车经过的铁桥。这些新发现本来可以是和王军吃烧烤时的额外话题，虽然在王军眼中，故乡的方向正好相反。

离开前一天，他找出全套《丁丁历险记》准备带走，为父亲接下来的搬家减轻一点负担。他发现了自己童年积攒的宝贝透镜，取出看过一遍，决定还是继续将它们留在地球上阳光最好的云南。他想起当年希望像阿基米德一样烧毁敌军战舰的理想，便在午饭时问父亲当年基地是否制造过凹面反射镜。

生产过反射式望远镜用的凹面反射镜，口径一百六十毫米左右。

天文望远镜？都卖给谁了？他略感惊讶。

外商定过一批。不清楚是哪国的。父亲起身找出一份天文望远镜国家标准递给他，说自己是起草人之一，还绘制了所有配图。

假如基地生产过天文望远镜，并且和望远镜一样特价处理一批给职工的话，自己的命运是否会有改变？成为真的宇航员，还是常年生活在僻远高山的天文台中？他边想边找了个结实的信封将这份文件装好，毕竟旅行袋里有不少食品。四姨妈又从她遍布瓦罐的黑屋子里给他挑了一瓶油卤腐，他希望用玻璃瓶，大表姐的女儿女婿便去街上买了水果罐头，把水果倒空之后递给了他。糟辣椒本来装在小巧的陶罐中，如今已被挪到哥哥找来的玻璃茶筒中。还有正在大理娘家的嫂子快递给他的油鸡枞、话梅和沱茶。它们将会在北京装进他寄存的大箱子，与关于威尼斯船舶的书籍、来自圣马可大教堂的蜡烛和安康圣母教堂的圣母像汇合，一起越洋旅行，去与小米幺在家汇合。

白昼追随他再次横跨欧亚大陆的旅途，窗外万里无云，他终于可补足来路中未能观察大地的遗憾。蒙古的草原没有一丝绿意，是中国西北苍黄的延伸，点缀着已经封冻的湖泊和依稀可辨的道路。两千年前，一位位汉朝公主是否曾由此带着哀愁北上和亲？匈奴没有都城，难以考证，但既然瀚海还在望不见的北方地平线下，此处确实是匈奴腹地。飞机的尾迹在地面投射出一条直线，他从燕然山和狼居胥山之间穿过，机身下方便是考古学家们新近确认的燕然勒石之处，荒山中的一处崖壁上刻着彪炳功勋的文字。历史学家随大军驰过碛卤和大漠，不知自己会在此地给两千年后的人类留下唯一的手迹。这个发现和滇王之印一样，证明了书中历史的真实。但即便有了飞机和卫星，地球上依然藏着太多人类还未发现的秘密和难以解读的神奇，比如北方群山中的成吉思汗埋骨之处和更北方地平线后的通古斯爆炸遗址，而关于人的故事，则完全无法用技术修复，只留下了名字和传说，诸如那些驱逐入侵者的大将军们，在目击旱冰鞋被抢的少年时代被他奉为英雄。而在目睹古战场之后，继续延伸想象的却是那些悲剧人物，除了公主们，还有李陵和苏武，在窗下这片荒茫异域度过漫长的岁月。

当他在莫斯科谢列梅捷沃国际机场 F 候机楼走过几天前睡倒的长椅时，觉得也像是拜访了一座关于自己的遗址。当他返回威尼斯马可·波罗国际机场时，意识到自己确实当了一回马可·波罗，去中国转了一圈。但此地并不是故乡，而他还要继续向西赶路。他发现忘记告诉父亲自己去听《四季》了，但并不遗憾，因为那些飞旋的风声可能只是自己的幻听。从巴黎戴高乐机场起飞时，他想起协和号在此升空时失事的画面。那是协和号唯一的事故。那种因为没有获得商业成功而早早退役的飞机和土星五号一样让年幼的他感受到人类的进取。他一直记得事故现场唯一的那张照片。飞机从跑道跃起时喷出火焰，像一架传说中的空天飞机，人类取代航天飞机的梦想。

目送勒阿弗尔远去之后，他便将鼻子贴到窗玻璃上，俯视机身正下方泛着凡尔纳式白色泡沫花边的海岸线，想象诺曼底登陆，然后在海峡上空遥望了英格兰的普利茅斯，五月花号的出发地。但在飞离爱尔兰南端之后，他才真正告别了欧亚大陆，旧世界的土地，像从一艘载着家乡、故人和往事的巨舰上被电磁弹射器弹射起飞，被开足加力喷出橙色光焰的发动机推向高空。但他却没有一丝激动。因为他的人生中已经不再有路要赶，也不再有边界需要去捍卫或穿越。无尽的大洋催他沉入梦乡，但偶尔醒来，窗外的发动机整流罩一直都映着不落的夕阳。从昆明出发以来，他一直都在追逐它，所以一直都在白昼中飞行，但地平线上这颗静止的亮星还是令他感到时间停顿。整流罩上漆着一匹鱼尾飞马，是人类在海陆空中快速前进的梦想合体。不过，他梦中浮现的是给小米幺洗澡的样子。她油亮的毛在浴缸中像小河中的水草一样轻盈摇摆。脑袋湿透之后，楚楚仰望他的大眼睛令人怜爱。黝黑的瞳仁中没有这个广阔的世界，只映着满手泡沫的他和卫生间的温馨光亮。这一次，他不会再用她讨厌的吹风机了。以前每次为她吹风时都幻想他俩并肩站在盛夏午后的顶层甲板，沿赤道向太平洋深处属于他俩的孤岛驶去，但他明白这种感觉并不是她喜欢的，她和母亲一样没有远行的梦想。这一次，他只会用浴巾把她裹得严实，紧紧抱在怀中，同去窗边眺望最后一抹余曦。一旦他停止追逐，它便会迅速消失在天际。

今朝来在梦中
只为溯源东海
今朝来在梦中
只为脱离苦海
——窦唯《东海第五》

**图书在版编目（CIP）数据**

803 / 胡凌云著 . -- 贵阳：贵州大学出版社，
2024. 11. -- ISBN 978-7-5691-0945-0
I. I247.5
中国国家版本馆 CIP 数据核字第 2024SM6892 号

803

作　　者　胡凌云

出 版 人　闵　军
策　　划　北京乐府文化传媒有限公司
责任编辑　葛静萍
特约编辑　刘志凌
特约校对　李伟为
营销编辑　肖　虹
责任印制　耿云龙
装帧设计　陆智昌

出版发行：贵州大学出版社有限责任公司
地址：贵阳市花溪区贵州大学北校区出版大楼
邮编：550025　电话：0851-88291180
印　　刷：北京美图印务有限公司
开　　本：880mm × 1230mm　1/32
印　　张：23.75
字　　数：489千字
版　　次：2024年11月第1版
印　　次：2024年11月第1次印刷

书　　号：ISBN 978-7-5691-0945-0
定　　价：98.00元